첫사랑

Первая любовь

세계문학전집 **80**

첫사랑

Первая любовь

이반 투르게네프

이항재 옮김

민음사

일러두기

1 이 책은 러시아 나우카출판사에서 펴낸 투르게네프 전집(모스크바-레닌그라드,
  1960~1968) 중 5, 7, 9권을 저본으로 번역했다.
2 본문의 각주는 모두 옮긴이 주이다.

차례

첫사랑

첫사랑

P. V. 안넨코프*에게 바친다.

* 1813~1887. 러시아의 비평가, 『회상록』 작가. 투르게네프의 친구로 『투르게네프의 청년 시
절』(1884)을 썼다.

손님들은 이미 오래전에 뿔뿔이 흩어져 돌아갔다. 시계가 12시 30분을 쳤다. 방 안에 남은 사람은 주인과 세르게이 니콜라예비치 그리고 블라디미르 페트로비치뿐이었다.

　　주인은 벨을 눌러, 밤참을 먹고 남은 것을 치우라고 일렀다.

　　"자, 그럼 결정됐군요." 주인이 안락의자에 깊숙이 몸을 파묻고 담배에 불을 붙이면서 말했다. "우리는 제각기 자기 첫사랑 얘기를 해야 한단 말입니다. 그럼 세르게이 니콜라예비치, 당신부터."

　　금발에 얼굴이 통통하고 몸이 뚱뚱한 세르게이 니콜라예비치는 먼저 주인을 바라보고 나서 눈을 들어 천장을 응시했다.

　　"내겐 첫사랑이란 게 없었어요." 그가 마침내 입을 열었다.

"나는 두 번째 사랑부터 시작했으니까요."

"그건 무슨 얘기죠?"

"아주 간단합니다. 나는 열여덟 살 때 처음으로, 무척 귀엽게 생긴 아가씨의 꽁무니를 쫓아다녔습니다. 그러나 이것이 내게는 새롭지 않았어요. 이를테면 그 후에 내가 다른 여자들과 놀아난 것과 똑같았다는 말이지요. 솔직히 말하면, 여섯 살 때 내 보모에게 처음이자 마지막으로 사랑을 느꼈지요. 그러나 하도 오래전의 일이라 우리 두 사람 사이에 있었던 상세한 일은 내 기억에서 사라지고 말았습니다. 또 설혹 기억에 남아 있다 해도 도대체 누가 그런 얘기에 흥미를 느낄 수 있겠습니까?"

"그럼 어쩌지요?" 주인이 말문을 열었다. "내 첫사랑이란 것도 그다지 재미있는 것은 못 됩니다. 나는 지금의 아내인 안나 이바노브나를 알기 전까지는 아무도 사랑해 본 적이 없었으니까요. 게다가 아내와의 모든 일도 기름칠을 한 듯 순조롭게 진전됐습니다. 양가 부모 사이에서 혼담이 나오자 우리는 곧 사랑하게 되어 지체 없이 결혼했거든요. 그래서 내 이야기는 두어 마디로 끝나고 맙니다. 사실 솔직히 말해서, 내가 첫사랑 얘기를 끄집어낸 것은 당신들에게 기대를 걸었기 때문이에요. 당신들은 아직 노인은 아니지만 그래도 꽤 나이 많은 독신자들이니까요. 블라디미르 페트로비치, 당신이라면 우리에게 좀 재미있는 얘기를 들려줄 수 있을 테죠?"

"내 첫사랑은 정말로 평범하지 않습니다." 희끗희끗한 머리에 마흔 살 정도 되어 보이는 블라디미르 페트로비치가 약간 말을 더듬으며 대답했다.

"아아!" 주인과 세르게이 니콜라예비치가 이구동성으로 말했다.

"그렇다면 더욱 좋군요……. 좀 들어 봅시다."

"그러지요……. 아니, 그만둡시다. 이야기하지 않는 편이 좋겠어요. 나는 말재주가 없어서 싱겁고 짤막한 얘기 아니면, 길게 늘어져서 요령부득의 얘기가 되고 말 테니까요. 그래도 원한다면 생각나는 것들을 모두 수첩에 적었다가 읽도록 하죠."

두 친구가 처음에는 동의하려 하지 않았으나 블라디미르 페트로비치는 끝내 자기주장을 고집했다. 이 주일 후에 그들은 다시 모였고, 블라디미르 페트로비치는 자신의 약속을 지켰다.

그의 수첩에는 다음과 같은 이야기가 적혀 있었다.

1

당시 나는 열여섯 살이었다. 1833년 여름의 일이다.

나는 모스크바에서 부모와 함께 살고 있었다. 부모님은 네스쿠치니 공원 맞은편, 칼루가 관문 근처에 별장을 빌렸다. 나는 대학 입학 준비를 하고 있었지만, 서두르지는 않았고 공부도 제대로 하지 않았다.

나의 자유를 구속하는 사람은 아무도 없었다. 나는 하고 싶은 짓을 모두 했고, 마지막 가정교사와 헤어진 후부터는 더욱 그랬다. 그 프랑스인 가정교사는 자기가 '폭탄처럼' 러시아에 투하되었다는 생각에 결코 길들 수 없어 비통한 표정을 하고, 며칠 동안을 계속 침대에서 뒹굴곤 했다. 아버지는 내게 친절하면서도 무관심했고, 어머니는 나 외에는 자식이 없었는데도 내게 거의 무관심했다. 어머니는 다른 걱정거리에 여념이 없었던 것이다. 아직 젊고 무척 멋있던 아버지는 돈 때문에 어머니와 결혼했다. 어머니가 아버지보다 열 살이나 연상이었다. 어머니는 슬픔 속에서 나날을 보내고 있었다. 어머니는 끊임없이 흥분하고 질투하고 화냈다. 그러나 아버지 앞에서는 그러지 않았다. 어머니는 아버지를 매우 두려워했으며 아버지는 엄격하고, 냉정하고, 무관심했다……. 나는 그렇게 세련되게 침착하고, 자존심 강하고, 전제적인 남자를 본 일이 없다.

나는 별장에서 보낸 첫 주간을 결코 잊지 못할 것이다. 화창한 날씨가 계속되었다. 우리가 도시에서 이사한 때는 5월 9일로, 바로 성 니콜라우스 축일이었다. 나는 별장의 뜰을, 때로는 네스쿠치니 공원을 거닐기도 하고, 어떤 때는 관문 밖으로 나가기도 했다. 그럴 때면 언제나 책을 끼고 다녔다. 이를테면 카이다노프의 교과서[1] 따위를 들고 다녔는데, 책을 펼쳐 보기보다는 많이 외워 두었던 시들을 큰 소리로 읽곤 했다. 내 몸속에서는 피가 약동하고 마음은 뿌듯했으며(매우 달콤한 기분이 들어 스스로 우스꽝스럽게 느껴질 정도였다.) 나는 줄곧 겁에 질려 무엇인가를 기다렸다. 그리고 모든 것에 놀라움을 느

---

1) I. K. 카이다노프가 쓴 『러시아의 역사』를 말한다.

끼면서 무엇인가에 대해 계속 마음의 준비를 하고 있었다. 마치 아침놀이 물들었을 때 종루(鐘樓) 주위를 나는 제비 떼처럼, 공상은 언제나 같은 환상 주위를 빠르게 맴돌면서 장난쳤다. 나는 깊은 생각에 잠기기도 하고, 슬픔에 젖기도 하고, 어떤 때는 눈물을 흘리기까지 했다. 그렇지만 노래처럼 경쾌한 시나 황혼의 아름다움이 자아낸 눈물과 우수를 통해, 청춘의 용솟음치는 삶의 기쁨이 마치 봄풀처럼 파릇파릇 싹트기 시작했다.

내게는 승마용 말이 한 필 있었다. 나는 말에 직접 안장을 얹고는 혼자서 어디든 먼 곳까지 몰고 나가곤 했다. 그리고 쏜살같이 말을 달리면서, 스스로를 경기에 나온 기사라고 생각했고(그때 바람결은 얼마나 유쾌하게 내 귓전을 스치고 지나갔던가!) 때로는 하늘을 우러러보면서 그 눈부신 햇빛과 푸른 하늘을 열어젖힌 가슴으로 들이마시기도 했다.

지금 생각해 보니, 여자의 모습이라든가 여자의 사랑이라든가 하는 환영은 당시 나의 머릿속에 뚜렷한 윤곽으로 떠오른 적이 한 번도 없었던 것 같다. 그러나 내가 생각하는 모든 것, 내가 느끼는 모든 것에는 새롭고 말할 수 없이 감미롭고 여성적인 무언가에 대한 반(半)의식적이고 부끄러운 예감이 숨어 있었다.

이러한 예감, 이러한 기대는 나의 온몸으로 스며들었다. 나는 그것을 들이마셨고, 그 감정은 피 속까지 스며들어 모든 혈관을 따라 흘렀다……. 그리고 그것은 곧 실현될 운명을 띠고 있었다.

우리 별장은 여러 개의 원주가 세워진 목조 건물의 주인집과 두 채의 나지막한 곁채로 되어 있었다. 왼쪽의 곁채는 값싼 도배지를 만드는 자그마한 공장이 차지하고 있었다. 나는 여러 번 그 공장을 구경하러 가 보았는데, 핼쑥하게 야윈 얼굴과 헝클어진 머리카락에 기름투성이의 옷을 걸친 삐삐 마른 열 명 정도의 소년들이 네모진 인쇄기의 판목(板木)을 누르는 나무 지렛대 위로 쉴 새 없이 뛰어오르면서 가벼운 몸으로 가지각색의 도배지 무늬를 찍어 내고 있었다. 비어 있는 오른쪽 곁채는 세를 들이려고 내놓았다. 별장으로 간 지 삼 주일쯤 지난 어느 날, 곁채 창문의 덧문이 열리고 그 속에서 두 여인의 얼굴이 나타났다. 어떤 가족이 그리로 이사 온 것이다. 지금도 생각나는데, 바로 그날 점심때 어머니가 하인에게 이웃에 새로 이사 온 사람이 누구냐고 물었다. 자세키나 공작 부인이라는 말을 듣자 어머니는 처음에는 그래도 어느 정도 경의를 표하는 말투로, "아! 공작 부인이라고……." 하더니 곧 이렇게 덧붙였다. "아마 어느 가난뱅이 공작 부인이겠지."

　"짐차 세 대로 이사 왔습니다." 하인이 공손하게 접시를 내밀며 말했다. "자기 마차도 없는 모양이고 가구도 퍽 초라했습니다."

　"그래." 어머니가 말을 받았다. "하지만 잘됐어."

　아버지가 차가운 눈초리로 힐끗 바라보자 어머니는 곧 입을 다물고 말았다.

　사실 자세키나 공작 부인이 부유한 여자일 리는 만무했다. 그녀가 세를 든 곁채는 낡은 데다가 좁고 나지막했으므로, 웬

만큼 돈푼이나 가진 사람이라면 그런 집에 들 생각은 하지 않았을 것이기 때문이다. 그건 그렇고, 그때 나는 아무 이야기도 귀담아듣지 않았다. 공작이라는 칭호도 나에게는 아무런 감흥을 주지 못했다. 얼마 전에 실러의 『군도(群盜)』[2]를 읽었기 때문이다.

2

나는 매일 저녁 엽총을 들고 뜰을 돌아다니며 까마귀를 감시하는 습관이 있었다. 나는 조심스럽고 욕심 많고 교활한 그 새를 전부터 미워했다. 문제의 그날, 나는 여느 때처럼 정원으로 나갔다. 양쪽에 나무가 늘어선 가로수 길을 아무 소득 없이 샅샅이 돌아다니고 나서(까마귀는 나를 알아보고는 단지 멀리서만 단속적으로 까욱까욱 울 뿐이었다.) 나는 우연히 나지막한 담장으로 다가갔다. 담장은 곁채 너머 오른쪽으로 뻗어 있으면서 곁채에 딸린 좁다란 정원 지대와 우리 소유지를 구분하고 있었다. 나는 머리를 숙이고 걸어갔다. 갑자기 사람들의 말소리가 들려왔다. 나는 담장 너머를 바라보고는 그만 돌처럼 굳어졌다……. 이상한 광경이 내 앞에 펼쳐졌던 것이다.

내게서 불과 대여섯 발짝 떨어진 푸른 나무딸기 덩굴에 둘

---

2) 아버지 모르 백작, 형 카를과 아우 프란츠 사이의 갈등과 대립을 그린 실러의 첫 희곡으로 통렬한 사회 비판과 자유에 대한 동경이 나타나 있다.

러싸인 풀밭 위에, 장밋빛 줄무늬 옷을 입고 하얀 수건을 쓴 날씬한 몸매의 키 큰 처녀가 서 있었고, 그 주위에는 네 명의 청년이 옹기종기 모여 있었다. 처녀가 작은 회색 꽃으로 그들의 이마를 돌아가며 톡톡 두드리고 있었다. 나는 그 꽃 이름이 무엇인지 모르지만 어린애들에게는 잘 알려진 꽃이었다. 마치 조그마한 주머니처럼 생긴 그 꽃은 무엇이든 단단한 물체를 두드리면 탁 하고 요란스럽게 터졌다. 청년들은 아주 즐겁게 이마를 내밀고 있었다. 처녀의 몸동작은(나는 옆에서 그녀를 보고 있었다.) 어떤 말할 수 없는 매력이 풍겼고 명령하는 듯하면서도 귀염성이 있어서, 나는 놀랍고 재미있어 하마터면 소리를 지를 뻔했다. 그러고 나서 저 아름다운 손가락에 이마를 얻어맞아 봤으면 하는 생각과, 그것을 위해서라면 이 세상 모든 것을 그 자리에서 내던져 버려도 좋을 것 같은 마음이 들었다. 내 엽총은 손에서 미끄러져 풀밭 위에 떨어졌다. 나는 다른 모든 것을 잊고 그 날씬한 몸매며 가느다란 목과 예쁜 손, 하얀 수건 밑으로 보이는 약간 헝클어진 금발이며 반쯤 감긴 영리해 보이는 눈과 속눈썹, 그 밑의 갸름한 볼 같은 것들을 뚫어지게 바라보았다……

"젊은 친구, 어이, 젊은 친구." 갑자기 곁에서 누군가의 목소리가 들렸다. "남의 아가씨를 그렇게 바라보는 법이 어디 있어?"

나는 온몸이 움찔하고 정신이 아찔해졌다……. 내 곁의 담장 너머에, 검은 머리를 짧게 깎아 올린 어떤 사내가 비웃는 눈초리로 나를 빤히 쳐다보며 서 있었다. 그 순간 그 처녀가 이쪽을 돌아보았다……. 표정이 풍부한 활기찬 얼굴에서 빛나는 커다란 회색 눈동자가 내 눈에 들어왔다. 그러자 그 얼굴 전체가 갑자기 떨리면서 웃음을 띠었다. 하얀 이가 반짝 빛났고 눈썹은 약간 야릇하게 위로 치켜 올라갔다. 나는 얼굴이 빨개져서 땅바닥에 떨어진 엽총을 주워 들고는, 커다랗지만 짓궂은 데는 없는 호탕한 웃음소리를 등 뒤로 들으며 내 방으로 도망쳐 들어가 침대에 몸을 던지고 두 손으로 얼굴을 가렸다. 심장이 마구 방망이질 쳤다. 나는 몹시 부끄럽기도 하고 한편 즐겁기도 했다. 나는 지금껏 경험해 본 일 없는 흥분을 느꼈다.

잠시 숨을 돌린 후, 나는 머리를 다시 빗고 옷을 매만지고 나서 아래층으로 차를 마시러 내려갔다. 젊은 처녀의 모습이 눈앞에 어른거렸다. 심장이 숨 가쁜 고동은 멈췄지만 어쩐지 기분 좋게 죄어드는 것 같았다.

"너 무슨 일이 있니?" 아버지가 불쑥 물었다. "까마귀는 잡았니?"

나는 아버지에게 죄다 이야기해 버리려다가 꾹 참고 그저 조용히 웃어 보였다. 잠자리에 들면서 무엇 때문인지 나도 모르게 한쪽 발로 세 번이나 빙그르르 맴을 돌았고, 포마드를 바르고 자리에 누워 밤새 죽은 사람처럼 늘어지게 잠을 잤다. 새벽녘에 잠깐 잠이 깨었으나 머리를 조금 쳐들고 환희에 찬 눈으로 주위를 잠시 둘러보고는 다시 잠들어 버렸다.

3

  '어떻게 하면 그 사람들과 사귈 수 있을까?' 이른 아침 눈을 뜨자마자 이런 생각이 맨 처음 떠올랐다. 차를 마시기 전에 나는 정원으로 나갔지만, 담장 쪽으로 너무 가까이 가지는 않았고 누구와도 마주치지 않았다. 차를 마신 다음에는 별장 앞 한길을 몇 차례나 왔다 갔다 하며 멀리서 창문 안을 엿보았다……. 커튼 뒤로 그녀의 얼굴이 언뜻 보인 것 같아서 나는 흠칫 놀라 이내 멀찌감치 물러나고 말았다. '어쨌든 사귀어야 할 텐데.' 나는 네스쿠치니 공원 앞에 넓게 깔린 모래밭을 이리저리 거닐며 생각했다. '그러나 어떻게 해야 가깝게 사귈 수 있을까, 그게 문제란 말이야.' 전날 그녀와 만나던 장면을 세세한 것까지 그대로 다시 눈앞에 떠올려 보았다. 어쩐 일인지 그녀가 내게 웃음을 던진 것이 유난히 선명하게 떠올랐다. 그러나 내가 흥분하며 여러 가지 방안을 궁리하고 있는 동안, 운명이 이미 나를 배려하고 있었다.

  내가 집에 없는 사이, 어머니는 새로 이사 온 이웃 사람으로부터 편지를 받았다. 그것은 우체국의 통지서나 싸구려 포도주의 병마개 따위에나 쓰는 갈색 봉랍(封蠟)으로 봉인된 회색 종이에 쓰여 있었다. 공작 부인이 무식하기 짝이 없는 말투와 지저분한 필적으로 쓴 이 편지를 보내 자기를 보살펴 달라는 청을 한 것이었다. 공작 부인의 말에 따르면 그녀는 매우 중요한 재판에 걸려 있는데, 우리 어머니는 그녀와 그 자녀의 운명을 좌우할 수 있는 몇몇 명사들과 아주 친한 사이였다. "저는 점잖은 부인으로서……." 그녀는 편지에 이렇게 쓰고 있었다. "점잖은 부인께 청을 드리고자 하며, 이 기회를 이용할 수 있게 되어 기쁩니다." 그리고 편지를 끝맺으면서 어머니를 방문하는 것을 허락해 달라고 간청하고 있었다. 내가 보기에 어머니는 기분이 언짢았다. 마침 아버지도 집에 계시지 않았기 때문에 의논할 사람이 아무도 없었다. '점잖은 부인'에게, 더구나 공작 부인에게 답장을 하지 않을 수는 없었다. '그러나 어떻게 답장을 써야 할지' 어머니는 망설이고 있었다. 프랑스어로 쓰는 것은 어색할 것 같았고, 러시아어 철자법에도 자신이 없었다. 어머니는 자기 실력을 잘 알고 있었기 때문에 창피를 당하고 싶지 않았던 것이다. 내가 집에 돌아가자 어머니는 매우 반가워하면서, 곧 공작 부인을 찾아가서 어머니는 언제나 힘자라는 데까지 부인을 도와드릴 용의가 있으며, 오후 1시쯤에 들르시라는 얘기를 구두로 전하라고 지시했다. 내가 은밀히 품고 있던 소원이 뜻밖에도 이처럼 빨리 이루어져서 나는 기쁘기도 하고 놀랍기도 했다. 그러나 나는 날 사로잡은 당혹감을 내비치지 않았다. 먼저 새 넥타이를 매고 프록코트를 입으려고 내 방으로 갔다. 나는 더블칼라가 붙은 재킷을 입는 것을 매우 싫어했지만, 집에서는 아직도 그것을 입고 있었던 것이다.

4

나도 모르게 온몸을 떨면서 비좁고 지저분한 곁채의 문간 방에 들어서자 거무튀튀한 구릿빛 얼굴에 돼지처럼 음울한 눈을 한 백발의 하인이 나를 맞이했다. 이마와 관자놀이에 여태껏 한 번도 본 일이 없는 깊은 주름살이 파인 노인이었다. 그가 뜯어먹다 남은 청어 가시를 접시에 담아 가지고 나오다가 옆방으로 통하는 문을 발로 닫으면서 토막토막 끊기는 음성으로 물었다.

"무슨 일로 오셨습니까?"

"자세키나 공작 부인께서는 집에 계시는가?" 내가 물었다.

"보니파티!" 문 안에서 쩌렁쩌렁 울리는 여자의 외침 소리가 들려왔다.

하인이 아무 말 않고 나에게 등을 돌렸다. 그러자 문장(紋章)이 그려진 녹슨 단추가 하나밖에 남아 있지 않은 제복의 등 부분이 몹시 닳아 빠진 것이 눈에 띄었다. 그는 접시를 마룻바닥에 내려놓고 가 버렸다.

"경찰서에 다녀왔나?" 조금 전에 들려온 여자의 음성이었다. 하인이 뭐라고 중얼거렸다. "뭐라고? ……누가 찾아왔다고……?" 다시 그 여자의 목소리였다. "옆집 도련님이야? 그러면 어서 들어오시라고 해."

"응접실로 들어가시죠." 하인이 다시 내 앞에 나타나서 마룻바닥에 놓인 접시를 집어 들며 말했다.

나는 옷매무새를 고치고 응접실로 들어갔다.

내가 발을 들여놓은 곳은 그리 깨끗하다고는 할 수 없는 자그마한 방이었는데, 갑작스럽게 배치해 놓은 듯한 가구는 초라하기 짝이 없었다. 창가에 놓인 한쪽 팔걸이가 떨어져 나간 안락의자에 쉰 살가량 되어 보이는 추하게 생긴 부인이 낡은 녹색 옷에 알록달록한 털실 숄을 목에 감고 맨머리로 앉아 있었다. 그녀의 조그마하고 가무잡잡한 눈이 나를 집어삼킬 듯이 쏘아보았다.

나는 그녀에게 다가가서 머리를 숙여 인사했다.

"자세키나 공작 부인을 뵈었으면 합니다."

"내가 자세키나 공작 부인이에요. 당신이 V 씨의 아드님이오?"

"그렇습니다. 어머니의 심부름으로 왔습니다."

"자, 앉아요. 보니파티! 내 열쇠 어디서 보지 못했나?"

나는 자세키나 부인에게 그녀의 편지에 대한 어머니의 회답의 말을 전했다. 그녀는 굵고 불그스름한 손가락으로 창 언저리를 똑똑 두드리며 내 말을 귀담아듣고 있다가 내 말이 끝나자 다시 한번 나를 눈여겨보았다.

"아주 잘됐군요. 꼭 찾아가 뵙지요." 이윽고 그녀가 입을 열었다.

"그런데 당신은 아직 젊으시군! 실례지만 올해 몇이신가?"

"열여섯입니다." 내가 무의식중에 말을 더듬으며 대답했다.

공작 부인이 주머니에서 무언가를 가득 써 놓은, 손때가 번지르르한 서류를 꺼내더니 그것을 코밑에 바싹 가져다가 이리저리 뒤적거리기 시작했다.

"참 좋은 나이군요." 의자 위에서 이리저리 몸을 비틀기도 하고 엉덩이를 들썩거리기도 하면서 그녀가 불쑥 말했다.

"뭐, 그렇게 예의를 차릴 필요는 없어요. 우리 집에선 누구나 허물없이 지내고 있으니까."

나는 '너무 지나치게 허물없이 구는구나.' 하는 생각이 들어 불현듯 혐오감을 느끼며 꼴사나운 부인의 외모를 샅샅이 살펴보았다.

그 순간, 응접실에 붙은 또 하나의 방문이 홱 열리더니 어제 뜰에서 본 처녀가 문지방에 나타났다. 그녀는 한 손을 쳐들었다. 그녀의 얼굴에 비웃음이 스쳐 갔다.

"애는 내 딸이랍니다." 팔꿈치로 처녀를 가리키며 공작 부인이 말했다. "지노치카, 이분은 이웃집 V 씨의 아드님이란다. 실례지만 당신 이름은?"

"블라디미르입니다." 내가 자리에서 일어서며, 흥분한 나머지 약간 쉬쉬 소리를 내면서 대답했다.

"그럼 부칭(父稱)은?"

"페트로비치입니다."

"아, 그래요! 내가 잘 아는 경찰 서장이 한 분 있는데, 그분의 이름도 역시 블라디미르 페트로비치입니다. 보니파티! 열쇠는 내 호주머니 속에 있으니 찾을 필요 없어."

젊은 처녀는 여전히 비웃음을 띠며 눈을 조금 가늘게 뜨고, 머리를 약간 옆으로 비스듬히 기울인 채 나를 바라보고 있었다.

"난 벌써 므슈 볼데마르를 만난 적이 있어요." 그녀가 말문을 열었다.(은방울을 굴리는 듯한 그녀의 음성이 어떤 달콤하고 차가운 느낌으로 전신을 스쳤다.) "내가 프랑스식으로 당신 이름을 부르는 것을 너그러이 용서하시겠지요?"

"좋을 대로 불러 주세요." 내가 우물쭈물 대답했다.

"어디에서 만났다는 거냐?" 공작 부인이 물었다.

딸은 어머니의 물음에는 대답도 않고 "지금 바쁜가요?" 하고 내게서 시선을 떼지 않은 채로 물었다.

"아뇨, 바쁠 건 없습니다."

"그럼 털실 감는 것 좀 도와주지 않겠어요? 이리 오세요, 내 방으로."

그녀가 내게 머리를 까딱해 보이고는 응접실에서 나갔다. 나는 그녀를 뒤따라갔다.

우리가 들어간 방 안에 놓인 가구는 그래도 좀 괜찮은 편이었고, 아주 그럴듯하게 배치되어 있었다. 하기는 그 순간 나는 거의 아무것도 똑똑히 살펴볼 여유가 없었다. 마치 꿈속에서처럼 몸을 움직이며, 우스꽝스러울 만큼 긴장된 어떤 행복감을 온몸에 느끼고 있었다.

공작의 딸은 자리에 앉더니 빨간 털실 뭉치를 꺼내 들었다. 그리고 자기 앞의 의자에 앉으라고 손짓하고 나서 열심히 털실 뭉치를 풀어헤쳐 내 양손에 걸었다. 그러는 동안에 그녀는 장난치는 듯한 느릿느릿한 태도로, 살짝 열린 입술에는 여전히 밝고 능청맞은 비웃음을 띤 채 내내 침묵을 지키고 있었다. 그녀가 카드를 꺾더니 거기에 털실을 감기 시작했다. 그러다가 갑자기 뭐라고 형용할 수 없는 밝고 재빠른 눈길로 내 얼굴을 훑어보아서 나는 나도 모르게 눈을 내리깔고 말았다. 대체로 반쯤 감겨 있던 눈을 어쩌다 크게 뜨면, 그녀의 얼굴은 온통 광채가 넘쳐흐르는 듯한 모습으로 완전히 변했다.

"어제 나를 보고 어떻게 생각했지요, 므슈 볼데마르?" 잠시 후에 그녀가 물었다. "아마 나를 욕했을 테죠?"

"나는…… 아가씨…… 나는 아무런 생각도 하지 않았습니다……. 어떻게 내가 감히 그런 생각을……." 내가 당황하면서 대답했다.

"내 말 좀 들어 봐요." 그녀가 대꾸했다. "당신은 아직 나를 잘 모르겠지만, 나는 참 이상한 여자예요. 언제나 다른 사람한테서 솔직한 얘기를 듣고 싶어요. 당신이 열여섯이라고 했는데, 나는 스물한 살이니까 내가 훨씬 손위죠. 그러니까 당신은 언제나 나한테 사실대로 말해야 하고…… 내 말을 잘 들어야 해요." 이렇게 말하고 그녀가 다시 덧붙였다. "내 얼굴을 좀 봐요. 왜 나를 보지 않나요?"

나는 더욱더 당혹스러웠지만, 눈을 들어 그녀를 쳐다보았다. 그녀가 미소를 지었는데, 그 미소는 전과는 달리 호의적이었다.

"날 좀 보라니까요." 그녀가 목소리를 낮추면서 상냥하게 말했다. "난 내 얼굴을 쳐다봐도 기분 나쁘지 않으니까……. 난 당신이 마음에 들었어요. 우린 금방 친구가 될 거라는 생각이 들어요. 당신도 내가 마음에 드나요?" 그녀가 능청맞은 말투로 덧붙였다.

"아가씨……." 내가 말문을 열려고 했다.

"첫째, 나를 지나이다 알렉산드로브나로 불러 줘요. 둘째, 어린애가,(그녀가 말을 바로잡았다.) 아니 젊은 사람이 자기가 느낀 바를 솔직하게 말하지 않는다는 건 좋지 않은 버릇이에요. 그건 어른들이나 하는 짓이지요. 어때요, 내가 마음에 드나요?"

그녀가 이처럼 허물없는 태도로 말하는 것이 무척 기쁜 일이기는 했지만, 나는 약간 기분이 언짢았다. 그래서 나는 내가 어린애가 아니라는 것을 보여 주려고 될 수 있는 한 조금도 거리낌 없이 점잖은 표정을 지으며 입을 열었다.

"물론 당신이 아주 맘에 듭니다, 지나이다 알렉산드로브나. 난 그걸 숨기고 싶지 않아요."

그녀는 사이를 두고 천천히 머리를 끄덕여 보였다.

"당신한테 가정교사가 있나요?" 그녀가 갑자기 생각난 듯이 물었다.

"아, 아뇨, 가정교사 없이 지낸 지 벌써 오래입니다."

나는 거짓말을 했다. 내가 그 프랑스인과 헤어진 지 아직 한 달도 지나지 않았더랬다.

"오오! 그래요. 그럼 이젠 어른이 다 된 셈이군요." 그녀가 가볍게 내 손가락을 두드렸다.

"손을 똑바로 들어요!" 이렇게 말하고 그녀는 열심히 털실을 감기 시작했다.

그녀가 눈을 들지 않는 틈을 이용해서 나는 그녀를 찬찬히 살펴보기 시작했다. 처음에는 힐끗힐끗 쳐다보았지만, 얼마 후에는 차츰 대담해졌다. 그녀의 얼굴은 전날보다 더욱 예쁘게 보였다. 어느 모로 보아도 가냘프고 총명하고 귀엽기만 했다. 그녀는 흰 커튼을 드리운 창에 등을 기대고 앉아 있었다. 햇빛이 그 커튼을 뚫고 들어와 그녀의 고운 금발과 깨끗한 목덜미, 둥그스름한 어깨와 부드럽고 안온한 가슴에 잔잔한 광선을 비추어 주었다. 그렇게 바라보고 있는 사이에 어느덧 그녀는 내게 더없이 소중하고 더없이 친근한 존재가 되어 버렸다. 나는 꽤 오래전부터 그녀를 알았던 것 같았고, 그녀를 알기 이전의 일은 아무것도 기억에 없을뿐더러 이 세상에 살아 있었던 것 같지도 않았다…… 그녀는 다 낡은 거무죽죽한 옷에 앞치마를 두르고 있었다. 나는 그 옷과 앞치마의 주름 하나하나까지 기쁜 마음으로 쓰다듬어 주고 싶은 생각이 들었다. 치마 밑으로 목이 긴 구두의 끝이 뾰족하게 삐져나와 있었다. 나는 경건한 마음으로 그 구두에 이마를 조아리고 싶은 생각마저 들었다…… '지금 나는 이렇게 이 아가씨 앞에 앉아 있다.' 나는 생각했다. '드디어 이 아가씨와 사귀게 되었다…… 아아, 얼마나 행복한 일이냐!' 나는 환희에 넘쳐 하마터면 의자에서 벌떡 일어날 뻔했으나 마치 맛있는 음식을 먹는 어린애처럼 두 다리를 조금 버둥거렸을 뿐이다.

나는 물속의 고기처럼 기분이 좋았다. 이제는 한평생 이 방에서 나가고 싶지 않았고 이 자리를 떠나고 싶지도 않았다.

그녀의 눈꺼풀이 살며시 위로 올라갔다. 또다시 그녀의 반짝이는 눈이 내 앞에서 상냥하게 빛났다. 그녀는 다시 미소를 머금었다.

"당신은 어째서 나만 뚫어지게 바라보나요?" 그녀가 천천히 말하더니, 손가락으로 나를 위협하는 시늉을 했다.

　나는 얼굴을 붉혔다……. '이 여자는 무엇이든지 다 아는 모양이다. 무엇이든지 죄다 보고 있다.' 이런 생각이 나의 뇌리를 스쳐 갔다. '그렇지, 모를 리가 있나, 보지 못할 리가 있나!'

　갑자기 옆방에서 무엇인가가 덜컹하는 소리가 나더니 사벨[3]이 절거덕거렸다.

　"지나!" 공작 부인이 응접실에서 외치는 소리가 들렸다.

　"벨롭조로프가 너한테 새끼 고양이를 가져왔구나."

　"새끼 고양이!" 지나이다는 의자에서 벌떡 일어나더니 내 무릎 위에 털실 뭉치를 집어 던지고 그냥 달려 나가 버렸다.

　나도 따라 일어나서 털실 뭉치와 꾸러미를 창가에 얹어 놓고 응접실로 나오다가 우뚝 발걸음을 멈추고 말았다. 방 한가운데에 알록달록한 새끼 고양이가 다리를 벌리고 앉아 있고, 지나이다는 그 앞에 무릎을 꿇고 고양이 턱을 조심스레 받쳐 들고 있었다. 공작 부인 곁에는 불그스름한 얼굴에 눈알이 튀어나온, 희끄무레한 고수머리의 젊은 경기병이 창과 창 사이의 벽을 거의 다 차지하다시피 하고 서 있었다.

　"어머, 정말 우스워!" 지나이다가 반복해서 말했다. "눈이 회색이 아니고 녹색인 데다가 귀는 또 어쩌면 이렇게 클까! 빅토르 예고리치, 고마워요! 당신은 참 친절한 분이에요."

　나는 그 경기병이 어제 본 청년들 중의 하나라는 것을 알 수 있었다. 그가 빙긋이 웃으며 머리를 숙여 보였는데, 그 순

---

3) 기병들이 사용하는 군도(軍刀).

간 발꿈치의 박차가 짤깍거리고 사벨 자루도 절거덕 소리를 냈다.

"어제 당신이 귀가 큰 얼룩 새끼 고양이를 갖고 싶다고 하셨기에……. 그래서 내가 이놈을 구해 왔지요. 당신의 말은 곧 법이니까요." 이렇게 말하고 그는 다시 머리를 꾸벅 숙였다.

새끼 고양이가 가느다란 소리로 야옹 하고 방바닥을 핥기 시작했다.

"배가 고픈가 봐요!" 지나이다가 호들갑스럽게 소리쳤다. "보니파티! 소냐! 우유를 좀 가져와."

낡은 노란 옷에 색 바랜 수건을 목에 감은 하녀가 우유 접시를 들고 와서 고양이 앞에 놓았다. 고양이는 꿈틀하고 몸을 떨더니 눈을 가느다랗게 뜨고 날름날름 접시를 핥기 시작했다.

"어쩌면 혓바닥이 저렇게 빨갛지!" 지나이다가 마룻바닥에 닿을 정도로 머리를 숙이고 고양이의 코끝을 옆으로 들여다보며 말했다.

새끼 고양이는 배가 부르자, 건방진 꼴을 하고 앞발을 들었다 놓았다 하며 가르릉거리기 시작했다. 지나이다가 일어서서 하녀를 돌아보고 쌀쌀한 어조로 말했다.

"고양이를 데려가."

"새끼 고양이를 가져온 대가로…… 당신의 한 손을." 경기병이 이를 드러내 보이며 히죽 웃고, 새 군복이 꽉 끼는 건장한 몸을 뒤로 젖히며 말했다.

"두 손에." 지나이다가 대꾸하며 그에게 두 손을 내밀었다.

경기병이 두 손에 키스하는 동안 그녀는 사내의 어깨 너머로 나를 바라보았다.

나는 그 자리에 꼼짝 않고 서서 웃어야 할지 뭐라고 말해야 할지 아니면 그대로 잠자코 있어야 할지 도저히 알 수 없었다. 그때 열어젖힌 현관문으로 우리 집 하인 표도르가 나타났다. 그가 내게 손짓을 했다. 나는 기계적으로 그에게 걸어갔다.

"왜 그래?" 내가 물었다.

"어머님이 도련님을 불러오라고 해서 왔어요." 그가 소곤소곤 말했다. "대답을 들었으면 빨리 돌아올 것이지 뭣 하고 있느냐고 화내고 계십니다……."

"그렇지만 내가 뭐 여기 오래 있었나?"

"한 시간이 넘었습니다."

"한 시간이 넘었다고!" 내가 엉겁결에 그의 말을 반복했다. 나는 응접실로 돌아가 인사하고 발을 끌며 물러 나오려 했다.

"어디 가세요?" 공작의 딸이 경기병 뒤에서 눈길을 주며 물었다.

"그만 집에 가 봐야겠어요. 그럼 그렇게 말씀드리겠습니다." 내가 노부인을 바라보며 덧붙였다. "부인께서 오후 1시경에 저희 집에 오신다고요."

"그렇게 말해 줘요, 도련님."

공작 부인이 서둘러 담뱃갑을 꺼내 어떻게나 요란스럽게 냄새를 맡던지 나는 몸서리를 치기까지 했다.

"그럼 그렇게 말해 줘요." 부인은 눈물이 글썽한 눈을 끔벅이며 신음하는 소리로 거듭 말했다.

나는 다시 한번 머리를 숙여 인사하고 발길을 돌려 밖으로 나갔다. 아주 젊은 누군가가 내 뒷모습을 바라보고 있으리라는 것을 짐작하며, 어색한 기분으로 그 시선을 등에 느끼면서.

"이것 봐요, 므슈 볼데마르, 또 놀러 오세요." 지나이다가 소리치고 또 웃어 대기 시작했다.

'저 여자는 왜 내내 웃기만 할까?' 나는 아무 말 않고 못마땅한 듯이 나를 뒤따라오는 표도르를 데리고 집으로 돌아가며 생각했다.

어머니는 날 꾸짖고 공작 부인 집에서 뭘 하며 그토록 오래 있었는지 이상하게 여겼다. 나는 어머니에게 아무 대답도 하지 않고 내 방으로 발길을 돌렸다. 갑자기 몹시 슬퍼졌다……. 나는 울지 않으려고 애썼다……. 나는 그 경기병에게 질투를 느끼고 있었다.

5

공작 부인은 약속한 대로 어머니를 찾아왔으나 어머니의 환심을 사지는 못했다. 나는 그 자리에 없었지만 식사할 때 어머니가 말한 바에 의하면, 자세키나 공작 부인은 지극히 저속한 여자 같다는 것이었다. 그녀는 세르게이 공작에게 교섭해 달라고 어머니에게 치근거리며 들러붙어서 애원했다고 한다. 그리고 그녀는 줄곧 어떤 소송이나 치사스러운 금전 관계 사건에 휘말려 있는 것으로 보아, 필경 이만저만한 사기꾼이 아닐 것이라고 했다. 그렇지만 어머니는 공작 부인을 딸과 함께 내일 점심에 초대했다고 덧붙였다.('딸과 함께'란 말을 듣자 나는 접시에 코를 박을 듯이 얼굴을 숙였다.) 그래도 그녀는 이웃이고 이름 있는 여자이기 때문이라는 것이다. 어머니의 말을 들은 아버지는 그 부인이 누구인지 이제야 생각난다며 이렇게 말했다. 아버지는 젊을 때 죽은 자세킨 공작을 잘 알고 있었다. 그 사람은 훌륭한 교육을 받기는 했지만 머리에 든 것이 없는 난봉꾼이었고, 파리에 오래 살았기 때문에 사교계에서는 '파리장'으로 불렸다. 그는 굉장한 부자였으나 도박으로 전 재산을 탕진한 후, 무슨 이유인지 자세히 알 수는 없지만 필경 돈 때문에 어떤 하급 관리의 딸과 결혼했다. "하기는 좀 더 좋은 상대를 골라잡을 수도 있었지." 아버지가 말을 덧붙이더니 냉소를 띠었다. 결혼 후에는 투기사업에 손을 댔다가 맨주먹이 되어 버렸다는 것이다.

"제발 돈을 빌려 달라는 소리나 하지 말았으면 좋겠네." 어머니가 말했다.

"그럴 가능성이 아주 많지." 아버지가 침착한 어조로 말을 받았다.

"그 여자는 프랑스 말을 하던가?"

"아주 엉망이에요."

"흠, 잘하든 못하든 우리하고야 뭐 상관 있나. 당신은 딸도 초대했다고 하는데, 누구한테 들은 말이지만 미모가 뛰어나고 상당히 교양 있는 처녀라더군."

"그래요? 그럼 어머니를 닮지 않은 모양이군요."

"아버지를 닮지도 않았겠지." 아버지가 대꾸했다. "그 사람도 교육을 받기는 했지만 좀 모자란 데가 있었어."

어머니는 한숨을 쉬더니 생각에 잠겼다. 아버지는 입을 다물었다. 이런 대화가 오가는 동안 나는 몹시 어색한 기분에 젖어 있었다. 나는 '자세킨네 정원'에 가까이 가지 않겠다고 마음속으로 다짐했지만 걷잡을 수 없는 힘이 나를 그쪽으로 이끌었다. 여기에는 까닭이 있었다. 담장에 채 가까이 가기도 전에 지나이다를 발견했던 것이다. 이번에는 그녀 혼자였다. 그녀는 두 손으로 책을 들고 천천히 오솔길을 걷고 있었다. 그녀는 나를 보지 못했다.

나는 하마터면 그녀를 그냥 지나칠 뻔했으나 갑자기 정신을 차리고 헛기침을 했다.

그녀는 돌아다보았지만 발길을 멈추지 않고 둥근 밀짚모자에 달린 커다란 하늘색 리본을 한 손으로 돌리며 나를 보고 조용히 웃더니, 다시 책으로 눈길을 돌렸다.

나는 챙이 달린 모자를 벗어 들고 잠시 그 자리에 주춤하고 섰다가 무거운 가슴을 안고 발길을 돌렸다. '나는 저 여자에게 무엇인가?'(아무도 모른다.) 나는 프랑스어로 잠시 생각했다.

귀에 익은 발소리가 내 뒤에서 들려왔다. 뒤를 돌아보니 아버지가 빠르고 가벼운 걸음걸이로 내 쪽을 향해 걸어오고 있었다.

"저 여자가 공작의 딸이냐?" 아버지가 물었다.

"예."

"넌 저 여자를 아니?"

"오늘 아침에 공작 부인 댁에서 만났어요."

아버지는 걸음을 멈추었다가, 발뒤꿈치를 딛고 획 몸을 돌리더니 오던 길로 돌아갔다. 지나이다와 걸음을 나란히 하게 되었을 때, 아버지는 정중하게 그녀에게 머리를 숙여 인사했다. 지나이다 역시 인사를 했으나 적이 놀란 얼굴로 책을 아래로 내렸다. 나는 그녀가 눈으로 아버지를 배웅하는 것을 보았다. 아버지는 언제나 매우 우아하고 독특하면서도 단순하게 옷을 입었다. 그러나 내게 아버지의 모습이 이때처럼 멋있게 보인 적이 없었고, 아버지의 회색 모자가 머리칼이 거의 빠지지 않은 고수머리 위에 이때처럼 멋있게 얹혀 있던 적이 없는 것 같았다.

나는 지나이다 쪽으로 가려고 했으나 그녀는 나를 쳐다보지도 않았고, 다시 책을 쳐들어 올리더니 저쪽으로 가 버렸다.

6

그날 저녁 내내 그리고 이튿날 아침까지도 나는 어쩐지 의기소침하고 멍한 기분으로 보냈다. 지금도 기억하건대, 나는 공부를 하려고 카이다노프의 책을 손에 들었지만 이 유명한 교과서의 넓은 간격의 행과 페이지가 눈앞에 괜히 어른거릴 뿐이었다. 나는 "율리우스 카이사르는 군인으로서 용맹이 뛰어난 사람이었다."라는 구절을 계속해서 열 번을 읽었지만, 아무것도 이해하지 못하고 책을 내던지고 말았다. 점심을 먹기전에 나는 다시 포마드를 바르고 프록코트를 입고 넥타이를 맸다.

"이게 웬일이냐?" 어머니가 물었다. "넌 아직 대학생도 아니고 더군다나 시험에 붙을지 어쩔지도 모르잖아. 네 재킷을 맞춘 지가 오래되지도 않았잖아? 넌 벌써 그걸 벗어 던질 작정이냐?"

"손님이 오잖아요." 내가 거의 절망적으로 속삭였다.

"말 같지도 않은 소리를 하는구나! 손님은 무슨 손님이야."

어머니 말에 따르는 수밖에 없었다. 나는 프록코트를 재킷으로 바꿔 입었지만 넥타이는 풀지 않았다. 공작 부인과 딸은 식사하기 삼십 분 전에 나타났다. 그 노부인은 나에게는 이미 낯익은 녹색 드레스 위에 노란 숄을 걸치고 새빨간 리본이 달린 구식 실내모를 쓰고 있었다. 그녀는 즉시 어음에 대해 말을 꺼내더니 한숨을 쉬며 자기의 가난에 대해 불평하고는 '성가시게 부탁했다.' 그녀는 전혀 격식을 차리지 않았다. 여전히 요란스럽게 담배를 코에 갖다 대고 킁킁거렸고, 의자에서 여전히 제멋대로 몸을 이리저리 돌리며 안절부절못했다. 자신이 공작 부인이라는 생각을 못 하는 것 같았다. 그 대신 지나이다는 그야말로 공작의 딸답게, 거의 거만할 정도로 매우 단정하게 처신했다. 그녀의 얼굴에는 냉랭한 무표정과 위엄이 나타나 있었다. 그녀의 이런 새로운 모습도 내게는 매우 아름답게 보였지만, 그녀의 모습과 눈길과 미소가 낯설게 느껴졌다. 그녀는 연푸른 덩굴무늬가 있는 얇은 비단옷을 입고 있었다. 머리는 영국식으로 길고 곱슬곱슬하게 땋아서 양쪽 볼 위로 내려뜨렸다. 이 머리 모양은 그녀의 차가운 표정과 잘 어울렸다. 아버지는 식사를 하는 동안 그녀의 옆에 앉아서, 아버지 특유의 우아하고 침착한 태도로 친절히 그녀를 상대하고 있었다. 그러면서 이따금 그녀를 힐끗힐끗 바라보았다. 그녀도 가끔 아버지를 쳐다보곤 했는데, 그 눈길은 아주 이상했고 거의 적의를 띠고 있었다. 아버지와 지나이다는 프랑스어로 얘기했다. 지금도 기억하는데, 지나이다의 발음이 어찌나 명료했던지 나는 깜짝 놀랐다. 공작 부인은 식사 중에도 여전히 사양하지 않고 많이 먹으면서 음식을 칭찬했다. 어머니는 공작 부인을 거북해하는 것 같았고, 어쩐지 비정하고 냉담한 태도로 그녀에게 대꾸하고 있었다. 아버지는 이따금 눈에 보일락 말락 할 정도로 미간을 찌푸렸다. 지나이다 역시 어머니의 마음에 들지 않았다.

"그따위 거만한 계집애가 다 있어." 이튿날 어머니가 이렇게 말했다. "제가 뭘 뽐낼 게 있다고. 그리제트[4] 같은 얼굴을 해 갖고!"

"당신은 그리제트를 본 일이 없지 않소." 아버지가 핀잔을 주었다.

"보지 못한 게 다행이죠!"

---

[4] 바람기가 있고 품행이 단정치 못한, 프랑스 하류 계층의 말괄량이를 일컫는 말이다.

"물론 다행일 거야⋯⋯. 그러나 본 일도 없으면서 어떻게 그 리제트 같으니 어쩌니 하고 말할 수 있느냔 말이오?"

지나이다는 내게 아무런 관심도 보이지 않았다. 식사가 끝 나자 공작 부인은 곧 돌아가겠다고 인사했다.

"두 분의 보호를 기대합니다. 마리야 니콜라예브나 그리고 표트르 바실리치." 그녀가 아버지와 어머니에게 노래 부르는 듯한 어조로 말했다. "어쩌겠어요! 한때는 좋은 시절도 있었지 만 다 지나가 버리고 말았어요. 나도 공작 부인이지만." 그녀 가 불쾌한 웃음을 지으며 이렇게 덧붙였다. "우선 입에 풀칠도 못 할 처지에 명예가 무슨 소용 있겠어요?"

아버지는 공손히 인사하고 그녀를 현관문까지 전송했다. 나는 짧은 재킷을 입고 흡사 사형 선고를 받은 죄수처럼 그 자리에 버티고 서서 마룻바닥만 내려다보고 있었다. 그러나 그녀가 내 옆을 지나면서 두 눈에 전처럼 상냥한 표정을 띠며 재빨리 이렇게 속삭였을 때 나는 너무나 깜짝 놀랐다.

"8시에 우리 집에 오세요. 알았지요, 꼭⋯⋯."

나는 그저 두 손을 벌렸다⋯⋯. 그녀는 하얀 숄을 머리 위 에 뒤집어쓰더니 벌써 사라져 버렸다.

7

8시 정각에 나는 프록코트를 입고, 앞머리를 높이 치켜 올 려 빗고는 공작 부인이 사는 곁채의 현관으로 들어갔다. 늙은 하인이 거슴츠레한 눈으로 나를 바라보더니 마지못해 엉거주춤 의자에서 일어났다. 응접실에서 즐거움에 찬 목소리가 들려왔다. 나는 문을 열어 보고 깜짝 놀라 멈칫 뒤로 물러났다. 응접실 복판에 놓인 의자 위에서 공작의 딸이 남자의 모자를 눈앞에 받쳐 들고 있었고, 의자 주위에는 다섯 사람의 사내가 복작거리고 있었다. 그들은 모자에 손을 집어넣으려고 발돋움하고 있었으나, 그러면 그럴수록 처녀는 모자를 더욱 높이 치켜들며 이리저리 빼돌리고 있었다. 나를 발견하자 그녀가 소리쳤다.

"잠깐만 기다려요. 기다려! 새 손님이 왔으니까요. 저 사람한테도 표를 주어야 해요." 그러고는 의자에서 가볍게 뛰어내리더니 내 프록코트의 소맷자락을 붙잡으며 말했다.

"자, 이리 오세요. 왜 그렇게 서 있어요. 여러분, 소개합니다. 이분은 옆집 도련님 므슈 볼데마르예요. 그리고 이분은." 그녀가 차례차례 손님들을 가리키며 말했다. "말렙스키 백작, 의사 선생인 루신, 시인인 마이다노프, 예비역 대위 니르마츠키 그리고 당신이 이미 만나 본 경기병 벨롭조로프. 여러분이 서로 사이좋게 지내기 바랍니다."

나는 몹시 당황하여 누구 한 사람에게도 제대로 인사하지 못했다. 루신이라는 사람은 엊그제 정원에서 내게 사정없이 무안을 준, 바로 그 가무잡잡한 남자임을 알아차렸지만 그 밖의 사람들은 초면이었다.

"백작!" 지나이다가 말을 이었다. "므슈 볼데마르에게 표를 써 줘요."

"그건 불공평합니다." 백작이 폴란드 억양이 약간 섞인 말로 대꾸했다. 그는 야하고 요란스러운 옷차림에 검은 머리, 표정이 풍부한 갈색 눈과 희고 오뚝한 코를 가졌고, 조그만 입 위에 가느다란 콧수염을 기른 사내였다. "이 사람은 우리와 함께 벌금 놀이를 하지 않았으니까요."

"불공평하고말고요." 벨롭조로프와 예비역 대위라는 남자가 덩달아 말했다. 마흔 살가량의 이 대위는 형편없이 얽은 얼굴과 흑인 같은 고수머리에 등이 굽고 다리마저 휘었는데, 견장도 없는 군대 예복을 단추도 채우지 않고 입고 있었다.

"표를 써 주라고 했어요." 공작의 딸이 되풀이해 말했다. "내 말을 듣지 않겠다는 말인가요? 므슈 볼데마르는 우리와 처음 놀게 되었으니까 오늘은 그에게 그런 규칙을 적용할 수 없어요. 아무 불평 말고 표를 만들어 줘요. 그게 내가 원하는 거예요."

백작은 어깨를 흠칫했으나 공손히 머리를 숙여 보이더니 반지를 여러 개 낀 손으로 펜을 들어 종잇조각을 찢어서 이름을 써넣기 시작했다.

"그렇다면 볼데마르 씨에게는 전후 사실을 좀 설명해야겠군요." 루신이 빈정거리는 듯한 말투로 입을 열었다. "그러지 않으면 그가 몹시 당황해할 테니까요. 이거 보시오, 젊은 친구, 우린 지금 벌금 놀이를 하고 있단 말이오. 이 집 아가씨가 벌을 받게 되었는데, 행운의 제비를 뽑은 사람이 아가씨의 손에 키스할 권리를 갖게 되지요. 내 말 알아들었소?"

나는 그를 힐끗 쳐다보았을 뿐 여전히 얼빠진 사람처럼 서 있었다. 지나이다는 다시 의자 위로 뛰어올라서 모자를 흔들기 시작했다. 모두가 모자에 손을 뻗쳤다……. 나도 그들이 하는 대로 따라서 했다.

"마이다노프." 그녀가 야윈 얼굴에 작은 눈이 근시처럼 보이고 검은 머리칼을 아주 길게 기른 키가 큰 사람에게 말했다. "당신은 시인답게 마음을 관대하게 가져야 해요. 당신의 표를 므슈 볼데마르에게 양보하세요. 그러면 그는 한 번이 아니라 두 번의 기회를 갖게 될 테니까요."

그러나 마이다노프는 고개를 가로저었다. 그러자 그의 기다란 머리채가 너풀거렸다. 나는 맨 나중에 모자 속에 손을 넣어 표를 한 장 집어 펼쳐 보았다……. 아아! 종잇조각에 쓰여 있는 '키스!'라는 두 글자를 보았을 때 내 마음이 어떠했으랴!

"키스!" 내가 엉겁결에 소리쳤다.

"브라보! 이분이 뽑았어요." 지나이다가 내 말을 받았다. "정말 기뻐요!" 그녀가 의자에서 내려오더니 뭐라고 표현할 수 없는 맑고 달콤한 눈길로 내 눈을 들여다보았으므로 나의 심장은 금방 터질 것만 같았다. "당신도 기쁘죠?" 그녀가 다시 내게 물었다.

"나 말입니까……?" 내가 웅얼거렸다.

"그 표를 나에게 파시오." 갑자기 벨롭조로프가 내 귓전에 대고 경솔하게 말했다. "100루블 주지요."

내가 경기병에게 분노에 찬 눈초리로 대답하는 걸 보고 지나이다는 손뼉을 쳤고, 루신은 "잘했어!" 하고 소리쳤다…….

"그렇지만." 루신이 말을 이었다. "나는 사회자로서 모든 것이 규칙대로 시행되도록 감독할 책임이 있어요. 므슈 볼데마르, 한쪽 무릎을 꿇고 앉아요. 우리 사이에선 그렇게 하도록 되어 있으니까요."

지나이다는 내 앞에 서서 나의 거동을 좀 더 자세히 보려는 듯이 고개를 옆으로 갸우뚱하고 위엄 있게 한 손을 내밀었다. 나는 눈앞이 캄캄했다. 한쪽 무릎을 꿇는다는 것이 양쪽 무릎을 털썩 꿇고는 아주 서투르게 지나이다의 손가락에 입술을 갖다 대 코끝이 그녀의 손톱에 걸려 가볍게 긁히고 말았다.

"좋아요!" 루신이 소리치고 나서 내가 일어나도록 도와주었다.

벌금 놀이는 계속되었다. 지나이다는 나를 자기 곁에 앉게 했다. 그녀는 정말로 다양한 벌금 놀이를 고안해 냈다. 한번은 그녀가 입상(立像)이 되어 보여야 했다. 그녀는 못생긴 니르마츠키를 발판으로 선택해 그에게 엎드려 누우라고 명령했을 뿐만 아니라 얼굴을 가슴에 틀어박으라고 지시했다. 웃음소리가 터져 나와 한동안 그칠 줄을 몰랐다. 단정한 귀족 집안에서 자랐으며, 주위와 격리된 채 엄격한 교육을 받아 온 나는 이렇게 떠들썩한 고함 소리와 체면이고 뭐고 없는 거의 난폭할 만큼 들뜬 분위기, 낯선 사람들과의 전에 없던 교제로 머리가 핑핑 돌 지경이었다. 나는 마치 술에 취한 사람처럼 아주 흥분되었다. 나는 누구보다도 더 큰 소리로 웃고 지껄이기 시작했다. 그래서 무슨 의논할 일이 있어 이베르스키 성문 근처에서 온 어떤 관리와 옆방에서 얘기하고 있던 늙은 공작 부인까지도 날 보러 나왔을 정도이다. 그러나 나는 너무나 행복해서 누가 나를 비웃든 흘겨보든 전혀 아랑곳하지 않았다. 지나이다는 계속 나에게 호의를 보이며 나를 자기 곁에서 떠나게 하지 않았다. 어떤 벌인가를 받게 되었을 때 나는 그녀와 나란히 붙어 앉아 한 장의 얇은 비단 숄을 함께 뒤집어쓰게 되었다. 내가 그녀에게 '자기의 비밀'을 고백해야 한다는 것이었다. 지금도 기억하지만, 우리 두 사람의 머리는 갑자기 반쯤 투명하고 향긋한 무더운 안개에 싸여 버렸다. 이 안개 속에서 그녀의 눈은 아주 가까이에서 부드럽게 빛났고, 방긋이 벌어진 입술은 뜨겁게 입김을 내뿜었으며 하얀 이가 드러나 보였다. 그리고 그녀의 머리칼이 내 얼굴을 간질이며 화끈거리게 했다. 나는 잠자코 있었다. 그녀가 신비스럽게 이상야릇한 미소를 띠고 있다가 드디어 속삭였다. "어때요, 네?" 나는 그 말에 단지 얼굴을 붉히고 웃음을 지으며 그녀를 외면하고 말았다. 그러고 나서는 숨 쉬는 것조차 힘들었다. 우리는 벌금 놀이에 싫증이 났다. 우리는 줄 돌리기 놀이[5]를 시작했다. 아아! 멍청하게 있다가 지나이다에게 강하고 따끔하게 손가락을 얻어맞았을 때, 나는 얼마나 큰 기쁨을 느꼈던가. 그다음부터 나는 일부러 멍청한 꼴을 하고 있었지만 그녀는 내 마음을 조이게 할 뿐 앞으로 내놓은 내 손은 건드리지도 않았다.

그날 저녁에 우리는 얼마나 많은 놀이를 했던가! 피아노 치

---

5) 둥그런 줄 안에 고양이 노릇을 하는 술래가 들어가 앉아서 그 줄을 돌리며 빙빙 도는 사람의 손을 치면 손을 맞은 사람이 대신 술래가 되는, 아이들이 좋아하는 놀이.

고, 노래하고, 춤추고, 집시의 무리를 흉내 내기도 했다. 니르마츠키를 곰으로 분장해 그에게 소금물을 먹였다. 말렙스키 백작은 트럼프로 여러 가지 속임수를 부려 보였고, 그 트럼프를 전부 뒤섞더니 휘스트의 으뜸 패를 몽땅 자기에게 오게 했다. 거기에 대해 루신은 '그를 찬양할 영광'을 가졌다. 마이다노프는 자기가 지은 서사시 「살육자(殺戮者)」의 단장들(사건은 로맨티시즘의 전성기에 일어났다.)을 낭독했다. 그는 검은 표지에 핏빛으로 표제를 박아서 출판한다고 했다. 그다음 우리는 이베르스키 성문에서 온 관리의 무릎 위에서 모자를 훔쳐다가 모자를 돌려준다는 조건으로 그로 하여금 카자크 춤을 추게 했고, 보니파티 영감에게 부인용 모자를 씌우기도 하고, 공작의 딸은 남자의 모자를 뒤집어쓰기도 했다⋯⋯. 우리의 장난은 일일이 헤아릴 수도 없을 정도였다. 다만 벨롭조로프 한 사람만은 성난 듯이 얼굴을 찌푸리고 줄곧 구석에 처박혀 있었는데, 이따금 얼굴이 온통 시뻘게서 충혈된 눈으로 금방이라도 우리 모두에게 덤벼들어 모두를 나뭇조각처럼 이리저리 집어 던질 것 같은 기세였다. 그러다가도 지나이다가 힐끗 쳐다보며 손가락으로 위협하는 시늉을 하기만 하면 다시금 구석으로 몸을 숨겼다.

마침내 우리는 녹초가 되었다. 공작 부인은 스스로도 말했듯이 아주 너그러운 성미여서 아무리 떠들어 대도 싫은 내색을 하지 않았지만, 그래도 역시 피로를 느꼈던지 좀 쉬어야겠다고 말했다. 밤 11시가 지나서 밤참이라고 나왔는데, 오래되어 굳은 치즈와 햄을 넣은 다 식어 빠진 괴상한 피로그[6]뿐이었다. 그러나 내게는 그 피로그가 어떤 고기만두보다 더 맛있는 것 같았다. 포도주는 겨우 한 병밖에 나오지 않았는데 그나마 약간 이상하게 거무죽죽하고 마개 있는 데가 부풀어 오른 것 같았고, 그 속에 든 포도주도 붉은 물감 냄새가 풍겼다. 물론 아무도 그것을 마시지 않았다. 나는 녹초가 되어, 정신이 몽롱할 정도로 행복을 느끼면서 곁채에서 나갔다. 헤어질 때 지나이다가 내 손을 꼭 붙잡고 다시금 뜻 모를 미소를 지었다.

무겁고 축축한 밤공기가 나의 상기된 얼굴을 스쳤다. 뇌우(雷雨)라도 쏟아질 듯한 날씨였다. 검은 비구름이 뭉게뭉게 피어나서 순식간에 연기처럼 변하더니 하늘을 덮었다. 한 줄기 바람이 우중충한 나무 사이에서 불안스럽게 몸부림치고, 어딘지 멀리 지평선 너머에서 마치 혼자 으르렁거리는 듯한 천둥소리가 희미하게 들렸다.

나는 뒷문으로 내 방에 들어갔다. 내게 딸려 있는 하인이 마룻바닥에 누워서 자고 있었으므로 그의 몸을 타고 넘어가야 했다. 하인은 잠이 깨서 나를 보더니, 어머님이 또 화내시며 날 데리러 사람을 보내려는 것을 아버님이 말리셨다고 보고했다.(그때껏 나는 어머니에게 밤 인사를 드리지 않고, 잘 자라는 말도 듣지 않은 채 잠자리에 든 적이 한 번도 없었다.) 그렇지만 어쩔 수 없었다!

하인에게 내 손으로 옷을 갈아입고 자겠다고 말하고 촛불을 껐다. 그러나 나는 옷도 갈아입지 않았고 자리에 눕지도 않

---

6) 러시아식 만두로 고기, 양배추, 버섯 피로그가 있다.

왔다.

나는 의자에 걸터앉아 마치 마법에 걸린 듯이 오랫동안 앉아 있었다. 내가 느낀 것은 실로 새롭고 감미로웠다. 나는 슬쩍 주위를 둘러보았을 뿐 꼼짝도 않고 앉아서 천천히 숨 쉬고 있었다. 그리고 그날 저녁의 일을 생각하고 이따금 소리 없이 웃기도 하고, 때로는 '나는 사랑에 빠졌나 보다, 이것이 다름 아닌 바로 사랑이라는 것이구나.' 하는 생각에 마음속이 오싹해졌다. 지나이다의 얼굴이 어둠 속에서 눈앞에 떠올랐다……. 그리고 언제까지나 사라지지 않고 어둠 속을 떠돌고 있었다. 그 입술은 여전히 뜻 모를 미소를 머금었고, 그 눈은 무엇을 묻고 싶은 듯, 깊은 생각에 잠겨 상냥하게 약간 옆으로 비스듬히 나를 바라보고 있었다……. 바로 전에 그녀와 헤어지던 순간과 똑같은 눈길이었다. 드디어 나는 의자에서 일어나 발끝으로 침대로 다가가서는 옷도 갈아입지 않고 조심스럽게 베개에 머리를 얹었다. 마치 거친 동작으로 마음속에 충만한 감정을 깨뜨릴까 봐 걱정하는 듯이…….

자리에 누웠지만 나는 심지어 눈도 감지 않았다. 얼마 안 있어 무엇인가 희미한 광선 같은 것이 방 안으로 계속 비쳐 들어오는 것을 알아챘다. 나는 상반신을 일으켜 창을 바라보았다. 창살이 신비스럽고 어렴풋하게 하얘진 유리창과 대비되어 도드라져 보였다. '뇌우로구나.' 나는 생각했다. 확실히 뇌우는 뇌우였다. 그러나 어딘지 아주 먼 곳에서 오고 있는지 천둥소리조차 들리지 않았다. 다만 무수히 가지가 뻗은 듯한 기다랗고 희미한 번개가 쉴 새 없이 번쩍이고 있을 뿐이었다.

그것은 번쩍거린다기보다는 마치 죽어 가는 새의 날개가 파닥거리며 경련을 일으키는 것처럼 보였다. 나는 잠자리에서 일어나 창가로 다가가 그대로 아침까지 서 있었다. 번개는 잠시도 멎지 않았다. 그날 밤은 사람들이 흔히 말하는 이른바 '참새의 밤'[7]이었다. 나는 말 없는 모래사장과 네스쿠치니 공원의 시커먼 숲과 희미한 번갯불이 번쩍할 때마다 부르르 떠는 듯 보이는 멀리 떨어진 건물의 누르스름한 정면을 바라보고 있었다……. 나는 시선을 딴 데로 옮길 수 없었다. 이 소리 없는 번갯불과 억제된 듯한 섬광은 내 마음속에도 불타오르는 말 없고 비밀스러운 불꽃에 호응이라도 하는 듯했다. 날이 밝아 오기 시작했다. 새벽놀이 진홍빛 반점을 이루며 나타났다. 해가 떠오를 시간이 가까워지자 번개도 차츰 빛을 잃고 사라져 갔다. 그 가냘픈 전율도 점점 뜸해지고, 드디어 떠오르는 태양의 맑고 찬란한 햇빛 속으로 빠져 들어가 사라지고 말았다…….

내 마음속의 번갯불도 사라져 갔다. 나는 심한 피로와 평온함을 느꼈다……. 그러나 지나이다의 형상은 승리의 개가를 부르며 여전히 내 마음속에서 떠날 줄을 몰랐다. 다만 그 형상도 이제 차분해진 듯했다. 그것은 마치 늪지의 풀숲에서 날아오르는 백조처럼, 자기를 에워싸고 있던 보기 흉한 환경으로부터 떨어져 나온 것 같았다. 그래서 나는 잠들기 전에 마지막으로 석별의 정과 신뢰에 찬 경애하는 마음으로 그녀의

---

7) 번개와 천둥이 계속 치며 비가 내리는 밤을 말한다.

모습에 무릎을 꿇었다…….

오오, 온화한 감정이여, 부드러운 음향이여, 감동 어린 영혼의 선량함과 평온함이여, 감미로운 첫사랑의 녹아나는 기쁨이여, 그대들은 어디에 있는가, 그대들은 지금 어디에 있는가?

8

이튿날 아침 차를 마시러 아래층에 내려갔을 때 어머니는 나를 꾸짖었다. 그러나 예상했던 것보다는 덜했다. 그러나 전날 뭘 했는지 말해 보라고 했다. 나는 상세한 것은 대부분 생략하고, 모든 것이 매우 순진한 느낌이 들도록 애쓰며 간단히 대답했다.

"어쨌든 그들은 점잖은 사람들이 아니다." 어머니가 말했다. "그러니까 너는 그런 집에 드나들지 말고 시험 준비나 열심히 해라."

내 시험공부에 대한 어머니의 걱정이란 겨우 이런 말 몇 마디로 끝난다는 것을 알았기 때문에 나는 어머니의 말에 대꾸할 필요도 없다고 생각했다. 그러나 차를 마신 후 아버지는 내 팔을 붙잡고 함께 공원으로 나가서 내가 자세킨의 집에서 본 것을 모두 얘기하게 했다.

아버지는 내게 묘한 영향력을 가지고 있었고, 아버지와 나의 관계도 이상했다. 아버지는 내 공부에는 거의 관여하지 않았고, 모욕을 주는 일도 전혀 없었다. 어디까지나 나의 자유를 존중해 주었고, 이런 표현을 할 수 있을지 모르지만 아버지는 내게 정중하기까지 했다……. 단지 아버지는 나를 곁에 가까이 오지 못하게 했다. 나는 아버지를 좋아했고 아버지에게 매료되었다. 내 눈에는 아버지가 전형적인 남성으로 보였던 것이다. 아아! 나를 밀어내는 아버지의 손을 끊임없이 느끼지 않았더라면, 나는 아버지에게 아주 강한 애착을 느꼈을 것이다! 그 대신에 마음이 내킬 때면 아버지는 불과 말 한마디나 손짓 하나로 순식간에 한없는 신뢰감을 내 가슴속에 불러일으킬 수 있었다. 그러면 내 마음의 문이 열리고, 나는 영리한 친구나 관대한 스승을 대하듯이 아버지를 상대로 열심히 지껄여 댔다……. 그러나 아버지는 갑작스럽게 다시 나를 버리고 만다. 아버지의 손이 다시 부드럽고 상냥하게, 그러나 나를 옆으로 밀어내는 것이다.

아버지는 이따금 기분이 몹시 쾌활해질 때가 있었는데, 그럴 때면 마치 어린애처럼 나와 함께 장난치고 떠들어 댔다.(아버지는 온갖 과격한 운동을 좋아했다.) 언젠가 한번은(단 한 번뿐이었다!) 아버지가 너무나 부드러운 손길로 나를 애무해 주어서 나는 하마터면 울음을 터뜨릴 뻔했다. 그러나 그 쾌활함과 상냥스러움은 흔적도 없이 사라지고, 조금 전에 우리 두 사람 사이에 일어났던 일은 미래에 대한 아무런 희망도 주지 않았다. 내게는 이 모든 것이 꿈속에서 있었던 일처럼 느껴졌다. 나는 곧잘 아버지의 현명하고, 시원스럽고, 멋있게 잘생긴 얼굴을 물끄러미 쳐다보곤 했다……. 그러면 나의 심장은 두근거리고 나의 전 존재가 아버지에게 쏠린다……. 아버지는 내 마음속을 빤히 들여다보고 있는 듯이, 내 뺨을 가볍게 두드리고 그냥 훌쩍 내 옆을 지나쳐 가 버리든가, 무슨 일을 하기 시작하든가, 그러지 않으면 아버지만의 특유한 방식으로 갑자기 전신이 굳어 버린다. 그러면 나도 즉시 움츠러들어 차갑게 얼어붙고 만다. 어쩌다 나타나는 나에 대한 아버지의 발작적인 애정은, 표현하지는 않았지만 알아챌 수 있었던 아버지의 애정을 구하는 나의 애원에 대한 응답이 결코 아니었다. 그것은 언제나 예기치 않게 일어났다. 그 후에 아버지의 성격에 대해 곰곰이 생각해 보면서, 나는 아버지가 나나 가정생활에 전혀 관심이 없었다는 결론에 도달했다. 그는 다른 것을 사랑했고, 그 다른 것을 마음껏 즐기고 있었던 것이다. "할 수 있는 건 너 스스로 취해라. 딴 사람 손에 자신을 맡기지 마라. 자신은 자신에게 속해야만 해. 여기에 인생의 모든 것이 있는 거야."라고 아버지는 내게 말한 적이 있었다. 또 언젠가 나는 젊은 민주주의자로서 아버지 앞에서 자유에 대해 토론한 일이 있었다.(그날 그는 내 식으로 말하자면 '착한' 아버지였다. 그런 때는 아버지에게 무슨 말이든지 할 수 있었다.)

"자유라……." 아버지가 되뇌었다. "너는 무엇이 인간을 자유롭게 하는지 아니?"

"뭐죠?"

"의지, 자신의 의지야. 이것은 자유보다도 더 좋은 권력을 주지. 원할 수 있는 능력이 있으면, 자유로울 수 있고, 명령을 내릴 수도 있게 된다."

아버지는 우선 무엇보다도 '살고' 싶어 했다. 그리고 그렇게 살았다……. 어쩌면 아버지는 자신이 '인생'이라는 것을 오래 누릴 수 없다는 것을 예감했는지도 모른다. 아버지는 마흔두 살에 세상을 떠나고 말았다.

나는 자세킨의 집을 방문한 것에 대해 아버지에게 자세히 얘기했다. 아버지는 벤치에 앉아서 채찍 끝으로 모래에 무엇인가를 그리면서, 관심이 있는 듯 혹은 없는 듯한 태도로 내 말을 듣고 있었다. 그리고 아버지는 간간이 웃음을 띠고는, 어쩐지 유쾌하고 재미있다는 듯이 나를 쳐다보며 짤막한 질문을 던지기도 하고, 대꾸도 하면서 나를 부추겼다. 처음에 나는 지나이다의 이름조차 입 밖에 낼 용기가 없었지만, 도저히 참지 못하고 그녀를 칭찬하기 시작했다. 아버지는 계속 웃고만 있었다. 그러고 나서 골똘히 생각하더니, 기지개를 켜며 일어났다.

나는 아버지가 집을 나서며 말에 안장을 매라고 지시한 것이 생각났다. 아버지는 뛰어난 기수여서 래리[8] 씨보다 훨씬 먼저 가장 사나운 말을 길들여 놓을 수 있었다.

"저도 함께 갈까요, 아빠?" 내가 물었다.

"안 돼." 아버지가 대답했다. 그 얼굴에는 여느 때와 같이 상냥하면서도 무관심한 표정이 떠올랐다. "가고 싶으면 너 혼자 가거라. 그리고 마부에게 나는 말을 타지 않을 거라고 말해라."

---

[8] John S. Rarey. 미국의 말 조련사로 사납고 난폭한 말을 훈련시키고 길들이는 방법을 소개했다.

아버지는 내게 등을 돌리더니 재빨리 가 버렸다. 나는 눈길로 아버지를 뒤쫓았다. 이윽고 아버지는 대문 밖으로 사라져 버렸다. 나는 아버지의 모자가 담을 따라 움직이는 것을 보았다. 아버지는 자세킨의 집으로 들어갔다.

아버지는 그 집에서 한 시간 이상 머물지 않았다. 그리고 곧 시내로 들어갔다가 저녁에야 집으로 돌아왔다.

식사를 한 후 나도 자세킨의 집으로 갔다. 응접실에 늙은 공작 부인이 혼자 있다가 나를 보자, 뜨개바늘 끝을 실내모 밑으로 넣어 머리를 긁적이면서 갑자기 진정서 한 통을 정서해 줄 수 없겠느냐고 물었다.

"기꺼이 해 드리지요." 내가 의자 모서리에 걸터앉으며 말했다.

"글자를 더 큼직큼직하게 써 줘요." 때 묻은 종이 한 장을 내주며 공작 부인이 말했다. "오늘 중으로 될까요, 도련님?"

"네, 오늘 중으로 써 드리겠습니다."

옆방으로 통하는 문이 살짝 열려 있었고, 그 문 틈새로 지나이다의 얼굴이 보였다. 머리는 아무렇게나 뒤로 쓸어 넘겼고, 얼굴은 창백하고 수심에 잠겨 있었다. 그녀는 크고 차가운 눈으로 나를 잠시 바라보더니 조용히 문을 닫았다.

"지나야, 얘, 지나야!" 노부인이 불렀다.

지나이다는 대답하지 않았다. 나는 노부인의 진정서를 가지고 가 저녁 내내 앉아서 그것을 정서했다.

9

나의 '열정'은 그날부터 시작되었다. 지금도 기억하건대, 당시 나는 직장에 처음 들어간 사람이 느끼게 마련인 감정과 비슷한 기분을 느꼈다. 나는 이미 단순한 어린 소년이 아니라 사랑에 빠진 남자였다. 나는 그날부터 나의 열정이 시작되었다고 말했다. 그러나 바로 그날부터 나의 고통도 시작되었다고 덧붙여 말할 수 있을 것이다. 지나이다가 없으면 나는 슬픔에 빠지곤 했고, 아무것도 머릿속에 들어오지 않았으며, 아무 일도 손에 잡히지 않았다. 나는 하루 종일 그녀만을 골똘히 생각했다……. 나는 슬픔에 잠기곤 했다……. 그러나 그녀 앞에서도 마음이 가볍지는 않았다. 나는 질투하거나, 내가 보잘것없다는 것을 의식하거나, 바보같이 뾰로통해지거나, 어리석게 굽실거리거나 했다. 그렇지만 억제할 수 없는 힘이 나를 자꾸 그녀에게로 끌고 갔다. 그리고 나는 매번 자신도 알 수 없는 행복의 전율을 느끼며 그녀의 방문턱을 넘어서곤 했다. 지나이다는 내가 자기를 연모하는 것을 곧 알아차렸고, 나도 숨기려 하지 않았다. 그녀는 나의 연정을 재미있어하면서 나를 희롱하기도 하고, 달래기도 하고, 괴롭히기도 했다. 다른 사람에게 최고의 환희와 깊은 비애의 유일한 원천이 되고, 절대적인 힘을 가진 아무런 책임도 없는 존재가 된다는 것은 기분 좋은 일일 것이다. 나는 지나이다의 손안에서는 마치 말랑말랑한 밀랍과도 같은 존재였다. 하지만 나 혼자만이 그녀를 연모하고 있었던 것은 아니다. 그녀의 집을 드나드는 모든 남자들이 그녀에게 홀딱 반해 있었다. 그리고 그녀는 그들 모두를 밧줄에 묶어 자기 발밑에 꿇어 엎드리게 했다. 그녀는 그들의 마음속에 때로는 희망을, 때로는 불안을 불러일으키며 기분 내키는 대로 그들을 조롱하는 것을(이것을 그녀는 사람들을 서로 맞붙어 싸우게 하는 것이라고 했다.) 낙으로 삼았다. 그런데도 그들은 꿈에도 거역할 생각을 않고 기꺼이 그녀에게 복종했다. 생기가 넘치는 아름다운 그녀의 온몸에서는 교활함과 어수룩함, 기교와 단순, 조용함과 활발함 같은 것들이 뒤섞여 일종의 특이한 매력이 넘쳤다. 그녀가 말하고 행동하는 모든 것, 또 그녀의 동작 하나하나에는 미묘하고 경쾌한 매력이 넘쳤고, 모든 점에서 독특한 연기력이 나타났다. 그녀의 얼굴 역시 쉴 새 없이 변화했고 표정이 풍부했다. 그리고 수심과 정열을 거의 동시에 나타냈다. 바람 부는 맑게 갠 날의 구름처럼 온갖 감정이 가볍고 재빠르게 그녀의 눈과 입술을 끊임없이 스쳐 지나갔다.

지나이다의 숭배자들은 모두 그녀에게 필요한 사람들이었다. 그녀가 가끔 '나의 맹수'라고 부르기도 하고, 어떤 때는 그저 '내 사랑'이라고 부르는 벨롭조로프는 그녀를 위해서라면 불 속에라도 기꺼이 뛰어들 사람이었다. 자기의 지적 능력이나 그 밖의 재능에 자신이 없었으므로, 그는 다른 사람들은 단지 말뿐이라고 은근히 주장하면서 끊임없이 그녀에게 구혼했다. 마이다노프는 그녀 영혼의 시적 금선(琴線)에 호소하려고 했다. 거의 모든 문학가가 그렇듯이 그도 무척 냉정한 성격이었지만, 그녀를 사모한다는 것을 그녀뿐만 아니라 자신에게도 열렬히 맹세하는 듯했다. 그리고 수없이 많은 시로써 그녀를 찬미하고, 약간 어설프고 솔직한 감격 어린 어조로 시를 낭송해 주곤 했다. 그녀는 그를 별로 신뢰하지 않았으므로, 그의 감정의 토로를 실컷 듣고 나면 다시 푸시킨의 시를 낭독하게 했다. 그녀의 말을 빌리면, 그것은 공기를 깨끗하게 하기 위해서였다. 루신은 빈정거리기 잘하고 냉소적인 말을 예사로 지껄이는 의사였는데, 누구보다도 그녀를 잘 알았다. 그는 그녀가 있건 없건 그녀를 비난했지만, 누구보다도 그녀를 사랑했다. 그녀는 루신을 존경하기는 했으나, 그렇다고 특별히 그에게 관대하지는 않았다. 그리고 때때로, 특히 심술궂은 만족감으로 그로 하여금 그 역시 그녀의 손아귀에 있다는 느낌이 들도록 했다. "나는 바람둥이예요. 애정 같은 건 없어요. 난 배우의 기질을 타고났어요." 언젠가 내가 있는 자리에서 그녀가 그에게 말했다. "좋아요! 자, 당신 손을 내놓으세요. 바늘로 그 손을 찔러 드릴 테니. 당신은 이 젊은 사람 앞에서 부끄러워하며 아파할 테지요. 그래도 당신은 성실한 분이니까 아마 웃으실 거예요." 루신은 얼굴을 붉히고 옆으로 고개를 돌리면서 입술을 깨물었지만, 그래도 결국은 손을 내밀었다. 그녀가 그의 손을 바늘로 푹 찌르자 정말 그는 웃기 시작했다……. 그녀는 꽤 깊이 바늘을 찔러 넣고는 공연히 이리저리 굴리고 있는 그의 눈을 들여다보며 웃어 댔다…….

　나는 무엇보다도 지나이다와 말렙스키 백작의 관계를 이해할 수 없었다. 그는 잘생기고 재간 있고 영리한 인간이기는 했지만, 불과 열여섯 살 소년인 내 눈에도 수상쩍고 부자연스러운 구석이 있어 보였다. 나는 지나이다가 그것을 알아채지 못하는 데 놀랐다. 아마도 그녀는 그 위선을 눈치채고 있으면서도 별로 싫어하지 않았는지도 모른다. 불규칙한 교육, 기묘한 교제와 습관, 줄곧 옆에 붙어 있는 어머니, 가정의 불행과 무질서, 젊은 처녀가 누리는 자유, 주위 사람들보다 뛰어나다는 의식 같은 것들이 거의 경멸하는 듯한 무관심한 태도와 괴팍스러운 성격을 그녀에게 부여한 것이다. 어떤 일이 일어나도(보니파티가 와서 설탕이 없다고 말해도, 어떤 추잡한 소문이 밖으로 퍼져도, 손님들이 서로 다투는 일이 있어도) 그녀는 단지 머리채를 흔들며, "하찮은 일이야!"라고 말하고 별로 개의치 않았다.

그 대신에 말렙스키가 여우처럼 교활하게 몸을 흔들며 그녀에게 다가가서 우아한 태도로 그녀의 의자 뒤에 기대 흐뭇하면서도 알랑거리는 듯한 미소를 띠고 그녀의 귀에 소곤거릴 때면, 나는 온몸에 피가 끓어올랐다. 그녀는 팔짱을 끼고 유심히 그를 쳐다보면서 미소를 머금고 머리를 흔들곤 했다.

"당신은 무엇 때문에 말렙스키 씨 같은 사람을 집에 드나들게 하나요?" 언젠가 내가 그녀에게 물은 적이 있었다.

"그래도 그는 아주 멋진 콧수염을 가지고 있지 않아요?" 그녀가 대꾸했다. "하지만 그런 건 당신이 참견할 일이 아니에요."

언젠가 그녀는 "아마 당신은 내가 그 사람을 사랑하지나 않을까 생각하는 거죠?" 하고 말했다. "천만에요. 나는 내가 위에서 내려다보아야 하는 그런 남자를 사랑할 수 없어요. 내게는 나를 정복할 수 있는 사람이 필요해요……. 그렇지만 그런 사람하고 맞닥뜨릴 것 같지는 않으니 참으로 다행한 일이죠! 난 누구의 손아귀에도 잡히지 않을 거예요, 절대로!"

"그럼 당신은 결코 누구도 사랑할 수 없겠군요?"

"그렇다고 당신을? 정말로 내가 당신마저도 사랑하지 않을까요?" 그녀가 이렇게 말하고는 장갑 끝으로 내 콧잔등을 두드렸다.

그렇다, 지나이다는 나를 마음껏 조롱했다. 삼 주일 동안 나는 매일 그녀와 만났는데, 그녀는 내게 별별 짓을 다 했다. 그녀는 좀처럼 우리 집에 놀러 오지 않았지만, 나는 섭섭하게 생각하지 않았다. 우리 집에 오면 그녀는 의젓한 아가씨, 즉 공작의 딸로 변했고, 나도 그녀를 피했다. 어머니 앞에서 내 본심이 드러날까 봐 두려웠던 것이다. 어머니는 지나이다를 전혀 좋아하지 않았고, 적의 어린 눈으로 우리를 감시했다. 아버지는 그다지 두렵지 않았다. 아버지는 나에 대해 아무것도 눈치채지 못한 듯했다. 그리고 지나이다와 별로 얘기하지는 않았으나, 아버지가 그녀에게 던지는 말은 어쩐지 아주 재치 있고 의미심장한 것 같았다. 나는 공부도 독서도 그만두었다. 근교를 산책하거나, 멀리 말을 타고 나가는 것도 중단해 버렸다. 마치 다리를 묶인 딱정벌레처럼, 그리운 곁채 주변을 끊임없이 뱅글뱅글 돌고 있었다. 나는 언제까지나 그곳을 떠나고 싶지 않았다……. 그러나 그럴 수는 없는 일이었다. 어머니의 잔소리가 심했고, 어떤 때는 지나이다가 나를 쫓아 버렸기 때문이다. 그럴 때면 나는 방 안에 틀어박혀 있거나, 그렇지 않으면 정원 끝에 있는 높은 석조 온실이 허물어진 곳에 기어 올라 한길로 향한 벽에다 발을 늘어뜨린 채 몇 시간이고 꼼짝 않고 앉아서, 아무것도 보려 하지 않고 멍청히 앞만 뚫어져라 바라보고 있었다. 내 곁에서는 먼지투성이의 쐐기풀 위를 하얀 나비들이 한가롭게 날개를 팔랑거리며 이리저리 날아다녔다. 날쌔 보이는 참새 한 마리가 근처의 동강 난 붉은 벽돌 위에 앉아서 연방 온몸을 앞뒤로 돌리며 꼬리를 활짝 펴고는 신경을 자극하는 소리로 짹짹거리고 있었다. 여전히 의심 많은 까마귀들은 벌거숭이가 된 자작나무 꼭대기에 높이높이 앉아서 이따금씩 까옥까옥 울어 댔다. 태양과 바람은 자작나무의 성긴 나뭇가지를 조용히 희롱하고, 돈스코이 수도원의 종소리가 때때로 구슬프고 은은하게 들려왔다. 나는 가만히 앉아서 주위를 둘러보고 귀를 기울인다. 그러면 그 어떤 이름할 수 없는 감정이 마음속에 넘쳐흐른다. 그 속에는 우수도, 환희도, 미래에 대한 예감도, 희망도, 삶의 공포도, 그 밖에도 온갖 것이 다 포함되어 있었다. 그러나 당시 나는 이런 것들을 전혀 이해하지 못했고, 내 마음속에서 떠돌아다니는 어떤 것에도 이름을 붙일 수 없었다. 혹시 나는 이 모든 것들을 하나의 이름, 즉 지나이다라는 이름으로 부를 수 있었을 것이다.

하지만 그녀는 고양이가 쥐를 가지고 놀듯이 줄곧 나를 가지고 놀았다. 어쩌다 그녀가 내게 아양을 떨면 나는 금방 흥분해서 녹아나는 듯한 기분이 되었고, 때로 그녀가 갑자기 날 밀쳐 버리면 나는 그녀 곁에 가까이 갈 수도 없었고, 감히 그녀를 똑바로 쳐다볼 수도 없었다.

지금도 생각나지만, 그녀는 며칠 동안 계속해서 아주 냉정하게 나를 대했다. 나는 완전히 겁먹고 비겁하게 곁채로 뛰어가서 늙은 공작 부인 곁에 붙어 있으려고 했다. 바로 이때 늙은 공작 부인이 호통을 치며 소리를 질러 대고 있었지만 말이다. 어음 사건이 잘못되어 그녀는 벌써 두 번이나 경찰 서장에게 진술했던 것이다.

어느 날 나는 낯익은 담을 따라 정원 안쪽을 거닐다가 지나이다를 발견했다. 그녀는 두 손으로 머리를 받치고 꼼짝 않고 풀밭에 앉아 있었다. 나는 살그머니 물러나려 했으나, 그녀가 갑자기 얼굴을 쳐들더니 명령하듯이 내게 손짓했다. 나는 그 자리에 얼어붙었다. 처음에는 그녀의 손짓이 무슨 뜻인지 몰랐기 때문이다. 그녀가 다시 손짓했다. 나는 재빨리 담을 뛰어넘어 기쁜 마음으로 그녀에게 달려갔다. 그녀는 눈짓으로 나를 제지하더니 그녀로부터 두 발짝 떨어진 좁은 길을 가리켰다. 나는 당황해서 어떻게 해야 할지 모르고 좁은 길가에 무릎을 꿇었다. 그녀의 얼굴이 너무나 창백하고, 표정 하나하나에 깊은 비애와 심한 피로가 드러나 있어서 내 가슴이 죄어들었다. 나는 나도 모르게 웅얼거렸다.

"무슨 일이 있나요?"

지나이다는 손을 뻗어서 무슨 풀인지 뜯어서 씹어 보고는 되도록 멀리 던져 버렸다.

"당신은 나를 아주 사랑하죠?" 마침내 그녀가 물었다. "그래요?"

나는 아무 대답도 하지 않았다. 사실 대답할 필요가 어디 있겠는가?

"그런가요?" 그녀는 여전히 나를 바라보며 같은 말을 되뇌었다. "역시 그래. 똑같은 눈이야." 그녀는 이렇게 덧붙여 말하고 생각에 잠기더니 두 손으로 얼굴을 가렸다. "난 모든 게 싫어졌어." 그녀가 중얼거렸다. "이 세상 끝에라도 가 버렸으면. 정말 견딜 수 없어. 난 이런 일을 수습할 수 없어……. 그리고 무엇이 날 기다리고 있을까! ……아아, 괴로워 ……정말로 너무 괴로워!"

"무엇 때문에 그래요?" 내가 소심하게 물었다.

지나이다는 대답을 않고 단지 어깨를 으쓱해 보였다. 나는 여전히 무릎을 꿇고 비통한 마음으로 그녀를 바라보았다. 그녀의 말 한마디 한마디가 내 가슴을 도려냈다. 그 순간 나는 그녀를 슬프게 하지 않을 수만 있다면 생명이라도 흔쾌히 바칠 수 있을 것 같았다. 나는 그녀를 빤히 바라보았다. 그리고 아직도 무엇 때문에 그녀가 괴로워하는지 몰랐지만, 그녀가 갑자기 참을 수 없는 슬픔의 발작을 일으켜 정원으로 달려 나와 베인 풀처럼 땅 위에 쓰러지는 광경을 생생히 머릿속에 그려 볼 수 있었다. 주위는 온통 밝고 푸르렀다. 바람이 나뭇잎을 스치며 바삭바삭 소리를 냈고 이따금 지나이다의 머리 위로 딸기나무의 긴 가지를 흔들어 댔다. 어디에서인지 비둘기들이 구구 울어 댔고, 꿀벌은 드문드문 나 있는 풀 위를 낮게 날아다니며 붕붕거렸다. 머리 위에는 하늘이 푸르고 부드럽게 펼쳐져 있었다. 나는 너무나 슬퍼졌다…….

"나한테 무슨 시든지 읽어 줘요." 지나이다는 나지막하게 말하며 한쪽 팔꿈치로 몸을 받쳤다. "당신이 시를 낭송할 때가 좋아요. 당신의 시 낭송은 노래를 부르는 듯하지만, 그래도 상관없어요. 젊다는 증거니까. 「조지아의 언덕에서」를 들려주세요. 우선 자리에 앉아요."

나는 앉아서 「조지아의 언덕에서」를 읽었다.

"사랑하지 않을 수 없기 때문에." 지나이다가 되풀이해 암송했다. "그래서 시가 좋다는 거죠. 이 세상에 없는 걸 말해주니까, 그리고 실제보다 더 훌륭할 뿐 아니라 진실에 훨씬 가까운 것을 들려주니까…… 사랑하지 않을 수 없기 때문에 사랑하지 않으려 해도 사랑하지 않을 수 없는걸요!" 그녀는 다시 입을 다물더니 갑자기 벌떡 일어섰다. "자, 가요. 마이다노프가 어머니와 함께 있어요. 자기가 지은 긴 시를 갖고 왔는데, 그냥 두고 나와 버렸어요. 그 사람 역시 슬픔에 잠겨 있을 거예요…… 그러나 하는 수 없지요! 당신도 언젠가 알게 되겠지만…… 제발 나한테 화내지는 말아요!"

지나이다는 서둘러 내 손을 꼭 쥐고는 앞으로 계속 뛰어갔다. 우리는 곁채로 돌아갔다. 마이다노프가 방금 출판되어 나온 자작시 「살육자」를 낭송하기 시작했다. 나는 귀를 기울이지 않았다. 그가 목청을 돋우어 4운각 약강격(弱強格)의 시를 노래하듯이 큰 소리로 읽었다. 각운이 순서대로 이어지며 마치 여러 개의 작은 방울이 울리듯 공허하고 단순하게 울렸다. 나는 줄곧 지나이다를 바라보며 그녀가 한 마지막 말의 뜻을 이해하려고 애썼다.

아니면, 혹시 남모르는 연적이 있어,

뜻밖에 그대 마음을 사로잡은 것은 아닐까?

갑자기 마이다노프가 코맹맹이 소리로 외쳤다. 그 순간 내 눈이 지나이다의 눈과 마주쳤다. 그녀는 시선을 떨구고 살짝 얼굴을 붉혔다. 나는 그녀가 얼굴을 붉히는 것을 보고 놀란 나머지 온몸이 싸늘해졌다. 나는 이미 이전부터 질투하고 있었지만 바로 그 순간에, 그녀는 사랑에 빠졌구나 하는 생각이 뇌리에 번쩍였던 것이다. '아아! 그녀는 누군가를 사랑하고 있는 것이다!'

10

나의 진짜 괴로움은 그 순간부터 시작되었다. 나는 머리를 짜내 여러 가지로 생각해 보고, 다시 고쳐 생각해 보았다. 그리고 집요하게, 가능한 한 몰래 지나이다를 감시했다. 그녀에게 어떤 변화가 생긴 것이 분명했다. 그녀는 혼자서 산책하러 나가서는 오랜 시간을 헤매고 돌아다녔다. 이따금 그녀는 손님이 와도 나타나지 않고, 몇 시간씩 자기 방에 앉아 있었다. 이전에는 그런 일이 전혀 없었다. 나는 갑자기 뛰어난 통찰력을 갖게 되었다. 아니, 적어도 갖게 된 것 같았다. '이 사람이 아닐까? 혹은 저 사람이 아닐까?' 나는 그녀를 사모하는 남자들을 하나하나 손꼽아 보며 이렇게 자문했다. 내게는 말렙스키 백작이(이렇게 인정한다는 것이 지나이다에 대해 부끄러운 일이기는 했지만.) 다른 누구보다도 가장 위험한 인물 같았다.

그러나 내가 관찰할 수 있는 범위는 내 코끝 정도밖에 되지 않았고, 그래서 나의 비밀 정탐은 아무도 속여 넘기지 못한 듯했다. 적어도 의사 루신은 내 속내를 곧 꿰뚫어 보았다. 그러나 루신도 최근에 뭔가 달라졌다. 그는 얼굴이 수척해지고, 이전처럼 곧잘 웃어 대기는 했지만 그 웃음소리는 더 공허하고 더 독기를 띠고 더 짧아졌다. 이전의 가벼운 풍자와 짐짓 꾸민 냉소는 자기도 모르게 신경질적인 발작으로 바뀌었다.

"이봐, 젊은이, 자넨 왜 이런 곳에 계속 드나드나?" 어느 날 자세킨의 집 응접실에 나와 둘이 있을 때, 그가 내게 말했다. (공작의 딸은 산책을 나가서 아직 돌아오지 않았고, 공작 부인이 버럭버럭 고함치는 소리가 2층에서 들려왔다. 공작 부인은 하녀에게 꾸중하고 있었다.) "젊을 때 공부도 하고 일도 해야 할 게 아닌가? 그런데 자넨 대체 뭘 하고 있는 건가?"

"내가 집에서 공부를 하는지 안 하는지 당신이 어떻게 압니까?" 내가 약간 불손하게, 그러나 약간 당황하면서 대꾸했다.

"지금 공부는 무슨 공부야! 정신이 딴 곳에 팔려 있지 않나. 하지만 자네와 이러쿵저러쿵하고 싶진 않네……. 자네 정도 나이엔 그것이 오히려 당연하니까. 그렇지만 자넨 상대를 완전히 잘못 골랐어. 자넨 이 집이 도대체 어떤 곳인지 정말로 모르겠나?"

"당신이 무슨 얘기를 하는지 모르겠습니다." 내가 대꾸했다.

"이해하지 못하겠다고? 그렇다면 자네에겐 더욱 좋지 않아.

난 자네한테 충고할 의무가 있다고 생각하네. 우리처럼 나이 먹은 독신자들이야 이런 데 찾아다녀도 무방하지. 우리에게 별일이야 일어나려고? 산전수전 다 겪은 인간들이 돼서 무슨 일이 있더라도 겁날 게 없으니까. 하지만 자네는 아직 살가죽이 부드러워. 이 집 공기는 자네한테 해롭단 말이네. 내 말을 믿게나. 전염될 수도 있으니까."

"그건 또 무슨 말입니까?"

"말 그대로네. 그래, 자넨 지금 건강하다고 생각하나? 과연 자네가 정상적인 상태라고 할 수 있는가 말이야? 자네가 느끼는 그 기분이 과연 자네한테 이로울 게 있겠나?"

"도대체 내가 뭘 느낀다는 겁니까?" 나는 이렇게 말했지만, 속으로는 의사의 말이 옳다고 인정하지 않을 수 없었다.

"이것 봐, 젊은이." 의사가 마치 이 두어 마디 말 속에 무엇인지 내게 몹시 모욕적인 뜻이 포함되어 있다는 듯한 표정으로 말을 이었다. "자네가 누굴 속일 수 있다고 생각하나? 천만의 말씀이지. 미안하지만 자네 마음속에 있는 건 얼굴에 모두 나타난단 말일세. 하기야 나도 이러니저러니 자네한테 말할 수는 없지. 만약에(의사는 이를 악물었다.) ……만약에 나도 미친 인간이 아니라면 이런 데 드나들지 않았겠지. 다만 놀라운 건, 어째서 자네처럼 똑똑한 사람이 자네 주변에서 일어나는 일을 모르냐는 거야."

"도대체 무슨 일이 일어난다는 겁니까?" 나는 그의 말을 가로채고 신경을 곤두세웠다.

의사는 조소를 띤 동정의 표정으로 날 바라보았다.

"나도 좋은 사람은 못 되지." 그가 마치 혼잣말을 하듯 말했다. "하나 이 사람에게 이런 얘기를 꼭 할 필요가 있어. 한마디로 말해." 그가 언성을 높여 덧붙여 말했다. "거듭 말하지만 여기 분위기는 자네한테 좋지 않아. 그야 재미는 있을 테지. 그러나 그게 무슨 소용 있나? 온실 속은 향기는 좋지만 그렇다고 그 속에서 살 수는 없단 말이야. 여보게! 내 말을 새겨듣고 다시 카이다노프의 책이나 들여다보게!"

공작 부인이 들어와서 의사에게 이가 아파 죽겠다고 하소연했다. 조금 후에 지나이다가 나타났다.

"이것 봐요, 의사 선생." 공작 부인이 덧붙였다. "저 애를 좀 꾸짖어 주세요! 종일 얼음물만 마시고 있어요. 그렇지 않아도 가슴이 약한 애가 어떻게 되겠어요."

"왜 그런 짓을 하십니까?" 루신이 물었다.

"그래서 뭐 안 될 게 있나요?"

"안 될 게 있냐고요? 감기에 걸려서 죽을 수도 있어요."

"정말이에요? 네? 그렇다면 그것도 좋겠네요!"

"원, 저런!" 의사가 중얼거렸다.

공작 부인은 방에서 나가 버렸다.

"원, 저런." 지나이다가 의사의 말을 흉내 냈다. "산다는 것이 정말 그렇게 재미있을까요? 한번 주위를 둘러보세요……. 뭐가 재미있는 게 있나요? 당신은 내가 아무것도 모르고, 아무것도 느끼지 못하는 인간이라고 생각하세요? 나는 얼음물을 마시는 게 참으로 기분 좋아요. 당신은 순간적인 만족 때문에 인생을 희생해선 안 된다고 진지하게 설교할 수도 있겠지만, 난 이제 행복에 대해 말하고 싶지 않아요."

"그래요." 루신이 말했다. "변덕과 독립심…… 이 두 단어로 당신의 모든 걸 말할 수 있어요. 당신의 천성은 이 두 단어에 전부 포함되어 있지요."

지나이다는 신경질적으로 웃어 댔다.

"잘못 짚었어요, 존경하는 의사 선생님. 당신은 잘못 보고 있고, 뒤떨어져 있어요. 안경을 쓰시지요. 난 지금 변덕을 부릴 겨를이 없습니다. 당신들을 놀려 주거나 나 자신이 바보짓을 한다고 해서…… 그런 게 뭐 그리 재미있겠어요! 그리고 독립심은 또 무슨 독립심이에요……. 므슈 볼데마르." 그녀가 갑자기 말을 덧붙이더니 발을 굴렀다. "제발 그렇게 슬픈 표정을 짓지 말아요. 나는 사람들이 날 동정하는 걸 참을 수 없어요." 이렇게 말하고 그녀는 재빨리 나가 버렸다.

"해로워. 자네에게 이곳 분위기는 해롭단 말이야, 젊은이." 루신이 다시 한번 내게 말했다.

11

그날 저녁에도 자세킨의 집에는 늘 오던 손님들이 모여들었다. 나도 그 속에 끼어 있었다. 사람들은 마이다노프의 시에 대해 이야기했다. 지나이다는 진심으로 그 시를 칭찬했다.

"그러나 어떨까요?" 그녀가 마이다노프에게 말했다. "만약에 내가 시인이라면 좀 더 다른 테마를 선택할 수 있을 것 같아요. 어리석은 얘기인지는 몰라도, 이따금 기이한 생각이 떠오를 때가 있어요. 하늘이 장밋빛이나 회색으로 물들어 가는 새벽녘에, 특히 잠을 못 이룰 때면 한결 더해요. 예를 들면 내가…… 이런 말을 한다고 날 비웃지는 않겠죠?"

"아니오! 아니오!" 우리가 이구동성으로 외쳤다.

"나는 이런 걸 그리고 싶어요." 그녀가 가슴에 두 손을 얹고 한옆으로 시선을 쏟으면서 말을 이었다. "밤중에 고요한 강에서 커다란 배에 타고 있는 젊은 처녀의 무리, 달빛은 빛나고, 처녀들은 모두 하얀 옷을 입고 흰 꽃으로 만든 화환을 쓰고 노래를 부르지요. 무슨 찬송가 같은 노래를 말이에요."

"알겠습니다. 알고말고요. 어서 다음을 말씀해 주시오." 마이다노프가 의미심장하게 꿈꾸는 듯한 어조로 말했다.

"그런데 갑자기 강기슭에서 왁자지껄하는 소리, 커다란 웃음소리, 횃불, 탬버린 소리가 들려와요……. 그건 바쿠스 신의 무녀들이 노래 부르고 소리 지르며 달려오는 거예요. 정경을 묘사하는 건 시인인 당신의 일이에요……. 다만 내가 바라는 건 횃불은 빨갛게 연기를 내며 타오르고, 바쿠스 신의 무녀들의 눈이 머리에 쓴 화환 밑에서 반짝여야 해요. 그리고 화환은 검은색이라야 하고요. 또 호랑이 가죽이나 큰 술잔을 잊어서는 안 돼요. 그리고 금도 많아야 해요."

"금은 어디에 필요한 거죠?" 밋밋한 머리칼을 뒤로 젖히고 콧구멍을 벌름거리며 마이다노프가 물었다.

"어디다 쓰냐고요? 어깨에도, 손에도, 발에도, 모든 곳에 필요해요. 옛날엔 여자들이 발목에 금팔찌 같은 걸 끼고 다녔다지 않아요? 바쿠스 신의 무녀들이 배에 있는 처녀들을 소리쳐 부릅니다. 그들은 찬송가를 뚝 그칩니다. 노래를 계속할 수 없기 때문이죠. 처녀들은 꼼짝도 않고 가만히 있습니다. 강물이 그들이 탄 배를 강 언덕 쪽으로 밀고 갑니다. 그러자 갑자기 그들 가운데 한 처녀가 조용히 일어서서…… 바로 이 장면을 잘 묘사해야 돼요. 처녀가 달빛을 받으며 살며시 일어나는 모양이라든지 다른 친구들이 깜짝 놀라는 모습을 말이에요……. 그 처녀가 뱃전을 넘어서자 바쿠스 신의 무녀들은 처녀를 에워싸고 어둠 속으로 쏜살같이 끌고 사라져 버립니다……. 여기서 연기가 뭉게뭉게 피어오르고, 모든 것이 아수라장으로 변해 버리는 광경을 그려야 해요. 다만 처녀들의 비명 소리가 들려올 뿐, 그리고 강기슭에는 그 처녀의 화환이 떨어져 있고……."

지나이다는 입을 다물었다.('아아! 그녀는 사랑에 빠졌구나!' 나는 다시 이렇게 생각했다.)

"그것뿐입니까?" 마이다노프가 물었다.

"그것뿐이에요." 지나이다가 대답했다.

"그것만으로는 완전한 서사시의 주제가 될 수는 없지만……." 그가 점잔 빼며 말했다. "서정시의 소재로 당신의 생각을 이용해 보죠."

"그건 로맨틱한 것이 되겠군요?" 말렙스키가 물었다.

"물론 로맨틱하고 바이런적인."

"그러나 내 생각으로는 위고가 바이런보다 더 좋은 것 같아요." 젊은 백작이 무뚝뚝하게 말했다. "그리고 더 재미도 있고요."

"위고로 말하면, 일급 작가입니다." 마이다노프가 말을 받았다. "내 친구인 톤코세예프도 스페인을 배경으로 한 소설 『엘트로바도르』에서……."

"아아, 그 물음표가 거꾸로 된 책 말이지요?" 지나이다가 말을 가로챘다.

"그렇습니다. 스페인 사람들은 그렇게 쓰거든요. 내가 말하고자 하는 것은 톤코세예프가……."

"그런데 당신은 또 고전주의니 낭만주의니 하는 걸 가지고 논쟁을 벌이려고 하는군요." 지나이다가 다시 그의 말을 가로막았다. "차라리 게임이나 해요."

"벌금 놀이를 할까요?" 루신이 말을 받았다.

"아니, 벌금 놀이는 재미없어요. 누가 비유를 그럴듯하게 하는지 그 놀이를 합시다."(이것은 지나이다 자신이 생각해 낸 놀이로서, 무엇이든 제목을 하나 내놓고 모두들 그것을 다른 사물과 비유하는데, 그중 제일 훌륭한 비유를 생각해 낸 사람이 상을 받았다.)

그녀가 창가로 다가갔다. 해는 방금 지고 하늘에는 붉고 기다란 구름이 드높게 떠 있었다.

"저 구름은 무엇과 비슷할까요?" 지나이다가 묻고는 우리의 대답을 기다리지도 않고 자기가 먼저 말했다. "나는 저 구름이 클레오파트라가 안토니우스를 만나러 갈 때 타고 간 황금 배의 진홍빛 돛과 같다고 생각해요. 그렇지요? 마이다노프, 요전에 당신이 나한테 그 얘기를 들려주었지요?"

우리는 모두 『햄릿』 속의 폴로니우스처럼 저 구름은 정말 그 배의 돛과 흡사하고 그 이상 멋진 비유는 아무도 생각해 내지 못할 거라고 결정했다.

"그때 안토니우스는 몇 살이었죠?" 지나이다가 물었다.

"분명…… 젊었을 겁니다." 말렙스키가 한마디 했다.

"그렇습니다. 젊었어요." 마이다노프가 자신 있는 말투로 확인했다.

"실례지만……." 루신이 소리쳤다. "안토니우스는 이미 마흔이 넘었어요."

"마흔이 넘었다고요?" 지나이다가 그를 힐끗 쳐다보며 이렇게 되물었다.

나는 곧 집으로 돌아갔다. "그녀는 사랑에 빠졌어." 내 입술에서 나도 모르게 이런 말이 새어 나왔다. "그런데 누구를 사랑하는 걸까?"

12

며칠이 지났다. 지나이다는 점점 더 이상스럽게, 점점 더 알수 없게 변해 갔다. 어느 날 내가 그녀의 방에 들어가 보았더니, 그녀는 나뭇가지로 엮어 만든 의자에 걸터앉아서 뾰족한 책상 모서리에 머리를 틀어박고는 눈물로 온통 뒤범벅되어 있었다.

"아! 당신이었군요!" 그녀가 잔인한 미소를 지으며 말했다.

"이리 좀 와요."

나는 그녀 옆으로 갔다. 그녀는 내 머리 위에 한 손을 얹더니 느닷없이 머리털을 움켜쥐고 비틀기 시작했다.

"아파요……." 마침내 내가 말했다.

"아! 아파요! 난 아프지 않나요? 난 아프지 않나요?" 그녀가 되풀이해 말했다.

"어머!" 내 머리에서 한 줌의 털을 뽑아낸 것을 보고 지나이다가 갑자기 소리쳤다. "내가 도대체 무슨 짓을 한 거야? 오, 가엾은 므슈 볼데마르!"

그녀는 뽑힌 머리칼을 조심스럽게 가지런히 모아 손가락에 둘둘 말아서 반지 모양으로 만들었다.

"당신의 머리칼을 메달에 넣어 늘 가지고 다니겠어요." 그녀가 말했다. 그녀의 두 눈에는 여전히 눈물이 반짝였다. "그렇게 하면 아마 당신 마음도 약간은 누그러지겠지요……. 자, 이제 잘 가요."

집으로 돌아가 보니 집에서는 불쾌한 사건이 일어나고 있었다. 어머니가 아버지와 말다툼을 하고 있었던 것이다. 어머니는 무슨 문제로 아버지를 비난하고 있었다. 그러나 아버지는 여느 때처럼 냉정하고 점잖게 침묵을 지키고 있었다. 그러다가 곧 밖으로 나가 버렸다. 나는 어머니가 무슨 말을 했는지 잘 알아듣지 못했다. 더욱이 나로서는 그런 것에 귀를 기울일 여유가 없었다. 다만 지금도 기억하는 것은, 아버지와 말다툼이 끝난 후에 어머니는 나를 자기 방으로 불러서 내가 공작 부인 집을 너무 자주 방문한다고 매우 못마땅하다는 듯이 꾸중했는데, 어머니 말에 의하면 공작 부인은 무슨 짓이든 할 수 있는 여자라는 것이었다. 나는 어머니 손에 키스하고(이 것은 이야기를 중단시키려 할 때 내가 언제나 쓰는 술책이었다.) 내 방으로 물러났다. 지나이다의 눈물은 내 마음을 아주 혼란에 빠뜨렸다. 무엇을 어떻게 생각해야 할지 갈피를 잡을 수 없어 서 나는 그냥 울고 싶을 뿐이었다……. 비록 열여섯 살이었지 만 나는 역시 어린애에 지나지 않았다. 벨롭조로프는 날이 갈 수록 더욱 험악한 표정으로 마치 늑대가 양을 노리듯 그 앙큼 스러운 백작을 노려보고 있었지만, 나는 이미 말렙스키에 대 해 더 이상 생각하지 않았다. 나는 아무것도, 그 누구에 대해 서도 생각하지 않았다. 나는 온갖 공상에 사로잡혀 줄곧 한적 한 장소를 찾아다녔다. 특히 마음에 든 곳은 그 허물어진 온 실이었다. 나는 높은 담 위로 올라가서 우울하고, 고독하고, 슬픔에 잠긴 청년처럼 가만히 앉아 있곤 했다. 그러면 자신이 불쌍하게 여겨졌다. 이 슬픈 느낌은 내게 커다란 위안이 되었 다. 나는 그 느낌에 얼마나 심취하곤 했던가……!

어느 날 나는 담장 위에 앉아서 물끄러미 먼 산을 바라보며 첨탑의 종소리에 귀를 기울이고 있었다……. 이때 갑자기 무 엇인가 나를 스치고 지나갔다. 미풍도 아니고 떨림도 아닌 그 무슨 숨결 같은 것이라고나 할까, 그 무엇이 접근해 오는 감촉 같은 것이라고나 할까. 나는 눈을 내리떴다. 발밑의 한길 에는 연회색 드레스를 입고 장밋빛 양산을 어깨에 걸친 지나 이다가 바삐 걸어가고 있었다. 그녀는 나를 보자 발을 멈추더 니 밀짚모자 챙을 뒤로 젖히고 비로드처럼 부드러운 눈으로 나를 올려다보았다.

"거기서 뭘 하고 있어요? 그런 높은 담장 꼭대기에서?" 그녀가 몹시 야릇한 미소를 띠며 물었다. "아, 그렇지." 그녀가 말을 이었다. "당신은 늘 날 사랑한다고 맹세하는데, 정말로 날 사랑한다면 내가 있는 이 한길로 뛰어내려 봐요."

지나이다의 말이 채 끝나기도 전에 나는 마치 누군가가 뒤에서 떠밀기라도 한 듯 벌써 밑으로 뛰어내리고 있었다. 담장 높이는 대략 4미터가 넘었다. 발이 먼저 땅에 떨어졌지만 그 충격이 너무 강해서 서 있을 수 없었다. 나는 쓰러져서 한순간 정신을 잃었다. 정신을 차렸을 때 나는 눈을 뜨지 않았는데도 지나이다가 내 곁에 있다는 것을 느꼈다.

"나의 귀여운 도련님." 내 위로 몸을 굽히며 그녀가 말했다. 그녀의 목소리에서 근심 어린 상냥함이 울렸다. "어떻게 이런 짓을 할 수 있어요……. 어쩌자고 내 말을 곧이듣나요. 나도 당신을 사랑하는데……. 일어나요."

그녀의 가슴이 내 가슴 곁에서 숨 쉬고, 그녀의 두 손이 내 머리를 어루만지고 있었다. 그런데 갑자기, 그때 내게 무슨 일이 일어났던가! 그녀가 부드럽고 싱그러운 입술로 내 온 얼굴에 키스를 퍼붓기 시작했다……. 그녀의 입술이 내 입술에 닿았다……. 그러나 이때 지나이다는 내가 여전히 눈을 뜨지 않고 있는데도 표정을 보고 내가 의식을 회복했다는 것을 알아차린 듯했다. 그녀가 재빨리 몸을 일으키고 나서 말했다.

"자, 일어나요, 장난꾸러기. 얼빠진 사람. 어쩌자고 이런 먼지 속에 그냥 누워 있어요?"

나는 몸을 일으켰다.

"내 양산이나 집어 줘요." 지나이다가 말했다. "어머, 내가 이런 곳에 양산을 내동댕이쳤다니. 날 그렇게 쳐다보지 말아요……. 도대체 그게 무슨 어리석은 짓이에요? 다치진 않았나요? 아마 쐐기풀에 찔렸겠지요? 날 쳐다보지 말라고 했잖아요……. 이제 아무것도 이해하지 못하고 대답도 안 하네." 그녀가 마치 혼잣말처럼 덧붙여 말했다. "므슈 볼데마르, 집으로 가서 몸이나 깨끗이 씻어요. 감히 내 뒤를 따라올 생각은 말아요. 그러지 않으면 화낼 거예요. 그리고 다시는 절대로……."

그녀는 말을 끝맺기도 전에 재빨리 저쪽으로 가 버렸다. 나는 길에 쪼그리고 앉았다……. 서 있을 수가 없었다. 쐐기풀에 찔린 손이 따끔거리고, 등은 욱신욱신 쑤시고, 머리가 빙글빙글 돌았다. 그러나 그때 경험한 행복감은 내 일생에 두 번 다시 찾아오지 않았다. 그것은 달콤한 아픔이 되어 내 온몸에 퍼졌고, 마침내 환희에 찬 도약과 외침으로 변했다. 정말로 나는 아직 어린애였던 것이다.

13

그날 하루 종일 나는 몹시도 유쾌하고 자랑스러운 기분이었다. 얼굴에 지나이다가 한 키스의 감촉을 생생하게 느끼며, 환희의 전율 속에서 그녀의 말 한마디 한마디를 다시금 생각해 보았다. 나는 이 뜻하지 않은 행복을 너무나 소중히 간직하고 있었기에 심지어 두려워지기까지 했고, 이 새로운 느낌의 원인 제공자인 그녀를 보고 싶지도 않았다. 이제 운명에게 더 이상 바랄 게 아무것도 없는 듯싶었다. 이제는 '마지막으로 숨이나 실컷 쉬고 죽어도 좋을 것' 같은 생각이 들었다.

그러나 이튿날 곁채로 가면서 나는 커다란 당혹감을 맛보았다. 나는 자신이 비밀을 지킬 수 있다는 것을 남에게 알리고 싶어 하는 사람에게 나타나는, 점잖고 자연스러운 태도의 가면을 쓰고 나의 당혹감을 감추려고 애썼지만 헛일이었다. 지나이다는 아무런 동요의 빛도 보이지 않고 아주 담담하게 날 맞이했다. 그리고 단지 손가락으로 날 위협하며, 몸에 푸른 멍이 들지 않았느냐고 물어보았다. 나의 조심스럽고 자연스러운 태도와 신비스러운 기분은 순식간에 사라져 버렸고, 동시에 당혹감도 사라졌다. 물론 나는 지나이다에게 그 어떤 특별한 것을 기대하고 있었던 것은 아니지만, 그녀의 침착한 태도는 마치 내게 찬물을 끼얹는 듯했다. 그녀가 볼 때 나는 역시 어린애에 불과하다는 것을 깨달았다. 나는 몹시 고통스러워졌다! 지나이다는 방 안을 왔다 갔다 하며 나를 쳐다볼 때마다 재빨리 미소를 지어 보였다. 그러나 그녀의 생각은 어딘가 먼 곳에 가 있었다. 나는 그것을 분명히 알 수 있었다…… '내가 어제 있었던 일을 먼저 말해 볼까…….' 나는 생각했다. '그녀가 어딜 그렇게 급히 갔는지 캐물어 단호하게 알아낼까…….' 그러나 나는 단지 한 손을 내젓고, 한쪽 구석에 가서 쪼그리고 앉았다.

벨롭조로프가 들어왔다. 그가 나타나니 반가웠다.

"온순한 승마용 말을 구할 수가 없었어요." 그가 거친 목소리로 말하기 시작했다. "프레이타크가 말 한 필을 구해 준다고 장담했지만, 믿을 수가 있어야죠. 걱정입니다."

"왜 그렇게 걱정해요?" 지나이다가 물었다. "물어봐도 될까요?"

"왜라뇨? 당신은 말을 탈 줄 모르지 않습니까. 혹시 무슨 일이라도 일어나면 어떡해요? 그런데 어쩌다 갑자기 그런 멋들어진 생각을 하게 되었죠?"

"그런 것까지 참견할 필요는 없어요, 나의 맹수님. 자꾸 그러면 표트르 바실리예비치에게 부탁하겠어요……." (표트르 바실리예비치는 내 아버지의 이름이다. 아버지가 그런 청을 들어주리라 믿는 듯한 말투로, 그녀가 매우 경솔하고 거리낌 없이 아버지 이름을 부르는 것을 보고 나는 깜짝 놀랐다.)

"그래요?" 벨롭조로프가 대꾸했다. "당신은 그와 함께 말을 타려고 하는군요?"

"그분과 함께든 다른 사람과 함께든 당신에게는 마찬가지죠. 분명 당신과 함께는 아니니까요."

"나와 함께는 아니라고요?" 벨롭조로프가 되풀이해 말했다. "당신 좋으실 대로. 어쨌든 좋아요. 그러나 말은 내가 구해 주겠어요."

"하지만 조심하세요, 암소 같은 놈은 안 돼요. 미리 말해 두겠는데, 나는 마음껏 달려 보고 싶어요."

"맘껏 달리시겠지……. 그러나 대체 누구와 가는 겁니까, 말렙스키와 가는 겁니까?"

"왜, 그와 함께라면 안 되나요, 병사님? 그렇지만 안심하세요." 그녀가 덧붙여 말했다. "그렇게 눈을 번득일 필요는 없어요. 당신도 데리고 갈 테니. 당신도 아시잖아요, 지금 말렙스키 같은 사람은 내 안중에 없다는 것을. 피!" 그녀는 머리를 흔들었다.

"당신은 나를 위로하려고 그렇게 말하는 거죠." 벨롭조로프가 투덜거렸다.

지나이다는 눈을 가늘게 떴다.

"그런 말로 위로가 되나요? 오, 오, 오…… 병사님!" 마침내 지나이다가 다른 말을 찾지 못한 듯이 말했다. "므슈 볼데마르, 우리와 함께 가지 않겠어요?"

"나는 사람이 많은 곳을 좋아하지 않아요……." 내가 눈을 내리뜬 채 중얼거렸다.

"당신은 둘이 마주 앉아 있는 걸 더 좋아하는군요? ……좋아요, 자유를 원하는 자에겐 자유를, 구원받으려는 자에겐…… 천국을." 그녀가 한숨을 내쉬며 말했다. "그럼 벨롭조로프 씨, 가서 수고 좀 해 주세요. 나는 내일까지 말이 필요해요."

"그래, 너는 돈을 어디서 구할 셈이냐?" 공작 부인이 말참견을 했다.

지나이다는 눈살을 찌푸렸다.

"어머니에게 돈을 내놓으라곤 하지 않겠어요. 벨롭조로프 씨가 나를 신용할 테니까요."

"신용한다, 신용한다……." 공작 부인이 중얼거리다가 갑자기 목청을 다해 소리쳤다. "두냐시카!"

"엄마, 내가 조그만 종을 드렸잖아요?" 지나이다가 말했다.

"두냐시카!" 노부인이 다시 소리쳤다.

벨롭조로프가 작별 인사를 했다. 나도 그와 함께 나갔다. 지나이다는 나를 붙잡지 않았다.

14

이튿날 아침, 나는 일찍 일어나서 지팡이를 하나 만들어가지고 성문 밖으로 나갔다. 걸으면서 슬픈 마음을 좀 풀어 볼 작정이었다. 날씨는 화창하고 맑았으며 그다지 덥지도 않았다. 유쾌하고 상쾌한 바람이 대지에 불고 적당히 소란을 떨며 장난치고 있었다. 모든 것을 살짝 흔들어 대지만 전혀 평온을 깨지 않는 바람이었다. 나는 오랫동안 작은 언덕과 숲을 헤맸다. 나는 스스로 불행하다고 느꼈고, 우수에 푹 빠지려고 집을 나갔다. 그러나 젊음, 화창한 날씨, 신선한 공기, 빠른 걸음걸이가 가져다주는 위안, 무성한 풀 위에 홀로 외롭게 누워 있다는 한가로움이 나를 압도했다. 잊을 수 없는 그녀의 말과 키스의 추억이 다시 내 마음속에 파고들었다. 어쨌든 지나이다는 나의 결단력과 영웅적 행위를 정당하게 인정하지 않을 수 없을 것이라는 생각에 나는 유쾌해졌다……. '그녀에게는 다른 남자들이 나보다 훌륭하게 보일지 모르지.' 나는 이렇게 생각했다. '그러라지! 그 대신 다른 남자들이 입으로만 하겠다고 하는 것을 나는 실제로 했어! 더욱이 난 그녀를 위해서라면 더한 일도 할 수 있어⋯⋯.' 나의 상상력이 날개를 펼쳤다. 나는 적들의 손에서 그녀를 빼앗는 상상을 했고, 전신이 피투성이가 된 내가 지하 감옥에서 그녀를 구출하고, 마침내 그녀의 발밑에서 죽어 가는 상상을 했다. 나는 우리 집 응접실에 걸려 있는, 말레크 아델이 마틸다를 안고 달리는 그림을 떠올렸다.[9] 그러나 나는 금방 가느다란 자작나무 줄기를 타고 바삐 기어 올라가는 크고 얼룩덜룩한 딱따구리에 정신이 팔렸다. 그 딱따구리는 마치 악사가 콘트라베이스 손잡이 뒤에서 얼굴을 내미는 것처럼 자작나무 줄기 뒤에서 불안스럽게 좌우로 번갈아 가며 모습을 드러내고 있었다.

그러다가 나는 「눈은 희지 않다」를 부르기 시작했는데, 어느새 그것은 당시 널리 유행하던 「서풍이 불어올 때 나 그대를 기다리네」라는 연가가 되어 버렸다. 그다음에는 호먀코프[10]의 비극에 나오는 「예르마크의 별에 보내는 호소」를 우렁찬 목소리로 낭독하기 시작했다. 그러고는 감상적인 시를 한 수 지어 보려고 했고, '오, 지나이다! 지나이다!'로 끝나는 마지막 시행까지 생각해 냈다. 그러나 결국은 아무것도 만들어 내지 못했다. 그러는 사이에 점심때가 되었다. 나는 골짜기로 내려갔다. 좁은 모랫길이 골짜기를 따라 구불구불 시내 쪽으로 연결

---

9) 프랑스 작가 소피 코텐(1773~1807)의 소설 『마틸다 혹은 십자군의 이야기에서 뽑은 수기』(1805)의 한 에피소드를 그린 그림이다.

10) A. S. 호먀코프(1804~1860). 슬라브주의 운동의 중심인물이며 평론가이자 종교 철학자이다.

되어 있었다. 나는 그 좁은 길을 따라 걷기 시작했다……. 문득 희미한 말발굽 소리 같은 것이 등 뒤에서 들려왔다. 나는 주위를 둘러보며 나도 모르게 걸음을 멈추고 모자를 벗었다. 나는 아버지와 지나이다를 발견했다. 두 사람은 말 머리를 나란히 하고 오고 있었다. 아버지는 전신을 그녀 쪽으로 굽히고 한 손으로 말의 목덜미를 누르면서 무슨 얘기를 하고 있었다. 아버지의 얼굴에 미소가 감돌고 있었다. 지나이다는 잠자코 약간 엄숙한 표정으로 눈을 내리뜨고 입을 다문 채 귀를 기울이고 있었다. 처음 내가 본 것은 두 사람뿐이었지만 잠시 후, 골짜기 저쪽 모퉁이에서 경기병의 제복을 입고 외투를 걸친 벨롭조로프가 입에 거품을 문 검정말을 타고 나타났다. 근사한 그 말은 머리를 좌우로 내젓고 코를 벌름거리면서 이리저리 날뛰었다. 기수는 고삐를 당기기도 하고 박차를 가하기도 했다. 나는 한쪽 옆으로 피해 버렸다. 아버지는 말고삐를 고쳐쥐며 지나이다에게 기울였던 몸을 바로잡았다. 그녀는 살며시 눈을 들어 아버지를 바라보았다. 이윽고 두 사람은 말을 달려 지나가 버렸다……. 벨롭조로프는 사벨을 절거덕거리며 쏜살같이 그 뒤를 쫓아갔다. '저 사람 얼굴은 홍당무처럼 빨갛군.' 나는 생각했다. '그런데 저 여자는…… 어째서 저렇게 안색이 창백할까? 아침 내내 말을 타고 달렸을 텐데, 왜 얼굴이 창백할까?'

나는 걸음을 재촉하여 점심시간 바로 전에 집에 돌아갔다. 아버지는 이미 옷을 갈아입고 깨끗하게 세수를 하고는 어머니의 안락의자 옆에 앉아서 고르고 낭랑한 목소리로《주르날

데 데바》[11]의 풍자 기사를 읽어 주고 있었다. 그러나 어머니는 별로 귀담아듣고 있지 않았다. 그러다가 나를 보자, 종일 어디에 가 있었느냐고 물은 다음, 누군지도 모르는 인간과 어딘지 모를 곳을 싸돌아다니는 것은 질색이라고 덧붙였다. "혼자서 산책했어요." 하고 대답하려다가 아버지의 얼굴을 보고 나는 왠지 입을 다물어 버렸다.

15

그 후 대엿새 동안 나는 지나이다를 거의 만나지 못했다. 그녀는 몸이 아프다고 했지만, 평소에 곁채를 드나드는 남자들이 (그들의 말을 빌리면) 당직하러 오는 것을 막지는 않았다. 다만 마이다노프만은 예외였다. 그는 감격할 기회가 없어져 버리자 곧 풀이 죽어서 따분해했다. 벨롭조로프는 단추를 모두 채우고 얼굴이 빨개지고 시무룩해져서 한쪽 구석에 앉아 있었다. 말렙스키 백작의 갸름한 얼굴에는 언제나 야릇한 미소가 감돌고 있었다. 그는 지나이다의 관심을 잃은 것이 확실해지자 이번에는 특히 신경을 써서 공작 부인의 비위를 맞추기에 여념이 없었다. 그래서 부인과 함께 마차를 빌려 타고 총독에게까지 다녀오기도 했다. 그러나 그 여행은 실패하고, 말렙스키는 불쾌한 일까지 당했다. 총독이 백작과 몇몇 공병 장

---

11) 평론 잡지로 19세기 문학을 연구하는 데 중요한 자료이다.

교들이 관련되었던 어떤 사건을 끄집어냈기 때문이다. 그래서 그는 당시 자기는 경험이 없어서 그랬노라고 변명을 늘어놓지 않을 수 없었다. 루신은 하루에 두 번씩 찾아오기는 했지만 오래 앉아 있는 일은 없었다. 나는 얼마 전 그와 마지막으로 대화를 나눈 후부터 그를 약간 꺼리기는 했지만, 한편으로는 진심으로 그에게 호의를 갖게 되었다. 어느 날 나는 그와 함께 네스쿠치니 공원으로 산책을 나갔다. 그는 무척 상냥하고 친절했으며 여러 가지 풀과 꽃의 명칭이라든가 특징을 설명해 주었다. 그러다가 불쑥, 아닌 밤중에 홍두깨같이 자기 이마를 두드리며 이렇게 소리쳤다. "아아, 나는 바보였어. 그 여자를 바람둥이라고만 생각하고 있었으니 말이야! 아마 어떤 사람에 겐 자기희생도 감미로운 모양이야."

"그건 대체 무슨 말입니까?" 내가 물었다.

"자네에겐 아무 말도 하고 싶지 않네." 루신이 끊어지는 목소리로 대꾸했다.

지나이다는 나를 피하고 있었다. 나의 출현은(그것은 나도 눈치채지 않을 수 없었다.) 그녀에게 불쾌한 인상을 불러일으켰다. 그녀는 무의식중에 내게서 얼굴을 돌려 버리곤 했다. 그렇다. 무의식중이었다. 그것이 나는 괴로워 죽을 지경이었다. 그렇지만 어쩔 수 없는 일이었다. 그래서 나는 되도록 그녀의 눈에 띄지 않으려 애쓰면서 멀리서나마 은근히 그녀를 감시하려고 했다. 그러나 그것도 항상 뜻대로 되지는 않았다. 그녀에게는 전처럼 이해할 수 없는 일이 일어나고 있었다. 얼굴이 아주 딴판이 되어 갔고, 모든 면에서 딴 사람이 되어 갔다. 그녀의 이와 같은 변화가 특별히 나를 놀라게 한 것은 조용하고 따뜻한 어느 저녁의 일이었다. 나는 넓은 딱총나무 덤불 밑에 있는 나지막한 벤치에 앉아 있었다. 나는 이 장소를 좋아했다. 거기에서는 지나이다의 방 창문이 보였기 때문이다. 나는 꼼짝 않고 앉아 있었다. 머리 위의 거무튀튀한 나뭇잎 사이로 조그마한 새 한 마리가 분주히 날아다니고 있었다. 그때 회색 고양이가 허리를 길게 펴고 살금살금 정원으로 기어 들어갔다. 때 이른 딱정벌레들이 밝지는 않지만 아직 투명한 대기 속에서 윙윙거리고 있었다. 나는 그대로 자리에 앉아서 창문을 바라보며, 창문이 열리기를 기다리고 있었다. 과연 창문이 열리고 창가에 지나이다가 나타났다. 그녀는 흰 드레스를 입고 있었는데, 그 얼굴이나 어깨나 손이나 할 것 없이 모두 백지장처럼 창백했다. 그녀는 한참 동안 꼼짝 않고 서서 찌푸린 눈썹 밑으로 눈을 모아 똑바로 앞만 바라보고 있었다. 나는 그때껏 그녀의 그와 같은 눈길을 본 적이 없었다. 드디어 그녀는 두 손을 힘 있게 움켜쥐더니 입술과 이마로 가져갔다. 그리고 갑자기 손가락을 펴더니 귀를 덮은 머리칼을 뒤로 넘기며 머리를 획 저었다. 그러고 나서 무엇을 결심한 듯이, 이내 고개를 아래위로 끄덕이고는 창문을 탁 닫아 버렸다.

사흘쯤 지나 정원에서 그녀를 만났다. 나는 옆으로 피하려고 했으나 그녀가 나를 멈춰 세웠다.

"손 좀 잡아 줘요." 그녀가 전처럼 상냥하게 말했다. "꽤 오랫동안 이야기를 나누지 못했군요."

나는 그녀를 힐끗 바라보았다. 그녀의 눈은 잔잔하게 빛났고, 얼굴에는 흡사 아지랑이가 낀 듯한 아늑한 미소가 감돌고 있었다.

"아직도 몸이 불편하세요?" 내가 물어보았다.

"아뇨, 이젠 다 나았어요." 이렇게 대답하며 그녀는 자그마한 붉은 장미 한 송이를 따 들었다. "몸이 좀 피곤하지만 곧 괜찮아지겠죠."

"그럼 다시 전처럼 되겠지요?" 내가 물었다.

지나이다는 장미를 얼굴로 가져갔다. 마치 밝은 장미 꽃잎의 반사광이 그녀의 두 뺨에 떨어진 듯했다.

"정말 내가 변했나요?" 그녀가 내게 물었다.

"예, 변했어요." 내가 나지막하게 대답했다.

"내가 당신한테 쌀쌀맞게 굴었지요. 나도 알아요." 지나이다가 다시 입을 열었다. "하지만 그런 것에 신경 쓰지 마세요. 나도 달리 어쩔 수가 없었어요……. 그런데 새삼스레 이런 말을 해서 뭘 하겠어요?"

"내가 당신을 사랑하는 게 당신은 싫다, 이거죠!" 내가 나도 모르게 감정을 터뜨리며 우울하게 소리쳤다.

"아니에요, 나를 사랑해 주세요. 그렇지만 전처럼 그렇게는 말고요."

"그럼 어떻게요?"

"우리, 친구가 돼요. 그렇게 해야만 해요!" 지나이다가 내게 장미 향기를 맡게 했다. "내 말 좀 들어 봐요. 나는 당신보다 훨씬 나이가 많지 않나요? 당신의 아주머니뻘이 된다고 할 수 있을 텐데, 정말이에요, 아주머니가 못 된다면 누나는 될 수 있겠죠. 그런데도 당신은……."

"당신 눈엔 내가 어린애로 보일 테죠." 내가 그녀의 말을 가로챘다.

"그렇고말고요, 어린애지요. 그렇지만 귀엽고 멋지고 영리해서 정말 좋아요. 그럼 이렇게 해요! 나는 오늘부터 당신을 시동(侍童)으로 삼을 테니 그렇게 아세요. 시동이란 항상 주인 곁을 떠나서는 안 된다는 걸 잊지 마세요. 자, 이게 당신이 새로 받은 직위의 표시예요." 그녀가 내 재킷 단춧구멍에 장미꽃을 꽂아 주며 덧붙였다. "내가 당신을 총애한다는 증표예요."

"그렇지만 이전엔 다른 종류의 총애를 받았습니다." 내가 중얼거렸다.

"어머나!" 지나이다가 말하면서 곁눈질로 나를 쳐다보았다. "기억력도 참 좋지! 좋아요, 지금도 그럴 수 있으니까……."

그리고 내게 몸을 굽히더니 그녀가 내 이마에 정결하고 차분하게 키스했다.

나는 그저 그녀의 얼굴을 바라보고 있었다. 지나이다는 재빨리 얼굴을 돌리며 "자, 우리 시동님, 나를 따라와요." 하더니 곁채 쪽으로 걸어갔다. 나는 그녀를 쫓아갔다. 내 마음은 여전히 당혹스러웠다. '이 의젓한 처녀가 정말 내가 알던 바로 그 지나이다란 말인가?' 나는 생각했다. 그녀의 걸음걸이까지도 이전보다 더 차분해 보였다. 그리고 그녀의 모습 전체가 더 당당하고 더 세련돼 보였다.

아아! 이때 내 마음속에 새로운 사랑의 불길이 얼마나 강하게 불타올랐던가!

16

점심때가 지나서 곁채에 다시 손님들이 모여들었다. 공작의 딸도 그 자리에 나왔다. 내가 좀처럼 잊을 수 없는 그 첫날 저녁에 모였던 사람들이 빠짐없이 모두 와 있었다. 니르마츠키까지도 어슬렁거리고 찾아왔다. 마이다노프는 이날 누구보다도 먼저 나타났는데, 그는 새로 지은 시를 가지고 왔다. 다시 벌금 놀이가 시작되었지만 이제는 예전과 같은 기묘한 장난도, 어리석은 짓도, 떠들썩한 소음도 찾아볼 수 없었다. 말하자면 집시 같은 요소가 사라져 버린 것이다. 지나이다는 우리의 모임에 새로운 분위기를 조성했다. 나는 시동의 자격으로 그녀 곁에 앉아 있었다. 여러 가지 놀이를 하는 중에 그녀는 제비를 뽑은 사람이 꿈 얘기를 하자고 제의했다. 그러나 그 놀이는 뜻대로 진행되지 않았다. 꿈 얘기라는 것들이 도대체 재미가 없기도 하거니와(벨롭조로프는 말에게 잉어를 먹였더니 말의 모가지가 나무통으로 변해 버리는 꿈을 꾸었다고 했다.) 부자연스러운 얘기가 아니면 일부러 꾸며 낸 듯한 인상을 주었다. 마이다노프는 꿈 얘기를 한답시고 우리에게 한 편의 소설을 들려주었다. 이야기에 무덤 구멍과 하프를 든 천사가 나오고, 말을 하는 꽃이 나오는가 하면, 먼 곳에서 음향이 들려오는 대목도 있었다. 지나이다는 그의 이야기를 끝까지 들으려 하지 않았다.

"이제 꿈 얘기가 창작이 되어 버리고 말았으니……." 그녀가 말했다. "그렇다면 제각기 반드시 꾸며 낸 이야기를 하기로 해요."

벨롭조로프가 맨 먼저 이야기하게 되었다.

젊은 경기병은 당혹스러워했다.

"난 아무것도 생각해 낼 수 없습니다!" 그가 소리를 질렀다.

"무슨 바보 같은 소리예요!" 지나이다가 반박했다. "예를 들면, 당신이 결혼했다고 상상해 보세요. 그러면 당신은 부인과 어떤 생활을 할 것인지, 그걸 우리한테 얘기하면 되잖아요. 아마 당신은 아내를 방에 가둬 놓겠죠?"

"가둬 놓을 겁니다."

"그리고 당신도 옆에 붙어 있겠죠?"

"반드시 붙어 있을 테지요."

"좋아요. 하지만 만일 아내가 싫증이 나서 당신을 배반한다면?"

"아마 죽여 버릴 겁니다."

"그렇지만 아내가 달아나 버린다면?"

"쫓아가서 역시 죽여 버려야지요."

"그래요. 그럼 가령 내가 당신의 아내라면 그땐 어떻게 하시겠어요?"

벨롭조로프는 잠시 입을 다물었다.

"난 자살할 거요……."

지나이다는 웃음을 터뜨렸다.

"나는 당신의 이야기가 그리 길지 않으리라는 걸 알았어요."

두 번째 제비는 지나이다가 뽑았다. 그녀는 천장을 쳐다보더니 잠시 생각에 잠겼다.

"그럼 들어 보세요." 마침내 그녀가 입을 열었다. "난 이런 생각을 했어요……. 아주 으리으리한 궁전을 상상해 보세요. 여름밤에 호화로운 무도회가 열렸어요. 이 무도회는 젊은 여왕이 베풀었어요. 어디에나 온통 황금과 대리석, 수정, 비단, 등불, 다이아몬드, 꽃, 향불, 모두가 사치스러운 물건으로 가득 차 있어요."

"당신은 사치를 좋아합니까?" 루신이 그녀의 말을 가로챘다.

"사치란 아름다운 것이니까요." 그녀가 대꾸했다. "나는 아름다운 것이라면 무엇이든 다 좋아요."

"멋있는 사내보다 더 좋단 말입니까?" 그가 물었다.

"어쩐지 빈정거리는 말 같군요. 그런 건 모르겠어요. 내 얘기를 방해하지 마세요. 어쨌든 호화찬란한 무도회예요. 많은 손님들이 모였는데 모두가 젊고 근사하고 늠름하며, 모두가 여왕을 열렬히 사모했어요."

"손님 가운데 여자는 없습니까?" 말렙스키가 물었다.

"없어요. 아니, 잠깐만요, 있어요."

"모두 못생긴 여자들인가요?"

"미인들이지요. 그렇지만 남자들은 모두 여왕한테 반했거든요. 여왕은 키가 크고 날씬하며, 검은 머리에 조그마한 금관을 쓰고 있어요."

나는 지나이다를 바라보았다. 그 순간 그녀는 우리 모두보다 훨씬 고상하게 보였고, 흰 이마와 움직이지 않는 눈썹에 형용할 수 없는 밝은 예지와 위엄이 흐르고 있었으므로 '그 여왕이란 바로 당신입니다!'라고 생각될 정도였다.

"모두들 여왕을 에워싸고……." 지나이다가 말을 이었다. "모두들 여왕 앞에서 최고의 찬사를 늘어놓습니다."

"그럼 여왕은 아첨을 좋아하는군요?" 루신이 물었다.

"당신은 참으로 못 말릴 양반이에요! 번번이 남의 말을 가로채고……. 누군들 아첨을 싫어하겠어요?"

"마지막으로 한 가지만 더 묻겠습니다." 말렙스키가 끼어들었다. "여왕은 남편이 있습니까?"

"그건 생각해 보지 않았어요. 없다고 합시다. 남편이 무슨 필요가 있겠어요?"

"물론이죠." 말렙스키가 말을 받았다. "남편은 두어서 무얼 합니까?"

"조용히!" 서툰 프랑스어로 마이다노프가 외쳤다.

"감사합니다." 지나이다 역시 프랑스어로 말했다. "그래서 여왕은 그런 말을 듣고 음악에 귀를 기울이기도 해요. 그러나 손님 중 어느 누구에게도 눈길을 주지 않습니다. 천장에서 마룻바닥까지 여섯 개의 창문이 모두 열려 있는데, 창밖으로 커다란 별들이 반짝이는 밤하늘과 큰 나무들이 무성한 어두운 뜰이 보입니다. 여왕은 물끄러미 뜰을 내다보고 있습니다. 여러분, 당신들은 모두 고상하고 현명하고 부유합니다. 당신들은 나를 에워싸고 내 말 한마디에 벌벌 떨고 모두 내 발밑에서 죽을 준비가 되어 있습니다. 난 당신들을 지배하고 있어요……. 그런데 저기 분수 옆에서, 물보라가 치는 분수 옆에서 내가 사랑하고 날 지배하는 사람이 서서 날 기다리고 있어요. 그 사람은 화려한 옷도 입지 않았고, 보석도 지니고 있지 않고, 아무도 그를 모릅니다. 그러나 그 사람은 날 기다리며 내가 나오리라는 것을 확신하고 있습니다. 물론 나는 갈 겁니다. 내가 그에게 가서 그이와 함께 머물려고 하고, 그이와 함께 정원의 어둠 속으로, 바스락대는 나무 아래로, 물보라 치는 분수 아래로 사라지려고 할 때 나를 제지할 수 있는 힘이란 이 세상에 없습니다."

지나이다는 입을 다물었다.

"그 얘기는 지어낸 얘기입니까?" 말렙스키가 빈정거리는 말투로 물었다.

지나이다는 그를 거들떠보지도 않았다.

"여러분, 우리는 어떻게 했을까요?" 루신이 불쑥 입을 열었다. "만일 우리가 그 손님들 가운데 끼어 있다가 분수 옆에 서 있는 그 행운아에 대한 말을 들었다면 어떻게 했을까요?"

"잠깐만 기다리세요." 지나이다가 말을 가로챘다. "여러분 개개인이 그런 경우에 처했다면 어떻게 했을지 내가 얘기하겠어요. 벨롭조로프 씨, 당신은 그에게 결투를 신청할 거고, 마이다노프 씨는 그에 대한 풍자시를 쓸 겁니다……. 아닌가요. 당신은 풍자시를 못 쓰니까 바르비에[12]처럼 긴 약강격의 시를 써서 그걸 《텔레그라프》에 싣겠지요. 니르마츠키 씨는 그 사람한테 돈을 빌려 달라고 할까……. 아니, 오히려 당신이 그 사람에게 고리로 빌려줄 겁니다. 그리고 의사 선생, 당신은……." 그녀가 말을 멈추었다. "글쎄요, 당신이 무슨 짓을 할

---

12) 19세기 프랑스의 시인.

지는 알 수 없군요."

"나는 시의(侍醫)의 직책상……." 루신이 대답했다. "여왕에게 충고할 겁니다. 손님들을 상대할 정신적 여유가 없을 때는 무도회를 열지 않는 편이 좋을 거라고."

"아마 당신 말이 옳을지도 모르겠군요. 그럼 백작, 당신은?"

"나요?" 말렙스키가 음흉한 미소를 띠며 되뇌었다.

"당신은 그 사람에게 독이 든 과자를 권하겠지요." 지나이다가 대신 대답했다.

말렙스키의 얼굴이 약간 일그러지며 순간적으로 유대인 같은 표정을 지었으나, 금방 껄껄 웃어 버렸다.

"볼데마르, 당신은 아마……." 지나이다가 말을 이었다. "하지만 이젠 됐어요. 우리 다른 놀이를 해요."

"므슈 볼데마르는 시동의 자격으로 여왕이 정원으로 달려나갈 때, 그 기다란 치맛자락을 잡아 드렸겠지요." 말렙스키가 독을 품은 어조로 말했다.

나는 온몸이 확 달아올랐다. 그러나 지나이다가 재빨리 내 어깨에 가볍게 손을 얹고 의자에서 몸을 일으키며 약간 떨리는 음성으로 말했다.

"백작, 나는 당신한테 무례한 말을 함부로 할 권리를 준 일이 결코 없어요. 그러니까 이 자리에서 나가 주기 바랍니다." 그녀는 손가락으로 문 쪽을 가리켰다.

"미안합니다, 아가씨." 말렙스키가 새파랗게 질려 중얼거렸다.

"아가씨의 말이 옳습니다." 벨롭조로프가 이렇게 외치고 자리에서 일어났다.

"나는 절대 그런 뜻에서 한 말이 아닙니다." 말렙스키가 변명을 계속했다. "내가 한 말엔 조금도 그런…… 그런 뜻이 없다고 생각합니다. 당신을 모욕한다거나 하는 생각은 꿈에도 없었어요……. 용서해 주십시오."

지나이다는 차가운 시선으로 그를 쏘아보고 냉소를 띠었다.

"그렇다면 남아 있어도 좋아요." 그녀가 아무렇게나 손짓하며 말했다. "하기는 나나 볼데마르가 화낼 것까진 없겠지요. 당신은 남을 톡톡 쏘아 대는 것을 즐기시니까…… 부디 그렇게 하세요."

"용서하십시오." 말렙스키가 거듭 사과했다. 나는 지나이다의 태도를 머리에 떠올리며 진짜 여왕이라 하더라도 그런 당당한 위엄을 지니고 무뢰한에게 문 쪽을 가리켜 보일 수는 없을 것이라고 새삼 생각했다.

벌금 놀이는 이런 사소한 사건이 있은 후에 오래 계속되지 못했다. 모두가 좀 어색해했는데, 그것은 전적으로 이 사건 때문이라기보다는 어떤 분명치 않은 무거운 감정 때문이었다. 누구 한 사람 그것을 입 밖에 내지는 않았지만, 모두들 자기 자신에게서도 동료들에게서도 그것을 느끼고 있었다. 마이다노프가 자작시를 낭송했다. "저 친구가 이제 아주 착하게 보이려고 애쓰는군." 루신이 내게 속삭였다. 우리는 곧 흩어졌다. 지나이다는 갑자기 어떤 생각에 잠겼고, 공작 부인이 머리가 아프다고 알려 왔다. 니르마츠키는 신경통을 불평해 대기 시작했다…….

나는 오랫동안 잠을 이룰 수 없었다. 지나이다의 얘기가 내게 커다란 충격을 주었던 것이다.

'정말 그 얘기 속에 암시 같은 것이 들어 있는 걸까?' 나는 자문했다. '그렇다면 그녀는 누구를, 그리고 무엇을 암시했을까? 만일 그 무엇인가를 암시했다 하더라도 어떻게 확인할 수 있을까? 아니야, 그럴 리가 없어.' 나는 화끈화끈 달아오르는 뺨을 번갈아 돌리며 웅얼거렸다. 그러나 그 얘기를 할 때의 지나이다의 표정이 눈앞에 떠올랐다. 그리고 문득 네스쿠치니 공원에서 루신이 무심결에 외쳤던 말과, 나에 대한 그녀의 돌변한 태도가 떠올랐다. 나는 추측조차 할 수 없어 고민스러웠다. '그 사람은 누굴까?' 이 한마디가 마치 어둠 속에 쓰여 있는 것처럼 내 눈앞에 아른거렸다. 그것은 흡사 낮고 불길한 구름이 내 머리 위에 드리워 있는 듯한 기분이었다. 나는 압박감을 느끼며 그 압박감이 곧 폭발하기를 기다렸다. 최근에 나는 여러 가지 일에 익숙해졌다. 자세킨의 집에서 많은 것을 보았기 때문이다. 무질서한 생활, 싸구려 양초, 부러진 나이프와 포크, 보니파티라는 침울한 하인, 지저분한 하인들, 공작 부인의 언동, 이 모든 기묘한 생활은 이미 더 이상 나를 놀라게 하지 않았다……. 그러나 지금 내가 어슴푸레 느끼는 지나이다의 변화, 이것만은 익숙해질 수 없었다. "바람둥이." 언젠가 어머니가 그녀에 대해 이렇게 말했다. 바람둥이인 그녀가 바로 나의 우상, 나의 신이다! 이 명칭이 날 괴롭혔다. 나는 베개에 얼굴을 파묻고 그 명칭에서 벗어나려고 애쓰면서 분개했다. 그러나 그 분숫가의 행운아가 될 수만 있다면, 나는 무슨 짓이라도 해낼 수 있었고, 무엇이든 아낌없이 주었을 것이다……!

온몸의 피가 뜨겁게 들끓어 올랐다. '정원……. 분수…….' 나는 잠시 생각했다. '정원에 좀 나가 볼까.' 나는 급히 옷을 걸쳐 입고 집에서 빠져나갔다. 캄캄한 밤이었다. 나무들이 살랑살랑 나부끼고 있었다. 하늘에서 조용히 찬 기운이 내리고, 채소밭 쪽에서 참깨 냄새가 풍겨 왔다. 나는 정원의 오솔길을 구석구석 거닐었다. 나 자신의 가벼운 발자국 소리에 당혹해하기도 하고 고무되기도 했다. 나는 때때로 발을 멈추고 무언가를 기다리는 심정으로 내 심장의 고동 소리를 듣기도 했다. 마침내 나는 담장 가까이 다가가 가느다란 말뚝에 기대섰다. 갑자기, 아니 그저 그렇게 느꼈을 뿐인지도 모르지만, 몇 발짝 앞에서 언뜻 여자의 모습 같은 것이 스쳐 지나갔다. 나는 눈을 가늘게 뜨고 어둠 속을 들여다보았다. 숨을 죽였다. 저건 무엇일까? 정말 발자국 소리를 들은 걸까? 아니면 역시 내 심장의 고동 소리였을까? "거기 누구요?" 내가 거의 들리지 않는 목소리로 더듬거렸다. 아니, 저건 또 무슨 소리인가? 소리를 죽여 가며 웃는 웃음소리가 아닌가? ……혹은 나뭇잎이 살랑거리는 소리일까? ……혹은 바로 귀밑에서 내뿜는 한숨 소리일까? 나는 무서워졌다……. "거기 누구요?" 내가 더욱 여린 목소리로 반복했다.

순간적으로 공기가 흔들렸다. 하늘에서 불줄기가 번쩍했다. 유성이 굴러 떨어진 것이다. "지나이다?" 하고 물어보려 했으나, 말이 떨어지지 않았다. 한밤중에 종종 그러듯이 갑자기 주위가 쥐 죽은 듯 고요해졌다. 수풀 속의 귀뚜라미까지 울음소리를 멈춰 버렸다. 다만 어디선가 탁 하고 창문 닫는 소리가 들려왔다. 나는 한참 동안 꼼짝 않고 서 있다가 얼마 후 내 방의 싸늘한 침대로 돌아갔다. 나는 이상스러운 흥분을 느꼈다. 마치 애인을 만나러 갔는데 만나지도 못하고 홀로 있다가 딴 사람의 행복 옆을 스쳐 지나와 버린 것만 같았다.

17

이튿날 나는 지나이다를 언뜻 보았다. 그녀는 자기 어머니와 함께 마차를 타고 어디론가 가고 있었다. 나는 루신과 말렙스키를 만났다. 루신은 나에게 인사를 하는 둥 마는 둥 했다. 젊은 백작은 일부러 웃어 보이며 다정하게 말을 걸었다. 곁채에 드나드는 방문객 가운데 그 사람만이 약삭빠르게 우리 집을 드나들어 어머니 눈에까지 들게 되었다. 아버지는 그에게 호감을 가지지 않았으므로, 실례가 될 정도로 지나치게 공손한 태도를 취했다.

"아, 시동 양반!" 말렙스키가 내게 말을 걸었다. "자넬 만나서 반갑네. 자네가 모시고 있는 어여쁜 여왕은 무얼 하고 계시나?"

그의 말쑥하고 잘생긴 얼굴도 그 순간 내게는 역겹기 짝이 없었다. 그의 눈이 조롱하는 듯한 경멸의 빛을 띠고 있었으므로 나는 그에게 아무런 대꾸도 하지 않았다.

"자넨 아직도 내게 화를 내고 있나?" 그가 말을 이었다. "그건 너무한데. 자네에게 시동이란 이름을 붙인 것은 내가 아닐

세. 여왕에겐 으레 시동이 딸려 있게 마련이지. 이런 말이 실례가 될지 모르지만, 자넨 직무를 잘 수행하지 못하고 있는 것 같구먼."

"그건 무슨 말입니까?"

"시동이란 항상 여왕 곁에 붙어 있어야 하는 법이야. 그리고 여왕이 하시는 일은 무엇이든 다 알고 있어야 하지. 여왕의 거동을 일일이 다 살피지 않으면 안 된단 말일세." 그가 다시 낮은 목소리로 덧붙였다. "밤이나 낮이나."

"무슨 말을 하려는 겁니까?"

"무슨 말을 하려는 거냐고? 나는 알아들을 만하게 분명히 말한 것 같은데. 낮이나 밤이나 말이야. 낮엔 그래도 이럭저럭 별 탈은 없겠지. 낮엔 밝고 사람들 눈도 많으니까. 하지만 밤엔, 어쨌든 탈이 나기 쉽겠지. 그러니까 자넨 밤마다 자지 말고 전력을 다해서 잘 살피라고 충고하는 것뿐일세. 자네도 기억하고 있을 테지. 밤에 정원의 분숫가에서……. 그런 곳에서 지키고 있어야 하네. 아마 자네는 나에게 고맙단 말을 하게 될걸세."

말렙스키가 껄껄 웃고는 내게서 등을 돌렸다. 아마도 특별한 뜻이 있는 말은 아닌 듯했다. 원래가 속임수를 잘 쓰기로 유명한 사람이어서 가장무도회 같은 데서도 사람들을 곧잘 놀려 대는 재주를 가지고 있었다. 그것은 그의 존재 전체에 배어 있는, 자기 자신도 거의 의식하지 못하는 거짓에 힘입은 바 컸다. 그는 단지 나를 좀 놀려 주고 싶어서 그랬겠지만, 그의 한마디 한마디는 무서운 독이 되어 내 혈관 속으로 흘러들었다. 온몸의 피가 한꺼번에 머리 위로 솟구쳤다. "아아! 그랬던가!" 나는 혼자서 웅얼거렸다. "그렇지! 그렇다면 내가 정원에 마음이 끌린 것도 결코 우연이 아니었어! 이럴 수가!" 나는 큰 소리로 외치며 주먹으로 가슴을 쳤다. 하기는 무엇이 그럴 수 없다는 것인지 나 자신도 확실히 알 수는 없었다. '말렙스키가 정원으로 찾아오는지도 몰라.' 나는 속으로 생각해 보았다.(그자가 무심결에 그런 소리를 지껄였다고 생각할 수도 있지. 그런 짓쯤은 능히 할 만큼 뻔뻔스러운 자니까.) '그렇지 않으면 누군가 다른 남자일까.(우리 집 담장은 아주 낮았기 때문에 뛰어넘는 것쯤은 문제가 아니었다.) 어쨌든 누구든 내 손에 걸리기만 하면 재미없을걸! 누구든지 내 눈에 띄지 않도록 조심하는 게 좋을 거야! 온 세상에, 그리고 그 배신자에게(나는 서슴지 않고 그녀를 배신자라고 불렀다.) 나도 복수할 수 있다는 걸 보여 주고 말 테다!'

나는 내 방으로 돌아가 책상 서랍에서 얼마 전에 산 영국제 나이프를 꺼내 칼날을 시험해 보았다. 그리고 눈살을 찌푸리고 냉혹하고 굳은 결심을 하면서 호주머니 속에 넣었다. 마치 그런 짓을 하는 것이 어색하지도 않고 처음도 아닌 것 같은 태도로, 나의 심장은 적의에 불타 고동치고 돌처럼 굳어졌다. 나는 밤중까지도 찌푸린 눈살을 펴지 않았고, 악다문 입술을 풀지 않았다. 나는 따뜻해진 나이프를 호주머니 속에서 움켜쥔 채 어떤 끔찍한 일에 대한 마음의 준비를 하면서 쉴 새 없이 이리저리 돌아다녔다. 그때껏 경험해 보지 못한 이 새로운 느낌은 내 마음을 사로잡고, 심지어 유쾌한 기분까지 들게 해서 사실상 지나이다에 대해서는 별로 생각하지 않았을 정도이다. 내 눈앞에는 끊임없이 '젊은 집시 알레코'[13]의 모습이 떠올랐다. '젊은 미남이여, 어디로 가느냐? 누워라…….' 그 다음 '그대는 온몸이 피투성이로구나! ……오오, 그대는 대체 무슨 짓을 했느냐……?' '아무 짓도!' 나는 잔인한 미소를 띠며, 이 '아무 짓도!'를 거듭 되뇌었다. 아버지는 집에 없었다. 그러나 근래에 항상 초조한 심경에 빠져 있는 듯한 어머니가 나의 심상치 않은 태도를 눈치채고 저녁 식사 때 물었다. "왜 보릿자루를 노리는 생쥐처럼 뾰로통해 있니?" 나는 대답 대신에 그저 겸손하게 미소를 지어 보이며 생각했다. '그들이 내 마음을 알고 있다면!' 시계가 11시를 쳤다. 나는 내 방으로 돌아갔으나 옷은 벗지 않았다. 자정을 기다렸다. 이윽고 12시를 쳤다. "바로 이때다!" 나는 이 사이로 중얼거리며 양복 재킷의 단추를 턱 밑까지 모조리 채우고, 소매까지 걷어 올린 후 정원으로 나갔다. 나는 미리 지키고 서 있을 장소를 생각해 두었다. 정원의 한쪽 끝, 우리 집과 자세킨의 집 뜰 안을 가로막고 있는 담장 옆에 전나무 한 그루가 외롭게 서 있었다. 그 낮고 무성한 나뭇가지 밑에 서 있으면 어둠이 허락하는 한, 주위에서 일어나는 모든 것을 볼 수 있었다. 그곳에는 항상 신비롭게 보이던 좁다란 길이 구불구불 뱀처럼 담장 밑을 따라 굽이쳐서, 순전히 아카시아나무로만 지은 둥근 정자가 있는 쪽

---

13) 푸시킨의 서사시 「집시들」의 주인공. 알레코는 연적을 칼로 찔러 살해한다.

으로 뻗어 있었다. 그런데 그 근처에 담장을 넘나든 발자국이 보였다. 나는 전나무 밑까지 가서 나무에 몸을 기대고 망을 보기 시작했다.

전날 밤과 같이 고요한 밤이었다. 그러나 하늘에는 구름이 별로 없어서 나무 덤불뿐만 아니라 키가 큰 화초의 윤곽까지도 똑똑히 분간할 수 있었다. 처음 얼마 동안은 숨 가쁜 시간이었다. 아니, 무서울 지경이었다. 나는 이미 어떠한 사태라도 각오하고 있었지만, 다만 어떻게 행동할지를 궁리하고 있었다. '어디로 가는 거야? 기다려! 바른 대로 말해 봐. 그러지 않으면 죽여 버릴 테다!'라고 호통을 쳐야 할지, 아니면 군말 없이 푹 찔러 버리고 말지⋯⋯. 바스락거리는 소리 하나에도, 나뭇잎이 나부끼는 소리에도 심상치 않은 무슨 연유가 숨겨져 있는 것만 같았다. 나는 정신을 바싹 차리고 몸을 앞으로 구부렸다. 그러나 삼십 분이 지나고 한 시간이 지나는 동안 끓던 피는 식어서 차가워졌다. 내가 괜히 이런 짓을 하고 있구나, 내가 다소 우스꽝스러운 짓을 했구나, 말렙스키가 날 놀린 것인데⋯⋯. 이런 생각이 마음속에 스며들기 시작했다. 나는 숨어 있던 장소에서 나와 정원을 한 바퀴 돌았다. 마치 일부러 그런 듯 어느 곳에서도 바스락거리는 소리 하나 들려오지 않았다. 모든 것이 정적에 휩싸여 있었고, 우리 집 개까지도 싸리문 옆에서 웅크리고 잠들어 있었다. 나는 무너진 온실 벽에 기어올라가 눈앞에 멀리 펼쳐진 들판을 바라보며, 지나이다와의 만남을 회상하면서 깊은 생각에 잠겼다.

나는 흠칫 몸을 떨었다. 삐걱하고 문 열리는 소리가 나고,

뒤이어 나뭇가지가 살짝 부러지는 소리가 들린 것 같았다. 나는 두 번 껑충껑충 뛰어서 온실에서 밑으로 내려갔다. 그리고 그 자리에 얼어붙었다. 빠르고 가볍지만 조심성 있는 발자국 소리가 분명히 정원에서 울려왔다. 그 소리는 점점 내가 있는 쪽으로 가까워졌다. '바로 그자다……. 마침내 그자가 나타났어!' 이런 생각이 퍼뜩 떠올랐다. 나는 성급하게 호주머니에서 나이프를 꺼내 들고 급하게 펼쳤다. 붉은 불꽃 같은 것이 내 눈 속에서 빙빙 돌았다. 공포와 증오로 머리칼이 쭈뼛쭈뼛 곤두섰다……. 발자국이 날 향해 똑바로 다가오고 있었다. 나는 몸을 굽히고 그쪽을 향해 나아갔다……. 한 사람이 나타났다……. 오, 맙소사! 그것은 내 아버지였다!

아버지는 검은 망토로 온몸을 감싸고 모자를 얼굴 밑으로 깊숙이 눌러쓰고 있었지만 나는 그가 아버지라는 것을 금방 알아볼 수 있었다. 아버지는 발뒤꿈치를 들고 가만가만 내 옆을 지나갔다. 내 몸을 가리는 것은 아무것도 없었지만, 나는 거의 지면에 맞닿을 정도로 납작하게 웅크리고 있었기 때문에 아버지는 나를 보지 못했다. 질투에 불타서 살인할 각오가 되어 있던 오셀로는 갑자기 학생으로 변했다. 나는 뜻하지 않은 아버지의 출현에 너무나 깜짝 놀라 처음에는 아버지가 어느 쪽에서 와서 어디로 사라져 버렸는지조차 알 수 없었다. 주위가 다시 고요해졌을 때, 그제야 나는 몸을 펴고 '아버지는 왜 밤중에 정원을 거닐고 있을까?' 하고 생각했다. 나는 두려움 때문에 나이프를 풀 속에 떨어뜨렸지만 찾아보려고도 하지 않았다. 나는 몹시 부끄러워졌다. 단번에 정신이 들었다.

그러나 집으로 돌아가다가 나는 전나무 밑에 있는 나의 벤치로 다가가서 지나이다의 침실 창문을 쳐다보았다. 약간 밖으로 굽은 조그만 유리창은 하늘에서 내리비치는 희미한 광선을 받아 푸르스름한 빛을 띠고 있었다. 갑자기 유리창 색깔이 변하기 시작했다……. 창문 너머에서 나는 이것을 보았다, 분명히 보았다. 희끄무레한 블라인드가 조심스럽게 살며시 창턱까지 내려와 그대로 꼼짝하지 않았다.

"도대체 이게 어찌 된 일인가?" 다시 내 방에 들어섰을 때, 나는 거의 나도 모르게 큰 소리로 말했다. "꿈인가, 우연인가, 아니면……." 문득 내 머리에 떠오른 상상은 너무나 새롭고 너무나 이상한 것이어서 나는 감히 그런 생각에 깊이 몰두할 수가 없었다.

18

아침에 나는 심한 두통을 느끼며 자리에서 일어났다. 전날 밤의 흥분은 사라졌다. 고통스러운 의혹과 그때껏 경험하지 못한 어떤 우수가 전날의 흥분을 대신했다. 마치 내 마음속에서 그 무언가가 죽어 가는 듯했다.

"자넨 왜 그렇게 골이 반쯤 빠져 버린 토끼처럼 날 쳐다보나?" 루신이 나를 만나자 말했다.

아침을 먹을 때, 나는 아버지와 어머니를 번갈아 가며 몰래 살펴보았다. 아버지는 여느 때와 다름없이 침착했고, 어머니 역시 평소처럼 남몰래 초조해하고 있었다. 나는 이따금 그랬듯이 혹시 아버지가 상냥하게 내게 말을 걸지나 않을까 기다리고 있었다. 그러나 아버지는 평상시의 냉랭한 애정마저도 보여 주지 않았다. '지나이다한테 모든 것을 얘기해 버릴까……?' 나는 잠시 생각했다. '어떻든 이젠 마찬가지야. 우리 사이는 모든 게 끝났어.'

나는 그녀를 찾아갔지만 모든 것을 얘기하기는커녕 하고픈 얘기조차 마음대로 할 수 없었다. 페테르부르크에서 열두 살쯤 된 공작 부인의 아들이 휴가를 받아 와 있었다. 그는 유년 사관학교 학생이었다. 지나이다는 곧 자기 동생을 나한테 맡겨 버렸다.

"자." 그녀가 말했다. "내 사랑하는 볼로댜.(그녀는 처음으로 나를 이렇게 불렀다.) 당신한테 친구가 생겼어요. 이 애 이름 역시 볼로댜예요. 아무쪼록 귀여워해 주세요. 이 애는 아직 수줍음을 타지만 마음이 착해요. 네스쿠치니 공원도 좀 구경시켜 주고 함께 산책도 하며 이 애를 돌봐 줘요. 그렇게 해 주시겠죠? 당신 역시 좋은 분이니까!"

그녀는 상냥스럽게 두 손을 내 어깨에 얹었다. 나는 완전히 어리둥절했다. 이 소년의 도착은 나까지도 어린애로 만들어 버렸다. 나는 묵묵히 유년 사관학교 학생을 바라보았다. 그 소년도 잠자코 나를 물끄러미 쳐다보았다. 지나이다는 깔깔거리고 웃으면서 우리를 끌어다가 서로 부딪치게 했다.

"자, 친구끼리 포옹해요!"

우리는 서로를 껴안았다.

"정원에 나가 볼까? 내가 안내하지." 내가 유년 사관학교 학생에게 물었다.

"네, 감사합니다." 그가 과연 유년 사관학교 학생답게 목쉰 소리로 대답했다.

지나이다는 다시 웃어 댔다. 나는 그녀의 얼굴이 이처럼 아름다운 홍조를 띤 적이 한 번도 없었다고 느끼면서 유년 사관학교 학생과 함께 밖으로 나갔다. 우리 집 정원에는 낡은 그네가 있었다. 나는 그를 얇은 판자 위에 앉혀 놓고 밀기 시작했다.

"칼라 단추를 풀어야지." 내가 그에게 말했다.

"괜찮습니다, 습관이 돼서요." 이렇게 대답하고 그는 헛기침을 했다.

그는 자기 누이를 닮았다. 특히 그의 눈은 그녀를 생각나게 했다. 나는 그를 돌봐 주는 것이 유쾌하기는 했지만, 동시에 고통스러운 슬픔이 내 심장을 조용히 갉아먹는 것만 같았다. '지금 난 꼭 어린애로구나.' 나는 생각했다. '그렇지만 어제는…….' 나는 문득 전날 밤에 나이프를 떨어뜨린 장소가 생각나서 그것을 찾아냈다. 유년 사관학교 학생이 나이프를 달라고 하더니 굵은 어수리 줄기를 잘라서 다듬어 피리를 만들어 불기 시작했다. 오셀로도 피리를 불었다.

그러나 저녁에 정원 한쪽 구석에서 날 발견한 지나이다가 왜 그렇게 슬픔에 잠겨 있느냐고 내게 물었을 때, 바로 이 오셀로는 그녀의 팔에 안겨 얼마나 서럽게 울었던가! 그녀가 깜짝 놀랄 정도로 눈물이 쏟아져 나왔던 것이다.

"무슨 일이죠? 무슨 일이에요, 볼로댜." 그녀가 거듭 물었다. 그러나 내가 대답도 않고 울음도 그치지 않는 것을 보자 그녀는 눈물로 범벅된 내 뺨에 키스를 하려고 했다.

그러나 나는 얼굴을 옆으로 돌린 채 흐느끼면서 속삭였다.

"나는 다 알고 있어요. 당신은 왜 날 가지고 놀았나요? ……무엇 때문에 당신에게 내 사랑이 필요했나요?"

"내가 잘못했어요, 볼로댜……." 지나이다가 말했다. "아아, 정말 내가 잘못했어요……." 이렇게 덧붙여 말하고 그녀는 두 손을 꼭 움켜쥐었다. "내 몸 안에는 나쁘고 어둡고 악한 것이 꽉 차 있어요. 그러나 지금 난 당신을 가지고 놀지 않아요. 나는 당신을 사랑해요. 내가 왜, 그리고 얼마나 당신을 사랑하는지 당신은 상상도 못 할 거예요……. 그런데 당신은 대체 무엇을 알고 있다는 거죠?"

내가 그녀에게 무슨 말을 할 수 있었을까? 그녀는 내 앞에 서서 날 바라보았다. 그녀가 나를 바라보는 순간, 나는 머리끝에서 발끝까지 완전히 그녀의 것이 되어 버렸다……. 십오 분쯤 지나서 나는 벌써 유년 사관학교 학생과 지나이다와 함께 앞을 다투며 뛰었다. 나는 더 이상 울지 않았고, 웃고 있었다. 비록 부어오른 눈꺼풀에서 웃을 때마다 눈물이 방울방울 떨어지기는 했지만……. 내 목에는 넥타이 대신에 지나이다의 리본이 매어져 있었다. 그리고 내가 그녀의 허리를 잡았을 때, 나는 기뻐서 소리를 질렀다. 그녀는 나를 가지고 하고 싶은 것을 다 했다.

19

실패로 돌아간 그날 밤의 염탐 이후 일주일 동안 내 심경의 변화를 상세하게 말해 보라고 한다면, 나는 상당한 곤혹을 느꼈을 것이다. 그것은 이상한 열병의 시간이었으며, 지극히 모순된 감정, 생각, 의혹, 희망, 기쁨과 번뇌가 회오리바람처럼 휘몰아치는 일종의 혼돈 상태였다. 만일 열여섯 살밖에 안 된 소년도 자기 마음속을 들여다볼 수 있다면, 나는 내 마음속을 들여다보기가 두려웠을 것이다. 그것이 무엇이었든지 간에, 나는 그것을 명료하게 이해하기가 두려웠다. 나는 그저 저녁때까지 하루를 서둘러 보냈다. 그 대신 밤에는 잠을 잤다……. 어린애다운 단순한 생각이 도움이 되었던 것이다. 내가 사랑받는지 사랑받지 않는지 알려고 하지도 않았고, 또 사랑받지 못하는 것을 자인하기도 싫었다. 나는 아버지를 피했으나, 지나이다를 피할 수는 없었다……. 그녀 앞에 서면 나는 뜨거운 불에 타는 것 같았다……. 그러나 나를 불태우며 녹여 버리는 그 불이 도대체 어떤 불인지는 알 필요가 없었다. 나로서는 불타며 녹아 버리는 것 자체가 말할 수 없이 달콤한 행복이었기 때문이다. 나는 온갖 인상에 스스로를 내맡기고, 자신을 농락해 보기도 하고, 추억을 외면하고 미래에 대한 예감에는 눈을 감았다……. 이러한 고뇌가 오래 계속되지는 않았을 것이다……. 청천벽력 같은 사건이 일시에 모든 것을 끝냈고, 나를 새로운 궤도로 옮겨 놓았던 것이다.

어느 날 아주 오랫동안 산책을 하다가 점심을 먹으러 돌아간 나는 놀랍게도 혼자서 식사를 해야 한다는 것을 알았다. 아버지는 어디론가 나가 버렸고, 어머니는 편찮으셔서 식사할 생각이 없다며 침실에서 나오지 않았다. 나는 하인들의 표정에서 심상치 않은 일이 일어났음을 눈치챘다……. 그들에게 꼬치꼬치 물어볼 수도 없었다. 그러나 내게는 식당에서 일하는 필립이라는 젊은 친구가 있었다. 그는 시를 무척 좋아했고 기타의 명수였다. 나는 그에게 물어보았다. 그의 말에 의하면, 아버지와 어머니 사이에 한바탕 싸움이 일어났다는 것이다.(그것은 하녀 방에서 한마디도 빼놓지 않고 다 들을 수 있었다. 프랑스어로 얘기한 대목도 많았지만, 마샤라는 하녀가 파리에서 온 재봉공과 오 년을 같이 살았기 때문에 모든 것을 알아들었다.) 어머니는 아버지의 행실이 나쁘다고 공격하면서 옆집 아가씨와의 교제를 물고 늘어졌다. 아버지는 처음에는 변명했으나, 나중에는 버럭 화를 냈고, 마님의 나이를 들추며 혹독하게 쏘아붙였다. 이 때문에 어머니는 울음을 터뜨리고 공작 부인에게 준 어음 얘기를 꺼내며, 부인뿐만 아니라 딸에 대해서까지 몹시 좋지 않게 말했다. 그러자 아버지는 어머니에게 위협까지 했다는 것이다.

"이 모든 불행이 일어난 건……." 필립이 말을 이었다. "익명의 편지 때문입니다. 누가 그런 편지를 써 보냈는지는 모릅니다. 그 편지만 아니라면 이런 일이 어떻게 밝혀지겠어요. 그럴 리가 없지요."

"그럼 이웃집 딸과 아버지 사이에 무슨 일이 있긴 있었던 모양이군?" 내가 간신히 이렇게 물었다. 손발이 싸늘해지며,

가슴 저 밑바닥부터 무엇인가가 부들부들 떨리기 시작했다.

필립은 의미심장하게 눈을 한 번 깜박였다.

"있었죠. 그런 일을 끝까지 숨길 수는 없지요. 이번엔 주인님도 꽤 조심하셨지만, 그래도 필요한 것이 있었죠. 예를 들면 마차를 빌려야 한다든가……. 아무래도 하인들 없이는 일이 잘되지 않지요."

나는 필립을 돌려보내고 침대 위에 쓰러졌다. 나는 흐느껴 울지도 않았고, 절망에 빠지지도 않았다. 그리고 언제, 어떻게 이런 일이 일어났을까 자문하지도 않았고, 어째서 훨씬 이전에 눈치채지 못했는지를 이상하게 여기지도 않았다. 심지어 나는 아버지를 원망하지도 않았다……. 내가 알게 된 것은 내 힘으로 어쩔 수 없는 것이었다. 이 뜻밖의 발견은 나를 분쇄해 버렸다……. 모든 것이 끝장났다. 나의 모든 꽃들은 일시에 꺾여 내 주변에 여기저기 내버려지고 짓밟힌 채 깔려 있었다.

20

이튿날 어머니는 시내로 이사 간다고 말했다. 아침에 아버지는 어머니 침실에 들어가서 오랫동안 얘기했다. 아버지가 무슨 말을 했는지 들은 사람은 아무도 없었지만, 어머니는 더 이상 울지 않았다. 어머니는 마음을 가라앉히고 식사를 가져오라고 일렀다. 그러나 모습을 나타내지는 않았고, 이사한다는 결심을 바꾸지도 않았다. 지금도 기억하지만, 나는 그날 하루 종일 공연히 이리저리 돌아다니며 시간을 보냈다. 그날 저녁에는 놀라운 사건을 목격했다. 아버지가 말렙스키 백작의 팔을 붙잡고 응접실에서 현관으로 끌고 나가더니 하인이 있는 앞에서 냉정하게 말했다. "며칠 전에도 당신은 어떤 집에서 문밖으로 나가 달라는 말을 들었다지요. 그러나 당신과 이러니저러니 하고 싶지는 않소. 다만 한마디 해 두겠는데, 만일 당신이 또다시 내 집에 오면 그땐 창문 밖으로 집어 던지고 말거요. 나는 당신의 필적이 마음에 들지 않소." 백작은 고개를 푹 숙이고 이를 갈면서 몸을 움츠리고는 사라졌다.

시내로 이사 갈 준비를 하기 시작했다. 아르바트에 우리 집이 있었다. 아버지는 이제 별장에 남아 있고 싶지 않은 모양이었다. 그러나 아버지가 어머니에게 소동을 일으키지 말라고 잘 부탁한 듯했다. 모든 일이 조용하게 천천히 진행되었다. 어머니는 공작 부인에게 사람을 보내서, 몸이 불편한 탓에 출발 전에 찾아뵙지 못해 유감스럽다는 인사를 전했다. 나는 미친 듯이 돌아다녔다. 그리고 한시바삐 모든 것이 끝나기만을 바랐다. 다만 한 가지 내 머릿속에서 떠나지 않는 생각이 있었다. 어째서 그 젊은 처녀가, 그것도 공작의 딸이라는 어엿한 신분을 가진 여자가, 아버지에게 가정이 있다는 것을 알면서 당돌하게 그런 행동을 할 수 있었을까? 하다못해 벨롭조로프에게라도 시집갈 수 있는 일이 아닌가? 그녀는 아버지에게서 대체 무엇을 바랐을까? 자기의 장래가 파멸된다는 것을 두려워하지 않은 까닭은 무엇일까? 그렇다, 나는 생각했다. 그것이야말로 '사랑'이라는 것이다. 바로 그것이 열정이라는 것이고,

106

헌신이라는 것이다. "어떤 사람들에겐 자기희생도 감미로운 모양이야." 언젠가 루신이 한 말이 문득 생각났다. 때마침 곁채의 창문에 희끄무레한 그림자가 보였다. '저건 지나이다의 얼굴이 아닐까?' 나는 생각했다. 과연 그녀의 얼굴이었다. 나는 참을 수 없었다. 그녀에게 마지막 인사 한마디 못 하고 헤어질 수는 없었다. 나는 적당한 순간을 포착해 곁채로 향했다.

응접실에서는 공작 부인이 여느 때처럼 무뚝뚝한 말투로 나를 맞았다.

"어떻게 된 일이에요, 도련님? 왜 이렇게 서둘러 이사를 가지요?" 그녀가 양쪽 콧구멍에 코담배를 쑤셔 넣으며 물었다. 나는 부인의 얼굴을 살펴보고 마음이 가벼워졌다. 필립에게서 들은 어음이라는 말이 마음에 걸렸으나 그녀는 아무것도 알아채지 못한 모양이었다. 적어도 그때 내 눈에는 그렇게 보였다. 옆방에서 까만 드레스를 걸치고 머리를 풀어헤친 창백한 얼굴의 지나이다가 나타났다. 그녀는 말없이 내 손을 잡고는 자기 방으로 끌고 갔다.

"당신 목소리가 들려와서……." 그녀가 입을 열었다. "곧 달려 나갔지요. 당신은 아주 쉽게 우릴 버리고 가는군요. 당신 나쁜 아이죠?"

"아가씨, 난 당신한테 작별 인사를 하러 왔습니다." 내가 대답했다. "아마 다시는 만나지 못할 겁니다. 혹시 들었는지 모르지만 우리는 이사 가요."

지나이다는 나를 빤히 바라보았다.

"네, 들었어요. 와 줘서 고마워요. 난 당신을 보지 못하리라고 생각했어요. 나를 나쁘게 생각하지 말아요. 이따금 당신을 놀리긴 했지만, 그래도 당신이 생각하는 것처럼 그렇게 고약한 여자는 아니니까요."

그녀는 외면하고 창가에 몸을 기댔다.

"정말이에요. 난 그런 여자는 아니에요. 당신이 날 나쁘게 생각하는 거, 나도 알아요."

"내가요?"

"네, 당신이…… 당신이 말이에요."

"내가요?" 내가 비통한 목소리로 되물었다. 나의 심장은 저항할 수 없고 형용할 수 없는 그녀의 매력에 사로잡혀 전처럼 떨리기 시작했다. "내가 말입니까? 믿어 주십시오, 지나이다 알렉산드로브나, 비록 당신이 무슨 짓을 하고, 날 아무리 괴롭혀도 난 죽는 날까지 당신을 사랑하고 사모할 거예요."

그녀는 재빨리 내게로 몸을 돌리더니, 두 팔을 활짝 벌려 내 머리를 끌어안고는 뜨겁고 힘찬 키스를 퍼부었다. 그 긴 이별의 키스가 누구를 찾는 것인지는 아무도 모르리라. 그러나 나는 굶주린 듯 그 달콤한 맛에 취해 있었다. 나는 그것이 다시는 반복되지 못하리라는 것을 알았다.

"안녕, 안녕히." 나는 몇 번이고 되풀이했다…….

그녀는 나를 뿌리치고 나가 버렸다. 나도 밖으로 나갔다. 그 집에서 나갈 때의 심정을 제대로 전달할 수 없다. 나는 그런 심정이 다시는 되풀이되지 않기를 바랐다. 그러나 내 생애에 한 번도 그런 감정을 경험하지 못했다면 나는 자신을 불행하게 여겼을 것이다.

우리는 시내로 이사했다. 나는 지나간 일을 쉽게 잊을 수 없었고, 금방 공부를 시작할 수도 없었다. 나의 상처는 천천히 아물어 갔다. 그러나 정말로 아버지에 대해서는 조금도 나쁜 감정이 없었다. 그 반대였다. 내 눈에 비친 아버지는 더욱 커 보이는 것 같았다……. 이러한 모순된 감정에 대해서는, 할 수 있다면, 심리학자들에게 설명하라고 하자. 어느 날 나는 가로수 길을 걷다가 우연히 루신을 만났다. 얼마나 반가웠는지 모른다. 나는 그의 솔직하고 가식 없는 성격이 좋았다. 게다가 그는 내 마음속의 추억을 일깨워 준다는 점에서 내게는 소중한 사람이었다. 나는 그에게 달려갔다.

"아하!" 그가 눈살을 찌푸리며 말했다. "자네로군 그래! 어디 좀 보세. 여전히 안색이 좀 누렇지만, 그래도 눈 속에 전처럼 먼지가 끼어 있진 않군. 이젠 방에서 기르는 강아지가 아니라 아주 의젓한 남자로 보이는군. 잘됐어. 그래, 어떤가? 공부는 하나?"

나는 한숨을 쉬었다. 거짓말은 하고 싶지 않았고, 그렇다고 사실대로 말하기도 부끄러웠다.

"어쨌든, 좋아." 루신이 말을 이었다. "기죽지는 말게. 중요한 건, 연정에 몸을 내맡기지 말고 정상적인 생활을 하는 거지. 열정에 휩쓸려 봐야 무슨 소용이 있겠나? 물결에 휩쓸리면 어디로 가든지 늘 안 좋아. 인간이란 비록 바위 위에 서 있어도, 역시 자기 두 다리로 서 있어야 하는 거지. 나는 이렇게 기침을 하고 있다네. 그건 그렇고 벨롭조로프 말이야, 자넨 소식 들었나?"

"무슨 일인데요? 듣지 못했어요."

"행방불명이 되어 버렸어. 캅카스로 갔다는 말도 있는데, 자네처럼 젊은 친구에게 좋은 교훈이 될 거야. 문제는 적당한 시기에 단념하고 그물에서 빠져나올 수 없었다는 데 있지. 그래도 자네는 용케 빠져나온 모양이네만, 또다시 걸려들지 않도록 조심하게. 그럼 잘 있게."

'이젠 걸려들지 않아⋯⋯.' 나는 생각했다. '더 이상 그 여자를 만나지 않을 거야.' 그러나 나는 다시 한번 지나이다를 만나야 할 운명이었다.

21

아버지는 매일 말을 타고 외출했다. 아버지는 회색 털이 섞인 밤색 영국산 명마를 가지고 있었다. 길고 가는 목과 긴 다리를 가진 이 말은 지칠 줄 모르고 성미가 사나웠다. 말의 이름은 엘렉트릭이었다. 아버지 외에는 누구도 그 말을 탈 수 없었다. 어느 날 아버지가 오랜만에 기분 좋은 표정으로 내 방에 들어왔다. 외출할 채비를 하고 장화에는 박차까지 달고 있었다. 나는 아버지에게 나도 데려가 달라고 졸랐다.

"뛰어넘기 놀이를 하는 게 더 좋을 거야." 아버지가 대답했다. "그리고 네 독일종(種) 말을 타고는 나를 쫓아오지 못한다."

"쫓아갈 수 있어요. 나도 박차를 달 테니까요."

"그럼 맘대로 하렴."

우리는 집을 나섰다. 내 말은 털이 복슬복슬한 새까만 망아지였는데, 다리가 튼튼해서 꽤나 씽씽했다. 엘렉트릭이 전속력으로 달릴 때에는 있는 힘을 다해서 발을 자주 놀려야 했지만, 어쨌든 내 말은 뒤떨어지지 않고 용케 쫓아갔다. 나는 아버지만큼 말을 잘 타는 사람을 본 적이 없다. 아버지가 말을 탄 모습은 아주 멋있고, 아무렇게나 말을 다루는데도 날쌘 솜씨가 엿보였다. 그래서 아버지를 태운 말조차 그 사실을 느끼고 자랑스럽게 여기는 듯했다. 우리는 가로수 길을 하나도 빼놓지 않고 다 달려서 '처녀 들판'에 도착해 울타리 몇 개를 뛰어넘었고(처음에 나는 울타리를 뛰어넘는 것이 두려웠지만, 아버지가 겁쟁이를 경멸했으므로 무서워하지 않았다.) 모스크바강을 두 번이나 건넜다. 나는 이제 집으로 돌아가려니 생각했다. 게다가 아버지도 내 말이 지쳤다는 것을 알고 있었다. 그때 갑자기 아버지는 크림 여울에서 옆으로 방향을 돌리더니, 강변을 따라 계속 말을 달렸다. 나도 그 뒤를 따라 말을 몰았다. 낡은 통나무 목재를 높게 쌓아 올린 곳에 이르자, 아버지는 날쌔게 엘렉트릭에서 내리더니 나도 내리라고 했다. 그리고 자기 말고삐를 내게 주며 여기 통나무 옆에서 잠깐 기다리라고 하고는 혼자서 좁은 골목길로 사라졌다. 나는 말들을 끌고 강변을 따라 왔다 갔다 하면서 계속 엘렉트릭을 나무랐다. 엘렉트릭은 걸으면서도 연방 머리를 내저으며 몸을 부르르 떨기도 하고, 내가 멈춰 서면 앞발로 번갈아 가며 땅을 파헤치고 히힝거리며 내 독일종 말의 목을 물려고 덤볐다. 한마디로 귀염받고 자란 순종(純種)답게 굴었다. 아버지는 돌아오지 않았다. 강 쪽에서 퀴퀴하고 습기 찬 바람이 불어왔다. 가랑비가 소리 없이 내리기 시작하더니 날 질리게 한 아주 볼품없는 잿빛 통나무들을 까만 작은 반점으로 얼룩지게 했다. 나는 그 통나무 옆을 하릴없이 왔다 갔다 했다. 외로움이 스며들었다. 아버지는 여전히 돌아오지 않았다. 아래위로 온통 회색 옷을 입은 핀란드 출신의 한 감시인이 항아리 모양의 커다란 낡은 헬멧을 쓴 채 도끼 창(槍)을 들고 내 쪽으로 가까이 왔다.(어째서 감시인이 이런 모스크바 강변에 있는 걸까?) 그가 노파처럼 쭈글쭈글한 얼굴을 내게 들이대며 말했다.

"도련님, 말을 데리고 여기서 무얼 합니까? 자, 이리 줘요. 내가 좀 붙잡고 있을 테니." 나는 그에게 대답하지 않았다. 그는 나에게 담배를 달라고 했다. 이 귀찮은 감시인을 피하려고 (게다가 초조함이 날 고통스럽게 했다.) 나는 아버지가 사라진 방향으로 몇 걸음 옮겼다. 그리고 골목길 끝까지 가서 모퉁이를 돌아섰을 때, 나는 그만 걸음을 멈추고 말았다. 내가 있는 데서 사십 보쯤 떨어진 한길 위, 어떤 조그만 목조 가옥의 열린 창문 앞에 아버지가 이쪽으로 등을 보인 채 서 있었다. 아버지는 창턱에 가슴을 대고 있었다. 집 안에서는 검은 드레스를 입은 여자가 커튼으로 반쯤 몸을 가리고 앉아서 아버지와 이야기하고 있었다. 그 여자는 지나이다였다.

나는 그 자리에 선 채 꼼짝하지 못했다. 솔직히 말해서 이런 일이 있으리라고는 전혀 예상하지 못했다. 처음에는 달아나려고 했다. '아버지가 돌아본다면……' 나는 잠시 생각했다. '나는 파멸이다……' 그러나 이상한 감정이, 호기심보다도 강하고 질투심보다도 강하며 공포보다도 강한 감정이 내 발을 묶어 놓았다. 나는 그쪽을 유심히 바라보며 열심히 귀를 기울였다. 아버지가 뭔가를 고집하는 듯했다. 지나이다는 아버지의 의견에 동의하지 않는 눈치였다. 지금도 나는 그때의 그녀 얼굴을 눈앞에 똑똑히 그려 볼 수 있다. 서글프고도 진지한 아름다운 얼굴 위에 헌신과 슬픔과 사랑과 절망의 형용할수 없는 그림자가 어려 있었다. 나는 다른 말을 찾아낼 수 없다. 그녀는 한두 마디씩 짤막하게 말했고, 눈을 내리깐 채 순종적이고 고집스럽게 미소를 지어 보일 뿐이었다. 그 미소에서만 나는 이전의 나의 지나이다를 알아볼 수 있었다. 아버지는 어깨를 흠칫해 보이고 모자를 고쳐 썼다. 아버지가 마음이 초조해질 때면 언제나 하는 버릇이었다……. 잠시 후에 "당신은 떠나야만 해요……." 하는 말이 들렸다. 지나이다는 몸을 꼿꼿이 펴고 한 손을 내밀었다……. 갑자기 내 눈앞에서 도저히 믿을 수 없는 일이 일어났다. 아버지가 프록코트의 앞깃에 묻은 먼지를 털고 있던 채찍을 느닷없이 들어 올렸다. 뒤이어 팔꿈치까지 드러난 그녀의 팔 위로 떨어지는 날카로운 채찍 소리가 들렸다. 나는 비명이 터져 나오려는 것을 간신히 참았다. 지나이다는 부르르 몸을 떨고는 말없이 아버지를 쳐다보았다. 그리고 자기 손을 천천히 입술로 가져가서 뻘겋게 달아오른 손에 난 채찍 자국에 입을 맞추었다. 아버지는 채찍을 내던지고 빠른 걸음으로 현관 층계를 뛰어 올라가 집 안으로 들어갔다……. 지나이다는 몸을 돌렸다. 그리고 두 손을 벌리고 머리를 뒤로 젖힌 채 창문에서 사라졌다.

나는 놀란 나머지 정신이 아찔해져서 의혹에 찬 공포를 가슴에 안고 왔던 길을 되돌아 골목길까지 달려가다가 하마터면 엘렉트릭을 놓칠 뻔했다. 나는 강변으로 되돌아갔다. 아무것도 생각할 수 없었다. 냉정하고 신중한 아버지가 이따금 광적인 발작을 일으킨다는 것을 알았지만, 그래도 방금 내가 목격한 것은 전혀 이해할 수 없었다……. 그러나 나는 그 즉시 내가 얼마를 더 살더라도, 지나이다의 그 몸짓, 그 눈매, 그 미소를 결코 영원히 잊을 수는 없을 것이라고 느꼈다. 그녀의 모습, 뜻밖에 내 눈에 비친 그 새로운 모습은 내 기억 속에 영원히 각인되었다. 나는 하염없이 강물을 바라보며 눈물이 줄줄 흘러내리는 것도 몰랐다. '그 여자가 매를 맞다니…….' 나는 생각했다. '매를 맞다니……. 매를 맞다니…….'

"애, 너 뭘 하니, 말을 이리 줘!" 등 뒤에서 아버지의 목소리가 들렸다.

나는 기계적으로 말고삐를 아버지에게 내주었다. 아버지는 훌쩍 엘렉트릭에 올라탔다……. 추위에 떨고 있던 말은 뒷발로 서더니 3미터쯤 앞으로 껑충 뛰었다. 아버지는 곧 말을 진정시켰다. 말 옆구리를 박차로 꾹 누르고 목덜미를 주먹으로 내리친 것이었다……. "제기랄, 채찍이 없군." 아버지가 중얼거렸다.

나는 조금 전에 채찍이 찰싹하고 그녀의 팔을 후려치던 소리를 떠올리고 몸을 부르르 떨었다.

"채찍은 어떻게 했어요?" 잠시 후에 내가 아버지에게 물었다.

아버지는 대답도 않고 앞으로 말을 달렸다. 나는 그 뒤를 바싹 쫓았다. 아버지의 얼굴이 꼭 보고 싶었던 것이다.

"혼자서 지루했니?" 아버지가 잇소리로 말했다.

"조금요. 그런데 채찍은 어디에 떨어뜨렸어요?" 내가 다시 아버지에게 물었다.

아버지는 나를 힐끗 바라보더니 "떨어뜨린 게 아니고 버렸 어." 하고 대답했다.

아버지는 생각에 잠겨 고개를 숙였……. 이때 나는 처음 으로, 그리고 아마도 마지막으로 아버지의 엄격한 용모가 얼 마나 부드러운 인정과 연민을 나타낼 수 있는지 보았다.

아버지는 다시 말을 달리기 시작했다. 나는 아버지를 따라 잡을 수 없었다. 나는 아버지보다 십오 분이나 늦게 집에 도착 했다.

"이것이 사랑인가 보다." 그날 밤 노트와 책들이 펼쳐 있는 책상 앞에 앉아서 나는 다시 이렇게 중얼거렸다. "이것이 열정 이다! ……어떤 사람한테서, 비록 자기가 가장 사랑하는 사람 한테라도 그렇게 맞으면! ……분개하지 않을 수 없을 것 같은 데! 그러나 사랑에 빠지면 그럴 수도 있는가 보다……. 그러면 나는…… 나는 상상했어……."

지난 한 달 동안에 나는 아주 늙어 버렸다. 그리고 온갖 흥 분과 고통으로 얼룩진 나의 사랑도 이제야 겨우 가늠할 수 있 고, 어슴푸레한 어둠 속에서 뭔가를 분별해 보려고 괜히 애쓰 는, 낯설고 아름답지만 무서운 얼굴과도 같이 날 놀라게 한 미 지의 다른 그 무언가에 비하면 어쩐지 아주 작고 유치하고 초 라한 것처럼 여겨졌다.

바로 그날 밤에 나는 괴이하고도 무서운 꿈을 꾸었다. 나는 천장이 낮은 어두운 방으로 들어간 것 같았다…… 아버지가 한 손에 채찍을 들고 서서 발을 쾅쾅 구르고 있었다. 한구석에는 지나이다가 몸을 움츠리고 있었는데, 팔이 아니라 이마 위에 붉은 자국이 나 있었다…… 그런데 그 두 사람 뒤에서, 온몸이 피투성이가 된 벨롭조로프가 몸을 일으키더니 창백한 입술을 열어 분노에 찬 어조로 아버지를 위협했다.

두 달 후에 나는 대학에 입학했다. 그 후 반년이 지나 아버지는 페테르부르크에서 뇌졸중으로 돌아가셨다. 이 일은 아버지가 어머니와 나를 데리고 페테르부르크로 이사 가자마자 일어났다. 죽기 며칠 전에 아버지는 모스크바에서 온 편지를 한 통 받았는데, 그것을 보고 몹시 흥분했다…… 아버지는 어머니에게 가서 뭔가를 부탁하고 심지어 눈물까지 흘렸다고 한다. 이분이 바로 내 아버지였다! 뇌졸중을 일으킨 바로 그날 아침에 아버지는 프랑스어로 이렇게 시작되는 편지를 내게 남겼다. "내 아들아, 여자의 사랑을 두려워해라. 그 행복, 그 독을 두려워해라……" 아버지가 돌아가신 후에 어머니는 꽤 많은 돈을 모스크바로 보냈다.

22

사 년쯤 세월이 흘렀다. 나는 막 대학을 졸업해서 무슨 일을 시작해야 할지, 어떤 문을 두드려야 할지 아직 잘 모르고 있었다. 그래서 얼마 동안 일 없이 빈둥빈둥 놀고 있었다. 어느 화창한 날 저녁에 나는 극장에서 마이다노프를 만났다. 그는 결혼하고 취직도 했다. 그러나 내가 보기에 그는 조금도 달라진 데가 없었다. 그는 여전히 쓸데없이 감격하다가 갑자기 풀이 죽곤 했다.

"자네 알고 있나?" 마이다노프가 말했다. "돌스카야 부인이 이곳에 있다네."

"돌스카야 부인이라니, 누구 말입니까?"

"아니, 자네 잊었나? 우리 모두가 홀딱 반했던, 옛날 자세킨 공작의 딸 말일세. 자네도 역시 그랬지. 생각나지, 네스쿠치니 공원 근처의 별장에서?"

"그 여자가 돌스키와 결혼했나요?"

"그렇다네."

"그럼 그 여자가 여기 이 극장에 왔단 말입니까?"

"아니, 페테르부르크에 있지. 며칠 전에 이곳에 왔는데, 외국으로 떠날 준비를 하고 있더군."

"남편은 어떤 사람인가요?" 내가 물었다.

"아주 멋있는 사람이지. 재산도 꽤 있고. 모스크바에 있을 때 내 동료였네. 자네도 알겠지만, 그 사건 이후…… 자넨 모든 걸 잘 알 테지.(마이다노프는 의미심장한 미소를 지었다.) ……그 여자는 배우자를 구하기가 쉽지 않았지. 여러 가지 사건이 뒤따랐으니까……. 그러나 원래 영리한 여자니까 모든 게 가능했지. 그 여자에게 가 보게. 자넬 보면 아주 반가워할 거야. 그녀는 더 예뻐졌어."

마이다노프는 내게 지나이다의 주소를 주었다. 그녀는 '데무트'라는 호텔에 묵고 있었다. 옛 추억이 내 마음속에 되살아났다……. 나는 다음 날 옛날 '연인'을 찾아가리라 결심했다. 그러나 무슨 일이 일어나서 한 주일, 두 주일이 지나고 또 한 주일이 지났다. 마침내 데무트 호텔에 가서 돌스카야 부인을 찾았을 때, 나는 그녀가 나흘 전에 해산하다가 갑자기 죽은 것을 알게 되었다.

마치 뭔가가 내 가슴을 찌르는 듯했다. 그녀를 만날 수 있었는데 만나지 못했다는 생각, 앞으로 영영 그녀를 볼 수 없게 되었다는 생각이 들었다. 이 비통한 생각이 반박할 수 없는 비난을 퍼부어 대며 내 마음속을 파고들었다. "그녀가 죽었다!" 멍하니 문지기를 바라보며 나는 이렇게 되뇌었다. 그러고는 조용히 거리로 나가 정처 없이 걷기 시작했다. 지나간 모든 것이 한꺼번에 떠올라 눈앞에 어른거렸다. 그 젊고, 뜨겁고, 빛나던 생명이 이렇게 끝나 버리고, 그처럼 조급하게 흥분하면서 열심히 달려간 마지막 목표가 바로 이런 것이란 말인가! 나는 이런 생각을 하며, 이제는 축축한 지하의 어둠 속, 비좁은 관 속에 누워 있을 그 사랑스러운 모습, 그 눈, 그 고수머리를 상상해 보았다. 그곳은 아직 살아 있는 내게서 그다지 멀지 않고, 아마도 나의 아버지와는 몇 발자국도 되지 않는 거리인지도 모른다……. 나는 내내 이런 생각을 하며 상상의 날개를 펼쳤다.

무심한 사람의 입에서 나는 죽음의 소식을 들었노라,

그리고 나는 무심히 그 소식에 귀를 기울였노라…….

이런 구절이 마음속에서 울렸다. 오, 청춘이여! 청춘이여!
그대는 아무것도 걸릴 것이 없다. 그대는 마치 우주의 온갖 보
물을 차지하고 있는 듯하다. 심지어 우수도 그대에게는 위로
가 되고, 슬픔조차도 그대에게는 잘 어울린다. 그대는 자신감
이 넘쳐흐르며 대담무쌍하다. 그대는 "보아라, 사람들아! 나
는 혼자서 살아간다."라고 말하지만, 그대의 좋은 시절도 흘러
가고, 흔적도 없이 무수히 사라져 버린다. 그러면 그대의 모든
것은 태양 아래 밀랍처럼, 눈처럼 녹아 없어져 버린다……. 어
쩌면 그대가 지닌 매력의 모든 비밀은 무엇이든 할 수 있다는
가능성에 있는 것이 아니라, 무엇이든 할 수 있다고 생각하는
가능성에 있는 것인지도 모른다. 그대의 힘을 다른 무엇을 위
해 사용해 보지도 못하고 바람에 흩날려 보내는, 바로 그런 점
에 있는지도 모른다. 또 우리 각자가 진심으로 자신을 낭비자
(浪費者)라고 생각하고, 진심으로 "아아, 만일 내가 시간을 헛
되이 보내지 않았더라면, 무슨 일이든 다 해냈을 텐데!"라고
말할 수 있는 권리가 있다고 생각하는 점에 있는지도 모른다.

바로 나 자신도 그렇다……. 순간적으로 떠오른 첫사랑의
환영을 한 가닥 한숨과 어떤 쓸쓸한 감정으로 간신히 더듬으
면서, 내가 무엇을 바랐고, 내가 어찌 풍요로운 미래를 기대했
겠는가?

내가 소망했던 모든 것 중에서 과연 무엇이 실현되었는가?
그리고 벌써 내 인생에 황혼의 그림자가 밀려오기 시작하는

지금, 한바탕 휘몰아치고 지나간 봄날 아침의 뇌우에 대한 추억보다 더 신선하고 더 소중한 것이 무엇이겠는가?

그러나 나는 공연히 자신을 비방하고 있다. 당시 그 경박했던 청춘의 시절에도 나는 내게 호소하는 슬픈 목소리나 무덤에서 들려오는 엄숙한 목소리에 귀를 틀어막고 있었던 것은 아니다. 지금도 기억하지만, 지나이다의 죽음을 알고 나서 며칠이 지난 뒤, 나는 스스로 억제할 수 없는 충동에 이끌려, 우리와 한집에 살던 어느 가난한 노파의 임종을 지켜보게 되었다. 누더기에 싸여 딱딱한 판자 위에 자루를 베개 삼아 누운 그 노파는 몹시 괴로워하며 고통스럽게 숨을 거두었다. 그녀의 일생은 매일 필요한 것을 얻으려는 고통스러운 투쟁 속에서 흘러가 버렸다. 그녀는 기쁨을 몰랐고, 행복의 달콤함도 맛보지 못했다. 그녀는 아마 죽음을, 그리고 죽음이 주는 자유와 편안함을 기뻐해야 하지 않았을까? 그러나 그 늙어 빠진 육체가 버틸 수 있는 동안, 그녀의 가슴이 그 위에 얹힌 차디찬 손 밑에서 아직도 고통스럽게 오르락내리락하는 동안, 마지막 힘이 그녀를 버리기 전까지 노파는 계속 성호를 그으면서, "주여, 내 죄를 사하여 주옵소서." 하고 내내 중얼거렸다. 마침내 마지막 의식의 불꽃이 반짝하면서, 비로소 노파의 눈에서 죽음에 대한 공포와 두려움이 사라졌다. 지금도 기억하지만, 이 가난한 노파의 임종을 지켜보면서 나는 지나이다의 최후가 생각나 무서워졌다. 그래서 나는 그녀를 위해서, 아버지를 위해서, 그리고 나 자신을 위해서 기도하고 싶어졌다.

귀족의 보금자리

1

화창한 봄날이 저물어 가고 있었다. 조그만 장밋빛 구름이 맑은 하늘에 높이 떠 있는데, 떠다니는 것이 아니라 마치 감청빛 심연 속으로 잠겨 들어가는 것만 같았다.

1842년에 있었던 일이다. 도청 소재지인 O시 변두리에 있는 아름다운 집의 활짝 열린 창문 앞에 여자 둘이 앉아 있었다. 한 여자는 쉰 살쯤 되어 보였고, 다른 여자는 벌써 칠순의 노파였다.

첫째 여자의 이름은 마리야 드미트리예브나 칼리티나였다. 도의 검사였고 한창때는 이름난 수완가였던 그녀의 남편은 활달하고 결단력이 있었으며 성질이 급하고 완고한 사람이었는데 십여 년 전에 사망했다. 그는 훌륭한 교육을 받았고 대학에서 공부도 했지만, 가난한 신분으로 태어난 탓에 스스로 앞길을 개척하고 돈을 벌어야 한다는 것을 일찍부터 깨달았다. 마리야 드미트리예브나는 그와 연애결혼을 했다. 그는 꽤 잘생긴 데다 영리했고, 마음만 내키면 몹시 친절하기도 했다. 마리야 드미트리예브나(결혼 전의 성은 페스토바였다.)는 어릴 적에 부모를 잃었고, 모스크바에서 대학을 다니며 몇 년을 보내다가, 모스크바에서 O시로 돌아와 50킬로미터 떨어진 고향 마을 포크롭스코예에서 고모와 오빠와 함께 살았다. 오빠는 직장 때문에 곧 페테르부르크로 이사했고, 갑작스러운 죽음으로 세상을 뜰 때까지 누이동생과 고모를 못살게 괴롭혔다. 마리야 드미트리예브나는 포크롭스코예의 영지를 상속받았지만 거기에서 오래 살지는 않았다. 며칠 사이에 그녀의 마음을 사로잡은 칼리틴과 결혼한 이듬해에, 수입은 훨씬 많지만 아름답지 않고 저택도 없는 다른 영지와 포크롭스코예를 교환했던 것이다. 이와 동시에 칼리틴은 영주할 목적으로 O시에 집을 구해 그곳에 아내와 함께 정착했다. 집에는 커다란 정원이 있었고, 그 한쪽은 교외의 들판으로 곧장 뻗어 있었다. 시골의 정적을 매우 싫어했던 칼리틴은 '자, 이제 시골에 드나들 까닭이 없겠지.' 하고 작심했다. 마리야 드미트리예브나는 즐거움을 주는 시내며 넓은 초원과 푸른 숲이 있는 멋진 포크롭스코예를 마음속으로 그리워한 것이 한두 번이 아니었다. 그러나 그녀는 절대로 남편의 뜻을 거스르지 않았고, 남편의 지혜와 세상 물정에 대한 지식을 존경했다. 결혼한 지 십오 년이 지나 아들 하나와 딸 둘을 남기고 남편이 사망했을 때, 마리야 드미트리예브나는 자기가 사는 집과 도시 생활에 익숙해져서 그녀 스스로도 O시를 떠나고 싶어 하지 않았다.

마리야 드미트리예브나는 젊은 시절에 귀여운 금발 머리 처녀로 이름을 날렸다. 쉰 살이 된 지금 그녀의 얼굴은 약간 부은 듯하고 윤곽이 흐려지기는 했지만, 아직도 매력을 잃지 않고 있었다. 그녀는 착하다기보다는 오히려 감상적이었고 어른이 되어서도 학생 시절의 버릇을 가지고 있었다. 그녀는 어리광을 부렸고 쉽게 화를 냈으며 자신의 습관이 깨지기라도 하면 울기까지 했다. 그 대신 그녀의 모든 바람이 이루어지고 아무도 그녀의 뜻을 거스르지 않을 때는 매우 상냥하고 친절했다. 그녀의 집은 시내에서 가장 즐거운 집 중 하나였다. 그녀의 재산은 상당했는데, 상속받은 것이라기보다는 남편이 벌어 놓은 것이었다. 두 딸은 그녀와 함께 살았고, 아들은 페테르부르크의 일류 공립학교에서 공부하고 있었다.

마리야 드미트리예브나와 함께 창 밑에 앉아 있던 노파는 예전에 포크롭스코예에서 고독했던 몇 년을 같이 보낸 바로 그 고모였다. 그녀의 이름은 마르파 티모페예브나 페스토바였다. 그녀는 괴짜로 소문났고, 독립심이 강한 성격에 사람들 앞에서 입바른 말을 잘했으며, 몹시 궁핍한 처지였지만 마치 많은 돈을 가진 양 행동했다. 그녀는 죽은 칼리틴을 죽도록 싫어했고, 조카딸이 칼리틴과 결혼하자마자 조그만 자기 마을로 내려가 페치카도 굴뚝도 없는 농부네 오막살이에서 만 십 년을 살았다. 마리야 드미트리예브나는 이 노파를 조금 무서워했다. 마르파 티모페예브나는 몸집은 조그맣지만 늙어서도 여전히 검은 머리칼에 날카로운 눈매와 오뚝한 코를 가졌고, 활기차게 걸어 다니며 허리를 쭉 펴고 가늘고 낭랑한 목소리로 빠르고 명료하게 말하곤 했다. 그녀는 항상 하얀 부인모에 하얀 코프타¹⁾를 입고 있었다.

"왜 그래?" 그녀가 갑자기 마리야 드미트리예브나에게 물었다. "왜 한숨을 내쉬는 거야, 응?"

"그냥요." 마리야 드미트리예브나가 말했다. "참 아름다운 구름이에요!"

"자넨 저 구름이 불쌍하기라도 하단 말인가?"

마리야 드미트리예브나는 아무 대답도 하지 않았다.

"게제오놉스키는 왜 안 오는 걸까?" 마르파 티모페예브나가 뜨개바늘을 민첩하게 움직이면서 말했다.(그녀는 커다란 털목도리를 짜고 있었다.) "그 작자라면 자네와 함께 한숨을 쉬든지, 아니면 무슨 거짓말이라도 할 텐데."

"어째서 고모는 그 사람에 대해 항상 가혹하게 평가하시는 거죠! 세르게이 페트로비치는 존경할 만한 분이에요."

"존경할 만한 분이라고!" 노파가 책망하듯이 되뇌었다.

"죽은 제 남편에게도 얼마나 충실했다고요!" 마리야 드미트리예브나가 말했다. "그분은 지금까지도 그이를 덤덤히 떠올리지 못해요."

"그럴밖에! 자네 남편이 그를 구렁텅이에서 건져 주었으니까." 마르파 티모페예브나가 투덜거렸다. 뜨개바늘이 그녀의 손에서 더욱 빨리 움직였다.

---

1) 부인용 짧은 재킷.

"그는 아주 온순한 사람처럼 보이지만." 그녀가 다시 말문을 열었다. "머리칼이 다 세었는데도 입만 열면 거짓말을 하거나 헛소문을 퍼뜨린다고. 그런데도 5등관이라니! 하긴 그럴밖에, 사제의 아들이니까!"

"허물 없는 사람이 어디 있어요, 고모? 물론 그에게도 약점은 있어요. 세르게이 페트로비치는 교육을 받지 못했고 프랑스 말도 하지 못하지요. 그러나 고모가 뭐라고 해도 그는 좋은 사람이에요."

"그래, 그는 늘 자네 손을 핥아 주니까. 프랑스 말을 못 하는 건 그리 큰 결점은 아니지! 나도 프랑스 '사투리'는 잘 모르니까. 그 사람은 아무 말도 못 하는 게 더 나을 텐데. 그러면 거짓말도 못 할 테니까 말이야. 어이구, 저기 온다. 호랑이도 제 말 하면 온다더니만." 마르파 티모페예브나가 거리 쪽을 바라보며 덧붙였다. "황새처럼 키가 멀쑥하고 유쾌한 자네의 남자가 저기 걸어오는군!"

마리야 드미트리예브나는 머리 타래를 매만졌다. 마르파 티모페예브나는 책망하듯이 그녀를 바라보았다.

"아니, 자네 흰 머리카락이 있잖아? 팔라시카를 야단쳐야 해. 뭘 보고 있단 말이야?"

"원, 고모는 늘……." 마리야 드미트리예브나가 불쾌한 듯이 중얼거리고 안락의자의 팔걸이를 손가락으로 두드리기 시작했다.

"세르게이 페트로비치 게제오놉스키가 오셨습니다!" 카자크식의 옷을 입은 볼이 불그스레한 하인 아이가 문밖에서 뛰어

들어와 높은 목소리로 알렸다.

2

깨끗한 프록코트에 짧은 바지를 입고, 회색 새미 장갑을 끼고 넥타이 두 개를(검은 넥타이는 위에, 흰 넥타이는 아래에) 맨키가 큰 사람이 들어왔다. 단정한 얼굴과 매끄럽게 빗어 넘긴 관자놀이의 머리칼부터 뒤축이 없고 삐걱거리는 소리가 나지 않는 부츠에 이르기까지 그의 몸에 걸친 모든 것이 점잖고 의젓해 보였다. 그는 먼저 여주인에게 인사하고 마르파 티모페예브나에게도 인사한 다음 천천히 장갑을 벗고 마리야 드미트리예브나의 손을 향해 다가갔다. 그가 공손하게 그녀의 손에 연달아 두 번 입을 맞추고 나서 천천히 안락의자에 앉더니 미소를 머금고 손가락 끝을 문지르며 말했다.

"저, 옐리자베타 미하일로브나는 잘 있지요?"

"그럼요." 마리야 드미트리예브나가 대답했다. "지금 정원에 있어요."

"옐레나 미하일로브나는요?"

"레노치카도 정원에 있어요. 그런데 무슨 새로운 소식은 없나요?"

"있다마다요, 왜 없겠어요." 손님이 천천히 눈을 깜짝거리고 입술을 비죽이 내밀면서 대답했다. "흠……! 이게 바로 놀라운 소식인데요. 라브레츠키 표도르 이바니치가 도착했습니다."

"페댜가!" 마르파 티모페예브나가 외쳤다. "거 또 지어낸 소리 아니오?"

"절대로 아닙니다. 내 눈으로 직접 그분을 봤습니다."

"그런 건 아직 증거가 되지 않지."

"아주 건강해지셨더군요." 게제오놉스키가 마르파 티모페예브나의 말을 못 들은 체하고 말을 계속했다. "어깨가 더 넓어졌고 얼굴이 온통 불그스레하던걸요."

"몸이 좋아졌다고요." 마리야 드미트리예브나가 띄엄띄엄 말했다. "몸이 좋아질 리가 없을 텐데요?"

"그렇습니다." 게제오놉스키가 말했다. "다른 사람이 그분의 처지에 있었다면 부끄러워서 세상에 얼굴도 내밀지 못했을 겁니다."

"그건 어째서?" 마르파 티모페예브나가 말을 가로막았다. "그게 무슨 실없는 소리요? 사람이 조국으로 돌아왔는데 어디로 가란 말인가? 게다가 그에게 무슨 잘못이 있다고!"

"마님, 실례의 말씀입니다만, 아내가 행실이 나쁠 때는 항상 남편에게 잘못이 있는 겁니다."

"이봐요, 그건 당신이 결혼을 안 했기 때문에 그렇게 말하는 거야."

게제오놉스키는 어색하게 미소를 지었다.

"여쭤봐도 될까요?" 그가 잠시 입을 다물고 있다가 물었다. "이 예쁜 목도리는 누굴 위해 뜨시는지요?"

마르파 티모페예브나는 그를 힐끗 쳐다보았다.

"절대 허튼소리도 안 하고 잔꾀도 부리지 않고 거짓말도 하지 않는 사람을 위한 걸세, 만약 세상에 그런 사람이 있다면 말이야. 페댜는 내가 잘 알지. 아내를 버릇없게 만든 것이 그의 유일한 잘못이야. 그리고 그는 연애결혼을 했는데, 연애결혼이란 절대로 좋은 결과를 가져오지 않거든." 노파가 마리야 드미트리예브나에게 곁눈질을 하고 일어서면서 덧붙였다. "그럼 자넨 나라도 좋으니까 누구든지 맘껏 헐뜯게나. 난 방해하지 않고 가네."

그녀는 이렇게 말하고 물러갔다.

"늘 저러신다니까." 마리야 드미트리예브나가 고모를 눈으로 전송하면서 말했다. "항상 저러셔요."

"그러실 나이지요! 어쩔 수 없어요!" 게제오놉스키가 말했다. "방금 잔꾀 부리지 않는 사람에 대해 말씀하셨는데, 요즘 잔꾀 부리지 않는 사람이 어디 있습니까? 그런 시대거든요. 아주 점잖고 직위도 낮지 않은 내 친구가 이렇게 말했어요. 요즘엔 암탉도 잔꾀를 부리며 낟알로 다가간다고요. 어떻게 해서든지 낟알을 쪼아 먹으려고 늘 기회를 노리고 있다는 거죠. 그러나 제가 보기에 부인께선 정말로 천사 같은 마음씨를 가지고 계십니다. 제발 부인의 그 백설 같은 손에 입맞춤할 수 있도록 허락해 주세요."

마리야 드미트리예브나는 살짝 미소를 짓고 새끼손가락을 따로 벌린 포동포동한 손을 게제오놉스키에게 내밀었다. 그가 그녀의 손에 입술을 눌러 댔고, 그녀는 자신의 안락의자를 그에게로 가까이 옮겨 놓고 약간 몸을 구부리며 나지막하게 물었다.

"당신이 그를 보았단 말이지요? 정말 그가 괜찮았나요? 건강하고 명랑하고요?"

"명랑하고 괜찮았습니다." 게제오놉스키가 속삭이듯이 대답했다.

"지금 그의 아내가 어디 있다는 말은 듣지 못하셨나요?"

"최근까지 파리에 있었답니다. 지금은 이탈리아로 옮겼다는 소리가 들리던데요."

"폐댜의 입장은 정말로 끔찍해요. 그가 어떻게 견뎌 내는지 모르겠어요. 물론 누구에게나 불행은 오는 법이지만, 그의 불행은 온 유럽에 퍼진 거나 다름없어요."

게제오놉스키가 한숨을 쉬었다.

"그렇고말고요. 그의 아내는 배우나 피아니스트와도 친하다고들 합니다. 그들식으로 말하면 그녀는 사자들, 짐승들과 친하다는 얘기지요. 그녀는 수치심을 완전히 잃어버렸습니다……."

"정말로, 정말로 가엾어요." 마리야 드미트리예브나가 말했다. "아시다시피 족보로 따지면 세르게이 페트로비치, 그는 내 사촌이랍니다."

"그렇습니다. 그래요. 댁의 집안과 관계된 일로 제가 모르는 게 어디 있습니까? 알다마다요."

"그가 우리 집에 올까요, 어떻게 생각하세요?"

"틀림없이 올 겁니다. 그러나 그는 고향인 시골로 떠날 채비를 한다고 합니다."

마리야 드미트리예브나는 눈을 들어 하늘을 쳐다보았다.

"오, 세르게이 페트로비치, 세르게이 페트로비치, 난 우리 여자들이 조신하게 행동해야 한다고 생각해요!"

"여자도 여자 나름입니다, 마리야 드미트리예브나. 불행하게도 그런 변덕스러운 여자가 있고…… 에, 또 '그런 나이의 여자'가 있지요. 그리고 어려서부터 품행이 좋지 않은 여자들도 있고요.(세르게이 페트로비치는 호주머니에서 바둑무늬의 파란 손수건을 꺼내서 펼치기 시작했다.) 물론 그런 여자들도 있죠.(세르게이 페트로비치는 손수건 끝을 양쪽 눈에 차례로 갖다 댔다.) 그러나 일반적으로 말해서…… 판단해 본다면, 그러니까…… 시내에는 먼지가 대단합니다." 그가 말끝을 맺었다.

"엄마, 엄마!" 열한 살쯤 되어 보이는 귀여운 소녀가 방 안으로 뛰어 들어오면서 소리쳤다. "블라디미르 니콜라이치 씨가 말을 타고 우리 집에 와요!"

마리야 드미트리예브나가 일어섰다. 세르게이 페트로비치도 일어서서 머리를 숙였다. "옐레나 미하일로브나에게 안부 전해 주십시오." 그가 말하고는 예의상 방구석으로 물러나 길쭉하고 오똑한 코를 풀기 시작했다.

"그분은 참 멋진 말을 타고 있어요!" 소녀가 계속해서 말했다. "방금 쪽문 옆에 있었는데, 저와 리자에게 현관 쪽으로 오겠다고 하셨어요."

말발굽 소리가 들리더니 아름다운 밤색 말을 탄 늘씬한 기사가 거리에 나타나 열려 있는 창문 앞에 멈추어 섰다.

3

"안녕하십니까, 마리야 드미트리예브나!" 기사가 낭랑하고 상냥한 목소리로 소리쳤다. "새로 산 제 말이 마음에 드십니까?"

마리야 드미트리예브나가 창 쪽으로 다가갔다.

"안녕하세요, 볼데마르! 오, 정말로 훌륭한 말이군요! 누구한테서 그 말을 샀나요?"

"마필(馬匹) 보충 담당 장교에게서요⋯⋯. 날강도처럼 엄청 비싸게 받아먹었어요."

"말 이름이 뭐죠?"

"오를란드입니다⋯⋯. 멍청한 이름이라 바꾸려고 해요. 어, 어, 이 녀석이⋯⋯ 이놈이 얼마나 보채는지 몰라요!"

말은 콧김을 내뿜고 발을 구르며 거품투성이의 낯짝을 흔들어 댔다.

"레노치카, 쓰다듬어 봐요, 무서워하지 말고⋯⋯."

소녀가 창에서 손을 뻗었지만 갑자기 오를란드가 뒷발로 일어서더니 옆으로 달음질쳤다. 기사는 당황하지 않고 다리로 말을 제지하더니 채찍으로 말 목을 때리고 나서 버텅기는 말을 다시 창 앞에 세웠다.

"조심하세요, 조심하세요." 마리야 드미트리예브나가 거듭 말했다.

"레노치카, 말을 만져 봐요." 기사가 다시 말했다. "이놈이 제멋대로 못 하게 할 테니까."

소녀는 다시 손을 뻗어 쉴 새 없이 몸을 떨며 재갈을 물고

귀족의 보금자리

있는 오를란드의 벌름거리는 콧구멍을 조심스럽게 만졌다.

"브라보!" 마리야 드미트리예브나가 소리쳤다. "이제 말에서 내려서 들어오세요."

기사는 날쌔게 말을 돌려세우더니 말에 박차를 가하고 전속력으로 거리를 달려 마당으로 들어왔다. 잠시 후 그는 채찍을 휘두르며 대기실의 문을 지나 단숨에 응접실로 뛰어 들어왔다. 바로 이때 다른 문의 문지방에 열아홉 살쯤 된 까만 머리칼에 날씬하고 키가 큰 처녀가 나타났다. 그녀는 마리야 드미트리예브나의 맏딸인 리자였다.

4

방금 소개한 젊은이의 이름은 블라디미르 니콜라이치 판신이다. 그는 특수한 일을 수행하는 내무부 관리로 페테르부르크에서 근무했다. 그는 임시 공무를 수행하기 위해 O시에 왔고, 먼 친척뻘인 도지사 존넨베르크 장군의 관할 아래에 있었다. 퇴역 2등 기병 대위인 판신의 아버지는 유명한 노름꾼이었다. 아첨기 있는 눈과 주름투성이의 얼굴에 입술을 신경질적으로 떠는 사람으로, 평생을 상류 인사들에 묻어 다니면서 모스크바와 페테르부르크의 영국 클럽을 드나들었고, 약삭빠르고 그다지 믿음직스럽지는 않지만 멋지고 다정한 사람으로 알려져 있었다. 약삭빠른 사람이었는데도 그는 거의 언제나 찢어지게 가난했고 외아들에게는 파산 지경에 이른 약간의 재산만을 남겼다. 그 대신에 그는 아들의 교육에는 나름대로 신경을 썼다. 블라디미르 니콜라이치는 프랑스어를 아주 잘했고, 영어도 잘했고, 독일어는 서투르게 했다. 그럴 수밖에 없었던 것이 독일어를 잘한다는 것은 점잖은 사람에게 부끄러운 일이었기 때문이다. 그러나 농담할 때 독일어를 사용하는 것은 페테르부르크의 파리 사람들 말을 빌리면 '아주 멋들어진 것'이었다. 블라디미르 니콜라이치는 이미 열다섯 살 때부터 어떤 객실이건 당황하지 않고 출입할 수 있었고, 응접실에서 즐겁게 노닐다가 적당한 때에 자리를 뜰 줄 알았다. 판신의 아버지는 자기 아들에게 많은 연줄을 놓아 주었다. 3판 승부 사이에 카드를 섞을 때나 '2승'을 거둔 후에, 그는 상업적인 투기를 좋아하는 중요 인사에게 자기 아들 '볼로디카'에 대해 한마디 할 기회를 놓치지 않았다. 블라디미르 니콜라이치는 자기 나름대로 준(準)학사증을 따서 졸업했고, 대학 시절에는 몇몇 명문 집안의 젊은이들과 사귀며 최상류층의 집에 드나들었다. 그는 어디서나 환영받는 인물이었다. 그는 대단한 미남인 데다 거리낌 없고 재미있는 사람이었으며, 항상 건강했고 기꺼이 모든 일을 할 준비가 되어 있었다. 필요한 경우에는 공손했고, 그럴 수 있는 곳에서는 불손하게 행동할 줄도 아는 멋진 친구이자 매력적인 청년이었다. 그의 앞에는 약속된 미래가 열려 있었다. 판신은 곧 사교술의 비밀을 이해했다. 그는 사교술의 규칙을 진심으로 존중할 줄 알았고, 언뜻 비웃는 듯한 거드름을 피우며 사소한 일에 몰두할 줄도 알았으며, 중요한 모든 것을 하찮게 여기는 듯한 태도를 꾸밀 줄도 알았다. 그는 춤도 아주 잘 추었고 영국식으로 옷을 입었다. 짧은 시간에 그는 페테르부르크에서 가장 상냥하고 재치 있는 젊은이 중의 한 사람으로 이름이 났다. 판신은 정말로 아버지 못지않게 약삭빨랐다. 그러나 그는 재능도 많았고, 모든 것을 잘했다. 노래를 멋지게 불렀고 그림을 잘 그렸으며 시 쓰는 것도 무대 연기도 잘했다. 그는 겨우 스물여덟 살인데 벌써 시종보(侍從補)라는 상당히 높은 직급에 올라 있었다. 판신은 자기 자신 그리고 자신의 두뇌와 통찰력을 굳게 믿었다. 그는 대담하고 유쾌하고 아주 빠르게 전진했다. 그의 생활은 순풍에 돛을 단 듯이 지나갔다. 그는 노인과 젊은이 그 누구에게도 호감을 사는 데 익숙해졌고, 스스로 사람들을, 특히 여자를 잘 안다고 생각했다. 그는 여자들이 흔히 가지고 있는 약점을 잘 알았다. 예술도 웬만큼 아는 그는 가슴속에 열정과 어느 정도의 집중력과 쉽게 감격하는 마음을 품고 있었다. 그 결과 그는 많은 점에서 상도를 벗어나 방탕한 생활을 했고, 사교계에 속하지 않는 사람들과도 사귀었다. 대체로 그는 자유분방하고 꾸밈없이 행동했다. 그러나 그의 마음은 냉담하고 교활했으며, 떠들썩한 주연 중에도 그의 명민한 갈색 눈초리는 항상 주변을 경계하고 관찰했다. 이 대담하고 자유분방한 젊은이는 결코 자신을 잊거나 유흥에 푹 빠지는 일이 없었다. 그리고 이것은 그의 명예를 위해 꼭 말해 두어야 할 점인데, 그는 결코 자신의 승리를 자랑하지 않았다. 그는 O시에 도착하자마자 마리야 드미트리예브나의 집에 드나들었고, 곧 제집처럼 익숙해졌다. 마리야 드미트리예브나는 그에게 홀딱 반해 버렸다. 판신은 방 안의 모든 사람들에게 상냥하게 인사하고 나서 마리야 드미트리예브나와 리자베타 미하일로브나와 악수했고, 게제오놉스키의 어깨를 가볍게 두드린 후 뒤축으로 빙글 돌아서 레노치카의 머리를 잡고 이마에 입맞춤했다.

"저렇게 사나운 말을 타고 다니기가 무섭지 않나요?" 마리야 드미트리예브나가 물었다.

"천만에요, 이 말은 아주 순하답니다. 제가 무서워하는 것을 말씀드리자면 세르게이 페트로비치와 프레페란스[2]를 하는 겁니다. 어제 벨레니친의 집에서 그가 절 거덜 냈습니다."

게제오놉스키는 간사하고 비굴한 웃음을 지었다. 그는 도지사의 총애를 받는, 페테르부르크에서 온 이 젊고 훌륭한 관리의 환심을 사려고 했다. 마리야 드미트리예브나와 대화하는 중에도 그는 종종 판신의 탁월한 능력에 대해 말하곤 했다. 그는 이런 사람을 어떻게 칭찬하지 않을 수 있느냐고 했다. 젊은이가 상류 사회에서 성공하고 있고, 모범적으로 근무하며 조금도 뽐내지 않는다는 것이다. 판신은 페테르부르크에서도 유능한 관리로 인정받고 있었다. 그는 왕성하게 일을 척척 잘해냈다. 그는 자신의 노동에 특별한 의미를 부여하지 않는 사교계의 사람에게는 당연하다는 듯이 일에 대해 농담조로 말했지만 사실은 '실천가'였다. 상관들은 그런 부하를 좋아한다. 그는 자신이 원한다면 장차 장관이 되리라는 것을 의심하지 않았다.

---

2) 카드놀이의 일종.

"제가 당신을 거덜 냈다고 말하는데." 게제오놉스키가 말했다. "지난주에 내게서 12루블을 따 간 사람은 누구인가요? 게다가……."

"나쁜 사람, 나쁜 사람 같으니." 판신은 상냥하지만 어딘지 모르게 경멸하는 듯한 무관심한 태도로 그의 말을 끊어 버리고는 더 이상 그에게 눈길을 주지 않고 리자에게 다가갔다.

"여기에서 「오베론」의 서곡은 구할 수가 없어요." 그가 말문을 열었다. "벨레니치나는 자기 집에 고전 음악은 모두 있다고 자랑했지만 실제로 폴카와 왈츠 말고는 아무것도 없어요. 그러나 이미 모스크바에 편지를 했으니까 일주일 후에 당신은 「오베론」의 서곡을 받아 볼 수 있을 겁니다. 그런데……." 그가 계속 말을 이었다. "전 어제 새 로맨스를 작곡했습니다. 가사도 썼지요. 당신을 위해 불러 볼까요? 잘됐는지는 모르겠습니다. 벨레니치나는 이 곡이 아주 훌륭하다고 말했지만 그녀의 말은 아무런 의미가 없어요. 전 당신의 의견을 듣고 싶어요. 그러나 뒤로 미루는 것이 더 좋겠군요."

"왜 뒤로 미뤄요?" 마리야 드미트리예브나가 말참견을 했다. "왜 지금 들을 수 없나요?"

"알겠습니다." 판신이 어딘지 모르게 밝고 즐거운 미소를 띠고 대답했다. 그 미소는 그의 얼굴에 떠올랐다가 갑자기 사라졌다. 그는 무릎으로 의자를 밀고 피아노 앞에 앉아서 몇 개의 화음을 잡더니, 가사를 똑똑히 발음하면서 로맨스를 부르기 시작했다.

달은 대지 위를 높이 떠가네
흰 구름 사이를,
하늘 꼭대기에선 바다 물결처럼 일렁이네
매혹적인 달빛이.
내 마음의 바다는 그대를 받아들였네
나의 달빛으로,
기뻐도 슬퍼도 오직 그대 따라
이 마음 일렁이네.

사랑의 그리움, 말 못 할 갈망으로
내 마음 가득 차고,
괴로운 이 내 마음…… 하나 그대 내 괴로움에 무심하여라
저 달처럼.

판신은 둘째 구절을 특히나 표현이 풍부하게 힘주어 불렀다. 폭풍 같은 반주에서 일렁이는 파도 소리가 들렸다. "괴로운 이 내 마음……."이라는 가사를 부르고 나서 그는 가볍게 한숨을 쉰 후, 눈을 내리뜨고 잦아들듯이 목소리를 낮추었다. 그가 노래를 끝마치자 리자는 로맨스의 모티프를 칭찬했고, 마리야 드미트리예브나는 "매혹적이에요."라고 말했고, 게제오놉스키는 "황홀해요! 시도 곡조도 하나같이 황홀해요!"라고 소리쳤다. 레노치카는 어린애다운 경건한 마음으로 가수를 바라보았다. 한마디로 이 젊은 음악 애호가의 작품은 그 자리에 있던 모든 사람의 마음에 쏙 들었다. 그러나 응접실 문

밖의 대기실에 방금 도착한 노인이 서 있었는데, 그의 우울한 표정과 어깨의 움직임으로 보아 판신의 로맨스는 아주 아름답기는 하지만 그를 만족시키지 못한 것이 분명했다. 잠시 기다렸다가 두꺼운 손수건으로 부츠의 먼지를 털고 나서 이 노인은 갑자기 두 눈을 가늘게 뜨고 언짢게 입술을 다물더니 안그래도 구부정한 자신의 등을 푹 구부리고 천천히 응접실로 들어왔다.

"오, 흐리스토포르 표도리치, 안녕하세요!" 판신이 누구보다도 먼저 소리치며 의자에서 재빨리 일어났다.

"당신이 여기에 계시는 줄은 생각지도 못했습니다. 당신이 계시는 줄 알았다면 절대로 제 로맨스를 부르지 않았을 겁니다. 전 당신이 가벼운 음악을 싫어한다는 걸 알거든요."

"난 듣지 못했습니다." 방금 들어온 사람이 서투른 러시아어로 말하고는 모든 사람과 인사하고 나서 방 한가운데 어색하게 멈춰 섰다.

"저, 렘 선생님." 마리야 드미트리예브나가 말했다. "리자에게 음악을 가르치러 오셨지요?"

"아닙니다, 리자베타 미하일로브나가 아니라 옐레나 미하일로브나에게 가르치러 왔습니다."

"아! 그래요. 좋아요. 레노치카, 렘 씨와 위층으로 올라가거라."

노인은 소녀 뒤를 따라 나가려고 했지만 판신이 그를 멈춰세웠다.

"수업이 끝난 뒤에 가지 마세요, 흐리스토포르 표도리치."

그가 말했다. "저와 리자베타 미하일로브나가 베토벤의 소나타를 연주할 겁니다."

노인은 뭔가를 혼자 중얼거렸고, 판신은 서툰 독일어로 계속 말했다.

"리자베타 미하일로브나가 당신이 가져온 교회 합창곡을 제게 보여 주었습니다. 참으로 훌륭하더군요! 제발 제가 진지한 음악의 가치를 모른다고는 생각지 마세요. 정반대입니다. 진지한 음악은 이따금 따분하지만, 그 대신에 아주 유익하지요."

노인은 귀밑까지 빨개져서 리자를 힐끗 바라보고는 서둘러 방에서 나갔다.

마리야 드미트리예브나가 판신에게 다시 한번 로맨스를 불러 달라고 요청했다. 그러나 그는 박식한 독일인의 귀를 모욕하고 싶지 않다고 말하고는 리자에게 베토벤의 소나타를 치자고 제안했다.

그러자 마리야 드미트리예브나는 한숨을 짓고 게제오놉스키에게 함께 정원을 산책하자고 했다. "전 우리의 불행한 페댜에 대해 좀 더 이야기하고 의논해 보고 싶어요." 그녀가 말했다. 게제오놉스키는 이를 드러내며 히죽 웃고, 허리를 굽실하고는 두 손가락으로 자기 모자와 모자 한쪽 테두리 위에 깔끔하게 올려놓은 장갑을 집어 들고 그녀와 함께 자리를 떴다. 방안에는 판신과 리자가 남았다. 그녀가 소나타의 악보를 꺼내펼쳤다. 두 사람은 말없이 피아노 앞에 앉았다. 위층에서 레노치카가 서투른 손가락으로 치는 음계의 희미한 소리가 들려왔다.

5

흐리스토포르 테오도르 고트리프 렘은 1786년에 삭소니아 왕국 헴니츠 시 가난한 음악가의 가정에서 태어났다. 그의 아버지는 호른을, 어머니는 하프를 연주했다. 그 자신은 다섯 살 때 이미 세 가지 악기를 다루었다. 그는 여덟 살에 고아가 되었고, 열 살 때부터 자기 예술로 밥벌이를 하기 시작했다. 그는 오랫동안 방랑 생활을 했고, 주막집이나 시장이나 농부의 결혼식장이나 무도회나 어디서든지 연주했다. 마침내 그는 관현악단에 들어가 점점 승진하여 지휘자의 자리에 올랐다. 그는 매우 서투른 연주가였지만, 음악을 철저하게 이해했다. 스물여덟 살 때 그는 러시아로 이주했다. 음악을 몹시 싫어했지만 과시욕으로 관현악단을 가지고 있던 대귀족이 그를 초빙했던 것이다. 렘은 이 대귀족의 집에서 지휘자로 칠 년쯤 지내다가 빈손으로 그 집에서 나오게 되었다. 귀족이 파산했기 때문이다. 귀족은 그에게 자기 명의의 어음을 주려고 했지만, 후에 그것마저도 주지 않았다. 한마디로 귀족은 렘에게 한 푼도 지불하지 않았다. 사람들은 그에게 러시아를 떠나라고 충고했지만, 그는 러시아에서, 배우들의 노다지판인 대러시아에서 거지 신세가 되어 집으로 돌아가기를 원치 않았다. 그는 남아서 자신의 행운을 시험해 보기로 결심했다. 이 가련한 독일인은 스무 해 동안 자신의 행운을 시험해 보았다. 그는 여러 주인집을 전전했고, 모스크바에서도 도 내 여러 도시에서 살아 보았고, 많은 어려움을 겪고 가난을 맛보았으며, 얼음 위의 물고기처럼 헛되이 몸부림도 쳐 보았다. 그러나 그는 자신이 처한 모든 재난 속에서도 고국으로 돌아갈 생각만은 버리지 않았다. 이 생각만이 그를 지탱해 주었다. 그러나 운명은 마지막이자 처음인 이 행운을 그에게 안겨 주지 않았다. 그는 나이 오십에 병들고 겉늙은 모습으로 O시에 주저앉았다. 이제는 자신이 증오하던 러시아를 떠날 모든 희망을 완전히 잃어버리고 음악 수업으로 가난한 생계를 이럭저럭 이어 가며 이곳에 영영 눌러앉게 되었다. 렘의 외모는 그에게 도움이 되지 못했다. 그는 자그마한 키에 등이 구부정하고, 어깨뼈가 비스듬히 삐죽 튀어나오고 배는 홀쭉했다. 발은 커다랗고 편평했으며 붉은 손은 힘줄투성이였고 딱딱하고 펴지지 않는 손가락에는 희푸른 손톱이 나 있었다. 또 얼굴은 주름투성이에다 움푹 꺼진 두 볼에 꽉 다문 입술을 하고 있었다. 늘 움직이며 우물거리는 이 꽉 다문 입술은 그의 습관적인 과묵함과 함께 무시무시할 정도의 인상을 자아냈다. 허옇게 센 머리칼은 좁다란 이마 위에 흘러내려 있었고, 움직이지 않는 작은 눈은 금방 물을 부어 꺼 버린 숯처럼 희미하게 가물거렸다. 그는 걸음을 옮길 때마다 둔중한 몸을 뒤뚱거리며 힘겹게 다니곤 했다. 때로 그의 동작은 새장에 갇힌 부엉이가 사람들이 자기를 쳐다보는 것을 알고는 커다랗고 노란 눈을 겁에 질린 듯 졸린 듯 껌뻑거리며, 정작 자신은 아무것도 보지 못하면서 어설프게 깃을 다듬고 있는 모습을 연상시켰다. 뿌리 깊은 가혹한 슬픔은 이 가련한 음악가에게 지울 수 없는 흔적을 남겨 놓았으며, 안 그래도 볼품없는 그의 모습을 으그러뜨리고 흉하게 만들었다. 그러나 첫인상에 사로잡히지 않을 줄 아는 사람이라면 반쯤 부서져 버린 이 인간 속에서 무언가 선량하고 정직한 것, 무언가 비범한 것을 엿볼 수 있었다. 바흐와 헨델의 숭배자이며 자기 일에 정통해 있고, 왕성한 상상력과 독일 민족 특유의 대담한 사상을 천성적으로 타고난 렘은, 만일 다른 인생길을 걸었더라면, 세월이 흐르면서 자기 조국의 위대한 작곡가들의 반열에 들었을지도 모를 일이었다. 그러나 그는 행운을 타고나지는 못했다! 그는 평생 동안 많은 곡을 썼지만 한 작품도 발표되는 것을 볼 수 없었다. 그는 제대로 일에 착수하고 적절히 머리를 숙이고 제때에 바쁘게 뛰어다닐 줄을 몰랐다. 언젠가 아주 오래전에 그의 숭배자이자 역시 독일인이고 가난한 한 친구가 자비로 그의 소나타 두 편을 출판한 적이 있었다. 그런데 그것마저 악기 상점의 지하실에 고스란히 남아 있다가 누군가가 밤중에 강물 속에 집어 던진 것처럼 흔적도 없이 사라지고 말았다. 마침내 렘은 모든 것을 단념했다. 게다가 나이도 어쩔 수 없었다. 그는 무감각해졌고, 손가락이 굳어진 것처럼 마음도 무뎌졌다. 그는 양로원에서 데려온 늙은 식모와 함께 홀로(그는 결코 결혼한 적이 없었다.) O시에 있는 칼리틴의 집 근처 작은 집에서 살았다. 그는 산책을 많이 했고, 성서와 신교의 찬송가와 슐레겔이 번역한 셰익스피어를 읽었다. 그는 오래전부터 곡을 쓰지 않았다. 그러나 판신이 말한 칸타타를 리자를 위해 작곡한 것을 보면, 그의 최고의 제자인 리자가 그의 마음을 움직인 모양이었다. 이 칸타타의 가사는 찬송가에서 따온 것이고 몇 편의 시는 그 자신이 써넣은 것이었다. 이 칸타타는 두 합창대, 즉 행복한 자들의 합창대와 불행한 자들의 합창대가 부르게 되어 있었다. 두 합창대는 마지막에 가서 화해하고 "자비로운 주여, 죄 많은 우리 죄인들을 용서해 주시고 온갖 음흉한 생각과 속된 욕망에서 우리를 구해 주소서." 하고 함께 부른다. 아주 정성 들여 쓰고 그림까지 그려넣은 겉표지에는 "경건한 자들만이 옳으니라. 종교적 칸타타. 내 사랑하는 제자 옐리자베타 칼리티나를 위해 그녀의 선생 X. T. G. 렘이 작곡하여 바친다."라고 쓰여 있었다. "경건한 자들만이 옳으니라."와 "옐리자베타 칼리티나를 위해"라는 말은 밝은색으로 장식되어 있었다. 아래쪽에는 "당신만을 위하여."라고 덧붙여 쓰여 있었다. 바로 이런 이유 때문에 렘은 얼굴을 붉히고 리자를 힐끗 바라본 것이다. 그는 판신이 자기 앞에서 그 칸타타에 대해 말했을 때 마음이 몹시 괴로웠던 것이다.

6

판신은 소나타의 첫 화음을 크고 힘차게 때렸지만(그는 저음을 연주했다.) 리자는 자기가 맡은 음부(音部)를 치지 않았다. 판신이 손을 멈추고 그녀를 쳐다보았다. 그를 똑바로 바라보는 리자의 눈에는 불만이 서려 있었다. 그녀의 입가에는 미소도 어리지 않았고, 얼굴은 엄하고 슬픈 듯한 표정이었다.

"무슨 일이죠?" 그가 물었다.

"왜 약속을 지키지 않으셨어요?" 그녀가 말했다. "전 흐리스토포르 표도리치에게 말하지 않는다는 조건으로 그의 칸타타를 보여 드렸어요."

"미안합니다, 리자베타 미하일로브나. 무의식중에 튀어나왔어요."

"당신은 그분을, 그리고 나 역시 슬프게 했어요. 이제 그분은 날 믿지 않을 거예요."

"어쩌겠어요, 리자베타 미하일로브나? 저는 어려서부터 독일인을 보면 참을 수가 없었어요. 그래서 놀려 주고 싶은 생각이 드는걸요."

"무슨 말씀이세요, 블라디미르 니콜라이치! 이 독일인이, 가난하고 외롭고 불행한 이 독일인이 불쌍하지도 않으세요? 그 사람을 놀려 주고 싶단 말씀이세요?"

판신은 당황했다.

"당신 말이 옳아요, 리자베타 미하일로브나." 그가 말했다. "모든 잘못은 내 끊임없는 경솔함에 있습니다. 아니, 아무 말도 하지 마세요. 난 자신을 잘 알아요. 이런 경솔함 때문에 많은 손해를 입었지요. 그 덕분에 이기주의자로 알려지기도 했고요."

판신은 침묵했다. 그는 무엇부터 이야기를 시작하든지 보통 자기 자신에 대한 말로 끝을 맺었다. 그에게 이것은 마치 자신도 모르게 그렇게 되는 듯했고, 어쩐지 다정하고 부드럽고 친근한 느낌이었다.

"여기 당신의 집에서도." 그가 말을 이었다. "당신의 어머님

은 물론 제게 호의적이지요. 참 상냥하신 분입니다. 그러나 당
신은…… 당신은 날 어떻게 생각할지 모르지만, 당신의 할머
니는 저를 아주 싫어하지요. 분명히 어떤 경솔한 행동이나 어
리석은 말로 할머니를 화나게 했을 겁니다. 할머니는 절 좋아
하지 않아요, 그렇지요?"

"그래요." 리자가 약간 더듬거리며 말했다. "할머니는 당신
을 맘에 들어 하지 않아요."

판신은 재빨리 손가락으로 건반을 훑었다. 그의 입가에 엷
은 비웃음이 스쳐 지나갔다.

"그럼 당신은요?" 그가 말했다. "당신에게는 내가 에고이스
트로 보입니까?"

"난 아직 당신을 잘 몰라요." 리자가 대꾸했다. "그러나 당신
을 이기주의자라고 생각하진 않아요. 오히려 나는 당신에게
감사해야 하지요……."

"알아요, 알아요. 당신이 무슨 말씀을 하시는 건지." 판신은
그녀의 말을 막으며 다시 손가락으로 건반을 훑었다. "내가 당
신에게 가져다준 악보와 책 그리고 내가 변변치 못한 그림으
로 당신의 앨범을 장식해 준 것 등등을 두고 하는 말이겠죠.
나는 이런 모든 일을 할 수 있지만 그래도 이기주의자일 수
있죠. 감히 말하건대, 당신은 나와 함께 있으면 싫증을 느끼지
않고, 날 나쁜 사람이라고 생각하지도 않아요. 그러나 당신은
나를, 글쎄 뭐라고 말해야 할까? ……근사한 말을 위해선 아
버지도 친구도 상관하지 않을 인간이라고 생각하지요."

"당신은 사교계의 모든 사람들처럼 부주의하고 잊기를 잘

해요." 리자가 말했다. "그것뿐이에요."

판신은 살짝 눈살을 찌푸렸다.

"자." 그가 말했다. "내 얘기는 그만하고 소나타나 치기로 해요. 그런데 딱 한 가지 부탁이 있어요." 악보대 위에 놓여 있는 악보를 매만지면서 그가 덧붙였다. "나에 대해 맘대로 생각하세요. 날 이기주의자라고 불러도 좋아요! 그러나 날 사교계의 인간이라고 부르진 마세요. 그런 별명은 참을 수가 없어요······. 나도 예술가입니다. 비록 서투르긴 하지만 나도 예술가지요. 내가 서투른 예술가라는 걸 지금 실제로 증명해 보이지요. 자, 시작합시다."

"그럼 시작해요." 리자가 말했다.

첫 아다지오는 비록 판신이 여러 번 실수하기는 했지만 썩 잘 지나갔다. 그는 자신의 곡과 암기한 것은 잘 연주했지만 악보를 보고 치는 것은 서툴렀다. 그래서 소나타의 둘째 부분인 상당히 빠른 알레그로는 아주 엉망이었다. 스무째 마디에서 두 박자나 늦어진 판신은 참다못해 웃음을 터뜨리며 의자를 옆으로 밀어 놓았다.

"안 되겠습니다!" 그가 소리쳤다. "오늘은 칠 수가 없어요. 우리가 치는 걸 렘이 듣지 않은 게 다행입니다. 들었다면 그는 기절해서 넘어졌을 겁니다."

리자가 일어나서 피아노 뚜껑을 닫고 판신에게 돌아섰다.

"그럼 뭘 할까요?" 그녀가 물었다.

"이 질문에서도 나는 당신을 알겠어요! 당신은 절대로 팔짱을 끼고 앉아 있지 못하지요. 원하시면 날이 아직 어둡지 않으니 그림이라도 그립시다. 아마도 다른 뮤즈, 그림의 뮤즈가(가만, 그림의 뮤즈 이름이 뭐더라. 깜빡 잊어버렸네.) 내게 호의를 보일지 모르지요. 당신의 앨범이 어디 있나요? 거기에 내가 그린 풍경화가 완성되지 않은 걸로 기억하는데요."

리자가 앨범을 가지러 다른 방으로 갔다. 홀로 남은 판신은 호주머니에서 얇고 반투명한 삼베 손수건을 꺼내 손톱을 닦고 곁눈질로 자신의 두 손을 바라보았다. 그의 손은 아름답고 희었다. 왼손 엄지손가락에는 나선형 금반지가 끼어 있었다. 리자가 돌아왔다. 판신은 창가에 앉아서 앨범을 펼쳤다.

"이런!" 그가 소리쳤다. "당신은 내 풍경화를 모사하기 시작했군요. 훌륭합니다. 아주 훌륭해요! 다만 여기가 좀, 연필을 이리 주세요. 그늘이 그다지 진하게 되지 않았군요. 보세요."

그러고 나서 판신은 몇 개의 긴 선을 죽죽 그려 넣었다. 그는 늘 똑같은 풍경화를 그렸다. 앞에는 헝클어진 커다란 나무들이 있고, 멀리에는 초원과 지평선을 배경으로 톱날 같은 산들이 있다. 리자는 어깨 너머로 그의 작업을 바라보았다.

"그림에서는, 아니 생활에서도 대체로 그렇지만……." 머리를 좌우로 갸웃거리면서 판신이 말했다. "경쾌함과 대담함이 가장 중요하지요."

이때 렘이 방으로 들어왔다가 무뚝뚝하게 인사하고는 물러가려고 했다. 그러나 판신이 앨범과 연필을 옆으로 집어 던지고 그의 길을 막았다.

"어디 가십니까, 친애하는 흐리스토포르 표도리치? 남아서 차 한 잔 마시지 않겠어요?"

"집에 갑니다." 렘이 우울한 목소리로 말했다. "머리가 아파서요."

"뭐, 별것도 아니군요. 남아 계세요. 우리 함께 셰익스피어에 대해 얘기나 하죠."

"머리가 아파요." 노인이 다시 말했다.

"우리는 당신이 안 계시는 데서 베토벤의 소나타를 쳐 보려고 했습니다만……." 판신이 노인의 허리를 친근하게 잡고 밝은 미소를 띠며 말을 이었다. "연주가 전혀 제대로 되지 않았어요. 상상해 보세요. 저는 연달아 두 음을 제대로 치지 못했답니다."

"당신은 다시 당신의 로맨스를 부르는 게 더 좋을 겁니다." 렘은 판신의 손을 밀치며 이렇게 대꾸하고 밖으로 나갔다.

리자가 그의 뒤를 따라 뛰어갔다. 그녀는 현관에서 그를 따라잡았다.

"흐리스토포르 표도리치, 제 말 좀 들어 보세요." 그녀가 마당의 짧게 깎은 푸른 잔디를 따라 대문까지 그를 배웅하면서 독일어로 말했다. "제가 잘못했어요. 절 용서해 주세요."

렘은 아무 대답도 안 했다.

"제가 블라디미르 니콜라이치에게 선생님의 칸타타를 보여 주었어요. 저는 그가 그 곡의 진가를 인정하리라고 믿었어요. 그리고 그 칸타타는 분명히 그의 마음에 들었을 거예요."

렘은 걸음을 멈추었다.

"그런 건 상관없어요." 그가 러시아어로 말하고 나서 자기 나라 말로 이렇게 덧붙였다. "그러나 그는 아무것도 이해할 수 없습니다. 왜 당신은 그걸 모르나요? 그는 딜레탕트입니다. 그게 전부죠!"

"선생님은 그에 대해 잘못 생각하고 계세요. 그는 모든 걸 이해하고, 스스로 거의 모든 걸 할 수 있어요."

"그래요, 모든 게 이류의 값싼 물건이고 졸속으로 쓴 작품입니다. 이것이 마음에 들고, 그 사람도 마음에 들고, 그 사람 자신도 이것에 만족해하니 아주 잘된 일이죠. 나는 화내지 않아요. 이 칸타타도 나도 둘 다 늙은 멍청이지요. 약간 부끄럽긴 하지만 괜찮습니다."

"저를 용서해 주세요, 흐리스토포르 표도리치." 리자가 다시 말했다.

"괜찮습니다. 괜찮아요." 그가 다시 러시아어로 되풀이했다. "당신은 선량한 처녀입니다⋯⋯. 저기 누군가가 당신에게 오고 있군요. 안녕히 계세요. 당신은 아주 착한 처녀입니다."

그러고 나서 렘은 빠른 걸음으로 대문 쪽으로 걸어갔다. 이때 회색 외투에 넓은 밀짚모자를 쓴 낯선 신사가 대문으로 들어왔다. 렘은 그에게 공손히 인사하고 나서(그는 O시에 새로 나타난 사람들에게는 모두 인사했고, 길거리에서 아는 사람을 만나면 외면하곤 했다. 그는 스스로 이런 규칙을 만들었다.) 그 옆을 지나 울타리 저쪽으로 사라졌다. 낯선 사람은 놀라서 그의 뒤를 바라보았다. 그리고 리자를 눈여겨보더니 곧장 그녀에게로 다가갔다.

7

"당신은 날 몰라보지만……." 그가 모자를 벗으면서 말했다. "당신을 마지막으로 본 지 벌써 팔 년이 지났어도 난 당신을 알아봤어요. 그때 당신은 어린애였지요. 난 라브레츠키라고 합니다. 어머니는 집에 계시나요? 만나 뵐 수 있을까요?"

"엄마가 아주 기뻐하실 거예요." 리자가 대답했다. "엄마는 당신이 돌아오셨다는 걸 이미 들어서 알고 계세요."

"아마 당신 이름이 옐리자베타 아닌가요?" 현관 계단을 올라가면서 라브레츠키가 물었다.

"네."

"난 당신을 잘 기억하고 있어요. 이미 그때도 당신은 쉽게 잊을 수 없는 얼굴을 하고 있었지요. 그때 당신에게 과자를 가져다주곤 했는데."

리자는 얼굴을 붉히며 '참 이상한 사람이네.' 하고 생각했다. 라브레츠키는 대기실에서 잠시 걸음을 멈추었다. 리자는 판신의 목소리와 웃음소리가 들리는 객실로 들어갔다. 판신은 이미 정원에서 돌아온 마리야 드미트리예브나와 게제오놉스키에게 시내에 떠도는 어떤 소문을 전하면서 자기 이야기에 자기가 큰 소리로 웃어 대고 있었다. 라브레츠키라는 이름을 듣자 마리야 드미트리예브나는 몹시 당황해하며 얼굴이 창백해져서 그를 맞으러 걸어 나갔다.

"안녕하세요, 안녕하세요, 그리운 내 사촌!" 그녀가 눈물을 머금은 늘어진 목소리로 소리쳤다. "당신을 만나다니 너무나 반가워요!"

"안녕하세요, 누님." 라브레츠키는 이렇게 대답하고 그녀가 내민 손을 정답게 잡았다. "어떻게 지내세요?"

"자, 앉아요, 앉아, 내 소중한 표도르 이바니치. 아, 정말 기뻐요. 제일 먼저 내 딸 리자를 소개하지요……."

"리자베타 미하일로브나에게는 이미 내 소개를 했습니다." 라브레츠키가 그녀의 말을 막았다.

"이분은 판신 씨예요……. 그리고 이분은 세르게이 페트로비치 게제오놉스키입니다……. 어서 앉으세요! 이렇게 당신을 바라보면서도 정말 내 눈이 믿어지지가 않아요. 건강은 어떠세요?"

"보시는 대로 원기 왕성합니다. 그런데 방정맞은 소리가 아닌지 모르겠지만 누님도 지난 팔 년 동안 몸이 축나지 않았군요."

"우리가 서로 못 만난 지가 그렇게 오래되었나요?" 마리야 드미트리예브나가 꿈꾸듯이 말했다. "지금 어디에서 오는 길이에요? 그래, 어디다가 두시고…… 아니 내가 말하고 싶은 건……." 그녀가 서둘러 말을 정정했다. "여기 우리 집에서 오래 머무실 건가요?"

"지금 베를린에서 왔습니다." 라브레츠키가 말했다. "내일 시골로 떠날 겁니다. 아마 거기에서 오래 머무르게 될 겁니다."

"물론 라브리키에서 살겠죠?"

"아뇨, 라브리키가 아닙니다. 여기서 25킬로미터쯤 떨어진 곳에 조그만 마을 하나를 가지고 있어요. 그리로 갈 겁니다."

"글라피라 페트로브나가 당신에게 남긴 마을 말이군요?"

"예, 바로 그겁니다."

"실례지만 표도르 이바니치! 라브리키에 아주 좋은 집을 가지고 있잖아요!"

라브레츠키는 보일락 말락 하게 눈살을 찌푸렸다.

"그래요……. 그러나 그 마을에도 곁채가 있습니다. 당분간 나는 그 이상 아무것도 필요 없어요. 거기는 지금 내게 가장 편안한 곳이죠."

마리야 드미트리예브나는 다시 몹시 당황해 몸을 쭉 펴고 두 손을 펼쳤다. 판신이 그녀를 도우려고 라브레츠키와 이야기를 시작했다. 마리야 드미트리예브나는 마음을 진정하고 안락의자 등받이에 몸을 기대고 앉아서 이따금 한두 마디씩 말참견을 했다. 그러나 그러면서도 측은하게 자기 손님을 바라보며 아주 의미심장하게 한숨을 짓고, 너무나 실망스러운 듯이 머리를 흔들어 대는 바람에 마침내 상대방은 참지 못하고 어디가 편치 않으냐고 날카롭게 물어보았다.

"다행히 괜찮아요." 마리야 드미트리예브나가 대답했다. "그런데 왜 그러세요?"

"그리 기분이 좋지 않으신 것 같아서요."

마리야 드미트리예브나는 점잔을 빼며 약간 화난 표정을 지었다. '그렇게 시치미를 뗀다면 내게도 마찬가지지. 모든 게 마이동풍 격이군. 다른 사람 같으면 상심해서 삐쩍 마를 텐데 오히려 살이 피둥피둥 쪘어.' 그녀가 생각했다. 그녀는 겉으로는 큰 소리로 우아하게 말했지만 속으로는 이렇게 함부로 생각했다.

정말로 라브레츠키는 운명의 희생자 같지 않았다. 번듯한 흰 이마에 약간 뭉툭한 코, 단정하고 넓은 입술을 한 순전히 러시아적인 혈색 좋은 그의 얼굴에서는 초원의 건강함과 강인하고 견고한 힘이 풍겨 나왔다. 체격도 훌륭했고, 청년의 머리칼 같은 금발이 머리에서 물결치고 있었다. 다만 툭 튀어나온 잘 움직이지 않는 하늘색 두 눈에서는 침울함과 피로감을 엿볼 수 있었다. 그의 목소리는 어쩐지 지나치다 싶을 정도로 태연하게 울렸다.

한편 판신은 계속 대화를 이어 나갔다. 그는 최근에 두 권의 프랑스 팸플릿에서 읽은 제당업의 이점을 화제에 올렸다. 그는 팸플릿에 대해서는 한마디도 하지 않고 침착하고 겸손하게 그 내용을 설명하기 시작했다.

"아니, 페댜가 아니냐!" 갑자기 문이 반쯤 열려 있던 옆방에서 마르파 티모페예브나의 목소리가 울렸다. "분명 페댜야!" 이렇게 말하며 노파는 쏜살같이 객실로 들어왔다. 라브레츠키가 미처 의자에서 일어날 사이도 없이 그녀는 벌써 그를 껴안았다. "어디 보자, 어디 보자." 그의 얼굴에서 물러서면서 그녀가 말했다. "참 훌륭하다! 좀 늙기는 했지만, 정말이지 조금도 매력을 잃지 않았어. 그런데 왜 손에 입맞춤하지? 내 쪼글쪼글한 뺨이 역겹지 않으면 뺨에 입 맞춰 다오. 아마 내가 살았는지 죽었는지 내 안부는 묻지도 않았겠지? 내 손에서 자란 네가 이렇게 나이가 들다니! 그러나 그런 건 아무래도 좋다. 날 생각할 겨를이 어디 있었겠어! 어쨌든 네가 돌아온 건 잘

한 일이다. 그런데 말이야……." 그녀가 마리야 드미트리예브나를 돌아보며 덧붙였다. "이 사람에게 뭘 좀 대접했나?"

"전 아무것도 필요 없어요." 라브레츠키가 급히 말했다.

"자, 차라도 마시려무나. 정말 이럴 수가 있나! 아주 먼 데서 온 사람에게 차 한 잔 대접하지 않다니. 리자, 어서 가서 빨리 가져오너라. 지금도 기억하지만 이 애는 어릴 적에 무서운 대식가였지. 지금도 틀림없이 먹는 걸 좋아할 거다."

"안녕하세요, 마르파 티모페예브나." 화가 난 노파의 옆으로 다가가 나직이 허리를 굽혀 인사하면서 판신이 말했다.

"선생, 날 용서해 주구려." 마르파 티모페예브나가 대꾸했다. "너무 기뻐서 당신을 알아보지 못했구려. 넌 네 엄마를 닮아 가는구나." 노파가 다시 라브레츠키를 바라보며 말을 이었다. "코만은 아버지를 닮았더랬는데, 여전히 아버지 코 그대로구나. 그런데 넌 여기 오래 머무를 거냐?"

"전 내일 떠납니다, 아주머니."

"어디로?"

"바실리옙스코예의 집으로요."

"내일?"

"내일 갑니다."

"그래, 내일 가야 한다면 내일 가야지. 잘 가거라. 네 일은 네가 가장 잘 알겠지. 그러나 잠깐 들러서 작별 인사는 하고 가거라." 노파는 그의 뺨을 가볍게 두드렸다. "널 보리라고는 생각지도 못했다. 그렇다고 내가 곧 죽는다는 건 아니야. 아니지, 난 적어도 십 년은 더 살 거야. 우리 페스토프 집안 사람

156

들은 모두 명이 길지. 돌아가신 네 할아버지는 우리더러 두 사람 몫의 수명을 타고났다고 말하곤 했다. 그러니 네가 외국을 얼마나 더 떠돌아다닐지 누가 알겠니? 그건 그렇고 넌 참 대단한 애다. 아마 지금도 넌 옛날처럼 160킬로그램을 한 손으로 들어 올리겠지? 돌아가신 네 아버지는, 이렇게 말해서 안 됐다만, 참 어리석은 사람이었다. 그러나 널 위해 스위스인을 고용한 건 잘한 일이었어. 둘이서 주먹 싸움을 했던 거 기억하니? 아마 그걸 체조라고 불렀지. 그런데 내가 너무 수선을 피웠군. 괜히 펀신(그녀는 한 번도 첫 음절에 강세를 넣어 '판신'이라고 제대로 부른 적이 없었다.) 씨가 말을 못 하게 방해를 놓았구면. 그러니 차를 마시는 게 더 좋겠다. 자, 테라스로 가서 차나 마시자. 우리 집 크림은 아주 맛있어. 너희 영국이나 파리의 크림과는 전혀 다르지. 자, 어서 가자, 어서. 페듀샤, 손을 좀 빌려 다오. 아이고, 팔이 굵기도 해라! 너하고 같이 있으면 넘어지지는 않겠다."

슬그머니 자리에서 물러난 게제오높스키만 빼고 모두가 일어나서 테라스로 향했다. 라브레츠키가 여주인과 판신, 마르파 티모페예브나와 얘기하는 동안 그는 줄곧 구석에 앉아서 어린애 같은 호기심을 갖고 주의 깊게 눈을 깜빡이며 입술을 비죽이 내밀고 있었다. 그는 이제 이 새로운 손님에 대한 소식을 시내에 퍼뜨리기 위해 서둘러 자리를 떴다.

바로 이날, 밤 11시에 칼리티나 부인의 집에서는 이런 일이 일어났다. 블라디미르 니콜라이치는 아래층 객실 문턱에서 리자와 작별하면서 좋은 순간을 포착해 그녀의 손을 잡고 이렇게 말했다. "당신은 누가 나를 여기로 끌어당기는지 알지요. 당신은 왜 내가 이 집을 계속 드나드는지 알지요. 모든 것이 이처럼 분명한데 말해 무엇 하겠습니까?" 리자는 그에게 아무 대답도 하지 않았다. 그녀는 미소를 짓지 않고 눈썹을 살짝 치켜올렸으며, 얼굴을 붉히면서 방바닥을 쳐다보았지만 손을 빼지는 않았다. 위층 마르파 티모페예브나의 방에는 오래되어 흐릿해진 성상들 앞에 걸려 있는 등불 밑에서 라브레츠키가 무릎에 팔꿈치를 괴고 두 손으로 얼굴을 감싼 채 안락의자에 앉아 있었다. 노파는 그 앞에 서서 이따금 말없이 그의 머리칼을 쓰다듬어 주었다. 라브레츠키는 여주인과 작별 인사를 나눈 후에 노파의 방에서 한 시간 이상을 보냈다. 그는 이 상냥한 옛 친구에게 거의 아무 말도 하지 않았다. 노파도 그에게 꼬치꼬치 캐묻지 않았다……. 하기야 무슨 말을 하고, 무엇을 묻는단 말인가? 노파는 모든 것을 이해했고, 그의 가슴속에 가득 차 있는 모든 것을 십분 동정했다.

8

표도르 이바노비치 라브레츠키(잠시 이야기의 실마리를 끊는 데 대하여 독자의 양해를 구해야겠다.)는 오랜 귀족 가문 출신이었다. 라브레츠키의 조상은 프러시아에서 바실리 툠니 공국[3]으로 와서 북부 베제츠크 지방에 있는 200체트베르티[4]의 땅을 하사받았다. 그의 후손 중 많은 사람들이 여러 관직을 맡았고, 공후들과 변방의 유명한 군사령관들 밑에서 일했지만, 그들 중 누구도 수라간의 책임자 이상으로 출세하지 못했고 큰 재산을 모으지도 못했다. 라브레츠키 가문에서 누구보다도 부유하고 뛰어났던 사람은 표도르 이바니치의 친 증조부 안드레이였는데, 그는 잔인하고 대담하며 영리하고 교활한 사람이었다. 그의 전횡과 광포한 성격, 무분별한 인심과 만족할 줄 모르는 탐욕에 대한 소문은 오늘날까지도 전해진다. 그는 매우 뚱뚱하고 키가 컸으며, 거무스름한 얼굴에 턱수염이 없었고, 분명치 않은 발음으로 말했으며 잠이 덜 깬 듯이 보였다. 그러나 그가 말을 나직하게 하면 할수록 주변 사람들은 모두 더 벌벌 떨었다. 그는 아내도 자기에게 어울리는 여자를 얻었다. 눈망울이 툭 불거진 데다 매부리코에 동그랗고 노란 얼굴을 한 집시 출신의 이 여자는 성미가 급하고 복수심이 강했는데, 어떤 경우에도 결코 남편에게 양보하지 않았다. 그는 아내를 거의 죽일 뻔한 적도 있었다. 그녀는 남편과 늘 물고 뜯고 했지만 남편보다 먼저 죽고 말았다. 안드레이의 아들이자 표도르의 할아버지인 표트르는 자기 아버지를 닮지 않았다. 그는 평범한 초원의 귀족으로 몹시 어리석은 데다 호통을 잘 쳐 대고 느림보이며 난폭한 사람이었다. 그러나 그는 악한

---

3) 바실리 툠니(1415~1462)는 바실리 1세(1371~1425)의 아들로 1425년에 모스크바의 대공후가 되었다.

4) 러시아의 옛날 면적 단위. 1체트베르티는 약 8200~2만 4000제곱미터이다.

은 아니었고 손님과 개를 좋아했다. 그는 서른 살이 넘어서 아버지로부터 아주 잘 관리된 2000명의 농노를 상속받았지만, 곧 그들을 풀어 주었다. 그는 영지의 일부를 팔았으며 하인들을 버릇없게 만들었다. 안면이 있건 없건 어중이떠중이들이 마치 바퀴벌레처럼 사방에서 그의 넓고 따뜻하며 지저분한 저택으로 기어들었다. 그들은 상냥한 주인을 칭찬하고 치켜세우며 닥치는 대로 배 터지게 먹어 댔고, 코가 삐뚤어지도록 술을 마셨으며 가져갈 수 있는 것은 모두 가져갔다. 주인도 기분이 안 좋을 때는 자기 집에 온 손님들을 건달이니 비열한 놈이니 하고 불렀지만, 그들이 없으면 심심해했다. 표트르 안드레이치의 아내는 얌전한 여자였다. 그는 아버지가 골라서 분부하는 대로 이웃집 여자를 맞아들였다. 그녀의 이름은 안나 파블로브나였다. 그녀는 무슨 일에도 참견하지 않았고 친절히 손님들을 맞이했다. 그녀는 얼굴에 분칠하기는 죽기보다 싫다고 말했지만 외출은 즐겨 했다. "머리엔 펠트 모자를 쓰고, 머리칼은 몽땅 위로 빗어 올리고, 기름을 바르고 분가루를 뿌리고 철 핀을 꽂으면 나중에 물로 씻어 낼 수가 없지. 그런데 손님으로 가자면 화장을 해야 하고, 화장을 안 하면 사람들이 모욕을 느끼니 죽을 노릇이었어!" 그녀는 늙어서 이렇게 얘기하곤 했다. 그녀는 경주 말 타기를 좋아했고, 카드는 아침부터 저녁까지 기꺼이 할 준비가 되어 있었으며, 남편이 카드놀이 탁자에 다가오면 자기가 몇 코페이카[5]를 땄는지 적어 놓은 종

---

5) 러시아의 화폐 단위. 1루블은 100코페이카이다.

이를 늘 한 손으로 가리곤 했다. 그러나 자신의 지참금 전부와 가진 돈은 모두 마음대로 처분할 수 있도록 남편에게 맡겼다. 그녀는 남편과 살면서 두 아이, 즉 표도르의 아버지인 아들 이반과 딸 글라피라를 낳았다. 이반은 집에서 자라지 않고 부유한 늙은 고모인 쿠벤스카야 공작 부인 집에서 자라났다. 공작 부인은 그를 자신의 상속자로 지명했고(안 그랬으면 아버지가 아들을 내놓지 않았을 것이다.) 그에게 인형처럼 옷을 해 입혔다. 그리고 그를 위해 온갖 교사들을 고용했고 그에게 이전의 수도원장이며 장자크 루소의 제자인 쿠르텡 드보셀이라는 프랑스인을 가정교사로 붙여 주었다. 이 프랑스인은 약삭빠르고 교활하고 음흉한 사람으로, 공작 부인의 표현을 빌리면, 망명한 외국인 중에서 가장 아름다운 꽃이었다. 공작 부인은 거의 일흔을 바라보는 나이에 이 아름다운 꽃과 결혼해 모든 재산을 그의 이름으로 바꾸어 놓았다. 그러고 나서 그녀는 곧 리슐리외[6] 시대의 본을 따라 얼굴에 연지를 바르고 용연향(龍涎香) 냄새를 풍기며, 흑인 아이들과 다리가 가느다란 강아지들과 요란스러운 앵무새들에 둘러싸여 프티토[7]가 만든 에나멜 코담배 갑을 손에 들고 루이 15세 시대의 비단을 씌운 작고 구불구불한 안락의자에 앉아 남편에게 버림받은 채 숨을 거두었다. 간교한 쿠르텡 씨는 그녀의 돈을 가지고 파리로

---

6) 프랑스의 장군이면서 사교계의 유명한 바람둥이였던 루이 프랑수아 리슐리외(1696~1788).

7) 유명한 화가 장 프티토(1607~1691)가 그림을 그린 에나멜 코담배 갑이 루이 15세와 16세 시대에 프랑스 궁정에서 유행했다.

떠나는 것이 더 낫다고 생각했기 때문이다. 이 뜻하지 않은 타격(우리가 말하는 것은 공작 부인의 결혼이지 그녀의 죽음이 아니다.)이 이반에게 일어났을 때, 그는 겨우 스무 살이었다. 부유한 상속자에서 갑자기 식객으로 전락해 버린 그는 고모의 집에 머무르고 싶지 않았다. 그가 자라난 페테르부르크 사교계가 그에게 문을 닫아 버린 것이다. 그는 어렵고 암담한 관청 근무를 낮은 직급부터 시작하는 것에 혐오감을 느꼈다.(이것은 알렉산드르 황제 통치 초기에 있었던 일이다.) 그는 하는 수 없이 시골에 있는 아버지에게 가야 했다. 그에게는 자신이 태어난 보금자리가 더럽고 초라하고 너절해 보였다. 쓸쓸하고 인적이 드문 초원의 그을음 내 나는 생활은 걸음을 옮길 때마다 그의 마음을 상하게 했다. 그는 권태에 사로잡혔다. 그리고 어머니를 제외한 집안사람 모두가 그를 언짢게 바라보았다. 아버지는 페테르부르크 생활이 몸에 밴 아들의 습관, 아들의 연미복, 셔츠 가슴 부분의 주름 장식, 책, 아들의 플루트, 혐오감이 느껴질 정도의 말쑥함이 마음에 들지 않았다. 그는 끊임없이 아들에 대해 불평하고 투덜거렸다. "이곳의 모든 것이 저 녀석 마음에 안 드는 거야." 그는 이렇게 말하곤 했다. "식탁에 앉아 까다롭게 굴며 먹지를 않지, 사람 냄새와 답답한 공기를 견디지 못하지, 술 취한 사람을 보면 기분 나빠 하지, 자기 앞에서는 싸움도 못 하게 하지, 일도 하기 싫다지, 몸은 저렇게 약하지, 세상에 이렇게 나약한 놈이 또 있을까! 이건 다 볼테르가 저놈 머릿속에 들어앉아 있기 때문이야." 노인은 볼테르와 '광신자'인 디드로의 책을 단 한 줄도 읽지 않았지만 그들을 특히나 싫어했다. 독서는 그의 분야가 아니었다. 표트르 안드레이치는 틀리지 않았다. 확실히 아들의 머릿속에는 볼테르와 디드로가 들어앉아 있었다. 그리고 그들뿐만 아니라 루소, 레이날, 엘베시우스[8] 그리고 그들과 유사한 다른 많은 저술가들이 그의 머릿속에 들어앉아 있었다. 그런데 그들은 그의 머릿속에 들어앉아만 있었다. 퇴직한 수도원장이며 백과전서파[9]인 이반 페트로비치의 전 가정교사는 자기 제자에게 18세기의 모든 지식을 주입하는 것으로 만족했고, 그의 제자도 머리에 그 지식을 꽉 채운 채 걸어 다녔다. 그 지식은 그의 피와 섞이지 않았고, 그의 정신 속에 스며들지도 않았으며, 확고한 신념으로 나타나지도 않은 채 그냥 그의 몸속에 들어앉아 있었다……. 하기야 지금 우리도 아직 체득하지 못한 그런 신념을 오십 년 전의 젊은이에게 요구할 수 있겠는가? 이반 페트로비치는 아버지의 집을 찾아오는 사람들도 거북스럽게 했다. 그는 손님들을 멀리했고, 손님들도 그를 두려워했다. 그리고 열두 살 위인 누나 글라피라와는 전혀 뜻이 맞지 않았다. 글라피라는 이상한 사람이었다. 휘둥그렇게 뜬 엄해 보이는 눈에 얇은 입을 꽉 다문 그녀는 못생기고 곱추이며 비쩍 말랐는데, 얼굴과 목소리와 딱딱하고 재빠른 동작이 집시인 자기 할머니, 다시 말해 안드레이의 아내를 생각나게 했다. 고집불통에다 권세욕이 강한 그녀는 결혼에 대한 얘기는 들으려고도 하

---

8) 프랑스 계몽기의 유물론적 철학자(1715~1771).
9) 1751년부터 프랑스에서 출판된 『백과전서(L'Encyclopédie)』의 기고자들.

지 않았다. 그녀는 이반 페트로비치가 돌아온 것도 못마땅해했다. 쿠벤스카야 공작 부인이 자기 집에서 이반을 기르는 동안 그녀는 최소한 아버지 영지의 절반은 자신이 받으리라고 기대했다. 인색한 점에서도 그녀는 할머니를 닮았다. 게다가 글라피라는 동생을 질투하기까지 했다. 동생은 훌륭한 교육을 받았고, 프랑스어도 파리식 악센트로 아주 잘하는데, 자신은 겨우 '봉주르'와 '코망 부 포르테 부'[10]나 말하는 정도였다. 사실 부모도 프랑스어를 전혀 몰랐지만, 그렇다고 위안이 되지는 않았다. 이반 페트로비치는 우울하고 심심해서 어쩔 줄을 몰랐다. 시골에서 생활한 지가 채 일 년도 되지 않았지만 그에게는 십 년은 된 것처럼 여겨졌다. 그는 어머니하고만 속마음을 터놓고 얘기했고, 몇 시간씩 어머니의 나지막한 방에 앉아서 이 선량한 여인의 소박한 수다를 들으며 잼을 실컷 먹곤 했다. 그런데 우연히도 안나 파블로브나의 하녀 중에 맑고 유순한 눈에 용모가 말쑥한 아주 예쁜 처녀가 있었다. 말라니야라는 이름의 영리하고 얌전한 처녀였다. 이반 페트로비치는 첫눈에 그녀가 마음에 들었고, 그녀를 사랑하게 되었다. 그는 그녀의 조심스러운 걸음걸이, 수줍은 듯한 대답, 은근한 목소리와 잔잔한 미소에 반해 버렸다. 그에게는 나날이 그녀가 더 사랑스럽게 느껴졌다. 그리고 그녀도 러시아 처녀들이 사랑에 빠졌을 때 그러듯이 온 마음을 다해 이반 페트로비치를 따랐으며 마침내 그에게 몸을 내맡겼다. 시골 지주의 집에서는

---

10) 프랑스어로 '안녕하십니까?', '어떻게 지내세요?'라는 의미의 인사.

그 어떤 비밀도 오래갈 수가 없는 법이다. 곧 모든 사람이 젊은 주인과 말라니야의 관계를 알게 되었다. 이 관계에 대한 소문은 마침내 표트르 안드레이치의 귀에까지 들어갔다. 다른 때 같으면 그는 이런 하찮은 일에 관심을 두지 않았을 것이다. 그러나 오래전부터 아들에게 화가 나 있던 그는 이 페테르부르크의 현인이자 멋쟁이를 망신시킬 기회가 생긴 것을 기뻐했다. 야단법석이 나고 고함이 터지고 소동이 일었다. 말라니야는 헛간에 갇혔고, 이반 페트로비치는 아버지 앞에 불려 나왔다. 안나 파블로브나도 떠들썩한 소리에 달려 나왔다. 그녀는 남편을 진정시키려고 했지만 표트르 안드레이치는 이미 아무 말도 듣지 않았다. 그는 매처럼 아들에게 달려들어 그의 부도덕과 신앙심 없는 마음과 위선을 비난했다. 이 틈에 그는 쿠벤스카야 공작 부인에 대한 쌓이고 쌓인 온갖 분노를 아들에게 분풀이했고 모욕적인 언사를 퍼부어 댔다. 처음에 이반 페트로비치는 아무 말도 하지 않고 참았지만, 아버지가 창피스러운 벌을 주겠다고 위협하자 더 이상 참을 수 없었다. '광신자 디드로가 또 나서야겠군.' 그는 생각했다. '그렇다면 그의 가르침을 실행해 보이겠다. 잠시 기다려라. 당신들 모두를 깜짝 놀라게 할 테다.' 그는 은근히 사지가 떨렸지만 침착하고 태연한 목소리로 그 즉시 아버지에게 단언했다. 아버지가 자신을 비도덕적이라고 비난하는 것은 괜한 일이며, 자신의 잘못을 변명할 의도는 없다, 그러나 자신은 모든 선입관을 초월한 만큼 자신의 잘못을 기꺼이 시정할 준비가 되어 있다, 즉 말라니야와 결혼할 준비가 되어 있다고 단언한 것이다. 이 말로써 이반 페트로비치는 의심할 나위 없이 자신의 목적을 달성했다. 표트르 안드레이치는 그의 말을 듣고 너무나 놀라서 눈을 부릅뜨고 한순간 말을 못 할 정도였다. 그러나 그는 즉시 정신을 차렸고, 다람쥐 털가죽 외투를 입고 맨발에 반장화를 신은 채 두 주먹을 쥐고 이반 페트로비치에게 달려들었다. 이반 페트로비치는 일부러 그런 듯이 이날 티투스식[11]으로 머리를 빗고 새로운 영국식 푸른 연미복에 술이 달린 장화를 신었으며 몸에 꼭 맞는 멋진 큰사슴 가죽 바지를 입고 있었다. 안나 파블로브나는 있는 힘을 다해 소리를 지르며 두 손으로 얼굴을 감쌌다. 그녀의 아들은 온 집 안을 거쳐 밖으로 뛰쳐나가 채마밭으로, 정원으로 달려갔으며 정원을 지나 큰길로 뛰어나가 아버지의 육중한 발걸음 소리와 사이사이 끊어지는 격한 고함 소리가 들리지 않을 때까지 뒤도 돌아보지 않고 계속 달렸다……. "서라, 악당 같은 놈!" 아버지가 고래고래 소리를 질렀다. "서라! 네놈을 저주할 테다!" 이반 페트로비치는 이웃 소지주의 집에 숨었다. 표트르 안드레이치는 기진맥진한 채 땀투성이가 되어 집으로 돌아와서, 숨을 헐떡이며 아들에 대한 축복을 취소하고 상속권을 박탈한다고 선언했다. 그는 아들의 쓸데없는 책들을 모두 불태워 버리고 하녀 말라니야는 당장 먼 시골로 보내라고 지시했다. 친절한 사람들이 이반 페트로비치를 찾아내 이 모든 소식을 알려 주었다. 창피를 당하고

11) 비극 「브루투스」에서 로마 황제인 티투스 역할을 한 프랑스의 배우 탈마 (1763~1826)의 짧은 머리 스타일로 당시 반(反)자코뱅 당원의 상징으로 유행했다.

미칠 듯이 화가 난 그는 아버지에게 복수하겠다고 맹세하고 그날 밤 말라니야를 태우고 가는 농부의 마차를 몰래 숨어서 기다렸다가 강제로 그녀를 빼앗아 내 그녀와 함께 가장 가까운 도시로 달려가서 결혼식을 올렸다. 그에게 돈을 대 준 사람은 늘 술에 취해 있는 아주 선량한 이웃인 퇴역 해병이었는데, 그 자신의 말에 의하면 온갖 고상한 사건을 끔찍이 좋아하는 사람이었다. 다음 날 이반 페트로비치는 표트르 안드레이치에게 악의에 찬 냉정하고 정중한 편지를 보냈고, 육촌 형 드미트리 페스토프가 자기 누이 (이미 독자들이 알고 있는) 마르파 티모페예브나와 함께 살고 있는 시골로 떠났다. 그는 그들에게 모든 것을 얘기하고, 일자리를 구하러 페테르부르크로 갈 작정이라고 말하고는 잠시나마 자기 아내가 그들의 집에 살게 해 달라고 간청했다. '아내'라는 말을 할 때 그는 서글프게 울음을 터뜨렸고, 도시에서 받은 교육과 철학을 무시하고 가난한 러시아인처럼 비굴하게도 친척의 발밑에 엎드려 이마를 마루에 부딪치기까지 했다. 인정 많고 선량한 페스토프 오누이는 그의 부탁을 흔쾌히 들어주었다. 그는 남몰래 아버지의 답장을 기다리며 페스토프의 집에서 삼 주일가량을 보냈다. 그러나 답장은 오지 않았고, 올 수도 없었다. 표트르 안드레이치는 아들의 결혼 사실을 알고 나서 털썩 자리에 누워 버렸고, 자기 앞에서 이반 페트로비치의 이름을 언급조차 하지 못하게 했다. 다만 어머니가 남편 몰래 신부에게서 돈을 빌려서 지폐 500루블과 며느리에게 주는 조그만 성상을 보냈다. 그녀는 겁이 나서 편지는 쓰지 못하고 하루에 60킬로미터를 걸을 수 있는 빼빼 마른 농군을 보내면서 이반 페트로비치에게 너무 낙심하면 안 된다, 하느님이 만사를 잘 처리해 줄 것이다, 아버지의 노여움도 자비로 바뀔 것이다, 자기도 다른 며느리를 얻었더라면 더 좋았겠지만, 아마도 하느님의 뜻인 것 같으니 자기는 말라니야 세르게예브나에게 부모로서 축복을 보낸다는 뜻을 전하라고 지시했다. 빼빼 마른 농부는 1루블을 받았고, 새 마님을 만나 뵈었으면 한다는 부탁을 하고 나서(그는 말라니야의 대부였다.) 그녀의 손에 입맞춤하고 자기 집으로 달려갔다.

이반 페트로비치는 가벼운 마음으로 페테르부르크로 떠났다. 알 수 없는 미래가 그를 기다리고 있었다. 아마 가난이 그를 위협할지도 몰랐다. 그러나 그는 혐오스러운 시골 생활과 작별했고, 무엇보다 자신의 스승들을 배반하지 않고 실제로 '실행하여' 루소, 디드로, 인권 선언을 행동으로 옹호한 셈이었다. 의무를 수행했다는 느낌과 승리감, 자부심이 그의 마음에 넘쳐흘렀다. 아내와의 이별도 그에게는 그다지 두렵지 않았다. 오히려 아내와 늘 함께 살아야 한다는 사실이 그를 더 곤혹스럽게 했을 것이다. 한 가지 일은 끝났다. 이제 다른 일을 시작해야 했다. 스스로의 예상과는 달리 그는 페테르부르크에서 운이 좋았다. 이미 쿠르텡 씨에게 버림받았지만 아직 사망하지는 않았던 쿠벤스카야 공작 부인은 조카 앞에 지은 죄를 어떻게 해서든지 씻기 위해 자신의 모든 친구에게 그를 소개했으며, 자신이 남겨 둔 거의 마지막 돈인 5000루블과 큐빅의 화관 속에 그의 머리글자를 새긴 레피크 시계를 그에게 선물했다. 채 삼 개월도 지나지 않아서 그는 런던의 러시아 공사관에 자리를 얻어 본국으로 떠나는 영국의 첫 범선(당시 기선은 아직 사람들의 입에 오르내리지도 않았다.)을 타고 바다 건너로 항해했다. 몇 달이 지나서 그는 페스토프에게서 편지를 받았다. 선량한 이 지주는 1807년 8월 20일 포크롭스코예 마을에서 태어나서, 성스러운 순교자 표도르 스트라틸리트에게 경의를 표하는 뜻으로 표도르라고 이름을 지은 아들의 출생을 축하했다. 말라니야 세르게예브나는 몸이 쇠약하다는 이유로 거기에 몇 줄의 글을 덧붙였을 뿐이다. 그러나 이 몇 줄의 글을 보고 이반 페트로비치는 깜짝 놀랐다. 그는 마르파 티모페예브나가 그의 아내에게 읽고 쓰기를 가르친 것을 몰랐던 것이다. 그러나 이반 페트로비치는 부모가 된 감정의 달콤한 흥분에 오래 젖어 있지는 못했다. 그는 당시에 유명했던 프린과 라이스[12](당시에는 아직도 이런 고전적인 이름들이 유행했다.) 중의 한 여자를 쫓아다니고 있었다. 틸지트 강화 조약[13]이 체결되자 모두가 향락에 빠졌고 어떤 광란의 회오리에 휩쓸리고 있었다. 그는 활달한 미녀의 검은 두 눈을 보고 머리가 핑 돌았다. 그가 가진 돈은 아주 적었다. 그러나 그는 카드놀이를 할 때 운이 좋았고 친구도 사귀었으며 있을 수 있는 온갖 유흥에

---

12) 프린과 라이스는 고대 그리스의 유명한 고급 매춘부들이었다. 이후 이 이름은 남자들이 손아귀에 넣고 싶어 하는 미녀의 의미로 사용되었다.
13) 1807년 7월 7일 러시아와 프랑스와 프러시아 사이에 체결된 조약. 이 조약으로 러시아와 영국 간에 불화가 생겼고, 러시아 공사관이 런던에서 철수했다.

끼어들었다. 한마디로 말해 그는 순풍에 돛을 단 격이었다.

9

라브레츠키 노인은 오랫동안 아들의 결혼을 용서할 수 없었다. 만약 반년이 지난 뒤에 이반 페트로비치가 나타나서 잘못을 인정하고 그의 발밑에 엎드렸더라면, 그는 아마도 아들을 실컷 책망하고 겁주기 위해 지팡이로 몇 대 갈기고는 용서해 주었을 것이다. 그러나 이반 페트로비치는 외국에 살면서 이런 일에는 전혀 무관심한 듯했다. 표트르 안드레이치는 아내가 그의 마음을 누그러지게 하려고 할 때마다 "조용히 해! 그런 생각은 아예 하지 마!" 하고 되풀이해 말하곤 했다. "그놈의 자식은 내가 저를 저주하지 않은 것에 대해 날 위해 늘 하느님에게 기도해야 해. 돌아가신 아버지였다면 그 나쁜 놈을 당신 손으로 죽였을 거야, 그래야 마땅한 일이고." 안나 파블로브나는 이런 끔찍한 말을 듣고 그저 남몰래 성호를 그을 뿐이었다. 이반 페트로비치의 아내에 관해 말하자면, 표트르 안드레이치는 처음에는 그녀에 대해서 들으려고도 하지 않았다. 심지어 그의 며느리 소식을 적어 보낸 페스토프의 편지에 대한 답장에 그는 자기에게 어떤 며느리가 있는지 알지 못하겠으며, 도망간 종년을 숨겨 주는 것은 법률로 금지되어 있으니 이 점에 대해 미리 알려 주는 것이 자신의 의무라고 생각한다고 쓰도록 지시했다. 그러나 그 후 손자가 태어난 사실을 알게 되자 마음이 누그러져서 슬그머니 산모의 건강에 대해 알아보라고 지시하고, 자기가 보내는 것처럼 하지 않고 그녀에게 약간의 돈을 보내기도 했다. 페댜가 첫돌도 되기 전에 안나 파블로브나는 죽을병에 걸려 몸져누웠다. 숨을 거두기 며칠 전에 그녀는 침대에서 일어나지도 못하는 몸으로 흐려져 가는 두 눈에 겁에 질린 눈물을 글썽이면서, 고해 신부 앞에서 며느리를 만나 작별 인사를 하고 손자를 축복해 주고 싶다고 남편에게 말했다. 몹시 낙심한 노인은 아내를 안심시키고, 그 즉시 며느리를 데리러 자신의 마차를 보내면서 처음으로 그녀를 '말라니야 세르게예브나'라고 불렀다. 그녀는 아들을 데리고 마르파 티모페예브나와 함께 왔다. 마르파 티모페예브나는 절대로 그녀를 혼자 보내고 싶지 않았고, 그녀가 모욕을 당하게 하고 싶지도 않았다. 공포로 반죽음이 된 말라니야 세르게예브나는 표트르 안드레이치의 서재로 들어섰다. 유모가 그녀를 뒤따라 페댜를 안고 왔다. 표트르 안드레이치는 말없이 그녀를 바라보았다. 그녀는 그의 손으로 다가가, 떨리는 입술을 간신히 손에 대고 소리 없이 입맞춤을 했다.

"흠, 애송이 귀족 부인." 마침내 그가 말했다. "잘 왔다. 마님한테 가자."

그는 일어나서 페댜를 들여다보았다. 어린애가 방실 웃으며 그에게 조그맣고 하얀 손을 뻗었다. 노인은 가슴이 뭉클해졌다……

"오." 그가 말했다. "이 외로운 녀석! 네가 애비를 대신해서 내게 애걸하는구나. 널 내버려 두지 않으마."

말라니야 세르게예브나는 안나 파블로브나의 침실에 들어서자마자 문가에서 무릎을 꿇었다. 안나 파블로브나는 손짓으로 그녀를 침대로 불러 껴안고, 그녀의 아들을 축복했다. 그러고 나서 무서운 병에 시달릴 대로 시달린 얼굴을 남편 쪽으로 돌리고 무슨 말을 하고 싶어 했다…….

"알아요, 알아, 당신이 무슨 부탁을 하고 싶어 하는지." 표트르 안드레이치가 말했다. "슬퍼하지 마오, 애어미는 우리 집에 남을 거요. 그녀를 위해 반카[14]도 용서해 주지."

안나 파블로브나는 간신히 남편의 한 손을 잡고 거기에 입술을 댔다. 그날 저녁에 그녀는 숨을 거두었다.

표트르 안드레이치는 약속을 지켰다. 그는 아내의 임종 시에 아내와 한 약속대로 어린 표도르를 위해 자신의 축복을 되돌려 주고, 말라니야 세르게예브나를 자기 집에 머무르게 할 거라고 아들에게 통지했다. 며느리에게는 고미다락 방 두 개가 주어졌다. 그는 자신이 가장 존경하는 손님들인 애꾸눈의 준장 스쿠레힌과 그의 아내에게 며느리를 소개했다. 그리고 며느리에게 두 명의 하녀와 심부름을 할 사동 하나를 주었다. 마르파 티모페예브나는 그녀와 작별 인사를 나누고 헤어졌다. 마르파 티모페예브나는 글라피라를 몹시 미워했으며 하루에도 서너 번씩 그녀와 다투었다.

이 불쌍한 여인은 처음에는 괴롭고 거북했으나, 점차 새로운 환경에 익숙해졌고 시아버지한테도 익숙해졌다. 시아버지

---

14) 이반 페트로비치의 비칭(卑稱), 즉 '이반이란 놈'이라는 뜻이다.

도 며느리에게 익숙해졌고, 며느리를 사랑하기까지 했다. 그러나 그는 며느리와 말을 거의 주고받지 않았고, 며느리에게 상냥하게 대할 때도 뭔가 본의 아닌 멸시의 빛을 띠었다. 말라니야 세르게예브나는 무엇보다 시누이 때문에 마음고생을 심하게 했다. 글라피라는 어머니가 살았을 때부터 조금씩 온 집안을 장악했다. 아버지를 비롯해서 모든 사람이 그녀에게 복종했다. 그녀의 허락 없이는 설탕 한 조각도 얻을 수 없었다. 그녀는 다른 주부와 권한을 나눠 가질 바에는 차라리 죽는 편을 택했을 것이다. 더욱이 말라니야 세르게예브나 같은 주부와 권한을 나눠 갖는 것은 상상할 수도 없었다! 그녀는 남동생의 결혼에 대해 표트르 안드레이치보다 더 화를 내고 갑자기 신분이 상승한 여자에게 따끔한 맛을 보여 주기 시작했다. 말라니야 세르게예브나는 처음부터 그녀의 노예가 되었다. 하기야 온순하고 늘 어찌할 바를 모르며 겁에 질려 있는 병약한 그녀가 어떻게 방자하고 거만한 글라피라와 맞서 싸울 수 있었겠는가? 글라피라는 매일매일 그녀에게 이전 신분을 상기시켰고, 그녀가 자신의 처지를 잊지 않고 있다고 칭찬했다. 말라니야 세르게예브나는 자신의 옛 신분을 떠올리게 하는 말이나 칭찬이 아무리 고통스럽다 해도 기꺼이 참아 냈을 것이다……. 그러나 그녀는 페댜를 빼앗겼다. 이 일로 그녀는 너무나 상심했다. 글라피라는 아이를 양육할 자격이 없다는 이유를 대 그녀가 거의 아이 근처에도 못 가게 했다. 그리고 자신이 아이의 양육을 맡았다. 아이는 완전히 글라피라의 손안에 있었다. 말라니야 세르게예브나는 슬픔을 못 이겨 이반 페트로비치에게 편지를 보내 빨리 돌아오라고 애원하기 시작했다. 표트르 안드레이치 자신도 자기 아들을 보고 싶어 했다. 그러나 이반 페트로비치는 내내 형식적인 답장만을 보냈고, 아내의 일과 보내 준 돈에 대해 아버지에게 고마움을 표하며 곧 돌아오겠다고 약속했지만 역시 돌아오지 않았다. 1812년에 전쟁이 발발하자 마침내 그는 외국에서 돌아왔다. 헤어진 지 육년 만에 처음으로 만난 아버지와 아들은 서로 포옹하고, 지난날의 불화에 대해서는 한마디도 하지 않았다. 그럴 겨를이 없었다. 온 러시아가 적에 대항해 궐기했고, 그들 두 사람도 자신들의 핏줄 속에 러시아인의 피가 흐르고 있음을 느꼈다. 표트르 안드레이치는 자비로 일개 민병 연대에 피복을 지급했다. 그러나 전쟁은 끝났고, 위험은 지나갔다. 이반 페트로비치는 다시 따분해지기 시작했고, 그의 마음은 다시 친숙하고 제집처럼 느껴지는 먼, 그 나라를 동경했다. 말라니야 세르게예브나는 그를 붙잡을 수 없었다. 그에게 그녀는 너무나 하찮은 존재였다. 그녀의 희망조차 이루어지지 않았다. 그녀의 남편도 페댜의 양육을 글라피라에게 맡기는 편이 훨씬 좋다고 인정했던 것이다. 불쌍한 아내는 이 타격을 견딜 수 없었고, 남편과의 두 번째 이별도 견디지 못했다. 며칠 동안 그녀의 생명은 말없이 꺼져 갔다. 그녀는 평생 동안 무슨 일에도 거역할 수 없었듯이, 병과도 싸우지 않았다. 그녀는 말을 할 수 없었고 이미 죽음의 그림자가 얼굴에 서려 있었지만, 그녀의 모습에는 이전처럼 참을성 있어 보이는 당혹스러움과 변함없이 부드럽고 순한 빛이 어려 있었다. 그녀는 말없이 유순한 눈매로 글라피라를 쳐다보았다. 마치 안나 파블로브나가 임종 때 표트르 안드레이치의 손에 입맞춤했듯이, 그녀는 자신의 외아들을 부탁하면서 글라피라의 손에 입술을 갖다 댔다. 이 조용하고 선량한 존재는 이유도 모르는 채 태어난 땅에서 뿌리째 뽑혀 그 즉시 햇빛 아래 내던져진 어린 나무처럼 지상에서의 생활을 이렇게 끝마쳤다. 그 존재는 시들어 흔적도 없이 사라져 버렸고, 아무도 그 존재에 대해 슬퍼하지 않았다. 말라니야 세르게예브나를 불쌍히 여긴 사람은 하녀들과 표트르 안드레이치뿐이었다. 노인은 그 말 없는 존재가 사라지자 몹시 쓸쓸했다. 그는 교회에서 그녀에게 마지막으로 작별을 고하며 "용서해 다오. 잘 가거라, 유순한 내 며느리야!" 하고 중얼거렸다. 그는 며느리의 무덤에 한 줌의 흙을 던지며 눈물을 흘렸다.

그 자신도 며느리가 죽은 뒤 오 년 이상을 살지 못했다. 1819년 겨울에 그는 글라피라와 손자를 데리고 옮겨 가 살고 있던 모스크바에서 조용히 숨을 거두었다. 그는 안나 파블로브나와 '말라샤'[15] 곁에 묻어 달라고 유언했다. 당시 이반 페트로비치는 1815년[16] 후 곧 공직에서 사직하고 인생을 즐기며 파리에 머물고 있었다. 아버지의 사망 소식을 듣고 그는 러시아로 돌아왔다. 영지 관리도 생각해야 했고, 글라피라의 편지에 의하면 페댜도 열두 살이 넘었으니 페댜의 교육에 대해 진지하게 생각해야 할 때가 되었던 것이다.

---

15) '말라니야'의 애칭.
16) 전쟁이 끝난 해.

10

이반 페트로비치는 영국 숭배자가 되어 러시아로 돌아왔다. 짧게 깎은 머리, 가슴 부분의 풀 먹인 레이스 장식, 깃이 많이 달리고 자락이 긴 완두색의 프록코트, 언짢아 보이는 표정, 단호하면서도 어쩐지 무관심한 태도, 이 사이로 내는 발음, 갑자기 터져 나오는 무표정한 웃음소리, 미소 짓지 않는 얼굴, 정치와 경제 문제에만 한정된 대화, 설익은 로스트 비프와 포트와인17)을 즐기는 기호, 그의 모든 것이 대영 제국의 냄새를 풍겼다. 대영 제국의 정신이 그의 온몸에 배어 있었던 것이다. 그러나 참으로 이상한 일이었다! 영국 숭배자로 변해 버린 이반 페트로비치는 동시에 애국자가 되어 있었다. 비록 러시아를 잘 모르고, 러시아의 습관을 하나도 지키지 않았고, 러시아 말도 이상하게 했지만, 그는 애국자를 자처했다. 평소 대화에서 그의 말은 굼뜨고 시들했으며 프랑스식 표현으로 온통 뒤범벅이 되곤 했다. 그러나 중요한 문제가 화제에 오르기만 하면, 그의 입에서는 그 즉시 "새로운 자기 노력의 경험을 부여한다."라느니 "이것은 사태의 본질에 일치하지 않는다."라느니 하는 표현이 튀어나왔다. 이반 페트로비치는 국가 조직의 개선책에 관한 몇 개의 초안을 가져왔다. 그는 눈에 띄는 모든 것에 몹시 불만스러워했고, 특히 체계가 없는 것에 화를 냈다. 누나와 만나자마자 그는 첫마디부터 자기는 근본적인

---

17) 포르투갈산의 단맛이 나는 붉은 포도주.

개혁을 할 작정이며, 앞으로 자기 집에서는 모든 것이 새로운 시스템에 따라서 진행될 것이라고 말했다. 글라피라 페트로브나는 이반 페트로비치에게 아무런 대꾸도 하지 않고, 다만 이를 악물고 '그럼 나는 어디로 가란 말인가?' 하고 생각했다. 그러나 동생과 조카를 데리고 시골로 내려간 후에 그녀는 곧 안심했다. 집 안에서는 분명 몇 가지 변화가 일어났다. 식객들과 건달들이 즉시 쫓겨났다. 그중에는 두 노파, 즉 눈먼 노파와 중풍에 걸린 노파가 있었고, 참으로 놀라운 다식증 때문에 검은 빵과 불콩밖에 얻어먹지 못하던 오차코프[18] 시대의 늙어 빠진 소령도 있었다. 전에 드나들던 손님들은 더 이상 받지 말라는 지시도 있었다. 대신에 매우 훌륭한 교육을 받았지만 아주 어리석고, 금발 머리에 연주창(連珠瘡)에 걸린, 멀리 떨어진 곳에 사는 남작이라는 사람이 드나들게 되었다. 모스크바에서 새로운 가구들이 도착했다. 침받개, 초인종, 세면대가 설치되었고, 아침 식사도 전과는 달라졌다. 보드카와 과실주가 외국산 포도주에 밀려났고, 하인들은 새 제복을 입었다. 조상으로부터 전해 내려오는 문장(紋章)에는 "합법성 속에 미덕이 있다.(In recto virtus……)"라는 문구가 덧붙여졌다. 그러나 실제로 글라피라의 권한은 조금도 줄어들지 않았다. 집 안의 모든 물건을 내주고 사들이는 일은 여전히 그녀가 맡아서 했다. 외국에서 데려온 알자스인 몸종이 그녀와 겨루어 보려고 했고 주인이 그를 두둔했지만, 그만 그 지위를 잃고 말았다. 영지의

---

18) 1788년에 러시아가 터키로부터 빼앗은 땅.

경영과 관리에 관한 한(글라피라 페트로브나는 이런 일에도 관여했다.) 이반 페트로비치가 이 혼돈 상태에 새로운 활기를 불어넣겠다는 의도를 여러 번 표명했는데도 모든 것이 이전 그대로였다. 다만 이곳저곳에서 소작료가 오르고, 부역이 더 무거워졌으며, 농민들이 직접 이반 페트로비치에게 호소하는 것이 금지되었을 뿐이다. 이 애국자는 자기 동포를 몹시 경멸했다. 이반 페트로비치의 시스템은 페댜에게만 완전히 적용되었다. 실제로 페댜의 교육은 근본적으로 개혁되었다. 아버지는 아들의 교육에만 완전히 몰두했다.

11

이반 페트로비치가 외국에서 돌아올 때까지 페댜는, 이미 말한 대로 글라피라 페트로브나의 수중에 있었다. 그의 어머니가 돌아가셨을 때 그는 아직 여덟 살도 되지 않았다. 그는 어머니를 날마다 보지는 못했지만 어머니를 몹시 사랑했다. 어머니에 대한 추억, 어머니의 조용하고 창백한 얼굴과 우울한 눈길, 겁먹은 듯한 애무에 대한 추억은 그의 가슴속에 영원히 아로새겨졌다. 그러나 그는 집안에서 어머니의 위치를 막연하게나마 알았다. 그는 자신과 어머니 사이에는 어머니가 감히 허물 엄두를 내지 못하고 허물 수도 없는 장벽이 존재함을 깨달았다. 그는 아버지를 어려워했으며 이반 페트로비치도 한 번도 그를 귀여워해 주지 않았다. 할아버지가 이따금 그의 머리를 쓰다듬고 손에 입을 맞추게 했지만 그를 도깨비라고 부르며 미련퉁이 취급을 했다. 말라니야 세르게예브나가 죽자 고모가 그를 완전히 손에 넣었다. 페댜는 고모를 두려워했고, 그녀의 밝고 예리한 눈과 날카로운 목소리를 무서워했다. 그는 고모 앞에서 찍소리도 못 했다. 그가 자기 의자에서 살짝 움직이기만 해도 그녀는 카랑카랑한 목소리로 "어딜 가니? 가만히 앉아 있어."라고 말하곤 했다. 일요일마다 예배가 끝난 후 그는 놀아도 좋다는 허락을 받았다. 그는 막시모비치 암보지크라는 사람이 쓴 『상징과 표장(標章)』[19]이라는 두툼하고 이상한 책을 받았다. 이 책에는 1000여 점의 그림이 있었는데 그중에는 아주 이상한 그림이 더러 있었고, 거기에 다섯 나라 말로 역시 이상한 해석이 붙어 있었다. 이 그림들에서는 살이 포동포동한 벌거벗은 큐피드가 중요한 역할을 했다. 그중 「사프란과 무지개」라는 그림에는 "이 꽃의 효과는 크다."라는 해석이 붙어 있었고 '입에 제비꽃을 물고 날아가는 왜가리'를 그린 그림 맞은편에는 "그대는 그들 모두를 알고 있다."라는 글발이 쓰여 있었다. 「큐피드와 제 새끼를 핥고 있는 곰」이라는 그림은 '조금씩'이라는 의미였다. 페댜는 이 그림들을 유심히 들여다보곤 했다. 그래서 그는 이 그림들을 아주 세세한 부분까지 다 알고 있었다. 어떤 그림은(늘 똑같은 그림들이

---

19) 1705년 표트르 1세의 명령에 따라 암스테르담에서 발간되었고, 1719년에 페테르부르크에서 다시 출판되었다. 이 책에는 신화적이고 비유적인 850점의 동판화가 실려 있고, 몇몇 외국어로 이 그림에 대한 해석이 붙어 있다.

었다.) 그를 생각에 잠기게 하고 그의 상상력을 불러일으키기도 했다. 그는 그 밖의 다른 재미를 알지 못했다. 그에게 외국어와 음악을 가르칠 때가 되자 글라피라 페트로브나는 아주 적은 급료를 주고 토끼 눈을 한 스웨덴 태생의 노처녀를 고용했다. 이 여자는 서투르게나마 프랑스어와 독일어를 했고 피아노도 이럭저럭 쳤으며, 게다가 오이를 아주 잘 절였다. 이 여선생과 고모와 늙은 하녀 바실리예브나와 함께 페댜는 만 사년을 보냈다. 그는 『상징과 표장』을 가지고 방구석에 앉아 있곤 했다……. 그럴 때면 천장이 낮은 방 안에서는 제라늄 향내가 풍기고, 수지(獸脂) 양초가 희미하게 타오르고, 귀뚜라미는 심심하다는 듯이 단조롭게 울어 대고, 작은 벽시계는 분주히 똑딱거리고, 벽지 뒤에서는 쥐가 몰래 바스락거리며 뭔가를 갉아 먹는다. 그리고 늙은 여자 셋은 마치 파르카이[20]처럼 말없이 뜨개질바늘을 잽싸게 놀리고 있고, 그들의 손 그림자는 어스름 속에서 재빨리 움직이는가 하면 이상스럽게 떨리고 있다. 그러면 이상하고 어슴푸레한 생각이 어린애의 머릿속에 파고들었다. 그 누구도 페댜를 재미있는 아이라고 생각하지는 않았을 것이다. 그는 얼굴빛이 아주 창백했지만 뚱뚱했고, 볼품없는 모습에 둔한 것이 글라피라 페트로브나의 말마따나 진짜 농사꾼이었다. 좀 더 자주 그를 밖에 내보냈더라면 그의 창백한 얼굴빛은 곧 없어졌을 것이다. 종종 게으름을 피웠지만 그는 공부를 잘했고, 절대로 울지 않았다. 그 대신 이따금

---

20) 로마 신화에서 사람의 운명을 주관한다는 세 여신.

옹고집을 부리곤 했다. 그럴 때면 누구도 그를 달래지 못했다. 페댜는 자기 주변 사람 누구도 사랑하지 않았다……. 가엾게도 그는 어릴 때부터 사랑을 몰랐던 것이다!

이반 페트로비치는 이런 그를 발견하고 지체 없이 자신의 시스템을 그에게 적용했다. "나는 무엇보다도 그를 하나의 인간으로 만들 거요." 그가 글라피라 페트로브나에게 말했다. "그것도 보통 인간이 아니라 스파르타식 인간으로 말이오." 이반 페트로비치는 자신의 의도를 실행하는 첫걸음으로 아들에게 스코틀랜드식의 옷을 해 입혔다. 열두 살 난 소년은 종아리를 내놓고 닭 털이 꽂힌 테 없는 모자를 쓰고 돌아다니기 시작했다. 스웨덴 여자는 체조를 완벽하게 습득한 젊은 스위스 남자로 교체되었다. 음악은 남자가 할 일이 아니라고 해서 영원히 추방되었다. 장자크 루소가 충고한 대로[21] 자연 과학, 국제법, 수학, 목공 그리고 기사다운 감정을 기르기 위한 문장학(紋章學)을 미래의 '인간'은 공부해야 했다. 그는 새벽 4시에 깨어나서 곧 냉수를 끼얹고는 끈을 매 놓은 높다란 기둥 주위를 달려야 했으며 하루에 한 끼 요리 한 접시를 먹고, 말을 타고, 격발식 활을 쏘았다. 그리고 기회가 있을 때마다 그는 아버지의 모범을 따라 의지를 강하게 하는 훈련을 받았고, 매일 저녁 특별한 책에 지난 하루의 결산과 인상을 기록했다. 이반 페트로비치는 자기대로 그에게 프랑스어로 훈시를 써 주었다. 여

---

21) 루소가 쓴 『에밀 혹은 양육에 관하여』(1762)를 말한다. 이 책은 유럽과 러시아의 교육 사상에 커다란 영향을 미쳤다.

기에서 그는 페챠를 '내 아들(mon fils)'이라고 불렀지만 말할 때는 '당신(vous)'이라는 존칭어를 쓰곤 했다. 페챠는 러시아어로 아버지를 '티'[22]라고 불렀지만 아버지 앞에서는 감히 앉지도 못했다. 이 '시스템'은 소년을 혼란스럽게 만들고, 그의 머리를 헷갈리게 하고 짓눌렀다. 그러나 그 대신에 이 새로운 생활 방식은 그의 건강에 좋은 영향을 주었다. 처음에는 열병에 걸리기도 했지만 곧 회복되어 건강한 젊은이가 되었다. 아버지는 그를 자랑하면서 이상한 말로 그를 '자연의 아들, 내 작품'이라고 불렀다. 페챠가 열여섯 살이 되자 이반 페트로비치는 그에게 여성에 대한 멸시를 미리 심어 주는 것이 자신의 의무라고 생각했다. 그리하여 내심 겁이 많고 입가에 솜털이 갓난, 이 혈기 왕성한 젊은 스파르타인은 벌써부터 무뚝뚝하고 냉담하고 거칠게 보이려고 애썼다.

한편 시간은 흐르는 물처럼 흘러갔다. 이반 페트로비치는 한 해의 대부분을 라브리키(그의 주요한 세습 영지는 이렇게 불렸다.)에서 보냈으나 매년 겨울마다 혼자 모스크바에 가서 여관에 머물며 열심히 클럽에 나갔고, 클럽의 객실에서 열변을 토하며 자신의 계획을 설명하면서 그 어느 때보다도 영국 숭배자로, 불평가로, 정치가로 행세했다. 그러나 1825년이 시작되었고 이 해에는 많은 불행이 일어났다.[23] 이반 페트로비치의

---

22) 러시아어로 상대방을 부를 때 '티'와 '비'가 있는데, '티(그대, 너)'는 상대방을 친근하게 부르는 호칭이고 '비(당신)'는 예를 갖춘 존칭어이다.

23) 1825년 12월에 귀족 출신의 자유주의적 청년 장교들이 중심이 되어 '입헌 군주제'를 주창하며 봉기를 일으켰다. 이 봉기는 실패로 끝났으며, 다섯

가까운 알음알이들과 친구들은 고통스러운 시련을 겪었다. 그는 급히 고향으로 돌아가 집 안에 틀어박혔다. 또 한 해가 지나갔다. 이반 페트로비치는 갑자기 허약해지고 기력이 쇠잔해졌다. 건강이 그를 버린 것이다. 이 자유사상가는 교회에 다니기 시작했고 자신을 위해 기도해 달라고 주문했다. 이 유럽인은 증기 목욕을 하고 2시에 점심을 먹고 9시에 잠자리에 들어 늙은 집사가 지껄이는 소리를 들으며 잠들게 되었다. 이 정치인은 자신의 모든 계획서와 편지를 불태워 버리고, 도지사 앞에서 벌벌 떨며 경찰서장 앞에서는 아첨을 떨었다. 강철 같은 의지를 가진 이 사람은 몸에 종기가 나거나 찬 수프가 나오기라도 하면 흐느껴 울며 불평을 해 댔다. 글라피라 페트로브나는 다시 집 안의 모든 것을 장악했다. 다시 집사, 영지 관리인, 평범한 농군 들이 뒷문으로 이 '늙은 잔소리꾼'(하인들은 그녀를 이렇게 불렀다.)을 찾아 드나들기 시작했다. 이반 페트로비치에게 일어난 변화에 아들은 몹시 놀랐다. 벌써 열아홉 살이 된 그는 아버지에 대해 심사숙고하기 시작하고 자신을 압박하는 손아귀에서 벗어나기 시작했다. 그는 이전에도 아버지의 말과 행동, 폭넓은 자유주의적 이론과 냉담하고 천박한 전횡 사이의 불일치를 알아챘지만 이처럼 급변하리라고는 예상하지 못했다. 이 고질적인 이기주의자가 갑자기 본색을 드러낸 것이다. 젊은 라브레츠키는 모스크바로 가서 대학에 들어갈 준비를 하려고 했다. 그런데 뜻하지 않은 새로운 불행이 그의

명의 장교가 교수형당했고, 많은 청년 장교들이 시베리아 유형에 처해졌다.

아버지를 엄습했다. 눈이 보이지 않게 된 것이다. 그것도 하루 아침에 절망적으로 눈이 멀어 버린 것이다.

러시아 의사들의 기술을 믿지 않았던 이반 페트로비치는 외국으로 갈 수 있도록 허가를 받으려고 바쁘게 움직이기 시작했다. 그러나 그의 신청은 거절당했다. 그러자 그는 아들을 데리고 꼬박 삼 년을 이 의사 저 의사를 찾아서 이 도시 저 도시로 끊임없이 옮겨 다니며 러시아를 떠돌았다. 의사들과 아들과 하인은 모두 그의 소심함과 성급함에 두 손 들고 말았다. 그는 완전한 무골충, 울음 많고 변덕스러운 어린애가 되어 라브리키로 돌아왔다. 괴로운 나날이 시작되었다. 모든 사람이 그에게 많은 시달림을 당했다. 이반 페트로비치는 식사하는 동안만 잠잠했다. 그는 전에 없이 게걸스럽게 많이 먹었고, 그 나머지 시간에는 늘 자신과 남들을 못살게 굴었다. 그는 기도하고, 운명을 한탄하고, 자신을 욕하고, 정치와 자신의 시스템을 욕하고, 자신이 자랑하고 큰소리쳤던 모든 것을 욕하고, 이전에 아들에게 본보기로 내세웠던 모든 것을 욕했다. 그리고 그는 아무것도 믿지 않는다고 되풀이하고는 다시 기도를 했다. 또 그는 한순간의 외로움도 참지 못하고 집안사람들에게 밤이고 낮이고 늘 자기 안락의자 옆에 앉아서 이야기를 들려 달라고 요구했다. 그러나 그는 "너희는 내내 거짓말만 하고 있어, 무슨 말도 안 되는 소리야!"라고 외쳐 대면서 이야기를 가로막곤 했다.

글라피라 페트로브나가 특히나 혼쭐이 났다. 그는 그녀 없이는 결코 살아갈 수 없었다. 그녀는 숨이 막힐 것 같은 울분을 목소리에 나타내지 않으려고 이따금 그에게 금방 대답하지 못하는 경우도 있었지만, 환자의 모든 변덕을 받아 주었다. 그는 이렇게 이 년을 더 살다가, 5월 초순 발코니에서 해바라기를 하는 중에 숨을 거두었다. "글라샤, 글라시카! 고기 국물을 줘, 고기 국물을, 이 늙은 멍청이야⋯⋯." 하고 그는 잘 돌아가지 않는 혀로 중얼거리다가 말끝을 맺지 못하고 영원히 입을 다물어 버렸다. 집사의 손에서 막 고기 국물이 든 사발을 빼앗아 든 글라피라 페트로브나는 멈춰 서서 동생의 얼굴을 바라보고는 천천히 크게 십자가를 긋고 말없이 물러났다. 그 자리에 있던 아들 역시 아무 말도 하지 않고, 발코니 난간에 몸을 기대고 오랫동안 봄날의 황금빛 태양에 반짝이는 녹음으로 우거진 향기로운 뜰을 바라보았다. 그는 스물세 살이었다. 이 스물세 해가 얼마나 무섭게, 얼마나 덧없이 빨리 지나가 버렸는가⋯⋯! 이제 그 앞에 인생이 열려 있었다.

12

아버지의 장례를 치르고 영지 관리와 관리인들의 감독을 이전과 변함없이 글라피라 페트로브나에게 맡긴 후, 젊은 라브레츠키는 막연하지만 강한 감정에 이끌려 모스크바로 떠났다. 그는 자신이 받은 교육의 결함을 자각하고 가능한 한 잃은 것을 되찾고자 마음먹었다. 최근 오 년 동안에 그는 많은 것을 읽었고, 이것저것을 보았다. 많은 생각이 그의 머릿속에서 떠돌았다. 그는 어떤 교수도 부러워할 만한 몇몇 지식을 가지고 있었지만, 동시에 어느 중학생이나 오래전부터 아는 많은 것을 알지 못했다. 라브레츠키는 자신이 자유롭지 못하다는 것을 의식했고, 마음속으로 자신이 괴짜라고 느꼈다. 영국 숭배자는 자기 아들을 데리고 좋지 못한 장난을 쳤는데, 그의 변덕스러운 교육이 열매를 맺은 것이다. 그는 오랜 세월 동안 무턱대고 아버지에게 복종해 왔다. 마침내 아버지가 어떤 사람인지를 그가 알아차렸을 때, 일은 끝난 뒤였고 습관은 이미 뿌리를 내렸다. 그는 사람들과 잘 지낼 수 없었다. 태어난 지 스물세 해가 되어 부끄러움을 타는 그의 마음속에도 억누를 수 없는 사랑의 갈망이 타오르고 있었지만, 그는 어떤 여자의 눈도 감히 똑바로 쳐다볼 수 없었다. 약간 둔하기는 하지만 맑고 건전한 두뇌를 가졌으며, 고집이 세고 명상을 즐기며 게으른 경향이 있던 그는 어릴 때부터 생활의 소용돌이 속으로 들어갔어야 했는데, 인위적인 고독 속에 갇혀 있었던 것이다……. 이제 마법의 고리는 깨졌지만 그는 여전히 자기 자신 속에 갇혀 억눌린 채 같은 장소에 서 있었다. 그 나이에 대학생의 제복[24]을 입는 것이 우스꽝스러웠지만 그는 조소를 두려워하지 않았다. 아버지의 스파르타식 교육은 최소한 이러쿵저러쿵하는 남의 말을 무시하는 마음을 심어 주는 데는 도움이 되었다. 그래서 그는 당황하지 않고 대학생의 제복을 입을 수 있었다. 그는 물리·수학과에 들어갔다. 건강하고 혈색 좋

---

24) 이전에 러시아 대학생들은 제복을 입었다.

은 얼굴에 이미 턱수염을 빽빽하게 기른 말 없는 그의 모습은 동료들에게 이상야릇한 인상을 주었다. 그들은 말 두 필이 끄는 널찍한 시골 썰매를 타고 강의에 꼬박꼬박 참석하는 이 엄격한 사나이의 마음속에 거의 어린아이와 같은 일면이 숨어 있으리라고는 전혀 생각하지 못했다. 그들에게는 그가 이상한 현학자처럼 보였다. 그들은 그가 필요 없었고, 그에게서 아무것도 바라지 않았다. 그도 그들을 피했다. 대학에서 보낸 처음 이 년 동안 그는 자기에게 라틴어를 가르쳐 준 한 학생하고만 친했다. 미할레비치라는 이름의 이 대학생은 열광자이자 시인으로 진심으로 라브레츠키를 사랑했으며, 정말로 우연히 그의 운명에 중대한 변화를 가져온 장본인이 되었다.

어느 날 극장에서 그는(당시는 모찰로프[25]의 전성기였고, 라브레츠키는 그가 나오는 연극을 하나도 빼놓지 않고 다 보았다.) 2층의 특별석에 앉아 있는 한 아가씨를 보았다. 어떤 여성이고 침울한 그 옆을 지나면서 그의 마음을 설레게 하지 않은 적이 없었지만, 그의 심장이 이처럼 세차게 뛴 적은 한 번도 없었다. 이 아가씨는 특별석의 벨벳에 팔꿈치를 괸 채 꼼짝 않고 앉아 있었다. 거무스름하고 둥글고 귀여운 그녀의 얼굴 구석구석에는 민감한 젊음의 생기가 빛나고 있었다. 가느다란 눈썹 아래 유심히 바라보고 있는 부드럽고 아름다운 두 눈에도, 표정이 풍부한 입술에 빠르게 스치는 미소에도, 머리와 손과 목의 자

---

25) P. S. 모찰로프(1800~1848). 러시아의 유명한 비극 배우로, 특히 폴레보이가 번역한(1837) 셰익스피어의 「햄릿」에서 햄릿의 역할로 유명해졌다.

세에도 우아한 지성이 내비쳤다. 그녀는 옷도 아름답게 입고 있었다. 그녀 옆에는 어깨와 가슴이 훤히 보이는 옷을 입고 까만 부인모를 쓴 마흔다섯 살쯤 되어 보이는, 주름이 많고 안색이 누르스름한 한 부인이 사뭇 걱정스러워 보이는 공허한 얼굴에 시들한 미소를 띠고 앉아 있었다. 특별석 안쪽에는 품이 넓은 프록코트를 입고 짧은 넥타이를 맨 나이 지긋한 남자가 보였다. 무표정하게 거드름을 피우는 빛과 어딘지 모르게 비굴한 의심이 어려 있는 자그만 두 눈, 물들인 콧수염과 볼수염, 쓸데없이 큰 이마, 쪼글쪼글한 뺨, 이 모든 특징으로 보아 그는 퇴역 장군 같았다. 라브레츠키는 자신을 놀라게 한 처녀에게서 눈길을 떼지 못하고 있었다. 그런데 갑자기 특별석의 문이 열리고 미할레비치가 들어왔다. 모스크바 전체에서 그가 아는 거의 유일한 사람인 미할레비치의 출현……. 자신의 주의를 온통 사로잡은 유일한 처녀가 있는 자리에 미할레비치가 나타난 것이 라브레츠키에게는 의미심장하고 이상하게 여겨졌다. 특별석을 계속 쳐다보면서 그는 특별석에 있는 모든 사람이 미할레비치를 오랜 친구처럼 대하고 있는 것을 알아챘다. 무대 위의 공연은 더 이상 라브레츠키의 마음을 끌지 못했다. 모찰로프는 그날 저녁에도 '신바람이 나서 연기하고 있었지만' 그에게 평소만큼의 감명을 주지 못했다. 매우 감동적인 한 장면에서 라브레츠키는 저도 모르게 그 미녀를 쳐다보았다. 그녀는 온몸을 앞으로 수그리고 있었고, 뺨은 불타고 있었다. 그의 집요한 시선을 느꼈던지 무대를 바라보던 그녀의 두 눈이 천천히 움직이더니 그에게 멎었다……. 밤새 그녀의 두 눈이 그 앞에 어른거렸다. 마침내 인공적으로 쌓아 올린 제방이 무너진 것이다. 그는 부들부들 떨기도 하고 몸이 불덩이처럼 달아오르기도 했다. 다음 날 그는 미할레비치에게 갔다. 라브레츠키는 그로부터 이 미인의 이름이 바르바라 파블로브나 코로비나이고, 그녀 옆에 앉아 있던 노인과 노파는 그녀의 부모이며, 미할레비치 자신은 약 일 년 전에 모스크바 교외에 있는 N 백작의 집에 가정교사로 있는 동안에 그들과 사귀게 되었다는 것을 알아냈다. 이 열광자는 바르바라 파블로브나를 최상의 말로 칭찬했다. "여보게." 그가 그만의 격정적이고 노래 부르는 듯한 어조로 외쳤다. "그 처녀는 놀랍고도 아름다운 인물이야. 진정한 의미에서의 배우지. 게다가 아주 선량한 여자야." 이것저것 캐묻는 라브레츠키의 질문에서 바르바라 파블로브나가 그에게 어떤 인상을 주었는지 알아차리자 미할레비치는 자진해서 그를 그녀에게 소개해 주겠다고 제의했다. 그러면서 덧붙여 말하길 그는 그 집안사람이나 다름없으며, 장군은 전혀 거만하지 않고 어머니는 세상에 둘도 없는 바보라고 했다. 라브레츠키는 얼굴을 확 붉히고 뭔가 알아들을 수 없는 말을 중얼거리더니 달아나 버렸다. 그는 만 닷새 동안 자신의 소심함과 싸웠다. 엿새 만에 이 젊은 스파르타인은 새 제복을 입고 미할레비치의 지시를 따르기로 했다. 미할레비치는 집안사람이라면서 간단히 머리만 빗었다. 그러고 나서 이 두 사람은 코로빈의 집으로 향했다.

13

바르바라 파블로브나의 아버지인 퇴역 육군 소장 파벨 페트로비치 코로빈은 한평생을 페테르부르크에서 근무했다. 젊은 시절에 능숙한 춤꾼이자 출정 군인으로 유명했던 그는 가난한 탓에 두서너 명의 별로 신통치 않은 장군들의 부관으로 있다가 그중 한 장군의 딸과 2만 5000루블 정도의 지참금을 받고 결혼했다. 그는 교련과 사열의 까다로운 내용에도 정통해 있었다. 그는 갖은 고생을 다 한 끝에 이십여 년이 지나서 마침내 장군의 지위를 얻어 연대를 맡게 되었다. 여기에서 그는 숨을 돌리며 서두르지 않고 자신의 행복을 공고히 했어야 했다. 그 자신도 이 점을 생각했지만 약간 경솔한 일을 저질렀다. 그는 공금을 돌려쓸 새로운 방법을 생각해 내려고 했다. 그 방법은 아주 훌륭했지만, 제때에 상납하지 않아서 밀고를 당했고 그야말로 달갑지 않은 추잡한 사건이 일어났다. 장군은 간신히 이 사건에서 벗어났지만 출세의 길은 막혀 버렸고 퇴직 권고를 받았다. 그는 수입이 좋은 문관직이 걸려들까 하고 이 년쯤 페테르부르크를 돌아다녔지만 그런 자리는 걸려들지 않았다. 한편 딸은 여학교를 졸업했고, 딸에게 드는 비용은 나날이 늘어만 갔다. 마지못해 그는 생활비가 싸게 드는 모스크바로 이사하기로 결심하고 스타라야 코뉴셴나야 거리에서 지붕에 약 2미터나 되는 문장(紋章)이 달려 있는 아주 작고 나지막한 집을 얻어서 일 년에 2750루블을 쓰면서 모스크바 퇴역 장군 생활을 시작했다. 모스크바는 손님을 환대하는 도시인지라 어떤 사람을 막론하고 기꺼이 맞아 주었는데, 하물며 장군이야 더 말할 것도 없었다. 육중하고 군인다운 절도를 전혀 잃지 않은 파벨 페트로비치의 모습이 곧 모스크바 상류 사회의 객실에 나타나기 시작했다. 물들인 머리칼 몇 올이 드리워 있는 그의 벗어진 뒤통수며 까마귀 날개 같은 색깔의 넥타이 위에 매달린 기름투성이의 안나 훈장은, 남들이 춤출 때 도박 테이블 주위를 우울한 표정을 짓고 어슬렁거리면서 심심해하는 얼굴빛이 창백한 젊은이들에게 잘 알려지게 되었다. 파벨 페트로비치는 사교계에서 처신할 줄을 알았다. 그는 말수가 적었지만 오랜 버릇대로 콧소리로 말했다. 물론 고위 인사들과 말할 때는 콧소리를 내지 않았다. 그는 조심스럽게 카드를 했고, 집에서는 적당히 먹었으나 손님으로 가서는 육 인분을 먹었다. 그의 아내에 대해서는 별로 할 말이 없다. 이름이 칼리오파 카를로브나인 그녀의 왼쪽 눈에는 늘 눈물이 고여 있었는데, 이 때문에 그녀(게다가 그녀는 독일 태생이었다.) 자신도 스스로를 동정심이 많은 여자라고 생각했다. 그녀는 늘 뭔가를 두려워하고 충분히 식사를 못 한 것처럼 보였으며 품이 좁은 벨벳옷을 입고, 양 테가 좁은 조그만 부인모를 쓰고, 속이 텅 빈 무광택 팔찌를 끼고 있었다. 파벨 페트로비치와 칼리오파 카를로브나의 외동딸인 바르바라 페트로브나가 여학교를 졸업했을 때, 그녀는 겨우 열일곱 살이었다. 이 여학교에서 그녀는 첫째가는 미녀는 아니었지만 가장 영리한 처녀이자 최고의 음악가로 꼽혔고, 우등생 휘장도 받았다. 라브레츠키가 그녀를 처음 본 것은 그녀가 채 열아홉 살이 되지 않았을 때였다.

14

미할레비치가 스파르타식 인간을 아주 엉성하게 치장된 코로빈의 집 객실로 데리고 들어가서 주인 부부에게 소개했을 때, 이 스파르타식 인간은 두 다리가 떨렸다. 그러나 그를 사로잡았던 소심함은 곧 사라졌다. 장군의 경우 모든 러시아인이 태어나면서 지니는 선량함이 다소 명예를 훼손당한 사람이면 누구나 가지는 유달리 상냥한 태도 때문에 갑절이나 더했고, 장군 부인도 웬일인지 일찌감치 슬그머니 자리를 떠 버렸기 때문이다. 그리고 바르바라 파블로브나는 아주 태연스럽고 자신에 찬 애교로 그녀 앞에서는 누구나 곧 제집처럼 마음이 편해지도록 했던 것이다. 게다가 그녀의 매혹적인 몸, 미소를 머금은 두 눈, 흠잡을 데 없이 기울어진 어깨와 연한 장밋빛 손, 날렵하면서도 지친 듯한 걸음걸이, 느릿느릿하고 달콤한 목소리에서는 야릇한 향기처럼 포착하기 어려운 간드러진 매혹과 더불어, 아직은 수줍음이 감돌고 부드러우며 뭔가 말로는 표현하기 힘들지만 가슴을 뭉클하게 하고 감정(이미 소심한 감정이 아님은 물론이다.)을 자극하는 다정함이 풍겨 나왔다. 라브레츠키는 이야기를 전날의 공연으로 끌고 갔다. 그러자 그녀도 모찰로프에 대해 말하기 시작했다. 그녀는 감탄사를 연발하거나 한숨을 짓는 데 그치지 않고, 모찰로프의 연기에 대해 정확하고 여성다운, 날카로운 몇몇 견해를 피력했다. 미할레비치가 음악에 대해 언급하자 그녀는 격식을 차리지 않고 피아노 앞에 앉더니, 그 무렵에 막 유행하기 시작한 쇼팽의 마주르카 몇 곡을 정확하게 연주했다. 점심시간이 되었다. 라브레츠키는 자리를 뜨려고 했지만 사람들이 그를 붙잡았다. 식사 중에 장군은 그의 하인이 마차를 타고 데프레에 가서 사 온 좋은 라피트[26]를 라브레츠키에게 대접했다. 저녁 늦게 집으로 돌아온 라브레츠키는 옷도 벗지 않은 채 한 손으로 눈을 가리고 망연한 황홀경에 빠져서 오랫동안 앉아 있었다. 그는 무엇 때문에 살 가치가 있는지 이제서야 깨달은 듯했다. 그의 모든 예상과 의도, 이 모든 무의미하고 하잘것없는 생각들이 순식간에 사라져 버렸다. 그의 온 마음은 행복과 소유와 사랑의 염원, 달콤한 여인의 사랑을 얻고 싶다는 하나의 감정과 염원으로 흘러들었다. 그날부터 그는 자주 코로빈의 집을 드나들게 되었다. 반년 후 그는 바르바라 파블로브나에게 자신의 마음을 고백하고 청혼했다. 그의 청혼은 받아들여졌다. 장군은 아주 오래전에, 아마도 라브레츠키가 처음 방문하기 전날에 그가 농노를 얼마나 가지고 있는지 미할레비치에게 물어보았다. 그리고 바르바라 파블로브나는 이 청년이 자신의 환심을 사려고 하는 내내, 심지어 고백을 하는 그 순간에도 평상시와 같은 평온한 마음과 맑은 정신을 가지고 있었다. 그

---

26) 남프랑스산의 붉은 포도주.

녀도 자기의 구혼자가 부자라는 것을 잘 알았다. 그리고 칼리오파 카를로브나는 '내 딸이 훌륭한 배필을 만났다.'라고 생각하고는 챙 없는 새 부인모를 하나 샀다.

15

이렇게 그의 청혼은 받아들여졌지만, 거기에는 몇 가지 조건이 붙어 있었다. 첫째로, 라브레츠키는 당장 대학을 그만두어야 했다. 대학생에게 시집갈 사람이 어디 있으며, 게다가 스물여섯 살이나 되는 부유한 지주가 초등학교 학생처럼 수업을 받는 것이 얼마나 이상한 생각이냐는 것이었다. 둘째로, 바르바라 파블로브나가 혼숫감을 주문하고 구입하는 수고와 심지어 신랑이 신부에게 줄 선물을 고르는 수고까지 떠맡는다는 것이었다. 그녀는 풍부한 상식과 다양한 취미를 가졌고, 안락한 생활에 대한 애착과 그 안락한 생활을 마련할 줄 아는 대단한 솜씨를 가졌다. 라브레츠키는 결혼 직후 아내와 둘이서 그녀가 구입한 편리한 사륜마차를 타고 라브리키로 갈 때, 그 솜씨를 실감했다. 정말로 그의 주변에 있는 모든 것은 바르바라 파블로브나의 깊은 생각과 예측에 따른 것이었다! 아늑한 구석구석마다 얼마나 아름다운 여행용 필수품 함이, 얼마나 매혹적인 화장품 함과 찻주전자가 놓여 있었는가! 그리고 그녀는 얼마나 우아하게 아침마다 커피를 끓여 주었던가! 그러나 라브레츠키는 당시 그런 것을 눈여겨볼 겨를이 없었다. 그는 행복에 겨워 행복에 취해 있었고, 어린애처럼 행복에 빠져 있었던 것이다⋯⋯. 이 젊은 알키드[27]는 아이처럼 순진했다. 그러나 그의 젊은 아내의 온 존재에서 매력이 풍겨 나는 것에는 이유가 있었다. 지금까지 맛보지 못한 은밀한 쾌락의 사치를 그녀가 그의 감정에 약속한 데도 다 까닭이 있었다. 그녀는 기대 이상으로 많은 것을 해냈다. 한여름에 라브리키에 도착한 그녀는 집이 어둡고 지저분하며 하인은 우스꽝스럽고 고루하다는 것을 알았지만, 남편에게는 그런 말을 비칠 필요가 없다고 생각했다. 만일 라브리키에 자리 잡고 살려고 생각했다면, 그녀는 말할 나위도 없이 집 안의 모든 것을 개조하기 시작했을 것이다. 그러나 그녀는 이런 초원의 벽지에 눌러앉을 생각은 한순간도 하지 않았다. 그래서 마치 천막생활이라도 하는 듯이 온갖 불편을 얌전히 참아 가며 시골 벽지 생활을 했고, 그 불편을 장난 삼아 야유하기도 했다. 마르파 티모페예브나가 자신이 기른 조카를 만나 보겠다고 라브리키로 왔다. 바르바라 파블로브나는 그녀가 매우 마음에 들었지만, 그녀는 바르바라 파블로브나가 마음에 들지 않았다. 새로운 주부는 글라피라 페트로브나하고도 사이가 좋지 않았다. 바르바라 파블로브나는 글라피라 페트로브나를 편안히 놔두려고 했지만, 코로빈 노인이 사위의 일에 손대고 싶어 했던 것이다. 코로빈 노인은 이토록 가까운 친척의 영지를 관리하는 것은

---

27) 헤라클레스의 여러 이름 중 하나. '알키드'라는 이름은 건장한 남자를 지칭할 때 수사적으로 사용된다.

장군으로서도 부끄러운 일이 아니라고 말했다. 파벨 페트로비치는 전혀 알지 못하는 사람의 영지를 관리하는 것도 마다하지 않았을 것이다. 바르바라 파블로브나는 아주 교묘하게 공격했다. 그녀는 전면에 나서지 않으면서, 겉으로는 밀월의 행복과 조용한 시골 생활과 음악과 독서에 푹 빠진 듯이 보이면서 슬슬 글라피라의 화를 돋우었다. 결국 어느 날 아침, 글라피라는 마치 미친 여자처럼 라브레츠키의 서재에 뛰어 들어가 열쇠 꾸러미를 책상 위에 내동댕이치고는 더 이상 집안 살림을 할 수 없으며 시골에 머물러 있고 싶지 않다고 선언했다. 적당히 마음의 준비를 하고 있던 라브레츠키는 그 즉시 그녀의 출발에 동의했다. 글라피라 페트로브나는 이렇게 되리라고는 전혀 예상하지 못했다. 그녀는 "좋아."라고 말하고 나서 두 눈을 흐렸다. "난 여기에서 쓸모없는 사람이란 걸 안다! 내가 태어난 둥지인 여기에서 날 쫓아내는 사람이 누군지도 알고. 그러나 이 말만은 똑똑히 기억해 둬. 넌 어디에도 둥지를 틀지 못하고 영원히 떠돌아다닐 거다. 이게 내 마지막 말이다." 그날 중으로 그녀는 그녀 소유의 조그마한 시골로 떠나 버렸다. 일주일이 지나자 눈매와 몸가짐에 유쾌하면서도 우울한 기색을 띤 코로빈 장군이 도착해 영지 전체의 관리권을 손안에 넣었다.

9월이 되자 바르바라 파블로브나는 남편을 페테르부르크로 데려갔다. 그녀는 두 해 여름을 페테르부르크의 아름답고 밝은, 우아한 가구들이 갖추어진 집에서 보냈다.(여름 동안에 그들은 차르스코예셀로[28]로 옮겨 가곤 했다.) 그들은 중류 사회, 나아가서는 상류 사회의 많은 사람들과 교제했고, 자주 외출하고 손님들을 초대했으며, 매혹적인 음악과 무도(舞蹈)의 밤을 열기도 했다. 바르바라 파블로브나는 불이 나비를 유인하듯이 손님들을 끌어들였다. 표도르 이바니치는 이런 산만한 생활이 전혀 마음에 들지 않았다. 아내는 그에게 공직 생활을 해 보라고 권고했다. 그는 옛날 아버지의 기억과 자기 나름의 생각 때문에 근무할 마음은 없었지만, 아내의 마음에 들도록 페테르부르크에 남아 있었다. 그러나 그는 곧 아무도 자신이 은거하는 걸 방해하지 않고, 온 페테르부르크에서 자신의 서재가 가장 조용하고 아늑한 것은 우연이 아니며, 세심한 아내는 오히려 자신이 은거하는 걸 기꺼이 도와주리라는 것을 알아차렸다. 이때부터 모든 일이 순조롭게 진행되었다. 그는 자신이 생각하기에 아직 완성되지 않은 자기 교육에 다시 착수했고, 다시 책을 읽고 영어 공부까지 시작하게 되었다. 늘 책상 위에 구부리고 있는, 당차고 떡 벌어진 어깨를 한 그의 모습과 사전과 공책에 반쯤 파묻혀 있는 덥수룩하고 불그레한 그의 살찐 얼굴을 바라보노라면 기분이 이상야릇했다. 그는 매일 오전에는 일했고, 점심을 맛있게 먹었으며,(바르바라 파블로브나는 어디에 내놔도 부끄럽지 않은 주부였다.) 저녁마다 젊고 쾌활한 사람들로 가득 찬 매혹적이고 향기로운 밝은 세계로 들어서곤 했는데, 이 세계의 중심은 바로 부지런한 주부인 그의 아내였다. 그녀는 아들을 낳아 그를 기쁘게 했지만,

---

28) 페테르부르크 근교에 위치한 마을. 현재는 푸시킨시로 불린다.

가련한 사내애는 오래 살지 못하고 봄에 죽었다. 여름이 되자 라브레츠키는 의사들의 권고에 따라 아내를 외국의 온천으로 데려갔다. 그런 불행이 있은 후라 아내에게는 기분 전환이 필요했고, 더욱이 아내의 건강을 위해 따뜻한 기후가 필요했던 것이다. 그들은 여름과 가을을 독일과 스위스에서 보냈고, 겨울을 나기 위해 예정했던 대로 파리로 갔다. 파리에서 바르바라 파블로브나는 장미처럼 활짝 피어났고, 곧 페테르부르크에서처럼 재치 있게 자신의 둥지를 틀 수 있었다. 그녀는 파리에서 조용하지만 신식으로 꾸며진 한 거리에 있는 매우 아담한 집을 발견했다. 그녀는 남편에게 그가 그때껏 입어 본 적이 없는 실내복을 해 입혔으며, 세련된 하녀와 훌륭한 여자 요리사와 민첩한 하인을 고용했고, 근사한 사륜마차와 멋진 피아노를 구했다. 그녀는 한 주일도 지나지 않아서 벌써 거리를 건너 다닐 수 있었고, 숄을 걸치고 양산을 펼쳐 들고 장갑을 낀 모습이 진짜 파리의 여인 못지않았다. 그녀는 곧 사람들과도 사귀었다. 처음에는 러시아인들만 그녀를 찾아오곤 했지만, 이윽고 아주 친절하고 정중하며 예절 바르고 부르기 좋은 성을 가진 혼자 사는 프랑스인들이 나타나기 시작했다. 그들은 모두가 빠른 말투로 말을 많이 하고, 허물없이 인사를 나누며, 상냥하게 실눈을 짓곤 했다. 모두 장밋빛 입술 안에서 하얀 치아가 빛났다. 그리고 그들은 참으로 멋진 미소를 지을 수 있었다! 그들은 저마다 자기 친구들을 데리고 왔고, 매혹적인 부인 라브레츠카야는 곧 앙탕 도로부터 릴 거리에 이르기까지 널리 알려지게 되었다. 당시는(1836년의 일이다.) 파헤쳐진 습지에 우글거리는 개미들처럼 오늘날 어디에나 우글거리는 신문의 문예란 작가나 사회면 담당 기자 같은 족속이 득실대기 전이었다. 그러나 그때도 줄 씨라는 사람이 바르바라 파블로브나의 살롱에 나타나곤 했다. 그는 겉모습이 흉하고 평판이 나쁜 데다 결투꾼과 패배자들이 다 그렇듯이 뻔뻔스럽고 비열한 사람이었다. 바르바라 파블로브나는 이 줄 씨가 역겹도록 싫었지만, 그래도 그를 맞아들이곤 했다. 그것은 이 사람이 여러 신문에 투고해 그녀를 때로는 라……츠카야 부인, 때로는 P거리에 사는 아주 세련되고 저명한 러시아 부인이라고 부르면서 끊임없이 그녀에 대해 쓰기 때문이었다. 그는 온 세상에, 다시 말해 라……츠카야 부인과는 아무 상관도 없는 수백 명의 구독자들에게 총명하기가 진짜 프랑스 여인이나 다름없는(프랑스인들에게 이보다 더 큰 찬사는 없다.) 이 부인이 정말 상냥하고 친절하며, 비범한 음악가이자 놀라운 왈츠의 명수(바르바라 파블로브나는 정말로 왈츠를 추면서 날아갈 듯이 가벼운 옷자락을 펄럭여 뭇 사람들의 마음을 사로잡곤 했다.)라고 이야기했다……. 한마디로 그는 그녀에 대한 소문을 세상에 퍼뜨렸는데, 어쨌거나 그녀에게는 유쾌한 일이었다. 그즈음 마르스 양은 이미 무대에서 은퇴했고, 라셸 양은 아직 무대에 등장하지 않았다.[29] 그럼에도 바르바라 파블로브나는 부지런히 극장을 찾아다녔다. 그녀는 이탈리아 음악에 황홀해했고, 오드리가 넘

---

29) 마르스 안나 프랑수아즈(1779~1847)는 열네 살에 데뷔해 프랑스 코미디 극장에서 이십오 년 동안 무대의 여왕으로 군림했다. 라셸 엘리사 펠릭스(1821~1858)는 1838년에 성공적으로 데뷔한 프랑스의 비극 배우이다.

어질 때는 조소를 보냈으며, 프랑스 코미디에는 점잖게 하품을 했고, 초낭만적인 멜로드라마에 출연한 도르발 부인의 연기에는 눈물을 흘렸다.[30] 무엇보다도 리스트[31]가 그녀의 집에서 두 번이나 연주했는데 그가 얼마나 상냥하고 소박한지, 황홀하기까지 했다! 이런 유쾌한 기분 속에서 겨울이 지나갔다. 이 겨울이 끝나 갈 무렵 바르바라 파블로브나는 궁정에도 알려졌다. 표도르 이바니치는 이따금 생활이 두 어깨에 무겁게 느껴지곤 했지만 자기대로 무료하지는 않았다. 생활이 무겁게 느껴진 것은 일상이 공허하기 때문이었다. 그는 신문을 읽고, 소르본 대학과 프랑스 대학에서 강의를 듣고, 의회의 토론을 경청하고, 관개(灌漑)에 대한 유명한 학술 서적의 번역에 착수하기도 했다. '나는 시간을 허비하지 않고 있다.' 그는 생각했다. '이 모든 건 유익한 일이다. 그러나 올겨울에는 반드시 러시아로 돌아가서 사업에 착수해야 한다.' 그러나 실제로 이 사업이 어떤 것인지 그가 분명하게 의식했는지는 말하기 어렵다. 그리고 그가 겨울쯤에 러시아로 돌아갈 수 있을지도 아무도 모를 일이다. 우선 그는 아내와 함께 바덴바덴으로 가고자 했다……. 그러나 전혀 뜻하지 않은 사건 때문에 그의 모든 계획은 무산되고 말았다.

---

30) 오드리 자크 찰스(1781~1853)는 프랑스의 유명한 소극(笑劇) 배우이며, 투르게네프는 오드리의 연기를 보고 안넨코프에게 보낸 편지(1857)에서 오드리의 기고만장함에 대해 언급한다. 도르발은 프랑스의 유명한 배우로 마리 아멜리 돌로니(1798~1849)의 예명이다.

31) 헝가리 태생으로 피아노의 거장이며 작곡가이다.

16

어느 날 바르바라 파블로브나가 없을 때 그녀의 서재로 들어갔다가 라브레츠키는 공들여 접힌 조그만 종이쪽지 하나가 방바닥에 떨어져 있는 것을 발견했다. 그는 기계적으로 종이쪽지를 집어 들어 무심코 그것을 펴서 프랑스어로 쓰인 다음과 같은 내용의 글을 읽었다.

사랑하는 벳시!(나는 도저히 그대를 바르베나 바르바라라고 부르지 못하겠습니다.) 나는 헛되이 가로수 길 모퉁이에서 그대를 기다렸습니다. 내일 1시 30분에 우리 집으로 오세요. 그 시간에 당신의 그 선량한 뚱보는 평소처럼 책에 파묻혀 있을 겁니다. 그대가 나에게 가르쳐 준 노래 「늙은 남편이여, 무서운 남편이여!」라는 당신 나라의 시인 푸시킨의 노래를 다시 부르기로 해요. 그대의 예쁜 손과 다리에 천 번의 입맞춤을 보냅니다. 그대를 기다립니다.

에르네스트

라브레츠키는 도대체 자신이 무엇을 읽었는지 얼른 이해하치 못했다. 그는 다시 한번 종이쪽지를 읽었다. 그러자 머리가 빙빙 돌면서 발밑의 마루가 마치 흔들리는 배의 갑판처럼 흔들리기 시작했다. 그는 소리를 지르고 한숨을 쉬다가 순간적으로 울음을 터뜨렸다.

그는 멍하니 정신을 잃었다. 그는 자신의 아내를 너무나 맹

목적으로 믿어 왔던 것이다. 아내에게 속을 수 있고 배반당할 수 있다는 생각은 꿈에도 해 본 적이 없었다. 아내의 정부인 에르네스트는 금발에 들창코이며 가느다란 콧수염을 기른 스물세 살쯤 된 잘생긴 젊은이로, 아내가 알고 지내는 사람들 가운데 가장 별 볼 일 없어 보이는 사람이었다. 몇 분이 지나고, 마침내 삼십 분이 지났다. 그때까지도 라브레츠키는 그 숙명적인 종이쪽지를 손이 으스러지게 쥐고는 멍하니 방바닥을 응시하며 계속 서 있었다. 어떤 시커먼 회오리바람 사이로 창백한 얼굴들이 떠올랐고, 고통으로 심장이 멎는 것 같았다. 자신이 끝없이 끝없이…… 밑으로 떨어지는 기분이었다. 그는 귀에 익은 비단 옷자락이 스치는 가벼운 소리에 망연자실한 상태에서 깨어났다. 모자를 쓰고 숄을 걸친 바르바라 파블로브나가 산책을 나갔다가 급히 돌아오는 길이었다. 라브레츠키는 온몸을 떨며 밖으로 뛰어나갔다. 그는 이 순간에 자신이 아내를 갈기갈기 찢어 버릴 수 있고, 농민들이나 하듯이 그녀를 반죽음이 되도록 두들겨 팰 수도 있으며, 두 손으로 목을 졸라 죽일 수도 있음을 느꼈다. 깜짝 놀란 아내가 그를 멈춰 세우려고 했지만, 그는 다만 "벳시." 하고 중얼거리고는 집 밖으로 뛰어나갔다.

라브레츠키는 마차를 집어타고 교외로 가자고 지시했다. 그는 그날 오후부터 아침이 될 때까지 밤새도록 수시로 멈춰 서서 손뼉을 치며 헤매고 다녔다. 그는 때로는 얼빠진 사람 같았고, 때로는 우스꽝스럽고 심지어 유쾌한 사람처럼 보이기도 했다. 아침에 그는 몸이 꽁꽁 언 채로 교외에 있는 너절한 선술집으로 들어가서는 방 하나를 빌려 창가에 있는 의자에 주저앉았다. 그는 발작적으로 하품을 하기 시작했다. 그는 기진맥진해 간신히 두 다리로 서 있었으나 피로를 느끼지는 못했다. 그러나 그는 피로에 온몸이 지쳐 있었다. 그는 앉아서 계속 사방을 바라보았지만 아무것도 이해할 수 없었다. 그는 자신에게 무슨 일이 일어났는지, 무엇 때문에 자신의 손발이 막대기처럼 굳어지고 입안이 씁쓸하고 가슴에 돌덩이를 안은 듯한 무거운 기분으로 텅 빈 낯선 방 안에 홀로 앉아 있는지 이해할 수 없었다. 그리고 무엇 때문에 그녀가, 바랴[32]가 그 프랑스인에게 몸을 맡기게 되었는지, 어떻게 그녀는 자신이 부정(不貞)한 줄 알면서도 전과 같이 침착할 수 있고, 전과 같이 상냥하고 신뢰 어린 태도로 자신을 대할 수 있었는지 이해할 수 없었다! "난 아무것도 이해할 수 없다." 그가 바싹 마른 입술로 중얼거렸다. "이제 누가 내게 보증할 수 있단 말인가, 페테르부르크에서도 그녀가……." 그는 말끝을 맺지 못하고 다시 하품을 하며 몸을 부르르 떨고 온몸을 움츠렸다. 밝은 회상과 어두운 회상이 똑같이 그를 괴롭혔다. 며칠 전에 그녀가 자신과 에르네스트가 있는 자리에서 피아노에 앉아 「늙은 남편이여, 무서운 남편이여!」를 부르던 일이 갑자기 머리에 떠올랐다. 그는 그녀의 표정, 두 눈의 이상한 광채, 두 뺨에 물들었던 홍조를 상기했다. 그는 의자에서 일어나 그들에게 가서 이렇게 말하고 싶었다. "너희는 쓸데없이 날 우롱했다. 내 증조

---

32) 바르바라의 애칭.

부는 농군들의 갈빗대를 잡아서 목매달았고, 내 할아버지는 농군이었다." 이렇게 말한 다음 그들을 죽이고 싶었다. 그러다가 갑자기 자신에게 일어난 이 모든 일이 꿈, 아니 꿈도 아니고 단지 몸을 한 번 흔들고 사방을 둘러보기만 하면 아무 일도 없을 듯한, 무슨 시시콜콜한 일처럼 생각되었다……. 그는 사방을 둘러보았다. 그러자 매가 붙잡힌 새를 발톱으로 할퀴듯 우수가 그의 가슴속으로 깊이깊이 파고들었다. 게다가 라브레츠키는 몇 달 후에 아버지가 되리라 기대하고 있었던 것이다……. 과거, 미래, 온 생활이 더럽혀진 것이다. 결국 파리로 돌아온 그는 여관에 든 다음, 바르바라 파블로브나에게 에르네스트가 보낸 종이쪽지와 함께 다음과 같은 편지를 보냈다.

동봉한 종이쪽지가 당신에게 모든 걸 설명해 줄 거요. 내친김에 말하는데, 난 당신이 그럴 줄 몰랐소. 언제나 그토록 꼼꼼한 당신이 이렇게 중요한 종이를 떨어뜨리다니.(가련한 라브레츠키는 이 문구를 몇 시간 동안이나 숙고하여 생각해 냈다.) 난 당신을 더 이상 만날 수 없소. 당신도 나와 만나고 싶어 해서는 안 된다고 생각하오. 당신에게는 일 년에 1만 5000프랑을 지급하겠소. 그 이상은 줄 수 없소. 당신의 주소를 고향 마을의 사무소로 보내 주시오. 당신은 당신이 하고 싶은 대로 하고, 살고 싶은 곳에서 사시오. 당신의 행복을 바라오. 답장은 필요 없소.

라브레츠키는 답장이 필요 없다고 아내에게 써 보냈지

만…… 그는 답장을, 이 이해할 수 없는 불가사의한 일에 대한 해명을 목마르게 기다렸다. 바르바라 파블로브나는 그날로 프랑스어로 쓴 장문의 편지를 그에게 보내왔다. 아내의 편지는 그를 완전히 절망케 했다. 그의 마지막 미련마저 사라져 버렸다. 그는 여전히 자신에게 미련이 남아 있었다는 것이 부끄러웠다. 바르바라 파블로브나는 변명하지 않았다. 그녀는 단지 그를 만나기만을 원했고, 자기에게 돌이킬 수 없는 형을 선고하지는 말아 달라고 애원했다. 여기저기에 눈물 자국이 보이기는 했지만 그 편지는 차갑고 부자연스러웠다. 라브레츠키는 쓰디쓴 웃음을 짓고는 모든 것이 아주 좋다고 말하라고 편지를 가져온 사람에게 지시했다. 사흘 후에 그는 이미 파리에 없었다. 그러나 그는 러시아가 아닌 이탈리아로 갔다. 왜 하필 이탈리아를 택했는지 그 자신도 몰랐다. 사실 그에게는 집만 아니면 어디로 가든지 마찬가지였다. 그는 자신의 영지 관리인에게 아내의 세비(歲費)에 관한 지시문을 보내면서, 이와 동시에 계산서의 제출을 기다릴 것도 없이 당장 코로빈 장군으로부터 영지에 관한 사무 일체를 인계받고 장군이 라브리키를 떠나도록 일을 처리하라고 지시했다. 그는 쫓겨 가는 장군이 당황해하면서도 괜히 위엄을 부리는 모습을 상상하고는 자신의 모든 슬픔에도 불구하고 악의에 찬 만족감을 조금 느꼈다. 이와 동시에 그는 글라피라 페트로브나에게 편지를 써서 라브리키로 돌아가 달라고 부탁하고, 그녀 앞으로 위임장을 보냈다. 그러나 그녀는 라브리키로 돌아가지 않았고, 전혀 쓸데없는 짓이었지만 위임장을 폐기했다고 신문에 직접 광고를 냈다.

라브레츠키는 오랫동안 이탈리아의 작은 도시에 숨어 지내면서 아내의 동정을 주시하지 않을 수 없었다. 그는 신문을 통해 아내가 의도했던 대로 바덴바덴으로 간 것을 알았다. 아내의 이름은 곧 그 줄 씨가 서명한 짧은 기사에 나타났다. 이 짧은 기사에는 평소의 장난기와 함께 다정한 동정 같은 것이 나타나 있었다. 이 짧은 기사를 읽으면서 표도르 이바니치는 몹시 기분이 나빠졌다. 그 후 그는 자신의 딸이 태어난 것을 알게 되었다. 두 달쯤 뒤에는 영지 관리인으로부터 바르바라 파블로브나가 자기가 받을 세비의 삼분의 일을 우선 요구해 왔다는 통지를 받았다. 그 후 점점 더 나쁜 소문이 떠돌더니, 마침내 그의 아내가 보잘것없는 역할을 한 희비극적인 이야기가 모든 잡지를 통해 파다하게 퍼졌다. 바르바라 파블로브나는 '명사'가 된 것이다.

라브레츠키는 아내의 동정을 살피는 일을 그만두었지만 자신의 감정을 쉽게 다스릴 수 없었다. 이따금 아내에 대한 그리움에 사로잡힐 때면, 아내의 다정한 목소리를 다시 들을 수 있고, 아내의 손을 자기 손안에서 다시 느낄 수만 있다면 자기는 모든 것을 다 바치고, 심지어…… 그녀를 용서해 줄 수도 있을 것만 같았다. 그러나 시간은 헛되이 흐르지 않았다. 그는 수난자로 태어나지는 않았다. 그의 건강한 천성이 효력을 발휘한 것이다. 많은 것이 점점 더 명백해졌다. 자신을 깜짝 놀라게 했던 그 타격까지도 그저 뜻밖의 사건으로 비칠 뿐이었다. 그는 아내를 이해했다. 가까운 사람은 헤어져 있을 때라야 완전히 이해할 수 있는 법이다. 비록 이전 같은 열성은 나지 않았지만, 그는 다시 공부도 하고 일도 할 수 있었다. 그것은 생활 체험과 교육에 의해 배양된 회의가 그의 가슴속에 완전히 스며들었기 때문이다. 그는 모든 일에 아주 냉담해졌다. 한 사년쯤 지나자 그는 고국으로 돌아가 친지들을 만나 볼 용기가 생겼다. 그래서 그는 페테르부르크에도 모스크바에도 머물지 않고 O시로 온 것이다. 우리는 바로 이 도시에서 그와 헤어졌더랬는데, 이제 우리와 함께 그곳으로 돌아가자고 호의적인 독자에게 부탁드린다.

17

우리가 앞에서 얘기했던 날의 다음 날 아침 9시가 지나서 라브레츠키는 칼리틴의 집 현관 계단을 올라가고 있었다. 이때 모자를 쓰고 장갑을 낀 리자가 그를 향해 걸어 나왔다.

"어디 가나요?" 라브레츠키가 리자에게 물었다.

"예배 보러 가는 길이에요. 오늘은 일요일이니까요."

"아니, 당신이 예배를 보러 다닌다고?"

리자는 말없이 놀란 표정으로 그를 바라보았다.

"용서하세요." 라브레츠키가 말했다. "난…… 난 그런 말을 할 생각이 아니었는데. 당신에게 작별 인사를 하러 왔어요. 한 시간 후에 시골로 떠납니다."

"여기서 먼 곳은 아니지요?" 리자가 물었다.

"25킬로미터쯤 되지요."

이때 레노치카가 하녀를 데리고 문턱에 나타났다.

"부디 우리를 잊지 마세요." 리자가 말하고 현관 계단을 내려갔다.

"당신도 날 잊지 말아요. 아, 그리고 잠깐만." 그가 덧붙여 말했다. "교회에 가는 길이죠. 교회에 가면 겸사겸사 날 위해서도 기도해 줘요."

리자가 걸음을 멈추고 그를 돌아보았다.

"알았어요." 그의 얼굴을 똑바로 바라보며 리자가 말했다. "당신을 위해 기도할게요. 가자, 레노치카."

응접실에서 라브레츠키는 혼자 있는 마리야 드미트리예브나를 발견했다. 그녀에게서 향수와 박하 냄새가 풍겼다. 그녀는 머리가 아파서 밤새 편히 잠을 이루지 못했다고 했으나 여느 때와 다름없이 지쳐 보이는 상냥한 태도로 그를 맞이했고, 조금씩 이야기에 열중했다.

"정말 그렇지 않아요?" 그녀가 그에게 물었다. "블라디미르 니콜라이치는 정말로 상냥한 청년이에요!"

"블라디미르 니콜라이치라니 누구 말씀인가요?"

"판신 말이에요. 어제 여기에 왔던 사람. 그는 당신을 무척 마음에 들어 했어요. 이건 비밀인데, 내 소중한 사촌, 그 사람은 우리 리자에게 홀딱 반해 있어요. 좋은 일이죠. 그는 가문도 좋고, 근무도 잘하고, 똑똑한 데다 시종보랍니다. 만약 하느님의 뜻이 그러하시다면…… 난 어미로서 매우 기쁘겠는데. 아이들의 행복이 부모에게 달려 있으니 책임이 물론 막중하죠. 지금까지는 좋건 나쁘건 그야말로 나 혼자 다 했어요.

아이들을 기르는 것도, 가르치는 것도 모든 걸 내가……. 이번에도 볼루스 부인에게 편지를 써서 여자 가정교사를 불러왔어요……."

마리야 드미트리예브나는 자신의 근심 걱정과 노력과 어머니로서의 마음을 털어놓기 시작했다. 라브레츠키는 말없이 그녀의 얘기를 들으면서 두 손으로 모자를 빙빙 돌렸다. 그의 냉정하고 괴로운 눈길을 보고 한창 조잘대던 부인이 당황했다.

"그런데 리자를 어떻게 생각해요?" 그녀가 물었다.

"리자베타 미하일로브나는 참으로 훌륭한 처녀입니다." 라브레츠키는 이렇게 대답하고 자리에서 일어나 인사하고는 마르파 티모페예브나에게 갔다. 마리야 드미트리예브나는 못마땅한 눈으로 그의 뒷모습을 바라보며 '정말로 바다표범 같은 농군이야! 그의 아내가 왜 남편에게 충실하지 못했는지 이제야 알 만하군.' 하고 생각했다.

마르파 티모페예브나는 늘 함께 데리고 사는 식구들에게 둘러싸여 자신의 방에 앉아 있었다. 그 식구들이란 그녀에게는 거의 하나같이 친근한 다섯 존재였다. 깍깍 소리를 지르거나 물을 묻혀 가지고 다니지 않기 때문에 그녀의 사랑을 받는 모이주머니가 불룩한 길든 때까치, 조그마하고 몹시 겁이 많은 얌전한 강아지 로스카, 화를 잘 내는 고양이 마트로스, 가무잡잡한 얼굴에 눈이 크고 콧날이 뾰족한 아홉 살가량의 말괄량이 소녀 슈로치카 그리고 검은색 옷 위에 짧은 갈색 재킷을 걸치고 하얀 실내모를 쓴 나스타시야 카르포브나 오가르코바라는 이름의 초로의 여자였다. 슈로치카는 소시민의 딸로 완전히 고아였다. 마르파 티모페예브나는 슈로치카를 로스카와 마찬가지로 불쌍해서 집에 데려왔다. 그녀는 강아지도 계집애도 거리에서 발견했다. 둘 다 비쩍 마르고 굶주린 채가을비를 흠뻑 맞고 있었다. 로스카는 아무도 탐내지 않았고, 슈로치카는 그녀의 삼촌인 주정뱅이 구두장이가 오히려 좋아하며 마르파 티모페예브나에게 내맡겼다. 이 구두장이는 자신도 제대로 먹지 못한다며 조카딸을 잘 먹이지도 않았고, 구두골로 계집애의 머리를 때리곤 했다. 나스타시야 카르포브나와는 수도원에 기도드리러 갔다가 사귀었다. 마르파 티모페예브나 자신이 그녀에게 먼저 다가가(마르파 티모페예브나의 말에 따르면 그 여인이 아주 구수하게 기도를 해서 마음에 들었다는 것이다.) 차 한 잔 하러 오라고 집에 초대했던 것이다. 그날부터 그들은 헤어질 수 없는 사이가 되었다. 나스타시야 카르포브나는 아주 쾌활하고 성품이 유순한 여자로 아이 없는 과부였으며 가난한 귀족 출신이었다. 그녀는 둥그런 머리에 백발이었고, 보드라운 흰 손과 상냥하고 부드러운 표정의 큼직한 얼굴에 약간 우스꽝스러운 들창코를 하고 있었다. 그녀는 마르파 티모페예브나 앞에서 공손하게 행동했으며, 마르파 티모페예브나도 이따금 그녀의 연약한 마음을 놀리기는 했지만 그녀를 매우 사랑했다. 그녀는 젊은이들을 너무나 좋아했고, 순진한 농담에도 저도 모르게 마치 소녀처럼 얼굴을 붉혔다. 그녀의 재산은 통틀어 지폐로 1200루블이었다. 그녀는 마르파 티모페예브나에게 얹혀살고 있었지만 그녀와 대등하게 지냈다. 마르파 티모페예브나가 비굴한 태도를 용인하지 않기 때문이었다.

"오! 페댜!" 라브레츠키를 보자마자 마르파 티모페예브나가 말문을 열었다. "어제저녁에 넌 우리 식구들을 못 봤지. 자, 둘러보거라. 우리 모두 차를 마시려고 모였어. 이건 휴일에 마시는 두 번째 차란다. 모두 다 쓰다듬어 줄 수 있지만, 슈로치카만은 응하지 않을 거고 고양이는 할퀴려 들 거다. 넌 오늘 갈 거냐?"

"예, 오늘 갑니다." 라브레츠키는 낮고 조그만 의자에 걸터앉았다. "마리야 드미트리예브나와는 이미 작별 인사를 나누었습니다. 리자베타 미하일로브나도 만났고요."

"리자라고 불러라, 얘야. 도대체 미하일로브나가 다 뭐냐. 그런데 가만히 좀 있어라. 그러다간 슈로치카의 의자를 부숴 놓겠다."

"리자는 예배를 보러 가던데요." 라브레츠키가 말을 이었다. "정말로 그녀는 신자인가요?"

"그렇단다, 페댜. 신앙심이 아주 깊지. 너나 나보다 훨씬 돈독하단다."

"아니, 마님은 뭐 신자가 아닌가요?" 나스타시야 카르포브나가 속삭이듯이 말했다. "오늘도 오전 예배에는 안 가셨지만 저녁 예배에는 가실 거면서."

"아니, 안 갈 거야. 자네 혼자 가게나. 난 게으른 버릇이 생겼어." 마르파 티모페예브나가 대꾸했다. "차를 많이 마셔서 몸을 망쳤어." 마르파 티모페예브나는 나스타시야 카르포브나와 대등하게 지냈지만 그녀를 '자네'라고 불렀다. 마르파 티모페예브나의 성이 괜히 페스토프가 아닌 것이다. 이반 바실리예비치 뇌제(雷帝)의 과거장(過去帳)에는 페스토프가에서 세 명의 이름이 적혀 있었는데, 마르파 티모페예브나는 그것을 알았다.

"저, 한 가지 묻고 싶은데요." 라브레츠키가 다시 말문을 열었다. "방금 마리야 드미트리예브나가 말했는데…… 그 이름이 판신이라던가…… 도대체 어떤 사람인가요?"

"아이고, 웬 사람이 그렇게 말이 많을까!" 마르파 티모페예브나가 중얼거렸다. "아마 비밀이라면서 멋진 신랑감이 나타났다고 말했겠지. 그 사제의 아들하고 소곤대는 것 가지고는 부족했나 보구나. 다행스럽게도 아직은 별일 없어! 그런데 벌써 수다를 떨고 있으니."

"다행스럽다니, 왜죠?" 라브레츠키가 물었다.

"그 젊은이가 내 마음에 안 들기 때문이지. 그러니 무얼 기뻐하겠니?"

"그 사람이 마음에 안 드세요?"

"그럼, 그가 모두를 혹하게 만들 순 없지. 여기 있는 나스타시야 카르포브나가 자기한테 반한 것만 해도 그에겐 과분하지."

가련한 과부는 어쩔 줄 몰라 했다.

"그게 무슨 말씀이세요, 마르파 티모페예브나, 하느님이 무섭지도 않나요!" 그녀가 소리쳤지만, 그녀의 목과 얼굴은 순식간에 빨갛게 물들었다.

"그런데 그 사기꾼은 알거든." 마르파 티모페예브나가 그녀의 말을 가로막았다. "어떻게 하면 저 사람의 환심을 살 수 있는지 말이야. 그가 저이에게 담뱃갑을 선물했지. 페댜, 저 사람에게 담배 냄새를 맡아 보자고 부탁해 봐라. 담뱃갑이 얼마나 훌륭한지 볼 수 있을 게다. 뚜껑에는 말을 탄 경기병이 그려져 있지. 이봐 자네, 이제 변명하지 않는 게 좋을 거야."

나스타시야 카르포브나는 다만 두 손을 흔들어 댈 뿐이었다.

"그럼 리자는……." 라브레츠키가 물었다. "그 사람에게 관심이 없나요?"

"마음에 들어 하는 듯 보이더라만 그 애 마음을 누가 알겠니! 알다시피 남의 마음은 깜깜한 숲이지. 하물며 처녀의 마음이야. 여기 있는 슈로치카의 마음을 알아맞혀 봐요! 저 애가 왜 네가 온 뒤부터 숨어만 있고 나가질 않을까?"

슈로치카는 꾹 참고 있던 웃음을 터뜨리며 밖으로 뛰쳐나갔다. 라브레츠키는 자리에서 일어났다.

"그래요." 그가 띄엄띄엄 말했다. "처녀의 마음은 알 길이 없어요."

그는 작별 인사를 하기 시작했다.

"어떠냐? 곧 만날 수 있겠지?" 마르파 티모페예브나가 물었다.

"형편이 되는 대로 만날 수 있겠죠, 아주머님. 여기서 멀지 않으니까요."

"그래, 넌 바실리옙스코예로 가지. 라브리키에서 살고 싶지 않은 모양이구나. 그건 네가 알아서 할 일이지만 어머니 산소에는 꼭 절을 하고 오너라. 가는 길에 할머니 묘에도 들르고. 너는 저기, 외국에서 온갖 지식을 얻었겠지만, 그 사람들은 무덤 속에서 네가 성묘하러 오는 걸 느끼고 있는지도 모른다. 그리고 페챠, 글라피라 페트로브나를 위해 위령 미사를 올리는 걸 잊지 마라. 자, 여기 루블 한 장 있다. 받아 둬, 받아 두래도. 이건 내가 그녀의 위령 미사를 올리고 싶어서야. 살아 있을 땐 나도 싫어했지만 말할 나위 없이 강직한 여자였지. 똑똑했고, 네게 해를 끼치지도 않았어. 그럼 부디 잘 가거라. 이러다간 내게 싫증이 나겠다."

마르파 티모페예브나가 말하고 조카를 껴안았다.

"리자는 판신과 결혼하지 않을 테니 걱정하지 마라. 그 사람은 리자의 남편이 될 자격이 없다."

"예, 전 조금도 걱정하지 않아요." 라브레츠키가 대답하고 자리에서 물러났다.

18

네 시간쯤 지나 그는 집으로 가고 있었다. 그의 여행 마차는 폭신한 시골길을 쏜살같이 달렸다. 두 주일 동안이나 가뭄이 계속되고 있었다. 엷은 안개가 공중에 우유처럼 퍼져서 멀리 보이는 숲을 뒤덮었다. 이 때문인지 탄내가 풍겼다. 가장자리가 희미하고 거무스레한 무수한 구름장이 담청색 하늘을 기어 다녔다. 매우 세찬 바람이 바싹 마른 기류를 끊임없이 실어 왔지만 무더위를 몰아내지는 못했다. 라브레츠키는 머리를 쿠션에 기대고 팔짱을 긴 채, 반원을 그리며 스쳐 지나가는 밭뙈기며, 천천히 나타났다가 사라지는 버드나무며, 지나가는 마차와 쑥, 향쑥, 야생 마가목이 무성한 긴 논둑길을 생기 없고 미심쩍은 눈길로 힐끔힐끔 살피는 멍청한 까마귀들과 갈까마귀들을 바라보고 있었다. 이렇게 바라보고 있자니……이 신선하고 비옥한 시골 초원의 허허벌판과 푸른 초목, 긴 언덕, 땅딸막한 참나무들이 들어찬 골짜기, 잿빛의 자그마한 촌락, 드문드문 늘어선 자작나무, 오랫동안 보지 못했던 이 모든 러시아의 정경이 달콤한 동시에 거의 애수에 가까운 느낌을 그의 가슴에 불어넣었고, 뭔지 모를 기분 좋은 압박감을 느끼게 했다. 그의 상념은 느릿느릿 헤매고 있었다. 이 상념의 윤곽은 역시 하늘 높이 헤매고 있는 구름장들의 윤곽처럼 불분명하고 흐릿했다. 그는 자신의 어린 시절과 어머니를 회상했고, 어머니의 임종 때 모습과 사람들의 손에 이끌려 어머니에게 가서 머리를 어머니의 가슴에 꼭 대고 연약한 목소리로 막 울려다가 글라피라 페트로브나를 보고는 얼른 울음을 삼킨 일을 생각해 냈다. 그는 처음에는 활달하고 매사에 불평이 많고 큰 소리를 질러 댔지만, 나중에는 눈이 멀고 울보가 되었으며 꾀죄죄한 허연 턱수염을 기른 아버지를 회상했다. 어느 날 아버지가 식탁에 앉아 포도주를 좀 과하게 마시고 소스를 엎질러 냅킨을 더럽히고 나서, 갑자기 웃음을 터뜨리면서 아무것도 보지 못하는 눈을 깜박이고 얼굴을 붉히며 자신의 승리에 대해 이야기를 시작하던 일도 떠올랐다. 그는 바르바라 파블로브나를 떠올렸다. 그리고 순간적인 내면의 고통 때문에 사람들이 눈살을 찌푸리듯이, 그는 자신도 모르게 눈살을 찌푸리고 머리를 흔들었다. 이윽고 그의 상념은 리자에게 머물렀다.

'막 본격적인 인생에 들어서는 새로운 존재가 여기 있다.' 그는 생각했다. '훌륭한 아가씨인데, 대체 어떤 사람이 될까? 그녀는 용모도 아름답다. 해맑은 얼굴과 몹시 진지한 눈과 입술, 성실하고 순결한 눈길. 약간 열광적인 데가 있어 보이는 게 유감이야. 키도 근사하고 경쾌한 걸음걸이에 목소리도 조용하고. 그녀가 갑자기 걸음을 멈추고 미소도 없이 주의 깊게 귀를 기울이다가 깊은 생각에 잠겨 머리칼을 뒤로 젖히던 모습이 아주 마음에 들어. 정말 판신은 그녀의 남편이 될 자격이 없다는 생각이 들어. 그러나 판신의 뭐가 나쁘단 말인가? 그런데 내가 왜 이런 공상을 할까? 그녀도 사람들이 모두 달리는 오솔길을 달려갈 거야. 차라리 잠이나 자자.' 이렇게 생각하고 라브레츠키는 눈을 감았다.

그는 잠을 이룰 수 없었지만, 여행 중에 느끼는 몽롱한 마비 상태로 빠져들었다. 그의 마음속에 지난날의 형상이 아까처럼 느릿느릿 떠올라 다른 생각과 뒤엉켜 돌아갔다. 라브레츠키는 무슨 까닭인지 로버트 필[33]을…… 프랑스의 역사를…… 그리고 만약 자신이 장군이라면 어떻게 전투에서 승리할지를 생각하기 시작했다. 총성과 함성이 들리는 듯했

---

33) 1788~1850. 영국의 정치가로 영국 수상(1841~1846)을 지냈다.

다……. 머리가 옆으로 미끄러져 내리는 바람에 그는 눈을 떴다……. 똑같은 들판과 똑같은 초원의 정경. 물결치는 듯한 먼지 사이로 곁말[34]들의 반들반들하게 닳아 버린 편자가 교대로 반짝였다. 겨드랑이 밑에 빨간 천을 댄 마부의 노란 셔츠가 바람에 부풀어 올랐다……. '난 기분 좋게 고향으로 돌아가고 있구나.'라는 생각이 그의 머리에 퍼뜩 떠오르자 그는 "가자!" 하고 소리치고는 외투 앞깃을 여미고 쿠션에 몸을 푹 기댔다. 여행 마차가 덜커덩하는 바람에 그는 몸을 쭉 펴고 눈을 크게 떴다. 눈앞의 조그만 언덕 위에 그다지 크지 않은 마을이 펼쳐져 있었다. 약간 오른쪽에는 덧창이 닫혀 있고 비뚤어진 조그만 현관 계단이 달려 있는 낡은 지주의 집이 보였다. 넓은 마당 안에는 바로 대문에서부터 대마처럼 푸르고 무성한 엉겅퀴가 자라고 있었다. 또 참나무로 지은, 아직도 튼튼한 창고가 서 있었다. 이곳이 바로 바실리옙스코예였다.

마부는 대문 쪽으로 말을 돌려 멈춰 세웠다. 라브레츠키의 하인이 마치 뛰어내릴 듯이 마부석에서 엉거주춤 일어서서 "헤이!" 하고 소리쳤다. 개가 쉰 목소리로 둔탁하게 짖어 대는 소리가 들렸지만 개들조차 나타나지 않았다. 하인이 다시 뛰어내릴 준비를 하며 한 번 더 "헤이!" 하고 소리쳤다. 늙어 빠진 개가 짖는 소리가 다시 들려왔다. 곧이어 어디에서 나타났는지 난징 무명으로 만든 카프탄[35]을 입고 눈처럼 하얀 머리

---

34) 마차를 끄는 세 필의 말 중에서 양옆의 말을 일컫는다.
35) 러시아 농민들이 입는 옷자락이 긴 외투.

칼을 한 노인이 마당으로 뛰어나왔다. 그는 손으로 햇빛을 가리며 여행 마차를 한참 바라보다가 갑자기 두 손으로 넓적다리를 탁 치고 처음에는 잠시 그 자리에서 안절부절못하는 듯하더니 곧 대문을 열기 위해 달려 나왔다. 여행 마차는 바퀴로 엉겅퀴를 사각사각 깔아뭉개면서 마당 안으로 들어가 현관 계단 앞에 멈춰 섰다. 매우 날렵해 보이는 머리칼이 새하얀 노인은 어느새 계단 맨 아래에 두 발을 비스듬히 쩍 벌리고 서서 가죽을 위로 잡아 젖혀 마차의 앞 덮개를 열어 놓고는 주인이 땅에 내리는 것을 도와주면서 그의 손에 입을 맞추었다.

"잘 있었나, 잘 있었어?" 라브레츠키가 말했다. "자네 이름이 아마 안톤이었지? 아직 살아 있군그래?"

노인은 말없이 허리를 굽혀 인사하고 열쇠를 가지러 달려갔다. 그동안 마부는 머리를 옆으로 돌려 자물쇠가 채워진 문을 바라보며 꼼짝도 하지 않고 앉아 있었다. 라브레츠키의 하인은 마차에서 뛰어내려 한 손을 마부석에 척 올려놓고는 그야말로 그림 같은 자세를 취하고 있었다. 노인이 열쇠를 가져왔다. 그러고는 공연히 팔꿈치를 높이 쳐들고 마치 뱀처럼 몸을 꿈틀거리며 문을 열더니 옆으로 비켜서서 허리까지 머리를 수그려 또 인사했다.

'자, 이제 나는 집에 왔다. 이제 집으로 돌아왔어.' 라브레츠키가 아주 작은 현관으로 들어서면서 생각했다. 그사이에 덧창들이 덜거덕거리고 삐걱거리면서 잇달아 열리고, 텅 빈 방 안으로 한낮의 햇살이 스며들었다.

19

라브레츠키가 도착한 이 조그만 집은 이 년 전에 글라피라 페트로브나가 숨을 거둔 곳으로 지난 세기에 튼튼한 소나무로 지은 것이었다. 이 집은 매우 낡아 보였지만 오십 년 혹은 그 이상도 견딜 수 있었다. 라브레츠키는 방들을 다 둘러보고 나서, 등에 새하얀 먼지를 뒤집어쓴 채 중방(中枋) 밑에 꼼짝 않고 앉아 있던 맥 빠진 오래된 파리들에게는 몹시도 불안한 일이었지만, 사방의 문을 활짝 열어 놓으라고 명령했다. 글라피라 페트로브나가 사망한 이후로 아무도 창문을 열지 않았다. 집 안의 모든 것이 예전 그대로였다. 객실에 있는 다리가 가느다란 하얀 소파는 번들거리는 회색 단자(緞子)를 씌우고 닳아 빠진 데다 눌려 찌부러진 것이 예카테리나 시대를 생생하게 생각나게 했다. 객실에는 또한 여주인이 애용하던 등받이가 높고 곧은 안락의자도 있었다. 여주인은 늙어서도 이 등받이에 몸을 기대지 않았다. 벽 중앙에는 표도르의 증조부인 안드레이 라브레츠키의 오래된 초상화가 걸려 있었다. 어둡고 신경질적인 얼굴이 거뭇거뭇하고 뒤틀어진 배경과 잘 구분되지 않았다. 부은 듯한 축 늘어진 눈꺼풀 아래로 표독스러운 조그만 두 눈이 음울한 빛을 띠고 있었고, 머리 분을 바르지 않은 까만 머리칼이 주름투성이의 답답한 이마 위에 솔 모양으로 부풀어 올라 있었다. 초상화의 한쪽 구석에는 밀짚 꽃으로 만든 화환이 먼지가 뒤덮인 채 걸려 있었다. "글라피라 페트로브나가 손수 엮어 만드신 겁니다." 안톤이 보고했다. 침실에는 줄무늬가 난 아주 오래되고 질긴 천으로 만든 휘장 아래 좁은 침대가 우뚝 솟아 있었으며, 그 위에는 퇴색한 베개들이 수북이 쌓여 있고 얇은 누비이불이 놓여 있었다. 머리맡에는 성모궁입제(聖母宮入祭)의 성상(聖像)이 걸려 있었다. 이것은 늙은 처녀 글라피라 페트로브나가 모든 사람들에게 잊힌 채 홀로 죽어 가면서 이미 싸늘해진 입술로 마지막 입맞춤을 한 성상이었다. 창가에는 구리판과 울퉁불퉁한 거울이 붙어 있고 도금이 검게 변한, 나뭇조각을 하나하나 붙여 만든 조그만 경대가 놓여 있었다. 침실 옆에는 사면의 벽에 아무것도 달려 있지 않고 한구석에 육중한 성상 함이 놓인 작은 예배실이 있었는데 방바닥에는 촛농에 얼룩진 닳고 닳은 조그만 양탄자가 깔려 있었다. 글라피라 페트로브나는 그 위에서 머리가 바닥에 닿을 정도로 예배를 올리곤 했다. 안톤은 라브레츠키의 하인과 함께 마구간과 헛간을 열어 가고, 안톤 대신에 그와 거의 동갑처럼 보이는, 수건으로 눈썹 있는 데까지 머리를 잡아맨 노파가 나타났다. 노파의 머리는 흔들거렸고, 흐리멍덩한 눈에는 근면함과 말없이 봉사하는 오랜 습관, 이와 함께 뭔지 모를 정중한 연민 같은 것이 어려 있었다. 노파는 라브레츠키의 손에 입을 맞추고 분부를 기다리며 문가에 서 있었다. 그는 노파의 이름을 전혀 기억하지 못했고, 심지어 그녀를 언제 보았는지도 몰랐다. 알고 보니 노파의 이름은 아프락시야였다. 사십 년 전쯤에 글라피라 페트로브나가 주인집에서 내쫓아 가금(家禽)지기나 하라고 한 여자였다. 노파는 마치 늙어서 멍청해진 듯 별로 말이 없었고 비굴한 눈빛을 띠고 있었다.

이 두 늙은이와 안톤의 증손자인 긴 루바시카를 입은 올챙이 배의 세 아이들 외에도 세금을 면제받은 외팔이 농군이 여기에 살고 있었다. 그는 멧닭처럼 중얼중얼대고 아무것도 할 수 없는 사람이었다. 라브레츠키의 귀향을 짖어 대며 맞이한 늙은 개가 이 농군보다 훨씬 유익했다. 이 개는 거의 십 년 가까이 글라피라 페트로브나의 지시로 구입한 무거운 사슬에 매여 간신히 몸뚱이나 움직이며 무거운 짐을 끄는 게 고작이었다. 집을 돌아보고 정원으로 나간 라브레츠키는 거기서 만족감을 느꼈다. 정원에는 잡초와 우엉과 구스베리와 딸기가 무성했으나, 그늘진 곳도 많았고 거대하고 이상하게 뻗은 가지로 사람들을 놀라게 하는 오래된 피나무도 많았다. 피나무들은 아주 촘촘하게 심어져 있었고 한 백 년 전쯤에 가지치기를 한 것이었다. 정원은 키가 큰 불그스레한 갈대들이 가장자리에 우거진 자그마한 맑은 못으로 끝이 났다. 사람이 살던 흔적은 아주 빨리 사라지는 법이다. 글라피라 페트로브나의 저택은 아직 완전히 황폐해지지는 않았으나 인간의 근심과 불안이 스며들지 않은 땅에서 모든 것이 이미 고요한 정적 속에 푹 잠겨 있는 듯이 보였다. 표도르 이바니치는 마을도 둘러보았다. 아낙들은 오두막 문턱에서 손으로 뺨을 괴고 그를 바라보았다. 농군들은 허리 굽혀 인사하고 아이들은 저만치 달아났으며 개들은 무관심하게 짖어 댔다. 마침내 그는 시장기를 느꼈다. 그러나 다른 하인들과 요리사는 저녁녘에나 올 예정이었다. 식료품을 실은 짐마차도 아직 라브리키에서 오지 않았다. 할 수 없이 안톤에게 부탁해야 했다. 안톤은 그 즉시 일을 처리했다. 그는 늙은 암탉을 붙잡아서 목을 따 죽이고 털을 뽑았다. 아프락시야는 속옷을 빨듯이 오랫동안 그것을 비비고 닦고 문지른 후에 냄비에 집어넣었다. 마침내 닭이 푹 삶아지자 안톤은 식탁을 깨끗이 차리고, 그 위에 다리가 셋 달리고 도금이 거뭇거뭇해진 소금 그릇과 둥그런 유리 마개와 목이 좁은 컷글라스 물병을 가져다 놓았다. 그러고는 노래 부르는 듯한 목소리로 식사가 준비되었다고 보고하고, 자기는 오른손에 작은 수건을 감은 채 삼나무 냄새 비슷한 고리타분하고 독한 냄새를 풍기며 그의 의자 뒤에 자리했다. 라브레츠키는 수프 맛을 보고 닭을 끄집어냈다. 닭 껍질은 온통 굵은 뾰루지 투성이고 두 다리에는 굵은 힘줄이 뻗어 있었다. 또 살은 나무처럼 질기고 잿물 냄새가 났다. 식사를 끝낸 후 라브레츠키가 "가능하면 차를 마시고 싶은데……." 하고 말을 꺼내자 "금방 내오겠습니다." 하고 노인이 그의 말을 막았다. 노인은 약속을 지켰다. 붉은 종잇조각에 싸 두었던 한 줌의 차와 작지만 요란한 소리를 내며 물이 끓는 사모바르,[36] 다 녹아 버린 듯이 보이는 아주 작은 설탕 조각들이 발견되었다. 라브레츠키는 커다란 찻잔으로 차를 실컷 마셨다. 그는 어릴 때부터 이 찻잔을 기억했다. 찻잔에는 카드 무늬가 그려져 있었는데, 손님들만 이 찻잔으로 차를 마셨다. 그래서 그도 손님처럼 이 찻잔으로 차를 마셨다. 저녁 무렵에 하인들이 도착했다. 라브레츠

---

36) 러시아 전래의 특유한 주전자. 구리, 은, 주석 따위로 만드는데 중앙에 상하로 통하는 관이 있어 그 속에 숯불을 넣어 물을 끓인다.

키는 고모의 침대에서 자고 싶지 않아서 식당에 자기 잠자리를 챙기라고 지시했다. 촛불을 끄고 나서도 그는 오랫동안 사방을 둘러보며 불쾌한 생각에 잠겼다. 오랫동안 사람이 살지 않던 곳에서 처음으로 밤을 나게 되는 사람이라면 누구에게나 들게 마련인 이상하고 낯선 감정을 느낀 것이다. 그에게는 사방에서 자신을 에워싼 어둠이 새로운 거주자를 낯설어하고, 집 안의 벽까지 당황한 듯이 느껴졌다. 마침내 그는 한숨을 푹 내쉬고는 이불을 뒤집어쓰고 잠이 들었다. 안톤은 누구보다도 늦게까지 일했다. 그는 오랫동안 아프락시야와 소곤거리면서 목소리를 낮추어 탄식하고 두 번쯤 십자를 긋기도 했다. 그 두 사람은 잘 꾸며진 저택이 딸린 아주 훌륭한 영지가 지척에 있는데 주인이 자기네가 사는 바실리옙스코예를 방문하리라고는 생각조차 못 했던 것이다. 라브리키에 있는 바로 그 저택이 라브레츠키에게는 혐오스러운 것임을 그들은 전혀 알아채지 못했다. 그 저택은 그에게 고통스러운 추억을 불러일으켰다. 실컷 수군거리고 난 안톤은 막대기를 집어 들어 헛간 앞에 오랫동안 조용히 달려 있던 판자를 두드리고는 백발이 성성한 머리를 그냥 내놓은 채로 마당에 웅크리고 잠이 들었다. 오월의 밤은 고요하고 따사로워 노인은 달콤하게 잠을 잤다.

20

다음 날 라브레츠키는 아주 일찍 일어나서 촌장과 잠시 이야기하고, 곡식 창고에도 들르고, 집 지키는 개의 쇠사슬을 풀어 주라고 지시하기도 했다. 이 개는 몇 번 짖기만 했고, 심지어 개집에서 나오지도 않았다. 집에 돌아온 그는 평온하고 무감각한 상태에 빠져 온종일 헤어나지 못했다. "이제 나는 강바닥에 떨어졌다." 그는 몇 번이나 혼잣말을 했다. 마치 자신을 에워싼 조용한 생활의 흐름과 인적이 드문 시골에서 이따금 들리는 소리에 귀를 기울이는 듯 그는 꼼짝도 하지 않고 창 밑에 앉아 있었다. 엉겅퀴 바로 뒤 어딘가에서 누군가가 가늘다가는 목소리로 노래를 부르고, 그 노래에 맞장구라도 치는 듯한 모깃소리가 노래가 멎은 후에도 계속 앵앵거렸다. 집요하고 애처롭게 윙윙대는 파리 소리 사이로 계속 머리를 천장에 딱딱 부딪치는 살찐 호박벌의 붕붕거리는 소리가 들려온다. 거리에서는 수탉이 쉰 목소리로 마지막 가락을 길게 뽑으며 울었다. 덜거덕거리는 짐마차 소리가 나고, 마을에서는 대문들이 삐걱거린다. "뭐야?" 갑자기 아낙네의 날카로운 목소리가 울렸다. "아이고, 요 귀여운 녀석!" 안톤이 두 살짜리 계집아이를 두 팔에 안고 달래면서 하는 말이다. "크바스를 가져와." 아낙네의 목소리가 다시 들리고, 갑자기 쥐 죽은 듯한 정적이 깃든다. 아무런 소리도 들리지 않고, 무엇 하나 움직이는 것도 없다. 잎새 하나 바람에 살랑이지 않는다. 제비들은 꼬리를 물고 소리도 없이 땅을 스치며 날아다닌다. 소리 없이 날아다니는 제비들을 보니 마음이 슬퍼진다. '이제 나는 강바닥에 떨어졌다.' 라브레츠키가 또 생각한다. '여기에서 생활은 언제 어느 때나 조용하고 느리다. 이 생활의 고리에 들어서는 사람은 이 생활을 따라야 한다. 여기서는 흥분할 필요도 없고 소란을 일으킬 일도 없다. 여기서는 농부가 쟁기로 고랑을 갈듯이 서두르지 않고 자신의 오솔길을 개척해 나가는 사람만이 성공한다. 그런데 이 주위에는 얼마나 힘이 넘치고, 이 무위(無爲)의 고요 속에는 얼마나 건강이 흘러넘치는가! 바로 여기, 창 밑의 무성한 풀밭에서 뿌리가 굵은 우엉이 기어오른다. 그 위에 땅두릅나물이 싱싱한 줄기를 뻗고 있고, 그보다 더 위에는 '성모의 눈물'이라는 풀이 장밋빛 곱슬 털을 힘껏 내밀고 있다. 그리고 저기 좀 더 멀리 떨어진 밭에는 호밀이 반들거리고, 귀리는 이미 성숙해 조그만 파이프 모양을 하고 있고, 나무 잎사귀들과 풀잎은 모두 퍼질 대로 퍼져 있다. 여자의 사랑을 얻기 위해 내 좋은 시절이 흘러갔다.' 라브레츠키가 계속해서 생각한다. '이곳의 권태가 날 깨우고, 내 마음을 안정시키고, 내가 서두르지 않고 일을 할 수 있도록 준비시켜 주면 좋으련만.' 그리고 그는 아무것도 기대하지 않는 동시에 끊임없이 무언가를 기대하는 듯이 정적에 다시 귀를 기울이기 시작한다. 사방에서 정적이 그를 감싸고, 태양은 잔잔한 푸른 하늘에서 조용히 떠가고, 구름도 조용히 흘러간다. 구름은 자기가 어디로, 왜 흘러가는지 아는 듯싶다. 바로 이 시각에 지상의 다른 장소에서는 생활이 들끓고 사람들은 서두르며 시끄러운 소리를 내는데, 여기서는 똑같은 생활이 늪의 풀 위를 흐르는 물처럼 소리 없이 흘렀다. 라브레츠키는 저녁때까지도 이 지나가는, 흘러가는 생활에 대한 관조에서 벗어날 수 없었다. 지나간 날에 대한 애수는 그의 마음속에서 봄날의 눈처럼 녹아내렸다. 이상

한 일이었다! 그는 이처럼 깊고 강렬하게 고향을 느껴 본 적이
한 번도 없었다.

21

　두 주일 동안에 표도르 이바니치는 글라피라 페트로브나
의 조그만 집을 정리 정돈 하고 마당과 정원을 깨끗이 치웠다.
라브리키로부터 편리한 가구들이 실려 오고, 시내에서는 술
과 책과 잡지를 가져왔다. 마구간에는 말들이 나타났다. 한마
디로 그는 필요한 모든 것을 갖추어 놓고, 지주도 아니고 은둔
자도 아닌 생활을 하기 시작했다. 그는 하루하루를 단조롭게
보냈고 아무도 만나지 않았지만, 따분하지 않았다. 그는 성실
하고 세심하게 영지를 돌보았으며, 말을 타고 주변을 돌아다
니기도 하고 책을 읽기도 했다. 그러나 책을 많이 읽지는 않았
다. 안톤 노인의 이야기를 듣는 일이 더 즐거웠던 것이다. 보통
라브레츠키는 담배를 채워 넣은 파이프와 냉차가 담긴 찻잔
을 들고 창 쪽을 향해 앉아 있곤 했다. 그러면 안톤은 문가에
뒷짐을 지고 서서 귀리와 호밀을 되가 아닌 커다란 자루에 담
아서 한 자루에 2코페이카나 3코페이카씩 받고 팔았던 먼 옛
날, 그 전설적인 시대의 이야기를 느릿느릿 시작했다. 그 시절
에는 사방에, 심지어는 도시 부근에까지 사람이 지나다닐 수
없는, 개간되지 않은 초원이 펼쳐져 있었다는 것이다. "그런데
지금은……." 이미 여든이 넘은 노인이 투덜댔다. "몽땅 나무

를 베어 버리고 땅을 일궈 놔서 지나다닐 길도 없습지요." 또한 안톤은 자기가 모시던 마님 글라피라 페트로브나에 대해서도 많은 이야기를 했다. 안톤은 그녀가 아주 세심하고 검소했다느니, 이웃에 사는 어떤 젊은이가 알랑거리면서 자주 그녀를 찾아왔다느니, 그녀도 이 젊은이를 위해 적자색의 리본을 단 나들이 모자에 가벼운 능라(綾羅)로 만든 노란 옷을 입기까지 했는데, 후에 그 이웃집 양반이 불손하게도 "마님 재산이 얼마나 되지요?"라고 묻는 바람에 엄청 화를 내고 그 사람을 집에 들이지 말라고 했다느니, 바로 그즈음에 당신이 죽으면 아무리 작은 걸레 조각이라도 모두 표도르 이바니치에게 주라고 지시했다는 등등의 이야기를 했다. 실제로 라브레츠키는 적자색의 리본이 달린 나들이 모자와 가벼운 능라로 만든 노란 옷을 비롯해 고모의 살림 도구 일체를 발견했다. 낡아 빠진 책 한 권 이외에 라브레츠키가 기대했던 고문서나 흥미 있는 서류들은 하나도 없었다. 이 낡아 빠진 책에는 그의 할아버지인 표트르 안드레이치가 "상트페테르부르크에서 알렉산드르 알렉산드로비치 프로조롭스키 공작 각하께서 터키 제국과 체결한 강화 조약[37]을 경축함."이라고 써넣은 글이 있는가 하면, "이것은 성 삼위일체 쥐보나찰리나냐 교회의 주사제(主司祭)인 페오도르 아프크센티예비치가 장군 부인 프라스코비야 표도로브나 살트이코바에게 준 것임."이라는 주석이

---

37) 1774년 7월 14일 러시아와 터키 사이에 체결된 쿠츄크·카이나르지 조약을 말한다. 프로조롭스키는 터키와의 전쟁에 참여한 장군이다.

붙은 가슴앓이에 좋은 탕약 처방을 써넣기도 했고, "프랑스의 호랑이들에 대해 웬일인지 말이 없다." 같은 정치 뉴스와 함께 "모스크바 통보(通報)에 일등 소령 미하일 페트로비치 콜리체프 씨가 사망했다는 보도가 났다. 표트르 바실리예비치 콜리체프의 아들이 아닐까?"라고 써넣은 글도 있었다. 또한 라브레츠키는 낡은 달력 몇 개와 해몽서와 암보지크[38] 씨의 신비로운 저서도 발견했다. 오래전에 잊었지만 낯익은 『상징과 표장』은 그의 마음에 많은 추억을 불러일으켰다. 글라피라 페트로브나의 경대에서 라브레츠키는 조그만 검은 리본으로 싸매고 검은 봉랍(封蠟)으로 봉해서 서랍 맨 안쪽에 넣어 둔 조그만 꾸러미를 발견했다. 꾸러미 속에는 부드러운 고수머리가 이마 위로 흘러내리고 길고 지친 듯한 눈에 입을 반쯤 벌리고 있는 청년 시절의 아버지를 파스텔로 그린 초상화와 하얀 옷을 입고 하얀 장미를 손에 든 창백한 여인, 즉 그의 어머니의 거의 지워져 버린 초상화가 마주 접혀 놓여 있었다. 글라피라 페트로브나 자신은 결코 자기 초상화를 그리게 하지 않았다. "표도르 이바니치 나리." 안톤이 라브레츠키에게 말하곤 했다. "비록 소인이 그 무렵에 주인댁에서 살지는 않았지만 나리의 증조부인 안드레이 아파나시예비치를 잘 기억하고 있습지요. 그분이 돌아가셨을 때 제 나이가 열여덟이었습니다. 한번은 제가 정원에서 그분을 뵈었는데 무서워서 무릎이 와들와들 떨릴 정도였지요. 나리는 아무 말씀도 안 하시고 다만 이름이

---

38) 1744~1812. 의사이며 산부인과 교수로 문학 활동도 했다.

뭐냐고 물어보시고는 방에 가서 손수건을 가져오라고 하셨지요. 정말로 무서운 걸 모르는 진짜 나리셨어요. 지금이니까 말합니다만, 나리 증조부께서는 참으로 이상한 부적 주머니를 가지고 계셨답니다. 아토스산에서 온 수도사가 선물한 것이었습니다. 수도사는 그 어른께 부적 주머니를 주면서 '나리, 친절하게 대해 주신 보답으로 이걸 드립니다. 몸에 지니고 다니시면 어떠한 심판도 무섭지 않으리다.'라고 말했답니다. 하기야 나리도 아시다시피 당시는 그런 시절이었고, 나리께서 마음만 먹으면 무슨 일이든 할 수 있었지요. 이따금 나리들 중에서 누가 그 어른 말씀을 거역할 생각이라도 하면, 그분은 힐끔 그 사람을 쳐다보며 '시시한 놈들.' 하고 말씀하시곤 했는데, 그분은 이 말을 가장 즐겨 사용했습죠. 그리고 그분, 돌아가신 나리의 증조부님은 조그만 목조 가옥에서 사셨지만 참으로 많은 재물을 남기고 돌아가셨지요. 움이란 움은 은과 온갖 저장물로 가득가득 차 있었어요. 진짜 훌륭한 주인 나리였습죠. 나리가 칭찬하신 그 물병도 그 어른의 것으로 거기에다 보드카를 마시곤 했습니다. 그리고 주인님의 조부인 표트르 안드레이치는 석조 건물을 지으셨지만 재물을 모으진 못하셨지요. 그분의 일은 모두 수포로 돌아가고, 살림살이도 나리의 아버님보다 못했으며, 무엇 하나 만족을 얻지 못하셨고, 그러고도 돈이란 돈은 모두 써 버렸으니 그분에 대해서는 할 말도 없습죠. 은 숟가락 하나 안 남았더랬는데, 그래도 글라피라 페트로브나가 그분을 돌봐 주셨으니 그저 고마울 따름이지요."

"그런데 정말인가?" 라브레츠키가 안톤의 말을 가로막았다.

"그녀를 늙은 잔소리쟁이라고 불렀다는 게?"

"아니, 누가 그런 소릴?" 안톤이 불만스럽게 대꾸했다.

"그런데 나리." 한번은 노인이 작심을 하고 물어보았다. "마님께서는 어디에 머무르고 계시는지요?"

"난 아내와 헤어졌네." 라브레츠키가 간신히 말했다. "아내에 대해선 묻지 말아 주게나."

"알겠습니다." 노인이 우울하게 말했다.

삼 주일이 지난 후 라브레츠키는 말을 타고 O시의 칼리틴가를 방문해 하루저녁을 보냈다. 렘도 거기에 있었다. 라브레츠키는 그가 매우 마음에 들었다. 비록 아버지 덕택으로 어떤 악기도 다룰 줄 몰랐지만 라브레츠키는 음악을, 진지한 고전 음악을 열렬히 좋아했다. 판신은 그날 저녁에 그곳에 오지 않았다. 도지사가 그를 교외 어딘가로 보냈던 것이다. 리자 혼자서 아주 명쾌하게 연주했다. 렘은 신명이 나서 활기를 띠고 종이를 돌돌 말아서 지휘했다. 마리야 드미트리예브나는 처음에는 그를 바라보며 웃다가 이윽고 잠을 자러 갔다. 그녀의 말에 따르면 베토벤은 그녀의 신경을 너무 흥분시킨다는 것이다. 한밤중에 라브레츠키는 렘을 집에 바래다주고 그의 집에 새벽 3시까지 앉아 있었다. 렘은 말을 많이 했다. 그의 구부정한 등이 쭉 펴졌고, 눈도 더 커지고 반짝이기 시작했다. 머리칼도 이마 위에 약간 부풀어 있었다. 벌써 오랫동안 아무도 그에게 관심을 기울이지 않았다. 그런데 라브레츠키가 그에게 관심을 갖고 세심하고 주의 깊게 이것저것 캐물었던 모양이다. 노인은 이 점에 감동했다. 결국 그는 손님에게 자기 작품을 보여 주고 연주했으며, 심지어 자기 작품 중에서 몇 토막을 전혀 생기 없는 목소리로 불러 보기까지 했다. 그중에는 그가 실러의 발라드 「프리돌린」[39]의 전장(全章)에 곡을 붙인 것도 있었다. 라브레츠키는 그를 칭찬하고 어떤 것은 반복하도록 했으며, 떠나면서 며칠간 자기 집에 손님으로 와 달라고 그를 초청했다. 길거리까지 그를 배웅하러 나온 렘은 즉시 승낙하고 그의 손을 굳게 잡았다. 막 날이 밝아 오는 새벽녘의 신선하고 축축한 야외에 혼자 남게 되자 그는 사방을 한번 둘러보고는 가느다랗게 실눈을 뜨고 몸을 움츠리더니 마치 죄지은 사람처럼 허둥지둥 자기 방으로 들어갔다. "내가 제정신이 아니군." 딱딱하고 짧은 침대에 누우며 그가 중얼거렸다. 며칠 후 라브레츠키가 마차를 타고 그를 데리러 왔을 때, 그는 몸이 아프다고 말하려고 했으나 표도르 이바니치는 그의 방에까지 들어와서 그를 설득했다. 라브레츠키가 특별히 그를 위해 시내에서 자기가 사는 시골로 피아노를 가져오게 했다는 사실이 무엇보다도 강하게 렘의 마음을 움직였다. 두 사람은 칼리틴가로 가서 저녁을 보냈으나 지난번처럼 즐겁지는 않았다. 그 자리에 있던 판신이 여행에 대해 많은 이야기를 했고 자기가 본 지주들을 아주 멋있게 흉내 내고 묘사했다. 라브레츠키는 웃기도 했지만 렘은 구석에 틀어박혀서 아무 말도 안 했고, 마치 거미처럼 온몸을 조용히 흔들며 우울하고 무뚝뚝하게 바라보다

---

39) 1797년에 실러가 쓴 발라드 "Der Gang nach dem Eisenhammer"를 말한다.

가 라브레츠키가 작별 인사를 하자 그제야 활기를 띠었다. 노인은 마차에 올라타고 나서도 수줍어했고 몸을 잔뜩 웅크렸다. 그러나 고요하고 따사로운 대기, 가벼운 산들바람, 엷은 그림자, 풀과 자작나무 새싹들의 향기, 달도 없이 별만 가득한 하늘의 부드러운 빛, 규칙적으로 들려오는 말굽 소리와 말들이 콧김을 내뿜는 소리, 여행과 봄과 밤의 이 온갖 매력이 이 가련한 독일인의 마음속으로 스며들었다. 그래서 그는 자기가 먼저 라브레츠키에게 말을 걸었다.

22

그는 음악에 대해, 리자에 대해, 그리고 다시 음악에 대해 이야기하기 시작했다. 리자에 대해 이야기할 때는 더 천천히 말하는 것 같았다. 라브레츠키는 그의 작품으로 화제를 돌려 농담 삼아 그를 위해 가극 대본을 써 주겠다고 제안했다.

"흠, 가극 대본이라고요!" 렘이 대꾸했다. "아뇨, 리브레토는 내게 맞지 않아요. 내게는 가극에 꼭 필요한 생기발랄함과 상상의 유희가 없어요. 난 이미 힘을 잃어버렸습니다……. 그러나 내가 아직도 무언가를 할 수 있다면 로맨스로 만족할 겁니다. 물론 좋은 가사가 있었으면 합니다만……."

그는 말을 멈추고 오랫동안 꼼짝 않고 앉아서 눈을 들어 하늘을 바라보았다.

"예를 들면……." 그가 마침내 입을 열었다. "오, 그대 별들이

232

여, 순결한 별들이여……! 뭔가 이런 것 말입니다."

라브레츠키는 슬쩍 그를 향해 얼굴을 돌리고 그를 바라보기 시작했다.

"그대 별들이여, 순결한 별들이여." 렘이 되뇌었다……. "그대들은 올바른 자, 죄 있는 자를 하나같이 비추어 주건만…… 마음 순진한 자만이, 혹은 뭔가 순수한 것만이 그대들을 이해하리라, 아니 그게 아니라, 그대들을 사랑하리라. 하지만 나는 시인이 아니니 어림도 없어라! 그러나 뭔가 이와 같은 것, 뭔가 고상한 것……."

렘은 중절모를 뒤로 젖혔다. 환한 밤의 엷은 어스름 속에 그의 얼굴은 더 창백하고 더 젊어 보였다.

"그대들 또한……." 그가 점점 낮아지는 목소리로 계속했다. "그대들은 누가 사랑하고, 누가 사랑할 수 있는지 아네. 그건 그대들, 순결한 그대들만이 위로할 수 있기 때문이야……. 아니, 이건 전혀 아니야! 나는 시인이 아닙니다." 그가 말했다. "그러나 무언가 이와 같은 것……."

"나도 시인이 아닌 게 유감입니다." 라브레츠키가 한마디 했다.

"시시한 공상이지요!" 렘이 이렇게 대꾸하고 마차 한쪽 구석에 몸을 파묻었다. 그는 잠을 자려는 듯이 두 눈을 감았다.

몇 분이 지났다……. 라브레츠키는 귀를 기울였다……. "별들이여, 순결한 별들이여, 사랑이여." 노인이 소곤댔다.

'사랑이라.' 라브레츠키는 마음속으로 이 말을 되뇌고 생각에 잠겼다. 그는 마음이 무거워지기 시작했다.

"당신은 「프리돌린」에 훌륭한 곡을 붙였더군요, 흐리스토포르 표도리치." 라브레츠키가 큰 소리로 말했다. "그런데 어떻게 생각하세요, 이 프리돌린은 백작이 그를 아내에게 데려간 후에 곧 그 자리에서 부인의 애인이 되었죠, 그렇죠?"

 "당신이 그렇게 생각하시는 건……." 렘이 대꾸했다. "아마도 경험에서……." 그는 당황해서 갑자기 입을 다물고는 외면했다. 라브레츠키는 억지웃음을 짓고는 역시 얼굴을 돌려 길을 쳐다보기 시작했다.

 마차가 바실리옙스코예의 조그만 집 현관에 도착했을 때, 별들은 이미 희미해지기 시작했고 하늘은 잿빛이었다. 라브레츠키는 준비해 둔 방으로 손님을 안내하고 서재로 돌아와 창가에 앉았다. 정원에서는 꾀꼬리가 동트기 전에 마지막 노래를 부르고 있었다. 라브레츠키는 칼리틴의 정원에서도 꾀꼬리가 울던 걸 회상했다. 그는 리자의 조용한 눈의 움직임을 떠올렸다. 꾀꼬리의 첫 울음소리를 들었을 때, 그들은 어두운 창문을 바라보았다. 리자에 대해 생각하기 시작하자 그는 마음이 평온해졌다. "순결한 처녀여……." 그가 나직한 목소리로 중얼거렸다. "순결한 별들이여……." 그는 미소를 지으며 이 말을 덧붙이고는 조용히 잠자리에 들었다. 한편 렘은 무릎 위에 악보를 놓고 자기 침대에 오랫동안 앉아 있었다. 전례 없는 달콤한 선율이 막 떠오를 것만 같았다. 그는 벌써 마음을 불태우고 흥분하고 있었으며, 이미 나른함과 다가오는 선율의 달콤함을 느끼고 있었다……. 그러나 그 선율은 끝내 떠오르지 않았다…….

"나는 시인도 음악가도 아니다!" 그는 결국 이렇게 중얼거렸다…….

그리고 그는 지친 머리를 무거운 듯이 베개에 파묻었다.

23

다음 날 아침에 주인과 손님은 정원의 늙은 피나무 밑에서 차를 마셨다.

"음악가 선생!" 라브레츠키가 지나가는 말로 말했다. "당신은 곧 장중한 칸타타를 작곡해야 되겠군요."

"무슨 일로요?"

"판신 씨와 리자의 결혼식을 위해서죠. 어제 그가 리자에게 구혼하는 걸 눈치채지 못했나요? 그들의 일은 만사가 순조롭게 되어 가는 것 같던데요."

"절대 그럴 리 없습니다!" 렘이 소리쳤다.

"왜죠?"

"그건 있을 수 없는 일이기 때문입니다. 그러나……." 그가 잠시 후에 덧붙여 말했다. "세상에는 모든 게 가능하죠, 특히 여기 당신네 나라 러시아에서는."

"러시아 이야기는 나중에 하기로 하지요. 그런데 당신은 이 결혼에서 무엇이 문제라고 생각하나요?"

"모든 게 문제입니다, 모든 게. 리자베타 미하일로브나는 정의롭고 진지하고 고상한 감정을 가진 처녀지만 그는…… 그는 한마디로 말해 딜-레-탕트입니다."

"그러나 리자가 그 사람을 사랑하지 않나요?"

렘은 벤치에서 일어났다.

"아닙니다. 사랑하지 않아요. 다시 말하자면 그녀는 마음이 너무 순결해서 사랑한다는 것이 무언지 몰라요. 폰 칼리틴 부인이 그녀에게 그가 좋은 청년이라고 말하고, 그녀는 폰 칼리틴 부인의 말을 따르는 겁니다. 그녀는 열아홉 살이라고 해도 아직도 완전히 어린애이기 때문입니다. 아침저녁으로 기도하는 건 정말 칭찬할 만한 일이지요. 그러나 그녀는 그를 사랑하지 않아요. 그녀는 아름다운 것만을 사랑할 수 있는데, 그는 아름답지 못합니다. 그의 마음은 아름답지 못해요." 렘은 잰 걸음으로 차 테이블 앞을 왔다 갔다 하고 눈으로 재빨리 땅을 훑어보면서 조리 있고 열렬하게 말했다.

"친애하는 음악가 선생!" 갑자기 라브레츠키가 소리 높여 말했다. "당신이 내 조카를 사랑한다는 생각이 드네요."

렘은 갑자기 멈추어 섰다.

"제발……." 그가 머뭇거리는 목소리로 말하기 시작했다. "그렇게 날 조롱하지 마십시오. 난 미친 사람이 아닙니다. 난 장밋빛 미래가 아니라 어두운 무덤을 바라보고 있어요."

라브레츠키는 노인이 측은해지기 시작했다. 그래서 그는 노인에게 용서를 빌었다. 차를 마신 후 렘은 그에게 칸타타를 연주해 주었으며 점심때에는 라브레츠키가 부추기자 다시 리자에 대해 이야기했다. 라브레츠키는 주의 깊게 호기심을 가지고 그의 이야기를 들었다.

"어떻게 생각하십니까? 흐리스토포르 표도리치." 마침내 그가 말했다. "이제는 우리 집도 모든 게 정리된 듯하고 정원에도 꽃이 만발했는데……. 하루쯤 그녀를 여기로 초대하면 어떨까요? 그녀의 어머니와 내 늙으신 아주머님과 함께 말입니다. 어때요? 이 일이 당신에게 유쾌할까요?"

렘은 접시 위에 고개를 숙였다.

"초대하십시오." 그가 겨우 알아들을 수 있는 목소리로 말했다.

"그런데 판신은 초대할 필요가 없겠죠?"

"필요 없지요." 노인이 거의 어린아이 같은 미소를 띠며 말했다.

이틀이 지나서 표도르 이바니치는 칼리틴가를 방문하러 시내로 향했다.

24

칼리틴가에 가 보니 모두 집에 있었지만, 그는 자기 계획을 그 즉시 그들에게 알리지 않았다. 그는 먼저 리자와 단둘이 이야기하고 싶었다. 다행히도 기회가 생겨, 그들 둘만 응접실에 남게 되었다. 그들은 이야기에 열중했다. 그녀는 이미 그에게 익숙해져 있었다. 대체로 그녀는 아무도 꺼리지 않았다. 라브레츠키는 그녀의 얼굴을 응시하며 그녀의 말에 귀를 기울였고, 마음속으로 렘의 말을 되뇌고 그의 생각에 동의했다. 이미 안면은 있으나 서로 친하지 않던 두 사람이 갑자기 순식간에 친해지는 경우가 이따금 있다. 이러한 친근함은 서로의 눈길, 우정 어린 은근한 미소와 동작에서 금방 나타난다. 라브레츠키와 리자의 경우가 바로 그랬다. '바로 이런 분이구나.' 하고 리자는 정답게 그를 바라보며 생각했고, 라브레츠키도 '바로 이런 처녀구나.' 하고 생각했다. 그래서 그는 리자가 약간 말을 더듬으면서 오래전부터 무언가 하고 싶은 말이 마음속에 있지만 화를 내실까 봐 두렵다고 말했을 때 그다지 놀라지 않았다.

"두려워 말고 말하세요." 그는 이렇게 말하고 그녀 앞에 멈추어 섰다.

리자가 맑은 눈을 들어 그를 바라보았다.

"당신은 참 좋은 분이신데……." 그녀는 말문을 열고 동시에 '그래, 이분은 정말 좋은 분이야…….' 하고 생각했다. "죄송해요, 제가 감히 이런 이야기를 해서는 안 되는데…… 그런데 당신은 어떻게 그러실 수가…… 왜 부인하고 헤어지셨어요?"

라브레츠키는 몸을 한 번 움찔하고는 리자를 바라보고 그녀 곁에 앉았다.

"아가씨." 그가 말문을 열었다. "제발 그 상처는 건드리지 말아요. 당신의 손은 부드럽지만 그래도 나는 고통스럽답니다."

"전 알아요." 그의 말을 못 들은 듯이 그녀가 계속해서 말했다. "부인은 당신께 잘못했어요. 전 부인의 잘못을 정당화하고 싶지는 않아요. 그러나 하느님이 맺어 준 것을 어떻게 갈라 놓을 수 있나요?"

"이 점에서 우리의 신념은 너무나 다릅니다, 리자베타 미하일로브나." 라브레츠키가 아주 날카롭게 말했다. "우린 서로를 이해하지 못할 겁니다."

리자는 얼굴이 창백해졌다. 그녀는 온몸을 가볍게 떨었지만 입을 다물지는 않았다.

"당신은 용서해야 해요." 그녀가 조용히 말했다. "만일 당신도 용서받고 싶으시다면요."

"용서하라고요!" 라브레츠키가 말을 받았다. "우선 당신은 자신이 누구를 위해 부탁하는지 알아야 합니다. 그 여자를 용서하고 다시 내 집에 맞아들이라고요? 그 속 빈 무정한 인간을! 그리고 그녀가 내게 돌아오고 싶어 한다고 누가 당신에게 말했나요? 천만에요, 그녀는 자기 처지에 아주 만족합니다……. 여기에서 이런 말을 할 필요도 없지요! 그 여자의 이름은 당신이 입에 올려서는 안 됩니다. 당신은 너무나 순결해서 그런 인간을 도저히 이해조차 할 수 없습니다."

"왜 그렇게 모욕하시나요?" 리자가 간신히 말했다. 그녀의 손이 눈에 띄게 떨리기 시작했다. "당신 자신이 부인을 버리신 거예요, 표도르 이바니치."

"그러나 내가 말하지 않았나요?" 라브레츠키가 자신도 모르게 화내며 대꾸했다. "당신은 그 여자가 어떤 사람인지 모릅니다!"

"그렇다면 왜 그녀하고 결혼하셨나요?" 리자가 작은 소리로 말하고 눈을 떨구었다.

라브레츠키는 의자에서 급히 일어났다.

"왜 결혼했냐고요? 그때 나는 어렸고 경험이 없었지요. 나는 속았습니다. 아름다운 외모에 반했어요. 나는 여자를 몰랐지요. 아무것도 몰랐습니다. 아무쪼록 당신은 더 행복한 결혼을 하기 바랍니다! 그러나 그 어떤 것도 절대로 미리 장담할 수는 없는 겁니다."

"저 역시도 불행해질 수 있겠죠." 리자가 말했다. 그녀의 목소리가 끊어지기 시작했다. "그러나 그때는 순종해야만 해요. 전 말로 잘 표현할 수는 없지만, 만약 우리가 순종하지 않는다면……."

라브레츠키는 두 손을 꽉 쥐고 발을 굴렀다.

"화내지 마세요, 죄송해요." 리자가 황급히 말했다.

이때 갑자기 마리야 드미트리예브나가 들어왔다. 리자는 일어나서 물러나려고 했다.

"잠깐만요." 뜻밖에도 라브레츠키가 그녀의 뒤에 대고 소리쳤다. "당신과 당신 어머니께 간절한 부탁이 있습니다. 새로 이사한 우리 집을 방문해 주세요. 아시다시피 피아노도 장만해 놓았어요. 렘도 우리 집에 손님으로 와 있고요. 지금 라일락꽃도 한창입니다. 시골의 공기를 잠시 마시고 그날로 돌아올 수 있어요. 승낙하는 거지요?"

리자가 어머니를 힐끗 바라보았지만 마리야 드미트리예브나는 고통스러운 표정을 지었다. 그러나 라브레츠키는 그녀가 미처 입을 떼기도 전에 즉시 그녀의 두 손에 입을 맞추었다. 상냥한 태도에 늘 민감하고 이 '바다표범'으로부터 이런 친절을 전혀 기대하지 않았던 마리야 드미트리예브나는 이내 감동해 승낙해 버렸다. 그녀가 방문할 날을 생각하는 동안에 라브레츠키는 리자에게 다가가서 여전히 흥분한 채로 넌지시 그녀에게 속삭였다. "고맙습니다. 당신은 좋은 처녀입니다. 내가 잘못했어요……." 그러자 리자의 창백한 얼굴은 명랑하고 수줍은 미소를 띠며 붉게 물들었다. 그녀의 두 눈에도 미소가 어렸다. 그녀는 그 순간까지도 자기가 그를 모욕하지나 않았나 걱정하고 있었다.

"블라디미르 니콜라이치와 같이 가도 되나요?" 마리야 드미트리예브나가 물었다.

"물론이죠." 라브레츠키가 대꾸했다. "그러나 우리 집안사람들끼리가 더 좋지 않을까요?"

"그러나 내 생각에는……." 마리야 드미트리예브나는 무슨 말을 하려다 말았다. "뭐, 좋을 대로 하세요." 그녀가 이렇게 덧붙였다.

레노치카와 슈로치카도 데려가기로 결정되었다. 마르파 티모페예브나는 방문을 거절했다.

"애야, 난 힘이 들어서." 그녀가 말했다. "내 늙은 뼈가 부러질 거야. 그리고 네 집에는 아마 잘 곳도 없을 거고. 게다가 난 남의 잠자리에서는 잠을 잘 수가 없어요. 이 젊은 애들이나 뛰어 돌아다니게 해."

라브레츠키는 더 이상 리자와 단둘이 있을 수 없었다. 그러나 그가 계속해서 리자를 바라보자 그녀는 기분이 좋아졌으며 약간 부끄럽기도 하고 그가 가엾다는 생각이 들기도 했다. 리자와 헤어지면서 그는 그녀의 손을 꼭 쥐었다. 리자는 혼자 남게 되자 깊은 생각에 잠겼다.

25

라브레츠키가 집으로 돌아왔을 때, 훤칠한 키에 깡마르고 주름살투성이지만 활기 넘치는 얼굴을 한 사내가 닳아빠진 프록코트를 입고 객실 입구에서 그를 맞이했다. 그는 텁수룩한 하얀 볼수염을 기르고 있었고, 길고 곧바른 코와 충혈된 조그만 눈을 하고 있었다. 그는 대학 시절의 동료인 미할레비치였다. 라브레츠키는 처음에 그를 알아보지 못했지만, 그가 자기 이름을 대자마자 열렬히 그를 껴안았다. 그들은 모스크바에서 헤어진 뒤로 한 번도 만나지 못했던 것이다. 감탄사와 질문이 쏟아졌다. 오랫동안 잊었던 추억이 햇빛을 보게 되었다. 미할레비치는 성급하게 연신 파이프를 피워 대고 차를 꿀꺽꿀꺽 마시면서 긴 팔을 흔들어 대며 라브레츠키에게 자신의 편력을 이야기했다. 그 편력에는 그다지 기쁜 일도 없었고, 자기가 계획한 일이 자랑할 만큼 성공한 것도 아니었다. 그러나 그는 끊임없이 쉰 목소리로 얘기하며 신경질적인 너털웃음을 짓곤 했다. 그는 한 달쯤 전에 O시에서 300킬로미터쯤 떨어진 부유한 전매인(專賣人)의 개인 사무소에 일자리를 얻었는데, 라브레츠키가 외국에서 돌아온 것을 알고는 옛 친구를 만나기 위해 가던 길에서 옆으로 샌 것이다. 미할레비치는 젊을 때처럼 발작적으로 말을 했고, 전처럼 소란을 떨고 정열에 들끓었다. 라브레츠키는 자신의 사정을 이야기하려고 했지만, 미할레비치가 그의 말을 막고 급하게 말했다. "들었네, 친구, 들었어. 누가 그렇게 될 줄 꿈에라도 생각했겠나?" 이렇게 말하고 그는 이내 이야기를 일반적인 문제로 끌고 갔다.

"여보게." 그가 말했다. "나는 내일 떠나야 하네. 그러니 오늘은 미안하지만 늦게 자자고. 난 자네가 어떤 인간인지, 자네의 견해와 신념은 어떤 것인지, 자네가 어떤 인간이 되었고 생활이 자네에게 무엇을 가르쳐 주었는지를 꼭 알고 싶네.(미할레비치는 아직도 1830년대의 말투를 사용했다.) 나로 말하면 난 여러모로 변했네, 친구. 생활의 물결이 내 가슴을 덮친 거지. 이 말을 누가 했더라? 그러나 중요하고 본질적인 점에서는 변하지 않았지. 나는 여전히 선과 진리를 믿네. 아니, 믿을 뿐만 아니라 지금은 신봉하지. 그래, 신봉해. 신봉한단 말이네. 이보게, 난 시를 쓰네. 내 시엔 시정(詩情)은 없지만 진실이 있지. 내 자네에게 최근에 쓴 시를 한 편 읽어 주지. 나는 이 시에 진정으로 마음에서 우러난 나의 신념을 표현했다네. 들어보게."

미할레비치는 자신의 시를 낭독하기 시작했다. 그것은 아주 긴 시로 다음과 같은 구절로 끝났다.

> 진심으로 새로운 감정에 몰두하니,
> 내 마음 어린애가 되었네.
> 내가 숭배하곤 했던 모든 것을 불태워 버렸고,
> 불태우곤 했던 모든 것을 숭배했노라.

마지막 두 줄을 읽으면서 미할레비치는 하마터면 눈물을 흘릴 뻔했다. 강렬한 감정의 표시인 가벼운 경련이 그의 너부죽한 입술에 스쳐 지나가고, 그의 못생긴 얼굴이 환히 빛났다. 라브레츠키가 그의 낭독을 계속 듣고 있자니…… 그의 마음속에 반항심이 일어나기 시작했다. 늘 준비되어 있고 항상 끓어넘치는 모스크바 대학생의 열광이 그를 자극했다. 십오 분이 지나기도 전에 그들 사이에 논쟁이 불붙었다. 그것은 러시아인들만이 할 수 있는 끝없는 논쟁이었다. 여러 해 동안 헤어져서 다른 두 세계에서 살아온 그들은 남의 생각은 물론 자기의 생각도 확실히 이해하지 못하면서 말꼬리를 잡고 말로만 반박하며 매우 추상적인 문제들에 관해 논쟁을 벌였다. 그들은 마치 두 사람의 생사가 걸린 문제인 양 논쟁했다. 두 사람이 얼마나 소리를 지르고 아우성을 쳤던지 집에 있는 모든 사람이 당황했다. 미할레비치가 도착한 직후부터 자기 방에 문을 닫고 틀어박힌 가련한 렘은 무슨 영문인지 알 수 없어 무언가 막연한 두려움까지 느끼기 시작했다.

"그렇다면 결국 자네는 무엇인가? 환멸가인가?" 자정이 넘어서 미할레비치가 소리쳤다.

"환멸가들이 이렇겠나?" 라브레츠키가 반박했다. "환멸가들은 모두 얼굴이 창백하고 병들어 있는 법이네. 내가 한 손으로 자네를 들어 올려 볼까, 어떤가?"

"흠, '환멸가'가 아니라면 '회위주의자'인데, 그건 더 나쁘네.(미할레비치의 발음에는 그의 고향인 소러시아의 냄새가 났다.) 그런데 자넨 무슨 권리로 회의주의자가 될 수 있단 말인가?

자네가 인생에서 불운했다고 하세. 여기에 자네 잘못은 없네. 자네는 정열적이고 애정 어린 마음을 가지고 태어났는데, 자네를 강제로 여성들과 격리해 놓았으니 처음 만난 여자에게 자네가 속은 것은 당연하지."

"그 여자는 자네도 속였네." 라브레츠키가 음울하게 한마디 했다.

"그렇다고 하세, 그렇다고 해. 그때 난 운명의 도구였어. 잠깐 내가 무슨 말도 안 되는 소리를 하는 건가? 이 경우에 운명이란 없네. 부정확하게 말하는 게 오랜 버릇이 돼 놔서. 그러나 도대체 이것이 무엇을 증명한단 말인가?"

"어릴 적부터 날 탈선시켰다는 걸 증명하지."

"그렇다면 스스로를 바로잡게나! 그래야 자네는 인간이고 남자야. 자네는 기력이 충분하니까! 그러나 어쨌든지, 이를테면 개인적인 사실을 일반적인 법칙으로, 확고한 원칙으로 과연 받아들일 수 있겠는가?"

"어떤 원칙이란 말인가?" 라브레츠키가 말을 가로막았다. "난 인정하지 않네……."

"아니야, 그건 자네의 원칙이네, 원칙이야." 이번에는 미할레비치가 그의 말을 가로막았다.

"자네는 이기주의자야, 진짜 이기주의자!" 한 시간이 지나서 그가 큰 소리를 쳤다. "자네는 자기 향락을 원했고, 생활의 행복을 원했던 거야. 자넨 오직 자신만을 위해 살려고 했어……."

"도대체 자기 향락이란 뭔가?"

“그리고 모든 것이 자네를 기만했고, 모든 것이 자네 발밑에서 와르르 무너졌지.”

“도대체 자기 향락이란 뭐냐고 묻고 있네.”

“그리고 무너질 수밖에 없었지. 그건 자네가 지주를 찾을 수 없는 곳에서 지주를 찾았고, 불안정한 모래 위에 집을 지었기 때문이야…….”

“비유하지 말고 더 분명하게 말해 보게. ‘왜냐하면’ 자네 말을 이해할 수가 없기 때문이야.”

“왜냐하면, 마음대로 웃게나, 왜냐하면 자네에겐 믿음이 없고, 따뜻한 마음이 없기 때문이지. 지성, 쥐꼬리만 한 지성만이 있을 뿐이네……. 자네는 단지 불쌍하고 시대에 뒤떨어진 볼테르주의자일 뿐이야. 진짜 볼테르주의자!”

“누가! 내가 볼테르주의자라고?”

“그래, 자네는 아버지와 똑같은 볼테르주의자네. 그런데 자네 자신은 전혀 그런 줄 모르지.”

“그런 말을 들은 이상 난 자네를 광신자라고 말할 권리가 있네!”

“아이고!” 미할레비치가 서글프게 대꾸했다. “유감스럽게도 난 그런 고귀한 칭호를 받을 만한 자격이 없네.”

“자네를 뭐라고 불러야 할지 이제야 알겠네.” 새벽 2시가 지나서 바로 그 미할레비치가 소리쳤다. “자네는 회의주의자도, 환멸가도, 볼테르주의자도 아니네. 자네는 게으름뱅이야. 그것도 순박한 게으름뱅이가 아니라 교활하고 의식 있는 게으름뱅이네. 순박한 게으름뱅이들은 아무것도 할 줄 모르기 때문에 벽난로 위에 누워서 아무것도 하지 않지. 그들은 아무런 생각도 하지 않아. 그런데 자네는 사색하는 인간인데 누워 있단 말이야. 자넨 무언가를 할 수 있는데 아무것도 하지 않고 있어. 자네는 실컷 먹은 배를 위로 향하고 누운 채 사람들이 무슨 일을 하든지 모든 게 부질없고 아무 소득도 없는 어리석은 일이니까 누워 있는 게 당연하다고 말하고 있어."

"아니, 자네는 어떻게 내가 누워 있다고 생각하게 됐지?"라 브레츠키가 되뇌었다. "왜 자네는 내가 그런 생각을 가지고 있다고 생각하나?"

"더욱이 자네와 같은 모든 인간들, 자네 동료들은 모두." 미할레비치가 그치지 않고 계속해서 말했다. "박식한 게으름뱅이들이야. 자네들은 독일 사람들에게 어떤 결함이 있고 영국인들과 프랑스인들은 무엇이 나쁜지 아네. 그런데 자네들의 경우 그 보잘것없는 지식의 도움을 받아 파렴치한 나태와 추악한 태만을 정당화하고 있단 말이네. 심지어 어떤 사람은 나는 영리해서 누워 있는데 저 사람들은 바보라서 수선을 떨고 있다고 자랑하기도 하지. 정말 그래! 우리 나라의 어떤 지주들은(이건 자네를 두고 하는 말은 아니지만) 권태의 마비 상태 속에서 평생을 보내고, 이런 권태에 습관이 되어 그 속에 파묻혀 있어. 마치…… 마치 스메타나[40] 속의 버섯처럼 말이네." 미할레비치는 이렇게 말하고 자기 비유에 웃음을 터뜨렸

---

40) 러시아 고유의 음식으로, 발효시킨 농축 크림을 말한다. 맛이 요구르트와 비슷하다.

다. "아, 이 권태의 마비 상태야말로 러시아인들의 파멸이야! 이 혐오스러운 게으름뱅이는 항상 일할 준비만 하고 있단 말이네……."

"아니, 자넨 뭘 그렇게 비난하나!" 이번에는 라브레츠키가 큰 소리로 외쳤다. "일을 한다, 사업을 한다 하는데 비난은 그만 하고 무엇을 해야 하는지 분명히 말해 보게, 이 폴타바[41]의 데모스테네스![42]"

"아이고, 그것까지 말해 달라고! 친구, 난 말하지 않겠네. 그건 모두 스스로 알아야 해." 데모스테네스가 빈정대는 말투로 대꾸했다. "지주며 귀족인 자가 무엇을 해야 할지 모른단 말인가! 믿음이 없어서 그래, 믿음이 있으면 알았을 텐데. 믿음이 없으니까 계시가 없는 거야."

"제기랄, 최소한 숨이나 돌릴 수 있게 해 주게. 주변을 둘러볼 짬이나 달란 말이네." 라브레츠키가 간청했다.

"일분일초도 쉬어서는 안 되네!" 미할레비치가 명령을 내리듯이 손을 내저으며 말했다. "일 초도 안 돼! 죽음은 기다려 주지 않으니 삶도 기다려서는 안 되지."

"그런데 도대체 사람들은 언제 어디에서 게으름을 피울 생각을 해냈을까?" 그가 새벽 4시에 이미 약간 쉰 목소리로 소리쳤다. "우리 나라에서! 지금! 러시아에서 그런다네! 한 사람 한 사람의 어깨 위에 신에 대한, 민중에 대한, 자기 자신에 대

---

41) 우크라이나의 소도시로, 이 말은 미할레비치가 우크라이나인임을 상기시킨다.

42) 그리스의 유명한 웅변가(기원전 384~기원전 322).

한 의무와 커다란 책임이 걸려 있는 이때에 말이야! 우리는 잠자고 있는데 시간은 흘러가네. 우리는 잠자고 있는데……."

"나도 자네에게 한마디 하게 해 주게." 라브레츠키가 말했다. "우리는 지금 결코 잠을 자고 있는 게 아니라 다른 사람들이 잠을 못 자게 하고 있네. 우리는 수탉처럼 목이 터져라 소리 지르고 있어. 자, 들어 보라고. 저건 벌써 수탉이 세 번째로 우는 소리야."

이 엉뚱한 말에 미할레비치는 웃음을 짓고 마음이 안정되었다. "내일 또 보세." 그는 미소를 띠고 파이프를 담배쌈지에 집어넣었다. "내일 또 보세." 라브레츠키가 그 말을 되받았다. 그러나 두 친구는 한 시간 이상이나 더 이야기를 나누었다……. 그들의 목소리는 더 이상 높아지지 않았고, 쓸쓸하고 다정하게 조용히 이야기를 나누었다.

라브레츠키가 아무리 만류해도 미할레비치는 그다음 날 떠나가 버렸다. 표도르 이바니치는 그가 머무르도록 설득하지는 못했지만 그와 실컷 이야기했다. 알고 보니 미할레비치는 돈 한 푼 없는 빈털터리였다. 라브레츠키는 이미 전날 밤에 그에게서 만성적인 빈곤의 모든 징후와 습관을 측은한 마음으로 눈여겨보았다. 그의 장화는 닳아 있었고, 프록코트의 뒤에는 단추가 하나 떨어져 있었으며, 손에는 장갑을 낀 적이 없었고, 머리칼에는 솜털이 붙어 있었다. 도착하고 나서도 그는 세면할 물을 부탁할 생각도 하지 않았고, 저녁 식사 때는 두 손으로 고기를 잡아 찢어서 튼튼하고 검은 이로 뼈를 우두둑우두둑 씹으면서 상어처럼 먹어 댔다. 알고 보니 근무 생활도 역시 그에게 별로 도움이 되지 않았고, 단지 자기 사무소에 '교양 있는 사람'을 두고 싶어서 그를 채용한 그 전매인에게 모든 희망을 걸고 있었다. 그럼에도 미할레비치는 의기소침해지지 않고 인류의 운명과 자기의 사명에 대해 진심으로 걱정하고 고민하면서 냉소주의자로, 이상주의자로, 시인으로 생활했다. 그는 어떻게 하면 굶어 죽지 않을까 하는 걱정은 거의 하지 않았다. 미할레비치는 결혼은 하지 않았으나 수없이 사랑에 빠졌고 자기가 사랑했던 모든 여인들에 대해 시를 써 왔다. 특히 그는 어느 고수머리의 신비한 '아가씨'를 열정적으로 노래했다……. 사실 이 아가씨는 많은 기병 장교들에게 잘 알려져 있는 평범한 유대인 여자라는 소문이 돌고 있었다……. 그러나 그렇다고 해도 그것이 무슨 대수란 말인가?

미할레비치와 렘은 잘 어울리지 못했다. 수다스러운 말투와 거친 언행에 익숙하지 못한 렘은 그를 겁냈던 것이다……. 불행한 사람은 멀리서도 즉시 다른 불행한 사람을 알아보는 법이지만 늙어서는 그런 사람들이 서로 친해지는 경우가 드물다. 이건 조금도 놀라운 일이 아니다. 그들은 서로 나눌 것이 아무것도 없고, 심지어 희망조차 나눌 수 없기 때문이다.

출발하기 전에 미할레비치는 다시 오랫동안 라브레츠키와 이야기하면서 라브레츠키가 정신 차리지 않으면 파멸할 것이라고 예언하고, 농민들의 일상생활에 진지하게 관심을 가지라고 간청했다. 그는 자신을 본보기로 내세우면서 자신은 불행의 용광로 속에서 정화되었노라고 말했다. 그 자리에서 그는 몇 번이나 자기를 행복한 사람이라고 말하면서 자신을 하늘의 새와 골짜기의 백합에 비유했다…….

"백합이라고 해도 어쨌든 검은 백합이겠지." 라브레츠키가 한마디 했다.

"에이, 이 친구야, 귀족 냄새는 그만 피우게." 미할레비치가 선량하게 말했다. "자네 혈관 속에도 성실한 평민의 피가 흐르는 걸 하느님께 감사하는 게 좋을 거네. 그런데 내가 보기에 지금 자네에게는 그 무관심에서 자네를 건져 낼 만한 순결한 천상의 존재가 필요한데……."

"고맙네, 친구." 라브레츠키가 말했다. "내게는 그런 천상의 존재들이 충분하다네."

"잠자코 있게, 냉서주의자!" 미할레비치가 소리쳤다.

"냉소주의자겠지." 라브레츠키가 그의 발음을 정정했다.

"바로 냉서주의자야." 미할레비치가 당황하지 않고 되풀이해서 말했다.

이상할 정도로 납작하며 노랗고 가벼운 여행용 가방을 가져다 실은 여행 마차에 올라타서도 그는 계속해서 말을 했다. 색이 바래서 불그스레해진 깃에 단추 대신 사자의 발이 달린 스페인 망토 같은 것을 뒤집어쓴 채 그는 계속 러시아의 운명에 대한 자신의 견해를 피력하면서 마치 미래의 행복의 씨를 뿌리기라도 하듯이 허공에 거무스름한 손을 내저었다. 마침내 말들이 움직이기 시작했다……. "내가 말하는 마지막 세 마디를 기억하라고." 그가 여행 마차에서 전신을 내밀고 몸의 균형을 잡으면서 소리치기 시작했다. "종교, 진보, 박애! ……그럼 잘 있게!" 챙이 달린 모자를 눈 위까지 푹 눌러쓴 그의 머리가

사라졌다. 라브레츠키는 현관 계단에 혼자 남아 여행 마차가
시야에서 사라질 때까지 먼 길을 뚫어지게 바라보았다. '어쩌
면 그가 옳을지도 모른다.' 그는 집으로 돌아가면서 생각했다.
'아마 난 게으름뱅이인지도 몰라.' 라브레츠키는 미할레비치와
논쟁하며 그의 의견에 동의하지는 않았지만 그가 한 말 가운
데 많은 부분이 마구 가슴을 파고들었다. 사람이 선량하기만
하면 그의 말을 반박할 수 없는 것이다.

26

이틀이 지나서 마리야 드미트리예브나는 약속한 대로 집안
의 젊은 사람들을 모두 데리고 바실리옙스코예로 왔다. 소녀
들은 그 즉시 정원으로 뛰어나갔고, 마리야 드미트리예브나는
나른한 모습으로 방들을 둘러보고 역시 나른한 목소리로 모
든 것을 칭찬했다. 그녀는 자기가 라브레츠키를 방문한 것을
대단한 관용의 표시로, 거의 선행 정도로 생각했다. 그녀는 안
톤과 아프락시야가 집안 하인의 오랜 습관에 따라 자기 손에
입 맞추기 위해 다가왔을 때, 상냥하게 미소를 짓고는 콧소리
가 나는 가냘픈 목소리로 차를 마시게 해 달라고 부탁했다.
털실로 짠 하얀 장갑을 낀 안톤에게는 아주 분통이 터질 노릇
이었지만, 손님으로 온 마님에게 올릴 차는 그가 아니라 라브
레츠키가 새로 고용한, 노인의 말에 따르면 아무 예의범절도
모르는 시종이 내가게 되었다. 그 대신 안톤은 점심 식사 때

목적을 달성했다. 그는 마리야 드미트리예브나의 안락의자 뒤에 떡 버티고 서서 그 자리를 누구에게도 양보하지 않았다. 오랜만에 바실리옙스코예에 손님들이 찾아왔기 때문에 노인은 흥분되기도 하고 기쁘기도 했다. 그는 자기 주인이 훌륭한 사람들과 사귀는 것을 보니 기분이 좋았다. 그러나 이날 흥분한 사람은 그 혼자만이 아니었다. 렘도 흥분했다. 그는 뾰족한 꼬리가 달린 짧은 고동색 연미복을 입고 목도리를 꼭 잡아매고는 계속 헛기침을 하면서 유쾌하고 상냥한 표정을 하고 한쪽에 서 있었다. 라브레츠키는 자신과 리자 사이의 친근함이 지속되고 있음을 느끼고 만족스러웠다. 리자가 들어오자마자 그에게 다정하게 손을 내밀었던 것이다. 식사가 끝나자 렘은 줄곧 손을 찔러 넣고 있던 연미복 뒷주머니에서 조그만 악보 뭉치를 꺼내더니 입을 꽉 다문 채 말없이 그것을 피아노 위에 가져다 놓았다. 그것은 그가 전날 밤에, 별을 노래하는 유행에 뒤떨어진 독일 가사에 곡을 붙인 로맨스였다. 리자는 즉시 피아노에 앉아 로맨스를 연주했다……. 아아! 그 음악은 혼란스럽고 불쾌하게 긴장된 느낌이었다. 분명히 작곡가는 열정적이고 심오한 그 무언가를 표현하려고 노력한 듯했지만 아무 소득이 없었다. 노력은 그냥 노력일 뿐이었다. 라브레츠키와 리자는 둘 다 이렇게 느꼈다. 렘도 이를 이해했는지 아무 말 없이 자기의 로맨스를 주머니에 다시 집어넣었다. 다시 한번 연주해 보자는 리자의 제안에 대한 대답으로 다만 고개를 흔들며 "이제 됐어요!" 하고 의미심장하게 말하고는 허리를 굽혀 몸을 웅크리고 물러났다.

저녁 무렵에 모두 함께 고기를 잡으러 나갔다. 정원 뒤의 연못에는 붕어와 잉어가 많았다. 마리야 드미트리예브나에게는 연못가 그늘 밑의 안락의자에 자리를 마련해 주고 발밑에 양탄자를 깔아 주었으며 제일 좋은 낚싯대를 주었다. 노련하고 경험 많은 낚시꾼인 안톤이 그녀에게 봉사했다. 그는 열심히 낚시에 지렁이를 매달아서 한 손으로 지렁이를 탁 치고 침을 뱉고는 온몸을 우아하게 앞으로 수그리며 직접 낚싯대를 던져 주었다. 그날 마리야 드미트리예브나는 표도르 이바니치에게 여학교 시절의 프랑스어로 "요즈음은 이전과 달리 저런 하인들이 없어요."라고 안톤을 평가했다. 렘은 두 소녀와 함께 멀리 둑을 향해 갔다. 라브레츠키는 리자 곁에 자리를 잡았다. 고기가 쉴 새 없이 먹이를 물어 댔다. 잡혀 올라온 붕어들의 금빛과 은빛 가슴이 공중에서 끊임없이 반짝였다. 소녀들의 환호성이 끊이지 않았다. 마리야 드미트리예브나까지 두 번이나 가녀린 목소리로 소리를 질러 댔다. 라브레츠키와 리자가 고기를 제일 적게 잡았다. 아마도 그것은 그들이 누구보다도 낚시질에 관심이 적어서 낚시찌가 연못가로 떠가는 대로 내버려 두었기 때문이었을 것이다. 불그스레한 키 큰 갈대가 두 사람 주변에서 조용히 살랑거리고 앞에는 잔잔한 물이 고요히 빛났으며, 그들의 이야기도 고요히 흘렀다. 리자는 조그마한 뗏목 위에 서 있었고, 라브레츠키는 비스듬히 뻗은 버드나무 줄기에 앉아 있었다. 리자는 하얀 원피스를 입고 넓고 하얀 리본으로 허리를 꽉 졸라매고 있었는데, 한 손에는 밀짚모자를, 다른 한 손에는 휜 낚싯대를 다소 힘들어하며 들고 있었다. 라브레츠키는 그녀의 맑고 조금은 엄해 보이는 옆모습을, 귀 뒤로 쓸어 넘긴 머리칼을, 어린애의 볼처럼 햇볕에 탄 부드러운 볼을 바라보며 생각했다. '아아, 우리 집 연못 위에 서 있는 그대는 얼마나 아름다운가!' 리자는 그를 바라보지 않았다. 그녀는 수면을 바라보며 실눈을 뜨기도 하고 미소를 짓기도 했다. 가까이에 있는 피나무의 그림자가 두 사람 위로 드리웠다.

"나 말이죠." 라브레츠키가 말문을 열었다. "요전에 당신과 나눈 대화를 곰곰이 생각해 보고, 당신이 아주 착한 분이라는 결론에 도달했어요."

"저는 절대로 그런 의도로……" 리자가 대꾸하려다가 당황했다.

"당신은 착한 분입니다." 라브레츠키가 되뇌었다. "난 거친 사람이지만 누구나 당신을 사랑하지 않을 수 없을 거라고 느껴요. 저기 있는 렘도 그래요. 저 사람은 그야말로 당신에게 반해 있어요."

리자의 눈썹이 찌푸려졌다기보다는 파르르 떨렸다. 그녀는 무슨 불쾌한 말을 들을 때 항상 그런 반응을 보이곤 했다.

"오늘 그 사람이 아주 딱해 보였어요." 라브레츠키가 서둘러 말을 이었다. "그 실패한 로맨스 일로 해서 말입니다. 젊어서 무능한 건 참을 수 있지만, 늙어서 무력하다는 건 괴로운 일이지요. 그리고 어느새 힘이 빠져 버리는 것도 느끼지 못한다는 건 정말 화가 나는 일이죠. 노인이 그런 타격을 견디기는 어려울 겁니다! ……조심하세요, 고기가 입질을 해요……." 라브레츠키가 잠시 잠자코 있다가 덧붙였다. "블라디미르 니콜라이치가 매우 훌륭한 로맨스를 썼다고 하더군요."

"네." 리자가 대답했다. "소품이지만 나쁘지는 않아요."

"그런데 당신 생각은 어떤가요?" 라브레츠키가 물었다. "그는 훌륭한 음악가인가요?"

"제가 보기에 그는 음악에 소질이 많은 것 같아요. 그러나 그는 지금까지 필요한 만큼의 음악 공부를 하지 못했어요."

"그렇군요. 그런데 그는 좋은 사람인가요?"

리자가 웃음을 지으면서 표도르 이바니치를 힐끗 바라보았다.

"정말 이상한 질문이네요!" 그녀가 큰 소리로 말하고 낚싯대를 꺼냈다가 다시 멀리 던졌다.

"왜 이상한 질문이죠? 난 최근에 여기에 온 사람으로서, 친척으로서 당신에게 묻는 건데."

"친척으로서요?"

"그래요. 난 당신에게 아저씨뻘이 아니던가요?"

"블라디미르 니콜라이치는 마음이 착해요." 리자가 말하기 시작했다. "똑똑하고요. 또 엄마도 그 사람을 매우 좋아해요."

"그럼 당신은 그 사람을 사랑하나요?"

"그는 좋은 사람이에요. 어째서 제가 그 사람을 좋아하지 않겠어요?"

라브레츠키는 "아!" 하고 말하고 입을 다물었다. 슬픔과 조소가 반씩 뒤섞인 듯한 표정이 그의 얼굴을 스치고 지나갔다. 집요한 그의 시선에 리자는 당혹스러웠지만 계속 미소를 지었다. "아무쪼록 두 사람이 행복하기를!" 마침내 그가 혼잣말하듯이 중얼거리고는 고개를 옆으로 돌렸다.

리자는 얼굴이 빨개졌다.

"잘못 생각하고 계시는군요, 표도르 이바니치." 그녀가 말했다. "당신은 괜한 생각을 하고 계세요……. 그런데 당신은 블라디미르 니콜라이치가 맘에 안 드시나 보죠?" 그녀가 갑자기 물었다.

"맘에 안 듭니다."

"왜죠?"

"내가 보기에 그 사람은 인정이 없는 것 같더군요."

리자의 얼굴에서 미소가 사라졌다.

"당신은 사람들을 가혹하게 평하는 습관이 있어요." 그녀가 오랫동안 침묵하고 있다가 말했다.

"내가요? 난 그렇게 생각하지 않는데. 나 자신이 관대한 처분을 받아야 할 입장인데 내가 무슨 권리로 다른 사람들을 가혹하게 평하겠어요? 혹시 당신은 게으름뱅이만이 날 비웃지 않는다는 걸 잊었나요? ……그런데." 그가 덧붙여 말했다. "당신은 약속을 지켰나요?"

"어떤 약속요?"

"날 위해 기도했어요?"

"네, 저는 당신을 위해 기도했고, 매일 기도하고 있어요. 그러나 그 일에 관해 가볍게 말씀하지는 마세요."

라브레츠키는 자기가 그런 일을 생각해 본 적이 없고, 자기는 온갖 신념을 깊이 존경한다는 점을 리자에게 설득하기 시작했다. 그러고 나서 그는 종교에 대해, 인류사에서 종교의 의

의에 대해, 기독교의 의의에 대해 설명하기 시작했다…….

"기독교인이 되어야 하는 것은……." 리자가 다소 힘들여 말하기 시작했다. "지상의 것을 인식하기 위해서가 아니라 천상의 것이며…… 그리고…… 사람은 누구나 죽어야 하기 때문이죠."

라브레츠키는 자신도 모르게 깜짝 놀라서 눈을 들어 리자를 바라보았고, 그녀의 시선과 마주쳤다.

"무슨 말을 하는 거죠?" 그가 말했다.

"이건 제 말이 아니에요." 그녀가 대답했다.

"당신의 말이 아니라고요……. 그런데 왜 당신은 죽음에 대해 말했나요?"

"모르겠어요. 전 종종 죽음에 대해 생각하곤 해요."

"자주요?"

"네."

"지금의 당신을 바라보고 있으면 그런다고 말하기가 어려운데. 당신의 얼굴은 아주 명랑하고 밝으며, 당신은 미소를 짓고 있고……."

"네, 전 지금 매우 즐거워요." 리자가 순진하게 대꾸했다.

라브레츠키는 그녀의 두 손을 잡아 꽉 쥐고 싶었다…….

"리자, 리자!" 마리야 드미트리예브나가 소리치기 시작했다. "이리 와서 봐라, 내가 어떤 붕어를 잡았는지."

"지금 가요, 엄마." 리자가 대답하고 엄마에게 갔고, 라브레츠키는 버드나무에 그대로 앉아 있었다. '난 마치 인생을 다 살지 않은 사람처럼 그녀와 이야기하고 있구나.' 그는 생각했다. 자리를 뜨면서 리자는 자기 모자를 버드나무 가지에 걸어 놓았다. 라브레츠키는 이상야릇한, 정답기까지 한 마음으로 그 모자와 길고 약간 구겨진 리본을 바라보았다. 리자는 곧 그에게 돌아와 다시 뗏목 위에 올라섰다.

"그런데 왜 블라디미르 니콜라이치가 인정이 없는 것 같다고 생각하시는지요?" 몇 분이 지나서 그녀가 물었다.

"이미 말했듯이 내가 틀릴 수도 있지요. 그러나 시간이 모든 걸 말해 줄 겁니다."

리자는 깊은 생각에 잠겼다. 라브레츠키는 바실리옙스코예에서의 자기 생활에 대해, 미할레비치에 대해, 안톤에 대해 말하기 시작했다. 그는 리자와 이야기하고, 자기 마음속에 떠오른 모든 것을 그녀에게 전달해야 할 필요를 느꼈다. 그녀는 아주 정답고 주의 깊게 그의 이야기를 들었다. 그는 리자가 이따금 던지는 견해와 반박이 매우 간결하고도 총명하다고 느꼈다. 그는 리자에게 이 점을 얘기하기도 했다.

리자는 깜짝 놀랐다.

"정말인가요?" 그녀가 말했다. "하지만 저는 우리 집 하녀 나스탸처럼 저 '자신의' 말이 없다고 생각했어요. 언젠가 나스탸는 자기 약혼자에게 '당신은 나에게 늘 좋은 말을 해 주는데 나는 나 자신의 말이 없으니 당신은 나하고 있으면 답답할 거예요.'라고 말했대요."

'참 고마운 일이군!' 라브레츠키는 생각했다.

27

이러는 동안에 저녁이 되었다. 마리야 드미트리예브나는 집으로 돌아가고 싶다는 뜻을 표시했다. 소녀들을 간신히 연못에서 떼어 놓고 돌아갈 차비를 시켰다. 라브레츠키는 중도까지 손님들을 배웅하겠다고 말하고 자기 말에 안장을 얹으라고 지시했다. 마리야 드미트리예브나를 사륜마차에 태우다가 그는 렘이 없는 것을 알아챘다. 그러나 노인을 어디에서도 찾을 수 없었다. 낚시질이 끝나자마자 그는 즉시 사라진 것이다. 안톤은 그 나이에 어울리지 않는 놀라운 힘으로 문을 쾅 닫고는 "떠나게, 마부!" 하고 엄한 목소리로 소리쳤다. 마차가 움직이기 시작했다. 뒷자리에는 마리야 드미트리예브나와 리자가 앉았고, 앞자리에는 소녀들과 하녀가 앉았다. 따스하고 고요한 저녁이었기에 양쪽 문을 열어 놓았다. 라브레츠키는 한손을 마차의 문에 대고 리자가 앉아 있는 쪽의 마차 옆을 속보로 말을 달리면서(그는 경쾌하게 달리는 말의 목에 고삐를 던져 놓았다.) 이따금 젊은 처녀와 두세 마디의 말을 주고받았다. 저녁노을도 사라지고 밤이 되었으나 대기는 더 훈훈해졌다. 마리야 드미트리예브나는 곧 졸기 시작했다. 소녀들과 하녀도 잠이 들었다. 마차는 빠르고 가볍게 달렸다. 리자는 몸을 앞으로 숙이고 있었다. 막 떠오른 달이 그녀의 얼굴을 환하게 비추었고, 솔솔 부는 향긋한 밤바람이 그녀의 눈과 뺨을 어루만졌다. 그녀는 기분이 좋았다. 그녀의 손은 라브레츠키의 손과 나란히 마차의 문을 짚고 있었다. 라브레츠키도 기분이 좋았다. 그는 고요한 밤의 온기 속을 달리면서 상냥하고 젊음이 넘치는 얼굴에서 눈을 떼지 않았고, 작지만 낭랑하고 젊음이 넘치는 목소리로 말하는 소박하고 다정한 이야기에 귀를 기울였다. 그는 마리야 드미트리예브나를 깨우고 싶지 않아서 리자의 손을 살짝 쥐고는 "이제 우린 친구죠, 그렇죠?" 하고 말했다. 그녀는 고개를 끄덕였고, 그는 말을 멈춰 세웠다. 마차가 흔들흔들 위아래로 들썩이면서 앞으로 나아갔다. 라브레츠키는 느린 걸음으로 말을 몰아 집으로 향했다. 그는 여름밤의 매혹에 휩싸였다. 주변의 모든 것이 갑자기 신기한 동시에 매우 오래전부터 낯익고 감미로웠던 듯이 느껴졌다. 가까운 곳과 먼 곳에 있는 모든 것이(비록 시야에 들어오는 많은 것을 알아볼 수 없었지만 멀리까지 보였다.) 고요히 잠들어 있었다. 한창 피어나는 청춘의 삶이 바로 이 고요 속에서 느껴졌다. 라브레츠키의 말은 몸을 좌우로 율동적으로 흔들면서 힘차게 걸어갔다. 커다랗고 시커먼 말 그림자가 나란히 걸었다. 뚜벅거리는 말발굽 소리에서 뭔가 신비롭고 유쾌한 기운이 느껴졌고, 메추라기들의 소란스러운 울음소리에서는 뭔가 명랑하고 절묘한 것이 느껴졌다. 별들은 엷은 연무 속에 사라지고, 이지러진 달이 찬연히 빛났다. 흐르는 달빛이 푸른빛을 뿌리며 하늘 가득히 퍼지고, 그 옆을 흘러가는 엷은 구름에 뿌연 금빛 반점들을 수놓았다. 신선한 공기가 두 눈을 촉촉이 적시고 사지를 보드랍게 감싸면서 자유롭게 흘러 가슴속으로 스며들었다. 라브레츠키는 즐거웠고, 그 즐거움에서 기쁨을 느꼈다. '그래, 우린 여전히 살아갈 것이다.' 그는 생각했다. '아직 완전히 우릴 먹어 버리지는 못했어.' 그는 누가, 무엇이 그랬는지는 분명히 말하지 않았다……. 그러고 나서 그는 리자에 관해 생각하기 시작했다. 그녀는 판신을 사랑하지 않으리라는 것, 자기가 다른 상황에서 그녀를 만났더라면 어떤 일이 일어났을지 아무도 알 수 없다는 것, 리자가 '자기' 말이 없다 해도 자신은 그녀에 대한 렘의 감정을 이해한다는 것 등등에 대해 생각했다. 물론 이것은 진실이 아니다. 리자는 '자기' 말을 가지고 있다……. '그런 말씀을 가볍게 하지 마세요.' 라브레츠키는 문득 리자의 말을 떠올렸다. 그는 오랫동안 고개를 수그리고 말을 몰고 가다가 이윽고 몸을 똑바로 펴고 천천히 읊었다.

내가 숭배하곤 했던 모든 것을 불태워 버렸고,
불태우곤 했던 모든 것을 숭배했노라…….

그러고 나서 그는 말에 채찍질을 가해 집까지 내달렸다. 말에서 내리면서 자신도 모르게 감사의 미소를 짓고 마지막으로 주변을 둘러보았다. 조용한 밤, 부드러운 밤이 언덕과 골짜기에 깃들어 있었다. 멀리 밤의 향기로운 심연에서, 하늘인지 땅인지 모를 그 어딘가에서 평온하고 부드러운 온기가 흘러나왔다. 라브레츠키는 리자에게 마지막 인사를 보내고 계단을 뛰어 올라갔다.

다음 날은 아주 시들하게 지나갔다. 아침부터 비가 내렸다. 렘은 눈을 잔뜩 치켜뜨고 마치 절대로 입을 열지 않겠다는 맹세라도 하듯이 입을 점점 더 굳게 다물었다. 잠자리에 들면서 라브레츠키는 이미 두 주일 이상이나 뜯지 않고 자기 책상 위에 놔두었던 프랑스 신문들을 침대로 가지고 갔다. 그는 무심히 봉투를 뜯으며 신문 기사를 훑어보았다. 별로 새로운 것은 없었다. 그는 막 신문들을 내던지려고 하다가 갑자기 벌에 쏘이기나 한 사람처럼 침대에서 벌떡 일어났다. 한 신문의 문예란에 이미 우리가 알고 있는 줄 씨가 자기 독자들에게 '슬픈 소식'을 전했다. "매혹적이고 황홀한 모스크바의 여인, 유행의 여왕 중 한 사람이자 파리 사교계의 자랑인 마담 드라브레츠키가 갑자기 사망했다. 유감스럽지만 너무나도 확실한 이 소식이 방금 입수되었다."라고 그는 썼다. 계속해서 그는 자신이 고인의 친구라고 말할 수 있다고 썼다……

라브레츠키는 옷을 입고 정원으로 나가서 계속 같은 오솔길을 왔다 갔다 하며 새벽까지 거닐었다.

28

다음 날 차를 마실 때, 렘은 시내로 돌아갈 수 있도록 말을 좀 내 달라고 라브레츠키에게 부탁했다. "난 이제 일을, 다시 말해 수업을 할 때가 됐어요." 노인이 말했다. "난 여기에서 괜히 시간만 허비하고 있을 뿐입니다." 라브레츠키는 그에게 즉시 대답하지 않았다. 그는 넋이 나간 사람처럼 보였다. "좋습니다." 마침내 그가 말했다. "나도 당신과 함께 가겠어요." 렘은 하인의 도움 없이 투덜대고 화내며 자기의 조그만 여행 가방을 꾸리고는 악보 몇 장을 찢어서 불태워 버렸다. 말이 준비되었다. 서재에서 나가면서 라브레츠키는 전날 읽은 신문 한 장을 주머니에 넣었다. 길을 가는 동안 내내 렘도 라브레츠키도 별로 말을 하지 않았다. 그들은 저마다 자기 생각에 골똘해 있었고, 저마다 상대방이 자기를 방해하지 않는 것을 기뻐했다. 그들은 무뚝뚝하게 헤어졌다. 그러나 이렇게 헤어지는 것은 러시아의 친구들 사이에서는 흔히 있는 일이다. 라브레츠키는 노인을 그의 집까지 태워다 주었지만, 노인은 마차에서 내려 자기 여행 가방을 꺼내더니 친구에게 손도 내밀지 않고 (그는 두 손으로 여행 가방을 안고 있었다.) 심지어 그를 바라보지도 않고 러시아어로 "안녕." 하고 말했다. 라브레츠키도 "안녕." 하고 같은 말을 되풀이하고 마부에게 자기 집으로 가자고 지시했다. 그는 만일의 경우에 대비해 O시에 집을 빌려 놓았던 것이다. 편지를 몇 통 쓰고 점심을 급히 먹고 나서 라브레츠키는 칼리틴가로 향했다. 칼리틴가의 객실에는 판신 혼자 있었다. 판신은 마리야 드미트리예브나가 곧 나올 거라고 말하고 매우 다정하고 상냥하게 라브레츠키와 이야기하기 시작했다. 그날까지 판신은 오만한 마음 없이 관대하게 그를 상대해 왔다. 그런데 리자가 어제 있었던 여행을 판신에게 이야기하며 라브레츠키를 훌륭하고 총명한 사람이라고 평했다. 이것은 이 '훌륭한' 사람을 정복해야 하는 충분한 이유가 되었다. 판신은 우선 라브레츠키를 칭찬하고, 마리야 드미트리예브나의 온 가족이 바실리옙스코예에 대해 어떻게 찬탄했는지 묘사하기 시작했다. 그러고는 평소의 버릇대로 재치 있게 자기 자신에게로 화제를 돌려 자기 일이며, 인생에 대한 자기 관점이며, 사교계와 근무 생활에 대해 말하기 시작했다. 또 그는 러시아의 미래와 도지사들을 장악할 방법에 대해 두세 마디 말했다. 바로 이 대목에서 그는 유쾌하게 자기 자신을 야유하며 지나가는 말로 페테르부르크에서는 자기에게 '토지 대장의 개념을 일반에게 널리 알리는 일'을 위임했다고 덧붙여 말했다. 그는 태연한 자신감을 가지고 모든 난제를 해결했고, 매우 중요한 행정적 문제와 정치적 문제를 마치 공을 다루는 마술사처럼 다루면서 아주 오랫동안 말했다. "내가 만일 정부라면 바로 이렇게 했을 겁니다." "당신은 현명한 분이니까 곧 내 의견에 동의하실 겁니다." 그의 입에서는 이런 표현이 끊임없이 튀어나왔다. 라브레츠키는 판신이 떠벌리는 말을 냉담하게 듣고 있었다. 그는 밝은 미소를 짓고 공손한 음성과 호기심 많은 눈을 가진 이 아름답고 영리하며 자연스러운 태도의 말쑥한 사람이 마음에 들지 않았다. 다른 사람의 느낌을 재빨리 읽어 낼 줄 아는 그 나름의 능력을 가진 판신은 곧 자기가 상대방에게 별로 만족을 주지 못한다는 것을 알아챘다. 판신은 라브레츠키가 어쩌면 훌륭한 사람일지도 모르지만 호감이 가지 않고 적의를 품은, 결국은 좀 우스꽝스러운 사람이라고 마음속으로 단정하고는 그럴듯한 구실을 대 그 자리를 피해 버렸다. 마리야 드미트리예브나가 게제오놉스키를 데리고 나타났다. 이윽고 마르파 티모페예브나가 리자와 함께 도착했고, 그들을 뒤따라 집안사람들이 도착했다. 그다음에 음악 애호가인 벨레니치나가 도착했다. 그녀는 앳돼 보이는 아름답고 지친 듯한 조그만 얼굴을 한 작고 깡마른 부인으로 사각사각 소리가 나는 검은 옷을 입고 알록달록한 부채를 들고 굵은 금팔찌를 끼고 있었다. 손발이 크고 하얀 속눈썹과 두툼한 입술에 굳어진 미소를 띤, 뺨이 붉고 뚱뚱한 그녀의 남편도 도착했다. 그의 아내는 손님으로 가서는 결코 남편과 이야기하지 않았으나 집에서는 정겨운 순간에 자기 남편을 새끼 돼지라고 부르곤 했다. 판신도 돌아왔다. 방 안에는 사람이 매우 많이 모였고 떠들썩했다. 라브레츠키는 이렇게 사람이 많은 것이 마음에 들지 않았다. 그는 손잡이 안경을 통해 줄곧 그를 바라보는 벨레니치나에게 특히 화가 났다. 리자만 아니라면 즉시 그 자리를 떴을 것이다. 그는 리자와 단둘이 있을 때 리자에게 몇 마디를 건네고 싶었으나 오랫동안 적당한 순간을 잡지 못하고, 비밀스러운 기쁨을 느끼며 리자에게 눈길을 돌리는 것으로 만족했다. 라브레츠키에게는 리자의 얼굴이 전에 없이 고상하고 사랑스럽게 보였다. 리자가 벨레니치나 근처에 있었기 때문에 훨씬 돋보였다. 벨레니치나는 의자에 앉아 몸을 끊임없이 움직이면서 좁은 어깨를 으쓱이고 연약한 웃음을 짓기도 하고 실눈을 떴다가 갑자기 두 눈을 동그랗게 뜨기도 했다. 리자는 조용히 앉아서 똑바로 앞을 바라보며 전혀 웃지 않았다. 안주인은 마르파 티모페예브나, 벨레니치나, 게제오놉스키와 함께 카드놀이를 했다. 게제오놉스키는 아주 천천히 게임을 했고, 연달아 실수를 했으며, 두 눈을 깜빡이고 손수건으로 얼굴을 닦았다. 판신은 우울한 표정을 짓고 짤막하고 의미심장하게, 또 구슬프게 말을 했는데(그는 이해받지 못하는 예술가와 똑같았다.) 그에게 몹시 교태를 부리는 벨레니치나의 요청에도 불구하고 자기의 로맨스를 부르는 것을 거부했다. 그는 라브레츠키를 꺼렸던 것이다. 표도르 이바니치도 별로 말을 하지 않았다. 그가 방 안에 들어서자마자 리자는 그의 심상치 않은 표정에 깜짝 놀랐다. 리자는 즉시 그가 자기에게 뭔가 할 말이 있다는 것을 느꼈으나 웬일인지 자기도 모르게 그에게 물어보기가 두려웠다. 마침내 차를 따르러 홀로 건너가면서 그녀는 무심코 라브레츠키 쪽으로 고개를 돌렸다. 라브레츠키가 곧 리자를 뒤따라갔다.

"무슨 일이 있으세요?" 그녀가 사모바르에 차관(茶罐)을 올려놓으며 말했다.

"정말로 뭔가를 눈치챘나요?" 그가 말했다.

"오늘 당신은 지금까지 봐 온 당신과는 다르신걸요."

라브레츠키는 테이블 위에 몸을 굽혔다. "당신에게 한 가지 소식을 전하고 싶었어요." 그가 말문을 열었다. "그런데 지금은 안 됩니다. 여기 문예란에 연필로 표시한 부분을 읽어 보세요." 그가 가져온 신문을 그녀에게 건네주면서 덧붙였다. "이건 비밀로 해 주기 바랍니다. 내일 아침에 잠깐 들를게요."

리자는 깜짝 놀랐다……. 판신이 문지방 위에 나타나서 그녀는 그 신문을 얼른 자기 주머니에 집어넣었다.

"『오베르만』[43]을 읽어 보셨나요, 리자베타 미하일로브나?"

---

43) 프랑스 작가 세낭쿠르(1770~1846)의 서간 소설(1804). 1830년대에 매우 인기가 있었다.

판신이 깊은 생각에 잠겨 그녀에게 물었다.

리자는 건성으로 대답하고 위층으로 올라갔다. 라브레츠키는 객실로 돌아와 트럼프 테이블 쪽으로 다가갔다. 마르파 티모페예브나는 실내모의 리본을 풀어 놓고 상기된 얼굴로 라브레츠키에게 자기의 짝인 게제오놉스키에 대해 불평하기 시작했다. 그녀의 말에 따르면 게제오놉스키는 트럼프를 내놓을 줄도 모른다는 것이었다.

"아마도 트럼프를 하는 건……." 그녀가 말했다. "거짓말을 꾸며 대는 것과는 다른 모양이야."

게제오놉스키는 계속해서 눈을 깜빡거리며 얼굴을 문질렀다. 리자는 객실로 돌아와 구석에 앉았다. 라브레츠키가 그녀를 바라보았고, 그녀도 그를 바라보았다. 두 사람은 무섭기까지 한 기분을 느꼈다. 그는 그녀의 얼굴에서 의혹과 어떤 숨겨진 비난을 읽었다. 그는 아무리 원해도 그녀와 이야기할 수 없었고, 많은 손님 중의 한 손님으로 그녀와 같은 방에 남아 있는 것도 괴로웠다. 그래서 그는 자리를 뜨기로 결심했다. 리자와 작별 인사를 하면서 그는 내일 오겠다고 되풀이해 말하고는 그녀의 우정을 기대한다고 덧붙여 말했다.

"오세요." 그녀가 여전히 얼굴에 의혹의 빛을 띠고 대답했다.

판신은 라브레츠키가 떠나자 활기를 띠었다. 그는 게제오놉스키에게 훈수하기 시작했고, 벨레니치나에게는 조소하듯이 아첨하더니 마침내 자기 로맨스를 불렀다. 그러나 리자하고는 전처럼, 즉 의미심장하고 약간 구슬프게 이야기하며 그녀를 바라보았다.

라브레츠키는 또다시 밤새 잠을 이루지 못했다. 그는 슬프지도 않았고 흥분하지도 않았으며 마음이 평온했다. 그러나 잠을 잘 수는 없었다. 심지어 그는 지난 시간을 추억하지도 않았다. 그는 그냥 자기 생활을 바라보았다. 그의 심장은 무겁고 고르게 뛰었다. 시간은 빠르게 흘렀지만 그는 잠잘 생각을 하지 않았다. 이따금 그의 머리에 '그래, 이건 진실이 아니다, 이건 모두 헛소리야.'라는 생각이 떠오를 뿐이었다. 그리고 그는 생각을 멈추고 고개를 떨구며 다시금 자신의 인생을 찬찬히 들여다보기 시작했다.

29

　다음 날 라브레츠키가 찾아갔을 때 마리야 드미트리예브나는 좀 시큰둥하게 그를 맞이했다. '어쩜, 이제 찾아오는 게 버릇이 되었군.' 그녀는 생각했다. 그녀는 라브레츠키가 그다지 마음에 들지 않는 데다 자기 마음을 사로잡은 판신도 전날 밤에 아주 교활하고 무관심하게 그를 칭찬했던 것이다. 그녀는 그를 손님으로 생각하지 않았고 집안사람이나 다름없는 친척을 접대할 필요도 느끼지 않았으므로 그는 반 시간도 지나지 않아 이미 리자와 함께 정원의 오솔길을 거닐고 있었다. 레노치카와 슈로치카는 그들에게서 몇 발자국 떨어져서 꽃밭을 뛰어다니고 있었다.
　리자는 평소처럼 침착했지만 얼굴은 평소보다 훨씬 창백했다. 그녀는 호주머니에서 조그맣게 접은 신문지 한 장을 꺼내 라브레츠키에게 내밀었다.

"이건 무서운 일이에요!" 그녀가 말했다.

라브레츠키는 아무 대답도 하지 않았다.

"그런데 아마도, 이건 사실이 아닐지도 몰라요." 리자가 덧붙여 말했다.

"그래서 내가 누구에게도 이것을 말하지 말라고 부탁한 겁니다."

리자는 잠시 걸어갔다.

"저······." 그녀가 말문을 열었다. "당신은 슬프지 않으세요? 조금도?"

"나 자신도 내가 뭘 느끼는지 모르겠어요." 라브레츠키가 대답했다.

"그렇지만 전에는 그분을 사랑하셨죠?"

"사랑했지요."

"무척요?"

"무척."

"그런데 그분이 돌아가셨는데 슬프지 않으세요?"

"내게는 그 여자가 지금 죽은 게 아닙니다."

"그렇게 말씀하시면 안 됩니다······. 제 말에 화내지 마세요. 당신은 절 친구라고 하셨지요. 친구는 무슨 말이나 할 수 있어요. 정말로 저는 무서워요······. 어제 당신은 안색이 아주 안 좋았어요······. 기억하세요, 얼마 전에 그분에 대해 불평하셨던 일을? 아마도 그때 그분은 이 세상에 없었을지도 몰라요. 이건 무서운 일이에요. 이건 마치 당신을 벌주려고 보내온 거나 다름없어요."

라브레츠키는 쓴웃음을 지었다.

"그렇게 생각하세요? ……적어도 난 지금 자유롭습니다."

리자는 가볍게 몸을 떨었다.

"이제 그만, 그런 말씀은 하지 마세요. 당신께 자유가 무슨 소용이 있나요? 당신께선 지금 그런 생각을 하실 게 아니라 용서에 대해서……."

"난 오래전에 그 여자를 용서했습니다." 라브레츠키가 한 손을 내저으며 그녀의 말을 막았다.

"아니에요, 그게 아니에요." 리자가 대꾸하고 얼굴을 붉혔다. "제 말을 오해하셨어요. 당신은 당신이 용서받는 일에 대해 걱정하셔야 해요……."

"누가 날 용서한단 말입니까?"

"누구냐고요? 하느님이죠. 하느님 말고 누가 우릴 용서할 수 있겠어요?"

라브레츠키가 리자의 손을 잡았다.

"오, 리자베타 미하일로브나, 믿어 주세요." 그가 소리쳤다. "난 이미 충분히 벌을 받았습니다. 난 이미 모든 걸 속죄했어요. 믿어 줘요."

"당신이 그걸 아실 수는 없어요." 리자가 나지막하게 말했다. "잊으셨군요, 바로 얼마 전에 저하고 말씀하실 때 당신은 그분을 용서하려고 하시지 않았어요."

두 사람은 말없이 오솔길을 거닐었다.

"그런데 따님은 어떻게 되었어요?" 리자가 갑자기 묻고는 걸음을 멈추었다.

"아, 걱정하지 마세요! 난 이미 사방에 편지를 보냈습니다. 내 딸의 장래는 당신이 그 애를…… 당신이 말한 대로 보장되어 있습니다. 걱정하지 마세요."

리자는 슬프게 미소를 지었다.

"그러나 당신 말이 맞습니다." 라브레츠키가 말을 이었다. "내게 자유가 있다고 뭘 하겠어요? 내게 자유가 무슨 소용이 있겠어요?"

"언제 이 신문을 받으셨어요?" 그의 물음에는 대답하지 않고 리자가 말했다.

"당신이 우리 집에 왔다 간 다음 날입니다."

"그런데 정말로…… 정말로 당신은 울지 않으셨나요?"

"그래요. 난 깜짝 놀랐습니다. 그러나 무엇 때문에 눈물을 흘려야 하나요? 과거를 슬퍼하며 울자고 해도 나의 과거는 모두 불타 버렸습니다! ……그 여자의 행동이 내 행복을 깨뜨린 것이 아니라, 행복이란 결코 존재하지 않았다는 것을 내게 증명했을 뿐이죠. 그러니 무엇 때문에 울어야 하나요? 그러나 누가 알겠어요? 만일 두 주일 먼저 이 소식을 받았으면 아마도 더 슬퍼했을지 모르지요……."

"두 주일이라고요?" 리자가 대꾸했다. "이 두 주일 동안 도대체 무슨 일이 일어났나요?"

라브레츠키는 아무 대답도 하지 않았으나 리자의 얼굴은 갑자기 더 붉어졌다.

"그렇습니다, 그래요. 당신도 알아챘군요." 라브레츠키가 갑자기 말했다. "이 두 주일 동안 난 순결한 여성의 영혼이 어떤 것인지 알게 되었지요. 그리고 내 과거는 훨씬 더 멀리 내게서 물러가 버렸어요."

리자는 당황해서 레노치카와 슈로치카가 있는 꽃밭으로 조용히 걸어갔다.

"난 당신에게 이 신문을 보여 준 것에 만족합니다." 라브레츠키가 그녀를 뒤따라가면서 말했다. "나는 이미 당신에게 아무것도 숨기지 않는 습관이 생겼어요. 당신도 똑같이 날 신뢰해 주기를 바라요."

"그렇게 생각하세요?" 리자가 말하고 걸음을 멈추었다. "그렇다면 저는 마땅히…… 아, 아니에요! 그건 불가능해요."

"무슨 일이오? 말해 봐요, 어서요."

"정말이지 제가 보기에, 전 마땅히…… 그러나." 리자가 덧붙여 말하고 미소를 띠고 라브레츠키를 돌아보았다. "한쪽만 솔직히 말하는 법이 어디 있어요? 저요, 오늘 편지를 받았어요."

"판신에게서요?"

"네, 그에게서요……. 그런데 어떻게 아세요?"

"그가 청혼한 건가요?"

"네." 리자가 대답하고 라브레츠키의 두 눈을 똑바로 진지하게 바라보았다.

라브레츠키도 진지하게 리자를 바라보았다.

"그래, 당신은 그에게 뭐라고 대답했나요?" 마침내 라브레츠키가 말했다.

"저는 뭐라고 답해야 할지 모르겠어요." 리자는 이렇게 대꾸하고 팔짱 끼었던 손을 내렸다.

"어째서죠? 당신은 그를 사랑하잖아요?"

"네, 저는 그분이 마음에 들어요. 그분은 좋은 사람 같아요."

"당신은 사흘 전에도 내게 그렇게 말했죠. 나는 당신이 보통 우리가 사랑이라고 부르는 그 강렬하고 열정적인 감정으로 그를 사랑하는지 알고 싶군요."

"당신께서 이해하시는 의미로는 아니에요."

"당신은 그를 사랑하지는 않는군요?"

"네. 그런데 그게 필요한가요?"

"뭐라고요?"

"엄마는 그를 마음에 들어 해요." 리자가 말을 이었다. "그분은 좋은 사람이에요. 전 그분을 반대할 이유가 하나도 없어요."

"그러나 당신은 망설이고 있지요?"

"네…… 그리고 어쩌면 당신이, 당신 말씀이 그 원인인지도 모르죠. 그저께 하신 말씀을 기억하세요? 그러나 이건 나약한 마음이겠죠……."

"오오, 아가씨!" 라브레츠키가 갑자기 소리쳤고 그의 목소리는 떨렸다. "솔직담백해지세요. 사랑 없이 자기를 맡기려고 하지 않는 당신 마음의 외침을 나약한 마음이라고 부르지 말아요. 당신은 사랑하지도 않으면서 그 사람에게 예속되려고 하는데 그런 무서운 책임을 져서는 안 됩니다……."

"전 복종하지만 아무것도 책임지지 않아요." 리자가 말을 하려고 했다.

"당신 마음에 복종해요. 오직 마음만이 당신에게 진실을 말할 겁니다." 라브레츠키가 그녀의 말을 가로챘다. "경험, 이성, 이것들은 모두 보잘것없고 허무합니다! 지상 최고의 유일한 행복을 자신에게서 빼앗지 말아요."

"당신께서 그런 말씀을 하시나요, 표도르 이바니치? 당신 자신이 연애결혼을 하셨는데, 행복하셨나요?"

라브레츠키는 두 손을 탁 마주쳤다.

"오, 내 얘기는 하지 말아요! 당신은 젊고 미숙하며 고약한 교육을 받은 청년이 무엇을 사랑이라고 생각했는지 전혀 이해할 수 없을 겁니다! ……그러나 그렇다고 해도 무엇 때문에 자신을 비방해야 하나요? 방금 내가 행복을 몰랐다고 말했지요……. 아닙니다! 난 행복했어요."

"제가 보기에는요, 표도르 이바니치." 리자가 목소리를 낮추어 말했다.(그녀는 상대방의 의견에 동의하지 않을 때는 언제나 목소리를 낮추었고, 훨씬 더 흥분하곤 했다.) "지상에서의 행복은 우리에게 달려 있는 것 같지 않아요……."

"우리에게, 우리에게 달려 있어요, 내 말을 믿어요.(그는 그녀의 두 손을 꼭 잡았다. 리자는 놀라서 얼굴이 창백해졌지만 그를 빤히 바라보았다.) 우리가 자신의 삶을 망치지만 않는다면 말입니다. 어떤 사람들에겐 연애결혼이 불행일 수 있어요. 그러나 당신에게는, 조용한 성품에 맑은 영혼을 지닌 당신에게는 그럴 리가 없어요! 간절히 부탁건대, 사랑 없이 의무감이나 체념 같은 감정으로는 결혼하지 말아요……. 그것이 바로 무신앙이고 타산입니다. 아니, 훨씬 더 나쁜 타산입니다. 내 말을 믿어요. 난 이런 말을 할 권리가 있어요. 나는 이 권리의 대가로 비싼 값을 지불했으니까. 그리고 만일 당신의 하느님이……."

이 순간에 라브레츠키는 레노치카와 슈로치카가 리자 곁에 서서 깜짝 놀라 말도 못 하고 자기를 바라보는 것을 알아챘다. 그는 리자의 손을 놓아 주고는 "부디 용서해 주세요."라고 황급히 말했다. 그러고는 집 쪽으로 걸음을 향했다.

"단 한 가지만 부탁할게요." 다시 리자에게 돌아오면서 그가 말했다. "당장 결심하지는 말아요. 좀 기다려요. 그리고 내가 한 말을 생각해 봐요. 비록 당신이 내 말을 믿지 않고 이성에 따라 결혼하기로 결심한다고 해도 판신 씨와 결혼해서는 안 됩니다. 그 사람은 당신의 남편이 될 수 없어요……. 서두르지 않겠다고 내게 약속할 수 있겠지요?"

리자는 라브레츠키에게 대답하고 싶었으나 한마디도 할 수 없었다. 그것은 그녀가 '서두르려고' 결심했기 때문이 아니라 그녀의 심장이 너무 세차게 뛰었고, 공포와도 같은 감정에 숨이 막혀 버렸기 때문이다.

30

칼리틴가에서 나오다가 라브레츠키는 판신과 만났다. 그들은 서로 냉랭하게 인사를 주고받았다. 라브레츠키는 집으로 돌아와서 방문을 잠그고 들어앉았다. 그는 일찍이 경험하지 못했던 감정을 경험했다. 그가 '평화로운 마비 상태'에 빠졌던 것이 얼마 전의 일인가? 언젠가 그가 말했듯이 자신이 강바닥에 있다고 느꼈던 것이 얼마 전의 일인가? 도대체 무엇이 그의 상태를 바꾸어 놓았는가? 무엇이 그를 밖으로, 표면으로 끌어냈는가? 언제나 뜻하지 않은 우연이기는 하지만 가장 평범하고도 피할 수 없는 죽음이라는 것인가? 그렇다. 그러나 그는 아내의 죽음이나 자신의 자유보다는 리자가 판신에게 어떤 대답을 할지를 더 생각했다. 그는 지난 사흘 동안에 자신이 그녀를 다른 눈으로 보게 된 것을 느꼈다. 그는 집으로 돌아오면서 밤의 고요 속에서 그녀를 생각하며 '만일······!' 하고 혼잣말한 것을 떠올렸다. 그가 과거에, 불가능한 것에 관련해 말한 이 '만일'이 그가 생각한 것과는 달랐지만 일어난 것이다. 그러나 그의 자유만으로는 불충분했다. '그녀는 어머니의 말에 복종할 것이고······.' 그는 생각했다. '판신과 결혼할 것이다. 그러나 설령 그녀가 판신과의 결혼을 거부한다고 해도 내게는 마찬가지가 아닌가?' 거울 앞을 지나다가 그는 얼핏 자기 얼굴을 쳐다보고 어깨를 으쓱했다.

이런저런 생각 속에서 하루가 후딱 지나가고 저녁이 되었다. 라브레츠키는 칼리틴가로 향했다. 그는 급히 걸어갔지만 칼리틴의 집에 가까이 가자 걸음이 느려졌다. 현관 계단 앞에 판신의 승용 마차가 서 있었다. '그래, 난 이기주의자는 되지 않을 것이다.' 라브레츠키는 이렇게 생각하고 집 안으로 들어갔다. 집 안에서 그는 아무도 만나지 못했다. 객실은 조용했다. 그가 문을 열어 보니 마리야 드미트리예브나가 판신과 함께 피케[44]를 하고 있었다. 판신은 말없이 그에게 인사했고, 안 주인은 "참 뜻밖이군요!" 하고 소리치고는 살짝 눈살을 찌푸렸다. 라브레츠키는 그녀 곁에 앉아서 그녀의 카드를 들여다보기 시작했다.

"피케 할 줄 아세요?" 마리야 드미트리예브나가 어쩐지 은근히 화가 난 것 같은 어조로 묻고는, 곧 카드를 잘못 냈다고 말했다.

판신은 아흔을 세고 나서 엄격하고 존경할 만한 표정을 짓고는 정중하고 침착하게 점수를 받기 시작했다. 그는 외교관들은 이렇게 해야 한다고 생각했다. 아마 그는 페테르부르크에서도 자신의 신중함과 원숙함에 대한 유리한 인상을 심어주고 싶은 어느 힘 있는 고관과 이런 식으로 게임을 했을 것이다. "백하나, 백둘, 하트, 백셋." 그의 목소리가 규칙적으로 울렸다. 라브레츠키는 그 울림이 비난인지 자기만족인지 헷갈렸다.

"마르파 티모페예브나를 만나 뵐 수 있을까요?" 라브레츠키는 판신이 더욱더 점잔 빼며 카드를 섞는 것을 바라보며 물었다. 그에게 예술가의 흔적은 이미 조금도 보이지 않았다.

"만나 뵐 수 있겠지요. 위층 자기 방에 계시니까." 마리야 드미트리예브나가 대답했다. "가서 알아보세요."

라브레츠키는 위층으로 올라갔다. 마르파 티모페예브나도 카드놀이를 하고 있었다. 그녀는 나스타시야 카르포브나와 바

---

44) 둘이서 하는 트럼프 놀이의 일종.

보놀이[45]를 하고 있었다. 로스카가 그를 향해 짖어 대기 시작했다. 그러나 두 노파는 그를 반갑게 맞이했다. 마르파 티모페예브나는 특히나 기분이 좋아 보였다.

"오! 페댜! 어서 오너라." 그녀가 말했다. "자, 앉아라. 우린 곧 끝낼 거다. 잼 좀 먹을래? 슈로치카, 이분에게 딸기 통을 내드려라. 뭐, 싫다고? 그럼 그냥 앉아 있어라. 담배는 피우지 말고. 난 너희가 담배 피우는 걸 견딜 수 없어. 그리고 담배 때문에 마트로스가 재채기를 한단다."

라브레츠키는 전혀 담배를 피우고 싶지 않다고 서둘러 말했다.

"아래층에 들렀니?" 노파가 말을 계속했다. "거기서 누굴 봤지? 판신은 아직도 거기에 있나? 리자는 보았니? 못 보았다고? 그 애가 여기로 오겠다고 했는데……. 아, 저기 오는구나. 호랑이도 제 말 하면 온다더니만."

리자는 방으로 들어와 라브레츠키를 보고는 얼굴을 붉혔다.

"잠깐 볼일이 있어서 들렀어요, 마르파 티모페예브나." 그녀가 말하기 시작했다…….

"왜 잠깐이지?" 노파가 대꾸했다. "왜 너희 젊은 처녀애들은 이렇게 모두 안절부절못할까? 보다시피 내게 손님이 와 있으니 손님과 잠시 얘기나 나누며 즐겁게 해 드려라."

리자가 의자 끝에 걸터앉아 눈을 들어 라브레츠키를 바라보았다. 그녀는 자신과 판신의 만남이 어떻게 끝났는지 라브

---

45) 카드놀이의 일종.

레츠키에게 알리지 않을 수 없다고 느꼈다. 그러나 어떻게 알릴까? 그녀는 부끄럽기도 하고 거북하기도 했다. 교회에도 잘 다니지 않고 아내의 죽음을 냉담하게 견디는 이 남자와 사귄 지가 얼마나 되었다고…… 그런데 벌써 그녀는 그에게 자기 비밀을 말하려고 한다……. 사실 그는 그녀에게 관심이 있다. 그녀도 그를 믿고 그에게 마음이 끌리는 것을 느낀다. 그러나 마치 순결한 처녀의 방에 낯선 이가 들어온 듯이 그녀는 부끄러워졌다.

이때 마르파 티모페예브나가 그녀를 구해 주었다.

"네가 그를 상대해 주지 않으면 도대체 누가 이 불쌍한 사람을 상대해 주겠니?" 그녀가 말문을 열었다. "난 저 사람을 상대하기엔 너무 늙었고, 저 사람은 너무 영리하지. 나스타시야 카르포브나에겐 저 사람이 너무 늙었어. 이 여잔 늘 젊은 이들에게 관심이 있거든."

"그러나 제가 어떻게 표도르 이바니치를 상대할 수 있어요?" 리자가 말했다. "만약 원하신다면 피아노를 연주해 드리는 편이 더 나을 텐데." 그녀가 망설이듯이 덧붙여 말했다.

"거 좋은 생각이다. 넌 영리한 애야." 마르파 티모페예브나가 대꾸했다. "그럼 너희는 아래로 내려가렴. 연주가 끝나면 올라오너라. 난 게임에 져 바보가 되니 화가 난다. 복수하고 싶어."

리자가 일어났다. 라브레츠키는 그녀를 뒤따라갔다. 층계를 내려가다가 리자가 발걸음을 멈추었다.

"사람의 마음이 모순으로 가득 차 있다는 말은 진실이에요." 그녀가 말문을 열었다. "당신의 예를 보고 놀라서 연애결혼을 불신하게 되었어야 하는데, 저는……."

"그를 거절했군요?" 라브레츠키가 그녀의 말을 끊었다.

"아뇨. 그러나 승낙하지도 않았어요. 전 그에게 모든 걸 말했어요. 제가 느낀 걸 모두 말하고 기다려 달라고 부탁했어요. 만족하세요?" 그녀는 재빨리 미소를 지으며 이렇게 덧붙이고는 손으로 살짝 난간을 짚고 층계를 뛰어 내려갔다.

"어떤 곡을 연주해 드릴까요?" 피아노 뚜껑을 열며 그녀가 물었다.

"당신이 원하는 걸로." 라브레츠키가 이렇게 대답하고 그녀를 바라볼 수 있는 자리에 앉았다.

리자는 피아노를 연주하기 시작했고 오랫동안 자신의 손가락에서 눈을 떼지 않았다. 그녀는 마침내 라브레츠키를 힐끗 쳐다보고는 연주를 멈추었다. 그녀에게는 그의 얼굴이 정말 기이하고 이상하게 보였던 것이다.

"무슨 일이 있어요?" 그녀가 물었다.

"아뇨." 그가 대꾸했다. "난 아주 기분이 좋아요. 당신 때문에 기쁘고, 당신을 보는 것이 기뻐요. 계속 연주해 줘요."

"제 생각엔……." 잠시 후 리자가 말했다. "그가 정말로 절 사랑했다면 그런 편지를 쓰지 않았을 것 같아요. 제가 지금 대답할 수 없다는 걸 그는 느꼈어야 했어요."

"그건 중요하지 않아요." 라브레츠키가 말했다. "당신이 그를 사랑하지 않는다는 게 중요합니다."

"그만두세요. 도대체 무슨 말씀을 하시는 거예요! 저는 줄

곧 돌아가신 당신 부인이 눈에 보여요. 그리고 전 당신도 무서워요."

"어때요, 볼데마르, 우리 리제트의 연주가 아주 훌륭하지 않나요?" 바로 이때 마리야 드미트리예브나가 판신에게 말했다.

"네, 아주 훌륭합니다." 판신이 대답했다.

마리야 드미트리예브나는 상냥하게 자신의 젊은 상대자를 바라보았다. 그러나 판신은 더욱더 위엄 있고 근심스러운 표정을 짓고 십사 킹을 불렀다.

31

라브레츠키는 젊은이는 아니었다. 그러나 그는 리자가 자신에게 불러일으킨 감정에 대해 오랫동안 자신을 기만할 수 없었다. 바로 그날 그는 자신이 리자를 사랑한다는 것을 마침내 확신하게 되었다. 하지만 이런 확신은 그를 아주 기쁘게 하지는 못했다. '정말이지 서른다섯인 내가 다시금 여자의 손에 마음을 내맡기는 것 말고 달리 할 일이 없단 말인가?' 그는 생각했다. '그러나 리자는 '그 여자'하고는 전혀 다르다. 그녀는 내게 수치스러운 희생을 요구하지 않을 것이다. 또한 내 사업도 방해하지 않을 것이다. 오히려 성실하고 힘든 일을 하도록 날 격려할 것이다. 우리 두 사람은 함께 아름다운 목적을 향해 전진할 수 있을 것이다. 그렇다.' 그는 자신의 생각을 접었다. '이 모든 것은 좋다. 그러나 그녀가 절대로 나와 함께 가려고 하지 않는 것이 문제다. 그녀가 내가 무섭다고 말한 건 공연한 말이 아니다. 하지만 그 대신 그녀는 판신도 사랑하지 않는다……. 아, 가냘픈 위안이여!'

라브레츠키는 바실리옙스코예로 갔다. 그러나 그곳에서 나흘도 지낼 수 없었다. 그만큼 그에게는 시간이 너무나 지루하게 느껴졌던 것이다. 또한 그는 기다림에 애태웠다. 줄 씨가 전한 소식을 확인할 필요가 있었지만 그는 어떤 편지도 받지 못했다. 그는 시내로 돌아가 칼리틴가에서 저녁을 보냈다. 그는 마리야 드미트리예브나가 자신을 언짢게 생각한다는 것을 쉽게 알아챌 수 있었다. 그러나 그는 피케 게임에서 15루블가량을 잃어 그녀를 약간 기분 좋게 해 주었다. 그래서 전날 밤에 그녀가 자기 딸 리자에게 '그렇게 황당한 꼴을 당한' 사람과 너무 허물없이 지내지 말라는 충고를 했는데도 그는 리자와 둘이서 거의 반시간가량을 보낼 수 있었다. 그는 리자에게서 변화를 발견했다. 그녀는 더 깊은 생각에 잠긴 듯했다. 그녀는 라브레츠키가 찾아오지 않은 것을 책망하고, 다음 날 예배에 가지 않겠느냐고 물었다.(다음 날은 일요일이었다.)

"가요." 그녀는 그가 미처 대답하기도 전에 말했다. "우리 함께 '그분'의 명복을 빌어요."

그러고 나서 그녀는 어떻게 해야 할지 모르겠다고, 자신에게 판신을 더 이상 기다리게 할 권리가 있는지 모르겠다고 덧붙였다.

"왜죠?" 라브레츠키가 물었다.

"그건 제가 어떤 결정을 내리게 될지를 이제 짐작하게 되었기 때문이에요."

그녀는 머리가 아프다고 말하고 라브레츠키에게 주저하듯 손끝을 내밀고는 위층 자기 방으로 올라갔다.

다음 날 라브레츠키는 예배를 보러 갔다. 그가 도착했을 때 리자는 이미 교회에 와 있었다. 그녀는 라브레츠키 쪽을 돌아보지 않았지만 그가 온 것을 알아챘다. 그녀는 열심히 기도하고 있었다. 머리를 조용히 수그렸다 들어 올렸다 했고, 두 눈은 고요히 빛났다. 그는 그녀가 자신을 위해 기도하는 것을 느꼈다. 그러자 그의 마음은 이상한 감동으로 가득 찼다. 기분이 좋기도 하고 약간 부끄럽기도 했다. 단정하게 서 있는 사람들, 친근한 얼굴들, 조화로운 노래, 향 냄새, 창문으로 비스듬히 길게 비쳐드는 햇살, 벽과 둥근 천장의 어둠, 이 모든 것이 그의 마음에 말을 했다. 그는 오랫동안 교회에 나가지 않았고, 오랫동안 하느님을 부르지 않았다. 지금도 그는 어떤 기도문도 입에 올리지 않았다. 심지어 마음속으로도 기도하지 않았다. 그러나 비록 한순간이나마, 몸은 엎드리지 않았지만 온 마음으로 겸손하게 땅에 엎드렸다. 그는 어릴 때 교회에 가면 매번 누군가의 생생한 손길이 자기 이마에 닿는 느낌이 들 때까지 기도하던 일을 떠올렸다. 그때 그는 이것을 수호천사가 자신을 받아들이는 것이며, 자신에게 선택의 표식을 남기는 것이라고 생각했다. 그는 리자를 힐끗 바라보았다……. '그대가 날 여기로 데려왔으니…….' 그는 생각했다. '날 만져 주오, 내 영혼을 만져 주오.' 그는 계속해서 조용히 기도를 올렸다. 그에게 그녀의 얼굴은 기쁨에 찬 것처럼 보였다. 그는 다시금 감동했다. 그는 다른 사람의 영혼을 위해서는 평온을, 자신의 영혼을 위해서는 용서를 빌었다……

그들은 교회 입구에서 만났다. 그녀는 즐겁고 정겨운 의젓한 태도로 그에게 인사했다. 태양이 교회 뜨락의 어린 풀과 여자들의 화려한 옷과 수건을 밝게 비추었다. 이웃 교회의 종소리가 높은 곳에서 울려 퍼지고 울타리에서는 참새들이 쩍쩍거렸다. 라브레츠키는 머리에 아무것도 쓰지 않은 채 서서 미소를 지었다. 가벼운 미풍에 그의 머리칼과 리자가 쓴 모자의 리본 끝이 나풀거렸다. 그는 리자와 함께 있던 레노치카를 마차에 태워 주고, 자신의 돈을 모두 거지들에게 나누어 준 다음에 조용히 허둥지둥 집으로 걸어갔다.

32

표도르 이바니치에게 어려운 나날이 시작되었다. 그는 계속해서 열병에 시달렸다. 그는 아침마다 우체국에 가서 설레는 마음으로 편지와 신문 들을 뜯어 보았다. 그러나 그 숙명적인 소문을 입증하거나 반박할 만한 내용을 어디에서도 찾아볼 수 없었다. 이따금 그는 자신이 추악하게 느껴지기도 했다. '도대체 난 누구인가?' 그는 생각했다. '피에 굶주린 까마귀처럼 아내가 죽었다는 확실한 소식을 기다리고 있다니!' 그는 매일 칼리틴가를 오갔다. 그러나 거기에서도 그의 마음은 편치 않았다. 안주인은 그에게 노골적으로 뾰로통했고, 관용을 베푸는 듯이 그를 맞이했다. 판신은 과장되게 점잔을 빼며 그를 대했다. 렘은 인간이 혐오스럽다는 듯 그에게 인사도 잘하지 않았다. 그리고 중요한 것은 리자가 그를 피하는 듯하다는 것이었다. 우연히 그와 단둘이 있게 될 때, 그녀는 이전의 신뢰 대신에 당황하는 빛을 보였다. 그녀는 그에게 무슨 말을 해야 할지 몰라 했고, 그도 곤혹스러웠다. 며칠 동안 리자는 그가 알던 리자가 아니었다. 그녀의 움직임과 목소리와 웃음소리에는 남모르는 불안과 전에 없던 변덕이 느껴졌다. 진짜 이기주의인 마리야 드미트리예브나는 아무것도 의심하지 않았다. 그러나 마르파 티모페예브나는 사랑하는 조카손녀를 주시하기 시작했다. 라브레츠키는 자신이 받은 그 신문을 리자에게 보여 준 것에 대해 여러 번 스스로를 질책했다. 그는 순결한 마음을 지닌 사람이 보면 자신의 정신 상태에 뭔가 매우 불쾌한 것이 있었음을 인정하지 않을 수 없었다. 그는 리자에게 일어난 변화가 자기 자신과의 투쟁 때문이며, 판신에게 어떻게 대답해야 할지 하는 동요 때문이라고 생각했다. 어느 날 리자가 그에게서 빌려간 월터 스콧의 소설을 가져왔다.

"다 읽었나요?" 그가 말했다.

"아뇨. 전 지금 책 읽을 겨를이 없어요." 리자가 말하고 물러나려고 했다.

"잠깐만. 우리 둘만 있어 본 지가 꽤 오래되었군요. 당신은 날 무서워하는 것 같아요."

"그래요."

"실례지만 왜죠?"

"모르겠어요."

라브레츠키는 잠시 침묵했다.

"말해 봐요." 그가 말문을 열었다. "아직도 결심을 못 했나요?"

"무슨 말씀이세요?" 눈을 들지 않은 채로 리자가 말했다.

"당신은 내 말을 이해할 겁니다……."

리자가 갑자기 얼굴을 붉혔다.

"저에게 아무것도 묻지 마세요." 그녀가 재빨리 말했다. "전 아무것도 몰라요. 저 자신도 모르겠어요……."

이렇게 말하고 그녀는 금방 물러났다.

다음 날 라브레츠키는 점심 식사 후에 칼리틴가로 갔다. 그 집에는 저녁 기도를 위한 모든 것이 준비되어 있었다. 식당 한쪽에 놓인, 깨끗한 식탁보가 덮인 사각 테이블 위에는 금테두리를 두르고, 원광(圓光)에 작고 흐릿한 다이아몬드를 박은 크지 않은 성상이 벽에 기대져 있었다. 잿빛 연미복에 구두를 신은 늙은 하인이 구두 뒤축 소리를 내지 않고 천천히 방을 가로질러서 성상 앞의 가느다란 촛대에 두 개의 양초를 세워 놓고는 성호를 긋고 절을 하고 나서 조용히 나갔다. 불이 켜 있지 않은 응접실은 텅 비어 있었다. 라브레츠키는 식당에 들러 오늘이 누구의 명명일이냐고 물었다. 사람들은 그에게 귓속말로 그런 것이 아니고, 저녁 기도가 리자베타 미하일로브나와 마르파 티모페예브나의 요청에 따라 예약되었다고 대답했다. 또 기적을 일으키는 성상을 가져오려고 했지만 그 성상은 30킬로미터 떨어진 곳에 있는 환자에게 갔다고 대답했다. 곧 견습 사제들과 함께 이마가 훌렁 벗어진 나이가 지긋한 사제가 도착했다. 사제는 현관에서 큰기침을 했다. 곧 부인들이 내실에서 줄지어 나와 축복을 받으러 그에게 갔다. 라브레츠키는 그들에게 말없이 고개 숙여 인사했다. 그들도 그에게 말없이 고개를 숙였다. 사제는 잠시 서 있다가 다시 한번 큰기침을 하고 낮고 굵직한 목소리로 물었다.

"자, 시작할까요?"

"시작하시죠, 신부님." 마리야 드미트리예브나가 대답했다.

신부가 사제복을 입기 시작했다. 미사 제복을 입은 견습 사제가 작은 숯불 하나를 부탁했다. 향내가 나기 시작했다. 현관 방에서 하녀들과 하인들이 나와 문 앞에 빽빽이 늘어섰다. 위층에서 절대로 내려오지 않던 로스카가 갑자기 식당에 나타났다. 사람들이 쫓아내려고 하자 로스카는 깜짝 놀라 뱅뱅 돌더니 주저앉아 버렸다. 하인 하나가 로스카를 붙잡아 데리고 나갔다. 라브레츠키는 한쪽 구석에 붙어 서 있었다. 그는 기분이 이상야릇했고, 슬픈 느낌마저 들었다. 스스로도 자기가 뭘 느끼는지 잘 이해할 수 없었다. 마리야 드미트리예브나는 안락의자 앞 맨 앞줄에 서 있었다. 그녀는 거드름을 피우며 힘없이 아무렇게나 성호를 그었다. 때로는 주위를 두리번거리고 때로는 위를 쳐다보는 것으로 보아 싫증이 난 모양이었다. 마르파 티모페예브나는 걱정이 있는 것처럼 보였다. 나스타시야 카르포브나는 머리를 땅에 대고 절하면서, 잔잔하고 부드러운 소리를 내며 일어서곤 했다. 리자는 선 채로 꼼짝하지 않았다. 긴장된 표정으로 보아 그녀가 마음을 집중해 열심히 기도하고 있음을 짐작할 수 있었다. 기도식이 끝나고 십자가에 입맞춤할 때, 그녀는 신부의 크고 붉은 손에도 입을 맞추었다. 마리야 드미트리예브나가 차를 마시자고 신부를 초대했다. 신부는 어깨띠를 벗고 약간은 속인의 모습으로 부인들과 함께 응접실로 건너갔다. 대화가 시작되었지만 그다지 활기가 없었다. 신부는 수건으로 연방 자신의 대머리를 문지르며, 지나가는 말로 상인 아보시니코프가 교회의 '둥근 지붕'을 도금하기 위해 700루블을 희사했다는 얘기를 하고 주근깨의 특효약을 소개하기도 하면서 차를 넉 잔이나 마셨다. 라브레츠키는 리자 옆에 다가앉으려고 했지만, 그녀는 냉정하고 엄격한 태도를 취하며 한 번도 그를 쳐다보지 않았다. 마치 라브레츠키를 일부러 모르는 체하는 듯했다. 그녀는 냉랭하고 거만한 환희에 젖어 있는 듯했다. 라브레츠키는 왠지 자꾸만 미소를 지었고 뭔가 재미있는 것을 말하고 싶었다. 그러나 그는 당혹스러움을 느꼈다. 그래서 끝내는 남몰래 의혹을 품은 채로 그 자리를 떴다……. 그는 리자의 마음속에 자신이 알 수 없는 뭔가가 있음을 느꼈다.

한번은 라브레츠키가 응접실에 앉아서 게제오놉스키의 간드러지지만 답답한 수다를 듣고 있다가 무심결에 뒤돌아보는 순간 리자의 깊고 신중하면서도 의혹에 찬 수수께끼 같은 눈길을 포착했다. 그 눈길은 자신을 뚫어져라 바라보고 있었다. 그는 밤새 그 눈길에 대해 생각했다. 그는 소년 같은 사랑을 하고 있지는 않았고, 한숨을 쉬고 괴로워하는 것은 그에게 어울리지도 않았다. 리자도 그런 종류의 감정을 불러일으키지는 않았다. 그러나 어떤 나이의 사랑에도 그 나름의 괴로움은 있는 법이다. 그도 그런 괴로움을 한껏 맛보았다.

33

어느 날 라브레츠키는 보통 때와 마찬가지로 칼리틴의 집에 앉아 있었다. 참기 힘든 무더운 낮이 지나고 근사한 저녁이 되자, 통풍을 싫어하는 마리야 드미트리예브나까지 뜰 쪽의 모든 창문과 문을 열어 놓도록 지시하고는, 오늘은 트럼프를 하지 않을 것이고, 이렇게 좋은 날씨에 트럼프를 하는 것은 죄스러운 일이며 마땅히 자연을 즐겨야 한다고 말했다. 손님은 판신 한 사람뿐이었다. 그는 멋진 저녁이라 기분이 좋아졌지만, 라브레츠키 앞에서 노래를 부르고 싶지 않아서 넘쳐흐르는 예술적 감정을 시에 쏟아부었다. 그는 레르몬토프의 시 몇 편을(당시는 푸시킨의 시가 다시 유행하기 전이었다.) 멋지게 낭독했지만, 너무나 의식적이고 불필요하게 멋을 부렸다. 그러다가 갑자기 자신의 감정을 토로한 것이 쑥스러운 듯이, 그 유명한 「사색」[46]과 관련해 새로운 세대를 질책하고 비난하기 시작했다. 그뿐 아니라 기회를 놓치지 않고, 만일 권력이 자기 수중에 있다면 어떻게 모든 것을 자기식으로 되돌려놓을지 말했다. "러시아는 유럽보다 뒤떨어졌습니다." 그가 말했다. "러시아를 내몰아야 해요. 사람들은 우리가 젊다고 단언하지만,

---

46) M. Yu. 레르몬토프(1814~1841)의 서정시.

이건 헛소리입니다. 게다가 우리에겐 발명의 재능이 없습니다. 호먀코프도 우리는 쥐덫 하나 발명하지 못했다고 자인했어요. 그러니 우리는 하는 수 없이 다른 사람들로부터 빌려와야만 합니다. 레르몬토프는 우리가 병들어 있다고 말합니다. 난 그의 의견에 동의해요. 그러나 우리가 병든 건 절반만 유럽인이 되었기 때문이에요. 독은 독으로 다스려야 합니다."('토지대장.' 라브레츠키는 생각했다.) "우리 나라에서 가장 훌륭한 사람들은⋯⋯." 판신이 말을 이었다. "오래전부터 이 점을 확신하고 있었어요. 본질적으로 모든 민족은 동일합니다. 좋은 제도를 도입하기만 하면 문제는 끝나는 겁니다. 분명히 제도를 현재의 국민 생활에 맞출 수 있어요. 이건 우리⋯⋯ 관리들(그는 하마터면 '정치인들'이라고 말할 뻔했다.)이 할 일이지요. 그러나 걱정하지 마세요, 필요한 경우에는 제도가 생활 자체를 바꿀 겁니다." 마리야 드미트리예브나는 감동해 판신의 말에 공감했다. '바로 이렇게 현명한 사람이 우리 집에서 이야기하고 있다.' 그녀는 생각했다. 리자는 창에 기댄 채 말이 없었다. 라브레츠키도 잠자코 있었다. 구석에서 자기 여자 친구와 카드를 하던 마르파 티모페예브나는 혼자서 뭐라고 중얼거렸다. 판신은 방 안을 서성거리며 멋있게 말했지만, 속으로는 적의를 품고 있었다. 그는 세대 전체를 비난하는 것이 아니라 자신이 아는 몇몇 사람들을 비난하는 듯했다. 칼리틴가 정원의 무성한 라일락 덤불에는 꾀꼬리 한 마리가 살았다. 저녁이 되어 꾀꼬리가 울어 대는 첫 노랫소리가 그의 유창한 연설 사이사이에 울려 퍼졌다. 미동도 없는 보리수나무들의 우죽 위 장밋빛 하늘에는 첫 별들이 반짝이기 시작했다. 라브레츠키가 일어나서 판신의 말을 반박했다. 논쟁이 시작되었다. 라브레츠키는 러시아의 젊음과 자주성을 주장했다. 그는 자신과 자신이 속한 세대를 희생하면서까지 새로운 사람들을, 새로운 사람들의 신념과 희망을 옹호했다. 판신은 흥분해서 신랄하게 반박했고, 현명한 사람들은 모든 것을 개혁해야 한다고 말했다. 마침내 그는 자신이 시종보이며 관리라는 사실을 망각하고 라브레츠키를 시대에 뒤떨어진 보수주의자라고 부르면서 아주 간접적이지만 사회에서 그가 갖는 위선적인 위치를 암시하기까지 했다. 라브레츠키는 화내지 않았고 목청을 높이지도 않았다.(그는 미할레비치도 자신을 시대에 뒤떨어진 사람, 다만 시대에 뒤떨어진 볼테르주의자라고 부른 것을 기억해 냈다.) 그는 조용히 판신의 주장을 하나하나 격파했다. 그는 판신에게 조국에 대한 지식과 비록 부정적인 이상이라도 그 이상에 대한 실질적인 믿음에 의해 입증되지 않은 도약과 오만한 개혁(관리의 의식에 의한 위로부터의 개혁)이 불가능함을 증명했다. 그는 자신의 교육을 예로 들어 무엇보다도 민중의 진실(이 민중의 진실 없이는 거짓에 대항할 수 있는 용기도 있을 수 없다.)을 인정할 것과 그 앞에 순종할 것을 요구했다. 그리고 그는 시간과 정력을 경솔하게 낭비했다는 비난은 자기 생각에도 당연한 것이므로 그 비난을 회피하지 않겠다고 말했다.

"모든 게 훌륭합니다!" 마침내 격분한 판신이 소리쳤다. "이제 당신은 러시아로 돌아오셨는데, 도대체 뭘 할 작정이십니까?"

"땅을 갈 거요." 라브레츠키가 대답했다. "가능하면 땅을 잘 갈려고 노력할 거요."

"물론 그건 아주 훌륭한 일입니다." 판신이 대꾸했다. "당신은 이 부문에서 이미 크게 성공했다고 말하더군요. 그러나 누구나 그와 같은 일을 할 수 있는 건 아니라는 점을 인정해야 합니다."

"시적인 천성을 지닌 사람은……." 마리야 드미트리예브나가 말하기 시작했다. "물론 땅을 갈 수 없지요……. 그리고 블라디미르 니콜라이치, 당신에겐 모든 일을 원대하게 해내야 할 사명이 있어요."

이건 심지어 판신에게도 과분한 말이었다. 그래서 그는 말을 우물거리다 화제를 돌렸다. 그는 화제를 별이 빛나는 하늘의 아름다움과 슈베르트의 음악으로 바꾸려고 노력했지만 어쩐지 모든 것이 잘되지 않았다. 결국 그는 마리야 드미트리예브나에게 피케를 하자고 제의했다. "뭐라고요! 이렇게 아름다운 저녁에요?" 그녀는 살짝 반대하기는 했지만 카드를 가져오라고 지시했다.

판신이 요란한 소리를 내며 새 카드를 뜯었다. 리자와 라브레츠키 두 사람은 마치 약속이나 한 듯이 일어나 마르파 티모페예브나 옆에 가 앉았다. 두 사람은 갑자기 매우 기분이 좋아져서 둘만 있기가 두려워질 정도였다. 이와 동시에 그들은 최근 며칠 동안 자기들이 체험한 당혹스러움이 사라지고 이제 다시는 돌아오지 않으리라는 것을 느꼈다. 노파는 가만히 라브레츠키의 볼을 두드리며 교활하게 실눈을 뜨고 귓속말로

"잘난 체하는 자를 묵사발로 만들었군, 고맙다." 하고 여러 번 머리를 흔들어 댔다. 방 안은 온통 조용해졌다. 다만 탁탁 소리를 내며 타 들어가는 양초의 연약한 소리와 이따금 손으로 탁자를 치는 소리, 감탄사와 점수 세는 소리가 들릴 뿐이었다. 그리고 이슬을 머금은 신선한 밤공기와 함께 힘차고 무례할 정도로 낭랑하게 울어 대는 꾀꼬리의 노랫소리가 거대한 파도처럼 창문으로 밀려들었다.

34

리자는 라브레츠키와 판신이 논쟁하는 동안에 한마디도 하지 않았지만, 주의 깊게 그 논쟁을 주시했으며 전적으로 라브레츠키에게 공감했다. 그녀는 정치에 별로 흥미가 없었지만 세속적인 관리의 우쭐대는 어조(판신은 지금까지 이런 어조로 말한 적이 없었다.)가 못마땅했고, 러시아에 대한 판신의 멸시에 모욕감을 느꼈다. 리자는 자신이 애국자라고 생각한 적은 없었지만 러시아인들과 있으면 마음이 편했다. 그녀는 러시아적인 기질을 좋아했다. 그녀는 어머니의 영지 관리인이 시내에 들어올 때면 격식을 차리지 않고 몇 시간씩 그와 이야기를 나누곤 했다. 그녀는 주인이 너그럽게 말 상대를 해 준다는 티를 조금도 내지 않고 대등한 사람과 이야기하듯이 그와 이야기했다. 라브레츠키는 이 모든 것을 느꼈다. 그는 판신 한 사람에게라면 그렇게 반박하지 않았을 것이다. 그는 오직 리자를 위해 말했다. 그들은 서로에게 아무 말도 안 했고, 심지어 눈길이 마주치는 일조차 드물었다. 그러나 두 사람은 오늘 밤에 아주 친밀해진 것을 느꼈고, 그들이 같은 것을 사랑하고 같은 것을 싫어한다는 것을 깨달았다. 다만 한 가지 점에서 그들은 달랐다. 그러나 리자는 그를 하느님에게 인도할 수 있기를 은근히 기대했다. 그들은 마르파 티모페예브나 옆에 앉아서 그녀가 하는 카드놀이를 주시하는 듯했다. 실제로도 그랬다. 그러나 그동안에 그들 각자의 마음은 부풀어 올랐고, 모든 것이 그들의 관심을 끌었다. 그들을 위해 꾀꼬리가 울었고, 별이 빛났고, 꿈과 여름의 애무와 온기로 잔뜩 취해 있는 나무들이 조용히 속살거렸다. 라브레츠키는 자신을 황홀하게 만든 파도에 온몸을 맡기며 즐거워했다. 그러나 순결한 처녀의 마음속에서 일어난 일은 말로 형용할 수 없다. 그것은 그녀 자신에게도 비밀이었다. 그러니 다른 모든 사람에게도 비밀로 남겨 두자. 생명을 누리고 꽃을 피울 씨앗이 대지의 품속에서 어떻게 물이 오르고 여무는지는 아무도 모르고, 아무도 보지 못했으며, 결코 보지 못할 것이다.

시계가 10시를 쳤다. 마르파 티모페예브나는 나스타시야 카르포브나와 함께 위층 자기 방으로 올라갔다. 라브레츠키와 리자는 방을 지나 정원을 향해 열린 문 앞에 멈춰 서서 어둠에 잠긴 먼 앞을 바라보고는 서로를 향해 미소 지었다. 그들은 손을 맞잡고 실컷 이야기할 듯이 보였다. 그러나 그들은 마리야 드미트리예브나와 판신에게 돌아갔다. 그들은 아직도 피케를 계속하고 있었다. 마침내 마지막 '킹'이 끝나자 안주인은 쿠션을 두껍게 깔아 놓은 안락의자에서 한숨을 쉬고 신음 소리를 내면서 일어났다. 판신은 모자를 집어 들고 마리야 드미트리예브나의 손에 입을 맞추더니, 어떤 행복한 사람들은 지금쯤 잠을 자거나 밤을 즐기는 데 아무런 방해도 받지 않겠지만 자신은 아침까지 시시한 서류들을 들여다보아야 한다고 말하고는 리자에게 냉정하게 인사하고(그는 자신의 청혼에 리자가 기다려 달라고 할 줄은 예상하지 못했다. 그래서 그녀에게 불만을 품고 있었다.) 그 자리를 떴다. 라브레츠키도 그를 뒤따라 나갔다. 그들은 대문 앞에서 헤어졌다. 판신은 지팡이 끝으로 마부의 목을 쿡쿡 찔러 깨우더니 마차를 타고 가 버렸다. 라브레츠키는 집으로 돌아가고 싶지 않았다. 그는 시내를 벗어나 들판으로 나갔다. 밤은 고요하고 달이 없었지만 밝았다. 라브레츠키는 오랫동안 이슬 내린 풀밭을 헤맸다. 이윽고 좁다란 오솔길이 나타나자 그는 그 길을 따라 걸었다. 오솔길을 따라가던 그는 긴 울타리의 작은 문과 마주쳤다. 작은 문은 마치 그의 손이 닿기를 기다리기나 한 것처럼 약하게 삐걱 소리를 내며 열렸다. 라브레츠키는 정원 안으로 들어가 보리수가 늘어선 오솔길을 따라 몇 걸음 내딛다가 갑자기 깜짝 놀라며 멈추어 섰다. 그곳은 칼리틴의 집 정원이었던 것이다.

그는 즉시 무성한 호두나무 숲의 컴컴한 그늘 밑으로 들어섰고, 놀라서 어깨를 움츠리고 오랫동안 꼼짝 않고 서 있었다.

'이건 우연이 아니다.' 그는 생각했다.

사방은 죽은 듯이 고요했다. 집 쪽에서는 아무 소리도 들리지 않았다. 그는 조심스럽게 앞으로 걸어갔다. 오솔길을 꺾어

돌자 그 앞에 갑자기 집의 시커먼 정면이 나타났다. 단지 위층의 두 창문에서만 불빛이 깜빡였다. 흰 커튼 너머 리자의 방에서는 촛불이 타고 있었고, 마르파 티모페예브나의 침실에서는 성상 앞에 붉은 등불이 금빛 테두리에 고요히 반사되면서 희미한 빛을 내며 타고 있었다. 아래층 발코니의 문은 활짝 열린 채 크게 하품하고 있었다. 라브레츠키는 나무 벤치에 앉아 한 손으로 몸을 지탱하면서 그 문과 리자 방의 창문을 바라보기 시작했다. 시내에서 자정을 알리는 종소리가 들렸다. 집 안의 조그만 시계들이 가늘게 열두 번을 쳤다. 야경꾼이 나무 야경판을 탁탁 쳤다. 라브레츠키는 아무 생각도 하지 않았고 아무것도 기다리지 않았다. 그는 리자 가까이에 있는 자신을 느끼는 것이 즐거웠고, 리자가 여러 번 앉았을 정원의 벤치에 앉아 있는 것이 즐거웠다……. 리자의 방에서 불빛이 사라졌다. "잘 자요, 나의 사랑스러운 아가씨." 라브레츠키가 계속 꼼짝하지 않고 앉아 어두워진 창문에서 눈길을 떼지 않고 중얼거렸다.

갑자기 불빛이 아래층의 한 창문에 나타나더니 다음 창문으로, 그다음 창문으로 움직였다……. 누군가가 촛불을 들고 방들을 지나가고 있었다. '리자가 아닐까? 설마 그럴 리가……!' 라브레츠키는 엉거주춤 일어섰다. 낯익은 모습이 잠깐 보이더니 응접실에 리자가 나타났다. 흰 원피스를 입고 땋은 머리채를 어깨에 드리운 그녀는 조용히 탁자 쪽으로 다가가더니, 그 위에 머리를 수그리며 양초를 세워 놓고 무언가를 찾았다. 그러고 나서 그녀는 정원 쪽을 향하더니 열린 문으로 다가왔다. 온통 희고 경쾌하고 날씬한 모습이 문턱에 멈추어 섰다. 전율이 라브레츠키의 온몸을 스쳤다.

"리자!" 겨우 들릴 듯 말 듯한 말이 그의 입술에서 튀어나 왔다.

그녀는 흠칫 몸을 떨고 어둠 속을 살피기 시작했다.

"리자!" 라브레츠키가 더 크게 부르며 오솔길의 그늘에서 걸어 나갔다.

리자는 깜짝 놀라서 머리를 내밀었고 비틀거리며 뒤로 물 러섰다. 그를 알아본 것이다. 그는 세 번째로 그녀의 이름을 부르고 그녀를 향해 손을 뻗었다. 그녀는 문에서 걸어 나와 정원으로 들어섰다.

"당신이었군요!" 그녀가 말했다. "당신이 이곳에 있었군요!"

"나요…… 납니다……. 내 말을 들어 봐요." 라브레츠키가 속삭이며 그녀의 한 손을 잡고 벤치로 데리고 갔다.

그녀는 거부하지 않고 그를 따라갔다. 그녀의 창백한 얼굴, 꼼짝하지 않는 두 눈, 그녀의 모든 동작은 말할 수 없는 놀라 움을 표현했다. 라브레츠키는 그녀를 벤치에 앉히고 그녀 앞 에 섰다.

"난 여기 올 생각은 없었소." 그가 말문을 열었다. "난 이끌 려 온 거요……. 난…… 난…… 당신을 사랑하오." 그가 알 수 없는 두려움을 느끼며 말했다.

리자는 천천히 그를 바라보았다. 그녀는 이 순간에야 비로 소 자기가 어디에 있고 자기에게 무슨 일이 일어나는지 이해 한 듯했다. 그녀는 일어나고 싶었지만 그러지 못하고 두 손으로 얼굴을 감쌌다.

"리자." 라브레츠키가 말했다. "리자." 그가 다시 한번 이름을 부르고 그녀의 발밑에 무릎을 꿇었다…….

그녀의 어깨가 가볍게 떨리기 시작했고, 그녀는 창백한 손가락으로 더욱 강하게 얼굴을 감쌌다.

"무슨 일이에요?" 라브레츠키가 말하고 나서 조용히 흐느껴 우는 소리를 들었다. 그의 가슴이 덜컹 내려앉았다……. 그는 이 눈물이 무엇을 의미하는지 이해했다. "정말로 당신은 날 사랑하나요?" 그가 속삭이며 그녀의 무릎을 만졌다.

"일어나세요." 그녀의 목소리가 들렸다. "일어나세요, 표도르 이바니치. 우리가 무슨 짓을 하는 거죠?"

그는 일어나서 그녀와 나란히 벤치에 앉았다. 그녀는 이미 울음을 그치고 촉촉하게 젖은 눈으로 그를 빤히 바라보고 있었다.

"전 무서워요. 우리가 무슨 짓을 하고 있나요?" 그녀가 되뇌었다.

"난 당신을 사랑하오." 그가 다시 한번 말했다. "난 당신에게 내 온 생명을 바칠 준비가 되어 있어요."

그녀는 마치 무엇에 쏘이기라도 한 듯이 다시 한번 몸을 흠칫 떨고는 눈을 들어 하늘을 쳐다보았다.

"이 모든 게 하느님의 뜻에 달려 있어요."

"그러나 당신은 날 사랑하죠, 리자? 우린 행복할까요?"

그녀는 눈을 내리깔았다. 그가 조용히 그녀를 끌어당겼다. 그러자 그녀의 머리가 그의 어깨 위로 떨어졌다……. 그는

약간 옆으로 머리를 기울여 그녀의 창백한 입술에 입을 맞추
었다.

삼십 분 후 라브레츠키는 이미 정원의 작은 문 앞에 서 있
었다. 그는 문이 잠겨 있는 것을 보고 울타리를 뛰어넘어야 했
다. 그는 시내로 돌아가 잠든 거리를 따라 걸었다. 그의 가슴
은 뜻하지 않은 커다란 기쁨으로 가득 찼다. 마음속의 모든
의심이 사라졌다. '과거여, 어두운 환영이여, 사라져라.' 그는
생각했다. '그녀는 날 사랑한다. 그녀는 내 사람이 될 것이다.'
갑자기 그는 자기 머리 위 공중에서 어떤 놀랍고 장엄한 음향
이 울려 퍼지는 것을 느꼈다. 그는 걸음을 멈추었다. 그 음향
은 더욱 장엄하게 울리기 시작했다. 그것은 낭랑하고 힘찬 흐
름이 되어 흘러나왔다. 그 속에서 그의 모든 행복이 말하고
노래 부르는 듯했다. 그는 주변을 둘러보았다. 그 음향은 조그
만 집의 위층 두 창문에서 흘러나왔다.
"렘!" 라브레츠키가 소리치고 나서 집을 향해 달려갔다.
"렘! 렘!" 그가 큰 소리로 다시 한번 외쳤다.
음향이 멎었고, 앞가슴을 드러내고 머리를 풀어헤친, 실내
복을 입은 노인의 모습이 창문에 나타났다.
"아하!" 그가 점잖게 말했다. "당신이군요?"
"흐리스토포르 표도리치, 정말 훌륭한 음악입니다. 제발 날
들어가게 해 주시오."
노인은 한마디도 하지 않고 위엄 있는 손동작으로 문의 열
쇠를 내던졌다. 라브레츠키는 재빨리 위층으로 뛰어 올라가

방으로 들어서서 렘에게 달려가려고 했다. 그러나 노인은 명령하듯이 그에게 의자를 가리키며 러시아어로 띄엄띄엄 "앉아서 들으시오."라고 말했다. 그는 피아노 앞에 앉아서 당당하고 엄숙하게 주위를 한 번 둘러보고는 연주하기 시작했다. 라브레츠키는 오랫동안 그런 연주를 들어 보지 못했다. 달콤하고 정열적인 멜로디가 첫 음부터 그의 마음을 사로잡았다. 그 멜로디는 온통 영감과 행복과 아름다움으로 반짝이며 괴로워했다. 멜로디는 커지다가 스러지곤 하면서 지상에 있는 소중하고 신비하고 성스러운 모든 것을 말했고, 불멸의 슬픔을 표현하다가 하늘로 올라가 사라졌다. 라브레츠키는 감격에 넘쳐서 창백한 얼굴로 얼어붙어 온몸을 쭉 펴고 서 있었다. 그 음향은 방금 사랑의 행복으로 강한 감동을 받은 그의 가슴에 막 스며들었다. 그 음향 자체가 사랑에 불타고 있었다. "다시한번 부탁합니다." 마지막 화음이 울리자마자 그가 속삭였다. 노인은 날카로운 눈초리로 그를 힐끗 바라보고는 한 손으로 가슴을 치며 천천히 자기 모국어로 말했다. "이건 내가 만든 것입니다. 난 위대한 음악가니까요." 그리고 그는 자신이 만든 훌륭한 곡을 다시 연주하기 시작했다. 방 안에는 촛불도 없었다. 떠오른 달빛이 비스듬히 창문으로 스며들었다. 민감한 공기가 쟁쟁하게 떨고 있었다. 조그마하고 초라한 방 안이 성당같이 느껴졌으며, 은빛의 어스름 속에서 노인의 머리가 영감에 차서 높이 들리곤 했다. 라브레츠키는 다가가서 그를 포옹했다. 처음에 렘은 그의 포옹에 반응을 보이지 않았고 심지어 팔꿈치로 그를 물리치기까지 했다. 노인은 오랫동안 손가락

하나 까딱하지 않고 여전히 엄하고 무뚝뚝한 얼굴로 그를 바라보며, 두어 번 "아하." 하고 중얼거릴 뿐이었다. 그러다가 마침내 완전히 달라진 노인의 얼굴에 평온이 깃들고 긴장이 풀어졌다. 노인은 라브레츠키의 열렬한 축하에 처음에는 가볍게 미소 짓다가 이윽고 어린애처럼 가냘프게 흐느끼면서 울기 시작했다.

"참 놀라워요." 노인이 말했다. "당신이 바로 지금 오셨다니. 그러나 난 다 압니다."

"다 안다뇨?" 라브레츠키가 당황하면서 말했다.

"내가 말한 대로입니다." 렘이 대꾸했다. "정말로 당신은 내가 다 안다는 걸 몰랐단 말입니까?"

라브레츠키는 아침까지 잠을 이룰 수 없었다. 그는 밤새 침대에 앉아 있었다. 리자도 잠을 이루지 못했다. 그녀는 기도를 하고 있었다.

35

독자는 라브레츠키가 어떻게 자라서 발전해 왔는지 안다. 이제 리자의 교육에 대해 몇 마디 하자. 아버지가 사망했을 때 그녀는 열 살이었다. 그러나 아버지는 그녀에게 별로 관심을 기울이지 않았다. 일에 파묻혀 지내고 늘 재산 증식에 골몰했으며 신경질적이고 과격하고 인내심이 없던 그는 선생이나 가정교사에 드는 비용과 아이들의 옷값이나 그 밖의 필요한 것을 사는 데 드는 돈은 아끼지 않았다. 그러나 그의 표현 대로 울보들을 돌보는 일은 참을 수 없었다. 하기야 그에게는 아이들을 돌볼 겨를도 없었다. 일을 하고 사무를 처리하느라 잠도 적게 잤고, 이따금 카드놀이를 했지만 다시 일에 몰두하곤 했다. 그는 스스로를 탈곡기에 매인 말에 비유했다. "내 인생은 너무 빨리 지나갔다." 그가 임종의 순간에 바싹 마른 입술에 쓰디쓴 웃음을 지으며 말했다. 마리야 드미트리예브나가 라브레츠키 앞에서 그녀 혼자 아이들을 길렀다고 자랑하기는 했지만, 실제로 남편보다 더 많이 리자에게 관심을 기울인 것은 아니었다. 그녀는 인형에게 옷을 입히듯 리자에게 옷을 입혔고, 손님들 앞에서 리자의 머리를 쓰다듬어 주며 그녀를 마주 보고 영리한 애, 귀여운 애라고 불렀다. 이것이 다였다. 끊이지 않는 온갖 일거리에 게으른 부인은 지쳐 버렸다. 아버지가 살아 있을 때 리자는 모로라는 파리 출신의 처녀 가정교사 손에 맡겨졌다. 아버지가 돌아가신 후에는 마르파 티모페예브나의 손에 맡겨졌다. 독자는 이미 마르파 티모페예브나를 안다. 모로 양은 새 같은 몸짓과 새 같은 지혜를 지닌 주름살 투성이의 아주 작은 여자였다. 젊은 날에 그녀는 아주 방만한 생활을 했고, 늙어서 그녀에게 남은 것은 오직 맛있는 음식과 카드에 대한 열정뿐이었다. 그녀는 배가 부를 때는 카드도 하지 않고 수다도 떨지 않았다. 그녀의 얼굴에는 곧 다 죽어 가는 사람의 표정이 나타났다. 그녀는 가끔 멍하니 앉아서 숨을 쉬곤 했는데, 머릿속에는 아무런 생각이 없는 것이 분명했다. 그녀를 착한 여자라고 부를 수도 없었다. 착한 새란 없는 법이다. 젊은 시절을 경박하게 보낸 탓인지, 어려서부터 마신 파리의 공기 탓인지, 그녀의 마음속에는 보통 "그건 다 바보 같은 일이다."라는 말로 표현되는 값싼 회의주의와 같은 무언가가 둥지를 틀고 있었다. 그녀는 정확하지는 않지만 순수한 파리 억양으로 말했으며 횡설수설하거나 변덕을 부리지는 않았다. 여자 가정교사에게 그 이상 뭘 더 바랄 수 있겠는가? 그녀는 리자에게 별다른 영향을 주지 못했다. 리자의 유모인 아가피야 블라시예브나가 리자에게는 더 많은 영향을 주었다.

아가피야 블라시예브나의 운명은 놀라웠다. 그녀는 농민의 가정에서 태어나 열여섯 살에 농군에게 시집갔다. 그러나 그는 자기네 농사꾼 여자들과는 전혀 달랐다. 그녀의 아버지는 이십여 년 동안 이장을 하면서 많은 돈을 모았고 딸을 응석받이로 만들었다. 그녀는 대단한 미인이었고, 부근을 통틀어 제일가는 멋쟁이였으며 똑똑하고 언변이 좋고 대담했다. 그녀의 주인이며 마리야 드미트리예브나의 아버지인 드미트리 페스토프는 겸손하고 조용한 사람이었는데, 어느 날 탈곡장에서 그녀를 보고 잠시 말을 나눈 후에 그녀에게 홀딱 반해 버렸다. 그녀는 곧 과부가 되었다. 페스토프는 아내가 있었지만 그녀를 자기 집에 데려다가 지주의 저택에 딸린 하녀처럼 옷을 입혔다. 아가피야는 마치 한평생을 이렇게 살아왔다는 듯이 금방 새로운 환경에 익숙해졌다. 그녀는 얼굴이 하얘지고 살이 쪘다. 모슬린 옷소매 밑으로 보이는 그녀의 손은 상인 아내의 손처럼 '고급 밀가루'같이 하얘졌다. 사모바르가 식탁에서 떠나지 않았다. 그녀는 비단과 벨벳 외에는 아무것도 입으려고 하지 않았고, 푹신한 깃털 이불을 덮고 잤다. 이런 행복한 생활이 오 년쯤 계속되었다. 그러나 드미트리 페스토프가 사망하고 말았다. 과부가 된 착한 마님은 죽은 남편의 기억을 소중히 여겨 자신의 경쟁자를 부당하게 대하려고 하지는 않았다. 게다가 아가피야도 결코 그녀 앞에서 자신의 분수를 잊지 않았다. 그러나 마님은 아가피야를 가축지기에게 시집보내 눈앞에서 멀리 쫓아냈다. 한 삼 년이 지나갔다. 한번은 어느 무더운 여름날에 마님이 잠시 축사에 들렀다. 아가피야가 마님에게 아주 맛있고 찬 크림을 대접하고 얼마나 겸손하게 처신했던지, 그리고 얼마나 단정하고 명랑하게 모든 일에 만족하고 있었던지 마님은 그녀를 용서해 주겠다고 말하고 집에 드나드는 걸 허락했다. 그리고 여섯 달쯤 지나자 마님은 그녀에게 애착을 느껴 그녀를 하녀장으로 삼아 집안일을 모두 맡겼다. 아가피야는 다시 권력을 잡았고 다시 살이 찌고 얼굴이 하얘졌다. 마님은 그녀를 완전히 신임했다. 이렇게 다시 오 년쯤 흘렀다. 불행이 다시 아가피야를 엄습했다. 그녀가 하인으로 뽑아 올린 자기 남편이 술을 마시고 집에서 사라지기 시작하더니 결국에는 주인집의 은수저 여섯 개를 훔쳐서 기회가 올 때까지 아내의 궤 속에 숨겨 두었던 것이다. 이것이 발각되었다. 그는 다시 가축지기로 전락했고, 아가피야는 총애를 잃었다. 그녀는 집에서 쫓겨나지는 않았으나 하녀장에서 침모(針母)로 내려앉았고 부인용 실내모 대신에 수건을 쓰라는 명령을 받았다. 모두가 놀랄 정도로 아가피야는 자신에게 떨어진 이 타격을 겸손하고 온순한 태도로 받아들였다. 그때 그녀의 나이는 이미 서른이 넘었다. 그녀의 아이들은 모두 죽었고, 남편도 오래 살지 못했다. 이제 정신을 차릴 때가 되었던 것이다. 그녀는 정신을 차렸다. 그녀는 매우 과묵해지고 신앙심이 돈독해졌으며, 아침 기도와 미사에 한 번도 빠지지 않았고, 자신의 좋은 옷을 모두 나누어 주었다. 그녀는 십오 년을 조용하고 온순하고 성실하게, 그 누구와도 다투지 않고 모든 사람에게 양보하며 살았다. 누가 자신에게 무례한 말을 하면 그녀는 그저 머리를 수그리고 가르침을 주어서 고맙다고 말했다. 마님은 오래전에 그녀를 용서하고 다시 그녀를 총애했으며 자기가 쓰던 부인용 실내모를 그녀에게 선물했다. 그러나 그녀는 수건을 벗으려 하지 않았고 늘 검은 옷을 입고 다녔다. 그리고 마님이 죽은 후에는 더욱 조용하고 겸손해졌다. 러시아인은 쉽게 겁내고 쉽게 사람을 따른다. 그러나 러시아인의 존경을 받기는 어렵다. 금방 존경하는 법이 없고 아무나 존경하지도 않는다. 그러나 집 안의 모든 사람이 아가피야를 존경했다. 전날의 잘못을 마치 옛 주인과 함께 땅속에 파묻기라도 한 듯 그 누구도 그것을 떠올리지 않았다.

마리야 드미트리예브나의 남편이 된 칼리틴은 아가피야에게 집안일을 맡기려고 했더랬다. 그러나 그녀는 "유혹이 두렵다."라고 하면서 거절했다. 그는 그녀에게 언성을 높였지만 그녀는 깊숙이 머리를 숙이고 물러나 버렸다. 영리한 칼리틴은 사람의 마음을 이해할 줄 알았다. 그는 그녀를 이해했고 그녀를 잊지 않았다. 시내로 이사한 후 그는 그녀의 동의를 얻어 그녀를 막 다섯 살이 된 리자의 유모로 데려왔다.

처음에 리자는 새로운 유모의 진지하고 엄격한 얼굴을 보고 두려움을 느꼈다. 그러나 리자는 곧 유모에게 익숙해졌고 유모를 몹시 사랑하게 되었다. 리자는 진지한 아이였다. 리자의 외모는 칼리틴의 날카롭고 단정한 모습을 생각나게 했다. 그러나 그녀의 눈만은 아버지를 닮지 않았다. 그녀의 눈은 아이들에게서는 흔히 볼 수 없는 조용한 주의력과 선량함으로 빛났다. 그녀는 인형 놀이를 좋아하지 않았고 큰 소리로 오랫동안 웃지도 않았으며 품행이 단정했다. 그녀는 이따금 깊은 생각에 잠겼는데, 그럴 때는 거의 언제나 이유가 있었다. 잠시 잠자코 있다가 끝내 그녀는 보통 나이 많은 누군가에게 질문하곤 했다. 그런 질문은 그녀의 머리가 새로운 인상을 받아 작동하고 있음을 보여 주었다. 그녀는 분명치 않게 말하는 것을 아주 빨리 끝내고 이미 네 살 때부터 매우 분명하게 말했다. 그녀는 아버지를 무서워했다. 어머니에 대한 그녀의 감정은 분명치 않았다. 그녀는 어머니를 무서워하지도 않았고 응석을 부리지도 않았다. 그녀는 아가피야만 사랑했지만 아가피야에게도 응석은 부리지 않았다. 아가피야는 그녀 곁을 떠나지 않았다. 그 둘이 함께 있는 모습은 이상했다. 온통 검은 옷을 입고 머리에 검은 수건을 쓴 아가피야는 마치 투명한 양초처럼 말랐으나 여전히 아름답고 표정이 풍부한 얼굴을 하고 똑바로 앉아서 양말을 뜨곤 했다. 리자는 아가피야의 발밑에 있는 조그만 안락의자에 앉아서 역시 무슨 일인가를 열심히 하거나 진지하게 맑은 눈을 쳐들고 아가피야가 하는 말을 듣곤 했다. 아가피야는 그녀에게 옛날이야기를 해 주지 않았다. 그녀는 고르고 단조로운 목소리로 성모의 생애를, 은둔자와 성자와 거룩한 순교자의 생애를 이야기해 주었다. 그녀는 성자들이 광야에서 어떻게 살았고, 어떻게 구원을 얻고 굶주림과 빈궁을 참아 냈으며, 어떻게 왕을 무서워하지 않고 그리스도를 믿었는지 그리고 어떻게 하늘의 새들이 그들에게 먹을 것을 날라다 주고 짐승들이 그들의 말을 들었으며, 어떻게 그들의 피가 떨어진 장소에서 꽃이 자랐는지를 얘기해 주었다. "계란꽃 말인가요?" 한번은 꽃을 아주 좋아하던 리자가 이렇게 묻기도 했다……. 아가피야는 마치 자기는 그런 고상하고 성스러운 말을 할 자격이 없다는 듯이 진지하고 겸손하게 이야기했다. 리자는 그녀의 말을 들을 때면 어디에나 존재하는 전지전능한 신의 형상이 어떤 감미로운 힘을 가지고 자신의 마음에 스며들어 순결하고 경건한 공포감으로 가득 채우고, 그리스도가 왠지 자신에게는 거의 친척처럼 친근하고 낯익은 존재로 느껴졌다. 아가피야는 리자에게 기도하는 법을 가르쳐 주었다. 이따금 그녀는 꼭두새벽에 리자를 깨워 급히 옷을 입혀서 몰래 새벽 기도에 데리고 갔다. 그러면 리자는 숨죽이고 까치발로 그녀를 뒤따라갔다. 새벽의 냉랭한 기운과 어스름, 교회의 신선함과 공허함, 이 뜻하지 않은 외출의 신비로움, 조심스럽게 집으로, 잠자리로 돌아오는 일, 금지된 것, 이상한 것, 신성한 것이 뒤섞인 이 모든 것은 소녀의 마음을 뒤흔들고, 마음속 깊이 스며들었다. 아가피야는 절대로 누구를 비난하지 않았고 장난을 친다고 리자를 꾸짖지 않았다. 그녀는 뭔가 불만이 있을 때는 그저 침묵하곤 했다. 그러면 리자는 이 침묵을 이해했다. 리자는 어린아이의 기민한 통찰력으로 아가 피야가 다른 사람들, 마리야 드미트리예브나나 칼리틴에게 불 만을 가질 때를 잘 알아낼 수 있었다. 아가피야는 삼 년하고 얼마 동안 리자를 돌보았다. 그 후 모로 양이 아가피야를 대 신했다. 무뚝뚝한 태도로 "이건 다 바보 같은 일이다."라고 외 쳐 대는 이 경박한 프랑스 처녀는 리자의 마음에서 사랑하는 유모를 밀어낼 수 없었다. 유모가 뿌린 씨앗이 아주 깊숙이 뿌 리를 내린 것이다. 게다가 아가피야는 비록 리자를 돌보지는 않았지만 여전히 집에 남아서 전처럼 자신을 믿는, 자신이 키 운 아이를 종종 만나곤 했다.

그러나 아가피야는 마르파 티모페예브나가 칼리틴의 집으 로 옮겨 온 후 그녀와 잘 지내지 못했다. '농부용 모직 줄무 늬 옷'을 입은 아가피야의 엄격하고 점잔 빼는 모습이 성급하 고 고집 센 노파의 마음에 들지 않았던 것이다. 아가피야는 순 례를 위한 휴가를 얻어 떠나서는 돌아오지 않았다. 그녀가 분 리파 교도의 암자로 숨어들기라도 한 것처럼 말하는 나쁜 소 문이 돌았다. 그러나 그녀가 리자의 마음속에 남긴 흔적은 사 라지지 않았다. 리자는 여전히 마치 축제에 가는 듯이 예배에 나갔고, 약간 억눌리고 부끄러운 감정을 분출하며 기쁨을 가 지고 기도했다. 마리야 드미트리예브나는 리자가 기도하는 것 을 보고 은근히 적지 않게 놀랐다. 마르파 티모페예브나까지 도 리자를 전혀 구속하지 않았지만 그녀의 열성을 완화시키 려고 노력했고, 지나치게 머리가 땅에 닿도록 절하는 것은 귀 족답지 않다고 말하면서 그러지 못하게 했다. 리자는 공부도 잘했다. 다시 말하면 끈기 있게 공부했다. 그녀는 특별히 훌륭한 소질이나 뛰어난 두뇌는 타고나지 못했다. 노력을 하지 않고는 아무것도 이룰 수 없었다. 그녀는 피아노를 훌륭하게 연주했다. 그러나 이를 위해 그녀가 얼마나 많이 노력했는지는 렘만이 알았다. 그녀는 책은 별로 읽지 않았다. 그녀에게는 '자신의 말'이 없었다. 그러나 자신의 생각은 있어서 자신의 길을 갔다. 그녀의 외모가 아버지를 닮은 것은 우연이 아니었다. 그녀의 아버지도 자신이 무엇을 해야 할지 다른 사람들에게 묻지 않았다. 그녀는 이렇게 조용하고 침착하게 자랐으며, 이윽고 열아홉 살이 되었다. 스스로는 깨닫지 못했지만 그녀는 매우 아름다웠다. 그녀의 동작 하나하나에는 자신도 모르는 약간은 어색한 우아함이 나타났다. 목소리에는 순결한 청춘의 은방울 소리가 울렸다. 조금이라도 만족을 느끼면 입가에는 매력적인 미소가 피어오르고, 반짝이는 두 눈에는 그윽한 광채와 무언가 신비로운 상냥함이 어리곤 했다. 의무감과 상대방이 누구건 그를 모욕할까 봐 두려워하는 마음으로 충만한, 이 선량하고 온유한 처녀는 모든 사람을 사랑했지만 특별히 누구를 사랑하지는 않았다. 그녀는 환희에 차서 오직 신만을 소심하고 정겹게 사랑했다. 라브레츠키는 그녀의 고요한 내면생활을 처음으로 깨뜨린 사람이었다.

리자는 이런 처녀였다.

36

다음 날 11시쯤 지나서 라브레츠키는 칼리틴가로 갔다. 가
는 도중에 라브레츠키는 모자를 눈썹까지 푹 내려쓴 채 말을
타고 지나가는 판신을 만났다. 칼리틴의 집에서는 라브레츠키
를 받아들이지 않았다. 이것은 그가 칼리틴가 사람들과 사귄
이래 처음 있는 일이었다. 안주인께서 주무신다고 하인이 전
했다. '마님'께서 두통이 나셨다는 것이다. 마르파 티모페예브
나와 리자베타 미하일로브나도 집에 없었다. 라브레츠키는 리
자와 만날지도 모른다는 막연한 기대를 품고 정원 주변을 거
닐었으나 아무도 만나지 못했다. 그는 두 시간 후에 다시 갔
으나 똑같은 대답을 들었다. 게다가 하인이 어쩐지 언짢게 그
를 바라보았다. 라브레츠키는 같은 날에 세 번씩이나 찾아가
는 것은 무례하다고 생각했다. 그래서 그는 바실리옙스코예에
다녀오기로 결심했다. 안 그래도 거기에 볼일이 있었다. 가는
도중에 여러 가지 계획을 세워 보았다. 멋진 계획들이 꼬리를
물고 떠올랐다. 그러나 고모의 마을에 들어선 그는 문득 슬픈
생각이 들었다. 그는 안톤과 이야기하기 시작했다. 그런데 일
부러 그러는 것처럼 이 노인의 머릿속에는 온통 불쾌한 생각
뿐이었다. 노인은 글라피라 페트로브나가 죽기 직전에 자기
손을 깨물었다고 했다. 잠시 잠자코 있다가 노인이 한숨을 쉬
며 말했다. "주인님, 사람은 누구나 자기 자신을 먹게 되어 있
습죠." 라브레츠키가 귀로에 오른 것은 매우 늦은 시각이었다.
전날의 그 음향이 그를 사로잡았고, 그의 마음속에 리자의 형

상이 부드럽고 선명하게 떠올랐다. 리자가 자신을 사랑한다고 생각하니 가슴이 벅찼다. 그는 안정되고 행복한 마음으로 시내에 있는 자기 집에 이르렀다.

현관에 들어서자 그는 우선 그가 몹시 싫어하는 파출리[47] 냄새에 깜짝 놀랐다. 그리고 현관에는 커다란 트렁크와 여행용 가방들이 놓여 있었다. 시종이 이상한 얼굴을 하고 그를 향해 달려 나왔다. 그는 이상한 낌새를 이해하지 못한 채 응접실의 문지방을 넘어섰다……. 주름 장식을 단 까만 비단옷을 입은 부인이 그를 향해 소파에서 일어나더니 엷고 반쯤 투명한 무명 손수건을 창백한 얼굴에 가져다 대고 몇 걸음 떼다가 정성스럽게 빗은 향기로운 머리를 수그리고 그의 발밑에 쓰러졌다……. 그때 비로소 그는 그 여자를 알아보았다. 그 부인은 그의 아내였다.

그는 숨이 막혔다……. 그는 벽에 몸을 기댔다.

"테오도르![48] 날 내쫓지 말아요!" 그녀가 프랑스어로 말했다. 그녀의 목소리가 그의 심장을 칼로 도려내는 것 같았다. 라브레츠키는 멍하니 그녀를 바라보았다. 그러다 문득 그녀의 얼굴이 하얘지고 몸이 부은 것을 알아챘다.

"테오도르!" 이따금 눈을 치뜨고 장밋빛 손톱이 반들거리는 아주 아름다운 손가락들을 조심스럽게 꺾으면서 그녀가 말을 이었다. "테오도르, 난 당신한테 잘못했어요. 크게 잘못

---

47) 인도산 박하속(屬)의 관목에서 채취한 향료.
48) 표도르를 프랑스식으로 부른 것이다.

했어요. 아니, 죄인이라고 할 수 있어요. 그러나 내 말을 들어 줘요. 난 참회의 고통을 겪고 있어요. 나 자신도 내가 부담스럽다고요. 나는 더 이상 내 처지를 참을 수 없었어요. 몇 번이나 당신에게 말을 걸려고 생각했지만 당신의 분노가 두려웠어요. 난 과거와의 모든 관계를 끝내기로 결심했어요…… 게다가 난 심하게 앓았어요." 그녀는 이렇게 덧붙여 말하고 손으로 이마와 뺨을 쓰다듬었다. "내가 죽었다는 소문이 널리 퍼진 틈을 타서 모든 것을 버렸어요. 도중에 아무 곳에도 머물지 않고 밤낮으로 여행하여 서둘러 이곳으로 왔다고요. 나의 심판자인 당신 앞에 나타나는 걸 오랫동안 주저했지만, 마침내 늘 상냥하셨던 당신을 기억해 내고 당신에게 오기로 결심한 거예요. 모스크바에서 당신의 주소를 알아냈어요. 믿어 주세요." 방바닥에서 조용히 몸을 일으켜 안락의자의 한끝에 걸터앉으며 그녀가 말을 이었다. "난 종종 죽음에 대해 생각했어요. 스스로 생명을 끊어 버릴 만한 용기도 충분히 있었어요. 아아, 지금 나의 생활은 견딜 수 없는 짐이에요! 그러나 내 딸, 내 아도치카에 대한 생각이 죽음에 대한 생각을 멈추게 하곤 했어요. 그 애도 여기 와 있어요. 불쌍한 그 애가 옆방에서 자고 있어요! 피로에 지친 그 애를 보세요. 적어도 그 애는 당신 앞에 아무 잘못이 없어요. 그러나 난 너무나 불행해요, 너무나 불행해요!" 라브레츠카야 부인은 이렇게 소리치며 눈물을 흘렸다.

  라브레츠키는 마침내 제정신이 들었다. 그는 벽에서 물러나 문 쪽으로 돌아섰다.

"당신은 떠나시나요?" 그의 아내가 절망하며 말했다. "오, 잔인해요! 내게 한마디 말도, 심지어 한마디의 비난조차 하지 않고……. 그런 멸시는 날 죽이는 거예요. 끔찍해요!"

라브레츠키는 걸음을 멈추었다.

"내게 무슨 말을 듣고 싶소?" 그가 나직한 목소리로 말했다.

"아무것도 없어요, 아무것도." 그녀가 활기를 띠며 얼른 말을 받았다. "난 알아요, 내게 아무것도 요구할 권리가 없다는 걸. 난 정신 나간 여자가 아니에요. 믿어 줘요. 난 당신의 용서를 기대하지 않고, 감히 기대할 수도 없어요. 난 단지 당신이 날 벌하고, 내가 뭘 해야 하고, 내가 어디에서 살아야 할지 말해 주길 부탁하는 거예요. 난 당신의 명령이 어떤 것이든 노예처럼 따르겠어요."

"난 당신에게 명령할 게 하나도 없소." 전과 같은 목소리로 라브레츠키가 대꾸했다. "당신은 알 거요. 우리 사이에 모든 것이 끝났다는 걸……. 지금은 그 어느 때보다도 더욱 그러하오. 당신은 원하는 곳에서 살 수 있소. 만약 당신에게 연금이 적다면……."

"아아, 그런 무서운 말은 하지 말아요." 바르바라 파블로브나가 그의 말을 잘랐다. "날 용서해 줘요, 하다못해…… 하다못해 이 천사를 위해서라도……." 이렇게 말하고 나서 그녀는 급히 옆방으로 뛰어 들어가 금방 예쁘장하게 옷을 입은 조그마한 소녀를 두 손에 안고 돌아왔다. 숱이 많은 아맛빛 곱슬머리가 귀여운 장밋빛 얼굴과 졸린 듯한 커다란 눈 위에 흘러내려 있었다. 소녀는 미소를 짓기도 하고 불빛에 눈이 부셔 실눈을 뜨기도 하면서 포동포동한 자그마한 손으로 엄마의 목을 잡고 있었다.

"아다, 보아라. 이분이 아빠시다." 바르바라 파블로브나가 딸애의 눈 위에서 곱슬머리를 쓸어 올리고 딸에게 입 맞추며 말했다. "나랑 같이 아빠에게 부탁하자."

"이분이 아빠야." 소녀가 분명치 않은 발음으로 혀 짧은 목소리를 내며 더듬거렸다.

"그래, 애야. 넌 정말 아빠를 사랑하지?"

라브레츠키는 더 이상 참을 수 없었다.

"이와 똑같은 장면이 어느 멜로드라마에 있던가?" 그가 이렇게 중얼거리며 밖으로 걸어 나갔다.

바르바라 파블로브나는 그 자리에 잠시 서 있다가 어깨를 가볍게 으쓱하고는 딸애를 옆방으로 데리고 가 옷을 벗기고 자리에 뉘었다. 그러고 나서 그녀는 조그만 책을 한 권 꺼내 가지고 램프 옆에 앉아 한 시간쯤 기다리다가 마침내 자신도 침대에 누웠다.

"어떻게 되었어요, 마님?" 파리에서 데리고 온 프랑스인 하녀가 그녀의 코르셋을 벗기면서 물었다.

"그저 그래, 쥐스틴." 그녀가 대꾸했다. "그 사람은 몹시 늙었지만 여전히 상냥해 보여. 내게 밤에 낄 장갑을 주고, 내일을 위해 상의까지 모두 회색 옷으로 준비해 다오. 아다를 위해서는 양고기 커틀릿을 잊지 말고……. 여기에서 그런 걸 구하기는 어렵겠지만, 그래도 구하도록 힘써 봐."

"전시에는 전시에 맞도록 해야지요." 쥐스틴이 대꾸하고 촛불을 껐다.

37

라브레츠키는 두 시간 이상이나 시내의 거리를 떠돌아다녔다. 파리 근교에서 보낸 그날 밤의 기억이 떠올랐다. 심장이 찢어지는 것만 같았다. 텅 빈, 마치 멍해져 버린 듯한 머릿속에서는 계속 어둡고 부질없으며 악의에 찬 한 가지 생각이 맴돌았다. '그녀가 살아 있다, 그녀가 여기 와 있다.' 끊임없이 되살아나는 놀라움을 느끼며 그가 중얼거렸다. 그는 이제 리자를 잃어버렸다고 느꼈다. 울화가 치밀어 숨이 막힐 지경이었다. 그는 이 타격으로 너무나 갑자기 놀랐던 것이다. 어떻게 자신이 신문의 풍자 칼럼에 난 시시콜콜한 잡담을, 종이 쪼가리를 그렇게 쉽게 믿을 수 있었단 말인가? '만약 믿지 않았다면 무슨 차이가 있었을까?' 그는 생각했다. '리자가 날 사랑한다는 걸 몰랐을 거고, 리자 자신도 그걸 몰랐을 것이다.' 그는 아내의 모습, 목소리, 눈길을 마음에서 떨쳐 버릴 수 없었다……. 그는 자신을 저주했고, 이 세상 모든 것을 저주했다.

새벽녘에 그는 기진맥진해서 렘의 집으로 갔다. 오랫동안 문을 두드렸지만 아무도 문을 열어 주지 않았다. 마침내 실내모를 쓴 주름투성이 노인의 찌푸린 얼굴이 창문에 나타났다. 그 얼굴은 스물네 시간 전에 자신의 예술적 위대함을 뻐기면서 왕처럼 라브레츠키를 내려다보던 영감에 찬 엄격한 얼굴과는 전혀 달랐다.

"무슨 일이시죠?" 렘이 물었다. "난 밤마다 연주할 순 없어요. 탕약을 먹는다고요."

그러나 라브레츠키의 얼굴이 너무나 이상하게 보였는지 노인은 눈 위에 차양처럼 손을 얹고 바라보며 한밤중에 찾아온 방문객을 안으로 들여놓았다.

라브레츠키는 방 안으로 들어가 의자에 주저앉았다. 노인은 알록달록한 헌 실내복의 앞자락을 여미고 몸을 움츠리고는 그 앞에 섰다.

"내 아내가 왔어요." 라브레츠키가 말하고 갑자기 자신도 모르게 웃음을 터뜨렸다. 렘의 얼굴에 놀라움의 빛이 떠올랐다. 그러나 그는 미소조차 짓지 않고 다만 실내복을 더욱 꼭 여몄다.

"당신은 모르시겠지만……." 라브레츠키가 말을 이었다. "나는 상상하기를……. 난 신문에서 그녀가 이미 이 세상에 없다는 걸 읽었습니다."

"오오, 최근에 읽으셨나요?" 렘이 물었다.

"최근입니다."

"오오." 노인이 되뇌고는 눈썹을 높이 치켜올렸다. "그런데 그녀가 왔다고요?"

"왔어요. 지금 내 집에 있습니다. 난…… 난 불행한 사람입니다."

그리고 그는 다시 미소를 지었다.

"당신은 불행한 사람입니다." 렘이 천천히 되뇌었다.

"흐리스토포르 표도리치." 라브레츠키가 말문을 열었다. "메모 한 장 전해 주시겠습니까?"

"흠. 누구에게 보내는 건지 알 수 있을까요?"

"리자베……."

"아아, 알았소. 좋아요. 그런데 언제 메모를 전해야 하나요?"

"내일, 가능하면 빨리."

"흠. 우리 집 식모인 카트린을 보낼 수 있어요. 아니, 내가 직접 가죠."

"회답도 가져다주시겠어요?"

"회답도 가져오리다."

렘은 푹 한숨을 쉬었다.

"그래, 가련한 내 젊은 친구, 당신은 정말 불행한 젊은이요."

라브레츠키는 리자에게 아내가 왔다는 소식을 전하면서 자기에게 만날 시간을 정해 달라고 두어 마디를 적었다. 그리고 그는 벽 쪽으로 얼굴을 돌리고 좁다란 소파에 쓰러졌다. 노인은 침대에 누워 기침을 하고 탕약을 몇 모금씩 마시며 오랫동안 몸을 뒤척였다.

아침이 되었다. 두 사람은 잠자리에서 일어났다. 그들은 서로를 이상한 눈으로 바라보았다. 라브레츠키는 이 순간 자신을 죽이고 싶었다. 식모 카트린이 아주 맛없는 커피를 가져왔다. 시계가 8시를 쳤다. 렘은 모자를 썼다. 그는 칼리틴의 집에서 10시에 수업이 있지만 적당한 구실을 찾겠다고 말하고는 자리를 떴다. 라브레츠키는 다시 좁다란 소파에 몸을 던졌다. 그러자 그의 마음속 밑바닥부터 슬픔에 찬 웃음이 터져 나왔다. 그는 아내가 자신을 어떻게 집에서 쫓아냈는지를 생각했다. 그리고 리자의 처지를 그려 보며 눈을 감고 두 손을 머리 밑에 괴었다. 마침내 렘이 돌아와 그에게 종이쪽지를 전해 주었다. 그 종이쪽지에는 연필로 이렇게 적혀 있었다. "우린 오늘 만날 수 없어요. 아마 내일 저녁에나. 안녕." 라브레츠키는 냉정하지만 경황없는 모습으로 렘에게 고마움을 표하고 자기 집으로 돌아갔다.

그는 아침 식사를 하는 아내를 발견했다. 머리가 온통 곱슬곱슬한 아다는 하늘색 리본을 단 하얀 옷을 입고 양고기 커틀릿을 먹고 있었다. 바르바라 파블로브나는 라브레츠키가 방 안에 들어서자마자 얼른 자리에서 일어나 공손한 표정을 띠고 그에게 다가왔다. 그는 그녀에게 서재로 따라 들어오라고 말하고 나서, 서재로 들어가 문을 잠그고 방 안을 왔다 갔다 하기 시작했다. 그녀는 자리에 앉아 공손히 한 손에 다른 손을 올려놓고 살짝 화장을 한 여전히 아름다운 눈으로 그의 동작을 지켜보았다.

라브레츠키는 오랫동안 말문을 열지 않았다. 그는 자신을 억제하지 못하고 있음을 느꼈다. 그는 바르바라 파블로브나가 자신을 조금도 두려워하지 않으면서도 금방 정신을 잃고 쓰러질 듯한 모습을 하고 있는 것을 분명히 알았다.

"들어 보시오, 부인." 마침내 그가 무겁게 숨을 쉬고 이따금 이를 악물며 말하기 시작했다. "우린 서로에게 거짓을 꾸밀 필요가 없소. 난 당신의 후회를 믿지 않아요. 설령 그 후회가 진정이라고 해도 당신과 다시 친밀해져서 같이 산다는 건 나로서는 불가능한 일이오."

바르바라 파블로브나는 입술을 깨물며 실눈을 떴다. '이건 혐오감이다.' 그녀는 생각했다. '모든 게 끝났다! 저 사람에게 난 여자도 아니다.'

"불가능하오." 이렇게 되뇌고 라브레츠키는 단추를 모두 채웠다. "난 왜 당신이 친히 여기까지 오셨는지 모르겠소. 아마 당신에게 더 이상 돈이 없는가 보지."

"오! 당신은 날 모욕하고 있어요." 바르바라 파블로브나가 속삭였다.

"그러나 어쨌든지, 유감스럽지만 당신은 내 아내요. 난 당신을 쫓아낼 수 없소……. 그래서 당신에게 이렇게 제안하오. 당신은 만일 원한다면 오늘이라도 라브리키로 가서 살 수 있소. 당신도 알다시피 거기엔 좋은 집이 있소. 당신은 연금 이외에 필요한 모든 걸 받게 될 거요……. 동의하오?"

바르바라 파블로브나는 수놓은 손수건을 얼굴로 가져갔다.

"난 당신에게 이미 말했어요." 그녀가 신경질적으로 입술을 떨면서 말했다. "당신이 날 어떻게 하든지 난 모든 것에 동의할 거예요. 이번엔 내가 당신에게 물어야겠네요. 적어도 당신의 관대함에 고마움을 표하는 것은 허락하시겠지요?"

"제발 감사하다는 말은 하지 맙시다. 그게 더 좋을 거요." 라브레츠키가 서둘러 말했다. "그럼." 문 쪽으로 다가가면서 그가 말을 이었다. "당신이 받아들인 걸로 알겠소……."

"난 내일 라브리키로 가겠어요." 바르바라 파블로브나가 공손히 자리에서 일어나면서 말했다. "그러나 표도르 이바니치…….(그녀는 더 이상 그를 테오도르라고 부르지 않았다.)"

"뭘 원하오?"

"난 내가 아직 용서받을 일을 아무것도 하지 않았다는 걸 알아요. 그러나 적어도 기대할 수는 있겠죠, 시간이 지나면……."

"오, 바르바라 파블로브나." 라브레츠키가 그녀의 말을 잘랐다. "당신은 총명한 여자고, 나 역시 바보가 아니오. 당신에겐 용서가 전혀 필요 없다는 걸 알아요. 그리고 난 오래전에 당신을 용서했소. 그러나 우리 사이엔 항상 심연이 가로놓여 있었소."

"난 순종할 수 있어요." 바르바라 파블로브나가 대꾸하고 머리를 떨구었다. "난 내 잘못을 잊지 않았어요. 난 당신이 내 죽음에 대한 소식을 듣고 오히려 기뻐했다는 걸 알았다고 해도 놀라지 않았을 거예요." 그녀는 라브레츠키가 잊고 책상 위에 놓아두었던 신문의 한 호를 손으로 슬쩍 가리키며 겸손하게 덧붙여 말했다.

표도르 이바니치는 움찔 몸을 떨었다. 신문의 풍자 칼럼에는 연필로 표시가 되어 있었던 것이다. 바르바라 파블로브나는 훨씬 더 겸손한 표정을 띠고 그를 바라보았다. 이 순간 그녀는 아주 아름다웠다. 회색의 파리 옷이 그녀의 탄력 있고 거의 열일곱 살 처녀 같은 몸매를 감싸고 있었다. 하얀 깃으로 둘러싸인 갸름하고 부드러운 목, 고르게 숨쉬는 가슴, 팔찌와 반지를 끼지 않은 손…… 윤기 도는 머리칼부터 보일락 말락 한 구두코에 이르기까지 그녀의 전신은 몹시 우아했다…….

라브레츠키는 그녀에게 악의에 찬 시선을 흘끗 던졌다. 그는 하마터면 "브라보!" 하고 외치며 주먹으로 그녀의 정수리를 내리칠 뻔했다. 그러나 그는 꾹 참고 그 자리를 떴다. 한 시간 후에 그는 이미 바실리엡스코예로 출발했다. 두 시간 후에 바르바라 파블로브나는 시내에서 가장 좋은 마차를 빌려 오라고 지시하고, 검은 베일이 달린 수수한 밀짚모자를 쓰고 검소한 망토를 걸치고는 아다를 쥐스틴에게 맡기고 칼리틴가로 향했다. 그녀는 하인들에게 꼬치꼬치 캐물은 결과 자기 남편이 매일 그 집에 드나들었다는 사실을 알아낸 것이다.

38

라브레츠키의 아내가 O시에 도착한 날은 라브레츠키에게 불쾌한 날이었으며 리자에게도 괴로운 날이었다. 그녀가 아래층으로 내려가 어머니에게 인사를 채 드리기도 전에 벌써 창문 아래에서 말발굽 소리가 울렸다. 그녀는 남모르는 공포감을 느끼며 마당으로 들어서는 판신을 보았다. '마지막 대답을 듣기 위해 이렇게 일찍 나타났구나.' 그녀는 생각했다. 그녀의 생각은 틀리지 않았다. 응접실에서 잠시 서성이다가 그는 리자에게 함께 정원으로 나가자고 제안하더니 자기의 운명을 결정해 달라고 요구했다. 리자는 용기를 내 그의 아내가 될 수 없다고 말했다. 그는 옆으로 돌아서서 모자를 눈 위까지 푹 눌러쓰고 말을 끝까지 듣고 나더니 정중하지만 달라진 목소리로 이것이 그녀의 최종 결정인지, 자신의 어떤 행동이 그녀에게 그런 변화를 일으킨 원인이 되었는지를 물었다. 그러고 나서 그는 한 손을 눈에 꼭 대고 띄엄띄엄 짧게 한숨을 내쉰 다음 얼굴에서 손을 뗐다.

"난 밟아서 다져 놓은 길로 가기를 원치 않았어요." 그가 분명치 않게 말했다. "난 내 마음의 이끌림에 따라 내 아내를 발견하고 싶었죠. 그러나 이건 이루어질 수 없나 봅니다. 안녕, 내 꿈이여!" 그는 리자에게 깊이 머리 숙여 인사하고 집으로 들어갔다.

리자는 그가 곧 떠나리라고 기대했다. 그러나 그는 마리야 드미트리예브나의 서재로 가서 한 시간가량 앉아 있었다. 떠나면서 그는 리자에게 "당신의 어머니가 부르십니다. 안녕히 계세요, 영원히……."라고 말했다. 그는 말에 올라타고 계단부터 전속력으로 내달렸다. 리자가 마리야 드미트리예브나에게 가 보니 그녀는 눈물을 흘리고 있었다. 판신이 그녀에게 자신의 불행을 전했던 것이다.

"넌 왜 날 실망시켰느냐? 왜 날 실망시켰어?" 슬픔에 찬 과부가 넋두리를 시작했다. "네게 더 이상 어떤 사람이 필요하냐? 그 사람이 네 남편감으로 무엇이 부족하냐고? 시종보겠다! 사욕 없겠다! 그는 페테르부르크에서 어떤 여관(女官)하고도 결혼할 수 있는 사람이다. 내가, 내가 그렇게 바랐건만! 그런데 넌 언제부터 그에 대한 마음이 변했던 거냐? 어디서 이 먹구름이 몰려온 거지? 저절로 오진 않았을 거다. 혹시 그 얼간이가 아니냐? 참 좋은 충고자를 발견했구나!"

"그런데 그 다정한 사람은⋯⋯." 마리야 드미트리예브나가 말을 이었다. "얼마나 예의 바르고 슬픔 속에서도 얼마나 친절한지! 그는 날 저버리지 않겠다고 약속했어. 아, 난 이 일을 못참겠다! 아아, 머리가 깨지도록 아프구나! 내게 팔라시카를 보내라. 만일 네가 생각을 고치지 않으면 난 죽을지도 몰라, 알았니?" 그리고 그녀는 리자를 두어 번 배은망덕한 년이라고 부르고 내보냈다.

리자는 자기 방으로 돌아갔다. 그러나 그녀가 판신과 어머니의 이야기에서 한숨 돌릴 사이도 없이 그녀에게 다시 벼락이 떨어졌다. 그것은 그녀가 미처 예상치 못했던 방향에서 왔다. 마르파 티모페예브나가 리자의 방으로 들어오면서 문을 쾅 하고 닫았다. 노파의 얼굴은 창백하고 부인모는 비뚤어져 있었으며, 두 눈이 번뜩이고 손발은 떨리고 있었다. 리자는 깜짝 놀랐다. 그녀는 총명하고 사려 깊은 할머니의 이런 모습을 지금까지 한 번도 본 적이 없었다.

"훌륭하군, 아가씨." 마르파 티모페예브나가 띄엄띄엄 떨리는 작은 목소리로 말하기 시작했다. "훌륭하구나! 애야, 넌 누구한테 이런 걸 배웠지⋯⋯. 물 좀 다오. 말을 할 수가 없구나."

"진정하세요, 할머니. 무슨 일이에요?" 할머니에게 물 한 컵을 건네며 리자가 말했다. "할머니는 판신 씨를 좋아하지 않았던 것 같은데요."

마르파 티모페예브나는 컵을 비켜 놓았다.

"물도 마실 수가 없다. 마지막 남은 이까지 빠지겠다. 판신은 무슨 판신이냐? 지금 판신이 무슨 소용이야? 그보다 어서 말해 봐라, 누가 밤마다 밀회하는 걸 네게 가르쳐 주었니, 응?"

리자는 얼굴이 창백해졌다.

"제발 변명할 생각은 하지 마라." 마르파 티모페예브나가 계속해서 말했다. "슈로치카가 모든 걸 보고 내게 말했어. 그 애에게 지껄이지 말라고 함구령을 내렸지만 그 애가 거짓말을 할 리가 없어."

"전 변명하지 않겠어요, 할머니." 겨우 들릴락 말락 하는 목소리로 리자가 말했다.

"아이고! 그렇다면 네가 그 죄 많은 늙은이에게, 그 얌전한 체하는 작자에게 밀회의 약속을 했단 말이냐?"

"아뇨."

"그렇다면 뭐냐?"

"제가 아래층 응접실로 책을 가지러 내려갔는데, 그가 정원에 있다가 절 불렀어요."

"그래서 갔구나? 잘했다. 그래, 넌 그 사람을 사랑하니, 응?"

"사랑해요." 리자가 조용한 목소리로 대답했다.

"뭐라고! 그자를 사랑한다고!" 마르파 티모페예브나는 부인모를 홱 벗어 들었다. "아내가 있는 남자를 사랑한다고? 응? 사랑한다고!"

"그가 제게 말했어요……." 리자가 말하기 시작했다.

"그자가 네게 뭐라고 했지, 그 멋진 사람이 뭐라고 말했어?"

"아내가 죽었다고요."

마르파 티모페예브나는 성호를 그었다.

"그녀의 영혼이 편히 잠들기를." 노파가 속삭였다. "이런 말을 해선 안 되지만 그 여잔 속이 빈 여편네였지. 그럼 이제 그 자는 홀아비가 되었겠구나. 내가 보기에 그자는 만사에 능한 것 같구나. 아내를 하나 죽이고서 또 다른 여자를 쫓아다니 고, 정말 대단한 샌님이 아니냐? 애야, 네게 한 가지만 말하마. 내가 젊을 땐 처녀들이 그런 장난을 하다간 호되게 벌을 받았 단다. 애야, 내게 화내지 마라. 멍청이들만 바른 말을 듣고 화 내는 거니까. 난 오늘 그자를 집에 들이지 말라고 지시했다. 난 그를 좋아하지만 이 일은 절대로 용서하지 않을 거야. 어 쩜 홀아비 주제에! 물을 좀 다오. 그런데 판신에게 무안을 주 어 쫓아 보낸 건 아주 잘한 일이다. 다만 밤마다 그 염소의 족 속들인 남자들과는 앉아 있지 말아 다오. 이 할미를 상심케 하지 말고! 내가 언제나 상냥한 건 아니다. 물어뜯을 줄도 알 아…… 홀아비 녀석!"

마르파 티모페예브나가 나가자 리자는 한쪽 구석에 앉아서 울음을 터뜨렸다. 마음이 쓰라렸다. 그녀는 이런 굴욕을 당할 입장이 아니었다. 그녀에게 사랑은 즐겁지 않았다. 그녀는 어 제저녁부터 두 번째 눈물을 흘렸다. 그녀의 마음속에서 새롭 고 뜻하지 않은 감정이 이제 겨우 나타났을 뿐인데, 그녀는 얼 마나 고통스러운 대가를 지불했으며 남의 손길이 얼마나 거칠 게 그녀의 소중한 비밀을 건드렸는가! 그녀는 부끄럽기도 하 고, 마음이 쓰라리기도 하고 고통스럽기도 했다. 그러나 그녀 에게는 의심도 공포도 없었다. 오히려 라브레츠키가 더욱 소 중해졌다. 이 사랑을 깨닫지 못했을 때는 주저하기도 했다. 그 러나 그 밀회 이후에, 그 입맞춤 이후에 그녀는 이미 주저할 수 없었다. 그녀는 자신이 그를 사랑한다는 것을(그녀는 진심으로 진지하게 그를 사랑했고, 평생 동안 그를 굳게 사랑할 것이었다.) 알았기에 위협을 두려워하지 않았다. 그녀는 이 관계를 강제로 끊을 수 없다고 느꼈다.

39

마리야 드미트리예브나는 바르바라 파블로브나 라브레츠카야가 왔다는 전갈을 받자 몹시 불안해했다. 마리야 드미트리예브나는 그녀를 받아들여야 할지 말아야 할지도 몰랐다. 표도르 이바니치를 모욕할까 봐 두려웠던 것이다. 그러나 마침내 그녀는 호기심에 지고 말았다. '어쨌든 그 여자도 친척이 아닌가.' 그녀는 잠시 생각하고는 안락의자에 앉아 하인에게 "안으로 모셔라!" 하고 말했다. 몇 분이 지나서 문이 열렸다. 바르바라 파블로브나는 빠르고 가벼운 걸음으로 마리야 드미트리예브나를 향해 다가가서는 그녀가 안락의자에서 일어나지 못하게 하며 그녀 앞에 거의 무릎을 꿇듯이 몸을 굽혔다.

"고마워요, 형님." 그녀가 감격 어린 조용한 목소리로 러시아어로 말하기 시작했다. "고마워요, 전 형님께서 이렇게 너그럽게 대해 주시리라 기대하지 않았어요. 형님은 천사처럼 상냥한 분이세요."

이렇게 말하고 나서 바르바라 파블로브나는 주뱅사(社)[49]의 연보랏빛 장갑을 낀 손으로 갑자기 마리야 드미트리예브나의 한 손을 잡아 가볍게 쥐고는 장밋빛의 통통한 입술에 아부하듯이 그 손을 가져갔다. 마리야 드미트리예브나는 이처럼 매혹적으로 차려입은 아름다운 여인이 자기 발밑에 거의 엎드린 것을 보자 완전히 정신을 잃고 말았다. 그녀는 어떻게 해야 할지 몰랐다. 손을 빼고도 싶었고, 그녀를 앉히고도 싶었고, 그녀에게 무슨 다정한 말을 해 주고도 싶었다. 마침내 그녀는 엉거주춤 일어나서 바르바라 파블로브나의 매끄럽고 향기로운 이마에 입을 맞추었다. 바르바라 파블로브나는 이 입맞춤에 어쩔 줄 몰라 했다.

"안녕하세요." 마리야 드미트리예브나가 말했다. "난 생각지도 못했어……. 그렇지만 이렇게 만나서 물론 반가워요. 그런데 잘 알겠지만 난 부부 사이의 심판관이 될 수 없어요……."

"제 남편이 모든 점에서 옳아요." 바르바라 파블로브나가 그녀의 말을 잘랐다. "잘못한 건 저뿐이에요."

"그건 아주 칭찬할 만한 생각이네." 마리야 드미트리예브나가 대꾸했다. "참 칭찬할 만해. 여기에 온 지는 오래되었나요? 남편은 만났어요? 자, 제발 좀 앉아요."

"전 어제 왔어요." 바르바라 파블로브나가 의자에 앉으며 공손히 대답했다. "표도르 이바니치를 만나서 그이와 이야기했어요."

"아! 그래, 그 사람이 뭐라죠?"

"전 이렇게 갑자기 와서 그이의 노여움을 사지나 않을까 걱

---

49) Les Gants-Jouvin. 프랑스 그리노블에 있는 유명한 장갑 회사.

정했어요." 바르바라 파블로브나가 말을 이었다. "그러나 그이는 절 만나 주었어요."

"그러니까 그 사람이 아니…… 그래, 그래 알겠어." 마리야 드미트리예브나가 말했다. "그 사람은 언뜻 보기엔 좀 거칠어 보이지만 마음은 부드럽죠."

"그는 절 용서하지 않았어요. 제 말을 귀담아들으려고도 하지 않았고요……. 그러나 상냥하게도 라브리키를 제 거처로 지정해 주었어요."

"아! 그 훌륭한 영지!"

"전 그이의 뜻을 받들어 내일 그리로 떠날 거예요. 그러나 떠나기 전에 댁을 찾아뵙는 것이 도리라고 생각했어요."

"아주 고마워요. 절대로 친척들을 잊어서는 안 되죠. 그런데 러시아 말을 잘하는 게 놀라워요. 참 놀라워."

바르바라 파블로브나가 한숨을 지었다.

"전 너무 오랫동안 외국에 나가 있었어요, 마리야 드미트리예브나. 저도 그걸 알아요. 그러나 제 마음은 늘 러시아인의 마음이었고, 제 조국을 잊은 적이 없어요."

"그래, 그래. 그보다 더 훌륭한 건 없어요. 그러나 표도르 이바니치는 당신이 오리라고는 전혀 생각하지 못했을 거예요……. 정말이지. 내 경험을 믿어요. 조국이 제일이죠. 어머, 좀 보여 줘요. 그건 참 멋진 망토네요."

"마음에 드시나요?" 바르바라 파블로브나가 재빨리 어깨에서 망토를 벗었다. "이건 아주 평범한 거예요. 보드랑 부인이 만든 거죠."

"금방 알 수 있어요. 보드랑 부인이 만든 거라⋯⋯. 참 멋지고 훌륭한 취미네! 분명히 매혹적인 물건을 많이 가져왔겠죠. 구경이라도 하고 싶네요."

"제 옷가지들은 모두 친절하신 형님이 마음대로 쓰실 수 있어요. 원하시면 형님의 하녀에게도 몇 가지를 보여 줄 수 있어요. 파리에서 하녀를 하나 데리고 왔는데, 참 대단한 침모예요."

"참 상냥하기도 해라. 그러나 정말로 쑥스럽네요."

"쑥스럽다뇨⋯⋯." 바르바라 파블로브나가 비난하듯이 되뇌었다. "절 행복하게 해 주시고 싶다면 절 형님의 소유물처럼 다루어 주세요!"

마리야 드미트리예브나는 마음이 풀어졌다.

"당신은 매혹적인 분이군요." 그녀가 말했다. "그런데 왜 모자와 장갑을 벗지 않나요?"

"예? 모자와 장갑을 벗도록 허락하시는 건가요?" 바르바라 파블로브나가 묻고서 마치 감격한 듯이 가볍게 두 손을 포갰다.

"물론이죠. 우리랑 같이 점심을 해요. 난⋯⋯ 난 우리 딸을 소개하겠어요." 마리야 드미트리예브나는 자신이 말을 꺼내 놓고는 약간 당황했으나 '뭐! 될 대로 되라지!' 하고 생각해 버렸다. "그 애는 오늘 왠지 몸이 안 좋아요."

"어머, 형님은 너무나 좋으신 분이에요!" 바르바라 파블로브나가 이렇게 소리치고 손수건을 눈으로 가져갔다.

심부름하는 아이가 게제오놉스키가 오셨노라고 알렸다. 늙은 수다쟁이는 정중하게 인사하고 히죽히죽 웃으며 안으로 들어왔다. 마리야 드미트리예브나는 그를 자기 손님에게 소개했다. 처음에 그는 당황했다. 그러나 바르바라 파블로브나가 얼마나 애교 있게 그를 대했던지 그는 두 귀가 벌게졌고 입에서는 거짓말과 소문과 달콤한 말이 꿀처럼 흘러나왔다. 바르바라 파블로브나는 그의 이야기를 들으면서 은근히 미소를 띠고 조금씩 자신도 이야기에 끼어들었다. 그녀는 파리에 대해, 자신의 여행에 대해, 바덴바덴에 대해 겸손하게 이야기했다. 그녀는 두어 번 마리야 드미트리예브나를 향해 웃고 나서 마치 때와 장소를 구별하지 못하고 즐거워하는 자신을 책망이라도 하듯이 매번 가볍게 한숨을 지었다. 그녀는 간청해서 아다를 데려와도 좋다는 허락을 받아 냈다. 그녀는 장갑을 벗고 접시꽃으로 만든 비누로 씻은 매끈한 손으로 소맷자락 장식, 치맛자락 장식, 레이스, 술은 어디에다 어떻게 다는지 보여 주었다. 그녀는 새로운 '빅토리아 에센스(Victoria Essence)'라는 영국의 향수 한 병을 가져오겠노라고 약속했는데, 마리야 드미트리예브나가 그것을 선물로 받겠다고 하자 눈물을 흘리기까지 했다. 또 처음으로 러시아의 종소리를 들었을 때의 느낌을 회상하면서 소리 없이 울었다. 그녀는 "그 종소리는 내 가슴에 아주 깊은 감명을 주었어요." 하고 말했다.

이 순간에 리자가 들어왔다.

리자는 아침부터, 라브레츠키의 편지를 읽은 그 순간부터 공포로 온몸이 얼어붙어서 그의 아내를 만나 볼 각오를 하고 있었다. 리자는 그녀를 만나리라고 예감하고 있었던 것이다. 리자는 죄스러운 희망(리자는 자신의 희망을 이렇게 불렀다.)을 품었던 벌로 그녀를 피하지 말자고 결심했다. 뜻하지 않은 운명의 급변은 리자를 완전히 뒤흔들어 놓았다. 두 시간여 동안 그녀의 얼굴은 파리해졌다. 그러나 리자는 한 방울의 눈물도 흘리지 않았다. "당연한 일이지!" 하고 혼잣말을 하면서도 마음속으로는 자신도 놀랄 만한 어떤 쓰리고 악의에 찬 감정의 폭발을 힘겹고 불안스럽게 억눌렀다. 그녀는 라브레츠카야 부인의 도착을 알자마자 '자, 나가 봐야 한다!'라고 생각하고 이렇게 나온 것이었다……. 리자는 응접실 문 앞에 오랫동안 서 있다가 용기를 내 문을 열었다. '난 저 사람 앞에 죄를 지었어.' 이런 생각을 하며 리자는 응접실의 문턱을 넘어서서 억지로 그녀를 바라보고 억지로 미소를 지었다. 바르바라 파블로브나는 리자를 보자마자 그녀를 향해 걸어가서 가볍지만 정중하게 머리를 숙였다. "제 소개를 하게 해 주세요." 그녀가 간드러진 목소리로 말하기 시작했다. "당신의 어머님이 너무나 너그럽게 날 대해 주시므로 아가씨도…… 친절하리라고 생각해요." 이 마지막 말을 할 때 바르바라 파블로브나의 표정, 교활한 미소, 부드러우면서도 쌀쌀맞은 눈길, 손과 어깨의 움직임, 그녀가 입은 옷, 그녀의 온 존재가 리자의 마음에 너무나 역겨운 감정을 불러일으켜서 리자는 아무런 대답도 하지 못하고 그녀에게 간신히 손만 내밀었다. '이 아가씨는 날 꺼리는구나.' 바르바라 파블로브나는 생각하고 리자의 차가운 손가락을 꼭 쥐고는 마리야 드미트리예브나에게 돌아서서 "참 매력적이군요." 하고 작은 목소리로 말했다. 리자는 살짝 얼굴을 붉혔다. 그녀는 이 감탄 속에서 조소와 모욕을 느꼈다. 그러나 리자는 자신이 받은 인상을 믿지 않기로 결심하고 창가의 수틀 앞에 가 앉았다. 바르바라 파블로브나는 거기에서도 리자를 그냥 내버려 두지 않았다. 그녀는 리자에게 다가가서 리자의 취미와 솜씨를 칭찬하기 시작했다……. 리자의 심장이 세차고 고통스럽게 뛰었다. 그녀는 간신히 자신을 억제하며 간신히 그 자리에 앉아 있었다. 마치 바르바라 파블로브나가 모든 것을 알고 은근히 의기양양해서 자신을 놀리는 듯이 느껴졌다. 다행스럽게도 게제오놉스키가 바르바라 파블로브나에게 말을 걸어 그녀의 관심을 딴 데로 돌렸다. 리자는 수틀 위에 몸을 수그리고 슬며시 그녀를 지켜보았다. '그분은 이 여자를 사랑했구나.' 하는 생각이 들었다. 그러나 리자는 곧 라브레츠키에 관한 생각을 머리에서 털어 버렸다. 자제력을 잃을까 봐 두려웠던 것이다. 그녀는 가벼운 현기증을 느꼈다. 마리야 드미트리예브나가 음악에 대해 말하기 시작했다.

"이봐요, 내가 듣기로는……." 마리야 드미트리예브나가 말하기 시작했다. "당신은 굉장한 음악의 명인이라던데요."

"전 오랫동안 연주를 하지 않았어요." 바르바라 파블로브나가 대꾸하고 곧장 피아노 앞에 앉으면서 기민하게 손가락으로 건반을 훑었다. "한번 쳐 볼까요?"

"제발 부탁해요."

바르바라 파블로브나는 훌륭하고 어려운 헤르츠[50]의 연습

---

50) 독일의 작곡가(1806~1888)로 피아노 소품을 많이 작곡했다.

곡을 근사하게 연주했다. 그녀의 연주는 매우 박력 있고 민첩했다.

"실프⁵¹⁾다!" 게제오놉스키가 소리쳤다.

"비범해요!" 마리야 드미트리예브나가 맞장구를 쳤다. "그런데 바르바라 파블로브나, 솔직히 말해서⋯⋯." 마리야 드미트리예브나가 처음으로 그녀의 이름을 부르며 말했다. "깜짝 놀랐어요. 연주회를 열어도 되겠어. 우리 집에 독일 태생의 늙은 음악가 한 분이 있는데, 괴짜지만 학식이 있는 사람이지요. 리자에게 음악을 가르치고 있는데, 그 사람도 당신 솜씨를 보면 미치도록 열광할 거예요."

"리자베타 미하일로브나도 음악가죠?" 바르바라 파블로브나가 리자 쪽으로 살짝 고개를 돌리며 물었다.

"그래요. 그 애도 제법 치고 음악을 좋아하지만 당신에 비하면 아무것도 아니에요. 그러나 이곳엔 젊은이 하나가 더 있는데, 그 사람하고는 꼭 알고 지내야 해요. 그 사람은 타고난 예술가이고 작곡도 아주 잘해요. 그 사람만이 당신을 완전하게 평가할 수 있어요."

"젊은이라고요?" 바르바라 파블로브나가 말했다. "도대체 누군데요? 어떤 가난한 사람인가요?"

"천만에, 이곳에서 제일가는 젊은이죠. 아니, 이곳뿐만 아니라 페테르부르크에서도 으뜸가는 사람이지. 시종보로 상류 사회에도 드나들고. 아마 그에 대해 들었을지도 몰라요, 블라디

---

51) 공기(바람)의 요정.

미르 니콜라이치 판신이라고. 그 사람은 관청의 위임을 받아 여기 와 있는데…… 확실히 미래의 장관이지!"

"게다가 예술가라고요?"

"타고난 예술가이고 매우 상냥한 사람이죠. 곧 만나게 될 겁니다. 오늘 저녁에 그를 초청했는데, 오리라고 생각해요." 마리야 드미트리예브나가 짧게 한숨을 내쉬고 은근히 쓰디쓴 웃음을 지으며 덧붙였다.

리자는 이 쓴웃음의 의미를 이해했지만 그런 것에 마음 쓸 겨를이 없었다.

"그리고 젊다고요?" 바르바라 파블로브나가 약간 어조를 바꾸며 되물었다.

"스물여덟 살이고 아주 잘생겼죠. 정말 훌륭한 젊은이예요."

"모범적인 청년이라고 말할 수 있지요." 게제오놉스키가 한 마디 했다.

바르바라 파블로브나는 갑자기 슈트라우스의 요란스러운 왈츠를 연주하기 시작했다. 그 첫 부분이 얼마나 강하고 빠르던지 게제오놉스키가 움찔할 정도였다. 그녀는 왈츠 한 중간에서 갑자기 구슬픈 모티브로 넘어가더니 「루치아」의 「프라 포코의 아리아」로 끝을 맺었다.[52] 유쾌한 음악이 자신의 처지에 어울리지 않는다고 생각했던 것이다. 감상적인 음부에 역점이 있는 「루치아」의 아리아는 마리야 드미트리예브나를 몹

---

52) 「루치아」는 이탈리아의 오페라이고 프라 포코(Fra poco)는 '곧, 이 다음에'라는 의미이다.

시 감동시켰다.

"정말 훌륭해요." 마리야 드미트리예브나가 게제오놉스키에게 나직이 말했다.

"실프다!" 게제오놉스키가 되뇌고 눈을 들어 하늘을 바라보았다.

점심시간이 시작되었다. 마르파 티모페예브나는 식탁에 수프가 나왔을 때에야 위층에서 내려왔다. 그녀는 바르바라 파블로브나를 아주 무뚝뚝하게 대했으며 그녀의 아양에도 별로 대꾸하지 않고 그녀를 바라보지도 않았다. 바르바라 파블로브나도 이 노파하고 얘기해 봤자 아무 소용이 없다는 것을 깨닫고 더 이상 그녀에게 말을 걸지 않았다. 그 대신 마리야 드미트리예브나는 자신의 손님을 더 상냥하게 대했다. 고모의 무례함에 화가 났던 것이다. 그러나 마르파 티모페예브나는 바르바라 파블로브나만을 외면한 것이 아니다. 비록 그녀의 눈이 반짝반짝 빛나고 있었지만 그녀는 리자도 바라보지 않았다. 그녀는 누렇고 핏기 없는 얼굴로 입을 꽉 다물고 돌처럼 꿈쩍하지 않고 앉아 있었다. 그리고 아무것도 먹지 않았다. 리자는 침착해 보였다. 사실이 그랬다. 리자의 마음은 더 평온해졌다. 이상한 무감각 상태, 유죄 선고를 받은 것 같은 무감각 상태가 그녀를 엄습했다. 식사하는 동안 바르바라 파블로브나는 별로 말을 하지 않았다. 그녀는 다시 겁에 질린 듯 얼굴에 겸손하고 우울한 표정을 띠었다. 게제오놉스키만이 줄곧 겁먹은 듯이 마르파 티모페예브나의 눈치를 살피면서 마른기침을 하고 이야기를 하며 대화를 활기차게 만들었다. 그 기침은 노파가 있는 자리에서 거짓말을 하려고 할 때마다 매번 나오는 것이었다. 그러나 노파는 그를 방해하지 않았고, 그의 말을 막으려고도 하지 않았다. 식사가 끝난 후, 바르바라 파블로브나가 프레페란스의 대단한 애호가임이 밝혀졌다. 마리야 드미트리예브나는 이것이 또 마음에 들어 감동까지 했다. 그녀는 '그러니 표도르 이바니치는 천하의 바보임에 틀림없어. 이런 멋진 여자를 이해할 줄 모르다니!' 하고 생각했다.

마리야 드미트리예브나는 바르바라 파블로브나와 게제오놉스키와 함께 카드를 하기 위해 앉았다. 마르파 티모페예브나는 리자의 얼굴빛이 나쁘고 틀림없이 두통이 난 것이라고 말하면서 그녀를 위층의 자기 방으로 데리고 갔다.

"그래요, 저 애는 두통이 아주 심해요." 마리야 드미트리예브나가 바르바라 파블로브나를 향해 눈을 치켜뜨면서 말했다. "나도 이따금 저렇게 편두통이 있지만……."

"어머, 그러세요!" 바르바라 파블로브나가 대꾸했다.

리자는 할머니의 방에 들어가자 녹초가 되어 의자에 털썩 주저앉았다. 마르파 티모페예브나는 오랫동안 말없이 그녀를 바라보다가 조용히 그녀 앞에 무릎을 꿇고는 여전히 말없이 그녀의 두 손에 번갈아 입 맞추기 시작했다. 리자는 앞으로 몸을 수그리고 얼굴을 붉히고는 울음을 터뜨렸다. 그러나 그녀는 마르파 티모페예브나를 일으켜 세우지 않았고 자기 손을 빼지도 않았다. 리자는 손을 뺄 권리가 없고, 자신의 후회와 동정을 표하는 노파를 방해하거나 어제 일에 대해 이 노파에게 용서를 빌 권리가 없다고 느꼈다. 마르파 티모페예브나도 이 가련하고 창백하고 무력한 손에 마음껏 입맞춤할 수 없었다. 말 없는 눈물이 노파의 눈에서, 리자의 눈에서 흘러내렸기 때문이다. 고양이 마트로스는 넓은 안락의자 위, 양말에 감은 실꾸리 곁에 앉아서 가르릉거렸고, 등불의 긴 불꽃이 성상 앞에서 가냘프게 흔들렸다. 옆방에서는 나스타시야 카르포브나가 일어선 채로 둘둘 만 격자무늬의 손수건으로 남몰래 눈물을 훔치고 있었다.

40

한편 아래층의 응접실에서는 프레페란스가 한창이었다. 마리야 드미트리예브나는 이겨서 기분이 좋았다. 이때 하인이 들어와서 판신이 왔다고 전했다.

마리야 드미트리예브나는 카드를 떨어뜨리고 안락의자에서 안절부절못했다. 바르바라 파블로브나는 반쯤 비웃으며 그녀를 바라보고는 문 쪽으로 시선을 돌렸다. 검은 연미복에 높다란 영국식 칼라를 달고 위까지 단추를 채운 판신이 나타났다. '나로서는 받아들이기 고통스러웠지만 보다시피 난 왔습니다.' 방금 면도한 웃음기 없는 그의 얼굴은 바로 이런 표정이었다.

"아니, 볼데마르." 마리야 드미트리예브나가 소리쳤다. "전에는 알리지 않고 들어왔잖아요!"

판신은 마리야 드미트리예브나에게 눈길로만 대답하고 정

중하게 머리를 수그렸지만 그녀의 손을 향해 다가가지는 않았다. 마리야 드미트리예브나는 그를 바르바라 파블로브나에게 소개했다. 그는 한 걸음 물러서서 역시 정중하지만 우아하고 존경 어린 뉘앙스를 띠며 카드를 하는 테이블로 가서 앉았다. 프레페란스는 곧 끝났다. 판신은 리자베타 미하일로브나의 안부를 묻고, 그녀가 몸이 안 좋다는 것을 알고는 유감의 뜻을 표했다. 그러고 나서 그는 말 한마디 한마디를 외교적으로 고려해 분명하게 끊어 말하면서 바르바라 파블로브나와 이야기를 시작했고, 그녀의 대답을 정중하게 끝까지 다 들었다. 그러나 점잔 빼는 그의 어조는 바르바라 파블로브나에게는 효력이 없었고 통하지도 않았다. 오히려 그 반대였다. 바르바라 파블로브나는 재미있다는 듯이 그의 얼굴을 빤히 바라보며 허물없이 말했고, 마치 웃음을 참는 것처럼 그녀의 가느다란 콧구멍이 가볍게 떨렸다. 마리야 드미트리예브나가 그녀의 재능을 입에 침이 마르게 칭찬했다. 그러자 판신은 칼라가 허용하는 만큼 정중하게 고개를 숙이고 '자신은 미리 그 점을 확신했다고' 말하고, 메테르니히[53]에 대해서까지 이야기를 끌고 갔다. 바르바라 파블로브나는 부드러운 눈을 가늘게 뜨고 "당신 역시 예술가니까 동료군요."라고 나직이 말했다. 그리고 더 조용하게 "오세요!"라고 덧붙이고는 고개를 피아노 쪽으로 갸웃했다. "오세요!" 하고 던진 이 한마디 말은 마치 요술을 부린

---

53) 오스트리아의 정치가이자 외교관으로 반동적인 자유주의 정책을 펴고 신성 동맹을 만들었다.

것처럼 순간적으로 판신의 외모 전체를 변화시켰다. 걱정스러워 보이던 태도가 그에게서 사라져 버렸다. 그는 미소를 머금고 활기를 띠었으며, 연미복의 단추를 풀고는 "오, 제가 무슨 예술가인가요! 당신이야말로 진정한 예술가라고 들었어요."라고 말하며 바르바라 파블로브나를 따라 피아노 쪽으로 갔다.

"그에게 「달이 떠가네」라는 로맨스를 부르게 해요." 마리야 드미트리예브나가 소리쳤다.

"부르시겠어요?" 바르바라 파블로브나가 맑고 빠른 눈길로 그를 환하게 비추면서 말했다. "앉으세요."

판신은 사양하기 시작했다.

"앉으세요." 바르바라 파블로브나가 집요하게 의자 등받이를 두드리며 되풀이해 말했다.

판신은 자리에 앉아 기침을 하고는 칼라를 잡아 젖히고 로맨스를 불렀다.

"훌륭해요." 바르바라 파블로브나가 말했다. "정말 멋지게 부르는군요. 당신은 자기만의 스타일을 가지고 있어요. 다시 한번 불러 보세요."

바르바라 파블로브나는 피아노 주위를 빙 돌아서 판신의 정면에 섰다. 그는 감상적으로 목소리를 떨며 다시 로맨스를 불렀다. 바르바라 파블로브나는 피아노에 팔꿈치를 괴고 하얀 손을 입술 높이까지 쳐들고 빤히 그를 바라보았다. 판신이 노래를 끝냈다.

"훌륭해요, 훌륭한 이데아예요." 바르바라 파블로브나가 전문가다운 침착하고 확신에 찬 태도로 말했다. "저, 여성 파트인 메조소프라노를 위해 뭐 작곡하신 거 있나요?"

"전 거의 아무것도 작곡하지 않아요." 판신이 대꾸했다. "그냥 일을 하면서 이걸 써 본 겁니다……. 그런데 부인께서도 노래를 부르시나요?"

"불러요."

"오! 그럼 우리에게 뭐든지 불러 줘요." 마리야 드미트리예브나가 말했다.

바르바라 파블로브나는 불그레하게 물든 볼 위에 흘러내린 머리칼을 한 손으로 쓸어 올리며 머리를 흔들었다.

"우리 목소리는 서로 잘 어울릴 거예요." 바르바라 파블로브나가 판신을 향해 말했다. "이중창을 불러요. 「난 질투하오(Son geloso)」나 「내게 손을 주오(La ci darem)」나 「저기 창백한 달이 있네(Mira la bianca luna)」를 아세요?"

"언젠가 「저기 창백한 달이 있네」를 불러 본 적이 있어요." 판신이 대답했다. "하지만 오래전의 일이라서 잊어버렸어요."

"괜찮아요, 우리 나직이 불러 봐요. 잠깐 실례할게요."

바르바라 파블로브나가 피아노 앞에 앉았다. 판신이 그녀 곁에 섰다. 그들은 나직이 이중창을 불렀다. 그뿐 아니라 바르바라 파블로브나는 그가 부르는 것을 몇 번이나 고쳐 주었다. 그러고 나서 그녀는 두 번 "저기 창백한 달이 있……네." 하고 되풀이해서 불렀다. 그녀는 목소리에 신선함은 없었지만 아주 노련하게 목소리를 조절했다. 판신은 처음에는 주눅이 들어 약간 가락이 맞지 않았지만, 이윽고 완전히 노래에 열중해 완벽하지는 않아도 진짜 가수처럼 어깨를 으쓱거리고, 온몸을 흔들기도 하고, 이따금 한 손을 들어 올리기도 했다. 바르바라 파블로브나는 탈베르크의 소품을 두서너 곡 연주했고, 프랑스의 가벼운 아리아를 '들려주기도' 했다. 마리야 드미트리예브나는 자신의 만족감을 어떻게 표현해야 할지 몰랐다. 그녀는 몇 번이나 리자를 데려오고 싶었다. 게제오놉스키 역시 적절한 말을 찾지 못하고 그저 머리만 흔들어 댔다. 그러다 그는 갑자기 뜻하지 않게 하품을 했고, 간신히 손으로 입을 막았다. 이 하품은 바르바라 파블로브나의 눈을 피할 수 없었다. 그녀는 갑자기 피아노를 등지고 "이제 음악은 그만하고 이야기나 해요." 하고 말하고는 팔짱을 끼었다. "그래요, 음악은 그만해요." 판신이 되풀이해 말하고 그녀와 프랑스어로 활달하고 가벼운 대화를 하기 시작했다. '정말로 파리의 최고 살롱에 있는 것 같아.' 마리야 드미트리예브나가 그들의 애매하고 들뜬 대화를 들으면서 생각했다. 판신은 완전한 만족감을 느꼈다. 그의 두 눈은 빛났고 얼굴에는 미소가 어려 있었다. 처음에 그는 어쩌다 마리야 드미트리예브나와 눈길이 마주치기라도 하면 손으로 얼굴을 문지르고 이맛살을 찌푸리기도 하고 단속적으로 한숨을 짓기도 했지만, 이윽고 그녀에 대해 완전히 잊어버리고 반(半)사교적이고 반(半)예술적인 잡담의 즐거움에 완전히 빠져 버렸다. 바르바라 파블로브나는 자신이 대단한 철학가임을 보여 주었다. 그녀는 모든 문제에 준비된 답을 갖고 있었고, 무슨 일에도 주저하거나 의심하지 않았다. 그녀는 다양한 부류의 총명한 사람들과 자주 대화한 것이 분명했다. 그녀의 모든 생각과 감정은 파리 주변을 맴돌았다. 판신은 화제를 문학으로 돌렸다. 알고 보니 그녀도 그와 마찬가지로 프랑스 책들만 읽었다. 그녀는 조르주 상드에 대해서는 화를 냈고, 발자크에 대해서는 피곤함을 느꼈지만 존경했으며, 슈와 스크리브[54]는 위대한 마음의 탐구자로 보았고, 뒤마와 페발[55]을 숭배했다. 마음속으로는 그 누구보다도 폴 드코크[56]를 좋아했지만 그의 이름은 언급하지도 않았다. 사실상 그녀는 문학에 그다지 흥미가 없었다. 바르바라 파블로브나는 막연하게라도 자신의 처지를 상기시킬 수 있는 것은 모두 매우 교묘하게 피해 나갔다. 그녀는 사랑이라는 말조차 하지 않았다. 반대로 그녀의 이야기에서는 열정의 유혹에 대한 엄격함과 환멸과 순종이 느껴졌다. 판신은 그녀의 생각에 반대했다. 그녀도 그의 생각에 동의하지 않았다……. 그러나 이상한 일이다! 그녀의 입에서 종종 준엄한 비난의 말이 나오는 바로 그 순간에 그 말소리는 정답고 부드러웠으며, 그녀의 눈은 뭔가를 말하고 있었다……. 그 매혹적인 눈이 뭘 의미하는지 말하기는 어려웠다. 그러나 그것은 엄격하지도 분명하지도 않은 달콤한 말이었다. 판신은 그 숨은 의미를 이해하려고 애쓰고, 그 자신도 눈으로 말하려고 애썼지만 아무 소용이 없음을 느꼈다. 그는 바르바라 파블로브나가 외국에서 온 진짜 사교계의 여왕으로 자기보다 한 수 위임을 느꼈다. 그래서 그는 자신의 감정을 전혀 억제할 수 없었다. 바르바라 파블로브나에

---

54) 희극으로 유명한 프랑스의 극작가(1791~1861).

55) 프랑스의 통속 소설가(1817~1887).

56) 프랑스의 소설가이자 극작가(1794~1871).

게는 대화를 하면서 상대방의 소매를 살짝살짝 건드리는 습관이 있었다. 이 순간적인 접촉은 블라디미르 니콜라이치를 몹시 흥분시키곤 했다. 바르바라 파블로브나는 누구와도 쉽게 친해질 수 있는 재간이 있었다. 두 시간도 채 지나지 않아서 판신은 그녀를 아주 오랫동안 알았던 것 같은 생각이 들었다. 리자, 어쨌거나 그가 사랑했던 리자, 전날 밤에 그가 청혼했던 리자는 마치 안개 속에서처럼 사라져 버린 듯했다. 차가나왔다. 대화는 더욱 격의 없이 자연스러워졌다. 마리야 드미트리예브나는 종을 울려 심부름하는 아이를 불러서 리자에게 머리 아픈 것이 좀 나아지면 아래층으로 내려오라고 말하라고 지시했다. 리자의 이름을 듣자 판신은 자기희생에 대해, 남자와 여자 중 어느 쪽이 더 희생할 능력이 있는지에 대해 논하기 시작했다. 마리야 드미트리예브나는 곧 흥분해서 여자가 희생할 능력이 더 많다고 주장하기 시작했고, 두 마디로 그것을 증명하겠노라고 공언했지만, 말이 헷갈려서 아주 부적절한 비유로 끝내고 말았다. 바르바라 파블로브나는 악보를 집어들어 얼굴을 반쯤 가리고 판신 쪽으로 몸을 굽히더니 비스킷을 씹으면서 입가와 눈에 조용한 미소를 지으며 "이 귀여운 부인은 그다지 영리하지는 않군요." 하고 나직이 말했다. 판신은 다소 놀랐고 바르바라 파블로브나의 대담성에 경탄해 마지않았다. 그러나 그는 이 의외의 말에 그 자신에 대한 얼마나 많은 멸시가 숨겨져 있는지 알지 못했다. 그래서 마리야 드미트리예브나의 환대와 충심을 잊어버리고, 그녀가 대접한 식사도 그녀가 빌려준 돈도 잊어버리고, 그는 똑같은 미소를 지으며

똑같은 목소리로(얼마나 불쌍한 존재인가!) "정말 그래요." 하고
대답했다.

바르바라 파블로브나는 그에게 다정한 눈길을 던지고 자
리에서 일어섰다. 리자가 들어왔다. 마르파 티모페예브나가 그
녀를 만류했지만 소용없었다. 그녀는 시련을 끝까지 견디기로
결심했다. 바르바라 파블로브나가 판신과 함께 그녀를 향해
다가갔다. 판신의 얼굴에는 이전의 외교관 같은 표정이 떠올
랐다.

"건강은 어떠신지요?" 판신이 리자에게 물었다.

"이제 좀 나아졌어요. 고맙습니다." 리자가 대답했다.

"우린 여기에서 음악을 좀 했어요. 당신이 바르바라 파블로
브나의 노래를 못 들은 게 유감입니다. 저분은 정말 훌륭하게
불러요. 마치 원숙한 예술가 같아요."

"이리 좀 와요." 마리야 드미트리예브나의 목소리가 울렸다.

바르바라 파블로브나가 곧 어린애처럼 공손하게 그녀에게
다가가 그녀의 발 옆에 있는 등받이가 없는 조그만 의자에 앉
았다. 마리야 드미트리예브나는 한순간이라도 자기 딸과 판신
을 단둘이 있게 하기 위해 그녀를 부른 것이다. 마리야 드미트
리예브나는 아직도 자기 딸이 마음을 되돌리기를 은근히 바
랐다. 그뿐 아니라 지금 당장 꼭 말하고 싶은 생각이 문득 떠
올랐기 때문이다.

"저 말이죠." 마리야 드미트리예브나가 바르바라 파블로브
나에게 속삭였다. "난 당신네 부부를 화해시켜 보고 싶어요.
성공은 장담 못 하지만 해 보려고 해요. 알다시피 그 사람은

날 매우 존경해요."

바르바라 파블로브나가 천천히 눈을 들어 마리야 드미트리 예브나를 올려 보며 아름답게 두 손을 포갰다.

"당신은 제 구원자라고 할 수 있어요, 형님." 그녀가 슬픈 목소리로 말했다. "당신의 사랑에 어떻게 감사해야 할지 모르 겠어요. 그러나 표도르 이바니치에 대해서는 전적으로 제 잘 못이에요. 그이는 절 용서할 수 없을 거예요."

"그럼 정말로 당신은……" 마리야 드미트리예브나가 호기 심을 갖고 물으려 했다.

"묻지 마세요." 바르바라 파블로브나가 그녀의 말을 막고 눈 을 내리떴다. "저는 젊고 경박했어요……. 그러나 변명하고 싶 진 않아요."

"글쎄, 그래도 시도해 보지 못할 이유는 없잖아요? 낙담하 지 말아요." 마리야 드미트리예브나는 이렇게 말하고 그녀의 뺨을 가볍게 두드려 주려다가 그녀의 얼굴을 힐끗 보고는 두 려운 마음이 들었다. '겸손하기도 하지.' 그녀는 생각했다. '확 실히 사교계의 여왕다워.'

"어디 편찮으세요?" 이러는 동안 판신이 리자에게 말했다.

"네, 몸이 안 좋아요."

"이해합니다." 아주 오랫동안 침묵한 후에 그가 말했다. "그 래요, 전 당신을 이해해요."

"무슨 말씀이세요?"

"당신을 이해해요." 도무지 무슨 말을 해야 할지 몰라서 판 신이 의미심장하게 되뇌었다.

리자는 당황했지만 '그러라지!' 하고 생각했다. 판신은 비밀이라도 있는 듯한 표정을 짓고 입을 다물고는 근엄하게 옆을 바라보았다.

"그런데 벌써 11시를 친 것 같네요." 마리야 드미트리예브나가 말했다.

손님들은 말귀를 알아듣고 작별 인사를 나누기 시작했다. 바르바라 파블로브나는 다음 날 아다를 데리고 점심을 하러 오겠다고 약속해야 했다. 구석에 앉아서 거의 잠들다시피 했던 게제오놉스키가 그녀를 집까지 배웅하겠다고 자청했다. 모든 사람과 엄숙하게 인사를 나눈 판신은 현관 계단에서 바르바라 파블로브나를 마차에 태우면서 그녀와 악수하고는 "안녕히!" 하고 그녀의 등 뒤에 대고 소리쳤다. 게제오놉스키는 그녀와 나란히 앉았다. 그녀는 가는 도중 내내 능청맞게 작은 발끝을 그의 발 위에 얹어 놓고는 재미있어했다. 그는 당황해서 그녀에게 아첨의 말을 했다. 그녀는 가로등 불빛이 마차에 비쳐 들 때면 킥킥 웃으며 추파를 던지곤 했다. 자신이 연주한 왈츠가 머릿속에서 울리며 그녀를 흥분시켰다. 어디에 있든지 불빛, 무도장, 음악에 맞춰 빠르게 돌아가는 모습을 상상하기만 하면, 그녀의 마음은 활활 불타올랐고 두 눈이 이상하게 흐릿해지며 입가에 미소가 어리고 뭔가 우아하고 흥겨운 것이 전신에 넘쳤다. 집에 도착하자 바르바라 파블로브나는 가볍게 마차에서 뛰어내린 뒤(오직 사교계의 여왕들만이 이렇게 뛰어내릴 수 있다.) 게제오놉스키를 돌아보고는 갑자기 그의 면전에 대고 낭랑한 목소리로 깔깔거리며 웃어 댔다.

'상냥한 여자야.' 이 5등 문관은 하인이 관절염에 바르는 약병을 들고 기다리는 자기 집으로 가면서 생각했다. '내가 점잖은 사람이니까 망정이지……. 그런데 그 여자는 뭘 보고 그렇게 웃었을까?'

마르파 티모페예브나는 밤새 리자의 머리맡에 앉아 있었다.

41

라브레츠키는 하루 반을 바실리엡스코예에서 보냈는데, 내내 주변을 이리저리 돌아다녔다. 그는 한 장소에서 오랫동안 머물 수 없었다. 애수가 그를 괴롭혔던 것이다. 그는 격렬하고 무력한 끊임없는 충동에 괴로워했다. 그는 시골에 도착한 다음 날 자신의 마음을 사로잡은 감정을 떠올렸다. 또 당시에 품었던 여러 가지 계획도 상기하고는 자신에게 몹시 화가 났다. 그가 자신의 의무로, 자기 미래의 유일한 과제로 인정한 것으로부터 그를 떼어 낼 수 있었던 것은 무엇인가? 그것은 행복의 갈망, 또다시 행복의 갈망이었다! '아마도 미할레비치가 옳은 것 같아.' 라브레츠키는 생각했다. "넌 다시 인생의 행복을 맛보려고 했다." 라브레츠키가 자신에게 말했다. "너는 한 번이라도 행복이 사람에게 찾아온다면, 그건 사치요, 분에 넘치는 은총이라는 걸 잊어버렸다. 그 행복은 완전하지 못했고 거짓이었다고 넌 말할 것이다. 그러나 완전하고 참된 행복에 대한 자신의 권리를 제시해 보라! 돌아보라, 네 주변에서 누가 행복을 즐기고, 누가 향락을 누리는가? 저기 농군이 풀을 베러 가고 있다. 아마도 그는 자기 운명에 만족할지도 모른다…… 그렇다면? 너는 그와 처지를 바꾸고 싶은가? 네 어머니를 기억해 보라. 그녀의 요구는 얼마나 보잘것없이 작았고, 그녀의 운명은 어떠했는가? 땅을 갈러 러시아에 왔다고 네가 판신에게 말한 것은 단지 그 앞에서 자랑하고자 함이었다. 너는 늘그막에 처녀 뒤꽁무니나 따라다니려고 온 것이다. 네 자유를 전하는 소식이 오자 너는 모든 걸 집어 던지고, 모든 걸 잊어버리고, 나비를 뒤쫓는 꼬마처럼 달렸다." 리자의 형상은 이런 생각을 하는 중에도 끊임없이 떠올랐다. 귀찮게 따라다니는 다른 형상과 마찬가지로, 태연하고 교활한, 아름답고 가증스러운 다른 모습들과 마찬가지로 그는 리자의 형상도 애써 쫓아버렸다. 안톤 노인은 주인이 기분이 안 좋다는 것을 알아챘다. 문밖에서 몇 번, 문턱에서 몇 번 한숨을 짓고 나서 노인은 작심하고 그에게 다가가 뭔가 따뜻한 것을 드시는 것이 어떠냐고 권했다. 라브레츠키는 그에게 소리 지르고 나가라고 명했지만 잠시 후 미안하다고 사과했다. 그러나 노인은 이 때문에 더욱더 마음이 아팠다. 라브레츠키는 객실에 앉아 있을 수 없었다. 증조부 안드레이가 화폭에서 자기의 허약한 후손을 경멸스럽게 바라보는 것같이 느껴졌다. "에이! 소심한 녀석!" 그의 삐뚜름하게 말린 입술이 이렇게 말하는 것 같았다. '정말로.' 라브레츠키는 생각했다. '나는 자기 일도 처리하지 못하고 이…… 이 하찮은 일에 굴복하고 마는 것일까?'(전쟁에서 중상을 입은 사람들은 늘 자신의 부상을 '하찮은 것'이라고 말한다. 인간은 자신을 기만하지 않고는 이 땅에서 살아갈 수 없다.) '정말로 난 어린애란 말인가? 그래, 평생 행복할 수 있는 기회를 가까이에서 보았고 거의 손에 잡았는데, 그 행복이 갑자기 사라져 버렸다. 복권 추첨과 마찬가지가 아닌가. 바퀴가 조금 더 돌았더라면 아마 가난뱅이가 부자가 되었을지도 모른다. 그러나 안 되는 것은 역시 안 되는 것이다. 모든 게 끝났다. 이를 악물고 일에 착수하자. 그리고 침묵하도록 스스로에게 명하자. 자신을 억제하는 것이 처음이 아닌 것이 다행이다. 그런데 나는 무엇 때문에 도망쳤고, 무엇 때문에 타조처럼 덤불 속에 머리를 처박고 앉아 있단 말인가? 불행을 마주 보기를 무서워하는 건 어리석은 짓이다!' "안톤!" 그가 큰 소리로 외쳤다. "즉시 여행 마차에 말을 매라고 지시해." '그렇다.' 라브레츠키는 또다시 생각했다. '스스로에게 침묵을 명해야 하고, 자신을 엄하게 다루어야 한다.'

이런 생각을 하며 라브레츠키는 자신의 슬픔을 덜어 보려고 애썼다. 그러나 그 슬픔은 크고도 강했다. 그리하여 아직 노망이 든 것은 아니지만 온갖 감정이 고갈되어 버린 아프락시야까지 그가 도시로 가기 위해 마차에 올라탔을 때 머리를 흔들며 슬프게 그를 바라보았다. 말들이 질주했다. 그는 꼼짝 않고 똑바로 앉아서 움직이지 않고 눈앞의 길을 바라보았다.

42

리자는 전날 밤에 라브레츠키에게 저녁에 자기 집에 들러 달라고 편지를 썼다. 그러나 그는 먼저 자기 집으로 갔다. 집에는 아내도 딸도 없었다. 그는 하인들로부터 아내가 딸과 함께 칼리틴의 집으로 간 것을 알았다. 그는 이 소식에 깜짝 놀랐고 격노했다. '아마도 바르바라 파블로브나는 날 죽이려고 결심했는가 보다.' 라브레츠키는 악의에 찬 흥분을 가슴에 품은 채 생각했다. 그는 쉴 새 없이 아이들의 장난감이며 책이며 여러 가지 부인 용품을 닥치는 대로 손발로 밀쳐 내면서 방 안을 왔다 갔다 했다. 그는 쥐스틴을 불러 이 모든 '잡동사니'를 치우라고 지시했다. "예, 나리." 그녀가 얼굴을 찡그리고 대답하고 나서 방을 치우기 시작했다. 그녀는 우아하게 몸을 구부리고는 동작 하나하나로 자기는 라브레츠키를 무지막지한 곰으로 여긴다는 것을 그가 느끼도록 했다. 라브레츠키는 지쳐 있지만 여전히 '매력적이고' 조소에 찬, 파리 티가 흐르는 그녀의 얼굴, 그녀의 하얀 덧소매, 비단 앞치마, 가벼운 실내모를 증오심을 갖고 바라보았다. 그는 마침내 그녀를 내보내고 오랫동안 망설인 후에(바르바라 파블로브나는 여전히 돌아오지 않았다.) 칼리틴가에 가기로 했다. 그러나 마리야 드미트리예브나가 아니라(라브레츠키는 절대로 그녀의 객실, 자기 아내가 있는 그 객실에는 들어가지 않을 생각이었다.) 마르파 티모페예브나에게로 가는 것이었다. 그는 뒷계단이 하녀들이 드나드는 바깥 현관에서 곧장 노파의 방으로 통한다는 것을 기억했다. 라브레

귀족의 보금자리   351

츠키는 그리로 갔다. 운 좋게도 그는 뜰에서 슈로치카를 만났다. 슈로치카는 그를 마르파 티모페예브나에게 안내했다. 노파는 평소와 달리 혼자 있었다. 노파는 맨머리로 등을 구부리고 두 손을 가슴에 십자로 포갠 채 방구석에 앉아 있었다. 라브레츠키를 보자 노파는 몹시 당황해 재빨리 자리에서 일어났고, 마치 실내모를 찾는 것처럼 방 안을 이리저리 거닐기 시작했다.

"오, 자네로군, 자네야." 노파가 그의 눈길을 피하고 수선을 떨며 말하기 시작했다. "그래, 잘 있었나? 그래, 어떠냐? 어떻게 해야지? 어제는 어디 갔었지? 그 여자가 왔더랬다. 응, 그래. 글쎄, 이렇게 됐으니…… 어떻게든."

라브레츠키는 의자에 앉았다.

"그래, 앉아라, 앉아." 노파가 말을 이었다. "넌 곧장 위층으로 올라왔니? 아무렴, 그랬겠지. 그래서? 날 보러 왔니? 고맙구나."

노파는 잠시 침묵했다. 라브레츠키는 노파에게 무슨 말을 해야 할지 몰랐다. 그러나 노파는 그를 이해했다.

"리자가…… 그래, 리자가 방금 여기를 다녀갔다." 마르파 티모페예브나가 자기 손가방의 끈을 맺었다 풀었다 하며 말을 이었다. "그 애는 아주 몸이 안 좋아. 슈로치카, 어디 있냐? 이리 와, 어째서 잠시도 앉아 있지 못하니? 나도 머리가 아프다. 이건 분명히 그 노래, 그 음악 때문이야."

"노래 때문이라뇨, 아주머님?"

"물론이지. 그들이 여기서 어쨌는지 아니? 그들은 듀엣이라는 걸 불렀어. 그것도 모두 이탈리아 말로. '치치 차차' 하고 부르는 게 진짜 까치들 같더구나. 음을 내기 시작하는데 듣기가 얼마나 고통스럽던지, 원. 판신과 네 처가 그랬어. 어쩌면 그렇게 빨리 사이가 좋아졌을까. 격식도 차리지 않고 꼭 친척처럼 굴더구나. 하기야 개도 몸 둘 곳을 찾다가 죽지만 않으면 아무도 쫓아내지는 않는다니까."

"그러나 솔직히 말해서 그럴 줄은 몰랐어요." 라브레츠키가 대답했다. "여기에서 어떻게 그런 대담한 짓을 할 수 있나요?"

"아니다, 얘야. 그건 대담한 짓이 아니라 계산이야. 그러나 그냥 내버려 둬! 넌 그 여자를 라브리키로 보낸다지. 정말이냐?"

"네. 그 영지를 바르바라 파블로브나에게 맡기려고요."

"그 여자가 돈을 요구했니?"

"아직은 그러지 않았어요."

"그래, 그게 오래가진 않을 거다. 난 이제야 네가 똑똑히 보인다. 건강하냐?"

"건강해요."

"슈로치카." 갑자기 마르파 티모페예브나가 소리쳤다. "가서 리자베타 미하일로브나에게 말해라. 아니, 물어봐라……. 아래층에 있지?"

"아래층에 있어요."

"그래. 그럼 내 책을 어디에 두었느냐고 물어봐라. 분명히 알 거다."

"네."

노파는 다시 수선을 떨었고, 장롱 서랍을 뒤지기 시작했다.

라브레츠키는 의자에 꼼짝 않고 앉아 있었다.

갑자기 층계를 올라오는 가벼운 발소리가 들리더니 리자가 들어왔다.

라브레츠키는 자리에서 일어나 인사했다. 리자는 문가에서 걸음을 멈추었다.

"리자, 리조치카." 마르파 티모페예브나가 분주하게 말하기 시작했다. "내 책, 내 책을 어디다 두었지?"

"무슨 책인데요, 할머니?"

"아니, 책은 무슨 책! 내가 널 부른 게 아니라……. 하나 마찬가지지. 아래층에서는 뭣들을 하고 있니? 여기 표도르 이바니치가 오셨다. 네 머리는 어떠냐?"

"괜찮아요."

"넌 항상 괜찮다고 하는구나. 거기 아래층에서는 뭣들을 하고 있지? 또 음악이야?"

"아뇨. 카드를 하고 있어요."

"그래. 정말로 그 여자는 못 하는 게 없구나. 슈로치카, 넌 정원을 뛰어다니고 싶은 모양이구나. 가 봐라."

"아니에요. 마르파 티모페예브나……."

"토 달지 말고 가 봐. 나스타시야 카르포브나가 혼자 정원으로 나갔으니, 가서 같이 있어라. 늙은이를 존중해야 해." 슈로치카가 밖으로 나갔다. "그런데 내 실내모가 어디 있을까? 정말 어디로 갔을까?"

"제가 찾아볼게요." 리자가 말했다.

"앉아 있어. 앉아 있어. 내 다리도 아직은 성하다. 분명히 저기 침실에 있을 거다."

이렇게 말하고 마르파 티모페예브나는 눈을 치떠서 라브레츠키를 힐끗 쳐다보고는 방에서 나갔다. 노파는 문을 열어 놓으려다가 갑자기 되돌아와 문을 닫았다.

리자는 안락의자 등받이에 몸을 기대고 조용히 두 손을 얼굴로 가져갔다. 라브레츠키는 있던 자리에 그대로 있었다.

"우리는 바로 이렇게 만날 수밖에 없군요." 마침내 라브레츠키가 말했다.

리자는 얼굴에서 손을 뗐다.

"그래요." 그녀가 공허하게 말했다. "우린 당장 벌을 받았어요."

"벌을 받다니." 라브레츠키가 말했다. "무엇 때문에 당신이 벌을 받았단 말이오?"

리자가 눈을 들어 그를 바라보았다. 그 눈에는 슬픔도 불안도 어려 있지 않았다. 그 눈은 더 작고 더 흐릿해 보였다. 그녀의 얼굴은 창백했다. 살짝 열린 입술도 창백했다.

라브레츠키의 마음은 연민과 사랑으로 떨렸다.

"당신은 내게 모든 게 끝났다고 써 보냈습니다." 라브레츠키가 속삭이듯이 말했다. "그래요, 시작도 하기 전에 모든 게 끝났습니다."

"이 모든 걸 잊어야 해요." 리자가 말했다. "전 당신이 와 주셔서 기뻐요. 편지를 쓰려고 했는데, 더 잘됐어요. 다만 이 순간을 어서 이용해야 해요. 우리 둘은 우리의 의무를 이행해야 해요. 표도르 이바니치, 당신은 부인하고 화해해야 해요."

"리자!"

"당신께 부탁합니다. 이렇게만 하면 이전에 있었던 모든 것을…… 속죄할 수 있어요. 잘 생각하셔서 제 말을 거절하지 마세요."

"리자, 제발 불가능한 것을 요구하지 말아요. 난 당신이 지시하는 모든 걸 행할 준비가 되어 있소. 그러나 지금 그녀와 화해한다는 건……! 난 모든 것에 동의하며, 모든 걸 잊었어요. 그러나 내 마음을 강요할 수는 없어요……. 미안합니다만, 그건 잔인한 일이에요!"

"전 당신에게…… 당신이 지금 말씀하시는 걸 요구하는 게 아니에요. 부인과 같이 살 수 없다면 살지 마세요. 그러나 화해는 하세요." 리자가 대답하고 다시 한 손을 눈으로 가져갔다. "당신의 따님을 생각하세요. 절 위해서 그렇게 하세요."

"좋아요." 라브레츠키가 입 안에서 우물우물 말했다. "그렇게 한다고 하죠. 이걸로 내 의무를 이행한다고 하죠. 그럼 당신은, 당신의 의무는 뭐죠?"

"그건 제가 알아요."

라브레츠키는 갑자기 몸을 떨었다.

"판신과 결혼하려는 건 아니겠죠?"

리자는 보일 듯 말 듯한 미소를 지었다.

"오, 아니에요." 그녀가 말했다.

"오, 리자, 리자!" 라브레츠키가 소리쳤다. "우린 정말로 행복할 수 있었는데!"

리자는 다시 그를 힐끗 바라보았다.

"표도르 이바니치, 이제 당신도 아실 거예요. 행복은 우리가 아니라 하느님께 달려 있다는 걸."

"그래요. 그건 당신이……."

옆방의 문이 활짝 열렸고, 마르파 티모페예브나가 손에 실내모를 들고 들어왔다.

"간신히 찾았다." 라브레츠키와 리자 사이로 들어서며 노파가 말했다. "실내모를 둔 곳을 잊어먹다니, 그러니 늙으면 할 수 없는 거야! 그러나 젊은이가 더 나은 것도 없지. 그런데 넌 아내와 같이 라브리키로 갈 거냐?" 노파가 표도르 이바니치를 돌아보며 덧붙여 말했다.

"그녀하고 라브리키로 가냐고요? 제가요? 모르겠어요." 그가 한참 있다가 말했다.

"넌 아래층으로 내려가지 않겠니?"

"오늘은 안 내려가겠어요."

"그래, 그것도 좋겠다. 그런데 리자, 넌 내려가 봐야 할 것 같다. 아이고, 이거 큰일났구나. 때까치에게 먹이 주는 걸 잊어버렸어. 여기 잠깐 서 있어라. 내 금방……."

이렇게 말하고 마르파 티모페예브나는 실내모도 쓰지 않고 뛰어나갔다.

라브레츠키는 재빨리 리자에게 다가갔다.

"리자." 그가 애원하는 목소리로 말문을 열었다. "우리는 영원히 헤어지는구려. 내 가슴이 찢어지는 것만 같소. 이별을 위해 당신의 손을 내게 주오."

리자는 머리를 들었다. 그녀의 피로에 지친, 거의 꺼져 가는 듯한 눈길이 라브레츠키에게 멎었다…….

"안 돼요." 그녀가 말하고 이미 내밀었던 손을 거두어들였다. "안 돼요, 라브레츠키.(그녀가 처음으로 그를 이렇게 불렀다.) 전 손을 내밀 수 없어요. 무슨 소용이 있나요? 물러가세요, 제발. 제가 당신을 사랑한다는 건 아시잖아요……. 그래요, 전 당신을 사랑해요." 그녀가 간신히 덧붙여 말했다. "그러나 안 돼요……. 안 됩니다."

그리고 그녀는 손수건을 입술로 가져갔다.

"그럼 그 손수건만이라도 내게 줘요."

문이 삐걱하는 소리가 났다……. 손수건이 리자의 무릎으로 미끄러져 내렸다. 라브레츠키는 방바닥에 떨어지기 전에 손수건을 잡아서 재빨리 옆 주머니에 집어넣었다. 그리고 돌아서자마자 그는 마르파 티모페예브나와 눈이 마주쳤다.

"리조치카, 어머니가 널 부르는 것 같더라." 노파가 말했다.

리자는 즉시 일어나서 나가 버렸다.

마르파 티모페예브나는 다시 방구석에 앉았다. 라브레츠키는 그녀와 작별 인사를 하려고 했다.

"페댜." 마르파 티모페예브나가 갑자기 말했다.

"왜요, 아주머님?"

"넌 정직한 사람이지?"

"무슨 말씀이세요?"

"네가 정직한 사람이냐고 묻는 거다."

"그러길 바라요."

"흠. 그럼 네가 정직한 사람이라고 내게 다짐을 해라."

"그러지요. 그런데 뭣 때문이죠?"

"뭣 때문인지는 내가 안다. 얘야, 잘 생각해 보면, 너도 바보
는 아니니까 내가 묻는 이유를 알 거다. 그럼 얘야, 잘 가거라.
와 줘서 고맙구나. 페댜, 지금 한 말을 기억하고, 내게 입 맞춰
다오. 오, 얘야, 네가 괴로운 거 나도 알아. 그러나 모두가 마음
이 편치 않다. 전에 난 파리들을 부러워하곤 했다. 세상에서
제일 편하게 사는 녀석들이라고 생각한 거야. 그런데 어느 날
밤에 파리가 거미 앞발에 걸려서 애처로운 소리를 내는 걸 듣
고는, '아니다, 파리에게도 재앙이 있구나.' 하고 생각했지. 페
댜, 어쩔 수 없다. 그러나 네가 한 말은 기억해라. 가 봐라."

라브레츠키는 뒷계단으로 나가서 이미 대문 가까이에 이르
렀다······. 이때 하인이 그를 따라잡았다.

"마리야 드미트리예브나께서 왔다 가시라고 하셨습니다."
하인이 라브레츠키에게 말을 전했다.

"지금 들를 수 없다고 전해라······." 표도르 이바니치가 말
문을 열려고 했다.

"꼭 부탁드리라고 하셨습니다." 하인이 말을 이었다. "마님
혼자 계신다고 이르라고 하셨습니다."

"정말 손님들이 돌아갔는가?" 라브레츠키가 물었다.

"그렇습니다." 하인이 말하고 이를 드러내 보이며 히쭉 웃
었다.

라브레츠키는 어깨를 으쓱하고는 그를 뒤따라갔다.

43

마리야 드미트리예브나는 자기 방에서 혼자 볼테르식 의자에 앉아서 오드콜로뉴 냄새를 맡고 있었다. 등화수(燈花水) 한 컵이 그녀 곁에 있는 작은 탁자 위에 놓여 있었다. 그녀는 흥분해서 마치 겁먹은 사람 같았다.

라브레츠키가 들어갔다.

"절 만나고 싶어 했다고요?" 차갑게 인사하며 그가 말했다.

"그래요." 마리야 드미트리예브나가 대꾸하고 물을 조금 마셨다. "곧장 고모님께 간 걸 알고 이리 와 주도록 일렀어요. 잠깐 당신과 할 얘기가 있어서요. 자, 앉아요." 마리야 드미트리예브나는 숨을 돌렸다. "아시겠지만……." 그녀가 말을 이었다. "부인이 왔더랬어요."

"압니다." 라브레츠키가 말했다.

"그럴 테지요. 내가 말하고 싶은 건, 부인이 우리 집에 와서 내가 맞아들였다는 거예요. 내가 당신과 얘기하고 싶은 건 바로 이겁니다, 표도르 이바니치. 고맙게도 난 일반의 존경을 받고 있다고 말할 수 있고, 어떤 일이 있어도 점잖지 않은 일은 절대로 하지 않아요. 당신이 불쾌하리라는 걸 미리 알았지만 부인을 거절할 수 없었어요, 표도르 이바니치. 그녀는 당신 편으로 보아 내 친척인걸요. 내 입장이 돼 보세요. 내가 그녀를 집에 들이지 않을 권리가 어디 있겠어요? 그렇지 않나요?"

"괜한 걱정을 하시는군요, 마리야 드미트리예브나." 라브레츠키가 대꾸했다. "아주 잘하셨어요. 난 조금도 화나지 않았습니다. 난 바르바라 파블로브나가 자기 친지들을 만날 권리를 빼앗을 마음이 조금도 없어요. 오늘 내가 당신께 들르지 않은 것은 단지 그녀와 만나고 싶지 않았기 때문입니다. 다만 그뿐 입니다."

"아, 당신에게 그런 소릴 들으니 너무 기뻐요, 표도르 이바 니치." 마리야 드미트리예브나가 소리쳤다. "고상한 감정을 지 닌 당신에게서 나는 항상 그런 말을 기대하고 있었어요. 그런 데 내가 걱정하는 건 이상한 일이 아니에요. 난 여자고 어머니 이니까요. 당신의 부인은…… 물론 내가 당신과 부인을 판단 할 수는 없지요. 이 점은 부인에게도 말했어요. 그러나 부인은 즐거움 말고는 아무것도 줄 줄 모르는 아주 친절한 분이에요."

라브레츠키는 쓴웃음을 짓고는 모자를 매만졌다.

"그리고 또 하나 말하고 싶은 건요, 표도르 이바니치." 마 리야 드미트리예브나가 그에게 살짝 움직이면서 말을 이었다. "만약 그녀가 얼마나 겸손하게 처신하고 얼마나 예의 바른지 당신이 보았다면! 정말로 감동적이기까지 했어요. 그리고 그 녀가 당신에 대해 한 말을 들었더라면! 그녀는 당신에게 전적 으로 잘못했다고 말했어요. 또 당신의 가치를 몰랐고, 당신은 천사이지 사람이 아니라고 말했어요. 정말로 당신이 천사라고 했어요. 그녀가 얼마나 후회하는지…… 정말이지 난 그렇게 후회하는 걸 본 적이 없어요!"

"그러나 마리야 드미트리예브나." 라브레츠키가 말했다. "알 고 싶은 게 있습니다. 바르바라 파블로브나가 댁에서 노래를 불렀다고 하더군요. 후회하면서 노래를 부른 건지, 아니면 어떻게 한 건지요……?"

"어머, 그런 말을 하다니 부끄럽지도 않나요! 그녀는 날 기쁘게 해 주려고 노래를 부르고 피아노를 쳤어요. 그건 내가 거의 명령하다시피 집요하게 부탁했기 때문이에요. 그녀가 몹시 괴로워하는 걸 보고 어떻게 그녀를 즐겁게 해 줄 수 있을까 생각하다가, 그녀에게 그런 훌륭한 재능이 있다는 말을 들은 생각이 났어요! 저, 표도르 이바니치, 그녀는 몹시 낙담해 있어요. 세르게이 페트로비치에게라도 물어봐요. 완전히 낙심해 있다고요. 그런데 그게 무슨 말이에요?"

라브레츠키는 다만 어깨를 으쓱했다.

"그리고 당신의 아도치카는 얼마나 천사 같고, 얼마나 아름답던지! 정말 귀엽고 영리한 아이예요. 프랑스 말도 아주 잘하고 러시아 말도 이해했어요. 그리고 날 아주머니라고 불렀어요. 글쎄, 그만한 나이의 애들은 거의 모두 낯가림을 하는데, 낯가림도 전혀 안 했어요. 정말이지, 꼭 당신을 닮았더군요, 표도르 이바니치. 눈이며, 눈썹이며…… 정말 당신을 쏙 빼닮았어요. 솔직히 말해 난 어린애들을 그다지 좋아하지 않지만, 당신 딸아이에게는 홀딱 반했어요."

"마리야 드미트리예브나." 라브레츠키가 갑자기 말했다. "실례지만, 무엇 때문에 내게 이런 말씀을 하시는 겁니까?"

"무엇 때문이냐고요?" 마리야 드미트리예브나는 다시 오드콜로뉴 냄새를 맡고 물을 마셨다. "표도르 이바니치, 내가 이렇게 말하는 건…… 난 당신의 친척이고 당신을 몹시 동정하기 때문이에요……. 난 당신이 아주 친절하다는 걸 알아요. 이

봐요, 사촌, 어쨌든 난 경험이 많은 여자고 실없는 말은 하지 않아요! 용서하세요, 부인을 용서하세요." 마리야 드미트리예브나는 갑자기 눈물을 글썽였다. "좀 생각해 봐요. 젊고, 경험이 부족하고…… 나쁜 본을 받았는지도 몰라요. 그녀는 옳은 길로 이끌어 줄 수 있는 어머니가 없었어요. 부인을 용서하세요, 표도르 이바니치. 그녀는 충분히 벌을 받았어요."

눈물이 마리야 드미트리예브나의 두 뺨을 타고 떨어졌다. 그녀는 눈물을 훔치지 않았다. 울기를 좋아했던 것이다. 라브레츠키는 마치 바늘방석에 앉아 있는 듯했다. '아아, 도대체 이 무슨 고문인가.' 그는 생각했다. '오늘은 도대체 무슨 날이 이렇게 재수가 없을까!'

"대답을 안 하는군요." 마리야 드미트리예브나가 다시 말하기 시작했다. "당신을 어떻게 이해해야 하나요? 어쩌면 이렇게 잔인할 수 있나요? 아니, 그렇게 믿고 싶지 않아요. 난 내가 당신을 설득했다고 생각해요. 표도르 이바니치, 하느님이 당신의 선량한 마음씨에 상을 내리실 거예요. 이제 내 손에서 부인을 넘겨받아요……."

라브레츠키는 자신도 모르게 의자에서 일어났다. 마리야 드미트리예브나도 일어나서 재빨리 병풍 뒤로 가더니, 바르바라 파블로브나를 데리고 나왔다. 창백하고 거의 반죽음이 된, 눈을 내리깔고 있는 바르바라 파블로브나는 자신의 생각이나 의지는 전혀 없는 사람 같았다. 그녀는 마리야 드미트리예브나의 손에 온몸을 맡기고 있었다.

라브레츠키가 한 걸음 뒤로 물러났다.

"당신 여기에 있었군!" 그가 소리쳤다.

"그녀를 책망하지 말아요." 마리야 드미트리예브나가 서둘러 말했다. "그녀가 절대로 남아 있지 않겠다는 걸 내가 강제로 남게 해서 병풍 뒤에 앉혀 놓았어요. 그녀는 이렇게 하면 더욱 당신을 화나게 할 뿐이라고 말했지만, 난 그 말을 듣지 않았어요. 난 그녀보다 당신을 더 잘 알아요. 내 손에서 당신의 부인을 데려가요. 자, 가세요, 바랴, 무서워하지 말고 당신 남편 앞에 엎드려요.(그녀는 바르바라 파블로브나의 손을 잡아끌었다.) 그리고 내 축복을……"

"잠깐만요, 마리야 드미트리예브나." 라브레츠키가 분명치 않지만 떨리는 목소리로 그녀의 말을 막았다. "아마도 당신은 감상적인 연극을 좋아하시는 모양인데요.(라브레츠키의 말은 틀리지 않았다. 마리야 드미트리예브나는 여학교 때부터 연극적인 것을 몹시 좋아했다.) 당신에겐 그것이 즐겁겠지만 다른 사람들은 그 때문에 기분이 상합니다. 그러나 당신하고는 말하지 않겠어요. '이 연극에서' 당신은 주인공이 아니니까요. 그런데 '당신은' 내게 무엇을 원하십니까, 부인?" 아내 쪽을 바라보며 그가 덧붙여 말했다. "당신을 위해 내가 할 수 있는 건 다 하지 않았나요? 이런 만남을 꾸민 사람이 당신이 아니라고 반박하지는 마시오. 난 당신을 믿지 않으니까. 그건 당신도 알 거요. 도대체 뭘 원하는 거요? 당신은 영리하니까, 목적 없이는 아무 일도 하지 않을 텐데. 당신은 내가 전처럼 당신과 같이 살 수 없다는 걸 알아야 하오. 그건 내가 당신에게 화내기 때문이 아니라 내가 다른 사람이 되었기 때문이오. 난 당신이 돌아온 다음 날 당신에게 이 말을 했고, 당신도 지금 속으로는 내 말에 동의할 거요. 그러나 당신은 세상의 평판을 되찾고 싶어 하오. 당신은 내 집에서 사는 게 부족해서 나와 한집에서 살기를 바라는 거요. 그렇지 않소?"

"난 당신이 날 용서해 주기를 바라요." 바르바라 파블로브나가 눈을 내리깐 채로 말했다.

"그녀는 당신이 용서해 주기를 바라요." 마리야 드미트리예브나가 되뇌었다.

"나를 위해서가 아니라 아다를 위해서요." 바르바라 파블로브나가 속삭였다.

"그녀를 위해서가 아니라 당신의 아다를 위해서." 마리야 드미트리예브나가 되뇌었다.

"좋아요. 그게 당신이 원하는 거요?" 라브레츠키가 간신히 말했다. "좋아요, 거기에도 동의하지요."

바르바라 파블로브나는 재빨리 그를 쳐다보았다. 마리야 드미트리예브나는 "아, 다행이야!"라고 외치고는 다시 바르바라 파블로브나의 한 손을 끌어당겼다. "자, 이제 내게서 받아 가세요……."

"잠깐만요, 당신에게 할 말이 있소." 라브레츠키가 그녀의 말을 막았다. "난 당신과 사는 데 동의하오, 바르바라 파블로브나." 그가 말을 이었다. "즉 당신을 라브리키로 데려가서 힘 닿는 데까지 당신과 살다가 그다음엔 떠날 거요. 그리고 가끔 들를 거요. 당신도 알다시피 난 당신을 기만하고 싶지 않소. 그러나 그 이상은 아무것도 요구하지 마시오. 만약 내가 우리

의 존경하는 친척의 바람에 따라 당신을 내 가슴에 꼭 껴안
고…… 과거는 존재하지 않는다, 잘린 나무에서도 다시 꽃은
핀다고 말한다면 당신 자신도 웃을 거요. 그러나 보아하니 내
가 복종해야 할 것 같소. 이 말을 곡해하지는 마시오……. 하
긴 마찬가지지만. 다시 말하건대…… 내가 당신과 계속 함께
살지 안 살지는 약속할 수 없소. 그러나 지금은 당신과 함께
살면서 당신을 다시 내 아내로 간주할 거요.”

“그럼 최소한 부인하고 악수라도 해요.” 이미 오래전에 눈물
이 말라 버린 마리야 드미트리예브나가 말했다.

“난 지금까지 바르바라 파블로브나를 속이지 않았어요.” 라
브레츠키가 대꾸했다. “그러니 그녀도 나를 믿을 겁니다. 난 그
녀를 라브리키로 데려갈 겁니다. 그러니 기억하오, 바르바라
파블로브나. 우리의 약속은 당신이 거기에서 나오는 순간 파
기되는 거요. 그럼 이제 물러가겠습니다.”

그는 두 여인에게 인사하고 서둘러 밖으로 나갔다.

“부인을 데려가세요.” 마리야 드미트리예브나가 뒤에서 소리
쳤다.

“내버려 두세요.” 바르바라 파블로브나가 그녀에게 속삭이
고는 즉시 그녀를 포옹하고 감사의 말을 하고, 그녀의 손에 입
맞추고, 그녀를 자기의 구원자라고 부르기 시작했다.

마리야 드미트리예브나는 너그럽게 그녀의 애교를 받아들
였다. 그러나 마음속으로 그녀는 라브레츠키에게도, 바르바라
파블로브나에게도, 자신이 준비한 모든 연극에도 불만이었다.
감상적인 것이 적었던 것이다. 그녀의 생각으로는 바르바라 파

블로브나가 남편의 발밑에 몸을 던졌어야 했다.

"어째서 당신은 내 말을 못 알아들었어요?" 그녀가 말했다. "내가 엎드리라고 말했잖아요."

"더 잘됐어요, 형님. 걱정하지 마세요. 모든 게 아주 잘됐어요." 바르바라 파블로브나가 되풀이해서 말했다.

"그래요, 그런데 그 사람은 얼음장같이 차갑군." 마리야 드미트리예브나가 말했다. "당신은 울지 않았다고 해도 내가 그 앞에서 눈물을 흘리기까지 했는데. 그는 당신을 라브리키에 가둬 두려고 해요. 그럼 우리 집에도 드나들 수 없단 말인가? 남자들은 모두 무정해." 마리야 드미트리예브나가 말을 맺고 의미 있게 머리를 흔들었다.

"대신에 여자들은 선한 마음과 관대한 마음을 존중할 줄 알지요." 바르바라 파블로브나가 말하고 마리야 드미트리예브나 앞에 조용히 무릎을 꿇고 두 손으로 그녀의 살찐 몸을 껴안으며 얼굴을 갖다 댔다. 바르바라 파블로브나의 얼굴에는 가벼운 미소가 어렸지만, 마리야 드미트리예브나는 다시 눈물을 흘리기 시작했다.

라브레츠키는 자기 집으로 돌아가 시종의 조그만 방에 틀어박혀서 소파에 몸을 내던지고는 아침까지 그대로 누워 있었다.

44

    다음 날은 일요일이었다. 새벽 예배를 알리는 종소리도 라브레츠키를 깨우지 못했다. 그는 밤새 눈을 붙이지 못했던 것이다. 그러나 그 종소리는 리자가 원하는 대로 그가 교회에 갔던 다른 일요일을 상기시켜 주었다. 그는 서둘러 일어났다. 어떤 비밀스러운 목소리가 오늘도 거기에서 리자를 만날 것이라고 그에게 말했던 것이다. 그는 소리 없이 집에서 나가 아직도 자고 있는 바르바라 파블로브나에게 식사 때에 돌아올 것이라고 이르게 하고, 단조롭고 슬픈 종소리가 그를 부르는 곳으로 성큼성큼 걸어갔다. 그가 일찍 도착해서인지 교회에는 아직 사람이 거의 없었다. 견습 사제가 찬양대석에서 기도하고 있었다. 이따금 기침 때문에 끊어지는 그의 목소리는 낮아졌다 높아졌다 하면서 규칙적으로 울렸다. 라브레츠키는 입구에서 멀지 않은 곳에 자리를 잡았다. 신자들이 한 사람씩 들어와 걸음을 멈추고 성호를 긋고는 사방에 대고 허리를 굽혔다. 그들의 발걸음 소리가 둥근 천장에 분명하게 메아리치며 텅 빈 고요 속에서 울려 퍼졌다. 두건이 달린 낡은 외투를 입은 노파가 라브레츠키 옆에 무릎을 꿇고 앉아서 열심히 기도했다. 이가 없는 노란 주름투성이의 얼굴에는 긴장된 감동이 어려 있었다. 붉은 눈은 성상으로 장식된 휘장을 뚫어져라 바라보고 있었다. 노파는 뼈만 앙상한 손을 외투에서 꺼내서 천천히 힘차게 커다랗고 둥그런 십자가를 계속 눌러 댔다. 짙은 턱수염과 음울한 얼굴을 하고, 흐트러진 머리칼에 구겨진 옷을 입은 한 농군이 교회 안으로 들어와 즉시 두 무릎을 꿇고 급히 성호를 그었다. 그는 절을 하고 나서 그때마다 머리를 뒤로 젖히고 흔들어 댔다. 그의 얼굴과 동작에 너무나 고통스러운 슬픔이 어려 있어서 라브레츠키는 작심하고 그에게 다가가 무슨 일이 있느냐고 물었다. 농군은 겁에 질린 듯이 험상궂게 뒤로 물러나 그를 한참 바라보았다…… "아들이 죽었습니다." 그가 재빨리 말하더니 다시 절하기 시작했다…… '저들에게는 무엇이 교회의 위안을 대신할 수 있겠는가?' 라브레츠키는 잠시 이렇게 생각하고 자신도 기도하려고 해 보았다. 그러나 그의 마음은 무겁고 차가웠으며, 그의 생각은 먼 곳에 있었다. 그는 내내 리자를 기다렸다. 그러나 그녀는 오지 않았다. 교회는 사람들로 가득 차기 시작했다. 그러나 리자는 여전히 보이지 않았다. 예배가 시작되었다. 견습 사제는 이미 복음서를 읽고 나서 성모 예찬의 종을 치기 시작했다. 라브레츠키는 조금 앞으로 움직였다. 그때 갑자기 리자가 보였다. 리자는 그보다 먼저 와 있었지만 그가 그녀를 보지 못했던 것이다. 벽과 합창대석 사이에 끼어 있던 리자는 주변을 둘러보지도 않았고 움직이지도 않았다. 라브레츠키는 예배가 끝날 때까지 리자에게서 눈을 떼지 않았고, 마음속으로 리자와 작별 인사를 했다. 사람들이 흩어지기 시작했다. 리자는 내내 서 있었는데, 마치 라브레츠키가 떠나기를 기다리는 듯했다. 마침내 리자는 마지막으로 성호를 긋고 돌아보지도 않고 걸어갔다. 하녀 한 명이 그녀와 함께 있었다. 라브레츠키는 리자를 뒤따라 교회에서 나가 거리에서 그녀를 따라잡았다. 리자는 머리를 숙이고 얼굴에 베일을 드리운 채 매우 빨리 걸어가고 있었다.

"안녕하세요, 리자베타 미하일로브나." 라브레츠키가 애써 허물없는 태도로 큰 소리로 말했다. "배웅해 드려도 되겠습니까?"

그녀는 아무 말도 하지 않았다. 그는 그녀와 나란히 걸어 갔다.

"당신은 내게 만족하나요?" 라브레츠키가 목소리를 낮추어 그녀에게 물었다. "어제 무슨 일이 있었는지 들었지요?"

"네, 네." 리자가 속삭이듯이 말했다. "잘됐어요."

그리고 리자는 더 빨리 걸어갔다.

"당신은 만족하나요?"

리자는 단지 머리를 끄덕였다.

"표도르 이바니치." 리자가 차분하지만 연약한 목소리로 말하기 시작했다. "부탁하고 싶은 게 있어요. 더 이상 우리 집에 오지 마시고 되도록 빨리 떠나 주세요. 우리는 후에 만날 수 있을 거예요. 언젠가…… 일 년이 지나면요. 그러나 지금은 절 위해서 그렇게 해 주세요. 제발 제 청을 들어주세요."

"나는 모든 점에서 당신의 뜻을 따를 준비가 되어 있어요, 리자베타 미하일로브나. 그러나 정말로 우리는 이렇게 헤어져야 하나요? 정말 당신은 내게 한마디도 하지 않으렵니까……?"

"표도르 이바니치, 지금 당신은 이렇게 제 곁에서 걷고 있어요……. 그러나 당신은 이미 제게서 멀리, 너무 멀리 떨어져 있어요. 그리고 당신만이 아니라……."

"다 말해 주세요, 제발!" 라브레츠키가 외쳤다. "무슨 말을 하려는 거죠?"

"아마 당신도 듣게 될 거예요……. 반드시 잊어 주세요……. 아니, 절 잊지 말고 기억해 주세요."

"내가 당신을 잊다니……."

"됐어요, 안녕히 가세요. 절 따라오지 마세요."

"리자." 라브레츠키가 말을 하려고 했다.

"안녕히, 안녕히 가세요!" 리자가 반복해서 말하고, 베일을 더욱더 밑으로 내리고는 뛰다시피 앞으로 나아갔다.

라브레츠키는 한참 그녀의 뒷모습을 바라보고 나서 머리를 떨구고는 오던 길을 되돌아갔다. 그는 모자를 코까지 깊이 눌러쓰고 발등을 바라보며 걷고 있던 렘과 마주쳤다. 그들은 말 없이 서로를 바라보았다.

"저, 무슨 할 말이 있나요?" 마침내 라브레츠키가 말했다.

"무슨 할 말이 있겠어요?" 렘이 우울하게 말했다. "아무 할 말이 없어요. 모든 것이 죽었고, 우리도 죽었습니다. 당신은 오른쪽으로 가야 하지 않나요?"

"오른쪽으로 갑니다."

"난 왼쪽으로 가야 합니다. 안녕히 가세요."

다음 날 아침에 표도르 이바니치는 아내와 함께 라브리키로 출발했다. 그녀는 아다와 쥐스틴과 함께 지붕이 있는 사륜마차를 타고, 그는 그 뒤에서 여행 마차를 타고 갔다. 귀여운 소녀는 도중 내내 마차의 창문에서 떠나지 않았다. 소녀에게는 모든 것이 놀라웠다. 농군들, 아낙들, 농가, 우물, 멍에, 방울, 수많은 갈까마귀들이 소녀에게는 하나같이 놀라웠다. 쥐스틴도 소녀와 함께 놀라워했다. 바르바라 파블로브나는 그들의 말과 외침 소리에 웃었다. 그녀는 기분이 좋았다. O시를 떠나기 전에 그녀는 남편과 이야기했다.

"난 당신의 입장을 이해해요." 바르바라 파블로브나가 그에게 말했다. 라브레츠키도 그녀의 영리한 눈에 어린 표정을 보고 그녀가 자신의 입장을 완전히 이해한다고 결론을 내릴 수 있었다. "그러나 당신은 적어도 나와 같이 사는 게 더 편하다는 걸 인정할 거예요. 난 당신에게 귀찮게 굴거나 당신을 구속하지 않을 테니까요. 난 아다의 미래를 보장하고 싶을 뿐, 그 이상 필요한 것은 없어요."

"그래요, 당신은 당신의 모든 목적을 이루었소." 표도르 이바니치가 말했다.

"난 지금 벽지에 영영 파묻힐 생각만 하고 있어요. 난 당신의 은혜를 영원히 기억할 거예요……."

"흥! 그만두시오." 그가 그녀의 말을 끊었다.

"그리고 난 당신의 독립과 평온을 존중할 수 있어요." 그녀는 자기가 준비한 말을 끝까지 했다.

라브레츠키는 그녀에게 나직이 고개를 숙였다. 바르바라 파블로브나는 남편이 속으로 자기에게 고마워한다고 생각했다.

다음 날 저녁 무렵에 그들은 라브리키에 도착했다. 일주일 후에 라브레츠키는 아내에게 생활비로 5000루블쯤을 남겨주고 모스크바로 떠났다. 라브레츠키가 떠난 지 하루가 지나서 판신이 나타났다. 바르바라 파블로브나는 그에게 외로움에 처해 있는 자신을 잊지 말라고 부탁했던 것이다. 그녀는 그를 더할 나위 없이 잘 대접했다. 밤늦게까지 집 안의 2층 방들과 정원에는 음악 소리, 노랫소리, 흥겨운 프랑스 말 소리가 울려 퍼졌다. 판신은 사흘 동안 그 집에서 손님으로 묵었다. 그녀와 작별하면서 판신은 그녀의 아름다운 손을 꼭 쥐고 곧 돌아오겠다고 약속했다. 그리고 그는 약속을 지켰다.

45

리자는 어머니의 집 2층에 깨끗하고 밝은 조그마한 자기 방을 가지고 있었다. 그 방에는 방구석과 창문 앞에 화분이 놓여 있었고, 조그만 책상과 책이 꽂힌 책장이 있고, 벽에는 십자가에 못 박힌 예수의 성상이 걸려 있었다. 이 조그마한 방은 애들 방으로 불리던 것으로 리자는 여기서 태어났다. 교회에서 라브레츠키를 보고 돌아온 리자는 평소보다 더 꼼꼼하게 자기 방의 모든 것을 정리하고, 구석구석 먼지를 털고, 자신의 노트와 여자 친구들의 편지를 다시 읽고 나서 리본으로 그것들을 고쳐 매 놓고, 서랍을 모두 잠그고, 꽃에 물을 주고, 꽃 하나하나를 손으로 어루만졌다. 그녀는 서두르지 않고 소리 없이, 어떤 감동 어린 조용한 시름을 얼굴에 띠고 이 모든 일을 했다. 그러다 그녀는 방 한가운데에 걸음을 멈추고 천천히 주변을 둘러보았고, 십자가에 못 박힌 예수의 성상이 걸려 있는 책상 앞으로 다가가 무릎을 꿇고는 굳게 마주 쥔 두 손 위에 머리를 얹어 놓고 꼼짝도 하지 않았다.

마르파 티모페예브나가 들어와서 이런 자세로 있는 리자를 보았다. 리자는 노파가 들어오는 것을 알아채지 못했다. 노파는 발끝으로 걸어서 문밖으로 나가 몇 번 크게 기침을 했다. 리자는 재빨리 일어나 눈물을 훔쳤다. 그녀의 두 눈에 고인 맑은 눈물이 반짝였다.

"보아하니 네가 다시 작은 방을 치웠구나." 어린 장미꽃을 심은 화분 쪽으로 나직이 몸을 숙이면서 마르파 티모페예브나가 말했다. "정말 향기가 좋구나!"

리자는 깊은 생각에 잠겨서 할머니를 바라보았다.

"할머니가 그런 말을 다 하시다니!" 리자가 속삭이듯이 말했다.

"그런 말, 그런 말이라고?" 노파가 활기차게 그 말을 받았다. "무슨 말을 하고 싶은 게냐? 이건 무서운 일이다." 노파가 갑자기 모자를 벗어 던지고 리자의 작은 침대에 걸터앉으며 말하기 시작했다. "이 일은 내가 감당할 수 없다. 내 마음이 가마솥 안에서 부글부글 끓은 지가 오늘로 나흘째야. 나는 더 이상 아무것도 모르는 체할 수 없다. 네가 얼굴이 까칠해지고 창백해져서 우는 걸 보고 있을 수가 없어. 그럴 수 없다, 그럴 수 없어."

"아니, 왜 그러세요, 할머니?" 리자가 말했다. "전 아무 일도 없어요……."

"아무 일도 없다고?" 마르파 티모페예브나가 소리쳤다. "그런 소리는 다른 사람한테 하고, 내게는 하지 마라! 아무 일도 없다고! 그럼 방금 무릎을 꿇고 있었던 건 누구냐? 아직도 속 눈썹이 눈물에 젖어 있는 건 누구냐? 아무 일도 없다고! 자, 네 얼굴이 어떤지 한번 쳐다봐라. 눈은 어디다 팔고 있니? 아무 일도 아니라고! 정말로 내가 아무것도 모르는 줄 아니?"

"모두 지나갈 거예요, 할머니. 잠시 시간을 주세요."

"지나간다고. 그래, 그게 언제냐? 어이구, 하느님 맙소사! 그래, 네가 그를 그렇게도 사랑했단 말이냐? 그러나 그는 늙은이가 아니냐, 리조치카. 그래, 그가 좋은 사람이라는 걸 부정은 않겠다. 그는 물어뜯지도 않을 거다. 그러나 도대체 그게 어쨌다는 거냐. 우리는 모두 좋은 사람들이다. 세상은 넓으니까 그런 좋은 일은 언제나 많이 있을 거다."

"말씀드리겠는데요, 이 모든 일은 지나갈 거고, 이미 지나가 버렸어요."

"얘야, 리조치카. 내가 하는 말을 들어 봐라." 마르파 티모페예브나가 리자를 자기 곁의 침대에 앉히고, 그녀의 머리칼을 쓰다듬어 주기도 하고 머릿수건을 바로잡아 주기도 하다가 갑자기 말했다. "지금은 네가 너무 흥분해 있어서 슬픔이 가실 길이 없는 것처럼 보이는 거란다. 얘야, 죽음에만 약이 없는 거야! '지지 않고 이걸 이겨 내겠다!'라고 스스로에게 다짐해라. 그러면 그 슬픔이 얼마나 빨리, 잘 지나가는지 놀라게 될 거다. 조금만 참아라."

"할머니." 리자가 대꾸했다. "모든 건 벌써 지나갔어요, 지나가 버렸어요."

"지나갔다니! 뭐가 지나가! 네 콧날이 이렇게 뾰족해지기까지 했는데, 지나갔다고 말하는 거냐. 잘도 '지나갔다!'"

"예, 지나갔어요, 할머니. 만약 할머니가 절 도와주시겠다면." 리자가 갑자기 활기를 띠며 말하고는 마르파 티모페예브나의 목에 매달렸다. "사랑하는 할머니, 제 친구가 되어 절 도와주세요. 화내지 말고 절 이해해 주세요……."

"애야, 무슨 일이냐, 무슨 일? 제발 날 놀라게 하지 마라. 당장 소리를 지르겠다. 그렇게 날 바라보지 말고, 무슨 일인지 빨리 말해라!"

"저는…… 저는……." 리자가 마르파 티모페예브나의 가슴에 자기 얼굴을 파묻었다……. "저는 수도원에 들어가고 싶어요." 리자가 불분명한 목소리로 말했다.

노파는 침대에서 펄쩍 뛰어올랐다.

"애, 리조치카. 성호를 그어라. 정신 차려. 그게 무슨 소리냐, 하느님이 도와주실 게다." 노파가 마침내 웅얼거렸다. "애야, 누워서 잠시 눈을 붙여라. 모든 게 잠을 못 잔 탓이야."

리자는 머리를 들어 올렸다. 그녀의 뺨은 화끈 달아 있었다.

"아니에요, 할머니." 그녀가 말했다. "그렇게 말씀하지 마세요. 저는 결심했고, 기도했고, 하느님께 조언을 부탁했어요. 모든 게 끝났어요. 할머니와의 생활도 끝났어요. 그러한 교훈에는 다 까닭이 있어요. 제가 이 생각을 한 게 처음은 아니에요. 행복은 저에게 온 게 아니었어요. 제가 행복을 누릴 희망이 있을 때도 제 마음은 늘 아팠어요. 저는 모든 걸 알아요. 저의 죄도, 남의 죄도, 그리고 아버지가 어떻게 재산을 모았는지도 모두 알아요. 이 모든 것에 대해 용서를 빌어야 해요. 저는 할머니가 가엾고, 엄마와 레노치카가 가엾어요. 그러나 어쩔 수 없어요. 저는 여기가 제가 살 곳이 아니라고 느껴요. 저는 이미 모든 것과 작별 인사를 했고, 집 안의 모든 것에 마지막 인사를 했어요. 무언가가 절 부르고 있어요. 저는 기분이 안 좋아요. 저는 영원히 두문불출하고 싶어요. 저를 붙잡지 마시고, 가지 말라고 저를 설득하지 마시고, 저를 도와주세요. 그러지 않으면 저는 혼자서 갈 거예요……."

마르파 티모페예브나는 공포에 사로잡혀 조카손녀의 말을 들었다.

'얘가 몸이 아파서 헛소리를 하는구나.' 노파는 생각했다. '의사를 불러와야 하는데, 어떤 의사를 불러오지? 게제오놉스키가 최근에 어떤 의사를 칭찬했지. 그는 늘 거짓말을 하지만 이번에는 아마도 진실을 말했을 거야.' 그러나 리자가 아프지도 않고, 헛소리를 하는 게 아니라는 것을 확신하고, 리자가 자기의 모든 반박에 대해 줄곧 똑같은 말로 답변하자 마르파 티모페예브나는 깜짝 놀라 대단히 슬퍼했다.

"그래, 얘야, 넌 모른다." 노파가 리자를 설득하기 시작했다. "수도원 생활이 어떤 건지 말이다! 너는 푸른 삼씨기름을 먹을 거고, 두꺼운, 아주 두꺼운 옷을 걸쳐 입고, 추운 곳을 걸어 다녀야 한다. 너는 이 모든 걸 견디지 못할 거다, 리조치카. 이건 모두 아가샤가 네게 바람을 넣은 거다. 그 여자가 널 헷갈리게 만든 거야. 그러나 그녀는 우선 자신의 인생을 '살았고', 아주 재미있게 살았다. 그러니 너도 '살아라.' 최소한 내가 조용히 죽을 수 있도록 해 다오. 그러고 나서 네가 하고 싶은 대로 해라. 그런 염소수염 때문에, 정말이지 그런 남자 때문에 수도원에 들어가다니 누구더러 그런 꼴을 보란 말이냐? 네가 그렇게 마음이 안 좋으면 수도원에 가서 성자에게 기도하고 기도식이나 올려 달라고 해라. 그러나 검은 두건을 머리에 쓰지는 마라. 제발 부탁이다, 애야⋯⋯."

이렇게 말하고 마르파 티모페예브나는 슬피 울기 시작했다.

리자는 노파를 위로하고 노파의 눈물을 닦아 주며 자신도 울었지만, 자기 뜻을 굽히지는 않았다. 마르파 티모페예브나는 절망한 나머지 모든 걸 어머니에게 말하겠다고 위협하려고도 했다⋯⋯. 그러나 이것도 소용없었다. 다만 노파가 열심히 애원한 결과, 리자는 자기 계획을 실행하는 것을 반년간 미루는 데 동의했다. 그 대신에 여섯 달이 지나도 리자가 자기 결심을 바꾸지 않으면, 마르파 티모페예브나는 자진해서 리자를 도와 마리야 드미트리예브나의 동의를 얻도록 힘써 주겠노라고 리자에게 약속해야 했다.

첫 추위가 닥쳐오자 바르바라 파블로브나는 벽지에 파묻혀 있겠다는 약속에도 불구하고 돈을 모아서 페테르부르크로 이사했고, 거기에서 소박하지만 아담한 집 한 채를 세냈다. 그 집은 그녀보다 먼저 O시를 떠난 판신이 그녀를 위해 찾아준 것이었다. O시에 머물러 있던 마지막 시기에 판신은 마리야 드미트리예브나의 호의를 완전히 잃어버렸다. 그는 갑자기 그녀를 방문하는 것을 중지하고 라브리키에서 거의 나가지 않던 것이다. 바르바라 파블로브나가 그를 노예로, 정말로 노예로 만들어 버렸다. 판신에 대한 그녀의 무제한적이고 돌이킬 수 없는 절대적인 지배력을 다른 말로는 표현할 수 없다.

라브레츠키는 모스크바에서 겨울을 보냈다. 다음 해 봄에 리자가 러시아의 오지 중 한 곳에 있는 B 수도원에서 머리를 자르고 수녀가 되었다는 소식이 그에게까지 전해졌다.

에필로그

팔 년이 지났다. 다시 봄이 찾아왔다……. 그러나 우선 미할레비치, 판신, 라브레츠카야 부인의 운명에 대해 몇 마디 하고 그들과 헤어지자. 미할레비치는 오랜 방황 끝에 마침내 자신의 참다운 사업을 발견했다. 그는 공립학교에서 수석 감독관의 자리를 얻었다. 미할레비치는 자신의 운명에 매우 만족하고 있으며, 그의 학생들도 비록 그의 흉내를 내며 웃기는 하지만 그를 '숭배'하고 있다. 판신은 빨리 진급해서 벌써 국장의 자리를 노리고 있다. 그는 약간 구부정하게 걸어 다니는데 그것은 아마도 그의 목에 걸린 블라디미르 훈장이 목을 앞으로 잡아당기기 때문일 것이다. 그의 관리 기질이 예술가 기질을 완전히 압도해 버렸다. 여전히 젊어 보이는 그의 얼굴은 누레지고, 머리칼도 성글어졌다. 그는 더 이상 노래를 부르지 않고 그림도 그리지 않는다. 그러나 그는 몰래 문학을 하고 있다. 그는 '속담' 비슷한 작은 희극을 한 편 썼다. 지금은 글을 쓰는 사람들이 모두 그 누구를 혹은 그 무엇을 '묘사'하고 있느니만큼, 그도 희극에서 바람둥이 여자를 묘사해 자기에게 호의를 갖는 두서너 명의 부인들에게 남몰래 읽어 준다. 좋은 기회가 여러 번 있었지만 결혼은 하지 않았다. 바르바라 파블로브나 탓이다. 그녀에 대해 말하자면, 그녀는 전처럼 늘 파리에서 산다. 표도르 이바니치는 자기 명의로 된 어음을 그녀에게 주고 그녀로부터 자유로워졌다. 즉 그녀가 다시는 갑작스럽게 자신을 방문할 수 없도록 해 버렸다. 그녀는 좀 늙고 약간 살찌기는 했지만 여전히 사랑스럽고 우아하다. 누구나 자신의 이상을 갖는 법이다. 바르바라 파블로브나는 자신의 이상을 알렉상드르 뒤마의 극 작품 속에서 발견했다. 그녀는 폐병에 걸린 감상적인 춘희(椿姬)들이 무대에 등장하는 극장을 열심히 다니고 있다. 그녀에게는 도시 부인[57]이 되는 것이 인간 최고의 행복처럼 여겨졌다. 그녀는 한때 자기 딸에 대해서도 그 이상의 행운은 바라지 않는다고 말했다. 운명이 아다 양을 그런 행복에서 구해 주기를 바라야 한다. 뺨이 불그레하고 포동포동했던 아다가 폐가 약한 창백한 소녀로 변했기 때문이다. 아다는 벌써 신경이 쇠약해졌다. 바르바라 파블로브나의 숭배자들은 수가 줄어들기는 했지만 없어지지는 않았다. 몇몇 숭배자들은 아마 그녀의 목숨이 끝날 때까지 그녀를 따라다닐 것이다. 그들 중에서 최근에 가장 열렬한 숭배자는 자쿠르달로 스쿠비르니코프라는 퇴역 근위병으로, 콧수염을 기른 서

---

57) 마리아 샤를로타 예브게니아 도시(1823~1900). 프랑스의 여배우로 알렉상드르 뒤마의 「춘희」에서 춘희의 역할로 유명해졌다.

른여덟 살가량의, 유난히 몸매가 다부진 사람이었다. 라브레츠카야 부인의 살롱을 방문하는 프랑스인들은 그를 '우크라이나의 살찐 황소'라고 부른다. 바르바라 파블로브나는 결코 그를 자기의 신식 야회(夜會)에 초대하지는 않지만, 그는 완전히 그녀의 호감을 샀다.

이렇게…… 팔 년이 지나갔다. 하늘에서는 다시 봄의 빛나는 행복이 감돌았다. 또다시 봄은 대지와 사람들에게 미소를 보냈다. 봄의 애무를 받으며 다시 만물이 꽃피고 사랑하고 노래하기 시작했다. 이 팔 년 동안에 O시에는 별로 변화가 없었다. 그러나 마리야 드미트리예브나의 집은 젊어진 것 같았다. 최근에 칠을 한 벽은 산뜻하게 하얗고, 활짝 열린 창문 유리들이 석양에 붉게 물들어 반짝였다. 이 창문을 통해 젊은이들의 명랑하고 가벼운 낭랑한 목소리와 끊임없는 웃음소리가 거리로 흘러나왔다. 온 집 안이 생명으로 들끓고, 기쁨이 구석구석까지 넘쳐흘렀다. 이 집의 여주인은 오래전에 무덤에 묻혔다. 마리야 드미트리예브나는 리자가 머리를 자른 지 이 년 후에 숨을 거두었다. 마르파 티모페예브나도 조카딸보다 오래 살지 못했다. 그들은 도시의 묘지에 나란히 잠들어 있다. 나스타시야 카르포브나도 세상에 없다. 이 충실한 노파는 몇 년 동안 매주 자기 친구의 묘지에 기도하러 다니곤 했는데…… 때가 되자 그녀의 유골도 축축한 땅속에 묻혔다. 그러나 마리야 드미트리예브나의 집은 다른 사람의 손에 넘어가지 않았고, 그녀 가문의 손을 떠나지 않았다. 보금자리는 부서지지 않은 것이다. 늘씬하고 아름다운 처녀가 된 레노치카, 그녀의 약

혼자인 금발의 경기병 장교, 방금 페테르부르크에서 결혼하고 젊은 아내와 봄을 맞으러 O시에 온 마리야 드미트리예브나의 아들, 뺨이 붉고 눈이 맑은 열여섯 살 여학생인 그의 처제, 역시 다 커서 훨씬 아름다워진 슈로치카…… 바로 이 젊은이들의 웃음과 말소리가 칼리틴가의 집 벽을 뒤흔들고 있었다. 집 안의 모든 것이 변했고, 모든 것이 새 식구들과 조화를 이루었다. 턱수염을 기르지 않고 남을 잘 비웃는 떠버리 젊은 하인들이 이전의 침착한 노인들의 자리를 차지하고 있었다. 이전에 살찐 로스카가 위엄 있게 어슬렁거리던 곳에는 두 마리의 세터견이 미친 듯이 돌아다니며 소파 위를 뛰어다녔다. 마구간에는 보조를 맞추어 느리게 걷는 비쩍 마른 말들, 삼두마차의 사나운 가운데 말들, 갈기를 땋은 드센 곁말들, 돈 지방의 승마용 말들이 살게 되었다. 아침, 점심, 저녁 식사 시간이 헷갈리고 뒤범벅되었다. 이웃 사람들의 표현에 따르면 '전에 없던 질서'가 생겨났다.

우리가 언급한 그날 저녁에 칼리틴가 집안 식구들(이 중에서 가장 나이가 많은 레노치카의 약혼자가 겨우 스물네 살이었다.)은 그들의 정다운 웃음소리로 볼 때 별로 복잡하지는 않지만 그들에게는 아주 재미있는 놀이를 하고 있는 것이 분명했다. 그들은 이 방 저 방을 뛰어다니며 서로를 잡고 있었다. 개들도 뛰어다니며 짖어 댔고, 창문 앞에 매달아 놓은 새장의 카나리아도 경쟁하듯 목청을 돋우어 맹렬하게 끊임없이 지저귀면서 온 집 안의 시끄러운 소음에 한몫했다. 귀청을 찢는 듯한 오락이 한창 벌어지고 있을 때, 진흙투성이가 된 여행 마차 한 대가 대문으로 다가왔다. 여행복을 입은 마흔다섯가량의 남자가 마차에서 내리더니 깜짝 놀라서 걸음을 멈추었다. 그는 잠시 꼼짝 않고 서서 집을 유심히 둘러보고는 쪽문을 통해 마당으로 들어가서 천천히 현관 계단을 올라갔다. 현관에서는 아무도 그를 맞이하지 않았다. 그러나 응접실의 문이 갑자기 활짝 열리더니 얼굴이 온통 새빨개진 슈로치카가 뛰쳐나왔다. 곧이어 그녀를 뒤따라 낭랑하게 소리를 지르며 젊은 패거리가 뛰어나왔다. 그들은 낯선 사람을 보자 갑자기 걸음을 멈추고 조용해졌다. 그러나 낯선 사람을 바라보는 밝은 눈들은 여전히 정다워 보였고, 싱싱한 얼굴에는 웃음이 가시지 않았다. 마리야 드미트리예브나의 아들이 손님에게 다가와 무슨 일이냐고 상냥하게 물었다.

"나는 라브레츠키네." 손님이 말했다.

대답으로 우정 어린 함성이 터져 나왔다. 그것은 이 젊은이들이 거의 잊힌 먼 친척이 찾아온 것이 그렇게 기뻐서라기보다는 무슨 좋은 기회만 있으면 떠들고 기뻐할 준비가 되어 있었기 때문이다. 그들은 즉시 라브레츠키를 둘러쌌다. 오랜 알음알이인 레노치카는 먼저 자기 이름을 대고 조금만 더 있었더라면 자기는 분명히 그를 알아봤을 거라고 장담했고, 나머지 사람들을 모두 한 사람씩, 심지어 자기 약혼자까지 애칭으로 부르면서 그에게 소개했다. 모든 무리가 식당을 통해 객실로 이동했다. 두 방의 벽지는 달라졌으나 가구는 여전했다. 라브레츠키는 피아노를 알아보았다. 심지어 창가의 수틀까지 전처럼 똑같은 장소에, 거의 팔 년 전처럼 수를 놓다가 끝내지 못한 채 그대로 놓여 있었다. 그를 편안한 안락의자에 앉히고, 모두들 그 주변에 의젓하게 둘러앉았다. 질문, 감탄, 이야기가 끊임없이 쏟아져 나왔다.

"그런데 오랫동안 뵙지 못했어요." 레노치카가 순진하게 말했다. "바르바라 파블로브나도 뵙지 못했고요."

"그럴 수밖에!" 오빠가 급히 그녀의 말을 가로챘다. "내가 널 페테르부르크로 데려갔고, 표도르 이바니치는 내내 시골에서 살고 계셨잖아."

"그래요, 그 후로 엄마도 돌아가셨어요."

"마르파 티모페예브나도요." 슈로치카가 말했다. "렘 씨도요⋯⋯."

"뭐라고? 렘도 죽었다고?" 라브레츠키가 물었다.

"예." 젊은 칼리틴이 대답했다. "그는 여기에서 오데사로 떠났어요. 누군가가 그를 거기로 꾀어 갔다고들 해요. 거기에서 숨을 거두었어요."

"그가 남기고 간 작품이 있나?"

"모르겠어요. 아마 없을 겁니다."

모두들 잠자코 서로를 바라보았다. 슬픔의 그림자가 젊은 사람들의 얼굴에 스쳐 지나갔다.

"마트로스는 살아 있어요." 갑자기 레노치카가 말문을 열었다.

"게제오놉스키도 살아 있어요." 그녀의 오빠가 덧붙여 말했다.

게제오놉스키의 이름이 나오자 한꺼번에 웃음소리가 터져

나왔다.

"그래요. 그는 살아서 여전히 거짓말을 하고 있어요." 마리야 드미트리예브나의 아들이 말을 이었다. "그런데요, 바로 이 까불이가(그가 자기 처제인 여학생을 가리켰다.) 어제 그의 담뱃갑에 고춧가루를 뿌렸대요."

"그가 얼마나 재채기를 해 댔던지!" 레노치카가 소리를 질렀다. 그러자 그들은 다시 와 하고 웃음을 터뜨렸다.

"최근에 우린 리자에 대한 소식을 알게 됐어요." 젊은 칼리틴이 말했다. 다시 주위가 조용해졌다. "그녀는 잘 있고, 건강도 이제 조금씩 회복되고 있대요."

"그녀는 여전히 그 수도원에 있는가?" 라브레츠키가 다소 힘겹게 물었다.

"여전히 거기에 있어요."

"자네들에게 편지를 쓰나?"

"아뇨, 전혀 쓰지 않아요. 우린 사람들을 통해서 소식을 전해 들어요." 갑자기 깊은 침묵이 깔렸다. 그순간 모두 '고요한 천사가 휙 지나갔다.'라고 생각했던 것이다.

"정원으로 가시지 않겠어요?" 칼리틴이 라브레츠키에게 말했다. "우리가 약간 등한시하기는 했지만, 지금 정원은 매우 훌륭해요."

라브레츠키는 정원으로 나갔다. 제일 먼저 그의 눈에 들어온 것은 언젠가 리자와 함께 다시는 반복되지 않을 행복한 몇몇 순간을 보냈던 바로 그 벤치였다. 벤치는 검어지고 휘어져 있었지만, 라브레츠키는 그 벤치를 알아보았다. 달다고도 쓰다고도 할 수 없는 감정, 사라져 버린 젊음과 한때 그가 누린 행복에 대한 생생한 슬픔의 감정이 그의 마음을 사로잡았다. 그는 젊은이들과 함께 오솔길을 거닐었다. 지난 팔 년 동안 보리수들은 다 크고 늙어서 그늘이 훨씬 짙어져 있었다. 관목들은 높이 자랐고, 산딸기나무는 싱싱해졌고, 호두나무 숲은 완전히 시들어 버렸다. 사방에서 신선한 숲과 나무 냄새, 풀 냄새, 라일락 향기가 풍겼다.

"숨바꼭질하기는 여기가 좋겠어." 보리수에 둘러싸인 조그만 녹지에 들어서면서 갑자기 레노치카가 소리쳤다. "그런데 우린 다섯이야."

"표도르 이바니치를 잊어버렸니?" 그녀의 오빠가 말했다. "아니면 너 자신을 세지 않았니?"

레노치카는 살짝 얼굴을 붉혔다.

"표도르 이바니치 같은 어른은 아마……." 그녀가 말문을 열었다.

"자, 놀도록 해요." 라브레츠키가 서둘러 말했다. "내게 신경 쓰지 말고. 내가 자네들에게 방해되지 않는다는 게 난 더 즐거워. 자네들이 날 걱정할 필요는 없어. 우리 같은 늙은이들에게는 자네들이 아직 모르고, 어떤 오락도 대신할 수 없는 일이 있다네. 추억이라는 거지."

젊은이들은 상냥하고 살짝 비웃는 듯한 공손한 태도로 라브레츠키의 말을 경청하고 나서(마치 교사가 그들에게 설교하는 것 같았다.) 갑자기 모두가 그의 곁을 떠나 저만치 녹지로 뛰어들어갔다. 네 명이 나무 주변에 서고 한 명이 중앙에 서자 놀이가 시작되었다.

라브레츠키는 집으로 돌아가 식당에 들어가서 피아노로 다가가 건반 하나를 건드렸다. 연약하지만 맑은 소리가 울려 나와 남몰래 그의 마음을 떨리게 했다. 오래전에, 바로 그 행복했던 밤에 렘이, 고인이 된 렘이 그를 벅찬 환희로 몰아넣었던 영감에 찬 선율이 이 음으로 시작되었다. 잠시 후 라브레츠키는 응접실로 가서 오랫동안 나가지 않았다. 그가 그렇게도 자주 리자를 만나 보던 그 방에서 그녀의 형상이 더욱더 생생하게 눈앞에 떠올랐던 것이다. 그는 자기 주변에서 그녀의 흔적이 느껴지는 것만 같았다. 그녀에 대한 슬픈 생각은 괴롭고 고통스러웠다. 그 슬픔 속에 죽음이 몰아오는 정적은 없었다. 리자는 아직도 어딘가 먼 곳에서 쓸쓸하게 살고 있었다. 그는 생생하게 살아 있는 리자를 떠올렸다. 한때 자신이 사랑한 처녀가 수녀복을 입고 향 연기에 휩싸여 있는, 뿌옇고 창백한 환영속의 모습을 알아볼 수 없었다. 마음속으로 리자를 바라보는 것처럼 그 자신을 바라볼 수 있었더라면 라브레츠키는 그 자신 역시 알아보지 못했을 것이다. 이 팔 년 동안에 그의 생활에는 마침내 하나의 전환이 일어났다. 많은 사람들이 경험하지 못한 이 전환은 끝까지 훌륭한 사람으로 남기 위해서는 반드시 필요한 것이었다. 실제로 그는 자신의 행복에 대해, 이기적인 목적에 대해 생각하기를 그만두었다. 그는 침착해졌고(무엇 때문에 진실을 숨기겠는가?) 얼굴과 몸뿐 아니라 마음까지도 늙어 버렸다. 사람들이 말하는 것처럼 늙을 때까지 마음을 젊게 간직한다는 것은 어렵고도 우스꽝스러운 일이다. 선에 대한 신념과 변함없는 의지와 활동하고자 하는 열의를 잃지 않은 사람은 이미 만족을 느낄 수 있다. 라브레츠키는 만족할 수 있는 권리가 있었다. 그는 실제로 좋은 주인이 되었고, 정말로 땅을 가는 법을 배웠으며, 자신만을 위해서 일하지 않았다. 그는 할 수 있는 한 농민들의 생활을 보장해 주고 안정시켜 주었다.

라브레츠키는 집에서 정원으로 나가 낯익은 벤치에 걸터앉았다. 이 소중한 자리에서, 마지막으로 향락의 황금 술이 부글부글 끓고 있는 금지된 술잔에 헛되이 손을 내밀었던 그 집을 눈앞에 바라보며, 외롭고 정처 없는 나그네는 이미 그를 대신한 젊은 세대의 멀리서 들려오는 유쾌한 외침 소리를 들으며 자신의 인생을 되돌아보았다. 그는 마음이 슬퍼졌지만 괴롭거나 비통하지는 않았다. 그에게 애석한 일은 있었지만 부끄러운 일은 아무것도 없었다. '뛰놀고 기뻐하고 자라거라, 젊은 힘들이여.' 그는 생각했다. 그의 생각에 쓰라린 감정은 없었다. '인생이 그대들 앞에 있고, 그대들은 더 쉽게 살아가리라. 그대들은 우리처럼 어둠 속에서 자기 길을 찾으며, 싸우고 쓰러지며 일어설 필요가 없으리라. 우리는 무사히 살아남는 일을 걱정했지만(그러나 우리 중에 무사히 살아남지 못한 사람이 얼마나 많았던가!) 그대들은 사업을 하고 일을 해야 하리니, 우리네 늙은이의 축복이 그대들과 함께 있으리라. 오늘이 지나 이런 느낌이 사라지면, 비록 슬픔은 있지만 질투도, 그 어떤 암담함도 없이, 말하자면 죽음을 생각하고 우리를 기다리는 신을 생각하며, 나는 그대들에게 마지막 인사를 보내야 한다. 안

넝, 고독한 늙음이여! 다 타 버려라, 무익한 삶이여!'

라브레츠키는 조용히 일어나 그 자리를 떴다. 아무도 그를 보지 못했고, 아무도 그를 붙잡지 않았다. 키 큰 보리수들이 빽빽하게 들어찬 정원의 녹색 벽 너머에서는 유쾌한 외침 소리가 아까보다 더 크게 울려 나왔다. 그는 여행 마차에 올라타서는 집으로 가되 말을 몰아 대지는 말라고 마부에게 일렀다.

"이것이 끝인가?" 아마도 불만족한 독자는 물을 것이다. "그 후 라브레츠키는 어떻게 됐어? 그리고 리자는?" 그러나 아직 살아 있지만 이미 지상의 무대에서 사라진 사람들에 대해 무슨 말을 하고, 무엇 하러 그들에게 관심을 가진단 말인가? 사람들의 말에 의하면, 라브레츠키는 리자가 은거한 그 벽지의 수도원을 찾아가서 그녀를 보았다고 한다. 찬양대석에서 찬양대석으로 옮겨 가면서 리자는 그의 곁을 지나갔다. 그녀는 수녀다운, 절도 있고 빠르지만 조용한 걸음으로 지나가면서 그를 쳐다보지도 않았다. 다만 그를 향한 한쪽 눈의 속눈썹이 가볍게 떨렸고, 핼쑥한 얼굴을 더욱 낮게 수그렸을 뿐이다. 그리고 묵주를 꽉 감아쥔 손가락이 더욱 꼭 죄어졌다. 두 사람은 무엇을 생각하고 무엇을 느꼈을까? 그 누가 알랴? 그 누가 말할 수 있으랴? 인생에는 그러한 순간이, 그러한 감정이 있는 법이다……. 그러나 그런 것은 그냥 언급하기만 하고, 지나칠 수밖에 없다.

무무

한때 모스크바에서 멀리 떨어진 한 거리에, 희고 둥근 기둥, 다락방, 휘어진 발코니가 있는 회색 집에서 과부인 여지주가 많은 하인들을 거느리며 살고 있었다. 그녀의 아들들은 페테르부르크에서 근무했고, 딸들은 시집을 갔다. 그녀는 외출을 잘하지 않았고, 메마르고 지루한 말년을 쓸쓸하게 보내고 있었다. 그녀의 불쾌하고 음산한 낮은 오래전에 지나갔지만, 그녀의 저녁은 밤보다 더 어두웠다.

그녀의 모든 농노 중에서 마당쇠 게라심이 가장 눈에 띄었다. 그는 1미터 95센티나 되는 키에 거인 같은 체격이었지만, 태어날 때부터 벙어리에다 귀머거리였다. 여지주는 작은 오두막집에서 동료들과 떨어져 혼자 살고 있던 그를 시골에서 데려왔다. 게라심은 가장 성실한 농노로 알려져 있었다. 놀라운 힘을 가진 그는 네 사람분의 일을 거뜬히 해냈다. 그는 모든 일을 손쉽게 해치웠다. 쟁기질을 하면서 커다란 손바닥으로 쟁기를 잡고 말의 도움 없이 혼자서 탄력 있는 흙 가슴을 갈아엎을 때나, 성 베드로제(祭)경에 어린 자작나무라도 뿌리째 날려 버릴 만큼 힘차게 큰 낫을 휘두를 때나, 민첩하고 끊임없이 2미터가 넘는 도리깨질을 하고 있을 때(이때 그의 길고 탄탄한 어깨 근육은 지렛대처럼 오르락내리락했다.) 그를 바라보는 것은 즐거운 일이었다. 언제나 말이 없는 그의 모습은 지칠 줄 모르는 그의 노동에 장엄한 위엄을 부여했다. 그는 훌륭한 농부였다. 그의 불행만 아니었다면, 어떤 여자든 흔쾌히 그에게 시집갔을 것이다……. 그런데 여주인이 바로 이 게라심을 모스크바로 데려와서 그에게 장화를 사 주고, 여름용 카프탄과 겨울용 모피 외투를 지어 주었고, 그의 손에 빗자루와 삽을 쥐여 주면서 그를 마당쇠로 만들었다.

처음에 그는 새로운 생활이 전혀 마음에 들지 않았다. 그는 어린 시절부터 들일과 시골 생활에 익숙해져 있었다. 자신의 불행 때문에 사람들과 떨어져 살던 그는 기름진 땅에서 나무가 자라듯이 말없이 억세게 자라 왔다……. 도시로 이사 온 그는 자신에게 무슨 일이 일어나는지 이해하지 못했다. 싱싱한 풀이 배때기까지 자란 밭에서 막 끌려와 철길의 차량에 매어진 힘센 황소처럼 그는 심심했고, 아무것도 이해할 수 없었다. 때로는 불길이 번쩍이는 연기를, 때로는 수증기를 살찐 몸뚱이에 끼얹으며, 사람들이 매질하고 고함치면서 황소를 어딘가로 끌고 가지만, 어디로 끌고 갈지는 아무도 모를 일이다!

게라심이 새로 맡은 일은 농부가 힘든 일을 끝내고 즐기는 장난 같은 것이었다. 그는 반시간 만에 모든 일을 끝냈다. 그리고 그는 다시금 마당 한가운데에 서서, 마치 수수께끼 같은 자신의 처지에 대한 답을 구하려는 듯이 입을 벌리고 지나가는 모든 사람들을 바라보았고, 때로는 갑자기 골목 어딘가로 가서 빗자루와 삽을 멀리 내던지고는 얼굴을 땅에 대고 마치 사로잡힌 짐승처럼 꼼짝하지 않은 채 몇 시간 동안 누워 있기도 했다. 그러나 사람은 모든 일에 익숙해지게 마련이다. 마침내 게라심도 도시 생활에 익숙해졌다. 그의 일은 많지 않았다. 마당을 깨끗이 하고, 하루에 두 번씩 물을 길어 오고, 부엌과 집에서 쓸 장작을 가져와 패고, 낯선 사람을 집에 들이지 않고, 밤마다 망을 보는 것이 전부였다. 그는 자신의 책무를 성실히 수행했다고 말할 수 있다. 마당에는 결코 나뭇조각 하나, 티끌 하나 널려 있지 않았다. 그더러 부리라고 준 비쩍 마르고 지친 말이 끄는 수레가 진흙탕에 빠졌을 때, 그는 어깨만 움직여 수레뿐만 아니라 말까지 땅에서 밀어 올렸다. 게라심이 장작을 팰 때 도끼는 유리가 부딪치는 듯한 소리를 냈고, 나뭇조각과 장작개비들이 사방으로 날렸다. 낯선 사람에 대해 말하자면, 어느 날 밤에 그가 도둑 둘을 잡아서 그들의 이마를 서로 맞부딪쳤는데, 그것도 그들을 경찰서에 데려갈 필요가 없을 정도로 너무 세게 부딪쳐, 그 이후로는 주변의 모든 사람이 그를 아주 존경하기 시작했다. 심지어 낮에 집 앞을 지나다니는 사람들, 전혀 사기꾼이 아니라 그냥 낯선 사람들도 준엄한 마당쇠를 보면 마치 그가 그들의 고함 소리를 알아듣기라도 하듯 그를 향해 소리를 질러 댔다. 게라심은 다른 농노들과 친밀한 관계는 아니지만(그들은 그를 두려워했다.) 가까운 사이였다. 게라심은 그들을 자기 동료라고 생각했다. 그들은 게라심과 몸짓으로 말을 주고받았고, 게라심은 모든 지시를 정확하게 수행했다. 그러나 게라심은 자신의 권리도 알았다. 어떤 사람도 식탁에서 감히 그의 자리에 앉을 수 없었다. 대체로 게라심은 엄격하고 진지한 성품이어서 매사에 질서를 좋아했다. 심지어 수탉들도 그 앞에서는 감히 싸우지 못했다. 안 그랬다가는 난리가 난다! 닭들이 싸우는 것을 보면 게라심은 그 즉시 닭의 다리를 잡아 공중에서 열 번쯤 빙빙 돌린 다음 내동댕이칠 것이다. 여지주의 마당에는 거위들도 있었다. 그러나 알다시피 거위는 위엄 있고 사려 깊은 날짐승이다. 게라심은 거위에 대해 존경심을 느끼며 거위들을 돌보고 먹이를 주었다. 그 자신이 단정한 수거위와 비슷했다. 그는 부엌 위의 작은 방을 배정받았다. 그는 방을 자신의 취향에 따라 꾸미고, 네 개의 통나무 위에 떡갈나무 판자로 만든 침대를, 정말로 거대한 침대를 올려놓았다. 1600킬로그램의 물건을 올려놓아도 휘어지지 않을 침대였다. 침대 밑에는 튼튼한 트렁크가 있었다. 방 모퉁이에는 똑같이 튼튼한 작은 책상이 놓여 있고, 작은 책상 옆에는 다리가 세 개 달린 의자가 있었다. 그 의자는 너무나 튼튼하고 땅딸막해서 게라심은 그 의자를 들었다가 떨어뜨리며 가볍게 웃음 짓곤 했다. 게라심의 작은 방에는 둥근 빵을 생각나게 하는 모양의 까만 자물통이 채워져 있었다. 게라심은 이 자물통의 열쇠를 늘 허리춤에 지니고 다녔다. 그는 자기 방에 사람들이 들락날락하는 것을 좋아하지 않았다.

이렇게 한 해가 지났고, 한 해가 끝나 갈 무렵에 게라심에게 작은 사건이 일어났다.

게라심이 마당쇠로 일하면서 모신 늙은 여지주는 모든 일에서 옛날 습관을 따랐고, 많은 하인들을 거느렸다. 그녀의 집에는 세탁부, 재봉사, 목수, 남녀 재단사뿐 아니라 마구(馬具) 제조인까지 있었다. 이 마구 제조인은 수의사와 하인들의 의사 노릇까지 했다. 물론 마님을 위한 주치의는 따로 있었고, 마지막으로 카피톤 클리모프라는 이름의 제화공이 있었다. 그는 지독한 술주정뱅이였다. 클리모프는 스스로를 자신의 장점을 인정받지 못하는 모욕당한 존재이며, 시골구석과도 같은 모스크바에서 일없이 살아서는 안 될 교양 있는 페테르부르크 사람이라고 생각했다. 술을 마시면 그는 가슴을 치면서, 정말로 슬퍼서 술을 마신다고 띄엄띄엄 말했다. 한번은 여지주가 하인장 가브릴라와 함께 클리모프에 대해 이야기하고 있었다. 노란 눈과 오리 코로 판단해 볼 때 가브릴라는 운명에 의해 책임자로 임명된 듯한 사람이었다. 여지주는 전날 밤 골목 어딘가에서 막 발견한 카피톤의 타락한 도덕성에 대해 유감을 표했다.

"그런데 가브릴라." 여지주가 갑자기 말문을 열었다. "그를 결혼시켜야 하지 않을까? 그러면 아마도 좀 정신을 차릴 거야."

"시키실 수 있다마다요! 하실 수 있습니다." 가브릴라가 대답했다. "심지어 아주 좋아지기까지 할 겁니다."

"그래, 그런데 누가 그에게 시집가려고 할까?"

"그건 그렇습니다. 그러나 마님이 하고 싶은 대로 하시죠. 말하자면 그자도 무언가에 쓸모가 있을 겁니다. 그자보다 더 나쁜 사람도 있으니까요."

"그자가 타티야나를 좋아하는 것 같던데."

가브릴라는 뭐라고 대꾸하려다가 입을 다물었다.

"그래! ……그자를 타티야나와 결혼시켜야겠어." 여지주가 만족스럽게 코담배를 들이마시며 결정했다. "알아들었나?"

"알았습니다." 가브릴라가 말하고 물러 나갔다.

자기 방으로(그의 방은 별채에 있었는데, 거의 방 전체가 쇠 띠를 두른 트렁크로 가득 차 있었다.) 돌아간 그는 우선 아내를 방에서 내보내고 나서 창가에 자리를 잡고 앉아 생각에 잠겼다. 그는 여지주의 갑작스러운 지시를 받고 곤혹스러워하는 듯했다. 마침내 그는 일어나서 카피톤을 소리쳐 불렀다. 카피톤이 나타났다……. 그러나 독자들에게 그들의 대화를 전하기 전에 카피톤이 결혼해야 할 타티야나가 어떤 여자인지, 왜 여지주의 지시가 하인장을 곤혹스럽게 했는지 몇 마디 하는 것이 도움이 될 것이다.

앞에서 말한 대로 세탁부 일을 맡고 있는 그녀는(능숙하고 솜씨 있는 그녀에게는 고급 세탁물만 맡겨졌다.) 스물여덟가량의 작고 깡마른 금발의 여자로 왼쪽 뺨에 반점이 있었다. 러시아에서 왼쪽 뺨의 반점은 나쁜 징표, 즉 불행의 예고로 간주되었다……. 타티야나는 자신의 운명을 자랑할 수 없었다. 어린 시절부터 그녀는 나쁜 대우를 받았다. 그녀는 두 사람 몫을 일했지만 어떤 귀여움도 받지 못했고, 급료도 아주 적게 받았다. 피붙이도 없는 것이나 다름없었다. 그녀에게는 삼촌뻘인 늙은 창고지기가 있었는데, 지금은 쓸모가 없어져 시골에서 살았고, 그녀의 다른 아저씨들은 모두 농부였다. 이것이 전부였다. 한때 그녀는 미인으로 소문났지만 그녀의 아름다움은 금방 사라져 버렸다. 그녀는 아주 온순한, 아니 겁 많은 여자였다. 그녀는 자신에게 완전히 무관심했고, 다른 사람들을 몹시 무서워했다. 그녀는 기한까지 일을 끝내야 한다는 것을 생각했고, 결코 누구와도 말하지 않았으며, 여지주를 거의 보지도 못했지만 여지주의 이름만 들어도 벌벌 떨었다. 게라심을 시골에서 데려왔을 때, 그녀는 그의 거대한 체구를 보고 무서워서 거의 기절할 뻔했고, 항상 그와 마주치지 않으려고 노력했다. 집에서 세탁실로 급히 가다가 게라심 옆을 지나치게 되었을 때, 그녀는 눈을 찡그리기까지 했다. 처음에 게라심은 그녀에게 특별한 관심을 보이지 않았으나, 그 후로 그녀와 우연히 마주치면 살짝 웃음을 짓다가 그녀를 슬쩍 쳐다보기 시작했고, 마침내 그녀에게서 전혀 눈을 떼지 않았다. 게라심은 그녀가 마음에 들었다. 그녀의 온순한 표정이 마음에 들었는지 겁 많은 동작이 마음에 들었는지 아무도 모를 일이다! 한번은 활짝 편 손가락으로 풀 먹인 여지주의 코프타를 조심스럽게 들고 마당을 걸어가고 있었다……. 그런데 누군가가 갑자기 그녀의 팔꿈치를 꽉 잡았다. 그녀는 뒤돌아보고 비명을 질렀다. 그녀의 뒤에 게라심이 서 있었던 것이다. 멍청하게 웃고 부드럽게 버버거리면서 그는 꼬리와 날개에 금박을 입힌 수탉 모양의 당밀 과자를 그녀에게 쑥 내밀었다. 그녀는 거절하고 싶었지만, 그는 그녀의 손에 당밀 과자를 꽉 쥐여 주고 머리를 끄떡이고는 저만치 가다가, 다시 한번 뒤돌아서서 아주 다정스럽게 뭐라고 버버거렸다. 이날부터 그는 그녀를 편하게 내버려 두지 않았다. 그녀가 가는 곳이면 어디든 그 즉시 나타나 그녀를 향해 걸어오면서 미소를 짓고 버버거리고 두 손을 흔들며 품속에서 리본을 불쑥 꺼내 그녀에게 건네주고, 빗자루로 그녀 앞에서 먼지를 털어 내곤 했다. 이 가련한 처녀는 어떻게 처신해야 할지, 뭘 해야 할지 전혀 몰랐다. 곧 그 집의 모든 사람이 벙어리 마당쇠의 행실을 알게 되었다. 조롱과 농담과 비꼬는 말이 타티야나에게 쏟아졌다. 그러나 누구도 게라심을 놀릴 생각은 하지 못했다. 그는 농담을 좋아하지 않았다. 사람들은 그 앞에서는 그녀를 편안하게 내버려 두었다. 좋든 싫든 간에 그녀는 그의 보호를 받았다. 다른 모든 농아들처럼 그는 매우 통찰력이 깊었고, 사람들이 자신이나 그녀를 놀릴 때를 아주 잘 알았다. 한번은 식탁에서 타티야나의 상관인 수석 세탁부가 타티야나에게 집적대며 짓궂게 놀려 대서, 이 가련한 처녀는 눈길을 어디에 둬야 할지 모르고 화가 나서 하마터면 울음을 터뜨릴 뻔했다. 게라심이 갑자기 일어나서 거대한 손을 쭉 뻗어 수석 세탁부의 머리에 얹어 놓고 음울하고 무섭게 그녀의 얼굴을 쳐다보는 바람에 그녀는 너무나 무서워서 식탁에 몸을 구부렸다. 모두가 잠잠했다. 게라심은 다시 숟가락을 들고 계속해서 양배추 국을 떠먹었다. "저 봐, 악마 같은 벙어리 놈이야!" 사람들이 나지막하게 웅얼거렸다. 수석 세탁부는 자리에서 일어나 여자 숙소로 가 버렸다. 또 한번은 카피톤, 방금 우리가 말한 바로 그 카피톤이 어쩐지 아주 다정하게 타티야나와 열심히 이야기하는 것을 본 게라심이 손가락으로 그를 불러서 마차 보관소로 데리고 간 다음, 모퉁이에 있는 끌채의 끝을 잡고는 슬쩍 그러나 의미심장하게 그를 위협했다. 이때부터 아무도 타티야나와 이야기하지 않았다. 그리고 이 모든 일에 대해 게라심은 벌을 받지 않았다. 실제로 수석 세탁부는 여자 숙소로 달려가서 곧바로 기절했고, 너무나 요란스럽게 수선을 피우는 바람에 게라심의 거친 행동은 그날로 여지주의 귀에까지 들어갔더랬다. 그러나 괴팍스러운 노파는 수석 세탁부가 심하게 모욕을 느낄 정도로 어떻게 게라심이 그 묵직한 손으로 그녀를 눌렀는지 여러 번 되풀이해서 말하도록 했고, 다음 날에는 게라심에게 은화 1루블을 보내기까지 했다. 여지주는 게라심을 충직하고 힘센 경비원으로 총애했다. 게라심은 마땅히 여지주를 두려워했지만, 그녀의 은총을 기대하며 타티야나와의 결혼을 허락해 달라고 청하려고 했다. 그는 단정한 모습으로 여지주 앞에 나타나려고 하인장이 약속한 새 카프탄을 기다리고 있었다. 그런데 갑자기 여지주가 타티야나를 카피톤에게 시집보낼 생각을 했던 것이다.

이제 독자들은 마님과 얘기하고 나서 하인장 가브릴라가 곤혹스러워한 이유를 잘 이해할 것이다. '물론 마님은 게라심을 총애하지.'(가브릴라는 이 점을 잘 알았고, 그래서 그도 게라심을 잘 대해 주었다.) 가브릴라가 창가에 앉아서 생각했다. '그러나 그는 순종적인 사람이야. 게라심이 타티야나를 쫓아다닌다고 마님께 보고할 순 없어. 그래, 그게 옳아. 그가 어떻게 남편

노릇을 하겠어? 그런데 정말로 어쩌지? 이 괴물이 타티야나를 카피톤에게 시집보낸다는 걸 알면 정말이지 집 안의 모든 것을 박살 낼 텐데. 그와 부딪쳐서는 안 돼. 맙소사, 정말이지 이 괴물을 무슨 수로 설득한단 말인가……!'

카피톤이 나타나는 바람에 가브릴라의 생각이 끊겼다. 경박한 제화공은 방으로 들어와 뒷짐을 지고, 문가의 툭 튀어나온 벽 모서리에 허물없이 기대고 서서 왼쪽 다리 앞에 오른쪽 다리를 십자로 꼬고는 '자, 여기 왔소이다. 무슨 일이오?'라고 생각하며 머리를 흔들었다.

가브릴라는 카피톤을 쳐다보고 손가락으로 창틀을 두드렸다. 카피톤은 흐리멍덩한 눈을 약간 가늘게 떴을 뿐 눈을 떨구지는 않았고, 심지어 살짝 미소 짓기까지 했다. 그는 '자, 내가 여기 왔소이다. 뭘 그렇게 보고 있소?'라고 생각하며 사방으로 흐트러진 희끗희끗한 머리칼을 한 손으로 쓸어 올렸다.

"좋군." 가브릴라가 말하고 잠시 말을 멈추었다. "좋아. 말해 뭣 하겠어!"

카피톤은 다만 어깨를 으쓱했다. '아마도 넌 더 좋겠지?' 그가 속으로 생각했다.

"자, 너 자신을 쳐다봐, 쳐다보라고." 가브릴라가 비난조로 말했다. "그래, 그 꼴이 뭐야?"

카피톤은 다 닳고 찢어진 재킷과 헝겊을 댄 바지에 조용히 눈길을 주고, 특히 구멍 난 장화를 자세히 보며, 오른발을 양말에 아주 멋지게 걸치고 다시 하인장을 빤히 바라보았다.

"뭐가 어때서요?"

"뭐가 어때서요?" 가브릴라가 되뇌었다. "뭐가 어때서요? 또 '뭐가 어때서요?'야. 자넨 꼴이 꼭 도깨비 같군. 오, 맙소사, 영락없는 도깨비야."

카피톤은 작은 눈을 민첩하게 깜빡이기 시작했다.

'그래, 욕해라, 욕해, 가브릴라 안드레이치.' 그가 다시 속으로 생각했다.

"보아하니 또 취했군." 가브릴라가 말문을 열었다. "어쩌자고 또 취한 거야? 응? 대답 좀 해 봐."

"정말로 건강이 안 좋아서 알코올 음료를 마셨어요." 카피톤이 대꾸했다.

"건강이 안 좋아서! ……자넨 아직 벌을 덜 받았어. 이봐, 페테르부르크에서 공부했다고 했지……. 많은 걸 배웠다며! 일하지 않고 빵을 먹으라는 것만 배웠나."

"이 경우에, 가브릴라 안드레이치, 한 사람, 즉 주님만이 날 심판할 수 있고, 다른 누구도 날 심판할 수 없어요. 그분만이 이 세상에서 내가 어떤 사람인지, 내가 일하지 않고 빵을 먹는지 어쩌는지 아십니다. 폭음에 대해 말하자면, 이 경우엔 나 말고 또 한 사람에게 잘못이 있어요. 그가 날 속이고 교활하게 행동하고는 가 버렸어요. 난……."

"이 칠칠치 못한 사람아, 자넨 길바닥에 쓰러져 있었어. 에이, 똥오줌 못 가리는 사람 같으니라고! 하지만 문제는 이게 아니고……." 하인장이 말을 이었다. "다른 거야. 마님께서……." 여기에서 하인장은 잠시 말을 멈추었다. "마님께서 자넬 결혼시키려고 하셔. 알아들었나? 마님은 자네가 결혼하고 나면 좀 나아질 거라고 생각해서. 알겠나?"

"알다마다요."

"하긴 그래. 내 생각에도 누가 자네를 잘 잡아 주면 좋을 것 같아. 그러나 이건 마님의 일이지. 어때? 동의하나?"

카피톤은 이를 드러내 보이며 히쭉 웃었다.

"사람에게 결혼은 좋은 것이죠, 가브릴라 안드레이치. 내 편에서는 아주 기쁜 마음으로 동의합니다."

"그래, 그렇겠지." 가브릴라가 대꾸하고, '그렇지, 말은 바로 하는군.' 하고 잠시 속으로 생각했다. "그런데 문제는." 가브릴라가 큰 소리로 말했다. "마님이 자네에게 좋지 않은 신부를 찾아내셨어."

"신부가 누군데요……?"

"타티야나야."

"타티야나요?"

카피톤은 두 눈을 휘둥그레 뜨고 벽에서 떨어졌다.

"그런데 왜 놀라는 건가? ……그녀가 마음에 안 드나?"

"맘에 안 들다니요, 가브릴라 안드레이치! 그녀는 괜찮은 일꾼이고 온순한 처녀죠……. 그러나 가브릴라 안드레이치, 당신도 알다시피, 그, 그 무서운 악마 같은 자가 그녀를 쫓아다니고 있잖아요……."

"이봐, 알아, 모든 걸 안다고." 하인장이 화를 내며 카피톤의 말을 끊었다. "그러니까……."

"당치도 않아요, 가브릴라 안드레이치! 그자가 날 죽일 거요, 파리 한 마리를 쳐 죽이듯이, 정말로 날 죽일 겁니다. 당신도 알다시피 그자는 엄청나게 손이 커요. 정말로 미닌과 포자르스키[1]의 손을 갖고 있다고요. 그자는 귀머거리니까 때리는 소리도 듣지 못할 거예요! 마치 꿈속에서 거대한 주먹을 휘두르는 것 같겠죠. 그자를 도저히 진정시킬 수 없어요. 왜냐고요? 그 이유는 당신도 알잖아요, 가브릴라 안드레이치. 그는 귀머거리인 데다 지독한 멍청이죠. 그자는 짐승이나 우상(偶像)과 마찬가지예요, 가브릴라 안드레이치. 아니, 우상보다도 더 나쁜 사시나무 같아요. 왜 내가 지금 그자에게 고통을 당해야 하나요? 물론 지금 내게 문제 될 건 아무것도 없지요. 난 빈털터리가 되었고, 모든 일에 익숙해졌으며, 키다리 항아리처럼 지저분해졌으니까요. 그러나 난 여전히 인간이지 쓸모없는 항아리 같은 건 아니란 말입니다.”

“알아, 아니까 과장하지 말게⋯⋯.”

“오, 맙소사!” 제화공이 열을 내며 말을 이었다. “오, 언제나 끝나려나, 언제나? 이 끝없이 비참한 내 신세야! 내 운명, 내 운명이란 걸 좀 봐요! 어린 시절엔 독일인 주인에게 얻어터졌고, 한창 좋은 시절엔 형제들한테 맞았는데, 어른이 되어서는 마침내 이런 지경에까지 이르다니⋯⋯.”

“에이, 변변치 않은 사람 같으니.” 가브릴라가 말했다. “정말 왜 이렇게 떠벌리나!”

“왜냐고요, 가브릴라 안드레이치! 난 맞는 건 두렵지 않아

---

1) 미닌과 포자르스키는 1611년 니즈니노브고로드에서 폴란드 점령군을 축출하기 위해 민병대를 일으켰다. 그들의 동상이 모스크바의 바실리 성당 앞에 있다.

요, 가브릴라 안드레이치. 주인이 집 안에선 날 처벌해도 사람들 앞에서는 내게 인사를 건네면 돼요. 그건 내가 사람이기 때문이죠. 정말로 이 나이에 게라심 같은 작자에게 이런 일을 당해야 하다니……."

"알았으니 가 보게." 가브릴라가 참지 못하고 그의 말을 끊었다.

카피톤은 몸을 돌려 느릿느릿 가 버렸다.

"그럼 그자가 없다면 동의하나?" 하인장이 카피톤의 등 뒤에 대고 소리쳤다.

"동의를 표명합니다." 카피톤이 대꾸하고 물러났다.

극한의 경우에도 그의 달변은 여전했다.

하인장은 잠시 방 안을 서성였다.

"자, 이제 타티야나를 불러와." 마침내 그가 말했다.

잠시 후 타티야나가 살그머니 들어와서 문지방 옆에 멈춰 섰다.

"무슨 일이세요, 가브릴라 안드레이치?" 그녀가 조용한 목소리로 말했다.

하인장은 그녀를 빤히 쳐다보았다.

"그래." 그가 말했다. "타뉴샤, 시집가고 싶나? 마님이 네 신랑감을 찾으셨어."

"그런데 가브릴라 안드레이치. 신랑감이 누군데요?" 그녀가 머뭇거리며 물었다.

"제화공 카피톤이야."

"알았어요."

"그자는 분명히 경박한 사람이지. 그러나 마님은 너에게 기대를 걸고 계셔."

"알았어요."

"한 가지 문제는…… 그 벙어리 게라심이란 자가 너를 쫓아다니고 있다는 거야. 그런데 넌 어떻게 그 곰 같은 자를 유혹했지? 정말로 그자가 널 죽일 거야. 이 곰 같은 자가……."

"날 죽일 거예요, 가브릴라 안드레이치. 틀림없이 죽일 거예요."

"그자가 널 죽인다……. 그래, 어디 두고 보자. 그런데 넌 어째서 그자가 널 죽인다고 말하는 거지? 정말로 그자에게 널 죽일 권리가 있는지 스스로 생각해 봐."

"모르겠어요, 가브릴라 안드레이치. 그자에게 그럴 권리가 있는지 없는지."

"이런 칠칠치 못한 여자 같으니! 그자에게 아무것도 약속하지 않았단 말이지……."

"무슨 말씀이세요?"

하인장은 잠시 말을 멈추고, '넌 무책임한 여자야!'라고 생각했다.

"그래, 좋아." 그가 덧붙여 말했다. "타뉴샤, 다음에 다시 얘기하기로 하고, 지금은 가 봐. 보아하니 넌 정말 순한 여자구나."

타티야나는 돌아서서 문의 중방(中枋)에 살짝 기댔다가 물러났다.

'아마 마님은 내일 이 결혼 건에 대해 잊을지도 몰라.' 하인

장이 생각했다. '내가 뭣 때문에 걱정했지? 필요하다면, 이 거친 녀석을 꽁꽁 묶어서 경찰에 넘겨야지……'

"우스티냐 페도로브나!" 그가 커다란 목소리로 아내에게 소리쳤다. "여보, 사모바르를 올려놔요."

타티야나는 거의 하루 종일 세탁실에서 나오지 않았다. 처음에 그녀는 울음을 터뜨렸다가 눈물을 닦고, 다시 전처럼 일에 열중했다. 카피톤은 아주 늦은 밤까지 우울한 모습의 친구와 함께 술집에 앉아서 자신이 페테르부르크의 어떤 지주 집에서 어떻게 살았는지를 자세하게 이야기했다. 모든 것을 이룰 수 있었고 질서를 지키는 데도 신중했던 이 지주는 그만 한 가지 작은 실수를 했는데, 술에 취해 여자에게 가는 실수를 범했다……. 음울한 친구는 카피톤의 말에 그냥 맞장구를 쳤다. 그러나 한 가지 일 때문에 내일 자살해야 한다고 마침내 카피톤이 말하자, 이 음울한 친구는 이제 잠잘 때라고 말했다. 그들은 말없이 아무렇게나 헤어졌다.

한편 하인장의 기대는 빗나갔다. 여지주는 카피톤의 결혼에 대한 생각에 몰두하고 있어서 밤에는 말동무와 이에 대한 얘기만 했다. 이 말동무는 여지주가 잠을 못 이룰 때만 여지주의 집에 묵었고, 낮에는 밤에 마차를 끄는 마부처럼 잠을 잤다. 가브릴라가 차를 마신 후 보고서를 들고 여지주에게 갔을 때, 여지주가 맨 먼저 결혼 준비가 어떻게 되어 가느냐고 물었다. 물론 그는 결혼 준비가 더할 나위 없이 잘 진행되고 있고, 카피톤이 오늘 마님에게 인사하러 나타날 것이라고 대답했다. 여지주는 왠지 기분이 안 좋아서 잠시만 일을 보았다.

자기 방으로 돌아간 하인장이 회의를 소집했다. 이 일은 특별히 의논할 필요가 있었다. 물론 타티야나는 반대하지 않았다. 그러나 카피톤은 자기는 머리가 하나지 두세 개가 아니라고 큰 소리로 말했다. 게라심은 침울한 표정으로 모든 사람들을 재빨리 쳐다보고, 여자들의 별채를 떠나지 않았다. 그는 자기에게 좋지 않은 일이 꾸며지고 있다는 것을 알아챈 듯했다. 그 자리에 모인 사람들은(이 중에는 감초 아저씨라 불리는 늙은 식당 일꾼도 있었다. 이 노인에게서는 "맞아, 그래, 그래."라는 말만 들었지만, 그래도 사람들은 그에게 존경을 표하며 조언을 구했다.) 모든 경우를 대비해서, 즉 안전을 위해 카피톤을 정수기와 함께 창고에 가둬야 된다고 말문을 열고는 깊은 생각에 잠겼다. 물론 완력을 쓰면 간단한 일이었다. 그러나 그럴 수는 없었다! 소동이 일어날 테고, 마님이 걱정할 테니 안 될 일이다! 그럼 어찌 해야 하나? 그들은 생각에 생각을 거듭해 마침내 한 가지 방법을 생각해 냈다. 게라심이 술꾼을 보면 견디지 못한다는 점이 여러 번 언급되었다. 술 취한 사람이 챙 있는 모자를 귀까지 눌러쓰고 비틀거리며 지나갈 때마다 게라심은 대문에 앉아 있다가 화를 내며 얼굴을 돌리곤 했다. 그들은 타티야나가 술에 취한 척 몸을 흔들고 비틀거리며 그 옆을 걸어가도록 가르치기로 했다. 이 불쌍한 처녀는 오랫동안 동의하지 않았지만 설득당하고 말았다. 게다가 그녀 자신도 이렇게 하지 않으면 자신을 흠모하는 사람으로부터 벗어날 수 없다는 것을 알았다. 그녀는 걸어갔다. 사람들이 카피톤을 창고에서 내보냈다. 이 일은 그와 관계있기 때문이었다. 게라심은 대문의 받침

두리에 앉아서 삽을 땅에 찔러 대고 있었다……. 사람들이 사방에서, 창문 뒤 커튼 사이로 그를 바라보았다…….

계략은 더할 나위 없이 훌륭했다. 타티야나를 보자 그는 우선 평소대로 부드럽게 버버거리며 머리를 끄덕였다. 그러고 나서 그녀를 자세히 보더니, 삽을 내던지고 벌떡 일어나 그녀를 향해 다가가 자기 얼굴을 그녀의 얼굴에 바짝 들이댔다……. 그는 그녀의 손을 잡고 마당을 가로질러 회의가 열렸던 방으로 들어가서 카피톤 쪽으로 그녀를 밀쳤다. 타티야나는 그 자리에서 기절했다……. 게라심은 잠시 서서 그녀를 바라보다가 손을 내젓고는 쓴웃음을 짓고 무거운 발걸음을 떼며 자기 방으로 걸어갔다……. 게라심은 하루 종일 방에서 나오지 않았다. 마부인 안티프카가 게라심이 뭘 하고 있는지 벽 틈으로 본 것을 얘기했다. 게라심은 침대에 앉아서 한 손을 뺨에 대고 이따금 버버거리며 조용히 규칙적으로 노래를 불렀다는 것이다. 그리고 마부들과 배를 끄는 인부들이 구슬픈 노래를 길게 뽑을 때처럼 몸을 흔들고 두 눈을 감고 머리를 흔들어 댔다는 것이다. 안티프카는 무서워져서 벽 틈에서 물러났다. 다음 날 게라심이 방에서 나왔을 때, 그는 달라진 것이 별로 없었다. 단지 더 우울해진 듯했다. 그는 타티야나와 카피톤에게 조금도 관심을 기울이지 않았다. 그날 저녁에 타티야나와 카피톤은 겨드랑이에 오리를 끼고 마님한테 갔고, 일주일 후에 결혼했다. 결혼식 날에 게라심은 아무런 행동의 변화를 보이지 않았다. 다만 강에서 물을 길어 오지 않았다. 어쩐 일인지 그가 도중에 물통을 깨 버렸기 때문이다. 밤중에 그가 외양간에서 자기 소를 얼마나 열심히 깨끗하게 문질러 댔던지 소가 바람에 날리는 작은 풀줄기처럼 흔들거리고, 그의 강철 같은 주먹 아래서 좌우로 비틀비틀거렸다.

이 모든 일은 봄에 일어났다. 일 년이 더 지났다. 그동안에 카피톤은 술로 완전히 신세를 망쳐서 아무짝에도 쓸모없는 사람이 되어 버렸다. 그는 아내와 함께 짐마차에 실려 시골로 보내졌다. 출발하는 날에 그는 처음에는 허세를 부리며 그가 어디로 가더라도, 비록 아낙들이 셔츠를 빨다가 빨랫방망이를 하늘에 흔들어 대는 곳으로 가더라도 죽지 않을 것이라고 단언했다. 그러나 그는 곧 의기소침해져서 무식한 사람들이 사는 곳으로 자기를 데려간다고 불평하기 시작하더니 결국 힘이 빠져서 자기 모자도 스스로 쓸 수 없게 되었다. 어떤 동정심 많은 사람이 모자를 그의 이마로 가져가서 챙을 바로잡아 세게 눌러 씌워 주었다. 모든 준비가 끝나고 농부들이 "안녕히!"라는 말만을 기다리고 있을 때, 게라심이 자기 방에서 나와 타티야나에게 다가가 일 년 전쯤에 사 두었던 붉은 목면 스카프를 기념으로 선물했다. 그 순간까지 생활의 온갖 우여곡절을 묵묵히 견뎌 낸 타티야나는 이제 더는 참지 못하고 눈물을 흘렸다. 마차에 오르면서 그녀는 게라심에게 기독교식으로 세 번 입맞춤을 했다. 그는 시의 관문까지 그녀를 배웅하고 싶어서 처음에는 그녀가 탄 마차와 나란히 걸어갔다. 그러나 갑자기 크림 나루터에서 걸음을 멈추고 한 손을 흔들고는 강을 따라 걸어갔다.

일은 저녁 무렵에 일어났다. 그는 조용히 걷다가 강물을 바라보았다. 갑자기 강가의 진흙 펄에서 뭔가가 바둥바둥거리는 것처럼 보였다. 그는 몸을 굽혀 까만 반점이 박힌 조그만 강아지를 보았다. 이 강아지는 온갖 노력을 다했지만 물에서 기어 나오지 못하고, 부딪치고 미끄러지며 물에 젖은 깡마른 몸뚱이를 벌벌 떨고 있었다. 게라심은 이 불쌍한 강아지를 보고 한 손으로 잡아서 자기 품에 넣고는 큰 걸음으로 집으로 향했다. 그는 방으로 들어가 구해 온 강아지를 침대에 놓고 두꺼운 외투로 덮어 주었다. 그는 우선 외양간으로 가서 짚을 가져온 뒤, 부엌에서 우유 한 컵을 가져왔다. 그는 조심스럽게 외투를 뒤집고 짚을 펴고 나서 침대 위에 우유를 올려놓았다. 불쌍한 강아지는 태어난 지 겨우 삼 주쯤 되어 보였고, 최근에야 눈을 뜬 것 같았다. 한 눈은 다른 눈보다 약간 커 보였다. 이 불쌍한 강아지는 컵의 우유를 먹지 못하고, 그냥 떨기만 하면서 눈을 가늘게 뜨고 있었다. 게라심이 두 손가락으로 강아지의 머리를 가볍게 붙잡고 낯을 우유에 갖다 댔다. 강아지는 갑자기 우유를 게걸스럽게 먹기 시작했고, 콧김을 내뿜고 몸을 흔들면서 헐떡거리며 먹었다. 게라심은 물끄러미 바라보다가 갑자기 웃음을 지었다⋯⋯. 그는 밤새 강아지와 놀면서 강아지를 눕히고 쓰다듬다가 마침내 강아지 옆에서 유쾌하고 평온하게 잠이 들었다.

어떤 어머니도 게라심이 강아지를 돌보는 것만큼 그렇게 정성스럽게 자기 자식을 돌보지는 못할 것이다.(이 강아지는 암캐였다.) 처음에 강아지는 아주 약하고 삐쩍 마르고 볼품없었지만 조금씩 살이 붙고 튼튼해졌다. 팔 개월쯤 지난 뒤, 게라심의 끈기 있는 보살핌 덕분에 이 강아지는 길쭉한 귀와 나팔 모양의 북슬북슬한 꼬리와 감정이 풍부한 눈을 가진 스페인 혈통의 아주 멋진 개로 변했다. 강아지는 게라심에게 찰싹 달라붙어 한 발자국도 떨어지지 않았고, 작은 꼬리를 흔들며 그의 뒤를 쫓아다녔다. 그는 강아지에게 이름을 지어 주었는데(벙어리들은 자신들이 버버거리는 소리가 다른 사람들의 관심을 끈다는 사실을 안다.) 강아지를 무무라고 불렀다. 집 안의 모든 사람들도 이 강아지를 좋아해서 무무라고 불렀다. 무무는 몹시 영리해서 모든 사람에게 귀여움을 받았지만 게라심만 좋아했다. 게라심도 무무에게 홀딱 반했다……. 그래서 다른 사람들이 무무를 쓰다듬어 줄 때 게라심은 기분이 좋지 않았다. 그가 강아지를 걱정했는지 혹은 질투했는지는 아무도 모를 일이다! 무무는 아침마다 옷깃을 잡아당기며 그를 깨웠고, 자기와 아주 친하게 지내는, 물을 운반하는 늙은 말의 고삐를 그에게 끌고 왔다. 무무는 거만한 표정을 짓고 게라심과 함께 강으로 가서 그의 빗자루와 삽을 지켰고, 그의 방에 아무도 얼씬거리지 못하게 했다. 그는 무무를 위해 일부러 문에 구멍을 뚫었다. 무무는 마치 자기가 게라심의 방에서만큼은 완벽한 여주인인 것처럼 느꼈다. 그래서인지 무무는 방에 들어서는 즉시 만족한 표정을 짓고 침대로 뛰어오르곤 했다. 밤에 무무는 전혀 잠을 자지 않았지만, 뒷다리를 괴고 앉아서 얼굴을 쳐들고 눈을 짜그린 채 그냥 심심해서 별을 향해 보통 세 번 연속 짖어 대는 멍청한 집 지키는 개처럼 함부로 짖어 대지는 않았다. 무무는 결코 아무 이유 없이 날카롭게 짖어 대지 않았다! 낮선 사람이 담 가까이 다가오거나, 어디선가 이상한 소리나 사각거리는 소리가 들릴 때만 짖어 댔다……. 한마디로 무무는 아주 훌륭하게 집을 지켰다. 사실 마당에는 무무 이외에 볼초크라는 이름의, 갈색 반점이 박힌 노란색의 늙은 강아지가 있었다. 그러나 사람들은 결코, 심지어는 밤에도 이 개를 쇠사슬에서 풀어 주지 않았다. 늙고 약해진 이 개는 스스로도 자유를 원하지 않았고, 개집에 웅크리고 앉아서 단지 이따금씩 목쉰 소리로 나지막하게 짖다가, 그렇게 짖는 것이 소용없다는 것을 스스로 느끼는 양 금방 짖기를 그만두었다. 무무는 여지주의 집에서는 돌아다니지 않았다. 게라심이 여지주의 방으로 장작을 가지고 갈 때, 무무는 항상 뒤에 남아 별채 옆에서 초조하게 그를 기다렸고, 귀를 쫑긋 세우고는 문 뒤에서 작은 소리만 들려도 머리를 오른쪽으로 돌렸다가 갑자기 왼쪽으로 돌리곤 했다…….

이렇게 또 일 년이 지났다. 게라심은 여전히 마당쇠로 일했고, 자신의 운명에 매우 만족했다. 그런데 갑자기 한 가지 예기치 않은 상황이 벌어졌다.

어느 화창한 여름날에 여지주가 식객들과 함께 거실에서 서성이고 있었다. 그녀는 기분이 좋아서 웃으며 농담을 했다. 식객들도 웃으며 농담을 했다. 그러나 식객들은 특별히 즐겁지는 않았다. 집 안에서는 여지주가 즐거워하는 것을 그다지 좋아하지 않았다. 그것은 첫째로, 여지주가 모든 사람이 자신에게 즉각적으로 완전히 공감해 주기를 원했고, 누군가가 불만족한 표정을 지으면 화를 냈기 때문이다. 둘째로, 그녀의 들뜬 기분은 오래가지 않고 보통 우울하고 언짢은 기분으로 바뀌어 버렸기 때문이다. 이날, 그녀는 어쩐지 기분 좋게 일어났다. 카드 점에서는 네 장의 잭이 나왔는데, 원하는 것이 이루어진다는 의미였다.(그녀는 아침마다 항상 카드로 점을 쳤다.) 그녀에게는 차도 특별히 맛있게 느껴졌다. 이 때문에 하녀는 칭찬의 말을 들었고 10코페이카를 받았다. 여지주는 쭈글쭈글한 입술에 부드러운 미소를 머금고 거실을 거닐다가 창가로 다가갔다. 창문 앞에는 작은 정원이 꾸며져 있었는데, 꽃밭 한가운데 장미 덩굴 아래에 무무가 누워서 뼈다귀를 정성껏 갉아 먹고 있었다. 이때 여지주가 무무를 보았다.

"오!" 그녀가 갑자기 소리를 질렀다. "도대체 이게 웬 개야?"

질문을 받은 이 가련한 식객은 어쩔 줄 몰라 했고, 윗사람의 외침을 어떻게 이해해야 할지 잘 모를 때 아랫사람이 보통 갖게 되는 침울한 불안감에 휩싸였다.

"모⋯⋯ 모⋯⋯ 모르겠습니다." 식객이 말했다. "아마 벙어리의 개 같은데요."

"오!" 여지주가 식객의 말을 끊었다. "아주 사랑스러운 개야! 저 개를 데려와. 벙어리가 오래 데리고 있었나? 내가 어째서 지금껏 저 개를 보지 못했지? ⋯⋯저 개를 데려와."

"이봐, 이봐!" 식객이 소리쳤다. "무무를 빨리 데려와! 무무는 작은 정원에 있어."

"저 개 이름이 무무군." 여지주가 말했다. "아주 좋은 이름이야."

"예, 아주 좋은 이름입니다!" 식객이 대답했다. "스테판, 빨리!"

하인 직책을 맡고 있는 건장한 청년 스테판이 쏜살같이 작은 정원으로 달려가 무무를 잡으려 했다. 그러나 무무는 그의 손에서 재빠르게 빠져나가 전력을 다해 게라심 쪽으로 달려갔다. 그때 게라심은 부엌에서 두 손으로 물통을 장난감 북처럼 뒤집어서 물을 비우고 있었다. 스테판이 무무를 뒤쫓아 가 게라심의 발 옆에서 잡으려고 했다. 그러나 민첩한 개는 낯선 사람의 손에 잡히지 않고 펄쩍 뛰어 빠져나갔다. 게라심은 이 모든 소동을 웃으면서 바라보았다. 마침내 화가 치민 스테판은 몸을 일으켜 세우고, 마님이 개를 데려오란다고 손짓으로 서둘러 설명했다. 게라심은 다소 놀랐지만 무무를 불러서 땅에서 들어 올린 다음 스테판에게 건네주었다. 여지주는 가까이 오라고 부드러운 목소리로 무무를 불렀다. 태어나서 한 번도 이렇게 화려한 방에 있어 본 적이 없던 무무는 몹시 놀라 문 쪽으로 달아나려고 했지만 시중들기 좋아하는 스테판에게 떠밀려 벌벌 떨며 벽에 바짝 달라붙었다.

"무무, 무무, 이리 온, 이리 와." 여지주가 말했다. "이리 와, 이 귀여운 녀석아……. 무서워하지 말고……."

"가라, 가, 무무. 마님께 가." 식객이 반복해서 말했다. "가라니까."

그러나 무무는 침울하게 주변을 둘러보고 그 자리에서 움직이지 않았다.

"개한테 먹을 것 좀 갖다줘라." 여지주가 말했다. "정말 멍청한 개야! 주인한테 오지 않다니. 뭘 무서워하는 거야?"

"아직 낯설어서 그래요." 식객들 중 한 사람이 소심하고 부드러운 목소리로 말했다.

스테판이 우유를 담은 접시를 가져와서 무무 앞에 놓았다. 그러나 무무는 우유 냄새를 맡기는커녕 계속 벌벌 떨며 아까처럼 주위를 둘러보았다.

"참 귀여운 개야!" 여지주가 말하고는 무무에게 다가가 몸을 굽혀 무무를 쓰다듬으려고 했다. 그러나 무무는 발작적으로 머리를 돌려 이를 드러냈다. 여지주는 재빨리 손을 움츠렸다…….

순간적으로 침묵이 흘렀다. 무무는 마치 불평을 하고 용서를 비는 것처럼 약하고 날카롭게 짖었다……. 여지주는 뒤로 물러나 눈살을 찌푸렸다. 개의 갑작스러운 동작에 그녀는 깜짝 놀랐다.

"오!" 식객들 모두가 일시에 소리쳤다. "물리지 않으셨나요, 이런 세상에!(무무는 평생 아무도 물지 않았다.) 오, 이런!"

"개를 저리 데려가." 바뀐 목소리로 노파가 말했다. "나쁜 놈의 개 같으니라고! 사납기도 해라!"

여지주가 천천히 몸을 돌려 자기 방으로 향했다. 식객들은 겁에 질려 서로를 바라보고는 그녀를 뒤따라가려고 했다. 그러나 그녀가 걸음을 멈추고 차갑게 그들을 바라보며 "왜 날 따라오는 거요? 난 당신들을 초대하지 않았어요."라고 말하고 가 버렸다.

식객들은 스테판을 향해 절망적으로 손을 흔들어 댔다. 스테판은 무무를 붙잡아서 재빨리 게라심의 발을 향해 문밖으로 내던졌다. 반시간이 지나서 집 안에는 이미 깊은 정적이 감돌았다. 늙은 여지주는 먹구름보다도 침울한 표정으로 소파에 앉아 있었다.

이따금 정말로 사소한 것이 사람의 기분을 해칠 수 있는 것이다!

여지주는 저녁때까지 기분이 언짢아서 아무하고도 얘기하지 않았고, 카드도 하지 않았으며, 기분 나쁘게 밤을 보냈다. 그녀는 평상시만큼의 오드콜로뉴를 받지 않았고, 베개에서 비누 냄새가 난다는 것을 문득 생각해 내고는 옷과 시트를 담당하는 여자를 불러 모든 침구의 냄새를 맡도록 했다. 한마디로 말해 그녀는 흥분했고 아주 '격분해' 있었다. 다음 날 아침에 그녀는 평상시보다 한 시간 일찍 가브릴라를 불러오라고 지시했다.

"말해 봐." 가브릴라가 속으로 다소 걱정을 하면서 여지주의 방문턱을 넘어서자마자 그녀가 말문을 열었다. "도대체 우리 집 마당에서 어떤 개가 밤새 짖어 댔나? 잠을 잘 수가 없었어!"

"개라니요……. 어떤 개를…… 아마도 벙어리의 개일 겁니다." 그가 주저하는 목소리로 말했다.

"그게 벙어리의 갠지 다른 사람의 갠지 난 모르겠어. 단지 내가 잠을 잘 수 없었다는 거야. 왜 이렇게 개가 많은지 놀랍군! 그 이유를 알고 싶어. 우리 집엔 집 지키는 개가 있잖아?"

"예, 볼초크가 있습니다."

"그럼 다른 개가 왜 더 필요해? 혼란만 일으킬 뿐이야. 그래, 집 안에 선임자가 없는 거야. 그리고 벙어리에게 웬 개야?

누가 그자에게 우리 집 마당에서 개를 키우라고 허락한 거야? 어제 내가 창가로 가서 보니까, 그 개가 뭔가 더러운 것을 질질 끌고 와서 갉아 먹더라고. 거기에는 장미가 심어져 있는데……."

여지주가 잠시 말을 멈추었다.

"오늘 당장 그 개가 안 보이도록 해……. 알았나?"

"예, 마님."

"오늘 당장이야. 그럼 가 봐. 이따가 불러 보고를 듣겠어."

가브릴라는 밖으로 나갔다.

거실을 지나면서 하인장은 질서를 위해 한 책상에서 다른 책상으로 작은 종을 옮겨 놓고 홀에서 조용히 오리 코를 풀고는 현관으로 나갔다. 현관의 긴 의자에서는 스테판이 전쟁화의 전사한 병사처럼, 담요 대신 덮고 있는 프록코트 아래로 맨다리를 불안스레 쭉 뻗은 채 잠자고 있었다. 하인장이 그를 쿡쿡 찔러 깨워서 나지막하게 뭔가를 지시했다. 스테판은 이 지시에 대해 하품을 하고 킥킥거리며 응대했다. 하인장이 떠나자 스테판은 벌떡 일어나 카프탄을 걸치고 장화를 신고는 밖으로 나가 별채 옆에서 멈춰 섰다. 채 오 분도 지나지 않아서 등에 커다란 장작 다발을 진 게라심이 곁에서 떨어지지 않는 무무를 데리고 나타났다.(여지주는 여름에도 자신의 침실과 서재에 불을 때라고 지시했다.) 게라심은 문 앞에 비스듬히 서서 어깨로 문을 밀고는 짐을 진 채 집 안으로 들어왔다. 평소대로 무무는 게라심이 나오기를 기다렸다. 이때 스테판이 호기를 포착해 병아리를 덮치는 매처럼 무무에게 달려들어 가슴으

로 덮쳐 팔로 끌어안고는 모자도 쓰지 않고 마당으로 달려 나
갔고, 첫 번째로 만난 마차에 올라타 아호트니 랴트로 내달
렸다. 거기에서 그는 곧 무무를 사려는 사람을 찾아서 최소한
일주일 동안 묶어 놓아야 한다는 조건을 달아 무무를 5코페
이카에 넘기고 즉시 돌아왔다. 그러나 집에 도착하기 전에 그
는 마차에서 내려서 마당가를 빙 돌아 뒷골목 쪽에서 담을 통
해 마당으로 뛰어 넘어왔다. 그는 게라심을 만날까 봐 쪽문으
로 가기가 겁났던 것이다.

그러나 스테판의 불안은 괜한 것이었다. 게라심은 이미 마
당에 없었다. 집 밖으로 나가서 그는 즉시 무무가 없어진 것을
알아챘다. 무무가 그를 기다리지 않은 적이 한 번도 없었으므
로 그는 사방을 뛰어다니며 무무를 찾고 자기식으로 불러 대
기 시작했다……. 그는 자기 방으로도 가 보고, 건초를 쌓아
두는 곳간으로도 가 보고, 거리로 나가서 여기저기 헤매고 다
녔지만 무무는 보이지 않았다! 그는 필사적인 손짓과 몸짓으
로 무무에 대해 사람들에게 물어보았고, 땅에서 30여 센티미
터 떨어진 곳을 가리키며 무무를 그려 보였다……. 어떤 사람
들은 무무가 어디로 갔는지 정말로 몰라서 단지 머리를 저었
고, 무무의 행방을 알던 사람들은 웃음으로 대답을 대신했다.
그리고 하인장은 아주 근엄한 표정을 짓고 마부들에게 소리
지르기 시작했다. 이때 게라심은 마당에서 저 먼 곳으로 뛰어
갔다.

그는 날이 저물어서야 돌아왔다. 녹초가 된 모습과 위태로
운 걸음걸이, 먼지투성이가 된 옷으로 보아 그는 모스크바를

반쯤은 돌아다닌 듯했다. 그는 여지주의 집 맞은편에 걸음을 멈추고 일곱 명의 하인들이 모여 있는 별채를 힐끗 쳐다보고는 다시 한번 "무무!" 하고 버버거렸지만 아무 대답이 없었다. 그는 저쪽으로 걸어갔다. 모두가 그의 뒷모습을 바라보았지만 아무도 웃지 않았고, 한마디도 하지 않았다……. 다음 날 아침 부엌에서 호기심이 많은 마부 안티프카는 벙어리가 밤새 한숨을 푹푹 쉬었다고 얘기했다.

다음 날 하루 종일 게라심은 모습을 드러내지 않았다. 그래서 마부 포타프가 게라심 대신 물을 길어 와야 했다. 포타프는 이 일을 아주 싫어했다. 여지주는 자신의 지시를 수행했는지 가브릴라에게 물었다. 가브릴라는 수행했노라고 말했다. 다음 날 아침에 게라심은 일을 하러 자기 방에서 나갔다. 그는 점심때 와서 밥을 먹고 아무에게도 인사하지 않고 나갔다. 모든 농아들의 얼굴이 그렇듯이, 안 그래도 생기 없는 그의 얼굴은 마치 돌처럼 굳어졌다. 점심을 먹은 후에 그는 다시 마당에서 나갔다가 잠시 후에 돌아와서는 곧 건초를 쌓아 두는 곳간으로 갔다. 밝은 달밤이었다. 깊은 한숨을 쉬고 끊임없이 뒤척이면서 누워 있던 게라심은 갑자기 뭔가가 자기 옷깃을 잡아당기는 것처럼 느꼈다. 그는 온몸을 흔들었지만 머리를 쳐들지는 않고 실눈을 떴다. 그러나 뭔가가 아까보다 더 세게 그를 잡아당겼을 때 그는 벌떡 일어났다……. 그 앞에서 목에 노끈을 맨 무무가 빙빙 돌고 있었다. 그의 무언의 가슴에서 긴 탄성이 터져 나왔다. 그는 무무를 붙잡아 가슴에 꼭 껴안았다. 동시에 무무도 그의 코랑 눈이랑 콧수염이랑 턱수염을 핥았다……. 그는 잠시 서서 생각하고는 건초간에서 나가 주위를 둘러보았다. 아무도 자신을 보고 있지 않다는 것을 확인하고 나서 그는 자기 방으로 무사히 들어갔다. 게라심은 무무가 저절로 사라진 것이 아니라 분명히 마님의 지시에 따라 내쫓긴 것이라고 벌써부터 짐작하고 있었다. 사람들도 그에게 무무가 마님에게 으르렁댔다고 손짓과 발짓으로 설명했다. 그래서 그는 자기 나름대로 조치를 취하기로 결심했다. 우선 그는 무무에게 빵 조각을 먹이고 예뻐해 주다가 잠을 재웠다. 그러고 나서 그는 밤새 무무를 어떻게 숨기는 것이 더 좋을지 생각하고 또 생각했다. 마침내 그는 낮에는 하루 종일 자기 방에 무무를 놓아 두면서 이따금씩만 무무에게 들르고, 밤에만 데리고 나가기로 결정했다. 그는 문구멍을 낡은 외투로 촘촘히 틀어막았다. 이미 마당이 훤해지자 그는 아무 일도 없었다는 듯이, 심지어 전처럼 우울한 표정을 짓기까지 했다.(참으로 순진무구한 꾀였다!) 불쌍한 벙어리는 무무가 낑낑거림으로써 자신의 실체를 드러내리라는 것을 생각할 수 없었던 것이다. 실제로 그 집 사람들은 모두 벙어리의 개가 돌아와서 그의 방에 갇혀 있다는 것을 금방 알게 되었다. 그러나 그와 무무에 대한 동정심 때문에, 부분적으로는 그에 대한 두려움 때문에 사람들은 그의 비밀을 다 알고 있다고 그에게 말하지 않았다. 하인장 혼자만 뒤통수를 긁적이며 한 손을 내저었다. '에이, 내버려 둬! 아마도 마님은 모르실 거야!' 그 대신에 벙어리는 어느 때보다도 더욱 열심히 일했다. 그는 온 마당을 정성껏 치웠고, 모든 잡초를 하나도 남김없이 뽑아 버렸으며, 작은 정원의 말뚝이 튼튼한지 확인하기 위해 말뚝을 모두 손수 뽑았다가 다시 박았다. 그가 얼마나 바삐 움직였던지 여지주도 열심히 일하는 그의 모습에 관심을 기울이기까지 했다. 이날 게라심은 두 번이나 몰래 자기가 숨겨 놓은 무무에게 갔다 왔다. 밤이 되자 그는 건초를 쌓아 두는 곳간이 아니라 자기 방에서 무무와 함께 잠자리에 들었다가 1시가 넘어서야 산책하러 신선한 바깥으로 나갔다. 무무와 함께 아주 오랫동안 마당을 돌아다니고 나서 그가 막 돌아가려고 할 때였다. 그때 갑자기 담 뒤 골목 쪽에서 바스락거리는 소리가 났다. 무무는 귀를 쫑긋 세우고 으르렁거리며 담 쪽으로 가서 냄새를 맡더니 크고 날카로운 소리로 짖어 대기 시작했다. 어떤 술 취한 사람이 거기에서 밤을 나려고 자리를 잡을 생각을 했던 것이다. 바로 이 시간에 여지주는 '신경성 흥분'에 오랫동안 시달리고 나서 막 잠이 들려는 참이었다. 그녀의 신경성 흥분은 항상 저녁을 많이 먹은 후에 일어나곤 했다. 갑작스러운 개 짖는 소리에 그녀는 잠이 깼다. 그녀의 심장이 콩콩 뛰고 오그라들었다. "이봐, 이봐!" 그녀가 신음하며 말했다. 화들짝 놀란 하녀가 그녀의 침실로 달려왔다. "아이고, 나 죽는다." 고통스럽게 손을 내저으며 그녀가 말했다. "이놈의 개가 다시, 다시 나타났어! ……아이고, 빨리 의사를 데려와. 날 죽이려고 하는 거야……. 개가, 개가 다시 나타났어! 아이고!" 그녀가 머리를 뒤로 젖혔는데, 아마 기절한 듯했다. 사람들이 주치의 하리톤을 데리러 갔다. 이 의사의 의술은 부드러운 구두창이 달린 장화를 신고, 예민하게 진맥을 하고, 하루에 열네 시간 잠을 자고, 나머지 시간에는 내내 한숨을 쉬며 끊임없이 여지주에게 월계수즙을 먹이는 것이 전부였다. 의사가 즉시 달려와서 깃털을 태웠다. 여지주가 눈을 뜨자 의사는 지체 없이 조그만 은쟁반에 영묘한 즙을 담은 유리 술잔을 가져왔다. 여지주는 그것을 먹고 즉시 눈물 어린 목소리로 개에 대해, 가브릴라에 대해, 자신의 운명에 대해, 모두가 불쌍한 노파인 자신을 버린 것에 대해, 아무도 자신을 불쌍히 여기지 않고 모두가 자기가 죽기를 바란다고 불평해 대기 시작했다. 한편 불쌍한 무무는 계속 짖어 댔고, 게라심은 무무를 담에서 떼어 내려고 노력했지만 허사였다. "저기…… 저기…… 또……." 여지주가 더듬더듬 겨우 말하더니 다시 정신을 잃었다. 의사가 하녀에게 속삭이자 하녀가 현관으로 급히 뛰어가서 스테판을 떼밀어 깨우고, 스테판은 달려가서 가브릴라를 깨우고, 가브릴라는 발끈해서 사람들을 모두 깨우라고 지시했다.

게라심은 돌아서서 유리창에 어른거리는 불과 그림자를 보았다. 마음속으로 불행을 느낀 게라심은 겨드랑이에 무무를 끼고 방으로 들어가 문을 잠갔다. 잠시 후에 다섯 명의 사내가 그의 문으로 밀려들었지만, 빗장이 걸린 것을 알고 멈추어 섰다. 가브릴라가 아주 황급히 달려와서 그들 모두에게 아침까지 여기에 남아서 감시하라고 지시했다. 가브릴라는 하녀 방으로 가서 마님의 늙은 말 상대인 류보피 류비모브나(그는 이 여자와 함께 차와 설탕과 식료품을 훔쳐서 나누어 가졌다.)를 통해 불행하게도 개가 어딘가에서 다시 돌아왔지만 내일까지 죽일 것이니 마님께서는 은총을 베풀어 노여워하지 말고 진정하시라고 마님께 전하도록 했다. 의사가 월계수즙 열두 방울 대신에 마흔 방울을 서둘러 붓지 않았더라면, 아마도 여지주는 그렇게 빨리 진정하지 않았을 것이다. 월계수즙은 효력을 발휘했다. 이십오 분이 지나자 여지주는 벌써 깊고 평화로운 잠에 떨어졌다. 온 얼굴이 창백해진 게라심은 침대에 누워서 무무의 입을 꼭 누르고 있었다.

다음 날 아침에 여지주는 아주 늦게 잠에서 깨어났다. 가브릴라는 게라심의 방을 급습하라는 명령을 내리기 위해 마님이 깨어나기를 기다리고 있었다. 그 자신은 마님이 격노하는 것을 참아 낼 준비가 되어 있었다. 그러나 벼락은 떨어지지 않았다. 여지주는 침대에 누워서 늙은 식객을 불러오라고 지시했다.

"류보피 류비모브나." 그녀가 조용하고 연약한 목소리로 말문을 열었다. 그녀는 이따금 겁에 질린 쓸쓸한 수난자 흉내를 내기를 좋아했다. 말할 필요도 없이 이럴 때면 집 안의 모든 사람들은 아주 거북살스러웠다. "류보피 류비모브나, 내 상태가 어떤지 알죠. 여봐요, 가브릴라 안드레이치에게 가서 말해요. 그에게는 정말로 어떤 개 새끼가 그가 모시는 주인의 안정이나 목숨보다 더 소중하냐고. 난 그렇다고 믿고 싶지는 않아." 그녀가 아주 그윽한 말투로 덧붙여 말했다. "여봐요, 제발 가브릴라 안드레이치에게 가 줘요."

류보피 류비모브나가 가브릴라의 방으로 갔다. 그들이 무슨 얘기를 나누었는지는 알 수 없다. 그러나 얼마 후에 사람들 무리가 마당을 통해 게라심의 방으로 움직였다. 바람도 불지 않는데 한 손으로 모자를 잡은 가브릴라가 앞장섰다. 그 주위로 하인들과 요리사들이 걸어갔다. 호보스트 아저씨가 창에서 이 광경을 내다보고 지시하며 손을 내저었다. 맨 뒤에서는 꼬마들이 깡충깡충 뛰면서 얼굴을 찌푸리고 있었다. 그들 중 절반은 남의 집 애들이었다. 방으로 통하는 좁은 계단에는 감시자 한 명이 앉아 있었다. 문가에는 다른 두 명이 몽둥이를 들고 서 있었다. 사람들이 계단을 따라 기어올랐고, 아래에서 위까지 계단을 꽉 채웠다. 가브릴라가 문으로 다가가 주먹으로 문을 치고는 소리쳤다.

"문 열어!"

짓눌린 듯한 개 짖는 소리가 들렸지만 대답은 없었다.

"문 열라니까!" 그가 다시 소리쳤다.

"저, 가브릴라 안드레이치. 벙어리가 어떻게 들어요?" 밑에서 스테판이 말했다.

모두가 웃음을 터뜨렸다.

"그럼 어쩌란 말이야?" 위에서 가브릴라가 대꾸했다.

"방에 구멍이 나 있어요." 스테판이 대답했다. "막대기를 넣어 돌려요."

가브릴라가 몸을 굽혔다.

"그자가 외투 같은 걸로 구멍을 틀어막았어."

"외투를 안으로 밀어 버려요."

다시 개 짖는 소리가 희미하게 들렸다.

"저 봐, 개가 스스로 정체를 드러냈어." 무리 중에서 누군가가 말했고 사람들이 다시 웃음을 터뜨렸다.

가브릴라는 뒤통수를 긁적였다.

"이봐." 가브릴라가 마침내 말을 이었다. "원하면 자네가 외투를 밀어 넣어 봐."

"그렇다면 내가 하죠!"

스테판이 위로 기어 올라가서 막대기를 잡고 외투를 안쪽으로 쑤셔 넣고는 "나와라, 나와!"라고 말하면서 막대기로 구멍을 휘저었다. 그는 다시 한번 막대기를 휘저었다. 그때 갑자기 방문이 활짝 열렸다. 문가에 서 있던 하인들이 가브릴라를 뒤따라 모두 계단에서 굴러 떨어졌다. 흐보스트 아저씨가 창문을 닫았다.

"어, 어, 어, 어." 가브릴라가 마당에서 외쳤다. "저걸 봐! 저걸!"

게라심이 꼼짝 않고 문지방에 서 있었다. 사람들은 계단의 층계참에 몰려 있었다. 게라심은 두 손을 옆구리에 살짝 걸치고 독일식 카프탄을 입은 이 모든 하인들을 내려다보았다. 붉은 농민 셔츠를 입은 게라심은 그들 앞에서 거인처럼 보였다. 가브릴라가 한 걸음 앞으로 나갔다.

"이봐." 그가 말했다. "소란 피우지 마."

가브릴라는 몸짓으로 마님이 그의 개를 요구했으며, 지금 즉시 개를 넘기지 않으면 불행한 일이 일어날 것이라고 설명하기 시작했다.

게라심은 그를 쳐다보고는 개를 가리켰고, 마치 올가미를 조이는 것처럼 한 손으로 자기 목을 조르는 시늉을 했다. 그리고 미심쩍은 얼굴로 하인장을 힐끗 쳐다보았다.

"그래, 그래." 머리를 끄덕이며 하인장이 대꾸했다. "그래, 반드시 그래야 해."

게라심은 눈을 떨구었다. 그러고 나서 게라심은 몸을 휙 흔들고는 내내 그 옆에 서서 순진하게 꼬리를 흔들며 호기심으로 귀를 쫑긋 세우고 있는 무무를 다시 가리켰다. 그는 자기 목을 조르는 시늉을 반복하고는 마치 자기가 직접 무무를 죽이겠다고 말하는 듯이 의미심장하게 자기 가슴을 쳤다.

"속이려는 게지." 가브릴라가 그에게 손을 흔들어 대답했다.

게라심이 그를 쳐다보고 경멸적인 웃음을 지었고, 다시 자기 가슴을 치고는 문을 쿵 하고 닫았다.

모두가 말없이 서로를 쳐다보았다.

"도대체 뭐라는 거야?" 가브릴라가 말문을 열었다. "그자가 문을 걸어 잠갔어."

"그냥 내버려 둬요, 가브릴라 안드레이치." 스테판이 말했다. "일단 약속하면 그자는 지킬 겁니다. 그자는 그런 사람이에요……. 그자가 약속하면 틀림없어요. 그는 우리 같은 사람이 아니에요. 확실히 그래요."

"맞아." 모두가 반복해서 말하고 머리를 끄덕였다. "그건 그래. 맞아."

흐보스트 아저씨가 창문을 열고 역시 "맞아." 하고 말했다.

"그래, 그럼 두고 보자." 가브릴라가 대꾸했다. "그러나 감시를 풀지는 않겠다. 이봐, 예로시카!" 정원사인 듯한 노란 무명 윗도리를 걸쳐 입은 얼굴이 창백한 사람을 쳐다보며 그가 덧붙여 말했다. "뭘 해야 할지 알지? 몽둥이를 들고 여기 앉아 있다가, 무슨 기미가 보이면 즉시 내게 달려와!"

예로시카는 몽둥이를 들고 계단의 마지막 층계에 자리를 잡았다. 몇몇 호기심 많은 사람들과 아이들을 제외하고 무리가 흩어졌다. 가브릴라는 집으로 돌아가서 류보피 류비모브나를 통해 모든 일이 끝났다고 마님께 보고하도록 했다. 가브릴라는 만일을 대비해 마부를 순경에게 보냈다. 여지주는 손수건에 매듭을 묶어 그 위에 향수를 붓고 냄새를 맡고는 관자놀이를 문지르고 차를 실컷 마셨다. 월계수즙의 효력이 아직도 남아 있었기 때문에 그녀는 다시 잠이 들었다.

이 모든 소동이 일어난 지 한 시간이 지나서 방문이 활짝 열리고 게라심이 나타났다. 그는 나들이할 때 입는 카프탄을 입고 있었다. 그가 무무를 끈에 묶어 데리고 나왔다. 예로시카가 옆으로 비켜 그가 지나가게 했다. 게라심은 대문으로 걸어갔다. 애들과 마당에 있던 모든 사람이 말없이 그를 바라보았다. 그는 돌아보지도 않았다. 그는 거리로 나가서야 모자를 썼다. 가브릴라는 예로시카를 감시꾼으로 붙여 그를 뒤쫓게 했다. 예로시카는 게라심이 개와 함께 선술집으로 들어가는 것을 멀리서 바라보았고, 그가 나오기를 기다렸다.

선술집의 사람들은 게라심을 알았고 그의 몸짓을 이해했다. 그는 고기가 든 양배추 국을 주문하고 식탁에 팔을 괸 채 앉아 있었다. 무무는 영리한 눈으로 그를 조용히 바라보며 그가 앉은 의자 곁에 서 있었다. 무무의 털이 반짝반짝 빛났다. 최근에 빗질을 해 준 모양이었다. 양배추 국이 나왔다. 그는 양배추 국에 빵을 부스러뜨려 넣고 고기를 잘게 썰어서 접시를 바닥에 놓았다. 무무는 평상시의 위엄을 갖춘 채 얼굴을 음식물에 거의 대지 않고 먹기 시작했다. 게라심은 오랫동안 무무를 쳐다보았다. 갑자기 큼직한 눈물 두 방울이 그의 눈에서 굴러 떨어졌다. 한 방울은 개의 가파른 작은 이마에 떨어졌고, 다른 한 방울은 양배추 국에 떨어졌다. 그는 한 손으로 자기 얼굴을 가렸다. 무무는 반쯤 먹고 나서 입술을 핥으면서 뒤로 물러났다. 게라심은 자리에서 일어나 양배추 국 값을 치르고 밖으로 나갔다. 급사가 약간 이해할 수 없다는 눈길로 그를 바라보았다. 게라심을 보자마자 예로시카는 골목으로 뛰어 들어가 그에게 길을 내주고는 다시 그 뒤를 쫓아갔다.

게라심은 천천히 걸었고 무무를 줄에서 풀어 주지 않았다. 길모퉁이에 이르러 마치 주저하듯이 걸음을 멈추었다가 그는 갑자기 빠른 걸음으로 크림 선착장 쪽으로 걸어갔다. 가는 도중에 그는 별채를 짓고 있는 집의 마당에 잠시 들러 겨드랑이에 벽돌 두 개를 끼고 나왔다. 크림 선착장에서 그는 강가로 방향을 틀어 작은 말뚝에 붙잡아 맨, 노가 걸린 쪽배 두 척이 있는 장소까지 걸어갔다.(그는 이미 전부터 이 쪽배를 눈여겨 두었더랬다.) 그는 무무와 함께 쪽배 한 척에 올라탔다. 절름발이 노인이 텃밭 모퉁이에 세워 놓은 임시 막사에서 걸어 나와 그를 향해 소리쳤다. 그러나 게라심은 단지 머리를 끄덕이고는 열심히 노를 저었고, 그래서 물결을 거스르며 노를 저었는데도 한순간에 200미터 이상을 나아갔다. 노인은 한동안 서 있다가 처음에는 왼손으로 그다음에는 오른손으로 등을 긁더니 다리를 절룩대며 임시 막사로 되돌아갔다.

게라심은 계속 노를 젓고 또 저었다. 벌써 모스크바가 저 멀리에 있었다. 강기슭을 따라 벌써 여기저기에 초원, 채소밭, 들판, 숲이 쭉 펼쳐졌고, 오두막이 나타났다. 시골 냄새가 풍겼다. 그는 노를 내던지고 그 앞의 마른 횡목(橫木)에 앉아 있는 무무 쪽으로 머리를 숙였다. 밑바닥으로 물이 흘러들었다. 그는 억센 두 손을 무무의 등에 포갠 채 꼼짝 않고 있었다. 이러는 동안에 쪽배는 파도에 밀려 조금씩 도시 쪽으로 움직였다. 마침내 게라심은 몸을 쭉 펴고는 어떤 병적인 분노의 표정으로 자기가 가져온 벽돌을 노끈으로 서둘러 묶고, 올가미를 만들어서 무무의 목에 걸고 무무를 물 위로 들어 올렸다. 그는 마지막으로 무무를 바라보았다⋯⋯. 무무는 무서워하지 않고 신뢰의 눈빛으로 그를 바라보며 작은 꼬리를 살짝 흔들었다. 게라심은 얼굴을 돌리고 나서 실눈을 뜨고는 두 손을 폈다⋯⋯. 게라심은 물에 떨어지면서 무무가 낸 날카로운 비명 소리도, '철썩' 하고 튀어 오른 둔탁한 물소리도, 다른 아무 소리도 듣지 못했다. 그에게는 가장 소란스러웠던 하루가 아무 소리도 없이 조용하게 지나갔다. 마치 가장 고요한 어떤 밤이 우리에게는 전혀 고요하지 않을 수 있듯이. 그가 다시 두 눈을 떴을 때, 작은 파도가 서로서로를 뒤쫓듯 전처럼 강을 따라 빠르게 흐르고 있었고, 전처럼 쪽배의 측면에 철썩거리며 물을 끼얹고 있었다. 다만 강기슭 쪽 저 멀리에서 어떤 커다란 물결 무늬가 동그랗게 퍼지고 있었다.

예로시카는 게라심이 시야에서 사라지자 곧장 집으로 돌아가 자기가 본 모든 것을 전했다.

"그래, 맞아." 스테판이 말했다. "그자가 개를 물에 빠뜨려 죽인 거야. 이제 조용해지겠구먼. 그자는 약속을 하면……."

그날 하루 종일 아무도 게라심을 보지 못했다. 그는 집에서 밥을 먹지 않았다. 저녁이 되었다. 그를 제외한 모두가 저녁을 먹으러 모여들었다.

"게라심은 참 이상한 사람이야!" 뚱뚱한 여자 세탁부가 빽빽 소리를 냈다. "개 때문에 저렇게 안달하다니! …… 참!"

"게라심이 돌아왔어요." 숟가락으로 죽 그릇을 긁다가 갑자기 스테판이 외쳤다.

"어떻게? 언제?"

"두 시간쯤 전이지. 대문에서 그와 만났어요. 그는 다시 여기를 떴고 마당에서 나갔어요. 개에 대해 물으려고 했지만 기분이 안 좋아 보였어요. 글쎄, 날 떠밀기까지 했어요. 분명히 그는 '귀찮게 따라다니지 마라.'라며 날 옆으로 밀려고만 했는데, 그만 내 척수를 너무 세게 때리는 바람에 아이고 아파 죽겠어요!" 스테판은 자신도 모르게 웃으면서 몸을 움츠리고 뒤통수를 문질렀다. "맞아." 그가 덧붙여 말했다. "그의 손은 정말 복 받은 손이야. 두말하면 잔소리야."

모두가 스테판을 비웃었고, 저녁을 먹은 후 자러 흩어졌다.

한편 바로 이 순간에 T 거리를 따라 어떤 거인이 어깨에 자루를 메고 손에는 막대기를 든 채 열심히 쉬지 않고 걸어가고 있었다. 이 사람은 게라심이었다. 그는 뒤돌아보지도 않고 자기가 태어난 시골 고향 집을 향해 급히 걸어가고 있었다. 불쌍한 무무를 물에 빠뜨리고 나서 그는 자기 방으로 가서 잽싸게 몇 가지 물건을 낡은 말 옷[馬衣]에 꾸려 넣고는 묶어서 어깨에 짙어지고 사라져 버린 것이다. 그는 사람들이 자기를 모스크바에 데려올 때부터 길을 눈여겨보아 두었다. 여지주가 그를 데려온 시골에서 큰길까지는 25킬로미터 정도의 거리였다. 그는 큰길을 따라 굳건하고 용감하게, 절망적이면서도 기쁜 단호한 마음으로 걸어갔다. 그는 가슴을 활짝 펴고, 두 눈으로 열심히 똑바로 앞을 응시하며 계속 걸었다. 그는 늙은 어머니가 고향에서 자기를 기다리기라도 하듯이, 타향의 낯선 사람들 사이에서 오랫동안 방황한 자기를 어머니가 고향 집으로 부르기라도 하듯이 서둘러 걸어갔다……. 이제 막 시작된 여름밤은 고요하고 따스했다. 태양이 지는 쪽에서는 아직도 하얀 하늘 언저리가 사라져 가는 하루의 마지막 반사광으로 엷은 홍조를 띠고 있었고, 그 반대쪽에서는 푸른 잿빛 어스름이 피어올랐다. 그쪽에서 밤이 다가오고 있었다. 수백 마리의 메추리가 커다란 소리를 내며 빙빙 날고, 흰눈썹뜸부기들이 앞다투어 서로를 불렀다……. 게라심은 이 소리를 들을 수 없었고, 그의 힘찬 발이 스쳐 지나가는 나무들의 예민한 밤의 속삭임도 들을 수 없었다. 그러나 그는 어두운 들녘에서 풍겨 오는, 익어 가는 호밀의 익숙한 냄새를 느꼈고, 그를 향해 불어오는 바람(고향에서 불어오는 바람)이 자기 얼굴을 부드럽게 때리며 머리칼과 턱수염을 간질이는 것을 느꼈다. 그는 자기 앞에 훤하게 밝아 오는, 화살처럼 곧게 뻗은 집으로 가는 길을 보았다. 또 그는 자기가 갈 길을 비춰 주는 셀 수 없이 많은 하늘의 별을 보았다. 그는 마치 사자처럼 힘차고 씩씩하게 걸어 나갔다. 마침내 떠오르는 태양이 촉촉한 붉은빛으로 방금 길을 떠난 젊은이의 머리를 비추었을 때, 그는 벌써 모스크바에서 35킬로미터 이상이나 떨어져 있었다······.

이틀이 지나서 그는 이미 고향의 농가에 도착했고, 거기에서 살던 한 병사의 아내는 너무나 깜짝 놀랐다. 그는 성상 앞에서 기도하고 나서 곧바로 이장한테 갔다. 처음에 이장은 깜짝 놀랐다. 시골에서는 건초 베기가 막 시작되던 참이었다. 그래서 뛰어난 일꾼인 게라심의 손에 낫이 들렸다. 그는 이전처럼 건초를 베러 갔다. 얼마나 열심히 건초를 베었던지 그가 낫을 휘두르고 건초를 긁어모으는 것을 보고 농부들은 그만 주눅이 들어 버렸다······.

게라심이 도망간 다음 날에야 모스크바에서는 그가 없어진 것을 알았다. 사람들이 그의 방을 속속들이 수색하고 나서 가브릴라에게 말했다. 가브릴라는 방에 가서 보고는 어깨를 으쓱했다. 그는 벙어리가 도망갔거나 멍청한 개와 물에 빠져 죽었을 것이라고 단정했다. 그는 이 사실을 경찰에 알리고 여지주에게 보고하도록 했다. 여지주는 분노해 눈물을 터뜨렸고, 무슨 일이 있더라도 그를 찾으라고 지시했다. 그녀는 자기가 결코 개를 죽이라고 지시한 적이 없다고 단언했고, 마침내 가브릴라를 몹시 책망했다. 가브릴라는 하루 종일 머리를 흔들어 대며 "내 참!"이라고 말하고 다녔고, 흐보스트 아저씨가 "어쩌누!"라며 그를 달랬다. 마침내 시골에서 게라심이 거기 있다는 소식이 왔다. 여지주는 다소 마음이 진정되었다. 처음에 그녀는 즉시 그를 모스크바로 되돌려 보내라는 지시를 내리려고 했지만, 얼마 후에 그런 배은망덕한 자는 자기에게 전혀 필요 없다고 선언했다. 그러나 그녀는 이 일이 있은 후 곧 사망했다. 그녀의 상속자들은 게라심에게 관심이 없었다. 그들은 남아 있던 어머니의 하인들도 소작료를 받고 풀어 주었다.

오늘날까지 게라심은 자기의 외딴 농가에서 외롭게 살고 있다. 그는 전처럼 건강하고 힘세며, 전처럼 네 사람분의 일을 하며, 전처럼 위엄 있고 착실하다. 그러나 이웃 사람들은 그가 모스크바에서 돌아온 이후로는 절대로 여자들과 어울리지 않고, 심지어 여자들을 쳐다보지도 않으며, 자기 집에서 개를 한 마리도 기르지 않는다는 것을 알아차렸다. "그러나 여편네가 필요 없는 게 그의 행복이야. 그리고 그에게 왜 개가 필요해? 도둑이 멍청이처럼 감히 어떻게 그의 집에 기어 들어가겠어!" 기운 센 벙어리 장사에 대한 소문은 이렇게 떠돌고 있다.

한 자유주의적 서구주의자의 삶과 문학

이반 세르게예비치 투르게네프는 1818년 10월 28일(양력으로는 11월 9일)에 중부 러시아의 오룔에서 태어났다. 어머니 바르바라 페트로브나 루토비노브나는 스파스코예의 오래된 귀족 가문인 루토비노프가의 핏줄을 타고났고, 아버지 세르게이 니콜라예비치 투르게네프는 영락한 귀족 가문 출신의 장교(중위)였다. 바르바라와 결혼을 시켜 집안을 일으키려는 부친의 강권에 못 이겨 세르게이는 1816년 1월 14일 여섯 살 연상인 바르바라와 결혼한다. 이런 상황에서 가정의 분위기는 늘 어둡고 무거웠다. 미래의 위대한 작가 투르게네프가 농노제도의 가장 나쁜 형태를 목격한 것은 바로 거친 어머니를 통해서였다.

당시 귀족의 자녀가 보통 그랬듯이 투르게네프도 훌륭한

가정교육 덕분에 중학교에 입학하기 전 이미 세 언어(영어, 독어, 프랑스어)로 읽고 쓰고 말할 수 있었다. 1827년 초 투르게네프의 가족은 고향을 떠나 모스크바로 이사했고, 투르게네프는 1833년 9월에 모스크바 대학교 철학부 어문학과에 입학한다. "죽을 때까지 농노 제도의 폐지를 위해 투쟁하고 농노 제도와는 결코 타협하지 않겠다."라는 청년 투르게네프의 이른바 '한니발의 맹세'는 당시 모스크바 대학의 진보적인 젊은 이들의 서원이기도 했다. 이런 분위기에서 그는 계몽과 교육과 이성의 힘을 신봉하는 서구주의자의 면모를 갖춘다.

1834년에 가족이 당시 제국의 수도였던 페테르부르크로 이사해, 이해 7월에 투르게네프는 페테르부르크 대학교 철학부 철학과로 전과한다. 모스크바 대학에서 그가 진보적인 사상의 세례를 받았다면 페테르부르크 대학에서는 뮤즈의 세례를 받는다. 1838년 5월에 그는 베를린 대학교에 입학하기 위해 독일로 건너간다. 당시 독일은 니콜라이 1세의 반동적인 국내 정치에 반대했던 러시아 젊은이들의 정신적인 망명처 같은 곳이었다. 특히 베를린 대학은 러시아의 젊은 이상주의자들의 신이었던 헤겔의 전당이었다. 베를린에서 투르게네프는 모스크바 대학 시절의 친구인 그라노프스키를 다시 만났고, 그를 통해 N. V. 스탄케비치와 다른 러시아의 이상주의자들을 사귈 수 있었다. 그 후 투르게네프는 서구주의자들의 맹우가 되었다.

1841년, 베를린에서 고향으로 돌아간 투르게네프는 교수의 꿈을 접고 잠시 내무부 관료로 일한다. 이즈음 프랑스의 여가 수 폴리나 비아르도와의 만남과 사랑은 그의 삶을 뒤흔들어 놓았다. 투르게네프는 그녀와 만난 1843년 11월 1일을 '성스러운 날'이라고 부른다. 당시 그녀는 22세로 이미 결혼한 여자였다. 그녀의 남편 루이 비아르도는 투르게네프만큼이나 사냥을 좋아하는 문학 애호가로 곧 투르게네프와 친구가 되었다. 이후 러시아에서 비아르도 부부는 투르게네프의 집을 즐겨 방문했고, 프랑스에서 투르게네프는 종종 비아르도의 집에 같이 살면서 사랑과 우정을 나누었다. 이들의 이상한 동거와 삼각관계에 대해 무성한 소문이 나돌았지만, 이에 대한 어떤 구체적인 증거나 자료는 남아 있지 않다. 진정으로 예술을 사랑한 투르게네프는 무엇보다 폴리나의 음악적 재능의 포로이자 숭배자가 되었다. 그가 어머니의 하녀 아브도티야와의 사이에서 태어난 여덟 살 난 딸 팔레게야를 폴리나로 개명해 비아르도 부부에게 맡길 정도로 이들의 우정과 신뢰는 매우 돈독했다. 폴리나를 향한 투르게네프의 사랑은 참으로 이상해서, 마치 아름다운 여인에 대한 성스러운 숭배를 간직한 중세 기사들의 사랑과도 같았다. 그것은 아름다움, 즉 예술에 대한 믿음이자 신앙이기도 했다. 폴리나도 투르게네프의 예술적 재능을 진심으로 사랑했고, 투르게네프가 침체의 늪에서 헤어나지 못할 때는 그를 격려했으며, 때로는 좋은 독자로서 작품에 대한 느낌과 다양한 의견을 솔직하게 제시하기도 했다. 투르게네프는 죽을 때까지 폴리나를 향한 일편단심의 사랑을 간직하고 그녀의 주변을 맴돌다가 사랑하는 연인이 태어난 땅인 프랑스의 부기발에서 폴리나가 지켜보는 가운데 행복한 죽음을 맞이했다.

투르게네프가 일련의 시행착오를 겪으면서 자신에 대한 환멸과 회의에 빠져 있을 때, 당시 가장 잘나가는 비평가였던 벨린스키(1811~1848)와의 만남과 그의 격려는 투르게네프가 내무성을 그만두고 작가의 길로 들어서는 데 결정적인 역할을 했다. 대학 시절 이후 작가의 꿈을 포기하지 않고 줄곧 창작을 했지만 자신의 재능을 확신하지 못하던 투르게네프는 서사시 「파라샤」(1843)에 대한 벨린스키의 호평에 힘입어 재능을 확신하고 본격적인 창작의 길로 들어선다. 벨린스키 주변에는 당시 내로라하는 작가들이 운집해 있었다. 투르게네프는 게르첸, 네크라소프, 곤차로프, 그리고로비치와 사귀었고, 당시 벨린스키가 주도하던 러시아 문단의 새로운 흐름인 이른바 '자연파(비판적 리얼리즘)'의 여러 작가들과도 가까워졌다. 이제 투르게네프는 낭만적인 서정 시인에서 시골과 농민들을 진실하게 그린 『사냥꾼의 수기』(1852)의 작가로 변모한다. 이것은 그가 '독일'이라는 바다의 철학적이고 낭만적인 파도에서 헤엄쳐 나와 가혹한 농노 제도와 차리즘이 지배하는 러시아를 직시하게 되었음을 의미한다.

농노 제도에 대한 시적 폭로인 『사냥꾼의 수기』 이후 투르게네프는 이른바 6대 장편에서 러시아 현실의 연대기적 기록자라고 불릴 정도로 '시대의 형상과 중압'을, 특히 러시아 사회의 민감하고 핵심적인 문제들을 러시아 교양 계층 사람들의 유형 속에 성실하고 객관적으로 묘사한다. 『루딘』(1856)에는 1840년대 귀족 출신의 자유주의적 이상주의자들의 역사적

평가에 대한 논쟁이, 「귀족의 보금자리」(1859)에는 슬라브주의와 서구주의 문제가, 『전날 밤』(1860)에는 농노 해방 전야 러시아의 사회, 정치적 상황이, 『아버지와 아들』(1862)에는 잡계급 출신의 민주주의자들(니힐리스트)의 문제가, 『연기』(1867)에는 농노 해방 이후 러시아 사회의 진로에 대한 각 정파의 논쟁과 갈등이, 『처녀지』(1877)에는 1870년대 인민주의 운동이 섬세하게 반영되어 있다. 그 결과 투르게네프는 자연스럽게 좌우 파의 이념 논쟁에 휘말린다. 자유로운 사고와 창작을 억압하고 가혹한 검열이 지배하는 답답한 사회 현실과 이념적 줄서기를 강요하고 흑백 논리가 난무하는 러시아의 지적 풍토에 환멸을 느낀 투르게네프는 1861년 9월 파리로 떠나 해외에서의 긴긴 방랑 생활에 들어간다. 이후 아주 드문 짧은 일정의 귀국을 제외하고는 죽을 때까지 생애의 대부분을 외국에서 보낸다.

유럽에서 투르게네프는 '러시아 인텔리겐치아의 대사'로 불릴 정도로 유럽의 많은 작가들(공쿠르 형제, 메리메, 플로베르, 졸라, 도데, 위고, 모파상, 톨스톤, 조르주 상드, 헨리 제임스)과 교류하면서 푸시킨을 비롯한 여러 러시아 작가들의 작품을 번역하고 러시아의 문예를 해외에 적극 소개했다. 해외에 머무는 동안 그는 사회, 정치적 문제가 아닌 인간의 알 수 없는 내면 세계와 일상 세계를 그린 일련의 중단편들(「여단장」, 「불행한 여인」, 「초원의 리어왕」, 「똑……똑……똑!……」, 「이상한 이야기」, 「봄물」, 「시계」, 「꿈」)을 써낸다. 그러나 스스로 고백하듯이 그는 몸은 외국에 있었지만 한시도 조국과 오룔의 고향 산천을 잊은

적이 없었다. 그래서일까, 우리는 투르게네프의 작품 어디에서
나 그가 태어나서 자란 중부 러시아의 대자연에 대한 서정적
이고 시적인 묘사를 쉽게 만날 수 있다.

첫사랑
─ 첫사랑의 환희와 고통

우리는 모두 그만그만하고 자기 나름인 첫사랑의 추억을
가진다. 그래서 환희와 고통으로 얼룩진 첫사랑의 추억은 동
서고금을 막론하고 문학의 단골 메뉴가 되어 왔다. 희끗희끗
한 머리칼에 마흔 살가량 된 블라디미르 페트로비치의 첫사
랑의 고백인 투르게네프의 「첫사랑」(1860)도 예외는 아니다.

투르게네프 자신이 「첫사랑」은 "창작이 아니라 나의 과거"
라고 말했을 정도로 이 작품은 자전적인 요소를 많이 내포한
다. 블라디미르, 블라디미르의 아버지와 어머니는 작가 자신
과 작가의 부모를 거의 그대로 형상화한 인물이다. 지나이다
도 이웃집에 살았던 여류 시인을 모델로 했다고 한다. 여기에
그려지는 사건 역시 실제 사건을 기초로 했다고 하니, 투르게
네프는 젊은 날의 아픈 추억을 우리에게 솔직하게 들려주는
셈이다. 「첫사랑」의 슈제트를 간단히 살펴보자.

대학 입시를 준비 중인 열여섯 살의 주인공 블라디미르는
우연히 이웃에 사는 가난한 공작 부인의 딸인 스물한 살의 지
나이다를 보고 사랑에 빠진다. 스물한 살의 지나이다는 개성

이 강하고 적극적인 처녀이다. 그녀는 자신을 숭배하는 뭇 남성들을 재치 있는 말과 위엄 있는 행동으로 꼼짝 못 하게 만든다. 블라디미르는 지나이다의 마음에 들고자 온갖 노력을 다하지만, 그녀는 블라디미르를 때로는 동생처럼, 때로는 친구처럼 그냥 우호적으로 대할 뿐이다. 지나이다의 숭배자 중 한 사람에게서 그녀가 사랑하는 남자는 따로 있다는 소리를 듣고 블라디미르는 가슴에 칼을 품고 야심한 밤에 정원에서 연적을 기다린다. 그런데 뜻밖에도 연적이 자신의 아버지임을 발견한 그는 말할 수 없는 충격에 휩싸인다. 어느 날 블라디미르는 아버지가 지나이다를 채찍으로 때리고, 지나이다가 그 채찍을 조용히 맞는 모습을 목격하고는, 그 속에서 평소와는 전혀 다른 지나이다의 표정을 보면서 사랑의 신비와 공포를 느낀다. 비로소 블라디미르는 봄날 아침의 뇌우와 같은 우연하고 찰나적인 사랑의 열병에서 벗어난다.

이상에서 알 수 있듯이 「첫사랑」은 화자인 주인공(블라디미르)이 지나이다라는 연상의 여인을 사랑하는데, 뜻밖에도 그의 아버지가 라이벌로 나타나서 삼각관계를 형성한다는 아주 '뻔한' 이야기이다. 이 '뻔한' 이야기가 불멸의 첫사랑의 서사시가 된 이유는 어디에 있을까?

첫째는 투르게네프의 사랑 철학의 깊이이다. 투르게네프에게 연애와 사랑은 불가항력적이고 맹목적인 힘으로 사람을 지배하고, 사람에게 행복이 아닌 깊은 상처를 남기지만, 그 누구도 행복과 독을 지닌 사랑(특히 여인의 사랑)의 상처를 피할 수 없다. 5월 아침의 뇌우와도 같이 우연하고 찰나적인 사랑은 인간의 정신적이고 육체적인 성숙 과정에 영원한 영향을 준다는 것이다. 정열적이고 순간적인 사랑의 비극성은 투르게네프의 작품 곳곳에서 발견할 수 있는데, 이것은 평생 한 여성을 짝사랑하면서 독신으로 인생을 마감한 작가 자신의 깊은 우수를 말해 주는 것인지도 모른다.

둘째는 탁월한 성격 묘사이다. 모든 면에서 주변 사람들을 압도하고 뭇 남성들을 지배하면서도 한 남자에게 지배당하는 여인, 정열적이고 모순적인 지나이다의 형상이 여성 심리 묘사의 달인인 투르게네프의 섬세한 펜 끝에서 생생한 빛을 발한다. 또한 사랑을 위해 4미터 담장 위에서 떨어지는 블라디미르의 무모함, 남자다움을 보여 주기 위한 어처구니없는 행동, 나이프를 들고 깜깜한 정원에서 연적을 기다리는 블라디미르의 심리가 더할 나위 없이 섬세하게 그려진다.

투르게네프의 사랑 철학과 등장인물들의 탁월한 심리 및 성격 묘사 덕분에 「첫사랑」은 한 작가의 자전적 연애담이 아닌 우리 모두의 연애담이자 청춘의 고백으로 읽힐 수 있다. 지나이다를 향한 블라디미르의 모순된 말과 행동을 통해 그 언젠가 첫사랑에 빠져 일희일비했던, 일희일비하게 될 우리의 모습을 떠올릴 수도 있다.

한 여자를 사이에 둔 아버지와 아들의 삼각관계가 오이디푸스 콤플렉스를 배경으로 한 속류 멜로드라마로 변질되지 않고, 오히려 주인공인 블라디미르로 하여금 첫사랑의 미혹에서 벗어나 정신을 차리고 성숙으로 나아가게 하는 계기가 되는 것도 사랑의 가수인 투르게네프다운 설정이다. 아이러니하게도 첫사랑이 깨지는 지점에서 주인공은 사랑의 모순과 본질(사랑의 찰나성과 비극성)을 깨닫고 비로소 사랑의 열병에서 회복된다. "내 아들아, 여인의 사랑을 두려워해라, 그 행복, 그 독을 두려워해라……." 아버지가 죽음 직전에 아들에게 남긴 이 말은 투르게네프가 독자들에게 주는 사랑의 잠언이다.

귀족의 보금자리
—— 슬라브주의적 이상주의자의 비극 혹은 사랑의 비극

1

투르게네프는 첫 장편 『루딘』을 발표한 후(1855년 11월에 탈고해 1856년 《동시대인》 1, 2월호에 발표.) 그해 10월에 두 번째 장편 「귀족의 보금자리」를 쓸 계획을 세우지만 1856~1857년에 건강이 나빠 작품을 거의 쓰지 못한다. 1858년 봄에 그는 로마, 빈, 런던, 파리를 전전하다 이해 여름, 고향인 스파스코예로 돌아와 7월 중순부터 집중적으로 작업해 마침내 12월 말에 「귀족의 보금자리」를 탈고하고 1859년 《동시대인》(1859년 1월호)에 발표한다.

모순과 갈등이 착종된 러시아 현실에 직면해 "누구의 죄인가?" "무엇을 할 것인가?"를 늘 고민하던 투르게네프는 첫 장편 『루딘』(1856)에서 귀족 인텔리겐치아(루딘)의 이론(말)과 실천(행동)의 단절을 보여 주고 레즈네프의 모습을 통해 개혁적

점진주의에 대한 공감을 표하면서 1840년대 진보적인 활동을 한 귀족 자유주의자들의 사회, 역사적 의미와 활동을 긍정적으로 평가했다. 이제 그는 「귀족의 보금자리」에서 루딘 타입의 코스모폴리탄적인 인텔리겐치아와는 달리 두 다리를 러시아 대지에 뿌리박고 있는 애국주의자이자 슬라브주의적 이상주의자인 라브레츠키의 사랑과 좌절을 통해 1840년대 귀족 출신의 슬라브주의적 이상주의자들의 사회, 역사적 활동과 그 의미를 캐묻는다.

소설의 슈제트를 간략하게 정리해 보자. 소설의 사건은 1842년 봄, 라브레츠키의 갑작스러운 귀환으로 시작된다. 그는 아내와 함께 파리에 살면서 파리 사교계의 꽃으로 행세하던 아내의 부정(不貞)을 우연히 알게 된 후, 아내를 파리에 남겨 두고 혼자 고향으로 돌아온다. 개인적인 불행에도 불구하고 그는 이전처럼 초원의 건강함과 근력을 가지고 있다.

고향인 바실리옙스코예로 돌아온 라브레츠키는 주변 사람들의 예상과 달리 영지를 돌보고 말을 타고 책을 읽으며 건강하고 평화로운 나날을 보낸다. 이따금 칼리틴의 집을 방문하면서 그는 아름답고 청순한 리자에게 관심을 갖는다. 몇 번의 만남과 대화를 통해 라브레츠키와 리자는 점점 더 서로를 신뢰하게 된다. 리자는 스스럼없이 그에게 왜 아내와 헤어졌고, 하느님이 맺어 준 관계를 어떻게 끊을 수 있느냐고 묻고는 아내를 용서해야 한다고 말한다. 어린 시절부터 돈독한 신앙을 가졌던 유모로부터 순종과 의무와 희생과 책임이 최고의 미덕이라고 배운 리자에게 이혼은 있을 수도, 있어서도 안 되는 것이었다. 하루는 대학 시절의 친구인 미할레비치가 라브레츠키를 찾아와 열띤 논쟁을 벌이고 그를 '이기주의자이자 악질적이고 의식적인 게으름뱅이'라고 비난한다. 미할레비치가 떠난후 칼리틴가 식구들이 바실리옙스코예를 방문해 즐거운 하루를 보낸다. 라브레츠키가 말을 타고 마차를 배웅하면서 "우리는 친구죠?"라고 묻자 리자는 고개를 끄덕인다.

다음 날 저녁 라브레츠키는 프랑스 신문의 문예란에서 아내의 갑작스러운 사망 기사를 읽는다. 그는 그 기사를 리자에게 보여 주며 자유를 느끼지만, 리자는 자유가 아니라 용서에 대해 생각해야 한다고 말한다. 칼리틴가에 드나들던 페테르부르크 출신의 관리 판신이 리자에게 구혼하고 리자는 어머니의 뜻에 따라 그 구혼을 받아들이고자 한다. 그러나 사랑없이 의무감에서 결혼하지 말라는 라브레츠키의 충고를 듣고리자는 판신에게 청혼에 대한 응답을 기다려 달라고 말한다.

어느 여름날 저녁 칼리틴의 응접실에서 서구주의자로 행세하는 판신과 슬라브주의의 관점을 지닌 라브레츠키는 러시아의 후진성과 젊은 세대에 대해 논쟁을 벌이고, 이 과정에서 리자는 라브레츠키의 견해에 공감한다. 라브레츠키와 리자는 서로가 같은 것을 사랑하고 같은 것을 미워하고 있음을 알게 된다. 리자는 그를 하느님에게 인도할 수 있으리라는 기대를 품는다. 이날 밤 라브레츠키는 이런저런 생각을 하며 거닐다가우연히 칼리틴의 집 뜰로 들어서서 응접실에서 촛불을 들고움직이는 리자를 보게 된다. 라브레츠키는 세 번 그녀의 이름을 부른 후, 뜰로 걸어 나온 리자에게 사랑을 고백한다. 그는 조용히 리자를 끌어당겨 그녀의 창백한 입술에 키스하고, 리자는 가만히 눈을 떨구고 그의 사랑을 받아들인다. 다음 날, 죽었다던 아내가 그 앞에 나타나 횡설수설하며 딸을 위해 용서해 달라고 간청한다. 아내의 갑작스러운 출현에 당황한 라브레츠키는 리자에게 이 사실을 알린다.

자기에게 와 달라는 리자의 쪽지를 받고 라브레츠키는 리자 할머니의 방에서 그녀와 단둘이 만난다. 리자는 서로 자신의 의무를 수행해야 하며, 그는 아내와 화해해야 한다고 말한다. 또 행복은 사람이 아니라 신에게 달려 있다고 한다. 리자의 말에 따라 다음 날 라브레츠키는 아내와 딸을 데리고 라브리키로 떠나고, 일주일 후에는 다시 혼자 모스크바로 떠난다.

일 년 후에 라브레츠키는 리자가 벽지의 수도원에 들어가 수녀가 되었다는 소식을 전해 듣는다. 팔 년이 지난 어느 날 봄에 라브레츠키는 O시를 다시 방문해 낯익은 벤치에 앉아서 옛 추억에 잠겨 새로운 사상과 신념에 몸을 바친 자신과 자기 세대의 한계를 인식하고 다음 세대에 희망을 건다.

한 편의 고전적인 사랑의 비극 같은 이 소설의 슈제트는 이렇듯 단순하다. 그러나 라브레츠키와 리자의 개인적인 사랑의 불행과 비극은 예카테리나 2세 때부터 1850년 초까지 농노제 하의 러시아 인텔리겐치아의 정신적 발달의 역사적 단계(볼테르주의, 영국 숭배, 낭만적 환멸, 서구주의와 슬라브주의 등)와 직간접으로 연결되어 있음을 알 수 있다.

2

투르게네프의 창작에서 종종 토론과 논쟁의 성격을 띠는 대화는 등장인물들의 성격화의 주요한 수단이자 각자의 심리 구조와 사회, 정치적 입장을 확연히 드러내는 기법이기도 하다. 주로 대화로 엮어진 『루딘』보다는 서사성이 강화된 「귀족의 보금자리」에서도 대화는 여전히 중요한 기능을 한다. 이 소설에서 대화는 등장인물들의 다양한 관점이 부딪치며 사상적 입장의 차이가 드러나는 중심이고 작자의 관점과 사상이 나타나는 지점이다.

우선 라브레츠키와 판신의 대화를 살펴보자. 이들의 대화는 1840년대 서구주의자들과 슬라브주의자들을 흥분케 했던 여러 문제에 집중되어 있다. 판신은 러시아의 후진성을 언급하고 러시아의 철저한 유럽화를 강조한다. 유럽의 제도를 빨리 도입해 러시아의 생활을 뜯어고쳐야 한다는 것이다. 반면에 라브레츠키는 러시아의 젊음과 자주성을 주장하고 자신과 자기 세대를 희생하면서까지 새로운 사람들 그리고 그들의 신념과 염원을 옹호한다. 이에 흥분한 판신은 라브레츠키를 '시대에 뒤떨어진 보수주의자'라고 부르며 간접적으로 그의 위선적인 위치를 암시하기까지 한다. 그러나 라브레츠키는 차분하게 판신의 주장을 하나하나 논파한다. 라브레츠키는 무엇보다 '민중의 진리를 인정하고 그 앞에서 순종할 것'을 주장하며 추상적이고 극단적인 서구주의적 이론을 반박한다. 라브레츠키의 논리에 말이 막힌 판신은 "그런데 당신은 러시아로 돌아오

작품 해설

셨는데, 도대체 뭘 할 작정이십니까?"라고 묻는다. 라브레츠키는 "땅을 갈 거요. 가능하면 땅을 잘 갈려고 노력할 거요."라고 자랑스럽게 대답한다. 리자는 두 사람의 논쟁을 묵묵히 지켜보며 뭔가 러시아에 도움이 되는 사업을 계획하고 민중과 가까워지려는 라브레츠키의 사상과 노력에 공감한다.

일련의 논쟁에서 슬라브주의적 입장을 대변하는 라브레츠키가 서구주의적 입장을 대변하는 판신보다 여러 면에서 우위에 있음을 알 수 있다. 철저한 서구주의자인 투르게네프는 판신을 통해 경박한 사이비 서구주의의 희극적이고 속물적인 성격을 희화한다. 농노제하의 러시아에서 선진적인 서구 사상과 서구 문명의 훌륭한 측면이 지니는 진보적인 의미를 누구보다 잘 알던 투르게네프는 서구의 진보적인 사상이 아니라 서구 문화의 외양만 받아들여서 교양 있는 서구주의자의 탈을 쓰고 러시아의 민족 문화와 가치를 부정하는 모든 판신을 비난한다. 또한 라브레츠키의 아버지를 통해 농노제적 질서를 찬성하는 볼테르주의자들과 영국 숭배자들을 희화하고 파리와 외국 없이는 살 수 없는 라브레츠키의 아내를 통해 속물적인 귀족 서구주의자를 풍자한다.

많은 문학 연구가들이 라브레츠키를 슬라브주의자로 부르지만, 그의 모습에서 특별히 슬라브주의적인 특징을 찾아보기는 힘들다. 그는 러시아 민중을 신비화하거나 그들의 메시아적 사명을 옹호하지도 않고, 러시아의 낙후된 가부장적 현실을 찬양하지도 않는다. 라브레츠키는 러시아의 민족적 자주성과 러시아 문화의 독창성을 옹호하는 애국주의자로 나타나지만 결국 민중의 현실과 유리된 1830~1840년대 이상주의적 귀족 인텔리겐치아와 같은 운명의 길을 걷는다. 그러나 고상한 환상에 사로잡힌 루딘과 달리 라브레츠키는 이상적인 하늘에서 실제적인 현실로 내려와 조국의 자연과 민중에 가까워지려고 노력한다. 이런 의미에서 그는 '슬라브주의적 이상주의자'로 불릴 수 있다.

판신과의 논쟁에서 라브레츠키의 긍정적 측면이 나타난다면 대학 시절의 친구인 미할레비치와의 논쟁에서는 그의 부정적 측면이 나타난다. 이상주의자이자 낭만주의자인 미할레비치는 라브레츠키를 '이기주의자', '시대에 뒤떨어진 볼테르주의자'라고 했다가 마침내 '의식 있고 박식하고 교양 있는 악질적인 게으름뱅이'라고 부르면서 그의 게으름과 조상들로부터 물려받은 귀족주의를 비판한다. 물론 땅을 갈고 싶어 하고 실제로 영지를 관리하며 농민들의 생활을 안정시키려고 노력한 라브레츠키를 '악질적인 게으름뱅이'라고 부를 수는 없다. 그러나 라브레츠키는 미할레비치의 비난에 딱히 반박하지 못하고 그를 '열광주의자'라고 부르며, 떠벌리지만 말고 무엇을 해야할지 분명히 말하라고 소리칠 뿐이다. 투르게네프가 미할레비치의 입을 통해 라브레츠키의 몇몇 부정적 자질을 들추어내고는 있지만 그는 루딘 같은 고질적 이상주의자도 실패자도 아니다. 오히려 라브레츠키는 러시아 현실에서 긍정적인 주인공의 특성을 지닌다. 여기에서 투르게네프는 라브레츠키를 통해 귀족 인텔리겐치아의 운명과 역할의 문제를 그들의 이론과 말이 아닌 현실적인 활동과의 관계 속에서, 개인의 행복이 아닌 러시아의 복지 차원에서 제기한다.

3

「귀족의 보금자리」에서는 실제적인 사상 논쟁과 함께 개인의 행복과 도덕, 윤리적 의무의 갈등이라는 문제가 제기되고 다루어진다. 이 문제는 소설의 또 다른 한 축을 이루는 라브레츠키와 리자의 만남, 그들의 비극적 사랑을 통해 나타난다. 훌륭한 자질이나 뛰어난 재능은 타고나지 못했지만 착한 마음씨를 가진 리자는 자신의 행동에 도덕적 책임을 질 줄 알고, 스스로에게 엄격하며 삶의 어려운 순간에 능히 자신을 희생할 준비가 되어 있다. 리자에게 음악을 가르치는 렘의 말에 의하면 그녀는 공정하고 진지하며 고상한 감정을 가지고 있고, 아름다운 것만을 사랑할 수 있다. 라브레츠키는 리자를 만나는 순간부터 그녀의 건강하고 자연적인 생활의 원칙과 긍정적 자질을 느낀다.

리자는 돈독한 신자인 유모를 통해 순교자들의 전기를 읽으며 종교적 환경에서 성장했다. 그러나 그녀의 마음을 끈 것은 교리가 아닌 정직한 고백, 사람들에 대한 사랑, 다른 사람들을 위해 희생하고 다른 사람들의 죗값을 대신 갚는 마음, 필요하다면 자신을 기꺼이 희생하는 마음이었다. 그녀는 책을 별로 읽지 않았고, '자신의 말은 없어도 자신의 생각은 있어서' 자신의 길을 걷고 있었다. 어떤 면에서 라브레츠키는, 모든 사람을 사랑했지만 특별히 누구를 사랑하지 않고 신만을 소심하고 정겹게 사랑하던 리자의 조용한 내면생활을 방해한 최초의 사람이었다. 그러나 그녀는 진실한 마음, 아름다움을 향한 사랑, 무엇보다 소박한 러시아 민중에 대한 사랑을 가지고 있다. 그녀 자신도 혈연으로 그들과 연결되어 있다고 생각한다.

아내와 헤어진 후 오랜 외국 생활에서 돌아온 라브레츠키는 인간관계의 순수성, 여인의 사랑 그리고 개인의 행복을 믿지 않게 되었지만 리자와의 만남과 대화를 통해 순수와 아름다움에 대한 이전의 믿음을 회복한다. 그는 리자에게 자신의 쓰라린 경험에 비추어 개인적 행복이 그 무엇보다 소중하고 행복 없는 삶은 우중충하고 견딜 수 없다고 말한다. 그는 그녀에게 사랑이 없는 판신과의 결혼을 거부하고 진정한 개인의 행복을 찾으라고 설득하면서, 이런 가능성이 자신에게 없음을 아쉬워한다. 그는 아내의 갑작스러운 죽음에 대한 신문 기사에 흥분하고 자신의 인생이 변할 수 있다는 사실과 리자와의 행복의 가능성을 예감한다. 그러나 아내의 사망 소식이 거짓으로 밝혀지고, 엄격한 논리와 그 나름의 법칙을 지닌 삶은 라브레츠키의 희망을 무참히 짓밟는다. 아내의 귀국이라는 엄연한 현실 앞에서 그는 무기력하다. 리자와의 개인적 행복이냐 아내와 자식에 대한 의무의 이행이냐 사이에서 고민하던 그는 결국 후자를 택한다. 이런 과정에서 리자의 생각과 행동은 더욱 절망적이지만 단호하다. 그녀는 심한 죄책감을 느끼며 라브레츠키 앞에서 용서, 희생, 의무, 순종만을 되풀이해 말한다. 죄 없는 죄인이 된 리자는 사회, 종교적 관습과 윤리,

잘못 이해된 도덕적 의무를 뛰어넘지 못하고 수도원으로 들어간다. 유모 아가피야의 편협한 가르침과 비정상적인 교육이 그녀의 결정에 직간접으로 작용한 것으로 보인다. 비평가 피사레프가 지적한 대로, 투르게네프는 리자의 여러 훌륭한 자질에 공감하지만, 이성과 상식이 인도하는 길로 가지 않는, 갈 수 없는 리자를 통해 당대 여성 교육의 결점을 지적한다.

라브레츠키와 리자의 불행과 비극은 개인적인 것이라기보다는 당시 이들을 에워싸고 있던 시대 상황과 긴밀히 맞물려 있다. 그들은 가부장적 농노제하에서 오랫동안 맹위를 떨친 형식적 도덕, 윤리적 규범과 왜곡된 교육의 희생자들이다. 사회의 위선과 어둠을 인식하고 고민하며 싸운 것은 이상주의적이고 자유주의적인 라브레츠키와 그의 세대의 몫이지만 이런 위선과 어둠을 뚫고 새로운 행복과 새로운 세계를 맞이하는 것은 다음 세대의 몫이다. 그러므로 새로운 사상과 신념을 위해 몸을 바친 자신과 자기 세대의 한계를 인식하고 젊은 세대에게 보내는 라브레츠키의 마지막 호소는 의미심장하다.

뛰놀고 기뻐하고 자라거라, 젊은 힘들이여. 인생이 그대들 앞에 있고, 그대들은 더 쉽게 살아가리라. 그대들은 우리처럼 어둠 속에서 자기 길을 찾으며, 싸우고 쓰러지며 일어설 필요가 없으리라. 우리는 무사히 살아남는 일을 걱정했지만(그러나 우리 중에 무사히 살아남지 못한 사람이 얼마나 많았던가!) 그대들은 사업을 하고 일을 해야 하리니, 우리네 늙은이의 축복이 그대들과 함께 있으리라. 오늘이 지나서 이런 느낌이 사라지면,

비록 슬픔은 있지만 질투도, 그 어떤 암담함도 없이, 말하자면 죽음을 생각하고 우리를 기다리는 신을 생각하며, 나는 그대들에게 마지막 인사를 보내야 한다. 안녕, 고독한 늙음이여! 다 타 버려라, 무익한 삶이여!

슬픈 조사(弔辭)와도 같은 이 에필로그에서 투르게네프는 1830~1840년대 귀족 인텔리겐치아들의 사상과 삶에 공감하면서도 역사의 전면에서 물러날 수밖에 없는 그들의 비극적 운명을 예감하며 냉정한 삶의 진실과 법칙을 말한다. 이제 귀족 인텔리겐치아의 '황금시대'는 끝나 가는 것이다. 라브레츠키 세대가 사색하고 고뇌하면서 척박한 땅을 갈아 씨앗을 뿌렸다면 실천하고 일해 결실을 거두는 것은 다음 세대의 과업이다. 「귀족의 보금자리」의 에필로그는 러시아에 새로운 삶과 새로운 사람들의 등장을 예고한다. 이런 의미에서 이 소설은 투르게네프의 다음 소설 『전날 밤』과 『아버지와 아들』로 넘어가는 문지방과도 같다. 실제로 우리는 『전날 밤』의 인사로프와 옐레나, 『아버지와 아들』의 바자로프에게서 루딘, 라브레츠키, 리자와는 다른 새로운 인간들을 만날 수 있다. 그러나 투르게네프의 예상과는 달리 인사로프들과 바자로프들 그리고 옐레나들도 기뻐하며 행복하게 생활할 운명이 아닌 또 다른 삶의 공간에서 고뇌하고 투쟁하며 살아갈 운명을 타고난 세대였다.

우리는 「귀족의 보금자리」에서 등장인물들의 대화와 논쟁을 통해 이 소설의 사회, 정치적 의미와 사상적 지향, 등장인

물들에 대한 작가의 태도 그리고 라브레츠키와 리자의 불행과 비극의 원인 등을 살펴보았다. 투르게네프는 판신과 바르바라 파블로브나를 통해 천박한 서구주의와 관료주의를 비판하면서 러시아 문화의 긍정적 힘의 중심으로서 '귀족의 보금자리'의 낭만성을 시화(詩化)한다. 그러나 이미 지적했듯이 라브레츠키는 순수한 슬라브주의자의 형상은 아니다. 그는 '조국의 자연을 사랑하고 땅을 갈며 농민의 생활 상태에도 신경을 쓰면서' 여전히 이성과 자유와 개혁을 지향하는 1830~1840년대의 이상주의자들의 특성을 지닌 '슬라브주의적 이상주의자'의 모습으로 나타난다. '슬라브주의적 이상주의자'인 라브레츠키와 순결하고 순박한 자연의 딸인 리자는 가부장적이고 왜곡된 농노제적 현실에서 아직 실천적인 삶을 살 수 없고 개인의 행복을 누릴 수도 없다. 그들은 개인의 행복과 도덕적 의무 사이에서 갈등하다가 결국 주어진 현실 속에서 그 나름의 길을 찾아간다. '민중적 진실을 인정하고 그 앞에서 순종하려고 노력하는' 라브레츠키와 도덕적 의무에 충실하기 위해 수도원에 들어가는 리자의 자기희생적인 삶은 그리하여 개인의 비극이자 시대의 비극으로 읽힌다. 이 소설의 에필로그에서 암시된 것처럼, 시대의 도덕, 윤리적 한계와 어둠을 뚫고 실천적 삶을 살며 진정한 개인의 행복을 찾는 일은 다음 세대의 몫인 것이다.

무무
── 세상에서 가장 슬프고 감동적인 이야기

벙어리이자 귀머거리 농노인 게라심과 그가 사랑한 강아지에 관한 감동적인 이야기 「무무」(1854)는 실제로 투르게네프 어머니의 영지에서 있었던 일을 바탕으로 쓰였다. 투르게네프는 1852년에 이 작품을 완성했으나 러시아 농노의 비참한 운명을 노골적으로 그려 냈다는 이유로 출판할 수 없었다. 이 년 후 러시아 동물 학대 방지 협회는 「무무」의 주제가 혹사당하는 농노에 대한 동정이 아니라 학대받는 개에 관한 것이라는 다소 엉뚱한 청원을 올렸고, 검열관이 이 청원을 받아들여 이 작품은 어렵게 출판될 수 있었다.

"죽을 때까지 농노 제도의 폐지를 위해 투쟁하고 농노 제도와는 결코 타협하지 않겠다."라는 투르게네프의 이른바 '한니발의 맹세'는 투르게네프 창작의 주요한 특징인 휴머니즘의 출발점이기도 하다. 「무무」에는 변덕스러운 여지주로 대표되는 비인간적인 농노 제도에 대한 증오와 게라심 같은 농노를 향한 따스한 휴머니즘이 가득하다. 세탁부 타티야나를 향한 게라심의 애틋한 첫사랑은 늙은 여지주의 변덕과 횡포로 결실을 맺지 못한다. 게라심은 타티야나 대신에 불쌍한 강아지 무무를 거두어서 보살피고 사랑하지만, 여지주는 무무에 대한 사랑조차 허락하지 않고 결국 무무를 죽음에 이르게 한다. 이렇듯 변덕스럽고 무자비한 여지주의 성격은(투르게네프는 어머니를 모델로 삼았다고 한다.) 바로 농노 제도가 만들어 낸 기형적이고 비인간적인 모습이다. 반면에 사랑하는 타티야나의 행복을 빌며 그녀를 고이 떠나보내고, 자신의 분신 같은 무무를 여지주에게 넘겨 주지 않고 스스로 물에 빠뜨려 죽이는 게라심 그리고 여주인의 허락도 없이 달밤의 시골길을 성큼성큼 걸어가는 게라심의 모습에서 우리는 서사시나 전설에 등장하는 영웅이나 거인과 같은 위풍당당한 풍모를 느낀다. 벙어리인 게라심 앞에서 사지가 멀쩡한 여지주, 식객, 하인장은 오히려 정신적 불구요, 초라하기 그지없는 모습으로 나타난다. 농노 제도의 부정적 측면을 조용한 목소리로 비판하고 비참한 농노들에 대한 한없는 연민과 사랑을 불러일으킨 「무무」는 『사냥꾼의 수기』(1851)와 함께 알렉산드르 2세가 농노 제도의 폐지(1861)를 결심하는 데 큰 영향을 주었다고 한다.

일찍이 영국 작가 존 골즈워디는 「무무」를 19세기 세계 문학에서 가장 감동적인 이야기라고 극찬한 바 있다. 지금도 러시아의 초등학교, 중학교 교과서에 실려 있는 이 작품은 학생들로부터 가장 많은 사랑을 받고, 연극과 영화로도 만들어져 많은 사람들에게 진한 감동을 주고 있다.

작가 연보

1818년 10월 28일,(양력 11월 9일. 이하 연, 월, 일은 구력으로 표기한다.) 중앙 러시아 아룔현의 스파스코예에서 부유한 귀족의 아들로 태어났다.

1827년 가족이 모스크바로 이사하고, 베이덴하머 기숙학교에서 약 이 년을 보냈다.

1829년 형 니콜라이와 아르메니아 전문학교 부속의 기숙학교에 들어갔다.

1833년 9월 20일, 모스크바 대학교 철학부 어문학과에 입학했다.

1834년 7월 18일, 페테르부르크 대학교 철학부 철학과로 옮겼다.

10월 30일, 아버지가 사망했다.

12월, 최초의 모방 극시 「스테노」 완성.

1836년   6월, 페테르부르크 대학교를 졸업했다.

셰익스피어의 『오셀로』와 『리어왕』, 바이런의 『만프레드』를 러시아어로 옮겼다.

1837년   음악회에서 푸시킨을 처음으로 만났다. 며칠 후 결투로 사망한 푸시킨의 장례식에 참석했다.

가을, 칸지다트 학위를 취득했다.

1838년   4월 초, 《동시대인》 1호에 「저녁」 발표.

5월, 베를린 대학교에 입학하기 위해 독일로 갔다. 스탄케비치와 사귀었다.

1839년   5월, 스파스코예 집의 화재 소식을 받았다.

레르몬토프와 만났다.

1841년   봄, 베를린에서 학업을 끝내고 스파스코예로 귀국했다.

10월, 바쿠닌의 영지를 방문했다.

1842년   페테르부르크 대학교 박사 학위 청구를 위한 철학, 라틴어 시험에 합격했다.

어머니의 농노인 이바노바와의 사이에서 딸이 태어났다. 후에 프랑스의 폴리나 가족에게 보냈다.

1843년   1월 말, 벨린스키와 만났다.

4월, 서사시 「파라샤」를 발표해 벨린스키에게 호평을 받았다.

7월 8일, 내무성 근무를 시작했다.

11월 1일, 페테르부르크에 온 프랑스 오페라 가수 폴리나 비아르도(1821~1910)를 만나 평생의 사랑이 시작됐다.

1845년   4월 18일, 내무성 근무를 그만두고 창작 생활에 열중
         했다.

         도스토옙스키를 만났다.

1846년   네크라소프가 편집한 『페테르부르크 문집』에 중편 「세
         초상화」와 서사시 「지주」, 번역 시 몇 편 발표.

1847년   《동시대인》 1호에 『사냥꾼의 수기』 연작 중 최초의 작
         품 「호리와 칼리니치」 발표.

1848년   1월, 파리에서 혁명을 목격하고, 게르첸과 친해졌다.

1850년   11월 16일, 모스크바에서 어머니가 사망했다.

1852년   《동시대인》 2호에 「세 만남」 발표.

         4월 16일, 고골의 사망을 애도하는 추도문을 쓴 것이
         문제가 되어 체포됐다.

         5월 18일, 한 달간의 구금 끝에 스파스코예로 추방되
         어 일 년 반의 연금 생활에 들어갔다.

         8월, 『사냥꾼의 수기』 단행본으로 출판.

1855년   1월, 모스크바 대학교 기념 축제에 참석해 그라노프스
         키, 오스트로프스키, 악사코프 형제를 방문했다.

         여름, 스파스코예에서 『루딘』 집필.

         11월, 톨스토이의 방문을 받았다.

1856년   《동시대인》 1, 2호에 『루딘』 발표.

         10월, 「귀족의 보금자리」 집필 시작.

         11월, 『투르게네프 중단편집』(3권) 페테르부르크에서
         출판.

1858년 《동시대인》 1호에 「아샤」 발표.

로마, 빈, 런던을 전전하다 러시아로 귀국했다.

여름과 가을, 스파스코예에서 「귀족의 보금자리」 집필에 열중해 10월에 완성.

1859년 《동시대인》 1호에 「귀족의 보금자리」 발표.

1월, 러시아 문학 애호가 협회의 정회원이 됐다.

8월, 「귀족의 보금자리」가 단행본으로 출판.

9월 중순, 스파스코예에서 『전날 밤』 집필.

11월 8일, '문학 기금 회의' 창립자의 한 사람으로 위원회의 회원이 됐다.

1860년 1월 10일, 문학 기금 마련을 위한 1차 공개 강연에서 '햄릿과 돈키호테'라는 테마로 연설했다.

카트코프가 펴내는 《러시아 통보》 1, 2호에 『전날 밤』 발표.

2월 중순, 『전날 밤』에 대한 도브롤류보프의 논문을 《동시대인》에 게재하지 말라고 네크라소프에게 부탁했다.

3월 29일, 투르게네프와 곤차로프 사이의 표절 시비(곤차로프가 『전날 밤』에 자신의 미발표작 『절벽』의 내용이 일부 표절되었다고 주장했다.)를 둘러싸고 중재 재판이 열렸다.

《독서 문고》 3호에 「첫사랑」 발표.

9월, 『아버지와 아들』 집필 시작.

11월 24일, 러시아어 문학 분과 회의에서 아카데미 나

우카(학술원)의 준회원으로 만장일치로 선출됐다.

1861년　2월, 농노 제도의 폐지를 환영했다.

5월 27일, 톨스토이와 결투까지 갈 정도로 심한 언쟁을 벌였다.

7월 30일, 『아버지와 아들』 탈고.

1862년　《러시아 통보》 2호에 『아버지와 아들』 발표.

5월, 런던으로 가서 게르첸과 시베리아 유형지에서 탈출해 온 바쿠닌을 만났다. 게르첸의 사회주의 이론에 반대하고 러시아의 자유주의적 진로를 주장했다.

1865년　2월 13일, 딸 폴리나가 파리에서 가스통 브류에르와 결혼했다.

5월, 투르게네프가 프랑스어로 산문 번역한 레르몬토프의 「므치리」가 출판.

11월, 『연기』 집필 시작.

1867년　2월 26일, 『연기』를 탈고해 3월, 《러시아 통보》 3호에 발표.

8월, 바덴바덴에서 도스토옙스키와 언쟁을 벌였다.

『연기』가 메리메의 감수로 프랑스어로 번역 출판.

1869년　《러시아 통보》 1호에 「불행한 처녀」 발표.

《유럽 통보》 4호에 「벨린스키에 대한 회상」 발표.

1872년　《유럽 통보》 1호에 「봄물」 발표.

1월, 에밀 졸라, 알퐁스 도데와 만났다.

9월, 조르주 상드를 방문했다.

연말, 유형지에서 탈출해 파리로 망명해 온 라브로프

와 만났다.

1876년 《유럽 통보》 1호에 「시계」 발표.

2월, 『처녀지』 집필 시작.

6월, 모스크바에 도착한 후 상드의 사망 소식을 접하고 그녀에 대한 글을 썼다.

7월 15일, 『처녀지』 탈고.

1877년 《유럽 통보》 1, 2호에 『처녀지』 발표. 『처녀지』의 프랑스어 번역판이 거의 동시에 출판.

1878년 5월, 톨스토이가 화해의 편지를 보내오고, 이에 대해 "더할 나위 없이 기쁜 마음으로 이전의 우정을 회복할 준비가 되어 있습니다."라고 답장했다.

6월, 파리에서 열린 '국제 문학가 회의'에 참석해 부의장으로 뽑혔다. 이 시기에 『산문시』의 대부분 집필.

1879년 1월, 형 니콜라이 세르게예비치가 사망했다.

3월 4일, 빈곤한 대학생들을 돕기 위한 음악회에 참석해 모스크바 대학생들 앞에서 연설했다.

3월 16일, 문학 기금 마련을 위한 낭독회에서 「비류크」를 낭독했다.

6월, 옥스퍼드 대학교에서 명예 법학 박사 학위를 받았다.

1880년 1월, 젊은 인민주의 작가들을 만났다.

6월 7일, '러시아 문학 애호가 협회'에서 '푸시킨에 관하여'라는 제목으로 연설했다.

1881년 6월, 마지막으로 고향 스파스코예를 방문해 여름을 보냈다.

1882년 3월, 병세가 악화됐다. 병명은 척추암이었다.

12월,《유럽 통보》12호에『산문시』50편 발표.

1883년 《유럽 통보》1호에「클라라 밀리치」발표.

4월, 병세 악화로 파리에서 부기발로 옮겼다.

6월 5일, 실화 문학「바다의 불」을 폴리나 비아르도에게 프랑스어로 구술하여 받아쓰게 했다.

6월 말, 문학 활동을 재개하라는 간곡한 내용이 담긴 마지막 편지를 톨스토이에게 보냈다.

8월 22일, 부기발의 별장에서 폴리나 비아르도가 지켜보는 가운데 사망했다.

9월 19일, 투르게네프의 주검이 페테르부르크로 옮겨졌다. 유언에 따라 페테르부르크에 있는 볼코프 공동묘지의 벨린스키 무덤 옆에 묻혔다.

세계문학전집 **80**

첫사랑

1판 1쇄 펴냄   2003년 7월 5일
1판 50쇄 펴냄   2024년 11월 4일

지은이   이반 투르게네프
옮긴이   이항재
발행인   박근섭, 박상준
펴낸곳   (주)민음사

출판등록   1966. 5. 19. (제 16-490호)
서울특별시 강남구 도산대로1길 62(신사동) 강남출판문화센터 5층 (우편번호 06027)
대표전화 02-515-2000   팩시밀리 02-515-2007
www.minumsa.com

© 이항재, 2003. Printed in Seoul, Korea

ISBN 978-89-374-6080-7 04800
ISBN 978-89-374-6000-5 (세트)

세계문학전집 목록

세계문학전집은 계속 간행됩니다.